꽃을 든 남자보다
책과 신문을 든 남자가 더
매력적이다

꽃을 든 남자보다
책과 신문을 든 남자가 더
매력적이다

/ 강 평 원 지음 /

學古房

- 약력
  麥醉 : 강평원 1948년생   육군부사관학교 졸업
  (사)한국소설가 협회회원   (현)소설가협회 중앙위원
  재야사학자 · 上古史회원   공상 군경: 국가 유공자 ~ 6급 2항

- 장편소설
  『애기하사 · 꼬마하사 병영일기-전 2권』1999년 · 선경 / 신문학100년대표소설
  『저승공화국TV특파원-전2권』 2000년 · 민미디어 / 신문학100년대표소설
  『쌍어속의 가야사』 2000년 · 생각하는 백성 / 베스트셀러
  『짬밥별곡-전3권』 2001년 · 생각하는 백성
  『늙어가는 고향』 2001년 · 생각하는 백성
  『북파공작원-전2권』 2002년 · 선영사 / 베스트셀러
  『지리산 킬링필드』 2003년 · 선영사 / 베스트셀러
  『아리랑 시원지를 찾아서』 2004년 · 청어
  아리랑 시원지를 찾아서~한국문학 전자책 / 베스트셀러
  『임나가야』 2005년 · 뿌리 / 베스트셀러
  『만가 : 輓歌』 2007년 · 뿌리
  『눈물보다 서럽게 젖은 그리운 얼굴하나』 2009년 · 청어
  『아리랑』 2013년 · 학고방
  『살인이유』 2015년 · 학고방 / 베스트셀러
  『길』 2015년 · 학고방

- 소설집
  『신들의 재판』 2005년 · 뿌리
  『묻지마 관광』 2012년 · 선영사

- 시집
  『잃어버린 첫사랑』. 2006년. 선영사
  『지독한 그리움이다』. 2011년. 선영사. 베스트셀러
  『보고픈 얼굴하나』. 2014년. 학고방

- 중 단편소설: 19편, 대중가요: 58곡 작사 발표 → CD제작
  (KBS 아침마당 30분)(MBC초대석 30분)(국군의 방송 문화가 산책 1시간)(교통방
  송 20분) (기독방송20분) (마산 MBC 사람과 사람 3일간 출연) (KBS 이주향 책 마
  을산책 30분)(월간: 중앙 특종보도)(주간: 뉴스 매거진 특종보도) (도민일보 특종
  보도)(중앙일보특종보도)(현대인물 수록) (국방부 특집 3부작 휴전선을 말한다. 1
  부에 출연)(연합뉴스 인물정보란에 사진과 이력등재)(KBS1TV 정전 60주년 다큐
  멘터리 4부작 DMZ 1부; 휴전선 이야기 2부: 북파공작원 이야기 증언자로 출연)

- 베스트셀러(Best seller) : 8권
- 스테디셀러(Steady seller) : 11권
- 비기닝셀러(Beginning) : 5권
- 그로잉셀러(Growing) : 3권
- 신문학 100년 대표소설 : 4권(국립중앙도서관에서 작가에게 원고료를 지불하고 전자책 만들어둠)

- 출간된 책 24권 중 21권이 문화관광부에서 엄선하여 선정된 《우수전자책·우량 전자책·특수기획 전자책》으로 만들어둠.

- 국가전자도서관-『애기하사 꼬마하사 병영일기(전2권)』과 『저승공화국 TV특파원(전2권)』을 "신문학소설 100년 대표 소설"로 『임나가야』와 『저승공화국 TV특파원(전2권)』과 소설집 『신들의 재판』을 "한국교육학술 정보원"에서 가야국 역사를 다룬 『아리랑 시원지를 찾아서』와 『쌍어 속의 가야사』는 "국가지식포털"에 『북파공작원(전2권)』과 『저승공화국 TV특파원(전2권)』은 "한국과학기술원"에 데이터베이스로 구축 저장되어 있다. 저자는 이 땅의 전망 있는 중소기업이었으나 승용차 급발진 큰 사고로 인하여 병원에 입원 중 40여 일 기간 중 첫 작품 『꼬마하사 애기하사 병영일기(전2권)』 700여 페이지를 직필하여 전망 있는 기업을 정리하고 51세의 늦은 나이에 문단에 나와 17년이란 기간에 대한민국에 현존하는 소설가 중 베스트셀러를 가장 많이 집필한 작가이다.

작가의 말

책과 신문은 지식知識의 보고寶庫

꽃을 든 남자보다 책과 신문을 든 남자가 더 매력적입니다. 왜 일까요?

나는 1966년 11월 20일에 18세의 어린 몸으로 마을 형의 입영환송식에 갔다가 논산행 열차를 타고 논산 훈련소에 자원自願 입대를 하였습니다. 당시 나는 158cm의 키에(군 생활 중 커서 160cm가 되었습니다) 52킬로의 몸무게의 소년! 이었습니다. 28연대장의 면담에 "너무 어리니 3년 더 젖 먹고 오라"고 하였지만 군번(11678685)이 찍혀 나오는 바람에 귀가 조치가 안 되어 인솔해 간 내무반장에게 "이 아이 군장과 소총은 내무반장 네가 가지고 다니고 너는 맨몸으로 그냥 따라가 훈련장에서 받아 교육을 받아라"는 명령에 1개월간 무사히 훈련을 마쳤습니다. 그러나 병참 교육을 받고 병참기지창에 근무 중 선임 병이 여군 옷을 민간인에게 팔아먹었는데 졸병인 내가 누명을 쓰고 최전방 휴전선 경계부대로 전출을 당하여 소총 중대본부 행정요원으로 근무 중 우리나라가 1965년부터 월남전에 전투병을 파견 미군과 연합되어 전쟁을 하였습니다.

전쟁작전이 시작되면 적의 저격수가 제일 먼저 지휘자인 분대장을 사살해 버립니다. 작전을 하는 분대장이 없으면 그 분대원들은 모두 죽은 목숨입니다. 월남전에서 미군 소대장 평균 수명이 작전개시가 되면 6분을 못 견디었다는 미국의 조사 결과입니다. 최전방 경계부대에 분대장(하사계급)이 월남으

로 강제 차출당하여 정작 휴전선을 지킬 분대장이 없어 당시 최종철 1군사령
관이 고등학교高等學校 재학 중인 이상은 원주에 있는 1군 하사관학교에 무조
건 입학하라는 지시에 나도 차출 당하여 4개월의 교육을 받았습니다. 당시
1군 하사관 학교는 장기복무자(7년 이상 복무나 자신이 원하면 정년까지 근무) 학교
였지만 분대장이 부족하여 일반하사(3년 근무 후 전역) 분대장을 만들어 보충하
기 위해 차출을 당하여 혹독한 교육을 받은 것입니다. 논산 훈련소에선 내무
반장의 도움으로 편하게 훈련을 마쳤지만 초급간부를 양성하는 학교는 그러
한 혜택을 받을 수 없습니다. 졸업 후 최전방 경계부대 소대 분대장으로 근무
중 그간에 못간 첫 정규 휴가를 받아 고향에 갔는데, 1968년 1월 21일 남파공
작 테러부대 김신조 일당이 박 대통령을 사살하려 남파된 사건으로 휴가를
반도 채우지 못하고 소대장의 귀대조치 전보문을 받고 귀대하여 경계근무에
들어갔습니다. 전쟁을 하겠다는 박 대통령의 주장이었으나 미국이 "두 개의
전쟁을 할 수 없다"는 것을 전해들은 대통령은 포기를 했습니다. 1968년 1월
23일 83명이 탄 푸에블로호를 북한이 납치를 하는 과정에서 민간인 1명이
사망하고 13명이 부상을 당했습니다. 미국은 월남으로 가려던 항공모함 엔
터프라이즈호와 제7함대의 구축함 2척을 우리나라 동해로 출동시켜 북한을
응징하려 했습니다. 또한 북한에 의해 비무장 정찰헬기를 격추 당하여 30여
명의 미군이 죽었지만 미국은 전쟁을 포기하였던 것입니다. 지금도 그렇다고
하는데 당시에 두 개의 전쟁을 할 수 없다는 미국의 판단에서 포기를 했습니다.
　지금도 전시 작전권이 미국에 있습니다. 이에 박 대통령은 특별 명령을
내렸습니다. 김신조와 같은 부대를 창설하여 김일성의 목을 가져오라는 명
령과 함께 155마일 휴전선에 1969년까지 쥐도 넘나들 수 없는 철조망 울타
리를 완공시키라는 명령이었습니다. 그 특별명령에 의해 1968년 4월에 세상
에서 최고 악질 부대인 테러를 전문으로 하는 북파공작원(멧돼지부대) 차출이
되어 5개월간 인간이 얼마나 견딜 수 있는지 한계의 교육을 받았습니다.
최고의 신체 건강한 병사를 대상으로 장남이나 독자獨子(아들이 하나인 가정)를

제외하고 신원이 확실한(북한에 부모·형제·가족이 있거나 6.25전쟁 때 빨치산의 일가친척을 비롯하여 전과자 등, 작은 아버지의 처갓집까지 조사하여 위와 같은 관계가 있으면 제외) 병사를 각 부대에서 차출하여 80명이 교육을 받아 교육 도중 38명이 탈락할 정도의 고강도 교육을 받았습니다. 북파공작원 상·권에 자세한 훈련 이야기가 상재되어 있습니다. 팀장이 되어 북한에 침투를 하였습니다. 원칙적으론 한 번의 침투로 임무가 끝나지만 나하고 같은 해 6개월 앞서 나보다 5세가 많은 형님(강장원)이 입영하여 3사단 18연대(일명 백골부대-6.25 때지어진 별명) 근무 중 남파 테러부대와 격전 중 토치카(중기관총 참호)에 숨어 있던 공비가 갑자기 뛰어나와 공격을 하여서 오른팔에 따발총 5발을 맞고 광주 77병원에서 공상군경 유공자로 전역하였습니다. 나는 형님의 복수와 1968년 12월 9일 반공소년 이승복 사건의 보복을 위해 북파를 자원하였는데 모두 성공하였습니다.

독자들께선 참으로 기구한 운명의 형제라고 할 것입니다. 한국전쟁 당시 남침을 했기에 유엔군이 참전해서 적화통일을 이루지 못한 김일성은 우리나라가 북침을 유도하기 위해 수없이 무장특수부대를 전·후방을 가리지 않고 보냈고 휴전선 경계부대의 막사에 침투하여 전 소대원을 화염방사기로 불태워 죽이는 야만적인 짓을 수 없이 저질렀습니다. 당시는 군사독재 정권이어서 일체 신문보도나 방송을 하지 못하게 하여 국민들은 이 사실을 전혀 알지 못합니다. 『북파공작원 상·하』권 출간 당시 출판사의 권유로 세 꼭지를 누락시키고 책을 출간했는데 현재도 베스트셀러입니다. 나의 작전 구상으로, 개성을 지나 평산까지 갔으나 철수하라는 바람에 적의 초소를 궤멸시키고 복귀를 했습니다만, 이 일로 인하여 트라우마로 고생하고 있습니다.

이 병은 신체적인 손상 및 생명을 위협하는 심각한 상황에 직면한 후 나타나는 정신적인 장애가 1개월 이상 지속되는 질병 PTS(충격 후 스트레스장애)로 외상성 스트레스장애라고도 합니다. 전쟁·천재지변·화재·신체적 폭행·강간·자동차·비행기·기차 등에 의한 사고에 의해 발생한다고 합니다. 생명을 위협하는 신체적, 정신적 충격을 경험한 후 나타나는 정신적 질병이라는 것입니다. 방송에서 "서울 불바다 또는 핵미사일" 등의 북한 관련 뉴스를 들을 때 나도 모르게 눈물이 납니다. "왜냐고요?" 철수하라는 난수표(비밀암호)를 못 들은 척하며 작전을 했으면 김정은은 이 세상에서 태어나지 못하고 악질 가족 김일성 일가는 이 세상에 존재하지도 않았을 텐데! 하고 후회를 많이 합니다.

조선 TV에서 숭실대학교 국문학박사인 장원재 교수가 진행하는 프로에서 "김정은이 폭압정치를 하면서 자신의 정치에 조금만 불평을 하면. 정적으로 여기고 기관총으로 죽인다는 것과 서울을 불바다로 만들겠다"는 북한 소식에 화가 나서 방송국에 전화를 하여 전화번호를 알려달라고 했지만 알려줄 수 없다는 것입니다. 『북파공작원』 책 출간 후 나하고 서울 MBC 초대석에서 같이 방송도 하였고 방송장면 때 같이 찍은 사진도 있으며 정 그렇게 못 믿는다면 다음이나 네이버에 들어가 강평원을 클릭하면 집필한 책 22권이 나오고 연합뉴스에 인물사전에도 등록이 되어 있다고 통사정을 해도 안 된다는 것입니다. 그러면 방송이 끝나면 장 교수에게 전화를 해달라는 말을 전해달라는 부탁을 했지만 연락이 없었습니다.

내가 하고 싶은 말은 잡다한 이야기는 그만 두고 "안면顔面 생체인식生體認識 지피에스 미사일을 만들어 김정은 사진을 폭탄 머리에 입력시켜 발사하면 살아있는 생명체인 김정은을 끝까지 찾아내어 폭발하여 죽이는 무기를 개발하라"는 논의를 하여. 국방부는 방위 산업체에 지원을 하라는 내용을 방송하라고 말을 하려 했던 것입니다. 생각해 보십시오. 수십 년 전부터 인공위성이 달에도 가고 얼마 전엔 화성도 가고 작금은 무인 자동차에 드론까지 개발했는데 안면인식 미사일은 조금만 연구하면 될 것입니다. 그렇게 된다면 북한이 "서울 불바다"와 같은 공갈 협박 소리는 하지 못 할 것입니다. 내가 바라는 것은 북한은 사회주의 종교집단입니다. 이 세상에서 최고의 영업사원과 대형교회 성직자는 최고의 거짓말쟁이라는 것입니다. 김정은은 자유민주주의 나라에서 교육을 받은 젊은이입니다. 할아버지와 아버지가 통치할 때 저지른 악행을 잘 알고 있기에 그 죄를 용서받기 위해 선행으로 북한 주민을 다스리고 우리와 협력하여 잘 사는 민족이 되는 데 동참하였으면 합니다. 옛 부터 역사는 언제나 승자의 편에서 기록되었지만 지금의 세기는 그렇지 못합니다. 지구가 멸망하지 않는 한 김일성 일가는 악의 집단으로 기록될 것입니다. 언젠가는 죄 값을 받을 것입니다. 북파공작원 생활 중 휴전선에 뿌린 고엽제에 노출로 허혈성 심장질환이란 병을 얻어 「니트로글리세린」을 복용하고 견디었습니다. 월남 고엽제는 알고 있었지만 휴전선에 고엽제를 뿌렸다는 것은 30여 년간 아무도 몰랐습니다. 나의 첫 작품 『애기하사 꼬마하사 병영일기 하권』 184쪽에 상재되어있습니다. 이 내용을 중앙일보에서 특종으로 보도를 하여 세상에 알려 졌습니다. 이 책은 신문학 100대표소설이 되어 국립중앙도서관에서 전자책으로 만들어 두었습니다. 컴퓨터로 집에서 무료로 볼 수 있습니다. 이 책으로 인하여 중소기업을 운영했던 내가 문인의 길로 들어 선 것입니다. 본문에 자세하게 상재되어 있습니다.

『복용법: 가슴에 통증이 느껴지면 약을 삼키지 말고 혀 밑에 넣고 서서히 녹여서 복용합니다. 5분 후에도 가슴 통증이 지속되면 1정을 더 복용합니다. 15분 이내에 3정 이상 복용하면 안 되고 통증이 지속되면 응급실로 가서야 합니다. ※차광 상태로 항상 휴대하세요.』

위와 같이 설명된 약을 먹으며 15년 동안 부산 보훈병원에서 치료를 받았습니다. 보훈병원에서 나를 보고 걸어 다니는 종합병원이라고 합니다. 의사들의 말은 세상에서 제일 잔인한 병이라고 합니다. 2015년 3월에 심한 통증으로 인하여 병원에 입원하여 심장에 "스텐트(혈관 확장)" 시술을 하여 심장에 혈관 확장용 스프링 3개를 삽입하였습니다만, 2015년 7월 26일 밤 10시 가슴통증으로 인하여 응급실에 가서 심장에 1개풍선 확장 시술을 하고 퇴원한 후 쉬어가면서 이 글을 쓰고 있습니다. 많이 호전되었다고 하지만 심장병은…….

이 한 세상 태어나 머묾만큼 머물었으니 훌훌 털어버리고 가면 좋으련만 그게 어찌 인간의 마음이겠습니까! 마음속에 포기하지 못한 마음을 가지고 있는 것이 아닌 가 싶습니다. 누구나 터무니없는 꿈이라 생각하겠지요? 누군들 한번은 뼛속까지 바뀌길 원하기도 하지만(환골탈퇴換骨脫退) 세상사 원한 만큼 되지 않는다는 걸 살아오면서 깨달았습니다. 위험스런 병을 가지고 있어 살고 싶다는 욕망에서 멀어진 마음이지만 인간이라서 욕망에서 초탈해 질 수는 없었습니다. 떠남이 있으면 머묾이 있고 상처의 뒷면엔 치유가 있었으며 그게 나의 삶이었습니다. 인간에겐 삶이란 무엇을 손에 쥐고 있는가가 아닙니다. 혼자 있을 땐 자기 마음의 흐름을 떠올리고 집단 안에 있을 때는 말과 행동을 살피며 살았습니다. 이 세상에 생물은 언젠가 꼭 죽는다는 사실은 새로운 사실이 아니라는 것을 알기에 살아간다는 게 살아가는 이유를 하나씩 줄여간다는 게 얼마나 쓸쓸한 이유인가를 이제야 알았습니다. 늘 그 자리에 있을 줄 알았던 것들이 없어진 이별의 마당하루해는 길었다고 생각을 했는데 계절의 변화에서 인가. 세월의 빠름을 말해주듯 주변의 색깔들을 보니 농부의 풍요로운 마음이 펼쳐져있습니다. 나도 앞서 출간된 서문에서 언급을 하였습니다만 가을이 된 농부의 급해짐 마음보다 더 급해진 마음이 되었습니다.

이 책에는 『살인이유』의 작가의 말에 언급 했듯 각계의 전문가들이 신문에 기고한 글들과 인터넷에 올린 글을 약 5% 정도를 책 내용에 맞게 윤색贇色하여 상재를 하였고 전국 각 가정에 상비약을 두듯 어린이에서 어른까지 누구나 읽고 이해를 할 수 있는 내용이기에 사진과 그림을 지루하지 않게 끝까지 읽을 수 있도록 80여장을 상재하였습니다. 또한 중요 문맥에 한문과 영어를 삽입하였습니다. 영어는 세계적인 공통어이고 한문은 뜻글이기에 학생들에게 약간의 도움을 주기 위해서입니다. 영어와 한문을 모르시는 어르신들은 조금은 불편할 것입니다! 그러나 문맥의 흐름이 끊어지는 것이 아니니 한글 원문만 읽으면 됩니다.

윤색 과정에서 사회전반적인 부조리를 지적한 글과 각 분야의 전문가들께서 세상을 살아가는 덕목과 이치와 인성이 어떻다는 좋은 이야기를 한 글들이어서 책 내용과 부합되지 않은 부분은 삭제를 하고 문맥이 맞도록 책 곳곳에 몇 연씩 연결에 노력하느라 기고한 글의 필자 이름을 상재하지 못했습니다. 혹 그분들께서 이 책을 읽고 내 글인데 엉뚱한 문장과 연결되어 있음을 알고 기분이 상할까봐! 그랬습니다. 남의 글을 허락을 받지 않고 차용(절도, 표절 또는 인용)을 할 때는 토씨하나 틀리면 안 되고 글 주인의 이름을 필히 상재해야 되지만 이 책은 평론집 · 비평집 · 독후감이 아니기에 상재를 하지 않았습니다. 또한 존칭어로 집필을 하였기에 더 어려웠습니다. 인터넷을 비롯하여 각종도서에서 글을 차용하느라 그렇게 되었습니다. 너그러이 용서 해주시길 바랍니다.

이 책 원고를 반쯤 집필 중 신경숙 소설가의 『엄마를 부탁해』라는 장편소설이 표절이라는 내용의 신문 기사를 보고 그만두려고 하였습니다. 신문에 처음 기사화된 내용을 보니 약 4연 정도의 내용이었습니다. 글을 올린 사람이 소설가이고 시인이라 해서 집에 와서 사단법인 소설가협회 회원들 주소록에서 찾아보니 등록이 안 된 사람이었습니다. 표절이란 "다른 이의 창작물을 자신인 것 인양 발표하는 것"을 뜻합니다. 그 내용을 가지고 약 2개월간 중앙과 지방의 각 신문에 평론가와 비평가를 비롯하여 문인들과 문학 분야 여러분들의 비난 글이 기사화되는 것을 보았습니다. 출판사 창비를 많이 비난하기도 했습니다. 전부 몰라서 하는 말입니다.

책을 기획하여 출판하려면 계약서에 반드시 "갑(저자, 즉 글 쓴 사람)은 저작물의 집필함에 있어 다른 저작물을 표절하여서는 안 되며 표절에 관한 민 · 형사상의 책임은 갑이 진다."라는 문구가 필히 들어갑니다. 신문에 글을 기고한 여러 문학 분야 사람들은 기획 · 출판을 하지 못한 사람들입니다! 자비 출판을 했다고 고백을 한 것입니다. 자비 출판한 책이 책입니까? 유치원생 그림일기도 돈을 주면 출간을 해 줍니다. 출판사대표는 사업가입니다. 완성도가 낮으면 절대로 출간을 해주지 않습니다. 자기가 망할 짓을 안 한다는 것입니다. 시집 · 평론집 · 비평집 · 수필집 · 에세이집 · 시조집 · 동요 · 동시집 등의 1편을 출간하여 광고를 하려면 순익損益 분기점인 5,000부가 팔려야 한다 것입니다.

요즘 시집이나 시조집은 안 팔려 서점 가판대架板臺에 진열도 하지 않으며 교보문고에서도 시집 가판대를 철거를 했다는 뉴스를 들었습니다. 내가 살고 있는 김해 홈플러스 서점에 가면 시집은 가판대에 밑바닥 책장에 꽂혀 있는데 몇 권되지 않습니다. 그러니까 출판사에서 소설과 동화집은 기획 · 출판을 하고 있지만 그 외 각 분야의-시조 · 시집 · 에세이집 · 수필집 · 동요집 · 평론집 · 비평집 · 일부 완성도 낮은 소설집 등등을 출판하는 것은 자비 출판도 못하는 가난한 문인들에게 정부에서 지원해주는 복권 기금이나 한국문화예술의원회서 보조해주는 창작지원금을 받아서 그 돈으로 저자가 자비 출간을 하는 것입니다. 그런 책을 약력에 큰 상이라도 받은 듯 어디서 지원받았다는 내용을 올려놓는 것을 보았습니다. 출판사를 소개하는 난에 어디서 지원받아 출간을 했다는 것을 상재하는 것입니다. 완성도 높은 신인 작가면 처음 계약 때 1판 1쇄의 인세는 책값의 6%, 2쇄에 들어가면 7%, 3쇄는 8%로 끝납니다. 우리나라 최고의 작가들의 인세도 8~10%입니다.

나는 도서출판 학고방에서 12%로의 인쇄를 받는 작가가 되었습니다. 책이 출간되면 출판사에선 10~20권을 저자 보관용으로 줍니다. 그 외 저자가 책이 더 필요할 땐 인세에서 책값을 빼고서 보내주는 것입니다. 나는 시집도 8~10%로의 인세를 받았으면 도두 계획 출판입니다. 다시 말하자면 완성도가 높지 않으면 대형 출판사에서 인세를 주는 것이 아니라 저자에게서 돈을 받고 출간을 해주는 것입니다. 이러한 사실도 모르는 어리바리한 문인들은 대형 출판사에서 출간을 했기에 완성도 높은 책으로 착각을 하는 것입니다. "우리나라에서 출간되고 있는 시집은 아마 99%는 자비 출판이라"는 출판사 관계자의 말입니다.

2006년 첫 시집 『잃어버린 첫사랑』 책이 출간 3일 만에 출판사 대표로부터 전자책으로 만들게 허락을 해 달라 하여 허락을 하였는데, 당시엔 시집이 전자책으로 출간을 한 것이 처음이라 하였습니다. 베스트셀러가 된 『지독한 그리움이다』 두 번째 시집은 출판 선영사에 원고를 직접 가지고 갔는데, 그 자리에서 계약금인 선先인세 200만 원을 주면서 출판사 대표는 "초판 3,000부를 찍겠다"는 출판계약을 하였습니다. 그 시집을 창비에서 출판하려 했지만 "감수성이 내밀하고 치열한 감각을 동반하고 있지 않으며 직설적으로 썼기 때문에 자기 출판사와의 지향과 맞지 않다"며 "좋은 출판사를 만나서 출판을 하십시오."라는 내용을 원고를 보낸 3일 만에 우편으로 보내 왔습니다. 이 시집은 출간 3개월 만에 국립 중앙도서관 보존서고에 들어갔으며, 내가 살고 있는 김해도서관 보존 서고에도 들어갔습니다. 이러한 일은 극히 드문 일이라 하였습니다. 또한 서울신문에 가로 20cm에 세로 17cm 크기의 컬러와 흑백 광고를 월 6~9회씩 2011년 2월부터 2014년 6월 24일까지 서울신문-BrAsiL 란에 상재로 끝났습니다. 무려 3년을 넘게 광고를 한 것입니다. 출판사상 시집을 이렇게 긴 기간 동안 하는 것은 처음이라 하였습니다. 이 책은 우리나라에서 7년간 시집은 베스트셀러가 없었는데, 베스트셀러가 되었다고 했습니다.

나는 문단을 51세의 늦은 나이에 나왔고 대학 문창과도 나오지 않았습니다. 그간에 24권을 집필했지만 집필 기간이 시집은 1~2개월이면 되고 장편소설은 1~3개월이면 원고를 탈고 합니다. 원고 탈고 후 책이 출간되어야 다른 책의 원고를 구상하곤 합니다. 이 책을 집필하느라 노토피라는 160g이 들어 있는 피부보습 크림을 궁둥이에 두 개를 발랐습니다. 어떤 때는 식사를 거르고 5~6시간씩 의자에 너무 오래 앉아 궁둥이에 쥐 눈이 콩 반쪽만한 왕 땀띠 같은 피부병이 생겨서 치료를 하였습니다. 우리 각시가 나의 담당의사에게 너무 무리하게 집필을 하고 있으니 자제해달라는 말을 해주라고 부탁을 하였다며, 의사는 그렇지 않아도 "심장 시술한 뒤 6개월은 자세히 지켜보아야 하는데 무리하게 몸을 쓰지 말라"는 부탁을 합니다.

구차한 말은 각설(却說)하고 본문으로 들어가 신문의 위기를 먼저 이야기하고 요즘 책의 위기와 아름다운 세상을 만들 수 있는 것에 대한 이야기와 더불어 급격하게 번지는 우리 사회의 암울한 현실을 해소하는 방향을 설정하여 풀어보는 이야기를 해 보겠습니다.

그러니까 보복을 해라. 그런 부대를 만들어 보복해라.

① KBS1TV 정전 60주년 특집 다큐멘터리 4부작 〈DMZ〉 1·2부에 출연한 저자.

② 서울 MBC초대석 북파공작원 관련 방송에 출연했던 장면.

③ 중소기업 운영 당시 저자.

차례

디지털 시대 신문의 위치

　　7일은 '신문의 날'. 전혀 새삼스러울 것이 없어 보이는 날이다. 하지만 해마다 돌아오는 그날이 늘 심상치 않다. 종이신문이 아주 오래전부터 시한부 인생을 살고 있기 때문이다. 과연 그 목숨이 언제 다할 것인가. 너도나도 유행처럼 종이신문의 절멸을 예언한 지 20여년이 넘었다. '예언자' 대부분은 신문의 살날이 "얼마 남지 않았다"고 말했다. 다들 길어야 5년, 10년이라고 했다. 디지털 혁명에 휩쓸려 신문사들이 계속 문을 닫았다. 세계적 신문사들도 발행부수가 반 토막 났다. 한국도 예외가 아니다. 10여 년 전만 해도 발행부수 200만 부를 자랑하던 신문이 한둘이 아니었다. 이제는 어느 신문도 그렇게 말하지 않는다. 종이신문의 절멸은 피할 수 없는 현실로 보인다. 미국에서는 종이신문에 대한 희망을 접었다고도 한다. 신문들은 디지털 전략으로 절망을 희망으로 바꾸고 있다. 300개 이상의 종이신문이 디지털 배급으로 돈을 번다. 그것으로 생존할 것이라고 한다. 올 3월 워싱턴포스트와 USA투데이의 발행인은 "종이신문의 장래는 자신들의 손을 떠났다"고 말했다. 독자들이 종이신문의 운명을 결정할 것이라는 것. 최고의 신문 장인匠人들조차 소심한 패배주의에 사로잡혀 손을 놓고 있다. 하지만 전문가들이 자신 있게 말한 '그날'은 언제인가. 벌써 5년도 지나고 10년도 흘렀다. 그래도 종이신문은 여전히 살아있다. -하략-

　　　　2014년 동아일보 4월 3일자 A.33면 단국대 손태규 교수 <직필직론> 中

현재 나는 조선일보와 동아일보를 구독하고 있습니다. 한국 전쟁으로 인하여 세계에서 인도 다음으로 가난했을 당시 박정희 대통령과 정주영 현대 그룹 회장과 만나서 이야기하던 뉴스가 생각납니다. 박 대통령이 "당신은 소학교(초등학교, 즉 현재 초등학교)만 겨우 졸업한 사람이 어떻게 우리나라 경제 발전에 최고인이 되었소?"라는 말에 정주영 회장은 "신문대학을 나왔습니다." 그 말의 가장 중요한central 핵심은 매일 아침 조선일보 · 중앙일보 · 동아일보 등을 읽고 대 그룹을 경영하는 지혜를 얻었다는 말입니다. 그렇게 가난했던 대한민국은 신문대학을 나왔다는 우스갯소리가 아니고, 그 신문대학 덕분에 지금의 세계 경제 상위권에 지대한 공헌을 했다는 것은 국민 대다수가 알고 있습니다.

그런데? 200만 여명의 정규 독자를 두었던 조선일보도 이젠 정규독자가 3분의 1이 줄었다는 말이 헛소문이길 바랍니다. 신문은 새로운 모바일 미디어 환경에 적응하면서 나아가야 합니다. 그에 따라 정부에서는 언론으로서 중추적 기능을 수행해 갈수 있도록 지원해야 합니다. 독자가 점점 떨어지는 상황에서 신문이 헤쳐 나갈 길을 찾는 일은 어떤 국가적 아젠다agenda: 토의할 일련의 과제들, 해야 할 일련의 일들보다도 시급한 과제가 아닐 수 없습니다. 신문이 붕괴된 폐허 위에 민주주의가 존재할 수 없기 때문입니다. 신문이 제 기능을 하지 못하는 사회는 대화가 단절된 가정이나 마찬가지입니다. 신문만의 일이 아니기에 상재를 했습니다.

작금의 신문사도 판매부수는 줄어들고 그에 반비례하여 독자가 감소해 신문의 위기론이 등장한지도 오래입니다. 국제적인 추세도 마찬가지여서 외국에서도

▶ 신문을 읽고 있는 강민구 군(저자의 손자)

도산하는 신문사가 속출하고 있습니다. 이러한 현상에도 "신문 경영의 위기일지언정 신문의 위기는 아니다"라고도 종사자는 말하고 있습니다. 그 이유는 신문이 콘텐츠는 정보의 집합소이고 상상력의 무한대의unlimited 원천이라는 것이기 때문입니다. "신문이 없으면 돌 직구 쇼도 없다. 신문의 미래는 미래의 나침반이다." 미래학자 존 나이스비트John Naisbitt는 지방신문 몇 년치를 분석해 메가트렌드magatrend를 예측할 수 있었다고 고백을 했습니다. 프랑스에서는 3~6뉴스 리터러시 미디어(교육) 사용을 가르치고 있다는 것입니다. 뉴스는 "주어진 것"이 아닙니다. 한국형 뉴스 리터러시 교육이 안전 news security E한가는 간과할 수 없는 문제이기도 합니다. 뉴스 사용으로 비판적 사고를 찾아 낼 수 있는 것이 있습니다. 현하워드 슈나이더w. u. snyder 는 현존하는 교육 시스템 중 제일 잘된 것이 "어머니가 사랑한다 하여도 다시 한 번 확인하라"와 같이 뉴스도 마찬가지입니다.

보통 우리나라 사람이 300여 쪽의 책을 단숨에 완독하는 사람은 극히 드물 것입니다. 반면 신문은 4~50분이면 1부를 정독할 수 있을 것입니다. 중요한 내용은 스크랩하여 소중한 자료로 모아둘 수도 있습니다. 신문 기사는 매일 그 내용이 업데이트되는 새로운 정보와 지식들로 넘쳐있습니다. 나는 글쓰기의 밑 자료로 스크랩한 신문 기사를 종종 활용합니다. 이 책도 앞서 말했듯 각 신문 기사에서 인용한 글이 5% 정도 됩니다. 조선·동아·중앙 등의 중앙지는 교차로 50여 년을 보고 있지만, 지금은 조선일보를 보고 있습니다. 잘 아는 지방지기자가 신문을 구독해 달라는 부탁을 받고 구독을 했으나 몇 개월 지나 보급이 안 되었습니다. 아마도 구독자가 적어서 지역 배달 센터가 없어진 것입니다. 그래서 도서관에 주 2~3일 가서 모두 보고 있습니다. 도서관자료실에 가면 그 지역신문과 유명한 중앙지도 있어 모두를 볼 수 있습니다. 신문을 통해서 영어·일어·중국어 회화를 비롯한 한문 공부까지 할 수 있으니 꿩 먹고 알 먹기입니다. 학생들이 신문을 구독한다면 국어공부를 위해 다른 참고서는 볼 필요가 없을 것입니다!

내 버릇이 하나 있는데? 제1군 하사관학교(지금의 부사관학교 전신) 입학 때 마지막 시험이 동아일보와 조선일보를 주면서 판정관이 읽고 설명을 하라는 것입니다. 당시에 신문 사설에 한문이 많이 들어 있었습니다. 나는 조선일보와 동아일보 사설을 읽고 마지막 판정 합격을 해서인지 지금도 사설이 실려 있는 뒤쪽부터 먼저 읽어가는 것입니다. 그래서 습관은 50여년이 되었는데도 고치기 어렵다는 것입니다. 신문 논설문은 논술의 텍스트요. 또한 오피니언 란의 칼럼은 글쓰기의 표본입니다. 이처럼 다방면으로 유익한 신문은 국가권력의 견제라는 언론의 본연으로서 막대한 역할도 하고 있습니다. 다른 한편으론 개인의 지식 함양과 새로운 정보의 보고로서 꼭 중앙지를 읽기를 권합니다. 특히 나와 같은 작가는. 그래서 책과 신문은 공통점이 있는in common 것은 지식의 보고입니다. 뉴스 소비와 관련해 또 하나의 큰 특징은 기사News와 논평Views의 결합입니다. 방송과 인터넷, 모바일 등 다양한 플랫폼을 통해 언제 어디서든 새로운 뉴스를 접할 수 있고 정보가 흘러넘치는 시대에 살고 있는 지금의 독자들은 단순한 뉴스가 아니라 그 뉴스가 의미하는 바를 알고 싶어 합니다. 신문의 경우 기사와 오피니언을 분리하여 배치를 하지만 방송에선 둘이 합쳐져 송출됩니다. 미국에선 보수적 색체의 폭스 채널이 중립 보도를 지향하는 CNN을 물리쳤습니다. 여러 갈래의 해석이 가능하지만 뉴스와 논평論評의 결합이 소비자가 원하는 뉴스 소비방식이 그러한 결과를 낳은 것이라고 합니다.

사람은 타인과 생활을 공유하는 사회적인 동물입니다. 따라서 서로의 뜻과 생각인 정보를 주고받는 전달과 교환은 우리가 사회생활을 영위하는 데 빼놓을 수 없는 중요한 요인입니다. 이와 같은 정보를 사람들의 상호작용相互作用을 통해 전달하는 이음줄은 언론이라는 매체입니다. 특히 매체media를 통해 어떤 사실을 밝혀 알리거나 특정 문제에 대하여 여론을 형성하는 활동은 언론의 역할입니다. 현대사회에 가장 큰 영향을 미치는 것이 바로 언론입니다. 따라서 언론은 사실fact을 자유롭고 객관적으로 보도해 대중이 올바른 판단을 내릴 수 있도록 해야 합니다. 이러한 역할을 하는 언론이 지방화시대와 함께 지역의 중요한 정보전달의 매체로서 지역 언론의 중요성이 부각되어 왔습니다. 그러나 작금의 전자기기의 출현으로 불행하게도unfortunately 지방신문은 상대적으로 시장의 영세성으로 생존의 위협에 직면하고 있는 것도 사실입니다. 따라서 지역의 언론이 견실하게 자기 사명을 수행하기 위해서는 중앙언론과의 차별화差別化된 역할과 상대적으로 열악한 시장에서의 생존을 위한 전략이 필요합니다. 지역의 언론은 먼저 지방정치의 핵심이라 할 수 있는 행정(자치단체)과 입법(지방의회)을 감시하고 감독을 하여 지역주민들의 여론을 기사화해 그들에게 전달해야 합니다. 또한 그들의 정치 행위를 주민들에게 전파함으로써 지역주민들이 간접적으로 행정과 입법을 감시할 수 있는 것입니다.

다시 말해 지역의 언론을 보면 그 지역의 현상現象을 파악할 수 있어야 하며 사태나 갈등문제를 짚어 지역민에게 해결의 가능성을 제시할 때 언론의 가치를 높일 수 있습니다. 그러나 때로는 이러한 역할을 스스로 감당하기 어려운 경우가 적지 않은 것이 지역 언론의 공통된common 현주소입니다. 이는 지역의 한정된 영역에서 오랜 관행에 젖다보면 자신도 모르게 취재원과 밀착돼 객관적 보도를 스스로 제약할 뿐만 아니라 기관이나 단체의 일방적 보도 자료에 의존해 일반 시민들의 알권리가 제한을 받게 되는 경우가 종종 있습니다. 흔히들 언론을 공기公器라고 합니다. 그 공기가 지역주민들이 자유롭고 풍요롭게 숨을 쉴 수 있는 공기空氣인 여론을 형성해 갈 때 활기차고 튼튼한 지역사회로 발전해 갈 것입니다.

옛 부터 세상은 중심된 소수少數가 대수大數를 정복하고 기존의 소수가 대수를 정복하는 순환의 역사라는 말이 있듯 전자기기 발달로 전자기기가 대수가 되어 소수인 지방지를 보호protection해야 합니다만 소생가능성은 점점 어려워지고 있습니다. 지역민들도 자기지역에서 발행되는 신문을 보호하는 차원에서dimension 신문을 구독해야 지역에서 크고 작을 일들을 알 수 있습니다. 그래서 나는 중앙지와 지방지를 필히 보고 있습니다. 내가 모르는 옛 일들을 알려고 신문사 독자 부서에 부탁을 하면 오래된 당시의 기사를 찾아 복사를 하여 우편으로 보내주거나 아니면 메일과 팩스로 언제든지any time 보내 줍니다. 나는 방송을 보다가 번개 같이! 스쳐가는 자막을 다 읽지를 못해서 방송국 시청자실에 연락하여 관련 자료를(CD 3,3000원을 주고 구입을 하기도 합니다.) 받습니다. 요즘 신문 월 구독료가 1만 5,000원입니다. 작은 신神이라고 부르는 소설가인 강평원이가 명언을popular quotation 하나 남기겠습니다. "30여 일 동안 신문을 읽고 한 가지 지식을 습득하여도, 인생의 방향이 달라진다"라고 말입니다. 신문을 읽을 때는 우리가 음식을 편식하지 않고 영양을 골고루 섭취해야 몸이 건강한 것처럼 정보도 다양하게 습득해야 합니다. 관련 분야에 대한 기사와 포털사이트portal site에 자주 노출되는 기사만을 접하기 쉬운 인터넷보다는 종이신문을 통해 균형 잡힌 정보를 접하기 때문입니다. 신문은 한때 여론의 세계를 지배하는 "절대권력"이었습니다. 일본이 식민지 조선을 요리하는 수단에 일조를 했고 또한 박정희가 무자비한 폭압과 독재를 정치를 하는데도 신문은 정권연장 수단에 도우미 역할을 함께 하기도 하였습니다. 1970~1980년대의 군사정권의 행패에 암울했던 독재시대에 언론의 자유를 지키기 위한 투쟁은 바로 감옥행이었고 심지어는 기자소속 신문사는 광고탄압을 당하기도 했습니다. 당시 언론을 철저히 감시하던 박정희 군사정권이 유신체제를 공고히 하기 위해 언론을 통재했던 것입니다. 박정희 군사정권의 완고한stubborn 유신체제는 급기야 긴급조치란 법을 이용하여 국민의 말할 권리와 말할 자유를 박탈했습니다. 당시의 언론종사자들은 독재 권력을 옹호해야 되느냐 아니면 구속되어 고문을 당하고 감방에 가느냐 하는 고민에 빠졌던 것입니다. 언론 탄압 강화에는 관련부처인 문화관광부는 신문편집부에 직원을 파견했고, 군인을 파견하여 편집하는 기사를 사전에 검열하는 수모를 겪기도 했습니다. 일부 언론이 독재 권력에 협조를 하였습니다. 그러나 정권의 시녀가 되기 싫다고 동아일보 기자들은

1974년 10월 24일 자유언론실천선언을 하자. 체재위협을 느낀 정부는 광고 탄압을 하였습니다. 결국엔eventually 정부에서 기업체에 광고를 동아일보에 하면 세무사찰을 하겠다는 압력을 가했던 것입니다.

나도 사업을 할 때 세무서에 인사(돈 봉투)를 하지 않아 세무사찰을 당했습니다. 세무사찰이 들어오면 안 걸리는 회사는 없습니다. 공장 안에 설치된 냉장고 물받이까지 뒤지는 것을 보았고 운전기사와 공장장 호주머니를 뒤지는 것입니다. 제품 발주서와 납품서 하나까지 찾아 거래량을 알려는 것입니다. 세무사찰이라는 위협 때문에 결국 기업들이 구독을 거절rejection하여 동아일보는 백지광고로 신문을 발행을 하자, 일반 국민과 학생들은 동아일보를 살리기 위해 개인광고가 감당하기 힘들게 밀려들었다고 합니다. 그래서 언론의 자유는 민주주의 국가에선 생명입니다. 언론은 국가의 것이 아니라 국민의 것입니다. 대한민국의 독재 정권을 막는 힘은 깨어 있는 국민과 정론 正論은 언론에 있는 것입니다.

당시의 한 일간지 대표는 밤의 대통령으로 불리며 그 위세를 자랑하기도 했습니다. 그러나 세상은 끊임없이 변했습니다. 위와 같은 역할을 했던 신문의 독자들의 숫자는 날이 갈수록 줄어들고 있다는 것입니다. 작금의 신문이 생존을 위협받는 세상이 되고 있는 것입니다. 애독자들의 숫자가 날이 갈수록 점점 줄어들고 있는 것입니다. 그 영향력도 크게 줄어들 수밖에 없어 너도 나도 신문을 구독하던 시대의 시절은 이젠 전설로만 남아 갈 수밖에 없는 환경에 처했습니다. 그 근본 원인이 디지털에 있습니다. 디지털태풍 앞 신문의 신세는 가물거리는 촛불입니다. 종이신문은 디지털 시대에 걸맞지 않은 매체가 되어버렸습니다. 특히 디지털 문화에 흠뻑 젖은 대다수의 사람들에겐 신문을 읽는 모습은 어딘지 낯선 모습으로 보일 것입니다. 그렇다고 종이 신문이 매력까지 사라진 것은 아닐 것입니다. 그 가치와 존재 의의도 무의미해진 것은 아닐 것입니다. 아날로그 문명의 통찰력이야 말로 디지털 문명의 에너지이자 엔진입니다. 또한 정보 홍수 시대는 정제된 콘텐츠에 대한 수요가 높을 수밖에 없습니다. 그러하니 신문은 살아남을 이유가 충분합니다. 디지털 시대를 떠받치는 힘의 원천이기 때문입니다. 다만 전제조건이 있습니다. 언론을 말할 때 먼저 떠오르는 두 마디가 가치와 신뢰입니다. 언론은 민심이 추구하는 가치체계를 저버려서는 절대 안 됩니다. 언론은 또한 양심적인 보도로 독자들의 신뢰를 얻을 수 있어야 합니다. 오늘의 대한민국 신문의 진정한 위기는 가치체계의 혼돈과 신뢰信賴의 파탄에 있습니다.

신문의 핵심 덕목을 해치는 몇 가지 현상을 살펴보면, 정보와 콘텐츠contents는 디지털 시대 신문의 핵심과제 가운데 하나입니다. 시대 변화에 부흥하는 혁신의 노력이 다각적으로 펼쳐지고 있습니다. 문제는 정보를 전달하는 수단을 곧 정보지에 집착함으로써 신문의 본령을 잊고 있다는 점입니다. 신문은 단순한 정보지가 아닙니다. 세상은 선과 악을 비롯한 옳고 그름으로 복잡하게 얽혀 있습니다. 영악한 인간은 빼어난 말솜씨로 진실을 호도합니다. 누가 그리고 무엇이 나쁘고 좋은지 분간하기 어렵습니다. 권력은 부패하기 마련입니다. 권력은 옆길로 빠져나가기를 좋아합니다. 권력의 단맛을 좇다 보면 일탈하기 십상입니다.

기업가와 노동자는 전혀 다른 세상에서 삶을 영위하고 있습니다. 세상을 보는 그들의 시각은 전혀 다름을 알 수 있습니다. 단순한 정보만으로 세상의 진실을 설명하기 어렵습니다. 무엇이 옳고 그른지 신문은 명확한 판단을 내려야 합니다. 권력의 탈선을 견제할 책무를 신문에 부여한 것은 사회적 합의合意 사항입니다. 그러나 몇몇 신문들은 권력 앞에 무력합니다. 약자의 편에 서야 하는 신문의 사명은 불행不幸하게도unfortunately 잊힌 지 오래되었습니다. 단순한 정보지가 아닌 정론을 담은 공기公器가 신문인 것입니다. 정론은 언론의 정신이자 시대의 영혼입니다. 정론이 사라진 시대는 영혼 없는 시대를 의미합니다.

정론을 포기한 신문은 찌라시(각 가정에 배달되는 광고지)입니다. 나는 전라도에서 태어나 군 생활 3년과 서울에서 4년을 살고 경상도에서 현재까지 살고 있으나 경상도에서 잘 사용하는 찌라시란 말을 처음에 이해를 하지 못했습니다. 김해지역엔 일간지 1개와 주간지 2개가 있습니다. 한곳의 주간지가 패선된 김해 진영역 터에 "소설가 김원일 문학관을 지었으면 한다"는 김해 문인협회 지부장 말을 상재를 하여, 소설가 김원일의 아버지인 김종표 일행이 부산과 창원 김해지역의 빨갱이 각 조직 임무의 부위원장 직책을 지내면서 김해지역에서만 1,226명의 보도연맹원의 학살사건 관련의 책임자였고 부산에 500여 명의 학살에 관여했다는 말을 김해 창원지역 보도연맹원 희생자의 유가족과 희생자 회장에게 들었는데, 그러한 말은 잘못이다"라고 알려주면서 곧 출간될 원고를 출력해 주었는데 도리어 화를 내며 기자는 자기도 "알고 있었다"는 것입니다. 나도 서울의 유명한 주간지 본사 편집위원 기자중도 있고, 부산이 본사인 영호남에서 이름 있는 월간지 본사 편집위원 기자중도 있고, 경남 장애인 신문 본사 편집부 기자중도 있습니다. 이젠 집필 관계로 그만 두었습니다만 기자는 편견 없는 보도를 해야만 존재하는exist 것입니다. 그런데 지적에도 그 주간지는 김해보도 연맹 학살사건을 전혀 다루지 않았습니다.

또 다른 책인 김해는 가야국이 성립이 되지 않았고 중국광동성에서 패망을 하였던 민족이 김해로 도망을 쳐서 정착을 한 내용을 추적·집필한 책입니다. 당시의 역적은 3족을 멸하는 관습이 있어 그 후손이 김해까지 피난을 와서 지금 수로왕의 묘라고 하는 것은 김해 가락 종친회서 가묘家廟를 하여 놓은 것이라고 2001년 내가 집필하여 2015년 6월인 지금까지 다음 사이트에 들어가 강평원을 검색을 하여 책 더 보기를 클릭하면『북파공작원 상·하권』과 "노무현 대통령 장인 권오석이 빨치산이 아니다"라는 것을 추적 다큐멘터리 소설을 기록한『지리산 킬링필드(베스트셀러: 김해도서관 보존서고)』와『쌍어속의 가야사(베스트셀러: 보존서)』란 책이 등재되어 있습니다. 또한 쌍어속의 가야사는 국립중앙도서관에 데이터베이스화(전자책으로)되어 종이 책은 보존서고에 등재되어 있습니다. 저자와 출판사의 허락 없이 만든 그 이유를 지적하자 종이책 열람이 너무 많아 책의 훼손을 막기 위해서였다며 정식사과를 했습니다. 또한 국사편찬 위원회에서 자료로 사용되고 있습니다.

나는 기획출판을 하기에 출판사에서 저자 보관용으로 10~20권을 줍니다. 내가 속해 있는 문인협회 회원에게 두 세권을 주고 나면 기자실에 한 권, 두 권을 줍니다. 그런데 잘못 보도를 일삼는 주간지 기자에게 책을 읽어보고 보도를 하라고 주었는데 한 줄의 책 발간 소식보도도 없었습니다. 중앙지의 기자와 지방지의 일부의 기자 의식 수준은 하늘과 땅 차이입니다. 중앙지 가자들의 노고를 보면 전쟁터에서 죽음을 무릅쓰고, 태풍과 천둥 번개에 낙뇌落雷를 비롯하여 우박이 쏟아지고 급류가 흐르는 지역·엄동설한과 눈보라가치는 환경에서·폭염으로 힘든 지역에서·메르스 같은 전염병이 퍼지는 지역에서·식사를 거르거나 잠 못 이루고·신혼인데 집을 떠나서·특종보도를 위해 수 시간을 기다리고·오탈자기사를 올려 낭패를 당하기도 하는 등등의 헤아릴 수 없는 온 갓 고난苦難을 무릎 쓰고 상대방 신문보다 빠르게 독자들이 보게끔 공들여 쓴 기사가 홀딩 되지 않으면 그 허탈함을 독자들은 모를 것입니다.

가야국이 김해서 태동되지 않았다는 이야기에 독자들의 관심이 많을 텐데 그 이유에 대해 이야기를 하겠습니다. 간단하게 하고 부록에 좀 더 상세하게 상재를 하겠습니다. 가야국을 10명의 왕이 500여년을 통치를 했다는 것입니다. 이씨조선의 통치가 500여년인데 1대 태조太祖에서 마지막 순종純宗까지 27명의 왕이 통치를 했습니다. 그런데 1대왕인 수로는 하늘에서 내려온 6개의 알에서 태어나서 금관가야국을 건설을 했으며 나머지 다섯 개의 알에서 나온 남자들은 5가야 왕이 되었다는 설화를 거짓역사로 만들어 유네스코에 등재를 하겠다는 것입니다. 10명의 왕이 500여 년을 통치를 했다면 1명당 50년을 통치했다는 것은 엉터리 입니다. 그런 역사를 동조하는 대학 교수란 자는 자격이 없습니다. 유치원 초등학교를 들어가면 숫자 개념부터 배웁니다. 1대왕이 20세에 결혼을 하여 아들을 낳았다면, 아버지가 아들을 낳은 뒤 60세를 살고 죽는다면 아들은 40세가 됩니다. 아버지를 이어받은 2대왕이 60세에 죽는다면 20년 통지가 되는 것입니다. 그러한 가계가 정확하게 이루어 진다해도 300년 통치도 어렵습니다. 더 빨리 죽는 자가 있기 때문입니다. 당시는 인간의 평균 수명이 50세도 안되었습니다.

또한 수로왕의 아내는 인도의 아버지인 왕이 꿈을 꾸었는데 하늘에서 선몽宣夢을 하여 동방의 가야국에 김수로라는 왕이 있는데 결혼을 못하였으니 돌배를 타고 오빠인 장유화상과 시종을 데리고 2만 5천리가 넘는 험한 뱃길로 유명한 뱅갈만을 지나 당시에 지도도 없고 말도 통하지 않은 동방에 있는 가야국으로 가서 결혼을 하라는 아비의 말을 듣고 수많은 시종을 데리고 가야국을 찾아와 국제결혼을 했다는 엉터리 역사를 유네스코 문화유산에 등재를 하겠다는 것입니다.

그래서 일본 중국 유명한 역사와 고고학 교수들과 국내 교수들 12명이 김해 박물관에서 학술대회를 하는 장소에서 참석하여 학술회가 끝나고 방청객 질문시간에 내가 "김수로왕의 묘와 부인 허황옥의 묘는 잘 보존되었는데 그 후대의 9명의 왕과 부인의 묘는 어디에 있느냐? 1대왕의 묘를 저렇게 호화스럽게 2,000여 년을 김해김씨 종친회에서 관리를 했다면 후대의 왕들의 묘는 우리 상식으로 더 관리가 잘 되어야 하는 것이 아닌가? 대다수 우리 국민은 아버지·할아버지·증조할아버지·고조할아버지 등의 묘의 벌초와 제사를 하는 문중이 있지만 그 윗대 조상의 묘 관리와 제사와 벌초는 잘 안하는 것으로 알고 있다"라는 나의 질문에 12명의 역사 교수를 비롯한 고고학 교수는 대답을 하지 못했습니다. 고고학자가 "유물이 발견되었다"라는 말에 "유물은 민족 이동의 역사입니다. 한민족이 망할 때 피난을 가거나 요즘처럼 이민을 가서 그곳에서 살다 죽으면, 옛날이나 현시대에도 죽은 사람이 사용하던 부장품을 같이 묻어 주었습니다. 지금도 화장을 하지 않고 매장을 하면 그렇게 하고 있습니다. 지금의 핵전쟁이 일어나 내가 김해서 생산되는 도자기나 다른 공산품을 아프리카로 가지고 피난을 가서 살다가 죽자 자식들이 김해서 가져간 부장품을 묻었는데 수 천 년이 지나서, 그 부장품이 발견되면 대한민국이 아프리카에서도 태동됐다는 겁니까? 점심을 먹고 자세한 이야기를 토론하자"는 말에 점심을 먹은 후 모두 도망을 치듯 가버렸습니다. 이러한 내용이 상세히 상재된 책을 주었는데 아무런 기사가 없었습니다.

김해시 각 가정에 보급되는 김해 시청에서 발행되는 주간지인 김해시보(12만 부 발행)에는 책의 내용과 우리가 부르는 아리랑이 중국에서 먼저 부르게 되었다는 아리랑 한문 노래가사를 크게 보도를 했습니다. 이렇듯 지방에서 발행되는 일부 신문들이 문제입니다. 몇몇 중앙지도 이념지도에 꿰맞추는 버릇도 우리나라 언론의 병폐입니다. 특정한 정파를 대변하는 신문은 참 언론이 아닙니다. 적어도 주요 일간지 가운데 스스로 정파지 임을 안팎에 분명이 밝힌 신문은 없습니다. 사실을 보도하는 데 이념적 성향은 끼어들 여지가 없는 것입니다. 비판적批判的 기사 역시 보도 원칙에 따라 작성을 합니다. 사회적 상식과 윤리와 도덕적 가치체계 등이 그 기준이 되는 것입니다. 이념성을 편향적 보도의 방패로 활용하고 있다는 점도 눈여겨볼 일입니다. 이념적 딱지를 붙인 집단에 대한 맹렬한 비판기사에서 또는 권력의 탈선에 대한 축소보도나 침묵에서 두드러집니다.

이런 현상은 복잡하고도 다양한 부작용을 낳습니다. 정상적인 언론에 대한 이념적 오해와 사회적 분열의 가속화 등을 초래하곤 합니다. 편향적 보도 태도에 이념성을 부여하는 것은 난센스입니다. 신문과 제멋대로 보도하는 신문으로 나누는 게 유용한 구분법이 될 수 있는 것입니다. 이념적 분류법은 생물학적 다양성을 원천봉쇄源泉封鎖하는 무기로 활용되고 있습니다. 사람마다 그 성향은 제각각입니다. 사람 수만큼 색깔을 보이게 마련입니다. 때론 신문이 제공하는 정보의 역동성이나 활력도 사람에 따라 불만을 살 수 있는 것입니다. 또한 균형보도를 해야 합니다. 현장은 언론인에게 사회 제도에 social contract 부여된 최고의 특혜입니다. 말이나 학식으로 설명할 수 없는 진실을 만날 수 있기 때문입니다. 신문은 반드시 비판과 감시가 뒤따라야

하는 것입니다. 종이 신문의 걱정도 2015년 문화체육부에 등록된 언론사(언론매체)가 1만 8천여 개라는 것입니다. 직원이라 해 보았자 2~3명이라는 인터넷 매체가 하루 3개 이상 생긴다는 것입니다. 문제는 이들이 일부 기업에 비리 등을 알고 광고를 하지 않으면 고발을 하겠다는 위협을 하고 있다는 것입니다.

위의 글에서 신문사의 어려움을 겪고 있듯! 출판사들도 신문과 같이 어려움을 겪고 있습니다. 디지털이 보급 당시부터 종이책은 전자책에 희생될 것이라고 했습니다. 그러나 예상은 빗나갔습니다. 요즘엔 간편한 전자책을 내는 작가들이 더러는 있지만 그 효력效力은 미미할 뿐입니다.

한편으로는 인터넷이 또 하나의 세상을 이루면서 속속 문학 사이트가 생겨나고 있습니다. "그간에 발표했던 작품을 모두 보내 주세요."하는 편지가 오거나 전화가 자주 걸려옵니다. 이미 700여 개나 되는 전자 책방이 경쟁하고 있는데. 모든 작가에게 책을 달라고 하며 감언이설甘言利說로 포장하여 말하지만 실제는 대다수의 전자 책방이 신뢰하기 곤란한 수준입니다. 도서관 사서들의 말에 의하면 『모바일로 듣는 오디오 북』홀이 있지만 이용하는 사람은 거의 없다고 합니다. 나는 그동안 출판된 책은 문화관광부 우수도서로 선정되어 19권이 전자책으로 데이터베이스Database화되었지만, 국립중앙도서관만 빼고 단 1원도 인세를 받아 본 적이 없습니다. 십중팔구 어수룩한 작가는 이용이나 당할 뿐입니다.

출판사들은 국민의 관심과attention 사랑으로 열렬熱烈한 지원 속에 크게 번창해야 할 업종입니다. 그런데 우리의 현실은 어떤가요?

책과 인문학의 위기와 부활

인류의 역사에는 인간 생활의 질을 크게 향상시키거나 혹은 시대의 흐름을 결정적決定的으로 바꾸어 놓은 발명품發明品들invention이 있습니다. 예를 들어 증기관steam engine과 내연기관은 인류에게mankind 산업화의 길을 열어준 획기적劃期的인 발명품들입니다. 요즘의 디지털 세상이 펼쳐진 것은 1940년대 후반부터 등장한 반도체 소자들 덕분입니다. 이처럼 고대古代에서 현대現代에 이르기까지 역사에 기록된 수많은 발명품 중 가장 중요한 것 하나를 꼽으라면 그것은 무엇일까요? 발명품에도 명예의 전당殿堂이 있다면 제일 높은 자리에는 아마도 "책"이 올라 칭송稱頌을 받고 있어야 할 것 입니다.

책이야말로 선인先人들의 지식知識과 지혜知慧를 축적蓄積하고 그것을 전수傳受하는 수단으로 오늘의 문명文明을 이룩하게 한 가장 큰 공로자이기 때문입니다. 인류의 위대한 사상과 중요한 지식은 책이라는 발명품 속에 기록되고 보존되어 왔습니다. 전 세계적 베스트셀러인 성경과 경전을 비롯하여 코란 등. 세계 각국의 헌법들은 대개 책으로 반포되었고 공자의 유교 사상과 뉴턴의 이론도 책으로 전해져 왔기 때문입니다. 찰스 디킨스의 흥미진진한 소설과 모차르트의 아름다운 음악도 책이 있어 즐길 수 있었고. 선남

선녀에게 청아한 즐거움을 주고 사회적으로 정신문화의 중추적中樞的인 역할을 해 온 책의 소중함과 그 역할의 중요성을 생각하면 출판사와 서점들은 국민과 정부의 따뜻한 사랑과 열렬한 지원을 받아 크게 번창해야 할 업종입니다. 그런데 우리의 현실은 어떤가요? 독서 인구가 아프리카보다 못한 대한민국이라는 것입니다. 그래서 정부에서는 심각하게 생각을 하고 있다는 보도입니다. 세계는 21세기를 문화의 세기로 규정하고 있습니다. 나라의 번영을 기약하는 근원적인 힘은 그 민족의 문화적·예술적 창의력에 달려 있습니다. 진정 문화의 세기를 맞으려면 문학文學(즉, 冊)을 살려서 준비를 해야 합니다.

문학이 모든 문화예술文化藝術의 핵심核心이기 때문입니다. 문학이 없이는 아무리 문화 예술을 발전시키려고 해도 발전되지 않는 법입니다. 그것은 문학은 새로운 문화를 창조創造하고 역사를 앞서기 때문입니다. 볼테르나 루소의 작품은 프랑스 대혁명의 도화선이 되었으며, 톨스토이나 투르게네프의 소설이 제정 러시아에 커다란 충격을 주었고 입센의 『인형의 집』이 여성운동의 서막이 되었고 스토 부인의 『엉클 톰스 캐빈』이 미국남북전쟁의 한 발화점이 되었으며, 작가로선 최초로 미국의 최고의 훈장인 "대통령 자유의 메달"을 받은 스타인 백의 『분노의 포도』가 미국의 대 경제공황을 극복하게 만든 계기가 됐던 것입니다. 그래서 인가! 작금의 서울 광화문 곁에 자리한 교보문고가 도서관 겸 서점으로 탈바꿈을 했다는 것입니다. 뉴질랜드 카우리 소나무로 만든 길이가 11.5m의 책상 두 개를 만들어 두었는데, 무려 100여 명이 함께 앉아 독서를 하게 해 두었다는 것입니다. 책을 읽는 우리 국민이라면 교보문고는 많이 들어본 이름일 것입니다. 교보문고는 1980년 교보생명 창업주인 고故 신용호 회장이 "서울 한복판에 대한민국을 대표할 수 있는 서점 하나쯤은 있어야 한다"고 하시면서 종로구 종로 1가 1번지에 창업한 서점입니다. "책을 사지도 않은 채 읽거나 베끼더라도 눈총 주지 말며 심지어 책을 훔치더라도 몹시 싫어하거나detest 절대로 망신을 주지 말라"는 다소 무리한 영업 지침에도 상당한 영업 이익을 보고를 받고 "책을 팔아 너무 많은 이익을 남기지 말라"는 지침의 일화는 현시대의 장사군의 씻김을 거부하는 영혼처럼 교보문고 서점 안에 떠돌 것입니다! 책을 구입을 하지 않은 가혹한harsh 현시대의 일부 서점의 사주로서는 교보서점의 창업주의 상도덕엔, 받아들이기 힘든 진실이a bitter pill to swallow 있을 것인데 이해를 못 할 것입니다! 그래서 지금도 존재存在/exist하는 것일 것입니다.

2008년 미 대선후보 공화당 존 매케인John Sidney Mc C Cain iii 대통령후보가 "이 세상은 좋은 곳이고 지키기 위해 싸울 만한 가치가 있다. 그리고 나는 이런 세상을 떠나기가 정말 싫다." 인용하는 대사는 어니스트 헤밍웨이Ernest Hemingway가 1940년에 집필하여 1954년 노벨문학상을 받은, 소설『누구를 위하여 종을 울리나The old man and the sea』책에서 주인공 "조던"이 다친 채 홀로 적에게 포위된 현실을 담담히 받아들이면서 한 말입니다. 뉴스위크지 보도에 의하면 매케인을 "베트남 전쟁의 영웅", "자기 집이 몇 채인지도 모르는 얼치기 부자", "고집스러운 보수주의자" 등으로 단순화單純化하는 시각은 잘못이라며 "그는 영웅적인 동시에 풍자적이고 금욕적이면서도 때로는 자제력을 잃고 야심가이면서도 반항적인 인물로 알려진 것보다도 훨씬 깊고 복잡한 내면세계를 갖고 있다"고 평을 했습니다. 매케인의 어린 시절 영웅은 아버지 존 S 매케인 2세였다고 합니다. 아버지는 대대로 군대의 지휘관을 배출한 가문에서 태어나 자신도 유능한 해군 제독이었지만, 동시에 가문의 명예名譽를 이어야 한다는 중압감重壓感 탓에 종종 알코올 중독에 빠졌다는 것입니다. 이런 아버지의 모습은 어린 매케인에게 크나큰 상처로 남았는데. "매케인이 책속에서 도피처逃避處를 찾았고 이를 통해 새로운 세계에 대한 동경과 사람들의 위성을 간파하는 예리한 눈도 갖게 됐다"는 보도입니다. 해서 당시의 미국 대통령후보로 출마한 공화당 존 매케인과 민주당 후보인 버락 오바마도 Barack Hussein Obama 유아독서환경운동을 주요 선거공약으로 내걸었습니다.

빈민가貧民家 아이들과 중산층中産層 아이들은 이미 초등학교 때부터 학습 능력에서 뚜렷한 차이가 난다는 것입니다. 그것은 유아 때 책을 얼마나 읽었느냐에 따라 갈린다는 것이기 때문입니다. 가난 때문에 교육의 혜택을 받지 못하는 것은 비극이므로. 국가가 유아독서환경을 만드는 데 앞장서겠다는 대통령 후보를 둔 미국이 부러웠습니다. 우리나라 요즘 아이들은 컴퓨터나 스마트폰에 매달려 인터넷에 중독되어 있으며, 책 읽기를 외면하고 있습니다. 오바마는 "책속에 길이 있다"라고 했습니다. 대통령과 도서관이 어울리는 단어일까요? 결론부터 말하자면 해외에서는 어울리는 경우가 많지만, 우리나라는 어쩐지 생경한 느낌입니다. 미국의 경우 "도서관 공화국"으로 불리고 있습니다. 그래서 오바마 대통령은 퇴임 후 "오바마 도서관"을 만들기 위해 10억 달러를 목표로 모금하고 있으며, 이미 절반을 모았다는 것입니다. 우리나라도 "김대중 도서관"과 "김영삼 도서관"이 곧 개관을 앞두고 있는 것은 그나마 반가운 일입니다. 그동안 당장 먹고 살기에 급급했지만 현대는 지식 정보 사회이기 때문에 더 잘 먹고 살기 위해서라도 도서관 기능에 더 많이 투자를 해야 합니다. 요즘 부쩍 문화융성·창조경제·인문학 진흥·국민의 행복을 위해서도 도서관이 중요한 역할을 합니다. 도서관도 중요하지만 글을 쓰는 작가들의 처우개선에도 함께 힘을 써야 합니다.

–상략– 오늘날 소설가는 우리 사회에서 대접받는 직업에 속한다. 유명 작가들은 지방자치단체에서 생사당生祠堂(즉, 문학관)까지 지어주는 상황이다. 옛날에는 아무리 업적이 있어도 죽은 뒤에 사당을 세웠지만 요즘에는 살아생전에 주변에서 기념관을 지어준다. 살아생전에 기념관을 지어주는 생사당은 대단한 영광이라 아니할 수 없다. –중략– 총리를 해도 기념관이 없고 장관을 해도 기념관은 커녕 곧바로 잊히는 상황에 비교해보면 소설가는 특출 난 직업이다. 그 대접의 밑바탕에는 조선사회가 지녔던 문文에 대한 존경이 깔려 있다. 과거에는 대제학大提學이 문형을 쥐고 있었지만 이제는 우리 사회에서 소설가가 문형을 잡고 있는 위치가 되었다. '삼정승이 대학 한 명만 못하다고' 삼정승 불 여 일 대제학三政丞 不 如 一 大提學했다면 이제는 '열 장관이 소설가 한 명만 못하다고+長官不如一小說家'해도 크게 과장된 표현은 아니다. 형형衡은 저울대를 뜻한다. 문형

文衡이란 '문화의 저울대' 내지 "지성의 저울대"란 뜻 아닌가! 고시에 합격하고 정치권력을 잡고 돈을 많이 벌었다고 해도 아무나 문형을 쥐는 것은 아니다.

조선일보 조상현530의 말

그래서인가! 수원시에서는 "고은" 시인을 데려가 버리자 시인이 태어난 전북 군산시에서는 난리가 났습니다. 또한 경기도 광명시에선 기흥도 시인의 문학관과 문학공원을 만든다고 발표를 했습니다. 기흥도 시인은 29세로 작고했으며 작품집은 시집 1권뿐입니다.

대통령으로 당선된 **오바마** 미국대통령은 2010년 12월 버지니아 주 알링턴의 롱브랜치 초등학교에서 동화책을 읽어 주는 행사를 열었습니다. 그런데 우리정부는 문학 문제를 그리 심각하게 생각하지 않는 것만 같습니다. 문화예술 분야 수장들이 학창시절 인문학 과정을 대수롭지 않게 여겼던 사람들만 포진해 있는 모양입니다. 인문학은 학문의 "생명수生命水"입니다. 근래 들어서 인문학의 위기에 관한 문제가 광범하게 제기되고는 있습니다. 최근 고려대 문과대 교수들은 인문학의 위기를 극복하기 위한 결의를 담은 "인문학 선언"을 발표했습니다. 뒤를 이어 전국 93개 인문대학장들이 동참했습니다. 인문학자로서의 반성과 각오가 포함되어 있는 이 선언은 인문학의 중요성을 새롭게 부각시켜 주는 계기가 되었습니다.

돌이켜 보건대 상당수 대학에서 인문계 학과를 선택하는 학생 수가 급격하게 감소하고 지원하는 학생들의 성적 등도 과거와는 많이 달라졌다는 말도 있습니다. 여러 대학에서는 인문계열 학과 대학원 지망생의 비율이 줄어들고 있음을 모두 우려憂慮의 눈으로 바라보고 있습니다. 이러한 과정인데도 심지어는 일부 대학에서 돈벌이가 되지 않는다는 이유와 취업도 불리하다는 이유로 인문학 관련 학과를 없애는 것으로 번지고 있다는 것입니다. 하지만 인문학은 근본을 생각하는 힘을 기르는 것입니다. 생각하는 힘이 곧 창의성입니다.

오늘날 우리 사회에서 가장 필요로 하는 덕목은 창의성이며 창의성은 인문학적 소양을 가진 사람에게서는 더 잘 발휘될 수 있습니다. 인문학적 기초 위에서 생각하는 능력을 가진 인재를 양성하고 지역문화발전과 보호학문을 육성하기 위해서라도 인문학과 기초학문에 대한 투자를 아끼지 말아야 합니다. 인문학의 학문 후속세대를 양성하는 것은 그 출발점인 것입니다. 그러한데도 일부 대학의 형태를 보면 장사꾼 노릇을 하고 있는 것이 암울한데도 심지어 인문계 학과가 폐과되는 사태도 계속되고 있다는 것입니다. 대학 교양강의에서 인문계가 차지하는 비중은 점차 낮아지며, 실용적 학문이 상류층high-class 교양의 주류인 양 주장되기도 한다는 것입니다. 이와 같은 인문학의 위기 상황에는 다 원인이 있습니다. 우선 인문학이 처해 왔던 외적인 측면에서 찾아볼 수 있습니다. 즉 광복 이후 우리나라는 일상생활에서daily lives 급격한 변화와 압축壓縮 성장成長의 길을 걸어 왔습니다. 이 과정에서 성장에 급급했던 우리 사회는 너무 실용과 효율效率만을 강조해 왔습니다. 여기에서 인간 삶의 기본을 탐구하는 인문학의 중요성은 점차 망각되어 간 것입니다.

신채호나 이광수와 홍명희는 당대의 사상가였고 명망 있는prestigious 천재 天才들이었습니다. 그들이 소설을 택한 것은 민중을 깨우치고 구국독립救國 獨立을 위한 방법이 문학文學이라고 생각했던 것입니다. 그들이 그들의 천재 성을 발휘하여 권력을 탐냈더라면 권력의 수장자리 한 자리는 했을 것입니다! 다른 한편으로 경제적 부富를 욕심냈더라면 분명히obviously 대재벌大財閥 이 되었을 것입니다. 그러나 그분들은 인류의 참된 가치를 권력이나 부에 두지 않고 진실한 인생의 추구나 올바른 세계의 건설 같은 보다 근원적인 것에 두었던 것입니다. 그런 그분들의 관점觀點은 옳았고 그런 점에서 문학 이 지니는 위대성偉大成은 영원한 것입니다. 이러한 것을 보더라도 문화예술 의 꽃이라는 문학이 살려면 우선 시장이 건전해야 하는 전제가 있는데, 아무 도 그 시장의 현황에 대해서는 모르는 사람들과stranger 무관심이 포진해 있 는 것을 보면 말입니다. 내가 지역 문학 단체에서 활동한 지도 15년이란

세월이 흘렀지만, 지역 문학 활동의 행사장에 시장이나 시의회의장과 시의
원을 비롯하여 정치인이 단 한 번도 참석하는 것을 보지 못했습니다. 그러면
서 그들은 문화 예술도시라고 선거 때면 곧 잘 써 먹으면서 문화 관광 도시
를 만들겠다고 공약을 남발濫發하고 있지만 효과는 미미합니다. 문화예술의
본질을 모르는 그들이 그런 말을 할 때면 가소롭기 그지없었습니다. 그런
거짓말로 표를 얻으려고 나불거리는 입 안에 가래침을 끌어올려 뱉어버리고
싶었습니다. 옛 부터 폭군暴君은 무신武臣을 가까이 했고 성군聖君은 문신文臣
을 가까이 했음을 모르는 모양입니다.

  그래서 문화대국이라고 우쭐대는 프랑스 정치인들의 자랑이란, 2차 대전
후 5공화국이 시작된 이래 역대 프랑스 대통령들은 저마다 예술 문화 애호
가愛好嘉임을 과시했습니다. 1890년생인 그는 수많은 전쟁을 치루고 1944년
해방된 파리로 돌아온 **샤를 드골**charles de Gaulle은 "조국의 영광"을 되찾기
위해, **폴 발레리**Valery 같은 작가들을 먼저 찾아 친분을 쌓았다 했습니다.
그는 카톨릭인이고 전통적이 가족의 품에서 성장을 하면서 카톨릭 학교
선생인 아버지가 베르그송·페기 같은 당대의 위대한 작가들의 글을 읽게
했다는 것입니다. 샤토브리앙의 글에서 큰 영향을 받았다고 했습니다. 전
쟁터에서 사로잡혀 포로 생활도 했고 군사법원에서 교수형 사형선고를 받
기도 했습니다. 프랑스가 해방되어, 수많은 우여곡절을 겪은 1945년 드골
이 총리로 지명이 되었습니다. 그러나 뜻대로 정치는 돌아가지 않았습니
다. 그는 1969년 재신임을 묻는 국민투표가 부결되자 스스로 퇴임해 고향
으로 돌아가 콜롱베레되제글리즈에 은거하면서 자신의 전쟁 회고록을 집
필했습니다. 드골정권에서 문화부 장관을 지낸 소설가 "앙드레 말로"는 역사
기록집필을 위해 그해 겨울 드골을 찾아가 서재에서 대화를 했는데, 말로는
드골을 "장군"이라 부르며 드골에게 진정한 꿈이 무엇이었는지를 계속 묻자
"위대한 프랑스의 부활이었다며 정치란 공상空想의 세계를 제자리에 갖다놓
게 하는 기술이고 그 위대함은 우리를 미지의 세계로 인도하는 길이다"라고

했다는 것입니다. 말로는 드골에게 "위대함이란 우선 고독입니다. 그러나 홀로 있지 않은 곳에서 느끼는 것은 고독입니다"라고 했다는 것입니다. 드골은 방대한 독서가입니다. 로마 역사를 인용하다가 발레리의 시구詩句를 읊었고 대중소설『삼총사』는 "사람에게 꿈을 주기에 좋아한다."고 했다는 것입니다. 드골은 말로에게『이방인』의 작가인 "알베르 카뮈"와 나눈 대화를 들려주었는데 카뮈가 드골과 헤어지면서 "어떻게 작가가 프랑스에 봉사할 수 있는가?" 질문을 하자. 드골은 "글을 쓰는 모든 사람과 글 잘 쓰는 모든 작가는 다 프랑스에 봉사한다"고 대답을 했다는 것입니다. 프랑스 역사에서도 은퇴한 대통령과 작가 출신 측근이 이처럼 정치와 역사와 문학이 뒤섞인 대화록을 남긴 것은 처음이라고 합니다.

프랑수아 미테랑Francois Mitterrand은, 프랑스 사회당 출신 최초로 대통령직에 올라 역대 프랑스 대통령들 중 가장 오랜 기간인 14년을 집권했으며 그가 재임 때 프랑스와 서유럽의 정치 및 경제적 통합을 추진하여 성공하고 금융과 주요 산업체의 국유화를 단행함을 비롯하여 최저임금을 인상하는 등 사회보장을 확대하였습니다. 1995년 전립선암이 악화되는 바람에 2기 말년에 스스로 사임을 한 그는 러시아 대 문호文豪인 "도스토예프스키Dostovevsky"의

▶ 왼쪽부터 샤를 드골, 프랑수아 미테랑, 자크 시라크.

작품을 곁에 두고 읽었다고 했습니다. 프랑스의 "자크 시라크jacques chirac"는, 파리정치대학을 나와 국립행정학교에서 공부를 마치고 고급공무원 생활을 하다가 정계에 입문하여 이후 농림부 장관·두 차례 총리·파리시장 등 다양한 요직을 거친 뒤 마침내 1995년에 프랑스 대통령이 되어 2007년까지 그 직을 수행했습니다. 10대 시절 시인 "푸슈킨Push kin"의 작품을 번역했다고 자랑했습니다.

위의 기록에서 보았듯 프랑스의 정치인들이 일상생활daily lives 때는 특별히 particularly 문학을 좋아했기에 지금의 문화 대국이라고 자처하는 것이 아닐까요? 시詩집을 많이 읽으면 피폐해진 마음이 활력을vitality 받아 정화될 것입니다. 詩의 글자를 파자破字를 해 보면 말씀言과 절사寺의 글자입니다. 두 글자를 합하면 言+寺=詩의 글자입니다. 절에서 스님들이 하는 말이란 뜻입니다. 시는 세상의 거친 언어를 융화融和시키고 응축凝縮시켜 가장 아름다운 말로 기록한 것입니다. 시집을 곁에 두고 읽으면 심성心性이 저절로 착해질 것입니다! 문학文學이 그만큼 중요하다는 얘기입니다. 그래서인가! 국내 유명인들의 언론에 보도된 모습의 사진 뒷면의 배경을 보면 책이 가득 꽂혀 있는 책장을 종종 볼 수 있습니다. 책을 많이 읽어서 나는 지식이 풍부하다는 광고 효과를 노리고 사용한 것입니다. 이명박 정부가 들어서고 교육부가 대학 정원을 줄이라고 압력을 가하니 대학들은 예체능 관련된 학과부터 줄였습니다. 문화예술의 가치조차 모른 채 일단 엎드리고 보자는 대학들의 행동이 안쓰럽다는 예술인들의 주장들이었습니다.

오늘날의 예술을 뜻하는 아트art란 어원은 라틴어인 아르스ars에서 14세기 초기아리스토텔레스Aristoteles에 프랑스와 이탈리아에서 일어난 음악의 새로운 경향으로 유래되었고 아르스는 그리스어인 테크네techne: 그리스 로마시대 때 의학·수사학·예술의 개념·기술의 뜻에서 나왔다고 합니다. 그리스인들은 인간의 제작활동 전반을 테그네로 보았습니다. 14세기말부터 16세기에 이르는 르네상스시대 초기에는 시와 춤과 음악을 예술로 인정하지 않았지만 아리스토텔레스의 시학이 출판되면서 진정한 예술로 인정을 받았다는 것은 모두가 잘 아시리라 생각이 됩니다.

프랑스 하면, 루브르박물관과 세계 최고의 권위인 국제영화제와 앙굴렘 국제만화페스티벌 등 문화예술 분야가 먼저 떠오를 것입니다. 이러한 것들로 문화강국 프랑스 위상은 통계로 확인되었습니다. 프랑스 문화부와 재정부의 통계에 따르면 2011년 문화예술이 창조한 부가가치를 뜻하는 문화관련 국민소득Cultural GDP은 약 570억 유로(약 82조 원)라고 했습니다. 이는 프랑스가 자동차산업에서 얻은 80억 유로의 7배이고 화학 산업 140억 유로의 4배이며 전자와 통신 관련 산업에서 얻은 250억 유로의 2배가 넘는 수치입니다.

우리나라 청소년들에게 장래의 희망직업이 무엇이냐고 물어보면 연예인과 같은 콘텐츠 산업과 연관된 직업이 상위라고 합니다. 과연 이러한 현상이 국가적으로 바람직하냐를 떠나서 콘텐츠Contents 산업은 청소년들의 일자리를 제공한다는 점에서 의미가 있습니다. 문화 콘텐츠와 문화 기술의 융합이 미래의 지평을 열어갈 수도 있습니다. 1928년에 나온 디즈니의 "미키마우스"는 160여 편의 애니메이션으로 제작되었으며 30여 권의 책으로도 발간되어 라이선싱licensing과 상품화 등을 포함해 실제로 매년 6조 원을 벌어들인다고 합니다. 계산 방법이 조금은 다를 수 있겠지만! 미키마우스는 세계 최대의 봉급자라고 할 수 있습니다. 문화 콘텐츠 산업에서 자주 인용되는 "해리포터"는 1997년에 출간되어 지금까지 총 7권의 책이 출판되었습니다. 그로 인하여 8편의 영화로 만들어져 300조 원의 매출이 이루어져서 영국 경제에 기여하는 효과는 매년 5조 원에 이른다고 합니다.

이처럼 콘텐츠라는 세계적인 작품을 만들면 오랫동안 꺼지지 않은 램프와 같이 어마어마한 수익을 창출하기 때문에 한 나라 국가의 경제에도 매우 중요한 위상을 가지고 있는 것입니다. 또한 콘텐츠 산업의 중요성은 여기에 그치지 않습니다. 콘텐츠 산업은 타 산업과의 융합을 통하여 많은 플러스알파의 효과를 냅니다. 부연 설명하자면? 타 산업과의 융합을 통해서 고부가

가치를 실현하고 제조업체와 서비스업에 문화라는 옷을 입혀 고급화, 고부가가치화에 기여를 합니다. 이러한 문화 예술은 문학에서부터 출발합니다. 시나리오·극본이나 대본·노래가사 등등은, 문학을 하는 작가들에 의해 생산되기 때문입니다. 그래서 모든 콘텐츠에 관련된 문화예술은 문학에서부터 시작을 하는 것입니다. 그러나 우리의 현실現實은 그들의 뒷받침하는 제도가 너무나도 허술합니다. 박근혜 정부가 들어서고 대통령께서 말씀하신 4대 국정기조 중 하나인 "문화융성文華隆盛"이 갖는 궁극적窮極的인 목표는 문화를 통해 국가발전의 토대를 이루고 국민 개개인의 행복수준을 높이는 것이라 할 것입니다.

이런 관점에서 문화가 주는 가치를 모르는 관련부처들의 인식은 참으로 암울하기만 했으나, 2015년 2월 11일에서야 정부는 CJ. EGM 센터에서 박근혜 대통령은 구체적인specific 방안으로 서울 상암동에 문화 창조 융합센터를 세워 글로벌 융합 문화 콘텐츠의 기획과 개발에 지원을 하고, 동시에at the same time 중구 다동엔 콘텐츠 제작 인프라 제공과 그 사업에 지원을 하며, 홍릉엔 창작자 발굴 육성과 인프라 및 융복합融複合 기술 개발을 할 수 있도록 인프라를 구축하겠다고 하였습니다. 대통령 취임식 때 4대 국정 중 하나인 "문화융성"의 공약 실천의 결과물 중 하나로, 경기도 고양시에 IK-Culture Valley 콘텐츠파크·상설공연장·숙박·쇼핑시설로 구성된 대규모 한류 문화 콘텐츠의 체험 및 구현공간을 만들겠다는 사업을 착수하였습니다. 문화융합벨트는 문화융성과 창조경제를 동시에 실현하는 플랫폼Platform: 단상·무대·기차역 승하차 마당입니다. 그래서 문화융성의 새로운 역사를 만들겠다는 것입니다. 앞서 프랑스의 예를 보았듯 세대와 국경을 뛰어넘어 세상을 움직이는 힘은 문화입니다.

문화는 창조경제의 새로운 동력이자 앞으로의 우리나라 경제영토 확장의 첨병이 될 것입니다. 이러한 고부가가치의 창조를 하려면 창작자의 아이디어가 전문가와 함께 기획·개발되고, 관련된 중소 벤처기업들과 제작되어 글로벌 수출까지 이어지게 하여 이를 통해서 신진 창작자의 새로운 아이디어를 접목하여 문화콘텐츠가 지속적으로 발굴과 육성을 하여 구현될 수 있는 선순환 문화 생태계가 형성될 수 있도록 꾸준히 도와야 이루어지는 사업입니다. 우리는 시작이라는 말을 정말 좋아합니다. 계획을 잡고 새로운 것을 준비하는 일은 분명 설레는 일입니다. 하지만, 그보다 그 준비한 것의 결과를 만들어 가는 일 또한 설레는 일이 아닐까 생각합니다. 시작을 했지만 매듭짓지 못한 일은 도화지에 그린 낙서와 같이 어떤 가치도 지니고 있지 않습니다. 틀린 부분을 고치고 거기에 색을 입혀야 비로소 하나의 그림이 탄생하는 것입니다. 작가들의 글도 마찬가지라 할 수 있습니다. 어떠한 주제를 떠올려 한편의 글이 완성될 때까지 작가의 고뇌와 삶이 녹아들어야 한편의 멋진 글이 완성이 되기 때문입니다. 글을 쓰는 작가로서 한 축의 사회 책임을Social Responsibility 지고 있다는 생각에, 나의 책임감에Sense of responsibility, sense of duty: 의무감 언제나 스트레스를 많이 받습니다.

책의 힘은 세상을 더 멀리·더 높이·더 많이 볼 수 있습니다. 독서는 다양한 상상력과 잠재적인 창의력을 키워주고 지금 내가 살고 있고 알고 있는 것보다 더 넓은 세상을 만나게 해주며 나를 반성하고 타인을 볼 수 있는 가슴 따뜻한 사회를 만들어 더불어 살아가는 행복한 세상을 열어줍니다. 창의력이 무엇인가요? 새로운 것을 개발하는 것도 중요하지만 기존에 만들어진 것들에 더 보태 연결하여 더 좋게 만드는 것도 창의력입니다. 부연 설명하자면 생각의 틀을 깨는 것입니다.

문화civilization, 즉 문명는 국가발전과 국민행복의 선순환을 만드는 원동력原動力이고 인간다운 삶의 질을 높이기 위해 물질만으로는 채워질 수 없는 삶에 대한 만족과 행복을 느끼게 해주는 가치입니다. 이렇게 지지부진한 문화예술을 하면서도 갈수록 견고해지는 믿음은 있습니다. 예술프로그램이 인문학 공동체共同體의 취지와 배치되지 않을 뿐 아니라! 오히려 썩 잘 어울린다는 것입니다. 그 자체로 빼어난 인문학프로그램이 될 수 있는 것입니다.

그동안 자본주의 채찍과 정보화의 속도와 과학의 편리함에 길들여져 우리가 어느 길을 가고 있는지 되짚어보지를 않았습니다. 그래서인지 거의 날마다 놀라운 사건들이 일어나 우리를 경악케 하고 있습니다. 다행히도 인문학 바람이 불고 있습니다. 그것이 한동안 잊어왔던 문학을 탐독하면 피폐한 가슴속에 잠든 자유와 사랑을 찾아줄 것입니다. 구속에서 잃어버린 자신의 모습을 되찾게 될 것이기 때문입니다! 정신과 예술이 무슨 쓸모가 있을까? 철학을 포함한 인문학에 던지는 질문은 예술을 향한 질문에도 유효할 것입니다.

얼마 전까지만 해도 밥도 제대로 못 먹던 나라가 이 정도나마 살게 된 건 인문학이나 예술 덕분이 아닙니다. 살기에 급급했던 시대적 상황은 돈벌이였습니다. 잘살기 위한 강렬한compelling 용기勇氣/courage와 부지런함과 실용 정신이었던 것입니다. 창조경제를 말하는 이들은 인문학도 돈벌이가 된다고 하지만, 기실은 돈벌이를 향한 마음을 약화弱化시킬 가능성이 더 클 것입니다. 쓸모도 없이 난해難解한 고전을 파고들거나 노래를 부르고 그림을 그리거나 시나 소설을 읽으며 돈을 가볍게 여기도록 유혹하는 것이다 할 것입니다. 하지만 인문학이 그렇듯이 예술에도 현실에 대한 비판을 비롯한 성찰省察과 저항抵抗이 담겨 있습니다.

책을 많이 읽은 결과에, 더 중요한 것은more importantly 아름다움을 인식하고 창조하게 할 뿐 아니라 다른 사람의 고통을 이해하거나 공감하는 능력도 길러주는 것입니다. 모든 예술은 재미와 감동을 주는 것 못지않게 세상과 사람을 더 진실하고 정확하게 이해를 하고 해석하는 대안을 모색하는 길을 안내하는 것입니다. 예술은 가장 빼어난 현실 비평이자 최고의 문학이기도 합니다. 우리가 살아가는 현실이 그러하듯 문화적 바탕이 튼튼해야만 정신적인 일체감을 이룰 수 있을 뿐만 아니라 물질적인 발전도 가능하기 때문입니다. 그 뿌리가 문학(즉, 冊)입니다. 문자는 소통입니다. 소통疏通이란 뜻이 서로 통하여 오해가 없음을 말하는 것입니다. 글이 없었다면 어떠하겠습니까?

최소한의 인문지식이라고 할지라도 세상을 읽는 키워드를 제공합니다. 그래서 세종대왕은 우리의 글을 만들었습니다.

1960년 한국은행 천 환권에 처음 사용된 **세종대왕** 초상화를 사용하여 지금의 만 원 권에 이르기까지 56년째 사용되고 있습니다. 아버지인 이방원은 1398년 세자 책봉에 불만을 품고 1차 왕자의 난을 일으켰습니다. 정도전·남은·심효생 등 개국공신들과 무안대군·방번·방석 등 이복동생들을 죽이고 왕권을 잡았습니다. 이 세상의 남자들의 심보가 황제의 망상을 가지고 있듯 권력과 금전을 많이 가지면, 왕이 되자마자 아버지는 후궁을 많이 들이기 시작을 하여 어머니와 자주 다투어 폐비廢妃 직전까지 가는 불안한 상황을 견뎌야 했습니다. 또한 이방원은 권력을 지키기 위해 자신이 왕이 되도록 협조한 공신들을 유배 보내고 처형을 서슴지 않았습니다. 처갓집 일족이 통치에 관여를 막기 위해 장인과 처남들도 과감하게 죄를 씌어 죽였습니다. 이처럼 공포의 분위기 속에서 커온 양녕대군과 셋째 아들 충녕대군은 각각 다른 행보를 걸었던 것입니다. 양녕대군은 많은 문제를 일으켰는데, 왕권을 물려받으려면 덕목을 쌓아야 하는데 반항과 일탈을 일삼았습니다.

다. 여성편력이 아버지를 닮았는지! 전국의 기생들을 궁궐로 불러들여 매일 난잡한 술파티를 열어 아버지의 심기를 거슬렀습니다. 이러한 아들의 행실을 신하들로부터 보고 받은 아버지는 동참한 기생들을 곤장을 맞는 벌을 준 다음 모두 내쫓고 **양녕대군**을 크게 꾸짖자 "아버지는 후궁도 많이 두었고 모든 일을 마음대로 하면서 왜 저만 못하게 합니까?"하고 반항을 하였다고 합니다.

역사학자들은 양녕대군의 행보에 관

해선 일부러 그랬다는 설과 아니라는 설이 있지만, 아마도 가정환경이 그의 자유분방한 성격에 반항적 기질을 더하게 했을 것이라는 것입니다. 이와는 반대로 세종은 형과는 달리 책을 읽음으로써 현실의 불안과 외할아버지와 삼촌들이 죽임을 당하는 괴로운 상황을 극복을 하려고 잠시도 손에서 책을 놓지 않았다고 합니다. 세종은 역사·철학·의학·천문학 등 다양한 인문학 분야의 책과 그 외로 다양한 분야의 책을 골고루 읽었는데, 눈에 질환이 생겼는데도 병석에 누워서도 책을 놓지 않아 아버지가 소식을 전해 듣고 방안의 책을 모두 치워버리라는 명령을 내렸다고 합니다.

세종은 철학서적과『대학연의』를 탐독했다고 합니다. 철학은 세종에게 자아성찰自我省察의 시간을 갖게 했을 것입니다. 문제가 생기면 밖에서 원인을 찾지를 않았고 자신이 뭘 잘못했는지 스스로 돌아보았던 것입니다. 대학연의는 자신의 감정을 어떻게 수련해야 하는 것인지·가정을 어떻게 이끌어 가야하는지·나라 통치를 할 때 어려운 난국을 어떻게 대응해 갈 것인지에 대하여 서술된 책입니다. 세종은 책을 읽고 차츰 가르치기보다 배우는 것을 즐겼으며 남의 얘기에 귀를 기울이고 배려하는 성품을 숙지한 것입니다. 문맹인이 많았던 시대에 어떻게 하면 백성들이 억울한 일에 처했을 때 대처할 수 있는 법을 알게 하기 위해 한글 창제라는 역사적인 일을 하였던 것입니다. 조선시대 때 가장 찬란한 문화를 꽃피우신 세종대왕님은 "사가독서賜暇讀書"라는 제도를 만들게 하여 유능한 젊은 문신文臣을 많이 뽑아서 특별휴가를 주어 공부를 하게 하였습니다.

세종대왕의 제일 크나큰 업적의 한 가운데는 백성들이 생업에 종사하며 즐겁게 사는 삶이 세종대왕이 원하는 세상이었던 것입니다! 한글이라는 우리의 고유한 문자를 창제할 뜻을 가졌다는 것은 세종대왕이 문자間字/문화적인 높이에서 사유할 수 있는 높은 시선을 가지고 있었음을 의미하고 있습니다. 그러한 것으로 인하여 다른 발명품은 모두 한글을 창제하려는 높이의 시선에서 비롯된 결과라 할 수 있습니다. 이에 따라 한글은 또 하나의 발명품이 아니라 모든 발명을 가능하게 하는 지배적支配的 시선의 높이를 보여주었습니다. 자신의 언어를 사용하는 사람과 빌려 쓰는 사람 사이에는 매우 큰 차이가 있습니다. 한자漢字의 예를 들면 우리는 선善이라는 글자를 대부분 "착하다"는 의미로만 사용할 때 사용을 합니다. 그러나 한문이 국어인 중국인들은 아름답다·우호적이다·크다·많다·탁월하게 잘 한다·익숙하다 등등의 여러 말로 우리글보다 훨씬 다양하고 다층적인 의미로 사용하고 있습니다. 공자는 논어論語에서 인仁이라는 글자가 갖는 의미를 정해서 말하지 않고 사람을 사랑하는 것·안색이나 말을 꾸미지 않는 것·조심스럽게 말하는 것 등등의 넓은 범위에서 다양하게 사용을 했습니다. 인간은 인간이게 하는 근본적根本的인 특질로 이해하기 때문입니다.

그런데 우리나라에선 인仁/어질인이라 하면 으레 "어질다"는 의미로만 새겨듭니다. 이렇듯 한문의 어려움을 알고 만 백성이 쉽게 이해하고 쉽게 배울 수 있는 한글을 창제한 세종대왕의 문자 발명의 지식은, 우리가 세계에서 경제대국으로 가는 지름길이 된 것입니다. 저도 역사 소설을 집필할 때 중국에서 원본을 보내주어 번역을 하는데 여러 가지의 뜻들이 함축된 한문뜻글을 소리글로 바꾼다는 게 무척이나 어렵습니다. 몇 년 전 TV에서 도덕경을 강의를 하던 도올 김용욱 교수의 강의를 시청을 하던 창원의 한 가정주부가 도덕경道德經을 잘못 번역하여 강의를 한다고 자신이 도덕경을 번역하여 책을 출간을 하자, 김 교수는 어느 날 깨갱하고! TV에서 자취를 감추었던 것입니다. 중국고전을 읽을 때 인을 어질다는 의미로만 생각하면 스스로의 사유의 폭과 높이를 제한해 버리는 것이 되고 마는 것입니다. 무슨 말이냐? 하면 선善이나 인仁을 보더라도 그것을 원래 제작해서 사용하는 사람들은 마치 살아 있는 유기체를 다루듯이 글자들을 생동하는 공간에서 살아 움직이게 하는데, 그것을 번역하는 개개인에 따라 매우 협소狹小한 의미에 가두어서 고정시켜 사용하기 때문입니다. 구체적으로 인식되기에는 매우 어렵지만 이 차이는 매우 심각한 결과를 초래하는 것입니다. 결국 지배적이냐? 피지배적이냐? 아니면 끌려가느냐? 하는 문제까지도 결정을 할 수 있는 것입니다. 글자를 다양하고 다층적인 의미로 사용하는 사람과 단순하게 협소한 의미로 제한해서 사용하는 사람 사이에는 사유思惟의 폭과 높이가 매우 다르게 나타나는 것입니다. 사유의 높이와 넓이는 삶의 높이와 넓이를 결정하기 때문입니다. 세계를 관리하는 넓이와 높이를 결정하는 것입니다. 창의력과 상상력이 발휘되지 못하는 것도 그런 것들이 발휘되는 높이에 도달하지 못했기 때문입니다. 근본적으로는 지성의 결핍缺乏입니다. 문자를 가지고 있느냐? 없느냐? 보다도 문자를 창조할 때 도달해 본 적이 있는 지성의 높이를 회복하는 게 중요하다는 말입니다. 상상력과 창의성을 발휘하는 일이 이념의 갈등을 극복하고 앞으로 살아가는 데 지배적인 시선을 갖는 일 등등이 문자를 이해하는 일과 떨어져 따로 있는 것이 아닙니다. 뜻글인 한문은 수도 없이 읽고 쓰고를 반복을 해야 우리의 소리글에 적합한 문맥을 이루어나갈 수 있는 것입니다. 그래서 세계 각 나라들이 추진을 하고 있는 책을 많이 읽어야 된다는 것을 경제발전의 모티브로 삼고 작금의 선진국에서도 추진하고 있으며 우리나라에서도 추진하고 있는 일이 문화융성과 밀접密接한 관계가 있는 것입니다.

앞서 프랑스의 예를 보았듯, 문화예술이 미래에 밥을 먹여 줄 정신적 토양이라는 "슬로 컬처slow culture"로의 인식 전환이 시급합니다. 『논어』의 "옹야편"에 "아는 것은 좋아하는 것만 못하고 좋아하는 것은 즐기는 것만 못하다"는 대목이 있습니다. "즐기는 것樂之者은 최상의 공부 방법이자 높디 높은 문화향유의 기품과 관습을 뜻합니다. 스스로 좋아한 나머지 삶의 일부로 만들고 싶은 기호와 취향과 좋은 것은 좋다 말하고 아름다운 것은 아름답다 말하는 풍토처럼, 이런 문화가 풍성해야 문화융성의 나라가 되는 것입니다. 선진국의 한 가지 공통점共通點은 대학들이 인문학을 비롯한 문화예술에 관련된 학과의 일시적인 트렌드나 유행에 휘둘리지 않는다고 합니다.

문화를 통해 세계인들과 교류交流하고 협력協力하여 문화선진 대국의 위상위相位을 확보해 "디스카운트코리아Discount Korea"에서 "프리미엄 코리아 Premium Korea"로 거듭나야 하는데, 지금의 대한민국의 대다수의 대학들이 추진하고 있는 형태를 보면, 예술이 "개밥의 도토리"로 몰리는 "묻지 마"식 대학의 구조조정이라면! 정부에서 추진하고 있는 "문화융성"은 헛구호에 그칠 것입니다. 인간의 삶이 사라지지 않고 기계화되지 않는 한 문학은 영원히 남을 것이기에! 문화예술을 홀대忽待하는 사회는 밝아질 수 없습니다. 최소한의 인문지식이라도 세상을 읽는 키워드를 제공함을 인식해야 합니다. 예술의 기초基礎라는 것이 문학이기 때문입니다.

그래서 문학하면 우선 작가를 떠올리는 것은 고마운 일입니다. 그러나 주요 월간지에서 소설이 사라지더니 이젠 주요 일간지에서도 연재소설이 사라져가고 있습니다. 그에 따라 출판사들도 책 만들기를 점점 기피하고 있는 실정입니다. 몇몇 상품적 가치가 공인된 작가 외에는 투자를 하려고 하지 않고 있기 때문입니다. 외국의 경우처럼 출판사가 유망한 작가를 발굴하여 그 작가가 쓴 원고는 끝까지 출판하여 주는데, 우리나라에서는 그런 노력 따위는 애초부터 없는 나라이기 때문에 신인 작가가 기획·출판하기란 무척이나 어렵습니다.

권위를 내세우는 문학상 뒤에는 예외 없이 고도의 상술이 숨어 있습니다. 당선작은 물론 후보작까지 다른 지면에는 발표하지 말아야 한다고 응모 광고를 하고 있습니다. 이런 가운데 중앙일보는 신춘문예 자체를 없애 버렸습니다. 그 대신 진일보한 "문학상" 공모를 따로 시작했다지만 중앙일보를 필두로 신춘문예라는 용어 또한 머잖아 역사에 묻힐 것만 같았으나 다행히도 박근혜 정부가 들어서고 문화융성을 4대 국정기조로 삼는다는 말에, 예술의 씨앗인 문학인을 더 많이 배출기 위해 문학인의 텃밭인 중앙대는 시와 소설 외로 스토리텔링 콘텐츠 창작 분야를 육성하기 위해 드라마 장르를 강화할 방침이라고 했습니다. 방현석 문예창작학과 주임 교수는 "문예창작 전공의 서사창작기반을 확대하고 강화하기 위해 새로운 교수를 영입하는 동시에 교과과목을 신설했다"는 것입니다.

마이크로소프트사의 창업자로 세계적 갑부인 "빌 게이츠"는 어찌 보면 인문학과는 전혀 관련이 없어 보이지만, 그러나 그는 "인문학이 없었더라면 나도 없고 컴퓨터도 없었다."라고 말했으며 "나를 오늘에 있게 한 것은 하버드대학 졸업장이아니라 어린 시절 우리 마을에 있는 작은 책방이다"라고 하였습니다. 어려서부터 지독한 독서를 하여 책에서 얻은 지식이 오늘날 세계적 갑부가 되게 만든 것입니다. 세계에서 제일 책을 안 읽는 국가인 대한민국 부모들은 빌 게이츠 말을 새겨들어야 할 것입니다. 이 말은 인문학적 상상력想像力이 모든 이에게 필수적으로 요청되고 있다는 말입니다. "매킨지"는 이 시대를 "인재전쟁人才戰爭/war for talent"의 시대로 규정했습니다. 기업도 누가 누구를 얻고 어떤 아이디어를 사용하느냐에 따라 승패가 좌우되기 때문이라고 했습니다. 그러므로 인문학의 발전을 위한 사회의 인식과 국가의 배려配慮가 요청되고 있습니다. 인문학은 모든 학문의 수원지이기 때문에, 인문학은 모든 학문과 사회ㆍ기술ㆍ경제ㆍ정치 분야의 수원지水源地이며 이 수원지가 마르면 사회Society ㆍ기술Technology ㆍ경제Economy ㆍ정치Politics, 즉 스텝 STEP이 페스트PEST로 변하는 것입니다. 대학 안에 대학을 다닌다는 인문학과가 왜 이지경이 되었는가를 연구해 볼 때가 됐다고 학자들은 말하고 있습니다. 해서 서울대 인문학 최고 지도자 과정이 개강하였다고 합니다. 서울대 인문대에 국내 처음으로 마련한 인문학 최고지도자 과정인 아드 폰테스 프로그램AFP; Ad Fontes Program: 라틴어로 '원천으로'라는 뜻에 재계와 정관계 유명 인사들이 지원하여 수학하고 있는데, 정원 40명 중 절반 정도가 국내 대기업과 벤처기업의 최고경영자CEO급 인사를 포함한 유명인사들이라고 합니다.

아이폰 하나로 인간의 삶의 틀을 완전히 바꾼 스티브 잡스는 "대학에선 철학을 공부했다"고 하였습니다. 그는 "창의적인 제품을 만든 비결은 우리가 항시 기술과 인문학의 교차점이 있었기 때문이다"라고 말했습니다. 아이폰이 기술과 창의적인 감성이 버무려져 나왔다는 것은 주지의 사실입니다. 그러니까 문학만큼 모방하고 창조하는 학문은 드물다는 점에서 더 이상 전통 영역에 갇혀 있을 이유도 없는 것입니다. 문학도가 경제학원론을 끼고 다니는 게 낯설지 않은 이유이기도 합니다. 글이 창조적인 콘텐츠란 점에서 인문학에 많은 관심을 갖으려는 요즘 젊은이들의 취업을 자포자기한desperate 현실을 위해 움직이는 대한민국 대학 당국의 반응이 궁금하기도 합니다. 이계안 국회의원은 1982년부터 1985년까지 현대중공업 런던사무소에서 근무하던 시절의 경험을 토대로 AFP에 지원하게 됐다며, 이의원은 "외국의 재계와 정관계 리더leader: 조직이나 단체 등의 활동을 주도하는 위치에 있는 사람들이 상상력想像力을 중히 여기고 인문학을 계속 공부한다는 게 당시에는 이상하게 보였다"며 "그러나 불확실성不確實性에 대처해야 하고 미래 모습을 그려야 하는 CEO와 정치인 생활을 하다 보니 리더들이 왜 인문학을 공부해야 하는지를 알게 됐다"하였습니다. 조사에 의하면 대한민국도 CEO의 95%가 "경영에 필요한 지혜를 책에서 얻는다."했습니다. 인문학이란 인간에 대한 탐구探求이며 세상에 대한 물음이기 때문입니다. 인문학만큼 말도 많고 오해도 많은 게 별로 없습니다. 대부분의 인문학 특강은 철학전공 연구자들이 하거나 인문학 독서에서도 읽기 어려운 서양의 문학작품에 치우쳐 있는 게 사실입니다. 자세히 들여다보면 기업이 원하는 인문학과 인문학 전공자들이 제공하는 인문학은 상당히 다르다는 것입니다. 그러기에 말도 많고 인문학이 기업에선 생각보다는 효용가치가 낮은 것일 수도 있는 것입니다. 그럼에도 불구하고 세계 유수 기업인들은 인문학을 전공한 인재가 필요하다고 역설을 하고 있습니다.

어느 일간지가 1년간 서울대·연세대·고려대 인문사회 계열 졸업생의 취업률을 조사했는데 45.4%로 나타났다는 보도를 했습니다. 이 결과를 보면 인문계 90%로가 실업자라는 결론에 도달하는 것입니다. 명문대를 나온 교수가 서울의 어느 명문대는 비인기 인문계 학과의 통폐합을 시도attempt를 하자, 이 같은 학제 개편은 곧 해당 학과 교수들의 거센 반발에 부닥쳐 유야무야 되었습니다. 이렇듯 대학의 인문학 위기와는 달리 중장년층을 중심으로 인문학 열풍이 최근recently에 우리 사회에 일어나 곳곳에서 인문학 강의가 붐이 일어나고 있습니다. 그 이유는 인문학이 사치재luxuries이기 때문입니다. 사치재란 소득의 수준이 높아지면 수요가 급증하는 재화를 일컫는 경제학 용어입니다. 어느 개인의 평생소득의 변화를 보면 중장년 무렵에 최고조에 달하는 것인데. 그때 인문학 수요가 급증합니다. 개인의 성취감成就感/reduced personal accomplishment은 자신을 부정적으로 생각하면서 나타납니다. 개인의 성취감 감소는 스스로 자신을 부정적으로 평가하여 자아自我 존중감尊重感/self-esteem을 상실하게 되는 것입니다. 따라서 업무와 관련된 생산성 · 능력 · 의욕 등이 저하되는 요인으로 작용하게 되는 것입니다.

인문학이 상상력을 키워주는 쓰임새가 큰 학문입니다. 그 이유는 애플을 창업한 스티브 잡스가 대학에서 철학을 배웠으며 페이스북 창업주인 "저커버그"가 심리학을 전공했습니다. 전 세계적으로 대다수의 기업들은 인문사회계를 외면하고 이공계나 상경계를 전공한 졸업생을 선호하는 것이 사실입니다. 그러함에도 2014년 4월 8일 신세계그룹 정용진 부회장은 연세대 대강당에서 1,300여 명의 학생들 앞에서 "스펙보다 인문학적 소양을 갖춘 인재가 돼 달라"고 강조를 했습니다. 신세계 그룹에서는 20억 원을 투자해 인문학 인력을 우대하겠다고 했습니다. 이는 겉으로 보여지는 것과 실제 현실은 매우 차이가 있다는 것입니다. 그러니까 신세계가 원하는 것은 국내 대학의 인문학을 전공한 전공자를 필요로 하는 것이 아니라는 것입니다. 자신의 전공을 바탕으로(어떤 전공이든지) 세상을 통섭 적으로 생각하지 않고 미래를 그려갈 수 있는 지혜智慧의 소유자를 원한다는 뜻이기도 합니다. 그래서인가! 2015년 서울대 인문대가 인재 양성을 목표로 문사철文史哲/문학·역사철학 통합형 논문작성 과정을 시작했습니다. 인문학의 위기가 지속적으로 거론되고 있는 가운데 학부생 때부터 분야를 막론한 인문학 리더를 키우겠다는 취지라는 것입니다. 이를 통해 자신의 전공 학문만이 아닌 인문학 전반의 소양을 갖춘 인문학도를 양성하는 게 핵심 목표라는 것입니다. 이는 가령 역사를 전공한 학생에게 문학적인 감각과 철학적 분석력을 동시에 키워주자는 취지라는 것입니다.

정용진이 강의하는 영상을 저도 보았습니다. 준비된 원고도 없이하는 강의는 버벅거림(말 더듬) 없이 시원시원하게 하는 것을 보고 젊은 대기업의 리더이지만, 뭔가 다르다는 강한 느낌을 받았습니다. 나도 생방송을 수차례 해보았지만 원고를 주지 않아 걱정을 하곤 했는데, 담당 PD는 "일반인은 원고를 주지만 소설가는 줄 수 없다"고 하였습니다. 이유를 묻자 "소설가는 작은 신神이라고 부르는데 원고가 필요 없다"는 것입니다. 매년 무수한 강의를 들었지만, 신세계 그룹 5만 여 명의 직원을 거느린 신세계그룹 정용진 부회장의 강의에 나는 진한 감동을 받았습니다. 그래서인지! 정부회장은 지난해에 이어 2015년에도 인문학 콘서트에 강연자로 나섰습니다. 고려대를 시작으로 제주대·건국대·경북대·강원대 등 전국 10여 개 대학에서 인문학 강의를 여는 "2015 지식향연" 프로그램을 진행한다고 밝혔습니다. 인문학 청년 인재양성을 목표로 "지식향연"을 실시하고 있는 것입니다. 2015년 주제는 "세상을 바꾼 청년영웅 나폴레옹"이라고 합니다. 신세계그룹 정용진 부회장은 평소 "우리 미래는 시장점유율인 마켓세어Market Share보다 사람들의 일상을 함께하는 라이프세어Life Share를 높이는 데 달려 있다" 강조를 했다는 것입니다.

인문학이란 철학·종교·역사·정치·심리학·경제·환경·젠더 등 분야를 말할 수 있겠으나 모든 책은 우리가 세상을 살아가는 데 꼭 필요한 문학입니다. 각 학문이 추구해야 할 사회적 목적에 대한 제언이 들어 있는 것입니다. 요즘 서점가는 인문학 열풍을 증명이라도 하듯 서점가 신간 코너에는 인문학 서적으로 채워지고 있습니다. 신문과 인터넷 기사도 인문학을 강조하고 있고 대기업의 CEO들이 인문학을 중요시하는 강의를 하고 있어 그 붐을 타고 젊은 청년들이 많은 관심을 보이고 있습니다.

그렇다면 작금의 우리 사회에서 인기를 끌고 있는 인문학은 어떤 학문이며 인기를 얻게 된 이유를 살펴보면, 인문학의 사전적 의미를 보면 "인간의 사상 및 문화를 대상으로 하는 학문영역"이라고 풀이하고 있습니다. 즉 인문학이란 인간에 대한 전반적인 연구를 하는 학문영역이라 할 수 있는 꼭 필요한 학문입니다. 작금의 인문학 열풍에 대해 신문기고 글을 쓰는 사람들은 저마다 다른 의견을 제시하고 있습니다. 그들의 의견을 살펴보면 인문학이 모든 학문의 기초이기 때문에 중요하다는 내용입니다. 인간의 내면을 채우기 위해 필요하다는 내용을 다룬 엇비슷한 내용들입니다. 기업의 경우 소비자의 욕구를 충족시키기 위해 직원들에게 인문학 강좌를 추천하고 있는 현상이 사회적社會的인 관심을 더욱 가중시키고 있습니다.

그동안 인문대학의 저조한 취업률과 인문학과의 존폐위기存廢衛氣 등으로 침체된 인문학이 이러한 기류와 함께 부흥하는 것은 반가운 일입니다. 하지만? 그 분위기에 휩싸여 너도 읽으니까 나도 읽어야지 이런 식으로 인문학에 관심을 가지는 것은 올바른 생각은 아닙니다. 특히 인문학 관련 책들의 제목을 보면 "한 권으로 끝내는, 쉽게 이해하는" 등의 선전 문구 같은 호기심을 달구는 책 제목이 많습니다. 하지만 사전적 의미에서 알 수 있듯이 인문학이라는 분야는 인간생활에 대하여 전반적으로 연구하는 학문이기 때문에 한 권의 책으로는 알 수 없는 분야입니다.

한 사람의 업적을 적은 위인전을 읽었다고 한다면 그 위인전을 통해서 그 한 사람의 인생 전체에 대한 삶을 알기도 어려운데 수많은 인류의 전반적인 내용들을 다루고 있는 인문학을 한 권의 책을 통해서는 알 수가 없는 것입니다. 하지만 사람들은 한 권의 책으로 손쉽게 인문학에 대한 방대한 지식을 얻으려고 하고 있는 것입니다. 진정한 인문학의 부흥이 이뤄지려면 여론의 인기에 혹해서 시중에서 유통되고 있는 한 권으로 끝낸다는 상술적인 책을 읽는 사람들보다 정말로 인문학에 대해 알고 싶어 하는 사람들이 많아져야 할 것입니다.

모든 학문의 기초라고 불리는 인문학을 인간에 대한 연구를 통해 삶의 질을 높이고 싶다면 매스컴에서 추천한 책이 아닌 진정으로 자신이 관심을 가지고 책을 선정하여 읽어야 합니다. 방송에서 사극 "징비록"이 방영되자 서점에서 내가 본 징비록이란 제목의 책이 4명의 작가가 집필 · 출간을 한 것을 보았습니다. 네 사람의 작가가 지은 책을 모두 읽고도 많은 독자들은 어떤 책이 정확한 기록의 책인지를 구분하기 어려웠을 것입니다.

책의 중요성

성공하기 전까지 자신을 사로잡고 꼼짝 못하게 했던 서가書架/책장 영혼들 (책들) 멘토들로부터 처음으로 자신과 똑같이 뜨거운 피가 흐르고 심장이 뛰는 이 땅의 살아 있는 사람으로 눈을 돌리게 만든 최초의 멘토mentor: 조언자 역할을 하는 사람는 책일 것입니다.

조선 제22대왕인 정조 왕1777~1800은 아버지 영조에 이어 정치와 제도 개혁을 추진한 왕입니다. 즉위한 후 규장각을 준공하여 역대왕의 업적들을 기록한 책과 글씨들을 수집·보관하게 하고 중국에서 보내온 서적을 비롯한 많은 책들을 거두어 수장하게 했습니다. 정조 자신도 이들과 밤을 새워 대화를 나누고 시정의 득실과 학문을 논했다고 합니다. 정조가 바쁜 정사로 인하여 책을 가까이 자주 하지를 못해 책가도冊架圖/책장를 병풍으로 둘러쳤다고 합니다. 백성이 생각하는 예상 밖의unlikely 국정을 이끌려는 정조는 학문을 통하여 세상을 이끌어가려는 큰 비전을 가진 탁월한 정치가였으며 동시에 가히 당대 최고의 학자였고 저술가이자 출판가였습니다. 한편으로는 자부심이 대단한 군주였던 정조왕은 유능한 젊은 학자들을 선발하여 스스로 국사(나라의 스승)로서 그들을 교육시키고 함께 학문에 정진하고자 규장각을 설치했습니다. 규장각은 본래 정조 즉위 직후 역대 군왕이 집필한 책이나 글씨를 보관하기 위해 설립되었지만 이후 그 기능이 확대되어 실록의 초고를 집필하거나 과거 시험 문제를 담당하는가 하면 국왕과 신하들이 학문과 국정을 논하는 토론을 하는 장소로도 사용되었습니다. 천성적으로 학문하기를 즐겼던 정조는 바쁜 정무로 인하여 독서할 시간이 부족하자, 책가도로 대신했다는 것입니다.

중국의 성현聖賢 장자가 말하길, "비록 책을 읽을 수 없다하더라도 책이 있는 방에 들어가 책을 어루만지면 기분이 좋아진다"고 하였습니다. 정조가 만든 책가도는 전해 내려오지는 않지만 정조가 애용했던 책가도는 책장이 있는 여러 완성된 물건들이 장식되어 있는 모습을 그린 그림을 말하는 것입니다. 책가도는 분명 책만 가득한 그림이었을 것입니다! 책을 좋아한 정조왕은 이 책거리 그림을 무척 좋아한 왕이었다는 것입니다. 그래서 당시 최고의 화원에게 책가도를 맡겼다는 것입니다. 책가도의 책장 속에 진열된 책들은 무두 성현들의 말씀을 기록한 유교경전으로 상재된 책들이었습니다. 그것은 정조가 읽었던 책들이자 자신의 세계관을 반영한 책들이었습니다. 체제 수호를 위해서 주자학을 계승하면서도 국가 경쟁력을 높이기 위해서 새로운 문물을 도입한 유교적 계몽적 대군주였던 정조는 재정과 군사 분야의 실용지식을 중시했고 경학에도 정통했지만 여전히 성리학적 세계관을 우선시하는 정조는 백성들에게 존경respect받는 군주였다고 합니다. 그러한 입장을 보여주는 책들이 책가도를 가득히 채운 수많은 책들이었을 것입니다! 책가도는 정조의 관심에 힘입어 이후 크게 유행을 했다는 것입니다.

이처럼 정조왕 시대 때 궁중에서 제작된 책거리 그림은 다분히 정치적 목적을 겸해 제작된 것일 것입니다. 그러나 그것이 민간에 전해지면서 그 자리를 서민 사회의 세속적인 욕망이 채워진 것입니다. 서민의 입장에서는 유교경전에 깃든 성인의 말씀보다는 하루하루 생활 속에서 인간의 원초적인 욕망이 이끄는 세속적 이익이 더 우선되었을 것입니다. 그래서 민간에 내려

온 책가도 속의 물건들은 책을 포함해 현실적 욕망을 대변하는 것들, 세속적 행복을 상징하는 물건들이 지금의 각 가정에 많이 등장을 했습니다. 정조가 애용한 책가도(지금의 책장)인 우리 국민의 책장이 궁금합니다.

우리네 가정에는 반드시 책장이 있습니다. 우리는 어떤 책들을 수집하고 그 내용들을 가슴에 새겨두고 있음을, 우스갯소리로 세상에서 가장 무서운 사람은 책 한권(종교적인 책)을 읽은 사람이라고 합니다. 그들은 오로지 자신이 읽은 책 한 권으로 인해 받아들인 것을 절대적인 지식으로 삼기 때문이라는 것입니다. 그것처럼 무서운 일이 없습니다. 세계 도처에서 벌어지고 있는 이슬람 극단주의 IS 테러집단의 만행이 다른 서방세계 다양한 책을 못 읽게 하고 있는 방증입니다. 독서란 나와 다른 이의 감각과 사유를 만나는 일이자 편협한 나로부터 부단히 벗어나는 일입니다. 또한 정신 건강mentnl health에도 좋을 것입니다. 그러나 돌이켜보면 우리네 삶이 이처럼 이기적이고 타인에 대한 배려가 없는 사회로 치닫는 이유의 하나가 독서의 부재 때문이 아닌가 싶습니다.

나라나 기업을 포함하여 어느 조직이나 붕괴 혹은 쇠락의 기운이 감돌 때 가장 분명하게 나타나는 조짐 가운데 하나는 구성원들의 이탈입니다. 그런데 문제는 이 이탈은 눈에는 잘 보이지 않습니다. 왜냐하면? 그 구성원들이 표면적으로는 자기가 속한 조직을 매우 절절하게 걱정하는 모습과 행동을 보이기 때문입니다. 그러나 조금만 자세히 들여다보면 그들이 했던 행동이 바로 이탈 현상의 암묵적 행동임을, 절절한 걱정이나 행동은 모두 3자적 입장에서 하는 비판이나 비평으로 드러나는 것을 곧 알 수 있습니다. 지식인이 몰락하는 분명한 조짐은 자기가 배운 이론이나 지식의 틀을 진리화해서 주야장천晝夜長川 그 틀로만 세계를 보고 관리하려 덤비는 것입니다. 그러나 이것이 지식인의 몰락으로는 잘 보이지 않습니다. 왜냐하면, 그들은 대단해 보이는 지식으로 무장했을 뿐 아니라 스스로 진리의 대리인으로 치장해 놨기 때문입니다. 그런데 자세히 관찰을 해 보면 여러 가지 말을 하고 있는 것 같지만 결국은 모두 자신이 믿는 한 가지 내용만 계속 이야기하고 있음을 알 수 있습니다. 이것도 사실 지식인이 자기 자신으로부터 이탈해 있는 현상입니다. 자신이 주인 자리를 이론이나 지식에 물려주고 정작 자기는 이론이나 지식의 심부름꾼으로 전락해 있기 때문입니다. 지식인에게 사회적 사명이 있다면, 자기가 속한 세상이 앞으로 전진을 하기 위해 풀어야할 문제를 발견하여 제기하고 거기에 몰두해야 합니다. 정해진 답을 찾거나 주장하는 일이 아니라 그것들이 철지난 것임을 인식하고 아직 포착되지 않은 새로운 문제를 발견해야 합니다. 그리 복잡한 말이 아니라 그저 상식입니다. 국가나 기업이 기능적으로만 움직여서 나타나는 현상은 새로운 길을 찾지 못하고 기존의 틀에서 벗어나지 못한 혼돈chaos으로 우왕좌왕右往左往한다는 점입니다. 대다수의 구성원이 남 탓으로 치부하고 세월을 보내는 것이 문제입니다.

정용진 신세계그룹 부회장은 서울 성동구 뚝섬 이마트 본사에서 열린 2015년 그룹 임원 워크숍에서 "위축되지 말고 우리 길을 가자."라는 말을 했다고 합니다. 역대 최대 규모인 3조 3,500억 원을 투자하겠다는 계획 발표를 하면서 임원들을 독려했다는 것입니다. 2014년 투자액보다 1조 500억이 더 많다는 것입니다. 또한 1만 4천 500여 명의 신규 사원을 채용할 것이며 앞으로 임직원을 17만 명으로 늘리는 게 목표라는 것입니다. 신세계 정용진 부회장은 미래지향未來指向/Future을 위해 도전과 혁신Innovation의 정신으로, 과감한 투자가 사회적 책임Social Responsibility을 실천하는 가장 좋은 방법이라고 행동에 나선 것입니다. 샤롯 브론테가 한 말이 떠오릅니다. "인간의 심장은 보물을 숨기고 있다."고 했습니다. 그 보물을 귀히 여기며 누구에게든 기꺼이 손 내밀 수 있다면 스스로 보물이 될 것입니다. 우리나라 몇몇 대그룹 재벌의 총수가 탈세를 하여 불행하게도unfortunately 감옥에서 수형생활을 하고 있어 사회의 지탄을 받고 있습니다. 명망 있는prestigious 신세계그룹은 그들과는 정 반대로 정용진 부회장은 4천 여억 원의 증여세를 냈다는 것입니다. 전 세계의 부자들은 자기가 노력을 하여 성공한 부자이지만, 우리나라 부자들은 상속받은 부자라는 것에서 문제가 있다는 것입니다.

시가총액 세계 1위 기업 애플의 창업자인 스티브 잡스Steve Jobs가 인문학을 추앙推仰했다고 흔히들 이야기하지만, 기업으로 볼 때는 탁월한 테크놀지technology와 결합했을 때 의미가 있는 것입니다. 기술을 모르는 인문학자를 데려가 기업에 쓸 생각은 없을 것입니다. 여기서 기술技術이란 공학기술만을 이야기하는 것이 아닙니다. 스티브 잡스는 아주 뛰어난 인간기술자였다고 합니다. 그의 흥미로운 경영 행태를 들여다보면 알 수 있습니다. 그의 대표적인 명언이 있습니다. "Stay Hungry. Stay Foolish"라고 한 이 말은 그가 스탠포드 대학 졸업식 연설 끝에서 했던 말입니다. 이 말 뜻을 풀이하면 "끊임없이 도전挑戰하고 발전發展하고 갈망渴望하고 공부하고 혁신革新하라"한 것입니다.

원문, "Don't let the noise of other's opinions drown out your own inner voice. And most important. have the courage to follow your heart and intuition. They somehow already know what you truly want to become. Everything is secondary

"냉혈한 잡스! 인간미 넘치는 잡스!"라고 평했던 그는 아이러니하게도 45조 억 원의 돈이 있었지만 간암 치료를 거부한 채 병원을 찾지 않아 59세의 나이로 세상을 떠났습니다. 아마도 지구에 종교 간의 다툼으로 인하여 35억여 명이 죽었고 지금도 세계 도처에서 종교의 다툼으로 벌어지고 있는 참혹한 살육현장을 보고, 아니면 지구에서 통화혁명을 이루었듯이 하늘과 지구의 통화혁명을 일으켜서 먼저 지구를 떠난 사람들과 통화가 이루어지게 하려고 먼저 가신 것이었으면 합니다.

고대 테베의 도서관에서는 "영혼靈魂을 치유治癒하는 장소場所"라는 글이 벽에 걸렸으며, 스위스의 중세 대수도원大修道院 도서관에는 "영혼을 위한 약상자"라는 글이 적혀 있었습니다. 책이 가진 치유治癒의 힘을 알려주는 의미겠지요! 인류의 먼distant 조상祖上/ancestor 때부터 문학은 종교(성경)에서 시작되었습니다. 작금에 이르러 종교가 쇠퇴해지는 현상에 우려를 하고 있습니다만. 어머니인 육영수 여사가 문세광의 흉탄에 맞아 돌아가시고 5년 후 대통령이신 아버지마저 김재규의 총에 맞아 죽자, 신당동 옛집으로 돌아온 박정희 대통령의 둘째 딸인 근령 양은 "미친 듯이frantically 수많은 책을 읽고 마음을 정화시켰다"는 방송을 보았습니다. 아마! 언니인 박근혜도 부모님의 비극적인tragic 삶의 모습을 보고 그때 책을 많이 읽고 그 지식의 바탕으로 대통령이 되는 밑거름이 되었을 것입니다! 그러니까? 어떤 책은 한 사람의 위로慰勞가 되고 치유治癒를 도와주었다면 분명 그 책은 어떤 정신적인 치료나 심리치료보다 훨씬 효과적인 정신 건강mental health 치유의 수단이 된 것입니다. 하지만 사람마다 영향을 받는 책도 다르고 도움을 받는 결과도 부분적으로partially 다를 것입니다. 그래서 약의 처방을 내리듯 "이럴 땐 이런 책을 읽으세요."라고 말할 수는 없습니다.

다만 한 가지 장르의 책을 읽고 많은 독자가 같은 마음으로 공유共有한다면, 어떤 책은 함께 공감하고 함께 마음을 정화하는 데 도움이 될 것입니다. 즐기기 위한 게임에도 신화가 숨어 있고 짧은 영화 한 편에도 영화에서부터 심리에 이르기까지 다양한 해석코드가 숨어있습니다. 이처럼 인문학을 제대로 이해하기 위해서는 기초 분야에 대한 체계적인 지식이 필요하지만 초보자에게는 쉬운 일이 아닙니다. 이런 고충을 해결하기 위해 심리학·회화·신화·역사·철학·글로벌 이슈 등 우리가 가장 많이 접하는 인문 교양의 핵심 주제를 체계적으로 정리하여 읽게 함으로써 어렵지 않게 인문 지식들을 벗할 수 있도록 도와야 합니다. 소설에서부터 산업전반에 이르기까지 끊임없는 담론을 불러일으키는 주제들을 한 권에 담아낸 책을 통해 인문학의 체계를 잡을 수 있는 기회를 만들어야 합니다.

인문학이 요즘 유행이 되어가는 데도 점점 불가능한 것들이 많아지는 느낌이 듭니다. "존중 받기는커녕 사람을 믿는 일도·꿈꾸는 일도·삶의 주체가 되리라는 희망도·불가능해지는 것 같다"라는 것입니다. "자발적 가난도·야심의 자유도·마음을 정화해 준다"는 시를 읽는 일도 점점 막막하다는 말은 스스로를 소오小烏시키고, 가치를 선택하는 능력을 빼앗는 것입니다. 앞날에 절망을 느끼는 청년들이 늘어나는 작금의 현실에 정말 우리가 믿고 싶은 것이 무엇일까요? 우주적인 존재로서 서로를 존중한다는 것이 불가능할까요? 아니며 대화적인 존재로 공존하는 게 불가능일까요? 청렴과 겸손謙遜이 불가능일까요?

한 갤럽에서 조사한 긍정경험지수(행복지수)에서 한국은 143개국 중 118위로 최하위권인 반면에 자살률은 173개국 중에서 3위라는 것입니다. 가슴 아픈 수치입니다. 우리의 익숙한 삶에his familiar life 단어 중 하나인 "어제 편히 지냈습니까?" 등의 단순 인사 질문이 긍정경험지수를 재는 척도가 되어 버렸습니다. 언제부터 우리의 단추는 잘못 끼워졌을까요? 반대로 한국인은 세계에서 영화를 제일 많이 보며 폐지를 만이 재활용하는 나라며 특허출원이 세계 5위라는 것입니다. 우리나라는 한국전쟁으로 인하여 재산을 잃었습니다. 가족을 잃고 고향을 잃기도 했습니다. 또한 인터넷 속도가 세계에서 제일 빠른 나라로 발돋움 했습니다. 그런데 독서율은 최하위라는 것입니다.

얼마 전 TV 쇼 프로그램에서 출연자와 시청자의 예상 밖의unlikely 결과로 초등학생이 상금을 무려 4,100만 원을 거머쥐는 모습을 보았을 것입니다.

상금의 액수에 놀랄 일이지만, 나는 상금액보다 그 학생이 하루에 한 권의 책을 읽었다는 데 더 놀랐습니다. 예심을 통과한 쟁쟁한 성인들과 겨뤄 이룬 성과는 매일 읽은 책에서 얻은 효과적效果積/effective인 지식이었을 것임은 두 말할 필요도 없을 것입니다. 그래서 책을 좋아하는 아이가 공부도 잘하고 리더십이 뛰어나다는 것은 이미 잘 알려진 사실인 것입니다. 어린 시절 몸에 밴 독서 습관은 평생 가지는 소중한dear 자산입니다. 누구도 빼앗을 수 없고 아무리 사용해도 줄어들지 않는 것입니다. 부모라면 누구나 독서의 중요성에 공감共感하지만 막상 아이와 함께 해보려면 구체적인 방법을 몰라 시행착오施行錯誤를 곧잘 겪을 것입니다.

어릴 때부터 책 읽기를 너무 강요强要하면 아이는 부담(짐; burden)으로 인하여 금방 실증實證을 느낄 것입니다. 어린 아이에게 글자가 많은 동화책은 과감하게 포기하고 글자가 적은 책을 자주 읽어주고 아이가 자신의 생각을 자유롭게 말하도록 들어주어야 합니다. 몇 권을 읽던 아이가 지루해하면 그냥 놀게 내버려 두어야 합니다. 책을 읽는 습관習慣을 형성하는데 가장 효과적인effective 중요한 원칙原則은 재미가 있어야 합니다. 아이들은 성인보다 예상 밖으로unlikely 감정이 솔직한 편이어서, 재미가 없는데 억지로 하게 되면 표정이 바로 드러납니다. 사람의 성격은 얼굴에 나타나며 감정은 그 사람의 음성에서 나타나는 것입니다. 아이들은 칭찬을 해줄수록 더 잘하게 되고 사랑은 베풀수록 더 애틋해지듯이 부모는 아이에게 위와 같은 지혜를 잊어서는 안 됩니다. 어른이나 아이나 재미는 모든 행동을 지속持續하게 만드는 가장 중요한 원동력입니다. 책을 같이 읽을 때 아이들에게 호기심과 도전의식으로 질문하고 토론도 하면 아이는 생각을 나누고 싶어 할 것이고 내용에 생각이 깊어 질 것이며 다듬어 질 것입니다. 아이들은 무감각한 로봇soulless automatons 같은 존재soulless-automaton가 아니기에 끝없이endlessly 도전을 하려고 노력을 할 것입니다. 아무 생각 없이mindless 동물학대animal cruelty하듯! 달구치면 정신 건강mental health에 해로울 것이기 때문입니다. 내 마음을 내려놓고 다른 사람(아이)의 자리에서 생각하라는 것입니다. 아이가 재미를 느낄만한 책을 권해주고 또한 책 읽는 재미를 가급적 어렸을 때부터 느끼도록 해 주는 게 부모와 어른의 역할입니다. 언제나 자기 자신과 일치해서 생각하라는 것은 잘못된 교육 방법입니다. 호기심이 많은 아이의 의욕을 꺾는 중 하나가 바로 부모의 권의적인 태도입니다. 아이가 도움을 청하면 응해주고 "내 도움이 필요하면 언제든지 불러If yon need me yon know where I am"하면 될 것을 "미안한데 나도 눈 코 뜰 새 없어·내일에 집중해야 해·안 돼·위험해·더러워·그만해·망가져 등"의 말들은, 아이가 호기심을 가지고 무엇을 해보려고 하다가 주저하게 만드는 말들입니다. 이러한 부모의 행동이 아이의 호기심好奇心을 꺾는 일이 됩니다. 아이가 경험하기도 전에 모든 것을 알려 주면 아이는 더 이상 흥미興味를 가지지 못하게 되는 것입니다. 그리고 아이에게 당연한 것처럼 이렇게 해·저렇게 해 라고 명령적(설명하고 지시하는 태도)으로 말한다면 아이가 스스로 생각할 능력조차 뺏는 것입니다. 아이가 잘못된 행동을 했을 때 그럴 줄 알았다·너 때문에 잘못됐잖아·그렇게 하다가 결국은 망쳤군! 하는 등의 나무라는 식으로 아이의 잘못으로만 지적을 하면 아이는 그 순간at that moment 죄책감罪責感에 사로잡혀 소극적消極的이 되고 맙니다. 그건 좋은 생각일거야It d be a good idea 라는 칭찬은 아끼면서, 너 정신과 의사와 상담을 받아야 하겠네!you have a psychiatrist 하고 공포심恐怖心을 주는 것은 아이의 행동을 제약하는 일이 됩니다. 아이만을 탓하는 말은 하지 않아야 됩니다. 일을 저지르기 전에 질문을 하는 습관을 들이게 해야 합니다.

불현듯 우리 어머니의 말이 떠오릅니다. 결혼을 하여 고향집을 방문했을 때 각시와 나란히 절을 하고 앉으니 어머니는 "부부 간에 불만스런 말은 아끼고 칭찬의 말은 절대로 아끼지 말라"고 당부를 했습니다. 부모가 자식에게 바라는 작은 소망은 자기보다 나은 삶을 사는 것을 바라는 것입니다! 그러니까? 아이에게는 긍정肯定의 단어를 많이 사용해야 합니다. 부모의 말 한 마디가 기적을 만들어 내기에 충분합니다. 부모와 아이가 함께한 말들이 생명의 씨앗이 되기도 할 것입니다. 아이와의 개인적 거리personal distance zone를 적당히 두고 긍정적인 태도로 반응해주면 아이는 새로운 환경에도 적응을 잘 해 나갈 것이고! 자존감이 높은 아이로 자랄 것입니다. 그러한 기적이 실현되도록 오늘도 기쁜 마음으로 아이를 안아주며 속삭이듯 아이의 귀에 대고 "얘야! 사랑한다"하십시오.

아이의 질문교육하면 가장 먼저 떠오르는 것이 유대인의 "하부르타" 교육법입니다. 하부르타는 2000년 이상 된 유대인의 전통적인 교육법으로, 짝을 지어 질문質問 · 대화對話 · 토론討論 · 논쟁論爭을 하는 것을 말합니다. 이렇게 논쟁하듯이 공부하는 동안 뇌를 자극하고 호기심이 자라나고 논리적論理的인 사고가 키워질 것입니다. 그러면 자연스럽게 아이는 편안한comfortable 마음에 고등高等 사고력思考力이 길러지는 것입니다. 아이들은 자라면서 교육을 받으며 세계나 삶을 배웁니다. 그런데 그것은 결국 기존의 가치관에 의해 물든 사유의 편린을 수용하는 일이자 나 스스로 보고 깨우치는 것이 아니라 기성세대와 현실이 인식하고 있는 틀을 반성 없이 배우는 것입니다. 그러니 아이에게는 실체와 본질이 있는 그대로 직시하기보다는 이미 갖고 있던 관념이나 이미지를 현실에 덮어씌우는 것입니다. 그래서 정보와 지식이 많아질수록 아이는 사물과 세계에 대해 피상적皮相的이고 단순한 이미지에 갇히게 되는 것입니다. 부모들은 옆에beside 앉자 "공부해서 남 주나? 다 너를 위해서"라며 자식을 다그칩니다.

부모가 감정 조절을 잘못하면 잔소리를 쏟아 내기 마련입니다. "너 지금 몇 년 고생하면 평생 놀 텐데"라고 훈계訓戒를 하는 장면이 TV에서 방영하는 것을 보았습니다. 일류 학교를 나오면 출세와 성공을 향한 직진코스가 보장된다는 어리석은 부모의 셈법입니다. 과연 그럴까요? 미래는 예측할 수 없지만 마하의 속도로 달라지는 이 시대, 그런 관념이 통할지는 잘 모르겠습니다만 문화의 세기라는 21세기 인재의 조건에는 창의성과 인성을 꼽는 기업이 많아지고 있다는 것을 몰라서 하는 말입니다. 1778년 설립된 미국 엘리트의 산실인 명문고 필립스아카데미(앤도버)의 건학 이념에 Not for self(나 자신을 위해서가 아닌 공부와 지식과 선함의 결합의 뜻)라는 용어가 있습니다. 공부의 궁극적인 목적이 바뀌면 아이의 미래도 달라질 것입니다. 아이가 추구하는 바를 지지하여stand up for 주는 것이 부모의 미래와 어쩌면 이 나라의 미래도 밝아질 것입니다! 세계의 뛰어난 과학자와 정치인과 그리고 최고경영자CEO 모두가 독서의 중요성重要性을 강조하고 있습니다. 공자가 집필한 논어 첫 구절에 학이시습지學而時習之라는 문구가 있습니다. 배우고 때때로 익히라는 말입니다. 그래서인가! 전 세계 부자들의 공통 습관이 바로 독서라는 조사 결과도 있습니다. 책을 읽는 사회는 미래가 밝다고 합니다. 소설가 마르셀 프루스트의 말처럼 "독서는 고독 속의 대화對話가 만들어내는 유익誘益한 기적이다. 독서는 날마다 경험經驗과 기억記憶, 지혜로 가득 찬 뇌를 발명하는 것이다. 조용한 방에서 아이들이 책 속의 글자와 대화를 나누는 동안 그들의 신경세포는 끊임없이 시냅스synapse를 강화하고 서로 연결되고 끊으면서 지혜의 신경망을 만들어 낸다. 저자의 말이 시작되는 순간 독자의 지혜가 시작될지어다" 라는 미국의 심리학자 "매리언 올프"의 말처럼, 올프의 저서『책 읽는 뇌』에 따르면 독서가 뇌에 가장 훌륭한 음식인 이유는 풍성한 자극원이기 때문입니다.

누구나 독서를 할 때 글자를 이해하고 상징을 해석하는 측두엽側頭葉(상황을 파악하고 활자를 시각으로 상상하는), 전두엽(감정을 느끼고 표상하는 변연계) 등 독서의 흔적이 남지 않은 뇌의 영역은 거의 없다고 전문가들은 말하고 있습니다. 우리나라 고교생들이나 직장인들의 정신건강精神健康/mental health은 심각하다고 합니다. 해서 "뇌"와 교육의 융합을 통한 멘탈헬스케어라Mental Health는 강연장에 많은 인원이 참석을 하고 있다는 것입니다. 이는 뇌 활용의 원리와 체험적 방법론方法論에 기반을 둔 뇌 교육은 무엇보다 지식의 이해 정도에 상관없이 누구에게나 보편적으로 전달된다는 면에서 혁신적革新的인 프로그램으로 주목을 받고 있는 것입니다. 이는 자신의 멘탈 상태를 관리할 수 있는 휴먼테크놀로지Human Technology의 기술을 습득할 수 있기 때문이라는 이유에서 관심을 많이 받고 있다는 것입니다. 우리나라를 다녀간 바 있는 미국의 미래학자 "엘빈 토플러"는 청소년을 상대로 강연회에서 제일 먼저 "미래未來를 위해서 책을 많이 읽어라. 미래는 예측豫測하는 것이 아니라 여러분이 상상想像하는 것이다."라고 말했으며, 자기를 "독서 기계"에 비유한 뒤 "미래에 대해 상상하기 위해서는 책을 많이 읽는 것이 가장 중요하다. 미래를 지배하는 힘은 생각하고 커뮤니케이션communication: 나누다. 전달하다. 참여하게하다. 관여하고 공유하다의 뜻하는 능력이다."고 역설했습니다. 한마디로 말해서 새로운 아이디어를 생각해 내어 그것을 창조하는 힘을 기를 수 있는 본바탕에는 책을 많이 읽고 얻어낸 지식축적知識蓄積의 바탕으로 기반基盤을 이룰 수 있는 것은 독서라는 것입니다. 책을 읽고 내용을 깨치는 것이 해독解讀이고 글자의 의미를 아는 것이 독해讀解입니다. 독해하는 뇌와 해독하는 뇌가 얼마나 잘 융합적으로 작용하느냐에 따라 부분적으로partially 예상 밖의unlikely 좋은 결과가 나타난다는 것입니다. 이때 어린아이들은 언어능력이 결정된다는 것입니다. 글을 잘 안다고 글자의 의미를 이해하는 것은 아닙니다. 어휘語彙와 표현이 책을 읽고 이해하는 방식의 토대로 성장한 뒤 삶에서 경험을 많이 쌓으면 독해능력이 늘어나는 것입니다. 인간은 체험을 통해서 인식론적認識論的 깨달음이 운명지어져 있다고 합니다. 그러나 인간에게 주어진 시간과 경험은 제한際限되어 있는 것도 있다고 합니다. 이렇게 제한된 시간 속에서 살면서 얻는 수많은 경험과 비교할 수도 없는 무한無限이 많은 경험을 우리는 책을 통해 얻고 또 그것을 바탕으로 한 깨달음으로 변신할 수 있는 것입니다.

독일 평론가 "발터 베냐민"은 어린 시절 느꼈던 책 읽기의 황홀恍惚을 다음과 같이 말하고 있습니다. "책은 읽는 것이 아니다. 행간行間에 머무르고 거주居住하는 것이다."라고 했습니다. 그렇습니다. 우리는 오직 글자의 의미를 해석하기 위해 책을 집어 드는 것이 아니기 때문입니다. 많은 독서를 하다 보면 지금 내가 가진 생각을 나 역시 앞으로도 계속 고집할 텐데, 대체 바뀔 가능성이 없는 오히려 머리가 좋은 사람일수록 그 좋은 머리를 기존의 생각을 수정하기보다 기존의 생각을 계속 고집하기 위한 합리화의 도구로 쓰기도 합니다. 사람은 좀처럼 변하지 않은 것은 이 때문입니다. 지금 생각하는 바를 지속적으로 합리화하면서 고집하기 때문에 사람의 살아가는 모습이 변하지 않는 것입니다.

그렇다면 스스로 이런 물음에 질문을 던져야 합니다. "나의 생각은 어떻게 내 것이 되었을까?"라고 18세기 프랑스의 교육철학자 콩도르세는 사람을 생각하는 사람과 믿는 사람으로 나뉘었습니다. 이는 다시 말해 근대적近代的 인간과 중세적中世的 인간으로 나뉜 것인데, 이를 다시 내 식대로 적용해 보면 내 생각은 어떻게 내 것이 되었나? 물을 줄 아는 사람과 그렇지 않은 사람으로 나눌 수 있습니다. 왜냐하면? 내 생각은 어떻게 내 것이 되었나? 라고 물을 때 자기 생각을 바꿀 가능성이 그나마 열리지만, 그렇지 않을 때에는 자기 생각을 가능성이 없는 지금 갖고 있는 생각을 믿는 사람으로 남기 때문입니다. 아는 것이 좋은 것이 아니라 아는 것을 실천하는 것이 더 중요합니다. 즐거움과 행복은 책 읽기의 가장 큰 목적이기 때문에. 자신의 삶에 변화變化를 주면 좋은 책인 것입니다. 책을 많이 읽다보면 눈치체지 못한 어느 순간에 좋은 일이 일어날 것입니다.

경계 없이 다양한 책을 봐야 합니다. 책의 내용을 맹신하지 말고 항상 의문을 던지며 읽어야 됩니다. 천천히 책장을 넘기면서 편한 마음으로 질길 수 있는light-hearted 손가락에 전해지는 감촉感觸을 온몸으로 느껴보면서 때때로 글과 글 사이 행간行間과 여백餘白을 지그시 바라보며 읽으면 무한한 지식知識이 자신도 모르게 축적蓄積될 것입니다. 재미난hilarious 이야기들은 인간의 뇌는 받아드리는 정보에 따라 반응反應을 한다고 합니다. 좋은 정

▶ 책을 읽고 있는 어린이(강민구 군)

보를 입력하면 좋은 생각과 행동을 하기에 이는 외적 효과성效果成/external effectiveness의 문제는 있지만, 그리 크게 우려할 일은 아닐 것입니다. 중국 송나라 때 "주희"라는 학자가 주창主唱한 독서삼도讀書三到라는 말에는, 구도 口到/입로 다른 말을 아니 하고, 안도眼到/눈로 딴것을 보지 말고, 심도心到/마음를 가다듬고 집중해 반복 숙독熟讀하라는 뜻입니다. 이렇게 읽으면 내용의 진의를 깨닫는다는 뜻입니다.

세계 최연소 억만 장자로 우뚝 선 페이스북 창업자 겸 최고경영자인 마크 저커버그Mark Zuckerberg는, 2015년 1월 2일 "2주에 한 권씩 새로운 책 읽기"를 새해 목표로 정했다는 것을 자신의 페이스북 페이지에 "독서는 지적知的으로 매우 충만감充滿感을 주는 행위行爲이고 책은 대부분의 다른 미디어에 비해 더욱 깊이 탐색探索하고 집중할 수 있게 한다"라며, 또한 딸이 출산되자 자기 재산의 99%(52조 원)를 사회에 환원하겠다는 이런 다짐을 밝혔다는 뉴스를 보았습니다. 『생각을 혁신하라innovate your thinking』는 책도 집필한 그는 32세의 젊은 CIO로써 엄청난 부富를 축적蓄積하여 미국 개인 기부금寄附金의 5위 안에 속한다고 합니다. 2015년에도 810억을 기부를 했다는 뉴스입니다. 우리나라에서 30세의 박철상이란 대학생이 첫 아너소사이어티(1억 원 이상 고액 기부자들의 모임) 회원으로 등재되었습니다. 대학생은 집안 형편이 넉넉하지

않아 20대 때 과외와 아르바이트를 하면서 모은 돈 1,000여 만 원으로 주식투자를 시작했는데 현재 수백억 원의 자산가가 되었다는 것입니다. 그는 경영·경제뿐 아니라 인문·철학을 비롯한 국제시장 등의 다양한 분야의 책을 많이 보면서 통찰력을 길렀다는 것입니다. 이어 경제가 침체하기 전에 현금화했고 적당한 흐름에 다시 주식을 샀는데 글로벌 경제위기 때 수익률이 더 높아 부자가 되었다는 것입니다.

부자들의 기부는 결코 그 사회를 장악하려는 자선자본주의적philananthroca-pitalism philanthrosm와 capitaalism의 합성어 행위에 다름 아니라는 의견도 있습니다. 남을 위한 기부 같은 행위나 희생정신이 발휘되는 이유는 무엇일까요? 그런 공동체는 그렇지 않은 공동체와 무엇이 다른 것일까요? 바로 노블레스 오블리주가noblesse oblige 현실적으로 작동하고 있기 때문일 것입니다. 세계 상위 62% 자산을 가진 사람이 가난으로 없는 자의 세계 인구 절반인 35억여 명의 재산과 같다는 통계입니다. 다행인 것은 세계 최상위 1%가 기부를 하고 있다는 것입니다. 우리나라에서 삼양화학(필름 제조업체: 나도 그 회사에 지관 — 종이 파이프 — 납품을 하였음) 이종환 회장님은 조건 없이 7,000여 명에게 장학금을 주었으며 서울대 도서관에 600억을 기부한 사람입니다. 재벌도 아닌 개인이 아시아에서는 최고랍니다.

우리 민족의 영웅英雄이신 안중근1879~1910 의사님이 감옥살이 하시면서 쓰신 "일일 불 독서 구중 생 형극一日 不 讀書 口 中 生 荊棘"이란 글귀가 있습니다. 뜻을 풀어보면 "하루라도 책을 읽지 않으면 입 안에 가시가 돋친다."라는 말입니다. 책을 많이 읽으면 새로운 통찰로insight 인하여 무한한 지식을 습득할 수 있기 때문입니다.

"인터넷을 통하면 모든 중요한essential 정보들을 알 수 있는데 굳이 책을 읽어야 할 이유가 있을까요?"라고 묻는다면, 인터넷을 통해 웹페이지에 들어가면 우리는 한눈에 많은 정보를 접하게 됩니다. 하이퍼텍스트로 링크를 연결해둔 경우가 많아서 모르던 내용도 쉽게 알 수도 있습니다. 월드컵이 열린 브라질에 대해 위키 백과에는 이렇게 설명이 되어 있습니다. "브라질 연방공화국을 줄여서 브라질(포르투갈어: Brasil/브라지우) 또는 파서국巴西國은 남아메리카에 있는 연방 공화

국이다." 이 한 문장 안에 4개의 하이퍼텍스트hypertext: 컴퓨터에서 문자와 그래픽과 음성 및 영상을 서로 연결시켜 비순차적인 검색이 가능하도록 만들어진 테스트 표시가 있어 단박에 브라질 포르투갈어와 남아메리카의 연방 공화국에 대한 정보를 얻을 수 있는 것입니다. 그러나 하이퍼텍스트에는 편리함 외에 우리가 놓치기 쉬운 함정階穽이 있습니다. 책으로 소설을 읽은 사람과 같은 내용의 소설이지만, 내용 가운데 궁금한 것을 하이퍼텍스트로 연결된 링크를 통해 바로 알아볼 수 있도록 한 문서로 읽는 사람 가운데 누가 소설의 내용을 잘 이해를 했을까요? 캐나다 앨버타대학 영어학과 "데이비드 마일Miall"과 브리티시 컬럼비아대학 언어학 교수인 "테리사 돕슨"은 인터넷의 하이퍼텍스트가 정보처리에 미치는 영향을 연구해 이런 의문疑問에 대한 답을 얻었다는 것입니다. 결과는 한마디로 "책으로 읽은 사람이 더 빨리 읽고 동시에at the same time 이해도 더 높았다"는 것입니다.

최근 아이들이 TV나 스마트폰에 긴 시간에 노출이 되어 일방적인 좌측 뇌 자극으로 우측 뇌의 발달이 지연되어 좌측 뇌와 우측 뇌의 발달 불균형으로 인하여 우측 뇌증후군이라고 불리는 주의력 결핍(과잉행동 장애)이라는 ADHD병에 걸린 아이들의 숫자가 높아지고 있다는 연구 결과가 나왔다는 것입니다. 스마트폰과 컴퓨터를 비롯한 TV시청에 많이 노출된 원인이라고 것입니다. 이러한 예방차원에서dimension 환경적인 요소를 제어하여 아이들의 주의력 결핍증후군을 예방해야 합니다. 우리 세대 때는 자녀가 많아서 형제자매 간에 서로 소통하면서 자랐으며 학교생활에서도 잘 적응하고 교사나 부모의 지시에도 잘 따르는 편이었습니다. 그러나 현재의 학교 분위기는 학생이 꾸중을 들었다면 학생의 잘못을 따지기보다는 자기 자식이 차별을 받았는지 아니면 교사의 잘못은 없는지부터 확인하는 일부의 부모들 때문에 교사들이 학생을 지도하기가 점점 더 어려워지고 있다는 것입니다. "스승의 그림자는 밟지도 않는다"는 말이 실종된 지 오래입니다. 그뿐이면 다행입니다. 학부형이 교사를 폭행을 하고 학생이 체벌하는 선생에게 폭력을 행사했다는 뉴스가 심심치 않게 등장합니다.

　우리가 어려서부터 즐겨 들어오던 한자성어 명언popular quotation 중 하나인 가화만사성家和萬事成이 있습니다. 시골 다수의 집 앞 장지 문틀 위에 액자표구로 해서 걸려 있던 것입니다. 뜻을 풀이한다면 "집안이 화목하면 모든 일들이 잘 이루어진다."라는 말입니다. 작금의 청소년들의 일탈 행위를 보면 모든 일은 가정에서부터 비롯된다는 그 뜻이 간단하지만 옳다고 하기엔 어쩐지 씁쓸합니다. 가정은 우리 사회의 가장 기본이 되는 단위인, 즉 인간이 태어나 가장 먼저 접하는 사회집단입니다. 가족구성원 간 마음으로 서로 지지가 이루어지는 안식처입니다. 부모로부터 가족일원으로부터 세상을 살아가는 방법을 배워 익히는 곳이며 언제라도 돌아가 편히 쉴 수 있는 곳입니다. 가정이 흔들리면 우리가 돌아갈 곳의 마음의 안식을 얻을 곳이 어디이겠습니까?

　부부간의 다툼으로 인하여 폭행이 이루어진다면, 이를 보고 아이가 학습한 폭력을 써먹는 날이 올 수도 있을지도 모릅니다. 그 대상이 학교 친구이거나! 훗날의 배우자이거나 다른 가족일 수도 있을 것입니다. 아직도 우리 사회는 가정폭력 문제의 심각성을 배제하고 그 성격을 개인 간의 사생활 문제로 인식하는 경향이 있습니다. 하지만 가정폭력은 더 이상 개인 간의 사소한 문제가 아님을 인식해야 합니다. 이러한 일들로 인해 정작 가정에서 보호해야 할protection 청소년들이 가출로 이어져 우리 사회의 또 하나의 고민거리가 되고 있습니다. 집을 뛰쳐나온 아이들은 주변의 이웃과neighbors 친구와 가족들에게 사악한 생각을 보고 자신만의 방법으로 싸우려고 하는 것입니다. 청소년의 가출 문제를 해결에 속도를 내려면 "법과 제도를 바꾸고 예산이 뒷받침되어야 한다"는 지적이 높습니다. 전문가들은 "사회에 대해 분노가 많은 가출 청소년들을 제때 돌보지 못하면 결국 이들은 소년원과 미혼모 시설 등으로 갈 수밖에 없는 구조"라며 "가출 청소년들을 잘 보살피면 사회적 비용을 줄일 수 있다"고 조언을 했습니다. 이런 일들에 성과를 보려면 인프라 확장 및 정비와 함께 서비스 대상을 찾는 일이 시급합니다. 학교

밖에 청소년지원센터가 만들어지고 서비스 역량을 갖춰가고 있습니다만 아직 소재조차 파악하지 못하는 학교 밖의 청소년이 무려 28만 여 명에 이른다는 것입니다.

우리는 모두 똑같이 태어났지만we are all born the same 단지 다른 길을 가고 있다고 생각하게 만들면 안 될 것입니다. 학교와 경찰서를 비롯한 청소년 관련기관 등 법적으로 학교 밖에 청소년연계의무가 있는 모든 유관기관은 학교 밖 청소년을 학교 밖 청소년지원센터를 안내하기 위해 긴밀히 협력해서 그들을 안정적인 교육을 시키면서 심리치료도 병행해야 할 일들입니다. 다른 한편으론 그들을 바라보는 부정적否定的인 시선을 바꾸려는 노력이 필요합니다. 그들을 대상으로 욕구를 조사한 결과 아이러니하게도 복잡한 complicated 이해관계 속에서도 학업을 계속하기를 원하는 청소년이 가장 많았다는 것입니다. 이러한 결과는 학교를 잠시 떠났던 청소년이 학업마저 포기한 것이 아님을 보여준 것입니다. 자기 자신이 어떤 사람인지what kind of person she is 또 어떤 사람이 되고 싶어 하는 꿈을 꾸고 있다는 방증입니다. 또한 비행청소년은 부모가 가진 문제가 원인인 경우가 대다수라는 것입니다. 이러한 통계를 보더라도 학교 밖의 청소년지원에 관한 시행을 계기로 가정과 우리 사회로부터 상처를 입은 학교 밖 청소년을 골칫덩어리인troublesome 문제의 아들로 치부하지 마시고 더 너그럽게 바라보고 끌어안는 사회적 분위기 형성이 필요합니다. 이들은 이런저런 정신적인 병을 앓고 있습니다. 우리 자식이 아프면 어떻게 하는지 우리는 잘 알고 있지 않습니까? 양질의 교육을 받고, 좋은 직장에 다니는 것이! 존경받는 집단에 속한 것이 훌륭한 어른으로 이어지는 것은 아니라는 현실을 우리는 알고 있습니다.

어른이라는 권력을 휘두르는 행패行悖 피해자를victim 더 쉽게 찾아볼 수 있는 언론의 보도를 쉽게 접할 수 있는 사회가 되었습니다. 우리 주변에는 훌륭한 어른의 표본도 있지만 그렇지 않은 경우도 있습니다. 그래서 우리 사회는 고민이 더 깊어지고 있습니다. 어른의 갖가지 불량스런 범죄 행위가 하루에 수십 건씩 언로 매체에 떠오릅니다. 이러한 뉴스를 쉽게 접한 세상 학교 밖의 가출 청소년들이 무엇을 배우겠습니까? 사람은 누구나 어른이 됩니다. 그러나 누구나 존경스런 어른이 되지는 않습니다. 그리고 진짜가 되는 것은 더 어렵습니다. 말 그대로 고군분투孤軍奮鬪하며 살고 있는 것은 이 모든 것이 조금이라도 진짜에 가까워지기 위한 몸부림일 것입니다. 가출 청소년도 한번쯤은 좋은 사람의 표본인 좋은 어른으로 성장하고 싶다는 생각을 한번쯤 해 보았을 것입니다!

　통계에 따르면 불행하게도unfortunately 살인사건 4건 중 1건은 가족 간에 발생한다는 것입니다. 이렇듯 가정폭력은 피해자의 생명을 위협할 정도로 심각한 사회문제이고 더 큰 폭력의 씨앗이 될 것입니다. 개인의 밥상머리 교육부터 사회 전체가 가정폭력에 대한 인식을 환기시키고 변화시키려는 가정이나 교육기관과 우리 사회 구성원들의 헌신적인dedicated 노력이 무엇보다 필요합니다. 우리 어머니 명언明言/popular quotation을 상재합니다. 우리 부부가 결혼하여 신혼여행을 한 후 고향집을 찾아갔는데 어머니는 아내에게 "부부 간에 불만스런 말은 될 수 있는 한 참고 칭찬의 말은 절대로 아끼지 말라. 그러면 행복幸福/bliss할 것이다"라는 말씀을 해 주셨습니다.

　최근 과학자들은 인간의 정신이 일종의 "예측 기계prediction machine"라는 결론結論에 점점 다가가고 있다고 합니다. 인간의 뇌는 우리가 세상을 살아가는 동안 단순히 세계를 새기고 기록하기만 하는 것이 아니며 오히려 뇌는 의식적意識的으로나 무의식無意識的으로나 사건이 펼쳐지기 전에 일어날 일을 예측豫測한다는 것입니다. 제프 호킨스jeff Hawkins가 생각하는 뇌에서(생각하는 기계: ON INTELLIGENCE) "예측은 우리 뇌가 하는 활동活動 중의 하나로 치부하고 넘어갈 사소한 무엇이 아니다. 예측은 대뇌신피질의 핵심 기능이며 인간 지능의 토대다"라고 말한 것처럼, 웹페이지에는 각종 링크들과 팝업광고 등 시각과視覺 청각적聽覺的인 자극刺戟이 가득합니다. 이런 자극은 빠짐없이 우리 뇌의 인지과정을 거쳐서 처리되기 때문에 뇌에 장애물이obstacle

되어 과부하를 일으켜서, "정작 중요한 정보에 집중하기가 어렵다"고 정신의 학과 의사들은 말하고 있습니다.

　요즘 스마트폰이나 컴퓨터를 하느라 방문을 걸어 잠그고서 부모의 관섭을 피하려고 서서히, 자신만의 세계를 완성하려는 아이들의 배신감背信感과 야속함野俗感에 가슴속 저 아래서 천불이 나도 어떻게 해볼 방법을 모르고 자포자기desperate하거나 마냥 쩔쩔매고 있는 부모께선 아이들의 뇌를 이해를 다 했다 해서 문제가 해결되는 것이 아닙니다. 스마트폰과 인터넷에 중독된 아이들은 자기를 표현하고 자판기 눌림의 속도를 과시하고 친구와 대화를 하다가 다투기도 하고 때론 즐거움을 얻고 빼앗긴 과정을 채팅과 댓글을 이미지로 끊임없이 남기기도 합니다. 선한 말Good words 선한 글Good comments 선한 행동을Good deeds 하기도 할 것입니다. 10년 전만 해도 소통은 아날로그 매체인 편지였습니다. 갈수록 진화되는 인터넷 메신저messenger의 메시지와message 핸드폰에서의 문자인 카톡pc 메시지는 디지털 매체의 텍스트로만 이용 가능한 의사소통 수단이었습니다. 인스턴트 메시지의 경우 그 순간만 적용하고, 다른 한편으론 상대에 대한 감정 등이 적용하기 때문에, 상대에 대한 감정 등이 작용해 오해의 가능성이 클 수가 있고 그 메시지는 바로 폐기되기 때문에 비록 다른 의미로 한 말이었다 하더라도 잊어 먹을 것입니다. 아이들의 사회관계망에서의 활동은 이러한 좌충우돌左衝右突 성장 경로에 대한 현상입니다. 감정의 발산은 누구에게나 필요합니다. 이러한 아이들의 행동을 부모라는 맹목적盲目的인 헌신에서 아이들에게서 한발 물러나서 조용히 지켜보는 것도 좋을 것입니다.

　왜 아이들은 미디어에 이렇게 빠져드는 것일까요? 사회적 동물인 인간은 끊임없이 커뮤니케이션communication :언어나 몸짓과 그림과 같은 기호 따위의 수단을 통해서 서로의 의사나 감정과 생각을 주고받는 일을 하면서 생존을 확인하는 존재입니다. 아이들은 생존과 자신의 정체성과 가치를 확인하기 위해 다양한 경로로 정보를 얻고 다른 사람들과 소통하고자 합니다. 아이들이 미디어에 빠져서 삶을 허비하고 있다고 여기기보다 누군가와 소통하며 자신의 정체성을 찾아 성장하는 일련의 과정으로 보면 어떨까요? 또한 스마트폰에 빠져 있는 것이 보기 싫다면 스마트폰보다 더 재미있는 친구와 함께 할 수 있는 시간을 만들어 주거나 읽고 싶어 하는 책을 구입하여 주는 것도 한 방법일 것입니다. 아이들의 미디어 사용을 통제하는 것은 잠시 동안은 효가 있겠지만! 현대사회에서 미디어를 통제하는 것은 사실상 불가능합니다. 아이들이 스스로 미디어를 조절하고 절제切除할 수 있는 인내력과 생활 속에서 다양한 책 읽기와 놀이에 관계를 통하여 여가를 즐길 수 있는 방법을 알려주어야 합니다. 이러한 일들은 부모가 아무리 속을 끓여도 아이들은 반응을 하지 않을 수도 있습니다만, 채반 위에서 네 번 잠을 자는 누에는 아름다운 실을 뽑아 집을 스스로 짓고 그 속으로 들어갑니다. 아름다운 비상을 준비하는 사춘기의 우리 아이들은 자신만의 집을 짓기 위해 노력을 하고 있을 것입니다! 전해져 내려온 선인들의 말에 "열 길 물속은 알아도 한 길 사람 속은 알 수 없다"라는 속담이 있습니다. 뇌 과학자들은 기능성자기공명상 같은 뇌영상 방법을 사용해 보니, 최신 엠알아이mri 결과에 따르면 명상하는 뇌는 특히 전방대상피질anterior cingulate cortex · 전두엽frontal lobe · 전전두엽피질prefrontal cortex 영역들이 활성화活性化 한다고 말하고 있습니다.

요즈음 학교에서는 수업 중 다른 소리가 나면 금방 소리가 나는 쪽으로 시선이 옮겨가고 한곳에 오래 집중을 못하며, 허락 없이 자리에서 벌떡 일어나 이곳저곳을 뛰어다니며 친구들의 수업을 방해를 하면서 팔과 다리를 끊임없이 움직이며 급하게 행동하는 학생들이 많다는 것입니다. 이렇게 주의력이 산만하고 과다 활동과 충동성을 보이는 상태를 주의력 결핍(과잉행동장애: ADHD)이라고 합니다. 이러한 증상은 아동기에 많이 나타나는 장애로 20세 이전부터 대부분 치유가 되지만, 치료하지 않고 방치할 경우 청소년기와 성인이 되어서도 그러한 증상이 남게 된다는 것입니다. 아이들과 일상에서 컴퓨터나 스마트폰 검색 중독을 예방하기 위한 실천 방법은 먼저 하루 일과 중 반드시 해야 하는 일과 아닌 일을 나누고 우선순위優先順位를 정하는 게 좋습니다. 그 뒤에 이를 메모하여 기기 사용 도중 쉽게 볼 수 있도록 놓아두어야 합니다. 그리고 인터넷 사용일지를 쓰며 인터넷 사용을 축발시키는 생각의 감정과 검색 내용을 기록하는 등 자신의 사용패턴을 확인해 보는 것도 필요합니다. 스트레스를 해소하기 위해 웹서핑을 할 때에도 시간 알림을 설정해두는 것도 좋습니다. 더불어 간단한 스트레칭stretching과 가벼운 산책을 하거나 주어진 환경에서 가능한 신체활동을 하는 것도 도움이 될 것입니다. 또한 정보를 찾기 위해 다른 매체를 이용하거나 아니면 자신의 기존의 지식과 창의적인 사고력을 활용하는 것이 좋을 것입니다.

미국 소아과학회는 의사 6만 2,000여 명에게 "병원을 방문하는 부모들에게 책 읽어주기의 효과를 설명하고 전달하라"는 지침을 내렸다는 것입니다. 미국 소아과학회 연구결과에 따르면 책을 읽어주는 소리는 아이의 두뇌를 자극해 새로운 세포를 촉진한다는 것입니다. 또 부모의 낭독을 듣는 과정에서 자연스럽게 아이들은 부모와 정서적情緒的 교감을 나누게 되고 "부모가 곁에 있다"는 것을 인지해 불안감이 줄어든다는 것입니다. 연구결과에 따르면 이런 심리적 안정감安定感은 신체 전반의 안정적 발달과 면역력 향상으로 이어지는 것으로 밝혀졌다는 것입니다. 유치원생이나 초등생들이 혼자 책을 읽는 것과 부모가 함께 책을 읽어주는 것은 차이가 크다는 것입니다. 처음에는 멋쩍고 어색할 것입니다. 부모가 자식과 함께 책을 읽고 아이가 여기에 몰입하는 과정을 경험하면서 양쪽 모두 정서적인 교감을 나누는 효과를 얻을 것입니다. 낭독과정에서 읽기 능력뿐만 아니라 듣기 능력도 향상될 공통점이 있는in common 것입니다. 이는 혼자 읽는 과정에서는 습득할 수 없는 부분, 언어를 습득할 때 다양한 자극을 통해 습득하는 것이 더 효과적이기 때문입니다. 읽기와 듣기를 병행하는 것은 효과에서도 지성에 intelligence 차이가 나는 것입니다. 부모가 책을 읽어주면 아이가 이를 듣다가 모르는 단어는 그 자리에서 질문을 하거나 내용 중 궁금한 점을 물어보면서 책읽기는 더욱 풍성하게 즐길 수 있을 것입니다. 책을 읽어줄 때는 다양한 표현을 사용하고 음색音色을 바꿔가며 읽어주는 게 좋을 것입니다. 또한 이야기의 내용에 따라 긴장이 고조되는 부분은 낮은 목소리로 다소 느리게 읽는 등 변화를 주는 게 좋을 것입니다. 책을 너무 빠르게 읽어주는 것은 피해야 합니다. 낭독을 들으면서 아이가 충분히 머릿속에서 상상하고 이야기를 추론追論할 시간을 줘야 하기 때문입니다.

철강 왕으로 불리 는 "카네기"가 정규교육定規教育을 받은 것은 겨우 13살까지였다고 합니다. 그러나 독서광이었던 카네기에게는 독서는 지식知識과 지혜智慧의 원천源泉이었던 것입니다. 그는 "책의 가장 위대한 점은 그 무엇도 공짜로 주지 않는다는 점이다"라고 말했습니다. 그는 성공하여 무려 2,500여 개의 도서관을 지어주었다고 합니다. 사업가로서 당장 투자投資 효과를 기대했다면 불가능한 일입니다. 미래 국가를 위해서이고 기업을 위해서 지금도 꾸준히 그 일을 진행하고 있다고 합니다.

그러한데 우리나라 대기업의 사주들은 어떡하면 세금을 탈루할까 탐욕(욕구/慾求/urge)에 몰입沒入하고 있다는 것입니다. 그래서 CJ그룹 이재현 회장은 1,600억 여 원을 탈세를 하여 재판을 받고 감옥살이를 했듯, 병들어 휠체어를 타고 재판장으로 가는 모습을 보니 얼마나 더 부자가 되고 싶어 죄를 지었나 하는 느낌이 들었습니다. 죄를 지은 기업인이 세계에서 제일 많은 나라라고 비아냥거립니다. 우리나라의 대다수 재벌가들의 일가는 병역비리와 탈세의 온상이라고 합니다. 재벌가의 병역 비리는 평균 33%이고 일반인의 평균 면제율은 6.4%인데, 삼성이 1위인 73%이고 SK그룹이 65%로 일반인들의 10배가 넘는다는 것입니다. 부잣집 자손이어서, 잘 먹어서 과체중, 아니면 장애인, 그도 아니면, 못 먹어서! 체중미달이라는 것입니다. 그들은 탈세를 하여 감옥생활을 하였거나 지금도 하고 있습니다. 인격은 지갑에서 나온다는 것을 모르는 우리나라 재벌들이 꼭 읽어야 할 책이 바로 이 책입니다.

조선중기 유학자이며 정치가였던 이율곡1536~1584은 격몽요결擊夢要訣에 독

서에 관한 기록 편이 있는데 "책을 읽을 때는 반드시 한권의 책이라도 내용을 꼼꼼히 정독情讀하여 어려운 문장文章도 꿰뚫어야 하며 끝까지 읽은 뒤 다른 책을 읽어라. 너무 많은 책을 읽으려고 욕심을 부리거나 모르는 내용이 있다고 건너뛰지 말아야 한다."고 했습니다. 책을 읽을 때는 건성건성(허투루) 읽지를 말라는 뜻입니다. 독서를 하면서 사람들은 자신의 경험이나 지식과 비교를 하기도 하고 기존의 것들을 새로운 지식에 맞춰서 지혜를 만들어가는 것입니다.

독서는 매우 적극적積極的이고 능동적能動的인 인지과정認知過程을 활성화活性化시켜 준다는 것입니다. 그래서 독서란 오롯이 자신과 대화하는 시간이며 뇌에는 상당한 여유가 필요한 작업인 것입니다. 슬로리딩slow reading: 생각을 키우는 힘의 매력은 상상력입니다. 책을 천천히 읽으면서 문맥文脈에 내가 얽혀 있는가를 겹쳐보면서 읽어보면 문맥에서 주인공의 마음을 상상할 수가 있는 것입니다. 웹페이지에서 점멸點滅하는 각종 정보들로 과부하過負荷가 걸린 뇌라면 이러한 능동적인 작동을 기대하기는 어렵다고 합니다. 음식도 꼭꼭 잘 씹어 먹어야 소화가 잘되듯이, 쓸데없이 많기만 한 정보들은 집중력集中力을 방해할 뿐이기 때문입니다. 위와 같은 현상을 보더라도 하이퍼텍스트로 어지러운 디지털 문서보다는 종이에 인쇄된 책이나 신문을 읽으면 오롯이 자신과 대화하며 깊이 있는 수많은 지혜를 머릿속에 받아들이기accept 때문에 자신의 삶을 윤택潤澤하게 할 것입니다. 해서 세계의 뛰어난 과학자와 정치인과 그리고 최고경영자CEO 모두가 독서의 중요성을 강조하고 있습니다. 전 세계 부자들의 공통 습관이 바로 독서라는 조사 결과結果도 나와 있습니다.

자기와 점심식사 한 번 먹는데 211만 달러(약 26억 7,700만 원)로 경매를 내서 중국의 사업가 지오단양 씨가 따내
화제를 모았던 세계 최고의 갑부대열
에서 빌게이츠와 경쟁競爭을 하고 있
는 투자의 귀재鬼才인 "워런 버핏"은
지혜를 빌려달라는 한 시민에게 "책
을 읽고, 읽고, 또 읽어라"고 조언助言
을 했다는 것입니다. 현재 100조 원
이 넘는 부자입니다. 그의 밑바탕은 어디에서 시작됐을까요? 그는 보통 사람
의 다섯 배의 책을 읽는다고 했습니다. 한마디로 말하여 "리더reader만이 리더
leader가 될 수 있다"는 뜻입니다. 어두운 밤길을 가기 위해서는 길을 비춰주는
등불이 있어야 합니다.

우리는 태어나면서부터 각자의 다른 인생길을 걸어가게 됩니다. 그런데
자신의 길을 밝혀줄 등불이 없다면 갈 길을 잃고 방황하게 될 것입니다.
자신이 원하지 않은 길을 가게 될 것이라는 것입니다. 책을 읽으면 길이
보일 것입니다. 옛 선인들은 "세상에서 제일 듣기 좋은 소리는 자식들의 책
읽는 소리요. 보기 좋은 모습은 자식들의 밥을 먹는 모습이다"라고 했습니
다. 그러한데 지금의 아이들은 컴퓨터에 매달려 책으로부터 도피逃避하고,
청소년 성범죄가 갈수록 늘어나고 있는 데도 부모들은 자식들의 행동을 방
관傍觀하고 있는 듯합니다! 아이러니하게도 세계적 갑부인 빌 게이츠는 딸에
게 하루 1시간 이상 컴퓨터를 못하게 하고 있다고 합니다.

1. 독서와 여성의 사회적 지위의 상관관계

해리포터의 저자 "조앤 K, 롤링Joanne Kathleen Row ling"은 가난해서 냉방冷房
에서 살았다고 했습니다. 어려서 그의 방은 항시 책으로 널브러져 있었는데,
그의 부모는 번갈아가며 어린 딸에게 책을 읽어 주었다고 했습니다. 조앤의
상상력想像力은 어려서부터 시작되었습니다. 1965년 7월 31일 잉글랜드의

소도시 예이트의 가난한 집에서 태어난 그녀는, 대다수의 작가들의 어린 시절이 그러하듯 책을 좋아하고 공상을 즐기는 아이었다고 합니다. 책을 읽고 얻은 지식을 더한 상상력想像力을 합하여 친구들이나 가족에게 자신이 지어낸 이야기를 들려주곤 했다는 것입니다. 글을 배운 후부터는 동생이나 친구들에게 들려준 이야기를 노트에 적었는데, 열 살이 넘어서 『일곱 개의 저주받은 다이아몬드』 제목의 단편소설을 집필執筆했다고 합니다. 결혼 후에도 너무 가난하여 냉방인 집에서 글을 쓸 수가 없어 집 가까운 카페 구석에 앉아 칭얼대는 아이를 달래려고 한손으로 유모차를 움직여 아이를 달래면서 글을 미친 듯이frantically 쓰기 시작했는데 글을 읽어본 주변사람들이 출판을 하라는 조언助言에 출판에 이르러, 그는 해리포터로 30조 원이 훨씬 넘는 돈을 벌어들였고 지금도 세계 각지에서 엄청난 인세가 들어가고 있다는 뉴스입니다. 두말할 것도 없이 어려서의 독서가 가난했던 그녀의 인생을 역전시킨 것입니다.

"빈부貧富와 귀천貴賤은 그 우열을 논할 수 없는 것은 문장뿐이다" 고려시대 때 "이규보"가 말했듯 책을 많이 읽고 얻은 지식이 그녀의 삶을 윤택하게 해준 것입니다. 우리나라에서도 부산시 북구 엄궁동에 있었던 동산유지회사의 금고털이범으로 8년 6개월을 감옥살이한 **백동호** 소설가는 그가 지은 책 『실미도』서문에 "나는 문교부 혜택惠澤을 전혀 받지 못했다"고 말했습니다. 이 말의 뜻은 초등학교도 졸업을 못했다는 말입니다. 그는 감옥에서 책을 무려 3,000여 권 읽었다고 했습니다. 그는 오늘날에 베스트셀러 작가가 되었습니다. 또 한사람의 예를 들면 가수이며 작사가인 **박창오**(본명, 예명: 진방남, 필명: 반야월)도 "문교부의 혜택을 전혀 받지 않은 사람이다"라고 고백했습니다. 울고 넘는 박달재 · 소양강 처녀 · 단장에 미아리 고개 · 산장에 여인 · 유정 천리 · 가는 봄 오는 봄 등 60~70년대 수많은 히트곡과 5,000여곡의 대중가요를 작사한 사람으로 지금의 시집으로 40권의 분량입니다. 그는 수많은 책을 읽었다고 했습니다. 대학교 문창과를 나온다 해서 전부 작가가 되지는 않습니다.

사람들은 어떤 일이 잘 풀리지 않을 때 자기가 처한 환경을 탓할 때가 많습니다. 하지만 성공한 사람들은 자신이 원하는 환경을 찾고, 찾을 수 없을 때는 그러한 환경을 만들기까지 합니다. 25년 동안 무려 4,561회의 토크쇼에 2만 8,000명과 대화를 나눈 미국의 토크쇼 사회자로 유명한"오프라 윈프리"는 아홉 살 때부터 열네 살까지 삼촌과 사촌에게 성폭행을 당했으며, 14세에 아이를 낳지만 2주 뒤 그 아이를 잃었고 마약 중독이라는 어두운 과거가 있습니다. 그 일로 인하여 그녀에게 마음속에 큰 장애물이obstacle 되어 한 동안 밑바닥까지 간 사람입니다.

그러한 그녀의 삶을 크게 변화變化시킨 것은 어릴 때 의붓아버지로부터 일주일에 책을 한 권씩 읽으면 네 인생이 달라질 것이라는 말에 힘을might 얻어 기억할 수 없을 만큼 수많은 책을 읽었기 때문에 오늘날 세계적으로 영향력影響力이 있는 사람이 됐다고 고백告白을 했습니다. 그의 거침없는 달변達辯은 책에서 얻은 지식에 의해서입니다. 그녀의 불행 등급을 매겨 보면 아마 1등급일 것입니다! 하지만 그 불행은 그녀의 발목을 잡지 못했습니다. 방송국에서 출연 제안이 왔을 때 학생의 신분임에도 불구하고 과감하게 뛰어들었고 30세의 나이에 토크쇼 자리를 차지하면서 최고의 MC가 됐습니다. 그녀가 미국인이 가장 좋아

하는 방송인에 이름을 올리게 된 원동력은 "과거가 지배하도록 놔두면 결코 성장할 수 없다"는 신념으로 꽉 찬 확신確信에서 나온 발로 일 것입니다! 자신의 능력에 관해 의심할 때 스스로를 의심했다면 지금의 오프라 윈프리는 없었을 것입니다! 그녀는 "책이 오늘의 나를 만들었다"라고 했습니다.

누구나 어린 시절 온 몸이 젖은 채로 빗속을 즐겁게 뛰어다니며 놀던 기억이 있을 것입니다. 하지만 빗방울이 한두 방울 떨어질 때는 조금이라도 젖을까봐 이리저리 피해 다니다가 온몸이 젖으면 더 이상 비가 두렵지 않게 되는 경험이 있을 것입니다. 비에 젖어 본 새는 다시 비 맞는 것을 두려워하지 않는다고 합니다. 열정을 가지고 있는 사람은 실패를 두려워하지 않듯이! 다양한 책을 읽고 희망에 젖으면 두렵지 않게 되는 것입니다. 사람은 누구나 삶에 희망이 있기에 끊임없이 도전하고 마침내 성공을 이뤄내기도 합니다. 두려움이 있다는 것은 그곳에 내 몸을 다 던지지 않았다는 증거입니다. 무엇을 하든지 거기에 온몸을 던지면 설혹 실패를 하더라도 마음이 편안해지고 삶이 자유로워질 것입니다. 지금 열심히 하는 일이 잘 풀리지 않더라도 멈춰서는 안 됩니다. 한쪽 문이 닫히면 반드시 다른 쪽문은 열리게 되는 것입니다. "당신의 생애에서 가장 빛나는 날은 흔히 말하는 성공한 날이 아니라 비탄과 절망 속에서 생과 한 번 부딪쳐보겠다는 느낌이 솟아오른 때다" 프랑스 출신 19세기 소설가 "귀스타브 플로베르"의 말을 새겨 두시길 바랍니다.

이승만 초대 대통령은 조선왕조 후손으로, 2세부터 부모가 책을 읽어주었고 6세 때 천자문千字文을 배웠다고 했습니다. 그러한 것이 밑거름이 되어 훗날 미국의 유수대학에서 석사와 박사학위를 받았습니다. 책을 많이 읽고 나면 세상을 더 멀리 더 높이 그래서 더 많이 볼 수 있을 것입니다. 독서는 자신에게 다양한 상상력과 잠재적인 창의력을 키워주고 지금 자신이 살고 있고 알고 있는 것보다 더 넓은 세상을 만나게 해주며 나를 반성하고 타인을 돌아볼 수 있는 가슴 따뜻한 사회를 만들어 더불어 살아가는 행복한 세상을 열어 주는 밑거름이 되어줄 것입니다.

작고한 **김대중** 전 대통령은 초등학교 4학년 때 세계문학 전집을 다 읽었다고 했습니다. 그래서 문장력이 어느 누구보다 탁월卓越하였던 것입니다. 그분의 대중 연설에서 청중聽衆을 구름처럼 모여들게 하는 것은 책을 읽고 얻은 감동적感動的인 수사修辭에 의해서입니다. 그분도 수년의 감옥prison 생

활을 하면서 수를 헤아릴 수 없을 정도로 많은 책을 읽었다고 했습니다. 수년을 감옥에서 시간을 보내야 하는 데는 독서보다 더 효과적인effective 것은 없었을 것입니다! 어떠한 고난을 겪더라도 이 나라의 최고의 통치자가 되려고 단단히 결심한determined, 이러한 강인함과 용기로strength and courage 인하여 대통령이 되었고 우리나라 최초 노벨평화상을 받았던 것입니다. 그렇다고 감옥에는 가면 안 되는 곳입니다.

2013년 16세인 파키스탄 소녀 "말랄라 유사프자이"는 여성의 교육받을 권리權利를 주장하다가 2012년 10월 9일 탈레반에게 피격을 당했습니다. 파키스탄 북서부 스와트벨리 시골지역에서 살았던 평범한 소녀였던 말랄라는 11세 때 탈레반의 여학교 폐쇄령閉鎖令에 저항하는 글을 영국 BBC를 통해 용감하게 공개한 후 탈레반의 제거 표적이 됐습니다. 말랄라는 탈레반의 총격으로 두개골 일부와 왼쪽 청각聽覺을 잃었지만.

16세 생일이던 2013년 7월 12일 "반기문" 유엔 사무총장의 초청을 받아 뉴욕 유엔 총회에서 말랄라는 불타는 듯한fiery 강렬한compelling 눈빛으로 "탈

레반은 우리를 침묵沈默시켰다고 생각할 것입니다. 그러나 틀렸습니다. 그들은 저의 인생에서 아무것도 바꾸지 못했습니다. 저는 똑같은 말랄라입니다. 변하지 않은 저의 꿈도 같습니다. 극단주의자들은 책과 펜을 두려워합니다. 문맹文盲과 빈곤貧困을 테러에 맞서 싸우기 위해 펜과 책을 듭시다. 이것이 가장 강력强力한 무기武器입니다. 한 명의 아이 · 한 명의 선생님 · 하나의 펜 · 한 권의 책이 세계를 바꿀 수 있습니다."라는 감동적感動的인 연설로 기립박수를 받았습니다. 부연 설명하자면 "총으로 책을 덮을 수 없다"라는 말입니다. 그는 2014년 10월 10일 노벨평화상에 선정되어 상을 받았습니다. 유사프자이 말랄라는 최연소最年小 노벨평화상 수상 기록을 세운 것입니다. 종교적인 억압에도 굴하지 않은 말랄라는 다양한 책을 읽고서 자유세계에 동경을 가졌기에, 공부를 하겠다고 단단히 결심한determined 그녀는 죽음을 무릅쓰고 교리를 어기며 여성의 권리를women s rights 주장하였던 것입니다. 말랄라는 자기 나라에 가서 통치자가 되고 싶다고 했습니다.

우리나라 여성의 독서와 교육의 역사에 대하여 곰곰이 생각해보면 여성이 차별 없이 교육을 받고 사회에 진출하게 된 것은 아직 백 년도 채 안된 일입니다. 1950~1970년대의 우리 사회는 형제자매sibling 학비를 벌기 위해 초등학교 졸업을 겨우 하거나 아니면 문교부 해택을 전혀 받지 못하고 타향 객지로 돈을 벌려고 나갔습니다. 내가 태어난 고향은 "전남 순천시 별량면 두고리 도홍부락"이라는 작은 부락들로 이루어진 4곳에 90여 가구가 살고 있는 시골입니다. 당시만 해도 한 가정에 자식들이 5~10명씩 되었습니다. 일본의 지배에서 벗어나는가 했는데 우리는 남과 북으로 분단된 채 해방이 되었습니다. 힘내어 살려고 몸부림치던 당시의 시절에, 분단된 조국을 적화통일을 하겠다는 미치광이 김일성의 야욕으로 3년여를 전쟁을 하면서 수많은 인명 피해를 남기고 결국 분단되어 잿더미가 되어버린 삶의 터전에 보릿고개가 있던 시절이어서 살기가 더 어려웠습니다. 그때를 생각해보면 먹고 살기가 급급했던 농촌에선 여자애들 대다수는 초등학교도 다니지 못했고,

다녀도 중학교 진학을 하지 못했습니다. 초등학교 동기생이 3개 반 120여 명이었는데 그중 2명의 여자애가 중학교에 진학을 하였으니 당시의 교육열이 아주 낮은 것입니다. 이젠 딸의 눈물은 옛말이 되었습니다. 2009년부터 대학진학률이 남자를 앞서기 시작했습니다. 1947년 0.1%로 인데 2014년에 39.3%로 393배로 남성을 앞지른 것입니다.

이와 같은 현상에는, "아! 저런 민족, 저런 지도자가 있는 나라라면 우리가 차관을 줬다가 돈을 못 받아도 좋다"라는 이 말은? 당시에 우리나라는 한국전쟁으로 인하여 피폐해져 국가재건國家再建에 필요한 돈이 없었습니다. 쿠데타로 정권을 잡은 **박정희 대통령**(당시 최고위원)이 미국으로 건너가 케네디 **대통령**을 만나 필요한 자금을 지원받으려 했으나, 쿠데타를 일으켜 정권을 잡았다하여 자기 나라 어느 부족추장 정도의 낮은 대접으로 냉대冷待를 하였다고 합니다. 박 대통령이 만남의 장소에 들어갔는데 케네디는 자리에서 일어나지도 않았다는 것입니다. 결국 빈손으로 돌아오고만 것입니다. 그래서 같은 분단국가였던 서독에게 상업차관 3천 만 달러를 부탁했으나 담보擔保가 없어 진행이 어려워지자, 당시 외화를 벌려고 서독에 파견되어 근무하고 있는 5,000명의 탄광광부와 3,000명의 간호조무사를 담보로 차관을 얻었습니다. 자료에 의하면 광부 65명이 사고와 병으로 사망을 했고 간호사는 19명이 이국에서의 외로움과 부모형제와 고국산천이 그리워 우울증으로 19명이 자살을 했으며 26명이 병으로 사망을 했다는 것입니다. 그렇지만 독일인들은 시체를 닦는 간호사를 보고 천사라고 했다는 것입니다.

1964년 선거로 대통령이 된 박정희대통령을 서독에서 초청했습니다. 당시엔 우리나라에는 대통령 전용기도 없었고 민항기도 없었습니다. 그래서 미국의 민간 항공기를 전세계약을 하였으나 미국서 쿠데타로 정권을 잡은 대통령은 미국국적 항공기를 탈수 없다고 하여 취소를 해버리기도 했습니다. 지금은 그의 딸이 대통령이 되어 세계적으로 미국·중국·일본·대한민국 4개국의 대통령만 747 점보기를 타는 유일한 국가입니다. 아버지의 성공적인successful 경제 발전을 이루어낸 덕을 보고 있는 셈이지요! 쿠데타를 일으켰을 때 지지하던 미국이, 할 수 없어 독일 민간 루프트한자 항공사의 본에서 일본 도쿄 상용노선을 변경시켜 일반인 승객과 함께 탑승하여 독일로 갔습니다. 7개 도시를 경유해 서독 쾰른 공항까지 가는데 무려 28시간이 걸렸다고 합니다. 서독에 도착하여 첫 방문지에 일어난 일입니다. 서독에 파견된 광부들이 지하 4,000미터 숨 막히는 지열 속에서 석탄을 캐내고 간호사들이 시체를 닦아내는 등의 일을 하면서 외화를 벌어들인 것에 대한 노고勞苦를 위로하고 차관을 구하려 서독을 방문한 박정희대통령을 환영하는 기념식 단상을 향해 걸어가는데, 애국가가 울리자 갑자기 이곳저곳에서 흐느끼는 소리가 나기 시작했습니다. 그 광경을 힐끗힐끗 보면서 느린 걸음으로 단상에 올라간 대통령은 준비한 연설 원고를 옆으로 밀쳐내고 눈물을 흘리며 "이게 무슨 꼴입니까? 내 가슴에서 피눈물이 납니다. 우리 생전에는 이룩하지 못하더라도 후손들에게 만큼은 잘 사는 나라를 물려줍시다."라고 외치고 그들에게 "미안하다"는 말을 하고는 울음이 복받쳐 말을 더 이어가지 못하고 대통령이 눈물을 흘리며 단상에서 내려와 육영수 영부인과 함께 간호사와 광부들을 끌어안자, 강당 안은 곧 울음바다가 되는 광경을 TV로 지켜보던 "루트비히 에르하르트" 서독수상이 눈시울을 붉히며 한 말입니다. 그들과의 만남을 끝내고 독일의 초대 경제부 장관을 지내기도 하였던 루트비히 에르하르트 총리는 정상회담에서 한국의 경제발전經濟發展에 도움이 되는 조언助言을 했습니다. 그는 박 대통령의 손을 다정히 잡고 "한국은 산이 많던데 산이 많으면 농업도 어렵고 경제발전도 어렵습니다. 고속도로를 깔아야 합니다. 고속도로를 깔면 자동차가 다녀야 합니다. 자동차를 만들려면 철이 필요하니 제철공장을 만들어야 합니다. 차가 달리려면 연료도 필요하니 정유공장도 필요합니다. 그리고 경제가 안정되려면 중소기업을 육성해야 합니다"는 등의 조언을 해 주었습니다.

정상회담에서 광부와 간호사의 월급을 담보로 1억 5천 마르크의 많은 돈을 지원받은 대통령은 서독 아우토반(속도제한이 없는 도로) 고속도로를 달리는 차를 세우게 한 후 차 밖으로 나와 정상회담서 서독 수상이 조언助言을 해준 말이 생각나서 고속도로에 입을 맞추자, 이 광경을 본 수행원들이 모두 울었다는 일화逸話가 있습니다. 아우토반은 차가 무제한 속도로 달리는 도로입니다. 서독 수상의 조언을 듣고 단단히 결심한determined 대통령은 경제 발전의 원동력의 힘줄인 경부고속도로를 건설했으며 철강 산업에 공들여 지금의 세계 상위 철강생산국이 되었고 정유공장을 만들게 지원하였으며, 라인 강의 기적을 보고 한강의 기적을 이루게 했던 것입니다. 이러한 사업을 진행하는 데는 반대여론도 많았으나 그보다도 언제나 돈이 부족하였다고 합니다. 할 수 없어 철천지원수인 일본에게 국민의 온갖 반대저항에도, 지금도 말썽인 한일 회담을 열어 대일청구권 문제를 관철시켜 8억 달러를 받아냈습니다. 그러나 턱없이 부족한 것은 언제나 돈이었습니다. 그래서 독일로 가서 자금을 지원받은 것입니다.

로마는 하루 아침에 이루어지지 않았다Rome was not built in a day라는 명언이 있듯, 검소한 생활을 하면서 수많은 크고 작은 일들을 불도저처럼 밀어붙여 경제 발전의 토대를 마련한 것입니다. 박 대통령은 농촌에서 태어나 찢어지게 가난했던 어린 시절을 생각하곤 열악劣惡한 농촌주거환경 개선을 위하여 새마을 사업운동을 벌여 국민의 삶의 질을 높인 것이 세계적으로 인정을 받아, 80여 개국 공무원 8,700여 명이 우리나라에 와서 교육을 받아서 자신들의 나라에서 새마을 운동을 하고 있으며 지금도 찾아와서 교육을 받아가고 있다고 합니다. 그래서 새마을운동은 세계기록문화유산에 쉽게 등재되었습니다. 닉슨 대통령이 "저런 훌륭한 지도자는 처음 보았다"고 칭찬을 했고 지금의 러시아의 푸틴 대통령은 "박정희 대통령과 관련된 책은 어떠한 책이라도 구입하라"고 특별지시를 했으며 시진핑 중국의 국가주석은 박근혜를 만나 새마을운동에 관한 자료를 부탁하여 자료를 보내주었다고 합니다. 두 분 다 국가 최고의 지도자가 되기 전의 일화입니다.

나는 청소년 시절에 있었던, 지금도 기억에 남을 만한memorable 일들이 있습니다. 새마을 노래가 마을 이장 집 지붕 위에 장착된 스피커에서 아침마다 일찍 흘러나오는 소리를 듣고 일어나는 것입니다. 새마을 노래는 박 대통령이 작은 딸 근령양의 도움을 받아 작사·작곡한 노래라고 했습니다. 이 노래는 지금 나의 손 전화 도착 신호음이 되었습니다.

"새벽종이 울렸네/새아침이 밝았네/너도나도 일어나/새마을을 가꾸세/살기 좋은 내 마을/우리 힘으로 만드세"라는 노래는 나의 또래 사람은 보릿고개시절 의 생각이 날 것이고, 젊은 세대들은 무슨 고리타분한 노래야 할 것입니다!

새마을 노래와 유행했던 노래는 한운사 작사 "잘살아보세"란 노래가 있습니 다. "잘살아보세/잘살아보세/우리도 한번/잘살아보세/금수나 강산/어 여쁜 나 라/한마음으로/가꾸어 가면/알뜰한 살림/재미도 절로/부귀영화도/우리 것이다 /잘살아보세/잘살아보세/우리도 한번/잘살아보세/잘살아보세"

당시엔 이 노래도 KBS 합창단이 취입한 노래가 곧잘 흘러나왔습니다. 내가 군복무중인 1967과 1968년에 대大 한해旱害(가뭄)가 왔습니다. 당시 보릿고개 시절에 가뭄이 2년 동안 계속되어 살기가 어려워지자 총각은 서울로 처녀들은 대도시로 식모살이를 하기 위해 농촌을 떠났던 어려운 시절이었습니다. 가난에 익숙한 당시대의 아이들은 세상에 대해 일찍 눈을 떴습니다. 그들이 커서 "내 자식이 배고픈데 못할 일이 없다" 힘든 노동을 마다하지 않았고 또한 자식을 가르치기 위해서 부모형제와 자식과 헤어져 낯선 타향과 머나먼 외국에 돈을 벌려고 나갔습니다. 교육은 우리의 미래였고 내일을 위한 작업이었던 것입니다.

1965년에 발표된 "동숙의 노래"인, '너무나도 그님을 사랑했기에/그리움이 변해서 사모 친 미움/원한 맺힌 마음에 잘못 생각에/돌이킬 수 없는 죄 저질러 놓고/뉘우치면서 울어도 때는 늦으리/ 음음음음 때는 늦으리'란 노래가 나왔습니다. 노랫말의 주인공인 "동숙이"라는 처녀가 낮에는 공장에 다니고 밤에 검정고시 학원에 다니면서 그곳에서 아이들을 가르치던 박 선생을 만나 사랑을 하게 되었는데, 서로 결혼하기로 약속을 하고 뼈 빠지게 번 돈을 그 사람 학비를 보탰고 어머니의 간병비로 주었으나 선생님이 굳게 맺은 약속을 어기고 다른 사람과 결혼을 하자 칼로, 살인미수로 옥살이를 하게 된 사연의 수기가 여성잡지에 발표되어 영화 "최후의 전선 1808리"에 삽입곡이 되었으며 가수 문주란이 불러서 이 노래로 출세가도를 달렸던 노래가사입니다. 당시에 "부녀자 가출 방지기간"이라 현수막이 길거리에 설치되기도 했습니다.

보릿고개란 가을 농사를 걷어 들여서 겨울동안에 먹고 나면 식량이 바닥납니다. 보리가 5~6월에 수확하는데, 햇볕이 잘 드는 양지바른 쪽에 일부 보리가 익습니다. 일부 익은 보리 목을 따서 가마솥에 쪄내어 망석에 부비면 보리 알갱이가 나옵니다. 그것을 먹고 살면서 보리가 빨리 여물기를 기다리던 시절이 보릿고개 시절입니다. 요즘 신세대들은 무슨 "전설의 고향" 이야기인가? 할 것입니다! 우리세대는 그렇게 어렵게 살았습니다. 허리띠를 졸라매며 그렇게 살기 어려운 시절을 살아온 대한민국의 최고의 통치자인 박정희 대통령은 국민이 가난에서 벗어나기를 간절히(필사적으로: desperately) 바라는 마음에서 오직 국민을 위해서 밤 낮을 가리지 않고 국정에 힘을 쏟았기에 지금의 경제부강의 나라가 된 것입니다.

한국전쟁으로 인하여 피폐해진 국가를 재건하기 위하여 농경산업에서 산업사회로 국가 정책을 꾸준히 추진하여, "100년이 되어도 회생할 수 없다"는 어느 한국전 참전 장교의 말이 무색할 정도로 고도성장高度成長을 하여 60여 년 만에 이젠 국민소득 4만 달러라는 목표로 항진해 갈 수 있도록 기초를 튼튼하게 만든 것입니다. 박 대통령의 서거 후, 양변기 물통 안에 벽돌 한 개가 들어 있었다는 것입니다. 극심한Intense 가뭄으로 물이 귀하 자, 물을 절약하기 위한 것입니다. 오직 국민을 위해 행한 육영수 여사님의 마음 씀씀이를 생각하니 가슴이 뭉클해집니다. 이렇듯 우리나라도 여성이 사회 진출로 세계 10위권의 경제 대국이 되기까지는 여성의 교육이 뒷받침했기에 이를 수 있는 성과를 모르는 사람은stranger 없을 것입니다.

그러한 결과로 1999년 이래 여성의 대학 진학률이 남자보다 앞서기 시작을 하여 아이러니하게도 여성 교사가 남성보다도 훨씬 많은 게 대한민국이라고 합니다. 앞서 얘기했듯 당시대엔 대다수 농촌의 딸들은 문교부 혜택을(의무교육: 초등학교) 전혀 받지를 못했습니다. 6년간 학교에 다니지 말고 일하여 돈을 벌게 하였던 것입니다. 격세지감隔世之感이긴 하지만, 지금의 대한민국은 OICD 국가 중 대졸졸업자가 가장 많은 66%로 독일의 29%보다 두 배가 넘습니다. 당시엔 여자아이들은 식모살이 아니면 열악한 공장노동자로 밤과 낮으로 나누어 12시간씩 교대근무를 하는 근로자였습니다. 그런 우리나라가 눈부신 발전의 효과로 교육열이 높아져 2015년 국가직공무원 31만여 명 가운데 여성 공무원 비율이 49%로 절반에 다다른 것으로 집계되었다는 것입니다. 또한 4급 이상 공무원 10명 가운데 1명은 여성이고 대학 졸업도 앞서 이야기했듯 여성이 더 많다는 것입니다. 그래서 곧 남성 공무원 수를 앞지를 것이라는 것입니다.

우리나라보다 빠르게 여성의 권리權利를 찾은 서양에서도 여성이 자유롭게 교육을 받고 읽고 싶은 책을 읽으며 자기 생각을 알릴 기회를 얻은 것은 20세기 이후입니다. 1893년 미국에서는 유럽이 아메리카 대륙을 발견한 지 400주년이 된 것을 축하하는 "시카고 만국 박람회"가 열렸습니다. 미국은 46개국이 참가하는 이 박람회에서 늙고 지친 유럽과 비교해 진취적進取的이고 열정적인 신흥공업국新興工業國의 모습을 보여주고자 했습니다. 박람회 운영 위원회는 유럽에서 온 손님들에게 발전된 과학과 풍부豊富한 물자를 비롯한 수준 높은 문화와 사상을 가진 나라로서의 미국을 확실하게 인식시키고 싶어 했습니다. 그런데 박람회에 설치된 미국의 역사에는 "여성"이 전혀 등장하지 않았습니다. 이에 대해 여성 단체는 강력하게 항의했고 결국 작은 구석 공간에 "여성관"을 따로 마련하여 미국의 여성작가들이 집필한 책과 활발한 사회 활동을 하는 여성들의 사진을 비롯한 자료들을 전시했습니다. 남녀 평등한 의무교육의 시행도, 여자대학 설립을 하여 졸업자 배출도 유럽보다 더 빨랐던 미국조차 이처럼 여성들의 입지가 좁았으니, 유럽이나 아시아 사회에서 여성의 지위가 어느 정도인지 짐작이 갈 것입니다.

고대사회에서는 여성 중 국가를 위해 제사를 지내는 여사제만이 글을 배웠다고 합니다. 그러나 그리스에서는 귀족貴族의 혈통을 가진 여성들만이 글과 예술교육을 받을 수 있었다고 합니다. 특히 시詩를 잘 쓰는 여성은 남성들에게 존경을 받았다는 것입니다. 그중 레스보스 섬의 사포는 귀족 가문 출신의 여성인데 여성의 감정과 경험을 노래한 200여 편의 시를 남겼습니다. 그러나 이후 그리스 여성의 자유가 크게 제한되며 그녀와 같은 뛰어난 여성 시인은 다시 나오지 않았다는 것입니다. 로마의 남자들은 교육받은 아내와 딸이 행복한 가정을 만든다고 믿었기 때문에 부유한 귀족의 가문에서는 딸을 교육시키기 위해 많은 노력을 했다는 것입니다.

하지만 여성들의 교육을 책임지는 것은 집안의 남자인 가장이었고, 여성이 배우는 분야도 종교에 한정된 교육이었다는 것입니다. 그럼에도 불구하고 종교개혁과 계몽주의啓蒙主義의 확산으로 여성교육이 활발하게 전개된 것은 15세기 중반 "구텐베르크"가 인쇄기를 발명하면서 책이 대량大量으로 생산되게 되어 책의 가격은 저렴해졌고 구입하기도 쉬워졌으며, 종류도 다양해져 자국어로 집필된 영웅담이나 시집 · 희곡 · 여행서 · 지리서 · 과학서 등 다양한 분야의 책들이 출간되어 나오게 됨으로써 여성의 사회진출에 도움을 주었습니다. 이탈리아에서는 베네치아 · 피렌체 · 밀라노 등에서 부유하고 개방적인 도시국가를 중심으로 인문학 교육을 받고 예술 취향이 뛰어난 여성을 숭배하는 풍조風調가 등장을 했다고 합니다. 당시대에 선풍적旋風的인 인기를 끌며 상류층 인사들의 필독서였던 긍정인의 작가 "발다사레 카스틸리오네"는 책을 통해 귀족 집안의 딸들에게 인문학은 물론 소묘와 회화 등의 예술을 가르쳐야 한다고 주장을 했다는 것입니다.

이에 따라 상류층上流層 일부에 한정되긴 했지만 교육을 통해 자신의 직업을 갖고 경제활동을 하는 여성이 등장을 했다는 기록입니다. 17세기의 네덜란드는 독서의 혁명의 근거지였다는 것입니다. 스페인 왕의 통치에서 독립한 뒤 신교국가임을 천명한 네덜란드는 모든 신자들이 성경을 직접 읽을 수 있어야 한다는 사실을 법으로 규정했다고 합니다. 신자의 의무를 지키기 위해서는 평범한 시민 계급의 여자아이들도 학교에서 글을 배우게 하여 그 덕분에 신교新教가 퍼진 북유럽의 일반 여성들도 구교舊教 세계의 부유한 계급의 여성들보다 더 자유롭게 책을 읽고 글을 쓸 수 있게 된 것입니다. 이러한 과정을 거쳐 18세기 계몽주의啓蒙主義 시대가 되면서 부유한 귀족들이 모여들던 프랑스 살롱에서는 독서가 취미이고 새로운 지식에 열광하는 여성들이 인기를 끌었다고 합니다. 독서는 부유층의 감각적 사치와 세련된 취향趣向을 과시하는 수단이었다는 것입니다. 하지만 여성들은 열광적인 독자 역할에 한정될 뿐 시대적 상황으로서는 책을 집필하는 저자로서의 권위는 그리 쉽게 얻을 수가 없었다는 것입니다. 특히 영국에서는 여성 필자가 신문이나 잡지에 정치나 사회적 의견을 내는 것을 절대로 용납容納하지 않았다는 것입니다. 1709년에서야 「여성 태틀러」라는 잡지가 창간되어 여성들의 목소리를 담은 공식 통로를 만든 메리 드 라 리비에르 맨리Mary de la Riviere Manley는 남성을 지배하는 정치와 사회적 질서에 반기反旗를 들었다가 투옥되었다는 것입니다. 실제로 18세기 영국 사회의 풍경을 세밀하게 묘사해 최고 작가 반열에 올라있는 "제인 오스틴"의 작품인 『이성과 감성1795년』, 『오만과 편견1797년』 등은 익명匿名으로 자비自費 출판을 했다고 합니다. 여성작가의 작품을 출판해주는 출판사가 당시엔 없었다고 합니다. 이 작품들은 제인 오스틴이 1817년에 세상을 떠난 뒤 그의 오빠에 의해 세상에 알려지게 된 것입니다. 당시 영국사회가 여성작가에 대해 가지고 있던 사회적인 편견은 샬럿 브론테Charlotte Bronte; 1816~1855의 소설 『제인 에어1847년』를 통해서 적나라하게 드러납니다.

　처음 출판되었을 때 평단과 문학계의 찬사를 받으며 등장했지만, 작가가 여성이라는 것이 밝혀진 뒤에는 작품이 구사하는 문장이 거칠고 공격적攻擊的이며 선정적煽情的이라는 혹평酷評을 했다는 것입니다. 그럼에도 불구하고 여성작가들이 많이 등장하여 19세기에 들어서 풍요로움을 낳는 생활 독서가 일상화日常化되었다는 것입니다. 1792년에 이르러 런던에서 메리 울스턴크래프트Mary Wollstone; oatt: 1759~1797년는 『여성의 권리 옹호A Vindication Otthe Rights ot Woman』라는 책을 출간합니다. "현재의 잘못된 교육 체계가 여성들의 본래 가지고 태어난 능력을 퇴화退化시키고 있으며 차별 없이 평등하게 교육을 실시해야 하고 여성과 남성의 위계질서位階秩序는 철폐되어야 한다."는 혁신적인 주장을 담은 책을 발간했습니다. 당시 이 책은 영국과 미국에서 큰 인기를 얻으며 여성들에 대한 교육을 이슈로 만들었던 것입니다. 그러나 일반 대중은 그녀의 주장을 받아들이지 못했고, 책에 대한 비난을 많이 받았지만 영국과 프랑스와 미국의 지성인 집단에서는 특별한 권위權威를 인정받았다는 것입니다. 그리고 울스턴크래프트의 딸이 바로 최초의 공상과학 소설이라고 일컬어지는 『프랑켄슈타인』을 집필한 "재리울스턴크래프트 셸리Mary Wollstonecraft Shelley"입니다. 어머니의 사상에 따라 제대로 된 교육을 받고 자라 독서광이 된 메리 셸리는 새로운 경향의 소설을 탄생시킬 수 있었던 것입니다. 이러한 결과 뒤에 과학 기술의 발전이 가져다 준 산업사회의 풍요豐饒는 독서를 취미로 가질 수 있는 중간계급中間階級을 만들었던 것입니다. 18세기 말 집안 살림을 하인들에게 맡길 여유가 생긴 중산층의 여성들은 독서 모임을 만들어 책에 대해 이야기를 나누고 토론하면서 서로 가지고 있는 책을 빌려서 읽었다는 것입니다. 19세기 후반에는 여성들의 심리와 생활방식과 취향 등 보다 내밀한 여성들만의 세계를 사실적으로 상재하는 여성작가들이 자신의 이름을 당당하게 드러내고 등장을 하게 되었습니다. 하지만 여전히 완전한 독서의 자유는 주어지지 않아서 서점에서 책을 고르고 구입하는 일은 여자들이 직접 할 수가 없었습니다. 여성은 비판적批判的인 사고를 할 수 없었고, 감수성感受性이 예민해서 나쁜 영향에 쉽게 빠져든다는 편견偏見은 아버지나 남편이 여성 대신 책을 고르고 구입하는 일에 정당성正當性을 부여했다는 것입니다.

공공도서관도 여성들의 출입이 자유롭게 허용되지 않았고 독서할 책의 장르도 가벼운 소설이나 가정교육과 육아에 도움이 되는 정보가 상재된 책이었던 것입니다. 정치나 철학·사회·경제·과학 등의 순수하게 지식을 쌓는 것이 목적인 분야들도 여성에게 제한 없이 개방開放된 것은 20세기가 되어서 입니다. 사회가 책을 읽는 여자에 대하여 거부감拒否感/사회적 거리: social distance zone을 느끼지 않게 된 것이 고작 백 년 정도밖에 되지 않습니다. 자유민주주의 국가의 나라에선 문명文明/civilization이 개방되어 그러한 일이 없어졌다고 하지만, 이슬람 국가에선 책을 읽는(교육) 여자는 "남자의 자리를 넘보는 여자이며·질서를 어지럽히는 여자가 될 것이고·가정과 육아라는 여성의 책무責務를 게을리 하는 여자가 될 것이다"라는 오만傲慢과 편견偏見에서 이런 부당한 사회에 저항해 온 여성들이 있었기에 오늘날 자유가 있는 것입니다.

생성生成/탄생誕生과 소멸消滅/죽음) 자연의 이치理致라는 것입니다. 그래서 사람은 태어날 때부터 평등平等/Man is born equal by na-ture하다고 하였습니다. 교육을 받을 권리權利도 마찬가지임은 두말할 필요가 없는 것입니다. 그 밑바탕에는 책이 있고 독서를 많이 하여 얻은 지식의 축적이 이루어져야 대우를 받을 수가 있는 것입니다. 20세기 이전에 있었던 여성혐오의 여러 사회적 원인 가운데 가장 큰 것은 "괜찮은 일자리" 부족이었습니다. 우리나라에서는 남성에게 여성은 연민이 아닌 경쟁 상대가 된 것은 1990년 33.2%와 대학 진학률은 2008년 83.8%로 정점을 찍었다는 조사입니다. 2009년에는 남학생보다 더 많은 여학생이 고등교육에 진입한 것입니다. 여성성들의 고용률은 2014년 54.9%로 30년 만에 13%포인트 넘게 늘었다고 합니다. 하지만 일자리는 외환위기 이후 대부분 비정규직화 됐고 청년실업률은 2015년 3월에 조사에 의하면 10.7%로 15년 만에 최고치를 기록했다고 합니다. 양성평등은 그렇잖아도 작아진 "밥그릇"을 나누자는 고까운 얘기로 남성들에겐 들릴 것입니다.

일부일처제가 대부분의 남성에게 허용됐던 시기는 인류사상 제2차 세계대전 이후 폭발적인 경제성장기에 불과했습니다. 빈부격차貧隔隔差가 큰 사회에서 가난한 노동자들은 안정적 파트너를 구하기 어려운 시대가 되어버려 혼자 사는 남녀가 기하급수적幾何級數的으로 늘고 있어 국가적으로 큰일이라는 것입니다. 이러한 사회적인 현상에 구조는 멀고 개인은 가깝다보니, "거절"에 좌절한 남자들은 여자를 미워한다는 것입니다. 죽도록 미워하는 이유는 여자(성)·토지(경제)·정체성(인정욕구) 때문이라는 것입니다. 남자는 황제 망상을 가지고 있습니다. 모든 권력으로 여자를 마음대로 할 수 있는 자리이기 때문입니다. 그래서 오늘날 여성혐오는 그 중 성(섹스)과 경제(돈)를 둘러싼 갈등으로 나타나는 현상입니다. 2015년 남성잡지 "맥심코리아(이하 맥심)" 9월호를 두고 여성비하 논란이 거셌으며 방송을 비롯하여 신문에 대서특필되었습니다. 또한 영국에서 세상 최초로 흉악한(불결한) 잡지 표지라고 하였습니다. 그 내용은 배우 김병옥 씨가 자동차 뒤에 서 있고 트렁크 밖으로 청색 테이프에 발이 묶인 채 빠져나온 맨살의 여자 사진 때문입니다. 옆에는 "진짜 나쁜 남자는 바로 이런 거다. 좋아 죽겠지"라는 카피가 달려 있는 사진 때문입니다. 여성들의 반발과 각계각층에서 거센 비난이 일자 결국은 맥심코리아는 사과와 함께 잡지를 전량 회수하여 폐기하였습니다.

이처럼 여성 혐오嫌惡는 전파력이 높은 대중문화 콘텐츠를 통해서 우리 사회 전반으로 번지고 있습니다. 남성에게도 여성들의 혐오는 같은 추세라는 것입니다. 해결책의 키워드(key word: 어떤 문장을 이해하거나 문제를 해결할 수 있는 실마리가 되는 말)는 역지사지易地思之일 것입니다. 경기 불황과 취업난 등 각박해지는 사회에서 같이 어려움을 겪는 이성끼리 서로 이해하고 위로해주지는 못할망정 피터지게 싸우면 서로 간에 큰 상처만 남을 것입니다. 이성 혐오를 방치해서는 안 됩니다. 인터넷 군중 심리로 이성의 혐오에 휩쓸리는 것을 막을 방안이나 이성 혐오를 완화시킬 정부정책이 무엇인지 본격적으로 고민할 때가 왔습니다. 이유는 불이 났을 때 초기에 진화해야 들불처럼 번지는 비극을 막을 수 있기 때문입니다. 당사자인 이성들의 상대방 혐오는 거침없이 늘고 있습니다. 그렇지만 문화시민이라면 아무데서나 배설하지 않듯이 대중을 상대로 혐오 같은 부정적 감정을 투척하지는 않을 것입니다. 오늘날 그 같은 룰은 점점 희미해지는 듯해 걱정입니다. 전문가들은 이성의 혐오 현상을 사회 변화에 따른 문제로 봐야 한다고 했습니다. 여성의 권리가 급격히 신장되고 경제 불황과 취업난 등으로 젊은 남녀들의 삶이 팍팍해지면서 반대성(性)에 의해 차별받는다고 생각하는 경향에서 일어난 현상이라는 것입니다.

이런 현상의 방지책은 초중고 때부터 이성이해(배려하는 마음)를 가르쳐야 할 것입니다. 2015년 세계교육포럼에서 양성평등 국가 1위에 아이슬란드가 선정되었습니다. 그것도 6년간 1위라는 것입니다. 유치원에서 고등학교까지 양성평등의 교육을 시킨 결과라는 것입니다. 2015년의 우리나라 실업자가 116만 명이라면서 대통령은 걱정을 하고 갖가지 정책을 내놓아도 실업자는 점점 더 늘어나고 있습니다. 졸업을 얼마 남겨놓지 않은 대학생들 중에서 2/3 이상이 직업적 가치관이 불분명하고, 구체적으로 장래의 직업을 무엇으로 할 것인지 뚜렷한 목표가 없다는 것입니다. 오로지 가정이나 학교에서 공부에만 매달리게 하다 보니 학생들 스스로 자신의 실력에 적합한 삶의 가치관을 세우려는 노력을 등한시 했을 것입니다. 지극히 현실적일 수밖에 없는 직업을 책상 앞에서 혹은 TV나 인터넷으로 막연하게 고민했을 것입니다. 여기에서 선택과 집중selection and attention 전략의 필요성을 생각해보아야 합니다.

사람은 누구나 타고난 능력과 특성이 있습니다. 유치원과 초중학교 시절에는 이것저것 많은 것들을 두루두루 경험을 하고 자신의 강점을 더 키우며 약점을 보충하는 노력을 했을 것입니다. 하지만 청년기에 접어들게 되면 자신이 잘 할 수 있고 좋아하는 분야를 선택해 집중해야만 밝은 미래를 만들어 나갈 수 있는 것입니다. 더 이상 약점을 보충해서 더 잘하겠다는 생각은 비현실적이라는 사실을 직시해야 합니다. 무슨 말이냐 하면 버릴 것은 과감하게 버리고 자신이 가진 장점을 살려서 승부해야 된다는 말입니다. 눈높이를 조금만 낮추면 길이 보일 텐데, 자기 뜻대로 되지 않는다고 자포자기自暴自棄는 각박한 사회에서 낙오되는 것입니다. 현실 감각과reality sense 현실 검증reality testing을 해보고 답이 나오지 않아 다른 길을 선택하려면 서점이나 도서관을 찾으면 답이 있을 것입니다. 대학졸업 후 도서관을 기피하는데 문제가 일어나는 현상일 것입니다. 스포츠 경기장을 드나들 듯 서점이나 도서관을 드나들 수는 없는가요? 한 달에 한 번만 참고 입장료로 책을 구입하여 보시길 바랍니다. 다양한 책을 읽으면 길이 보일 것입니다.

2. 독서의 중요성

712~770년 중국 당唐 나라에서 태어나 문필가文筆家가 되어 중국 역사상 가장 유명한 시詩인인 "두보杜甫"는 어려서부터 글재주가 뛰어나서 7세부터 시를 짓기 시작했다고 합니다. 그런 두보가 남긴 유명한 말이 있는데. "남아수독오거서男兒須讀五車書"라고 하였습니다. 남자라면 무릇 다섯 수레의 책을 읽어야 된다는 것입니다. 그래서인가!

프랑스 군인이었다가 프랑스 초대初代 대통령(황제)인 "나폴레옹Napoleon Bonaparte"은 1812년에 러시아를 공격한 것이 불리하게 되어 1814년에 연합군에 패하여, 세인트 헬레나St Helena 섬으로 귀양을 가서 그곳에서 생을 마쳤습니다. 세상사의 허무함을 느끼게 된 그는 이집트를 정벌할 때도 한 권의 신약과 코란경을 가지고 다니면서 정치상의 도움으로 삼았다고 합니다. 그는 죽을 때까지 무려 8천여 권의 책을 읽었다는 기록이 있습니다. 그렇다면 나폴레옹은 대단한 독서가입니다. 1769년에 출생해서 1821년에 죽었으니 그가 52년간 살면서 그 많은 책을 읽었다니, 1년에 평균 몇 권을 읽은 셈인가요? 나폴레옹처럼 바쁘게 산 사람도 드물 것입니다. 더구나 반평생半平生 전쟁戰爭 터에서 보냈다고 해도 과언이 아닙니다. 8천여 권에 달하는 독서 편력遍歷을 보면 그가 한낱 "폭력적인violent 전쟁광戰爭狂만은 아니다"라는 것을 알 수 있습니다. 무예武藝나 기개氣槪 또는 호기虎騎만으로는 절대로 영웅英雄이 될 수가 없었을 것입니다. 또한 육신의 힘으로만 타인을 지배할 수 없기 때문입니다. 핵폭탄核暴彈 같은 정신의 에너지가 분출噴出되어야 할 수 있을 것입니다. 나폴레옹의 독서 편력偏歷이 있었기에 프랑스를 통치할 만한 인물임을 말해 주고 있는 것입니다.

버락 오바마 미국 대통령이 2013년 세네갈을 방문했을 때 부인인 **미셸**(영부인)은 한 여학교를 찾았습니다. 그는 "아버지가 내 대학 학비學費를 대주기 위해 마다하지 않고 힘든 노동勞動을 하는 것을 보고, 아버지가 일터에서 집으로 돌아 올 때까지 기다리면서 밤늦게까지 자지 않고 책을 읽고 공부한 덕분에 결국 내 꿈을 이루게 했다"고 강연을 했습니다. TV에 비친 검은 피부의 미셸이 검은 피부의 여학생들에게 둘러싸여 환영받던 장면을 보았을 것입니다! 미셸은 "여러분들은 전 세계의 여학생들을 위한 롤 모델(역할役割 Role model/어

▶ 미셸 오바마

떤 한 사람을 정해 그 사람을 표본으로 정하여 성숙할 때까지 모델로 삼는다는 뜻)입니다"라고 말했지만 실은 미셸이 그들의 롤 모델이었던 것입니다. "얀 마텔" 캐나다 작가의 글에서도 보았듯이 미국의 대통령 부부는 책을 많이 읽고 좋은 교훈을 얻어 정책에 반영하고 있는 것입니다.

3. 독서가 아이에게 미치는 영향

책을 좋아하는 아이가 공부도 잘하고 리더십이 뛰어나다는 것은 잘 알려진 사실입니다. 모르는 길을 가면 두렵고 여유도 없으며 긴장緊張의 연속일 것입니다! 하지만 아는 길을 가면 여유餘裕 있게 주변의 경치를 감상하면서 편하게 갈 수가 있습니다. 책을 많이 읽고 그 바탕으로 지식을 축적하여 자신의 삶에 반영하면 세상에 태어난 자신을 증명해내는proves herself 앞으로의 삶에 크나큰 도움이 되어 생활이 여유로울 것입니다! 그렇듯이 책은 한치 앞을 모르는 인생길을 미리 미리 알려주는 역할을 하는 것입니다. 그래서 책을 읽으면 인생을 행복하게 해주는 것입니다. 지금 걷지 않으면 나중엔 뛰어야 한다는 평범한 말이 있습니다. 어려서 책을 많이 읽고 지식을 축적해야 남보다 더 낳은 삶을 사는 데 도움이 된다는 것을 잊지 말아야 할 것입니다.

일본에서 "책과 신문을 읽는 부모를 둔 아이가 공부를 잘한다."는 연구 결과가 나왔습니다. "공부 잘하는 아이의 부모는 책을 읽으며 정치면과 경제면 신문을 읽는데, 공부 못하는 아이 부모는 여성잡지를 보거나 TV 쇼 프로그램을 본다"는 것입니다. 일본의 오차노미즈대와 교육출판그룹 베네세가 국어성적國語成

▶ 책을 읽는 어린이(강민구 군)

積과 부모의 생활습관生活習慣에 대해 공동 조사한 결과 이 같은 결과가 나왔다고 합니다. 아사히신문의 보도에 의하면, 조사 대상은 전국 각지의 초등 5학년생 2,952명과 학부모 2,744명의 조사에 따르면 성적 상위 4분의 1 안에 드는 학생 부모 중 70.6%는 "책(만화와 잡지 제외)을 읽는다"고 응답했으며 또 60.2%는 "신문의 정치와 경제면을 읽는다"고 했다는 것이고, 반면 성적이 하위 4분의 1에 속한 아이의 부모들은 "책과 정치와 경제면 신문을 읽는다"는 응답은 각각 56.9%와 46.4%에 그쳤다고 합니다. 각각 13%포인트씩 낮은 수치로 상위권 학생의 부모 가운데 스포츠 신문이나 여성 주간지를 읽는다는 응답은 18.0%였고 TV 쇼 프로그램을 시청한다는 응답은 25.0%였으며, 하위권 학생 부모의 응답률은 각각 28.6%와 35.0%로 10%포인트씩 높았다는 것입니다.

조사를 한 하마노 다카시 교수는 "책이나 신문을 읽는 것은 그 가정의 문화라고 할 수 있다. 문장을 접할 기회가 많을수록 독해력讀解力이 좋아지고 공부에 필요한 인내심忍耐心이 향상向上되는 것 같다"고 했다는 기사를 보더라도 책은 인간이 살아가는 데 꼭 필요한 것입니다. 물론 교육의 생산성과 관계된 효율성efficiency 효과성에effectiveness 개념입니다만, 공부를 못하는 아이는 없습니다. 마음 다친 아이가 있을 뿐입니다. "왜? 우리아이는 공부를 못할까?" 이러한 질문을 하기 전에 아이의 공부 상처를 먼저 살펴보아야 합니다. 우리나라 조사에 의하면 "나는 공부를 아무리 열심히 해도 안 된다"는 질문에 초등학생 5.2%, 중학생 19.4%, 고등학생 43.6%가 자주 혹은 언제나 그렇다고 했다는 것입니다.

아이들에겐 공부는 노역인 것입니다. 초·중·고 12년간 경쟁적 교육환경 아래 공부와 멀어지거나 공부를 싫어하게 되거나 공부에 대한 불안감과 압박에 따른 혐오감을 갖는 아이들이 생기는 과정의 원인에서 발생이 되는 것입니다. 이에 대한 처방은 아이의 마음 근력筋力을 키워주어야 합니다. 마음 근력 중에서도 가장 중요한 것은 낙관성입니다. 긍정적인 마음가짐이 학습의 의욕으로 연결되기 때문입니다. 낙관성樂觀成은 학업 성취로 이어진다는 연구 결과도 있습니다. 행복한 아이는 대학생이 됐을 때 학업 적응과 목표 달성도가 높다는 것입니다. 아이의 낙관성을 꺾는 치명적致命的/deadly인 원인 중 하나가 부모의 양육방식입니다.

아이의 머리 위에서 아이가 부딪힐 문제를 미리 제거하는 "헬리콥터형" 부모가 독립심獨立心 없는 무기력한 아이를 만들고, 아이의 발달 단계를 무시하는 조기교육과 과잉학습을 시키는 "인큐베이터형" 부모가 공부불안증과 학습 스트레스가 심한 아이를 만드는 것입니다. 아이의 마음 근력을 키워주기 위해서는 가장 먼저 부모의 대화방식입니다.

재능이나 능력보다는 노력을 보고 "이번 시험 잘 보았네! 공부 정말 열심히 했구나?"하고 칭찬을 해주어야 합니다. 때로는 판단을 하고 평가를 해주어야 합니다. "너의 이런 방법이 좋구나", "잘 그렸어!"보다 아무 말 없이 관심을 보이거나 설명하고 "방금 그린 이 발 모양이 색다른데! 발가락도 있네" 질문하는 "어떻게 친구에게 사탕을 주는 생각을 했니?" 등의 관심이 중요합니다. 아무리 아름다운 음악도 진동이 있기 때문입니다.

독서와 글쓰기도 부모들이 활용할 수 있는 효과적인 학습심리치료 도구입니다. 글쓰기 치료의 방식도 다양합니다. 매일 밤 그날의 감사한 일 세 가지를 적어보기·감사편지 쓰기·자신의 감정을 돌아보기 등의 실천하는 글 써 보기는 긍정 심리치료에 도움을 줄 것입니다. 어떤 사건을Activating 개인의 신념체계로Belief 해석해 심리적 행동적 결과로Conclusion 나타난다는 ABC 인지모델을 이용해 부정적인 생각이나 감정을 변화시키는 글쓰기 치료도 응용할 수 있습니다. 대화를 통해 다시 생각해 보게 하고 그것을 일기로 써 보게 하는 것도 한 방법이 될 것입니다. 요즘 초등학생은 예전보다 글을 많이 쓴다는 것입니다. 온라인 덕분이라는 것입니다. 친구들에게 보여주기 위함인데, 특히 카카오스토리를 즐긴다는 것입니다. 간혹 성의 없는 댓글도 있고 약어와 욕설이 뒤섞인 10대들의 표현법을 흉내를 내는 경우들도 있지만 제법 진지한 대화도 있다는 것입니다. 그런데 어른은 초대받지 못한다는 것입니다. 학교에 가져갈 수 없는 금액 이상의 돈으로 무엇인가 샀다는 등 어른들의 눈에 적절하지 않아 보이는 아이들의 세계가 있기 때문입니다.

역설적으로 이런 편 가름은 부모에게 배우는 경우가 대다수일 것입니다. 하지만 많은 부모들은 자신이 그렇게 하고 있다는 밀접한 거리intimate distance zone 관계인 사실조차 인지하고 있지 못한다는 것이 문제입니다. 아이는 부모와 대화를 하려고 노력을 하는데 정작 부모는 그저 고개만 끄덕이며 티브이만 지켜보면서 "네가 말한 대로 해. 내가 말 한대로 하지 말고"식의 구시대 교육법敎育法 식으로 대응을 한다는 것입니다. 아이의 이야기에는 신경을 쓸 겨를이 없는 어른들만의 세상이 있다는 게 요즘의 바쁜 세상의 한 단면을 보여주고 있는 것입니다. 이런 상황에서 아이들만의 세상이 등장했다 해서 놀라운 일은 아닙니다.

이전에는 어른의 영향력影響力이 상당했습니다. 유교문화권儒敎文化圈에서 자란 저희 또래에선 어른을 믿고 따라야 한다고 배웠습니다. 충효사상忠孝思想과 어르신들의 공경문화로 성장이 되었습니다. 그러나 지금은 아이들의 생활 영역도 어른의 가시권可視圈에 있습니다만 연장자와 공동체의 가치를 강조하던 유교儒敎적 가르침과 그 문화의 영향력은 점점 약해져 버린 것입니다. 대신 개인화 도구인 디지털기기는 널리 보급된 것입니다. 새로운 순간의 통로를 통해 아이들은 끼리끼리 소통하고 어른 말에는 이따금 귀를 기울일 따름입니다. 가히 "어른의 권위 종말"이라는 표현이 타당할 것입니다! 이제 어른의 권위에 기대어 힘을 휘두르려는 것은 시대적 착오가 된 것입니다. 결국은 아이들의 디지털 생활을 파악한 뒤 그곳에서 즐거움을 찾도록 응원해줄 수밖에 없는 세상이 되어 버린 것입니다. 아이들의 디지털 공간에도 사회적 역학 관계가 있고 끊임없이 변하고 있는 것입니다. 새로운 놀이와 관심 있는 운동이나 인기 있는 캐릭터를 비롯한 영화 등 주된 주제가 바뀌는 것입니다. 이 과정에서 어른들은 흥미로운 정보를 제공하는 게 아이들에겐 돋보일 것입니다. 정보의 교환 속에서 각자 아름다운 삶의 질이 결정되기도 할 것입니다. 어른의 도움은 아이들이 흥미로운 정보를 수집한 뒤 스스로 정리할 때 필요할 것입니다. 일일이 간섭을 하려고 하면 어른의 권위의 레임 덕Lame Duck만 가속화할 것입니다! 어린이는 우리의 미래라고 합니다.

학부모는 물론이거니와 교사 역시 우리 미래를 결정하는 막중한 책임責任을 지고 있는 것입니다. 청소년들의 집단 따돌림과 학교 폭력을 비롯한 가출 등의 문제는 비단 청소년기에 나타나는 일시적一時的인 현상이 아닙니다. 학교 폭력은 우리 아이들의 문제만이 아니라 이렇게 되도록 만든 사회문화에서 기인하는 경우가 더 많기 때문입니다. 사회구조에서 계층 간의 이동을 위해서는 교육 밖에서 기댈 수는 없습니다. 당연히 부모들은 아이들에게 미래를 위한 것이라며 공부에 매진하도록 담금질을 하고 아이들은 선택권選擇權을 박탈당한 채 공부에 매달릴 수밖에 없는 것입니다. 요즘 부모들은 자녀를 보호protection한다는 차원에서 결정권을 주지 않는다고 합니다. 학원에 다닐지 말지 · 여름캠프를 갈지 말지를 모두 부모가 결정을 한다는 것입니다. 아이들이 아직 어려서 올바른 판단을 못하기 때문에 부모가 결정해주는 것이 자녀를 위한 생각일 것입니다. 그래야 험난한 세상에서 실패를 줄일 수 있다는 마음에서 일 것입니다. 자녀의 자기결정권을 박탈하고 스스로 책임질 기회조차 주지 않는 어른들의 보호 속에서 자란 아이들은 자신이 결정하지 않았기 때문에 책임질 일도 없는 것입니다. 일상생활daily lives을 부모가 시킨 대로 책가방만 들고 학교로 학원으로 왔다 갔다 했을 뿐입니다.

그렇다면 언제까지 부모가 결정하고 책임질 것이냐고 물어본다면, 대학 가서 우수한 성적으로 졸업 후 취직하여 결혼하면 네가 알아서 하라는 것입니다. 그런데 아이는 대학졸업 후 일자리가 없어 취직도 못하여 그래서 결혼도 못해 자포자기한desperate 채 캥거루족(부모에 의지하며 사는 젊은이)이 되어가는 것입니다. 자녀의 인생을 끝까지 책임질 것이 아니면 어려서부터 자기가 선택하고 결정하고 실패도 하면서 자신이 책임지게 이끌어야 합니다. 부연 설명하자면 자립할 수 있도록 해주는 것이 제대로 된 부모의 역할입니다.

위와 같은 결과로 자신의 성공적 삶의 꿈을 꾸고 미래를 위해 자신의 적성을 찾기에도 바쁜 아이들에게 공부라는 과업을 무리하게 강요하는 것은 아이들에겐 많은 스트레스로 다가오는 것입니다. 이런 스트레스는 학교 교우 간에 폭력이라는 극단적인 형태로 표출되기 일쑤이고 급기야는 잘못 목숨을 끊는 일까지 벌어지기도 합니다. 그래서 궁극적으로 내놓는 방안이 학교폭력 방지 캠페인이나 범죄예방교실이 바로 그것입니다. 성장하는 아이들은 스스로 학교폭력의 위험성을 인지하면서도 이를 잘 지키지 않는 것입니다. 왜일까요? 막연히 누군가에 의한 가르침으로 어떤 일을 지양하는 것과 체감體感을 함으로써 지양하는 것에는 큰 차이가 있습니다. 학교폭력 방지 캠페인이 이런 간극을 효과적으로 줄여줌으로써 학생들 스스로가 깨닫게 하는 것은 좋은 방법 중 하나입니다.

범죄 예방교실도 이와는 크게 다르지 않습니다. 학생들에게 범죄가 우리 사회에 파장이나 개인에게 얼마나 나쁜 영향을 미치는지를 알 수 있도록 헌신적인dedicated 교육을 한다면 이는 분명 청소년 범죄 예방에 많은 효과를 볼 것입니다. 학교폭력 캠페인과 범죄예방교육도 등도 물론, 중요하지만 무엇보다 두루두루 학생에 대한 관심이 더 필요합니다. 과거 베이비붐baby boom generation: 우리나라 1955~1964년대 세대에 많은 형제들 속에서 자라면서 양보와 배려하고 손해를 볼 수 있다는 것을 배웠습니다. 지금의 우리 아이들은 대다수가 하나 아니면 둘이여서 부모들은 내 아이가 최고여서! 자신들의 아이가 손해 보는 것을 참을 수 없으며 양보하기보다는 자기가 원하는 것을 똑바로 말하고 확실히 주장하도록 가르치고 있는 것입니다. 잘못을 하면 나무라고 사랑으로 다독이는 가정의 교육이 절실할 때입니다.

가정은 여러 사람과 함께 살아가는 사회 질서의 바탕을 교육하는 가장 중요한 역할을 담당하는 기초 교육현장입니다. 미래를 이끌어 갈 우리의 희망인 청소년들이 가정 안에서 부모와 자녀 간의 진심어린 대화를 통해 소통을 한다면 학교폭력예방과 더불어 화목한 가정을 이룰 것입니다. 우리 어른들은 모범학생과 골칫덩어리인troublesome 불량학생을 떠나 힘든 교육을 받고 있는 모든 학생들이 자신의 자식 같은 마음으로 보살핌과 관심을 가져준다면 아이들도 닫힌 마음의 창을 활짝 열 것이고 학교폭력이라는 단어도 차츰 없어질 것입니다. 문제아에게는 문제 부모가 배후에 있는 경우가 많습니다. 청소년들의 인성이란 부모의 뱃속에 있을 때부터 형성된다는 것입니다. 따라서 청소년들이 올바른 인성을 가지기 위해서는 태교교육胎敎敎育부터 필요하다는 전문가들의 조언입니다. 사람을 키우는 일이야말로 그 사회를 인간적인 사회로 만드는 일입니다. 사람은 다른 하위 개념이 아닙니다. 사람이 "끝"입니다. 절망과 역경을 "사람"을 키워 내는 것으로 극복하는 것, 이것이 석과불식碩果不食의 교훈입니다. 최고의 인문학이 아닐 수 없습니다. 욕망과 소유의 거품 성장에 대한 환상幻想을 청산하고 우리의 삶을 그 근본에서 지탱하는 경제와 문화의 뼈대를 튼튼히 하고 사람을 키우는 일 이것이 석과불식의 교훈이고 희망의 언어입니다.

온갖 사회문제의 뿌리는 가정에서부터 출발된다는 사실을 우리 모두는 잘 알고 있습니다. 아이는 어른의 거울이라는 말이 있습니다. 어른의 말투나 행동과 심지어 걸음걸이까지도 닮아가는 것입니다. 아이에게 부모의 역할이 얼마나 중요한지를 방증하는 행동입니다. 가정폭력이나 아동학대에 노출된 아이들은 학교폭력의 가해자가 될 개연성이 높아질 것입니다. 아직 인격적으로 완성되지 않은 10대 청소년인 내 아이에게 공부 잘하고 나쁜 짓을 하지 않기를 바라기 전에 부모가 스스로 자신이 어떻게 행동하고 있는지 한 번쯤 되돌아볼 필요가 있는 것입니다.

현시대는 핵가족이고 일상생활daily routine에 대다수가 맞벌이인 요즘의 가정에서 아이들을 일일이 챙겨주고 보살피기가 쉽지 않기 때문입니다. 하지만 아이들은 잠시 흔들릴 수 있지만 부모의 관심과 사랑으로 여건을 만들어 놓는다면 반드시 다시 돌아올 것입니다. 아이들의 비행은 아이들만의 잘못이 아니라 부모와 학교를 비롯하여 지역사회와 나아가 이 땅에 살고 있는 우리 모두의 잘못이라는 점을 자각하고 어른들은 그에 대한 책임감責任感을 느껴야 할 것입니다. 아이들은 아이답고 어른은 어른다울 때 모두가 행복한 세상이 되는 것입니다.

행복하고 화목和睦한 가정이 많아지고 가정에서의 교육이 제대로 된다면 아동학대·고독사·학교폭력·가출 청소년·가정폭력 등등 많은 사회문제들이 줄어들게 될 것입니다. 그러한 뉴스를 전해들은 아이는 강해지고 싶어 할 것입니다. 하지만 성장이란 너무 더딤을 느낄 것입니다. 공포를 이겨내기 어려울 때 어른들의 잔소리로 삶이 비참悲惨할 때면 아이들은 꿈을 꾸는 것입니다. 이 모든 부정적인 힘을 다 흡수해서 더 강한 부정적인 힘을 가진 존재가 되고 싶다고, 아이들의 그런 소망은 결국 꿈에 그칠 것입니다. 그렇다고 완전히 꿈인 것만은 아닐 것입니다. 부모가 아이에게 부정적으로 반응하면 아이는 부정적인 에너지를 내면으로 흡수할 것입니다. 부모는 잘하기를 바라면서 야단을 치지만 아이가 받아들이는 것은 부모가 말한 내용이 아닐 것입니다. 그저 부정적인 에너지 입니다. 그렇다고 불사리不辭異까지는 되지는 않겠지만 부모가 던지는 감정을 이해하면서 아이가 자라는 것만은 분명할 것입니다.

그래서 부모는 스스로에게 질문을 해야 합니다. 내가 아이에게 준 매몰찬 말에(혐오 표현: hate speech) 아이는 어떻게 받아 들였을까를. 거부감拒否感을 느낄 때 부모는 아이에게 감동을 느낄만한 책을 골라 책을 읽어주면서 자신의 어린 시절을 이야기 해줄 수 있는 기회를 만들어야 합니다. 부모가 아이에게 책을 읽어주는 것은 단순히 책 내용을 전달하기 위한 것만은 아니기 때문임을 알고서 하는 행동이여야 합니다. 책의 내용을 바탕으로 아이와 활발한 상호작용을 하는 데 의의가 있는 것입니다. 내용이 좋은 책은 훌륭한 상호작용의 촉매제이며 부모와 아이를 끈끈하게 연결해주는 매개체이기 때문입니다.

대부분 우리나라 부모는 돈과 지위를 자식에게 물려주면 그것이 사랑이고 행복이라고 착각을 합니다. 초년 출세가 자식의 인생을 어떻게 파멸로 이끌 수 있는지를 목격하면서도 자기 자식은 예외라고 생각하는 것은 무지가 아니라 또 다른 오만傲慢입니다. 실패와 고난의 가치를 부모 스스로 인정을 해야 합니다. 부모가 엘리트the elite: 지식인 의식에서 탈피하고 자녀의 시련을 인내심을 갖고 지켜볼 줄도 알아야 합니다. 인간은 체험體驗을 통해서 인식론적認識論的 깨달음을 깨닫는 운명에 있다고 합니다. 그러나 인간에게 주어진 시간과 경험經驗은 제한되어 있는 것도 있다는 것입니다. 이렇게 제한된 시간 속에서 살면서 얻는 수많은 경험과 비교할 수도 없는 무한이 많은 경험을 우리는 책을 통해 얻고 또 그것을 바탕으로 한 깨달음으로 변신할 수 있는 것입니다. 일류대학을 졸업하고 취직이 안 되어 몇 년을 실업자 신세이던 청년이 하루에 한 권의 책을 1년간 읽었더니 연봉이 1억이 넘는 유명강사가 되었다는 신문 기사를 읽은 적이 있을 것입니다. 그래서인가! 세계의 뛰어난 과학자와 정치인과 그리고 최고경영자CEO 모두가 독서의 중요성重要性을 강조하고 있는 것입니다.

2013년 말에서 2015년 초까지 모든 언론의 단골短骨 뉴스를 제공한 대한항공 조현아 부회장이 부하 직원에게 폭력적暴力的/violent인 말과 행동으로 비행기 땅콩회항 사건을 일으켜 대한민국은 갑질 논란을 불러 일으켰습니다. 그 일로 구속 수감된 딸을 면회 간 조양호 한진그룹 회장은 10분간의 가족 면담에서 괴로워하는afflicted 딸에게 연민의pity 정을 많이 느꼈을 것입니다. 이미 고통을 받고 있는 아이에게an afflicted child 그는 "수양修養의 기회期會를 삼아라. 그리고 책을 많이 읽어라"라는 말을 했다는 언론의 보도를 보았습니다. 자식은 또 다른 부모의 자화상입니다.

내가 부탁하고 싶은 말은, 인간의 삶에 대한 통찰을 담고 있는 동양 고전 텍스트를 통해 행복한 삶을 사는 데 필요한 지혜와 삶의 기술을 공부하기를 바랍니다. 왜 고전을 통해서 일까요? 오늘 우리가 서 있는 지점에서 과거로

부터 길어오는 새로운 깨달음이 우리의 미래를 결정하기 때문입니다. 고전에서 길어 올린 지혜가 삶과 경영에 도움이 될 것입니다. 이번의 일로 자신에게 깊은 상처가 되었지만! 살아가는 힘이 될 것입니다.

아래 글은 2014년 가을·겨울 『장애인의 삶과 문화』란 책의 「세상을 여는 틈」 내 인생의 책에 관한 수필인 김효진 장애여성네트워크 정책위원의 글인 「책은 기도이자 구원」 전문을 상재했습니다.

부엌에서 아침식사를 준비하는 소리가 들린다. 아버지가 욕실 겸 화장실에서 볼일을 마치고 나오는 소리가 들린다. 시간이 몇 신데 아직도 일어나지 않느냐는 엄마의 호통이 있고 나서야 여동생이 먼저 일어나서는 욕실로 들어간다. 양치하고 세수를 하고 나와서는 옷을 갈아입고 화장을 한다. 여동생이 나간 뒤에야 남동생도 마지못해 일어나 출근 준비를 하는 소리가 들린다. 둘 다 아침을 거르고 급하게 집을 나선다. 그렇게 모두들 바쁜 아침에 나는 굳이 일어날 필요가 없었다. 그래서 소리는 다 듣고 있으면서도 나는 계속 잠자리에서 일어나지 않았다. 꽃 피는 청춘인 20대 시절. 나는 아침에 일어나 있으면 가족들과 내가 너무 다른 삶을 살고 있다고 느껴져 비참했다. 그래서 낮에는 거의 깨어있지 않고 계속 잠을 잤다. 오후 2시나 3시에 일어나 밥을 먹었다. 그리곤 밤에는 TV를 보다가 밤새 책을 읽었다. 낮밤이 바뀐 삶. 그건 내가 선택한 것이 분명 아니었다. 대학을 졸업하고도 어디에도 취업을 할 수 없어 가족들에게 계속 짐짝 취급받으며 최소한의 삶을 유지한 것이다. 장애가 있는 나에겐 취업의 장벽은 철통같았다. 실업상태가 오래 지속되자 가족들은 성격에 문제가 있거나 인내심이 부족하거나 실력이 부족해서 취업을 하지 못하는 것일지도 모른다는 의심을 하게 되었다. 가족들에게 이해받지 못해 답답했지만 나는 혼자였고, 차별에 대한 인식도 부족했기에 가족들 앞에서 한없이 위축되었다. 나는 수형인 受刑人과 다름없었다. 유일한 사치는 푼푼이 용돈을 모아 서점에 다녀오는 것이었다. 가벼운 주머니 탓에 엄선한 두어 권의 책을 들고 집으로 들어올 때면 엄마의 곱지 않은 시선이 책 보따리에 꽂히곤 했다.

"책이 밥 먹여주니?"

그 한 마디가 비수처럼 심장에 꽂혀도 책 보따리를 들고 집으로 들어오는 날은 행복했다. 밥을 먹지 않아도 배가 고프지 않았고, 이 세상 누구보다도 부자가 된 기분이었다. 책에는 세상 모든 게 담겨 있었다. 내 삶은 비록 18평 임대아파트의 문간방에 한정되어 있었지만 책을 통해 나는 드넓은 세상에서 수많은 사람들과 함께일 수 있었다. 그래서 나는 지금도 앞이 보이지 않을 때 책을 찾는다. 『감옥으로부터의 사색』 책은 인생의 고비마다 내게 답을 주면서 다시 앞으로 나아갈 힘을 준 책이다. 나는 늘 간절한 마음으로 책갈피를 열면, 책은 허우적대는 내게 손을 내밀어주는 구원과도 같은 존재이다.

나는 복지신문 기자 일을 몇 년 했습니다. 그들의 심리를 잘 알고 있습니다. 대다수가 건전한 사회생활을 하고 있습니다만, 일부는 수형자 같은 생활을 하기도 합니다. 인간은 신神이 아니기에 누구나 실수失手를 합니다. 조현아 씨의 폭력적인violent 언어는 자기 위주 편향에서self-serving bias: 다른 사람의 행동은 고유한 성격 탓으로 돌리며 상황에 따른 영향을 과소평가하고 자신의 행동을 설명할 때는 상황과 불안정한 요소를 강조하고 성격 탓을 하지 않는 것, 성공적인 결과에 대해서는 자신에게 공을 돌리는 경향이 있지만, 실패한 경우에는 상황이나 다른 사람을 탓하는 경향을 보이는 것에서 일어난 일이 아닌가하는 생각이 듭니다!

이러한 일들을 자기 자신과 일치해서 생각하라는 것이라면 잘못된 일이니, 다른 사람의 자리에서(역지사지易地思之) 생각하라는 것은 생각의 방식과 관련된다는 것입니다. 생각의 방식을 바꾸지 않고서는, 생각을 통하지 않고서는, 다른 사람과 함께 살아갈 수 있는 능력을 어디서도 찾을 수 없다고 보는 관점이 여기에 드러납니다. 딸의 재판에 증인으로 출석한 조양호 한진그룹 회장은 죄수복을 입고 앉아서 재판을 받는 딸에게 시선을 주지도 않았으며 딸 역시 아버지와 눈을 마주치지 않았다는 것입니다. 얼마나 가슴이 아파서 그렇게 외면을 하였겠습니까! 자식을 가진 부모라면 이 사연을 듣고 가슴이 먹먹할 것입니다. 조현아 씨는 대大 그룹의 귀한! 상류층high class 자식으로 태어나 고급 교육을 어느 누구보다도 많이 받았을 텐데! 예상 밖의 unlikely 잠깐의 실수로 엄청난嚴聽難 비난과 1조억 원의 거금巨金의 금전적 피해를 주었으며 그룹경영에 장애물이obstacle 되어 버린 자신의 행동을 뉘우치고, 오만傲慢과 편견偏見으로 절제切除되지 않은 만용蠻勇을 부렸던 자신을 뒤돌아 볼 수 있게 해줄 수 기회로 삼을 수 있도록 아버지의 조언처럼 다양한 책을 읽고 책속에서 얻은 많은 지식을 습득하여 그 바탕으로 건강한 사회 일원이 되었으면 좋겠습니다. 그녀는 다행히도 140여 일간의 수형을 마치고 풀려났습니다. 그간에 아버지의 부탁인 책읽기를 많이 하였는지! 궁금합니다. 전 세계 부자들의 공통共通 습관習慣이 바로 독서라는 조사 결과도 있습니다. 고려시대 때 문장가인 "이규보李奎報/1168~1241"는 "빈부貧富와 귀천貴賤은 그 우열愚劣을 논할 수 없는 것은 문장뿐이다"라고 말했습니다. 혼란한 정치와 혼란한 사회를 보고 겪으면서, 크게 각성한 그는 『동명왕편東明王篇』, 『동국이상국집東國李相國集』 등의 저서와 다수의 시문집詩文集을 남긴 그를 백운도사라고 칭稱했다고 합니다. 우리나라 역사상에 최고의 독성광은 조선 후기 실학자인 이덕무가 아닐까? 싶습니다. 얼마나 책읽기를 좋아했으면 그의 별명이 책만 보는 바보라는 뜻으로 간서치看書痴(글 미치광이)라고 했다는 것입니다. 이덕무가 젊은 시절 집필한 자전적 에세이인 『간서치』에는 독서에 미쳐 산 자신의 젊은 날의 일들이 생생하게 상재되어 있습니다. 이덕무의 독서법은 박람강기博覽强記로 요약이 됩니다. 잔치 집에 가서도 그는 적어도 한 시간씩은 독서를 한다는 것입니다He spends at least an hour reading. 수많은 종류의 책들을 읽으면서 중요한 부분의 내용을 습득하고 정리를 하여 집필 때 사용하려고 기록을 하였던 것입니다. 그가 평생 동안 읽은 책들이 2만여 권이 넘었다는 기록입니다. 하루 1권씩 읽었다 해도 54년이란 세월이라는 계산이 나옵니다. 또한 빌려온 책을 읽으면서 중요문맥을 베꼈는데, 베껴서 만들어둔 승두세자蠅頭細字(파리머리만 한 글자)의 책이 수백 권이었다는 것입니다. "이덕무가 읽지 않은 책은 쓸모가 없는 책이다"라면서 그가 책을 빌려 달라기 전에 스스로 빌려주었다는 연암 박지원의 증언입니다.

고금을 통해 천재들의 독서법에는 공통점이 있습니다. 한 번 읽는 것이 아니라 앵무새의mockingbird 재잘거림 같이 반복해서 읽는 것입니다. 공자의 위편삼절韋編三絕은 반복해서 읽는 상징적인 문구입니다. 말의 뜻은 대나무에 상재된 책의 가죽 끈이 세 번이나 끊어지도록 읽었다는 것으로 줄잡아 수십 번은 읽었을 것이라는 과장된 말이긴 합니다만 많이 읽었다는 것입니다. 독서백편의자현讀書百遍義自見이 괜한 말이 아니라는 것입니다. 아무리 어려운 내용이라도 수없이 반복해서 조금씩 서서히little by little 읽다보면 자신도 모르게 이해를 하게 되는 것입니다. 반복독서에 베껴 쓰기가 곁들어지면 교육의 효과는 높아지는 것입니다. 이덕무와 독서의 공통점이 있는in common 지독한 독서가로 유명한 세종대왕의 독서법은 백독백습百讀百習으로 백 번 읽고 읽었던 것을 백 번 생각하라는 것입니다. 이와 같은 독서법이 한글창제의 원동력이었음이 불문가지不問可知입니다. 요즘 젊은 층에게 독서는 진부한 트로트 같은 옛 노래로 치부되기 십상일 것입니다. 자나 깨나 스마트폰 화면에 눈을 두고 있으니 하는 말입니다. 그래서 미래가 매우 걱정스럽다는 것입니다. 이런 가운데 최근에recently 성균관대학교에서 독서 행사인 "책 소풍"이 열렸다는 것입니다. 책 소풍은 참가자들이 스마트폰을 반납하고 6시간 동안 책을 읽은 행사를 열었다는 것입니다. 스마트폰을 비롯한 디지털기기 사용의 병폐를 치유하자는 "디지털 디톡스detoxification; De to x"운동이 국내 대학가로 번지고 있다는 소식도 있어 다행입니다만 책 소풍이 대학가의 일회성 행사를 넘어 우리 사회 일상으로 뿌리내리기를 기대해봅니다. 돈이 없어 책을 사지 못한다면 도서관에 가면 수많은 다양한 책들이 있습니다.

우리나라 대다수 어린이는 "마음의 양식良識"이 되거나 "인생의 등불"이 될 만한 책은 아무도 찾아 읽으려 하지 않고 모니터 속에서 "인생의 환락"을 찾는데 점점 익숙해져 가고 있습니다. 사람이 원하는 환락歡樂과 정보의 바다는 윈도 속에 있지, 책 속에 있지 않다고 생각하고 있는 것입니다. 그러다 보니 날로 늘어나는 청소년들의 범죄는 뉴스 간판을 자주 장식하기도 합니다. 이젠 딱딱한 책은 기울어진 장롱 모서리를 받치는 데나 쓰일 뿐이지만,

그래도 사람들은 끈질기게 책의 소중함을 강조하고 책 읽기를 강요하기도 합니다. 책을 많이 읽는 사회의 미래가 밝다고 말하고 있습니다. 그러나 우리 사회에서 독서는 남에게 강요强要하는 것이지 자기가 하는 일은 아닌 것 같습니다. 많은 부모나 교사는 자기도 읽지 않은 책을 자식이나 학생에게 읽도록 강요한다는 것입니다. "클레오파트라"의 진정한 매력은 외모가 아니라 그녀의 뛰어난 화술이었다고 합니다. 그녀와 대화를 하면 그녀의 매력에 빠져나올 수 없을 정도였다는 것입니다. 그렇게 사람을 휘어잡는 대화술對話術은 엄청난 독서 덕분이라는 것입니다. 당시대에 70만 권 가량의 두루마리 책을 소장하고 있었던 세계 최고인 알렉산드리아 도서관(유럽 전체가 보유하고 있던 전체 도서의 10배)이 그녀의 삶에 축복받은blessed 쉼터였다고 합니다.

플라톤과 아리스토텔레스는 물론, 유클리드와 아르키메데스를 비롯한 에라토스테네스의 저서까지 읽고 철학과 과학은 물론 문학을 비롯한 예술에 이르기까지 당시대엔 그 누구도 따를 수 없는 지식을 습득했던 것입니다. 또한 여러 나라 말을 능수능란하게 구사할 수 있었고 미모와 세련된 매너의 화술로 자신이 원하는 사람을 설득說得시킬 수 있었던 것입니다. 당시 권력 확장을 위해 이집트를 여러 차례 정복하려 했던 로마의 영향권 아래서도 카이사르나 안토니우스 같은 로마의 영웅을 설득하고 조정하여 자국의 안위를 지킨 이집트의 여왕이었습니다. 외모에 대한 지나친 집착으로 공부에 집중을 하지 못하거나 충분히 아름다운 데도 스스로 외모 콤플렉스complex에 빠지는 아이가 있다면 제대로 독서하는 방법을 가르쳐 클레오파트라와 같은 매력을 일깨워 주시기를 바랍니다.

독서능력은 사람을 매력적으로 만들 뿐만 아니라 청소년들에게는 곧 학습 능력으로 이어집니다. 어휘력語彙力(풍부하게 하고 상상력과 비판력)을 추리력과 판단력을 비롯한 창의력을 포함한 종합적인 사고력을 높이면서 하나를 가르치면 열을 아는 아이가 될 수 있습니다. 독서습관을 들이지 않은 아이들은 기억력에 의지하여 공부를 하기 때문에 선생님에게 배운 내용 외에는 알지를 못합니다. 고통이나 슬픔·고독과 고뇌·갈등·분노 같은 성격characteristic을 비롯한 미움 등과 같은 것들은 우리가 인생에서 삶의 진실을 찾고 삶의 아름다움을 추구하는 과정에서 필연적으로, 또는 어쩔 수 없이 겪게 되는 하나의 현상입니다. 그리고 이런 것들은 대나무가 마디를 하나씩 만들어 나가며 더 높이 뻗어 나가듯이 우리의 영혼을 더 높이 성장시키는 데 필요한 대나무 마디와 같은 것입니다. 때문에 그것은 불행이 아닙니다. 오히려 자신의 영혼을 성장시키는 데 꼭 필요한 것이므로 오히려 감사하며 기꺼이 받아들여야 할 일입니다.

　더욱이 책은 이처럼 고통스러운 곳들을 보다 긍정적肯定的으로 잘 받아들일 수 있도록 힘을 줍니다. 자신이 결코 혼자가 아니며 책이 가까운 동반자로서 함께하고 있다는 것도 인식시켜줍니다. 뿐만 아니라 책(문학)은 우리의 지치고 고단한 삶과 외롭고 고통스러운 삶 속에서 잠시나마 고통과 슬픔을 잊고 편안히 쉴 수 있는 공간을 마련해 주는 것입니다. 마음을 비우고 욕심 없이 삶을 즐길 수 있도록 이끌어주는 역할도 하고 있는 것입니다. 보다 나은 삶의 질은 멀리 있는distant 것이 아니라 가까운 도서관에 있습니다. 봄은 부지런한 사람들의 계절입니다. 그래야 가을에 알찬 수확을 거두어들일 수 있는 것입니다. 책을 부지런히 읽는 사람은 훗날 삶의 좋은 계절 같은 수확에 도움을 크게 줄 것입니다. 부모들이 아이에게 독서를 강조하는데 아이들이 책을 제대로 이해하고 재미있어 할까요? 이해가 안 되는 게 정상이고 재미도 없다고 할 것입니다. 어릴 때 텔레비전 귀신이었던! 사람들이 시간이 지나면 책을 좋아하고 읽습니다. 간접경험이 있기 때문입니다. 우리나라에서 『레미제라블』과 『위대한 개츠비』가 영화와 뮤지컬로 성공을 거둔 뒤 엄청나게 책이 많이 팔렸습니다. 레미제라블은 18세기 프랑스 시민혁명이 시대적 배경인데 아이들에게 "텍스트text"만 갖다 주면 머릿속에서 그림이 떠오르지 않을 것입니다. 영화를 보고 나서 책을 읽으면 상상력을 자극받아 이미지로 바꾸어 낼 수 있어서 텍스트가 재미있어지는 것입니다. 자신의 영화를 만드는 것입니다.

내 영화를 내가 만들면서 재미와 즐거움을 느끼는 게 혼자 하는 독서의 즐거움입니다. 대략 아이들이 모국어를 제대로 구사하는 나이가 15~16세 정도입니다. 부모들은 이때쯤 되어야 대화할 만하다고 느낍니다. 말은 눈빛 보고 눈치 보고 알아듣지만, 말도 잘 안 통하는 어린 아이들이 책을 재미있게 읽는다는 건 어찌 봐야 할까요? 아이들한테는 말을 통해 소통하는 게 더 효과적일 것입니다. 인지심리학 자료를 보면 아이들에게는 "애정이 담긴 말"이 중요합니다. 텔레비전에서 하는 말은 초점이 나를 향하는 게 아닙니다. 그러나 나를 향한 엄마의 애정이 담긴 목소리에 아이들이 소통의 네트워크로 들려오는 것입니다. 아이가 엄마의 목소리를 좋아하게 만들어야 합니다. 그래야 엄마의 말을 통하여 많은 낱말을 들어본 아이가 언어 발달이 빠릅니다. 기존적인 테스트가 어려운 것인데도 책을 좋아하는 아이가 있습니다. 부모는 아이가 과연 책을 뭐라고 생각하고 좋아하는 걸까 생각을 해봐야 합니다. 나이가 들면서 행동의 변화가 생기기 때문입니다. 20대들의 설문 통계는 믿을 수 없지만, 50대의 통계는 믿어도 됩니다. 나이가 들면 하고 싶은 말을 합니다. 20대에게 책을 몇 권 읽었느냐?고 물으면 상당수가 더 많이 읽은 것처럼 거짓말을 합니다! 결국 아이들이 책을 정말 좋아하는지 왜 좋아하게 됐는지를 부모들이 다시 생각해봐야 합니다.

우리나라에서 공자의 논어論語는 알지만 반전평화주의자이며 평등주의자인 묵자墨子(약자弱者를 지키는 방패 역을 했던 중국인)를 모르는 건 왜일까요? 신문에 나오지 않기 때문입니다. 아이들 건강에 필요한 콩나물과 시금치나물은 왜 아무도 광고를 하지 않을까요? 콜라나 피자와 햄버거는 잘생긴 영화배우들이 멋있게 홍보를 하니까! 아이들이 매료되어be fascinated 먹고 싶어 합니다. 공부시키는 건 또 어떤가요? 학습지나 학원 등은 광고 스폰서가 많습니다. 공부를 해야 한다고 부추기는 것입니다. 우리 사회에서 어떤 이론이 여러분의 귀에 들어가느냐를 한 번 따져봐야 합니다. 미술사를 공부하면 스폰서가 누구냐에 따라 그림이 달라진다고 합니다. 거대한 정부나 교회의 스폰서가 사라지고, 민중이 스폰서가 되는 시기가 되면서 그림도 다양해졌다는 것입니다. 그 분기점이 2차 세계대전 이후라는 것입니다. 글도 다르지 않습니다. 글을 쓸 때 마음대로 쓸 수 있을 때가 언제였나 하면 필기도구가 상용화되고 민중의 관점에서 글을 쓸 수 있는 시기인 50~60년대부터였습니다. 일반인이 스폰서가 될 가능성이 생기면서 일반인 관점에서 쓰고 그것을 영화로 만들기 시작한 것입니다. 고전은 오랜 세월에 걸쳐 온갖 비평을 이겨내고 살아남아서 지금도 널리 애독되는, 시대를 초월한 걸작이라고 하는데 이 말은 믿을 게 못됩니다. 고전이란 비평을 딛고 일어선 게 아니라 비판을 숨긴 채 걸작으로 우상화된 것입니다. 내가 아는 만큼 아는 게 내 세상입니다. 함께 이야기하면 새로운 세상을 만나게 됩니다. 독서는 애정이 중요합니다. 특히 아이들의 경우 사람을 좋아하는 게 핵심입니다. 사람을 좋아하고 관심이 생길 때 자발적으로 이야기가 시작됩니다. 책을 읽으니까 저렇게 행복해지는구나! 나도 읽어 봐야지하고 느끼게 해야 합니다. 어릴 때 독서습관을 들여놨더니 나이가 들면서 무엇을 하기 싫어하고! 무엇을 하기 시작했는지 자문을 해보게 해야 합니다. 책이 가진 함정陷穽은 억지로 해야 하는 무엇이 되어서는 안 된다는 것입니다. 그러면 감성적인sensitive 자발성을 잃어버리는 것입니다. 독서는 소통을 위한 자료이지 학습법이 아니기 때문입니다. 독서교육의 방법이 달라져야 합니다. 즐거운 경험을 심어줘야 합니다. 아이들을 억지로 독서하라고 강제로 이끌면 나중에 선택해야 할 때 선택하지 않게 되는 것입니다. 테스트test는 사람의 생각을 재구조화하는 것입니다. 비판적인 생각을 할 수 있는 사고思考를 키우는 것입니다. 비판적 독서가 되려면 의심하고 권위에 대한 조건 없는 복종을 버려야 합니다. 책을 읽어라 강요 말고 좋아하게끔 해야 합니다. 독서는 사람에 대한 애정이 핵심이기 때문입니다. 조언은 조언助言일 뿐입니다. 주체의식主體意識을 가지고 자신만의 독서비법을 창조해야 합니다. 아이들에게 독서를 권장할 땐 무엇보다도 직접 고르게 해야 합니다. 어린아이 그림책은 글과 그림으로 이루어진 책입니다. 그림만 있는 책도 있습니다. 같은 이야기라도 그림에 따라 완전히 다른 책이 있습니다. 그림책에서 이야기의 설득력만큼이나 중요한 것이 그림이 전하는 울림, 즉 정서적인 영향입니다. 그림을 보지 않고 고르면 이 울림을 보장할 수 없습니다. 전집보다 단행본을 권하는 것도 같은 이유입니다. 조사에 의하면 우리나라의 아이를 둔 부모의 3분의 2는 그림책 전집을 구입하는 것으로 조사됐다는 것입니다.

잠깐 재미있는 이야기를 하겠습니다. 1991년에 출간된 『한국민족문화대백과사전(전집 27권)』을 우리 각시가 나에게 물어보지도 않고 9십 4만 원을 주고 구입을 한 것입니다. 당시 우리 공장 2.5톤 화물차 기사의 1개월 월급입니다. 당시 우리 아이들은 초등학생이었습니다. 아이들을 위해 샀다는데 할 말이 없었습니다. 요즘 유모차를 밀고 마트 책 코너에 가면 십중팔구 전집 영업 사원을 만나는 데 그들이 하는 말은 "아이가 6학년 때까지 읽어야 할 책이 2천여 권인데, 지금부터 시작을 해야 한다"는 꼬임말로 시작하여 연령대별과 주제별로 수십 권씩 구성된 세트를 단계별로 권한다는 것입니다. 많게는 수백만 원을 쓰고도 별 효과는 그에 못 미치기 십상일 것입니다. 가장 좋은 방법은 일주일에 한 번씩 시간을 정해두고 부모와 아이가 함께 정기적으로 도서관에 가는 것입니다. 도서관에 가면 국내서 출간된 책들이 모두 있습니다. 아이가 직접 마음에 드는 책을 골라오게 하는 것이 가장 좋습니다. 처음에는 전시된 책인 베스트셀러의 신간 코너나 다른 아이가 읽고 있거나 막 반납한 책을 고르게 하여야 합니다. 종종 집에 있는 책을 빌려가자는 아이도 있을 것입니다. 이 단계를 지나면 아이 스스로 자신이 좋아하는 분야나 그림책을 선호選好하게 될 것입니다. 유념할 것은 어른들 마음에 들지 않는다고 돌려보내서는 안 된다는 것입니다. 아이가 그 책을 골라온 이유가 있을 것입니다. 그 책을 일주일 동안 같이 보고 이야기를 나누면서 아이가 무슨 생각을 하는지 살펴보면 어떤 것에 흥미를 보이는지 자연스럽게 알아갈 수 있습니다. 그러다 보면 아이와 부모가 함께 좋아하는 그림책도 찾게 될 것입니다! 그림책을 읽을 때 중요한 것은 부모의 역할입니다. 부모는 그림책을 해설하거나 글을 읽어주는 게 아니라 그림책을 같이 보고 대화를 나눠야 합니다. 어른들이 보기에 이해가 안 되고 정답을 내 놓지 못하더라도 괜찮습니다. 중요한 것은 대화를 나누는 과정입니다. 아이가 그림책을 읽어달라고 하는 이유 중 하나는 부모가 그림책을 읽을 때만큼은 하던 일을 내려놓고 자신에게 집중하기 때문입니다.

"줄스 파이퍼(패셔넬라 저자; 여섯 편)"의 감동적인 만화 이야기의 한 가지 예를 들겠습니다. 『짖어봐 조지야』는 강아지 조지가 짖을 때마다 입 속에서 고양이·오리·돼지·소가 튀어나오는 내용입니다. 아이가 "조지 안에서 어떻게 고양이가 나왔을까?" 물어보면 순간 당황할 수 있을 것입니다. 그럴 땐 "같이 생각해보자"고 하면 아이는 스스로 상상력을 펼칠 것입니다. 이 책은 유아용 동물 책이지만 한 사람은 그 사람이 만나는 사람들의 총합이라는 심리적 의미가 있는 책입니다. 본론 정답은 없습니다! 좋은 그림책에도 정답 또한 없지만 생각하는 기준이 있는 것입니다. 첫째, 아이들이 서로 소통하는가. 둘째, 아이들이 스스로 할 수 있다는 걸 믿고 기다려주는가입니다. "불쌍해서" 친구를 돕는다거나 어른들의 도덕적인 훈계로 상황을 끝내는 그림책은 좋은 책이라고 할 수 없는 것입니다. "시바타 아이코" 글이고 "이토 히데오"의 그림책에서 아이가 친구와 싸우고 스스로 화해를 하는 내용입니다. 그림책을 읽는 방법도 아이에게 맡기는 게 좋습니다. 책을 많이 읽는 것보다 한 권의 책을 여러 번 보는 게 더 낫습니다. 좋은 그림책은 거듭 읽을 때마다 미처 보지 못한 표현이나 생각하지 못했던 감정들을 발견할 수 있기 때문입니다. 아이가 글을 뗐더라도 부모가 책을 마음대로 골라 까다로운particular 글을 배제하고 쉽고 이해를 할 수 있는 책을 골라 읽어주는 것도 괜찮을 것입니다. 어른들이 외화를 볼 때 자막에 신경을 쓰느라 그림(화면)을 종종 놓치는 것처럼 취학 전 아이들은 글과 그림을 동시에 보고 정보를 통합하는 데 어려움이 있기 때문입니다. 전집보다 단행본이 더 좋으니 일주일에 한 번씩 시간을 정해서 도서관에 가는 것이 눈에 띄게strikingly 더 효과적임을 숙지하시길 바랍니다.

고전古典도 그렇지만, 소설은 다른 사람의 이야기입니다. 특히 역사소설 historical fiction은 선인들의 다양한 비밀을 털어놓은reveal the secret 문장들이 많이 상재되어 있습니다. 그래서 고전을 읽거나 소설이 있어 많이 찾음을 볼 때 세상은 여전히 이야기를 좋아하는 사람들이 있는 한 희망이 있는 것입니다. 이야기를 좋아한다는 것은 타인을 알고 싶고 이해하고 싶다는 것이니까요! 한 시대 대중이 특별히 공감하는 이야기들이 있는데 그런 이야기의 출발은 시와는 다릅니다. 시詩가 독방에서도 가능한 단독자의 성채라면 소설은 저잣거리에서 태동胎動을 하여 소비되는 운명을 가졌던 것입니다. 다른 사람들의 이야기를 통해 삶을 견디고 그 삶이 다시 이야기가 되는 순환과정을 적극 끌어안으며 소설은 인간의 역사를 업무해왔습니다. 애초부터 자본논리의 외곽에서 태어난 소수자문학이 시라면, 소설의 자본인! 저잣거리 안에서 인간에 대한 희망을 끝내 지켜가려는 지적이고 어려운 소설이 문학적이라고 높게 평가될 이유도 다수 대중이 선호한다는 이유로 장르적 대중적이라는 말로 폄하貶下될 이유도 없는 것입니다. 대중은 결정적인 순간에 결정적으로 현명합니다. 이야기의 공감에 정직하게 반응하는 대중이 예컨대 루쉰의 아큐정전阿Q正傳/The True Story of Ah Q: 신해혁명 전후의 무기력한 중국인을 희화화戲畫化한 작품 같은 한 시대 소설적 전형을 만들어내는 것입니다. 자본주의 시장원리 바깥에서 자본주의에 대한 항체로 존재하려는 시詩와 자본주의 안에서 안간힘을 쓰며 인간의 얼굴을 지켜내려 하는 소설 중 무엇이 더 적극적인 항체인지 쉽게 말하긴 어렵습니다만 분명한 건 소설읽기가 수없이 많은 시공간 속의 다양한 타인의 삶을 가장 저렴하게 여행하는 방법이라는 것입니다. 이 여행을 즐길 줄 아는 사람은 타인에 대한 공감력共感力이 높아질 수밖에 없는 것입니다. 집집마다 아이 방에 어린이 책은 많지만 어른이 읽을 만한 양서良書는 어디에 있는지 보이지 않는다는 조사 결과가 나와 있습니다. 우리 사회의 주 독서층은 어린이인지도 모릅니다.

그러한데 대다수의 어린이는 컴퓨터에 매달려 있고 스마트폰에 중독中毒되어 있는 것입니다. "학교에 가기 싫다(거부하다: resist)"라거나 수업시간에 피곤하여 학업 중 집중이 어려워서 짜증이 간혹 나며 두통과 복통이 간혹 일어나 구토가 나오려 하고 밤이면 잠을 빨리 들지 못하거나 반대로 너무 많이 자는 등은, 특별한 이유 없어도 새학기를 맞은 학생들이 겪는다는 이른바 새학기 증후군 때문에 일어나는 현상입니다. 이는 주로 부모와의 분리불안分離不安에서 오는 초등학교 저학년에서 나타나던 과거와는 달리 현재의 입시 위주의 교육시스템에서 청소년기를 보내야 하는 중·고등학생을 비롯하여 최근 대학생도 10명 중 7명이 이 증후군症候群을 가지고 있다는 통계가 나왔습니다. 이는 학자금 등의 경제적인 압박감과 학점을 비롯하여 취업에 도움이 되는 스펙 쌓기 등에 스트레스를 많이 받은 학생들에게 안겨진 부담감이 기대감을 앞지른 현상에서 나타나는 증후군일 것입니다. 또한 우울증으로 고생을 하는 학생이 늘어나서 사회적 문제가 되고 있습니다. 시험 날짜가 다가오면 초조해지며 불안과 결과 걱정에 고민하는 청소년들의 모습이라는 것입니다. 지성intelligence도 용기bravery도 영리함cleverness도 아님을 자처하면서 이상하게 행동하는acts strangely 학생들이 점점 늘고 있다는 것입니다. 이러한 청소년들에게 학부모의 배려심配慮心 깊은caring 마음이 중요합니다. 부모는 자녀를 위해서라면 무엇이든 하는 열성 부모입니다. 평일 방과 후는 물론이고 주말에도 자식을 스케이트 레슨이나 피아노 학원을 비롯하여 축구교실에 직접 데려다주곤 할 것입니다. 자식들이 도움이 될 만한 무엇이든 시켜줄 것입니다. 그러다보면 피곤할 때도 있지만 그래도 자식은 자신의 인생의 전부이고 부모가 자신을 위해서 뭐든 해 줄 거라는 걸 알 거야! 부모라면 이 정도는 해야지 라고 생각할 것입니다. 생각해 보십시오. 자식들이 자기들을 위해 녹초가 될 때까지 뛰어다니는 부모를 보면서 무엇을 배우겠습니까? 부모가 자기들을 시중드는 사람에 불과하다는 생각을 가질 것입니다. 부모에게도 나름의 삶이 있다는 것을 자식에게 알려주어야 합니다. 그러면 자식들은 부모를 비롯해 다른 사람을 배려하는 법을 배우게 될 것입니다.

언제든지any time 칭찬을 받을 만한 행동을 하지 않았을 때도 간혹 칭찬을 해주어서는 안 됩니다. 단지 자신감을 키워 주려는 목적으로 사실이 아닌 칭찬을 해주면 자식들이 실제로 무엇을 배우겠습니까? 그렇게 무조건無條件 자신감을 키워 주면 자식에게 훗날 어떤 해로운 결과가 있을 것입니다. 균형均衡을 잡아야 합니다. 실제로 잘한 일에 대해 칭찬을 많이 해주고 잘못이 있으면 왜 잘못했는지를 주입시키고 너무 지나치게 꾸짖지 말아야 합니다. 이미 자신의 잘못을 인지했기 때문입니다. 자녀의 잘못을 사과赦過를 받거나 부모가 잘못하여 사과는 할 수 있을 것입니다. 사과는 자신이 상대방에 가한 행위(의도)에 대한 것이 아니라 "결과"에 대해 책임을 지는 행위입니다. 자신의 의도가 선한 것이었건 악한 것이었건 그것이 상대방에게 구체적으로 고통을 가했기 때문에 그 결과에 대해 책임을 지는 것이 사과입니다. 따라서 사과에 선행해야 하는 것은 자신의 행위가 왜 상대방에게 "본의와 달리" 고통을 줄 수밖에 없었는지를 깨닫는 것입니다. 그래야 같은 실수를 반복하지 않을 것입니다. 사과가 그저 한 번의 사건에 대한 것이 아니라 앞날에 대한 맹세여야 하는 이유가 여기에 있는 것입니다. 바로 이런 점 때문에 사실상 사과는 거의 불가능합니다. 잘못한 이가 자신이 일상생활에서daily routine 누구에게 어떤 고통을 줬는지를 이미 알고 있는 경우를 생각해보아야 합니다. 이 경우에 가해자는 이미 자신이 무슨 짓을 하는지 알면서도 고통을 준 것입니다. 그것이 뻔히 고통인 줄을 알면서도 고의적으로 고통을 준 것입니다. 그렇기에 그의 사과는 들켰기 때문에 하는 사과인 것입니다. 들키지 않았더라면 결코 사과하지 않았을 것입니다.

이와는 반대로 가해자가 그가 고통을 가한 것에 대해 모르는 경우에도 사과는 불가능해질 것입니다. 무엇을 사과해야 할지 모르는 상태에서 사과를 해야 하기 때문입니다. 따라서 이들은 "본의가 아니었다."고 할 것입니다.

악의적인 경우를 제외하고 이런 말은 대부분 사실일 가능성이 있을 것입니다. 한 번도 피해자의 입장이 되어 본 적이 없기에 그것이 고통이 될 것이라고 생각해보지 않았기 때문일 것입니다. 그렇기에 그들은 "본의"가 아니지만 어쨌든 피해자victim가 고통을 느꼈다고 하니 사과한다고 할 것입니다. 따라서 이 경우도 제대로 된 사과가 될 수 없는 것입니다. 무엇을 잘못했는지 모르는데 어떻게 사과를 할 수 없다는 것을 말하는 것입니다. 게다가 어느 경우라도 고통에 대한 이해가 없다는 것입니다. 아무리 "진정한" 사과라 하더라도 사과한다고 고통이 그 순간에 사라진다는 것이 아닙니다. 대부분 고통은 지속되는 것입니다. 그렇기에 상황을 끝내려고만 하는 것은 고통을 가한 자의 입장일 뿐입니다. 그렇다보니 사과를 하는 것이 아니라 사과를 받을 것을 종용하는 일이 종종 벌어지는 것입니다. 자신의 사과가 얼마나 진정한 사과인지를 보여주기 위해 피해자의 의사意思와는 상관없이 막무가내로 찾아가는 것이 대표적입니다. 이것이 사과가 처한 근본적인 딜레마입니다. 알고 있었다면 애초부터 고통을 가한 자신의 행위에 대해서는 거리낌이 없었던 것이고, 모르고 했다면 무엇을 사과해야 하는지 알지 못하기 때문에 사과할 수가 없었을 것입니다. 사과를 하는 사람들이 맨 먼저 알아야 하는 것이 바로 이것입니다. 사과가 거의 불가능하다는 것입니다. 사과를 하는 것이 불가능不可能에 가깝기 때문에 사과를 받고 말고 할 것도 없다는 점을 알아야 합니다. 자신이 상대방에게 쌀쌀맞은unfriendly 행위와 관대하지 못한unforgiving 마음으로 피해자에게 떠넘길 공은 애초에 없는 것입니다. 사과를 해야 하는 세 가지는 고통을 받은 사람이 있다는 것, 자신은 그 고통에 대해 알지 못한다는 것, 그렇기 때문에 피해자의 고통에 대해 "시간을 들여" 알아야만 한다는 것입니다. 사과는 일회용 휴지처럼 한 번 사용하고 끝낼 수 있는 것이 아닌 것입니다. 사과는 시간을 들여 반복과 지속되어야 하는 행위입니다.

2014년 9월 아동학대특례법이 제정됐지만 대부분의 부모들이 모르고 있는 가운데 유치원 원아의 학대로 인하여 대한민국 사회가 요동을 쳤습니다.

관련된 선생들은 사과를 했지만 당한 아이들은 기억 속에 영원히 남아 있을 것입니다. 부모가 된다고 당연히 좋은 부모 노릇을 잘하지는 않습니다. 사실 학대 비율은 친부모가 77.3%로 계부와 계모가 4.3%이고 어린이집이 2.7%보다 높다는 조사입니다. 그러나 친부모의 학대는 잘 알려지지 않고, 알려져도 크게 관심을 끌지 못합니다. 우리는 계부와 계모 또는 어린이집의 아동학대에는 분노하고 마음껏 비난을 합니다만 우리는 비난하는 것으로 할 일을 다 한 것으로 생각하는 것인지 아닌지를 자문自問해 봐야 할 것입니다. 우리 사회의 모든 폭력의 씨앗은 가정폭력에서 아동학대가 시작이 되었다는 것을 잊지 말아야 합니다. 이러한 일들을 겪으며 자란 아이들의 우울증은 창조적 성취뿐 아니라 확산적 사고처럼 창조성과 관련된 정신 작용과는 관련이 없다고 합니다만, 청소년기 자녀는 툭하면 짜증을 내며 대들기까지 합니다. 부모는 부모대로 자녀는 자녀대로 서로 간에 말이 통하지 않는다는 것입니다. 이러한 자녀들의 짜증스런 일이 간혹 공격적으로 나타납니다. 이러한 공격적인 행동을 줄이거나 적절한 행동으로 대체하도록 부모는 자녀의 심리적 안정감을 유지할 수 있게 도와주어야 합니다. 곧잘 짜증을 내는 자녀의 행동은 한꺼번에 많은 메시지가 담겨 있습니다. 자기에게 관심을 돌리려는 행동이 있을 수도 있고 단순한 분노憤怒의 표현도 있을 것입니다. 스트레스가 많은 자녀의 행동을 통해 자기의 생각과 감정을 표현하는 것입니다. 이러한 자녀는 나름대로 어떤 목적이 있어서입니다. 그런 행동이 현실적으로 파괴적일 때에도 자녀는 나름대로 무엇인가 얻으려는 심사에서 보인 행동입니다. 그러한 행동을 하지 않아도 자기가 원하는 것을 표현할 수 있고 부모의 관심을 얻을 수 있음을 알게 됩니다. 새 로봇을 사달라고 아이들이 떼를 쓰면 대다수 부모들은 처음에는 차분하게 안 된다고 설명을 하다가 아이들이 계속 고집을 부리면 소리를 지르거나 협박을 하고 짜증을 냅니다. 부모들은 이쯤 되면 알아들을 법도 한데 말귀를 못 알아듣는 아이들이 이상하게 느껴질 것입니다. 대다수의 아이들 공통점이 있는데in common 아이들은 다른 사람의 감정을 읽는 능력이 부족합니다. 상대방의 반응보다 자신의 기분이나 욕구를 우선시하는 경향이 있습니다. 또 충동을 조절하고 체계적으로 계획하고 실행하는 기능을 관장하는 전두엽의 발달도 느리다는 것입니다.

아이들에게 크게 호통을 친 뒤 아이가 울고 슬퍼하면 괜히 미안해져 슬그머니 장난감을 사주는 것입니다. 전문가들은 이런 식으로 부모가 정해놓은 규칙을 스스로 허물면 아이들이 더 떼를 쓰는 상황으로 발전한다고 주의를 주고 있습니다. 힘의 욕구를 가지고 있고 경쟁을 즐기고 서열序列을 중시하는 아이들이 떼를 쓰고 울면 자신이 부모를 이길 수 있다는 생각에 더 떼를 쓰고 반항을 하게 되는 것입니다. 자기중심주의의 철없는 아들은 욕구불만이 점점 더 심해져서 순종적順從的/obedient인 마음은 없어지고 나중에는 견딜 수 없을 만큼unbearable 커져버리게 됩니다. 따라서 아이들을 키우는 부모라면 특히 부모로서의 권위를 지키고 아이와 함께 합의한 규칙을 반드시 일관성을 갖고 지키는 것이 중요합니다. 그렇다고 무조건 부모가 아이들을 힘으로 제압하려고 하면 아이들의 반항심은 더 커질 수 있습니다. 특히 남자아이들은 여자아이보다 훨씬 스트레스에 취약하다는 연구 결과라는 것입니다. 남아들은 일상생활의 사소한 변화에도 스트레스를 받고 부모가 우울해하거나 화를 내면 여아들보다 더 힘들어 한다는 것입니다. 작금의 사회적 문제로 떠오른 불면증 초기인 우울증을 드러내놓고 치료하지 못해 고통을 받고 있는 사람들이 늘고 있다고 합니다. 그리고 우울함을 느낄 경우 불면을 호소하고 불면을 호소하는 사람들 중 일부도 우울함을 가지고 있는 등 우울증과 불면증은 매우 밀접한 연관을 가지고 있다고 합니다. 따라서 우울증으로 인한 불면증을 방치하지 말고 반드시 초기에 치료를 받아야 한다는 것입니다. 따라서 부모가 아이들과 힘겨루기를 하기보다 아이들에게 선택지를 제공하는 것도 한 가지 좋은 방법일 것입니다. 앞에서 제시한 것처럼 원칙을 알려주되 아이들에게 선택지를 제공하고 아이들 스스로 선택하게 하면 아이들의 힘의 욕구를 충족시켜줄 수 있을 것입니다. 그렇게 하면 아이는 점점 더 순종적으로 더 다정하게more loving 부모에게 다가올 것입니다.

우리 손자의 어린 시절을 보면 로봇을 통해 대리만족을 하고 상상놀이를 한다고 해서 꼭 로봇을 많이 사줘야 하거나 다양한 로봇이 필요한 것은 아님을 볼 수 있었습니다. 아이들은 부모들이 생각하는 것보다 더 창조적이고 상상력이 풍부합니다. 로봇이 없다면 아이들은 나무토막이나 블록을 가지고도 충분히 이미지를 창조해 상상놀이를 할 수 있음을 보았습니다. 대다수의 부모들이 우려하듯이 꼭 로봇을 사줘야 친구들과 놀 수 있는 것은 아닙니다. 오히려 지나친 물질적인 풍요豊饒 때문에 아이들이 자신의 물건을 소중하게 다루는 법을 제대로 배우지 못할 수도 있을 것입니다. 현대사회에서 갈수록 과거보다 주의집중력과 자기조절력을 비롯한 공감과 배려가 중요시되어야 합니다. 그러나 이런 특성은 여자아이가 먼저 발달하기 때문에, 어린이집이나 학교에서 남자아이들은 상대적으로 여자아이들보다 더 많은 좌절감을 느낄 수밖에 없는 것입니다.

미국의 가정의학과 의사이자 심리학자인 "레너드 색스도"는 알파걸alpha girl: 엘리트집단 여성을 지칭하는 말인데 학업·운동·리더십 등이 남성을 능가하는 여성을 뜻함들에게 주눅 든 내 아들을 지켜라. 책에서 6~10세의 남자아이들은 여자아이들보다 두뇌 발달이 2년 정도 늦어 조기 교육이 판치는 사회에서 남자아이들이 열등감과 적극적인 소통을 하지 못해 부끄러운embarrassed 마음으로 인하여 점점 소심해지고 있다는 것입니다. 아들들은 본능적으로 원하는 것을 사달라고 떼를 쓸 수 있습니다. 그럴 때 현명한 부모라면, 떼를 써서는 아무것도 얻을 수 없다는 것을 가르치고 아이의 교육 차원dimension 절제력을 키워줘야 합니다.

우리 며늘아기는 손자가 간혹 떼를 쓰면 다른 좋은 이야기를 하여 아이를 달래는 것을 보았습니다. 아이 스스로 돼지저금통에 돈을 모아 필요한 물건을 살 수 있다거나 한 달에 한 번 약속한 일들을 잘 지켰을 때 장난감을 사주는 등 규칙과 절제를 가르치는 것입니다. 이렇게 했을 때 남자아이들은 자기조절력과 만족지연능력은 더 향상되는 것입니다. 장난감을 사달라고 떼를 쓰는 아이에게 사줄 수 없거나 사주고 싶지 않은데 아이의 강력한 요구에 떠밀려 어쩔 수 없이 사준다면, 혹시 부모의 마음속에 어떤 불안이 있지는 않은지 되돌아 보아야할 것입니다. 아이들은 본능적으로 부모의 불안을 이용하기 때문입니다. 아이랑 많은 시간을 함께할 수 없어 죄책감으로 비싼 장난감을 사주면서 보상하려고 하는 것이 싫어서는 아닌지 부모의 무의식에 깔린 진짜 동기를 직시할 필요가 있는 것입니다.

자녀가 말하는 내용이 때로는 부모를 불쾌하게 하거나 또는 화나게 합니다. 그러나 그 생각은 자녀의 나름의 적응적 가치가 있음을 알아야 합니다. 스트레스는 육체가 아닌 마음에 상처를 만든다고 합니다. 마음은 우리 신체의 가장 깊숙한 곳에 정신이라는 형태로 존재하며 상처傷處는 이 깊숙한 마음에 자리 잡고 있는 것입니다. 외부의 스트레스라는 대못이 우리 몸에 박혔을 때 가장 빨리 그 못을 빼는 방법을 몰라서 그 못을 우리 몸의 가장 깊숙한 마음이라는 곳으로 숨겨지는 것입니다. 그리고 그 상처가 치유된 것처럼 우리는 평범한 일상으로 살아갑니다. 그러한 생활 속에 살면서 그 대못(상처傷處)은 마음 깊숙한 곳에서 간혹 콕콕 찌릅니다. 그 통증은 불행不幸un-fortunately하게도 상상을 초월하는 아픔으로 다가오는 것입니다. 가슴이 두근거리고 · 외부와 접촉이 두려워지고 · 불면증ADHD에 공황장애 · 불안장애 · 결벽증 · 조울증과 우울증 · 분리불안과 정신분열증 등 정신 병리의 형태로 나타난다는 것입니다. 그 결과 개인은 물론이고 가족들까지 감당하기 어려운 상황에 처하게 된다는 것입니다.

이러한 마음의 상처를 치유하기 위해서는 마음을 다스리고 강화하는 훈련이 필요합니다. 마음을 강화하는 방법으로는 자기 합리화合理化와 자신을 정당화正當化하는 성격과 습관을 갖도록 하는 것이 도움이 될 것입니다. 예를 들어서 매우 중요한 것을 모두 담고 있는 지갑을 분실했을 때 · 성적이 떨어졌을 때 · 성폭행을 당했을 때 · 힘들고 억울한 일을 당했을 때, 그 순간

at that moment 후회하고 자학하며 비관하는 것은 대못을 마음 깊숙이 감추는 행위를 하는 짓입니다. 그러한 일을 당했을 땐 "지갑을 잘 챙겨야지·다음에는 시험을 잘 보면 되지·이건 내 잘못이 아니야"라는 자기 합리화와 자기 긍정을 갖는 것이 대못을 빼는 일입니다. 생각은 행동을 만들고 행동은 습관을 만들며 습관은 자신의 운명을 만드는 것입니다. 처음부터 잘되지는 않겠지만! 생각을 긍정적으로 하는 연습을 꾸준히 하게 되면 운동이 우리 몸에 근력을 붙이듯이 마음에도 심력이 붙게 돼 근심과 걱정 없는 활기찬 삶을 살아갈 수 있을 것입니다!

사실 많은 부모가 자녀에게 올바른 가치관價値觀을 심어주기 위해 애를 쓸 것입니다. 좋은 본을 보이려고 노력하고 필요할 때는 단호하면서도 애정 어린 징계를 베풀 것입니다. 마음의 본래는 요란함이 없습니다. 다만 경계를 따라 이렇게 저렇게 움직일 뿐입니다. 경계를 따라 눈으로 보고 귀로 듣고 코로 냄새를 맡고, 마음은 그렇게 바쁘게 움직이는 것입니다. 육근六根의 작용을 따라 가지가지 분별이 일어나고 그 분별에 따라 천만가지 시비·이해가 생기는 것입니다. 그래서 우리의 삶은 늘 시비是非(옳고 그름)를 따라 출렁이고 이해利害를 따라 요동을 치는 것입니다. 결국 마음은 지치고 피곤한 것입니다. 어느 철학자의 말대로 현대사회는 피로의 사회입니다. 그래서 뜻밖의unexpected 일로 짜증도 많고 화낼 일도 많아지고 있는 것입니다.

마음의 내상이 깊으면 이유 없는 우울증도 생기고 맹목적인 분노충동도 일어나게 될 것입니다. 문제는 마음의 요동이 온전하게 쉴 수 없다는데 있습니다. 자유가 없으면 노예인 것처럼 그것이 물욕이건 분노건 자기 주도적으로 조절하고 절제하고 자유할 수 없다면 노예나 다를 바 없는 것입니다. 불안과 초조를 호소하는 사람·그저 답답하다는 사람·외롭다는 사람들이 많아지고 있는 세상이 되었습니다. 왠지 삶이 푸석푸석해서 금방이라도 부서질 것만 같고 고작 이것이 내가 꿈꾸었던 인생인가 하는 비관이 생기기도 할 것입니다. 그도 그럴 것이 우리 인간은 영적靈的 존재라고 합니다. 물욕은 물론 성취나 명예만으로도 충족할 수 없는 존재이기 때문입니다. 깊은 이성理性의 탐구나 감성感性의 몰입조차도 완전한 해답은 아니기 때문입니다.

그러나 이런 징후를 크게 걱정할 것은 없습니다. 비로소 내 마음이 본능적으로 삶의 완성을 찾아나서는 신호이기 때문입니다. 해서 마음공부가 들불처럼 번지고 있는 것입니다. 템플스테이Temple stay를 가거나 들로 산으로 조용히 마음의 휴식을 구하는 사람들이 많아지고 있는 것입니다. 추정컨대 이런 흐름은 점차 마음의 실체를 향해 나갈 것입니다. 마음이란 무엇인가? 마음은 어떻게 작용하는가? 마음을 공부하면 우리의 삶은 어떻게 달라지는가? 마음은 온전한 삶을 풀어내는 키워드a key word: 어떤 문장을 이해하거나 문제를 해결할 수 있는 실마리가 되는 말이자 사회적 화두가 되었습니다. 아름다운 경치를 보고 있으니 마음이 즐겁다거나 두통이 지속되니 기분까지 우울하다 등의 표현은 감성感性과 감정感情을 구분하기에 좋은 예입니다. 어떤 상황이 오감五感을 통해 수용되고 감지하는 능력인 감성과 그 감성에 따라 달라지는 희노애락喜怒哀樂 같은 기분이나 정서 등의 느낌은 감정이라 하는데 이 둘은 서로 불가분의 관계입니다.

그런데 소심한timid 감성은 개인차가 커서 똑같은 상황이나 자극이라도 사람마다 다르게 받아들여지기 때문에 감정의 상태도 달라지는 것입니다. 그리고 원활한 인간관계와 적극적인 의사소통이 필요할수록 감성과 감정은 세트처럼 함께 작용해야 더 효과적인 힘을 발휘할 수 있습니다. 즉 시각·청각·후각·미각·촉각·압각·통각 등의 감각 수의 용기를 통해 감성이라는 통로로 유입된 내부와 외부의 여러 자극들이 감정을 생산하고 그 감정에서 일어나는 반응은 다시 감성이라는 출구를 통해 걸러주고 순환시켜 표출하게 될 때 원만한 관계로 인하여thoughtful 소통을 이룰 수 있습니다. 그래서 감성이 예민하다, 감성이 풍부하다 등의 표현은 감수성이 높다는 의미로 그만큼 감정의 폭이나 깊이도 더 넓어지고 깊어지기 마련입니다. 물론 여기에는 감성과 상반된 이성理性의 합리적이고 냉철한 통제와 균형을 비롯한 지식과 정보를 바탕으로 깨닫는 힘인 지성知性이 더해지기도 합니다. 그러나 감정의 상태가 극에 달했을 경우에는 그런 이성과 지성의 작용이 채 미치지 못 할 때가 많은데 감성이라는 완충대가 없이 민낯의 감정적 코드가 상대방과 맞닿아버리면 서로 공격적攻擊的/aggressive인 충돌을 하여 폭발해 걷잡을 수 없는 상황에 놓이게 되는 것입니다. 그래서 믿을 수 있는trustworthy 감성적 코드로 안전하게 연결되어야 합니다. 너무 뜨거워 화상을 입거나 너무 차가워 얼어버리지 않게 해야 합니다. 인간은 객관적客觀的 사고의 이성이나 절제 가능한 지성보다는 본능이나 욕구 같은 감정에 더 가까이 있으므로 쉽게 감정을 드러내게 되는데, 이때 감정이라는 알맹이를 보호하듯 에워싸고 있는 포장지 같은 감성을 통해 전달되는 것이 바람직합니다. 또 감성이 풍부한 사람은 그렇지 못한 사람들이 보고 듣고 느끼지 못하는 부분이나 까다로운 choosy 영역들까지도 발견하고 거기서 새로움을 창조해내는 창의성이나 기획력과 실천력도 더 발달되는 것입니다. 그것은 지성으로는intelligence 다다를 수 없는 인간의 본성本性과 본능本能의 영역으로부터 얻는 탁월한 감각적 능력에서 기인하기 때문입니다. 이것은 새로운 관계와 배려심 깊은caring 소통의 근원이 되는 것입니다.

그러나 현대사회는 꽤 오랫동안 기계적이고 과학적인 환경 속에서 숨 가쁘게 돌아가는 속도전쟁을 해 오면서 감성대가 상당히 손상됐거나 아예 제거되기도 했습니다. 단조롭고 반복되는 기계적인 활동과 억압된 사고체계 속에서 감성의 통로는 닫혀버렸고 감성은 거추장스럽고 번거로우며 심지어 쓸모없고 비효율적이라고 천대받아 무시되기 일쑤였습니다. 그래서 아예 감정이 생산되지 못해 메말라 버렸거나 극한 상황에서 급조된 감정은 감성이라도 옷도 입지 못한 채 그대로 타인에게 노출된 것입니다. 그러니 얼마나 어리석고 난처하며 삭막素寞하고 민망하겠습니까? 서로 얼굴을 붉히며 불편해하거나 반대로 목석처럼 굳어져 아무 감동도 없는 관계나 부서지고 삐걱거리는 소통으로 시간과 노력만 낭비를 한 것입니다. 그러므로 감성역량感性

力量을 키워야 합니다. 잠자는 감성을 깨우고 무뎌진 감각을 되살려야 합니다. 여기에는 다양한 감각적 자극을 접하고 받아들이는 경험적 노력이 꾸준히 요구되어야 합니다. 그러한 것을 뒷받침을 하는 것이 책입니다. 책을 읽으면 지식을 얻는 게 아니라 지혜를 얻는 것입니다.

그것으로 끝나지는 않습니다. 자기 성찰省察과 그리고 자신이 원하는 것이 무엇인지 탐구하는 효과도 언젠가는one day 나타날 것입니다. 이어 혼자 읽기는 혼자서 고독을 즐기면서 성찰할 수 있어야 합니다. 하지만 고립孤立되어서는 곤란합니다. 치열한 공부를 위해 혼자서 읽기도 해야 하지만, 그걸 검증하고 또 나누고자 함께 읽어야 합니다. 과거는 지식의 시대여서 그걸 축적하는 시간이 필요 했었습니다. 하지만 지식이 널려 있고 언제든지 어디서든 검색할 수 있는 오늘날에는 그 지식을 어떻게 연결하고 조합을 시키느냐가 중요합니다. 통섭이니 융합이니 하는 것도 학문에만 적용되는 것이 아니라 사람과의 관계에서도 적용돼야 하는 것입니다. 함께 읽고 나누는 일 저마다 삶에서 한 번 해보면 좋을 것입니다. 그러면 자신이 일생동안 지속될 소중한 읽기 추억들의memories 기억을 만드는 것이 얼마나 중요한지도how important it is to make memories that will last a lifetime 잘 알게 될 것입니다.

책은 읽는 것인가? 보는 것인가? 어루만지는 것인가? 하면 다 되는 것이 책입니다. 디지털 시대의 종이 책은 오히려 기능성이 더 커지고 물건으로서 책의 가치는 더 높아지고 더 아름다워질 것입니다. 전자화될수록 종이책을 찾는 사람들의 욕구는 더 강해질 수 있습니다. 일부 사람들은 1960년대를 기점으로 부모의 권위權威가 약해지기 시작했다고 말하고 있습니다. 그 무렵? 전문가라고 자처하는 사람들이 부모가 자녀를 너무 엄격하게 대해서는 안 된다고 목소리를 높였습니다. 그들은 "칭찬과 징계 사이에서 균형을 잡으라고 권하는 것이 아니라 권위적이 되지 말고 친구가 되어주라. 징계보다 칭찬이 더 좋다. 자녀의 잘못을 바로 잡으려고 하지 말고 잘한 것에 초점을 맞추라"고 주장을 했습니다. 전문가들의 주장에 부모가 혼을 내면 감정이 예민한 자녀가 상처를 입고 훗날 부모에게 반감을 품을 것이라는 생각이 자리 잡고 있었던 것입니다. 얼마 지나자. 전문가들은 갑자기 좋은 양육법을 발견했다는 듯이 자신감自信感의 중요성을 역설하였습니다. 그들의 주장은 간단히 말하면 자녀가 자신감을 갖게 해 주라는 것이었습니다. 물론 자녀에게 자신감을 심어주는 것은 매우 중요합니다. 하지만? 자신감 키워 주기 운동은 극단으로 흘러서 전문가들은 자녀에게 "안 돼"라든가 "틀렸어" 같은 부정적인 말을 해서는 안 된다는 것입니다. 자녀가 특별한 존재이고 "원하는 건 무엇이든 될 수 있다"고 반복적으로 말을 해 주어야 한다고 주장을 한 것입니다. 어떻게든 자신감을 키워주는 것이 실제로 올바른 사람이 되게 도와주는 것보다 훨씬 중요하게 여길 것입니다. 하지만 일부 사람들은 자신감을 키워주기 운동이 가져온 부정적否定的인 결과를 지적했습니다. 그 견해에 따르면 "자진감 키워주기 운동은 자녀들에게 세상이 자기들을 떠받들어야 한다는 잘못된 특권特權 의식을 심어주었다"는 것입니다. 나밖에 모르는 세대라는Generation Me 운동의 결과로 많은 청소년이 싫은 소리를 듣는 일이 다반사이고 때때로 실패를 경험할 수밖에 없는 현실 세계에 대처한 준비를 전혀 갖추지 못하게 만든 것입니다. 직장에서 자신감 키워주기 운동 같은 것이 없다 라든가, 엉터리 보고서를 제출했는데 보고서를 보고서 "색깔이 예쁘고 글씨가 명필이다"라고 칭찬해 주는 상사는 없을 것입니다. 자녀를 그렇게 양육하는 것은 자녀의 앞길을 망치는 것입니다.

한 사람의 소중한 가치가 외면되고 청년에게 희망이 보이지 않는 막막한 지금의 세상에서 분명 자녀를 키우는 것은 쉽지 않을 일입니다. 하지만 꼭 필요한 상황에서 징계懲戒를 하지 않으면 부모와 자녀 모두 더 힘들어질 것입니다. 이유가 무엇이냐고요? 잘못을 징계하지 않으면 자녀는 계속 제멋대로 행동할 것이고 부모는 그런 자녀를 보고 지칠 대로 지칠 것입니다. 또한 부모의 지도가 일관성一貫性이 없어져 자녀가 혼란스러워한 것입니다. 이와는 반대로 균형 잡히고 애정 어린 징계를 하면 자녀의 사고력과 도덕감을 틀 잡아 줄 수 있어 그에 더해 자녀가 정서적으로 안정감安定感을 느끼면서 올바로 성장하는 데도 도움이 될 것입니다. 자녀들의 행동이나 생각이 부모를 화나게 할지라도 자녀는 표현할 것이고, 얻을 것이 있기에 드러내는 것입니다. 그것이 합리적이 아니라고 해도 그것은 자녀의 생각이지 부모의 생각과는 다른 것이므로 끝까지 듣고 당장 고칠 수가 없을 때는 "엄마는 너의 생각과는 좀 다르지만 너의 생각이 어떤 건지 잘 알게 됐다"와 같은 반응을 보여야 합니다.

생각과 감정은 자녀에게 고유한 것입니다. 그 가치는 부모 자신에게 있기보다 당사자인 자녀에게 있는 것입니다. 자녀는 그렇게 생각하고 느낄 이유가 있는 것입니다. 그것이 현실적으로 수용이 되거나 말거나 그 자녀에겐 의미가 있는 것입니다. 따라서 무시하거나 외면하거나 설득하는 대신 "네가 그렇게 생각하고 느끼는 데는 이유가 있다는 것을 알겠다"라고 반응反應하는 것이 좋습니다. 이러한 격려는 자녀가 자신의 행동을 부정적으로 평가했을 때 부모가 자녀의 향상向上을 믿어주는 표현입니다. 실제로 부정적인 행동을 했을 때도 여전히 부모는 그 자녀를 수용할 뿐만 아니라 미래의 가능성을 믿는다는 표시입니다. 틀린 것을 고치는 데 관심을 집중하기보다는 조금이라도 잘한 것을 지적하는 것이 자기의 성장에 더 유익합니다. 이런 부모의 태도는 자녀로 하여금 자기 변화의 작은 부분을 인식하게 하여 변화가 필요할 때 변화의 노력을 꾸준히 실천하게 할 것입니다. 부모의 피드백은feedback 자존감과 자신감을 눈에 띄게strikingly 향상시킬 것입니다.

자녀의 행동이 부모의 지도에 위배했을 때는 아이를 너무 미워하지 않고 부모의 지도 내용을 적용할 필요가 있습니다. 자녀에게 일관성을 갖고 공평公評하게 적용해야 합니다. 이때 부모의 지도가 자녀를 진심으로 염려하고 잘 지도하고자 하는 부모의 마음이 전달하는 것이 중요합니다. 부모와 청소년 자녀 관계가 기대만큼 원활圓滑하지 못한 것은 증상을 일으키는 마음의 요소에 관심을 갖기보다 드러나는 증상의 변화에 초점을 맞춘 교육지도 탓이니 너무 성급하게 서둘러서는 안 됩니다. 화를 내거나 무시 말고 인정하고 기다려주어야 합니다. 그래야만 자녀의 정신 건강에mental health 좋을 것입니다. 최근 수십 년간 서구 여러 나라에서는 부모와 자녀의 관계에 엄청난 변화가 있었습니다. 과거에는 부모가 주도권을 갖고 있었고 자녀는 부모의 말을 잘 따랐습니다. 하지만 요즘 일부 가정에서는 사정이 완전히 달라졌다는 것입니다. 예를 들어,

"엄마! 아기는 어떻게 생기는 거야?"

"그것은 엄마와 아빠가 서로 사랑하게 되면 아기가 태어나는 거란다."

"나는 아빠와 엄마를 많이 사랑하는데 아이가 왜? 생겨나지 않는데?"

이러한 곤혹스런 질문이면 답을 하기 어려울 것입니다. 이러한 대화를, 누구나 어릴 때 한번쯤은 자식과 부모 간에 주고받았던 대답 아닐까 싶습니다. 순수한 아이들의 눈으로 본 세상은 신기하고 궁금한 것들이 가득합니다. 사실 우리의 속내를 들여다보면 "이렇게 설명을 해 주는 것이 맞나"하고 고개를 갸웃거리기도 했을 것이고! "너무나 당연하게 생각했던 이유를 물어보니 답을 못 하겠네"라며 고민을 하거나 당황을 했던 기억이 날 것입니다. 또는 "넌 몰라도 돼 나중에 크면 자연히 알게 돼"라는 말이 어린 아이를 무시하고! 소통을 단절시키는 아픈 말이며 "넌 아빠가 좋아? 엄마가 더 좋아?", "너 한 번 맞을래? 바른대로 말할래?"의 말은 대상을 둘로 쪼개는 낡은 이분법二分法의 출발점이란 걸 아이에게 일러 주는 말들입니다.

외모外貌 지상주의가 만들어 낸 "착한 몸매"도 곰곰이 다시 생각해봐야 할 말입니다. 교수님!, 감독님!은 당연한 존칭의 말인데, 농부님!, 경비원님!은 어색하듯 우리말이 왜 농부와 경비원 뒤엔 님!자가 아닌 아저씨!가 더 익숙해야 할까요? 우린 흔히 "직업엔 귀천이 없다"라고 하면서도 "직업에 대한 주관적인 평가!"가 들어 있기 때문입니다. 차별은 이런 식의 편견에서 시작되는 것입니다. 여자라서 · 혼혈아라서 · 부모가 없는 고아라서 · 대학을 안 나와서 등등. 이러한 차별은 다름을 인정하지 않은 태도에서 나오는 것입니다.

우리 사회의 고질병인 "지역갈등"이란 말도 자세히 알고 보면 "지역차별"에서 생겨난 말입니다. 서로 다른 개성과 차이를 인정하면 사회는 더 풍요로워지는 것입니다. 다양한 책을 읽은 어린이들은 올바른 시각을 갖게 될 것이며 그 바탕 위에 세상을 바꿀 수도 있을 것입니다.

요즘 40대의 어머니의 생각은, 행복은 자녀의 성적순이라는 것입니다. 육아 단계를 지난 40대 엄마들의 관심사는 자녀의 교육과 집안일이라는 것입니다. 그래서 조사를 해보니 "나의 행복을 위해 가장 중요한 것"을 꼽아달라는 질문에 "자녀의 성공"과 "몰두할 수 있는 일"이 1~2순위로 나왔다고 합니다. "애들이 고등학교 1학년과 3학년이어서 온통 성적 생각뿐이죠. 열심히 한 만큼, 실력만큼 간다면 불만이 없을 텐데 요즘 대학입시는 로또 같아요! 대학을 나와도 취업이 어렵다지만 그래도 대학마저 못 가면 더 이상 패자부활전 敗者復活戰은 없는 사회잖아요!", "행복하세요?" 누구나 묻는다면 선뜻 "네, 물론이죠!"라고 대답을 할 수 있는 사람은 과연 얼마나 될까요? 혹자는 인생에 주어진 유일한 의무는 행복이라 했습니다. 권리란 본인으로 누리지 않아도 되는 것이지만, 의무는 반드시 해내야 하는 책임입니다.

다른 어떤 것도 아닌 행복을 위해 살아야 한다는 이 말은 듣는 이에게 많은 생각을 던질 것입니다. 과연 나는 행복한 가! 혹여 나의 행복이 타인의 것보다 더 초라한 것은 아닌가! 내가 누리는 이 감정을 그렇게 이름 할 수 있을까! 그 가운데 으뜸은 바로 어떻게 하면 행복해질까? 하는 의문이 들 것입니다. 아마도 각자가 추구하는 방법이 매우 다르고 주관적이기에 이것이야말로 목적에 이르는 길이 따로 존재하지 않을 것입니다. 흔히들 가는 길이라는 이유로 무작정 따라나서면 곤란합니다. 때로는 갔던 길을 되돌아와 다른 길을 선택해야 하기도 합니다.

하지만 현실은 녹록치 않습니다. 우리나라 사회 갈등의 수치는 OECD 국가 중 4위로 높고 갈등 해소 조종 노력은 28위라는 것입니다. 이로 인하여 그에 따른 국가적 손실이 270조 억 원으로 2015년 우리나라 1년 국가예산

70%로 달한다는 것입니다. 세계 어느 나라고 갈등이 없는 나라는 없습니다. 종교적 갈등과 인종적人種的 갈등葛藤 등등 수많은 갈등이 있습니다. 어느 사회든 공동의 갈등은 있기 마련입니다. 우리나라의 갈등은 영호남 지역갈등과 정치적 갈등이었으나 작금의 갈등이란 극심하게extremely 되어버린 빈부의 격차(경제적)와 세대적 갈등이라는 것입니다. 이런 갈등은 서로 조금씩 양보하면서 갖추어야 합니다. 한국의 경쟁체제가 시행착오를 잘 허용하지 않고 과정보단 결과로 일렬 순위를 매기기 때문에 일어난 현상입니다. 1등을 향한 소모적인 경쟁은 모든 사람을 고통스럽게 하였습니다. 다양한 탐색探索 없이 외길로만 달려와 1등이 젊은이들에게 진정한 의미의 경쟁력을 갖추게 하였는지 의문입니다. 우리 부모들은 자녀들에게 열심히 공부해서 좋은 대학에 가면 된다고 강요를 하고 있는 것입니다. 지난 과거처럼 혼자서 열심히 외우고 경쟁에 살아남는 공부법으로 미래 사회의 다양한 변화에 적응하기가 어렵습니다.

이렇게 변화하는 세상에 대처를 하려면 다양한 교류와 다양한 책들을 읽고 중요부분을 필사를 하여 궁금했던 문장을 한 번 더 찾아보는 습관을 들이면 좋은 결과도 있을 것입니다. 세계적인 문호 어니스트 헤밍웨이는 노벨문학상을 받은 뒤 "글쓰기는 기껏 잘해야 고독한 삶"이라는 말을 한 적이 있습니다. 그러나 그는 유명한 작가가 되려는 강렬한compelling 욕구(충동; urge) 때문에 매일 오전 내내 글을 쓰며 외부와 격리된 채 홀로 문학적 사투를 벌였던 헤밍웨이 자신의 삶을 에둘러 표현한 것이 아닌가 생각됩니다.

책에서 답을 찾다

2015년 대기업들이 인성을 갖춘 인재를 더 많이 채용한다고 하였습니다. 인성을 잘 갖춘 사람이 화합하는 능력과 지도력이 높다는 것입니다. 요즘의 젊은이들은 미래를 내다보기가 더 어려워졌습니다. 불확실성의 시대입니다. 하나의 길에 학생들을 한 줄로 세워선 안 될 것입니다. 학생들이 여러 길을 탐색해봐야 필연적으로 마주하게 될 세상의 낯선 길을 기꺼이 선택하며 도전에 나설 수 있을 것입니다. 그래서 짜인 학습도 중요하지만 새로운 것을 학습하는 능력은 필수 덕목입니다. 학습 결과를 쌓아두는 일은 컴퓨터한테 맡겨두고 학교에선 미래 세대의 학습 능력을 키우는 문제에 집중을 한다면 기대 이상의 좋은 결과가 나올 것입니다. 그것이 기성세대가 꼭해야할 책무라 여겨집니다. 또한 그것이 우리 젊은 세대들과 함께 가야 할 길입니다. 우리 시대에는 소유가 행복이라는 등식이 일반화되어 있고 남을 제치고 1등을 해야 많이 성공의 길로 들어섰다는 안도감으로 부모들은 걱정을 던다는 것입니다. 하지만 부모들의 경쟁적 의식으로 인해 아이들이 때로는 결핍缺乏이 그 감정을 더욱 절실하게 만들기도 합니다. 아이들에게 자율적으로 행동하는 역량을 주어야 합니다. 자기 스스로 인생의 계획을 세우고 수행하는 능력은 어릴 때부터 자녀에게 결정권을 주고 자립심自立心을 길러줄 때 가능한 일입니다. 강요와 통제를 비롯하여 협박의 교육방식으로는 타율적인 태도만 길러줄 뿐입니다.

요즘 남男 학교에서는 정서행동특성검사情緒行動特性檢事를 하고 있다고 합니다. 학생들의 정서 행동 발달 경향을 파악하여 학생들이 겪는 어려움을 조기 발견하고 예방을 하기 위해 실시하는 검사 문항에서 "자살 생각과 계획"에 관한 것인데, 이 물음에 "그렇다"고 대답한 학생들에게는 여러 가지 이유들이 있었다는 것입니다. 그 가운데 한 가지가 공부에 대한 것이라는 것입니다. 실제로 자살항목 체크를 해서 상담실에 오는 학생들 가운데 대다수가 학업스트레스로 인하여 그러한 생각을 하게 된다는 것입니다. 그리고 스트레스의 정도가 크고 지속기간이 길었던 학생들일수록 아무런 표정이 없는 얼굴을 하고 있다는 것입니다. 다른 학생들에 비해 유달리 생기가 없어 보였던 한 학생도 그런 경우였다는 것입니다. 어릴 때부터 부모가 공부에 대한 기대를 많이 했고 그로 인하여 부담과 스트레스가 컸을 것입니다. 이러한 사고방식은 자기 위주 편향에서self-serving bias: 다른 사람의 행동은 고유한 성격 탓으로 돌리며 상황에 따른 영향을 과소평가하고 자신의 행동을 설명할 때는 상황과 불안정한 요소를 강조하고 성격 탓을 하지 않으며 성공적인 결과에 대해서는 자신에게 공을 돌리는 경향이 있지만 실패한 경우에는 상황이나 다른 사람을 탓하는 경향을 보이는 것 기인하는 것이라고 생각합니다. 생각의 방식과 관련된 것입니다. 생각의 방식을 바꾸지 않고서는, 생각을 통하지 않고서는 다른 사람과 함께 살아갈 수 있는 용기courage와 능력을 어디서도 찾을 수 없다고 보는 관점에서 일어나는 현상입니다. 초등학교 고학년 때 이러한 문제로 상담을 받았던 경험을 얘기하는데 "그때는 해소가 되었는데 그러다가 더 엉켜버렸고 지금은 그 상태가 계속 이어지고 있는 거예요"라고 하더라는 것입니다. 처음에는 누군가에게 자기 마음을 말할 수 있고 누군가 자기 말을 그냥 들어주는 것만으로도 위로가 되었을 것입니다. 그러나 그 뒤에 학생을 둘러싼 여건이 크게 달라지지 않으면서 어차피 변하지 않는다며 체념을 하게 되는 것입니다. 그리고 그 당시 자신이 할 수 있는 최선의 방법으로 찾아낸 것이 매사에 무감각해지는 것이었을지도 모릅니다. "그냥 지금이 나아요! 아무느낌이 없이 살아요. 행복하지 않지만 그냥 지금 이대로가 나아요.", "다 귀찮아요. 아무것도 하고 싶은 게 없어요. 계속 혼자 있고 싶어요. 공부 말고 하고 싶은 게 있는데 잘할 자신도 없고 부모님은 공부가 제 적성에 맞다고는 하는데 잘 모르겠어요. 노는 것도 싫고 하루 놀아버리면 더 힘들 것 같아요. 공부할 게 한 번 밀리면 못 따라 잡으니까! 친구들이랑 같이 신나게 놀아본 적이 없기도 하고.", "공부에 대한 잔소리를 들을 때 시험 전날이나, 그냥 힘들 때 죽고 싶다는 생각이 들어요.", "부모님이 아는지 모르는지 모르겠어요! 부모님에게는 이런 얘기는 귀찮아서 안 해요. 어릴 때도 그냥 친구관계만 얘기했어요."

이렇게 고통스러워하고 있는 학생들의 마음을 그 부모들에게 전달했을 때 좋은 결과를 얻어내는 게 너무나 어려워서 힘이 빠진다는 것입니다. 그런 부모들은 "사춘기에 접어들면 애들은 원래 좀 예민해서 더 힘들어하고 죽고 싶은 생각도 일시적으로 하는 것 아니냐!", "우리 아이 상태가 그 정도로 심각한 건 아니라고 본다.", "사춘기思春期 다 지나고 보면 문젯거리도 안 된다. 누구나 한 번쯤 겪었던 것 아니냐!"는 말을 주로 할 것입니다. 이러한 부모의 입장에서, 지쳐 있는 아이들을 일으켜 세우기 위한 응급처방으로 아이가 좋아할 만한 것들을 일시적으로 허락을 해주었다가 아이가 기운을 좀 차렸다 싶으면 다시 원래의 경기장(공부의 틀)에 집어넣을 것입니다. 어떤 경우엔 아이가 겪는 어려움의 초점을 공부가 아닌 친구관계에 맞춰 진학을 시킬 것입니다. 아이가 이미 우리 부모에게는 공부 얘긴 해도 소용이 없다고 포기하고 그나마 부모에게 먹힐 만한 얘기인 친구관계를 말한 것이란 걸 받아들이고 싶지 않을 것입니다. 그냥 우리 아이 수준에 맞는 친구들 속에서 공부에 전념하게끔 하면 된다고 여길 것입니다. 그래서는 안 됩니다.

부모와 자식 간에는 원심력과 구심력이 조화롭게 작용해야 합니다. 자식을 잡아 두려는 부모의 구심력求心力과 부모의 곁을 벗어나려는 자식의 원심력遠心力이 잘 맞아떨어져야 한 가정은 원만하게 굴러갈 수 있는 것입니다. 원심력과 구심력이 마침 맞아 지구가 태양 주위를 영원히 돌고 있는 것과 같은 이치입니다. 구심력이 너무 강하면 태양이 지구를 삼켜버리고 원심력이 너무 강하면 지구가 태양계 밖으로 사라져버릴 것입니다. "사랑"이란 이름으로 자식을 삼키고 있는 것은 아닌지 "독립"이란 이름으로 너무 밀쳐 내고 있는 것은 아닌지 생각을 해 보아야 합니다.

선인들이 말한 "농사 중에서 자식농사가 제일 어렵다"는 말이 그저 나온 게 아닙니다. 어느 나라나 자녀가 사춘기일 때 엄마들은 가장 불행하다는 말이 지금의 우리나라 어머니들이 겪고 있는 현실입니다. 요즘의 아이들의 엄마는 집에서 일하기가 힘들 것입니다! 대다수가 맞벌이 부부인 엄마가 집에 일을 가지고 안 오면 제일 좋은데 그게 쉽지 않을 것입니다. 집에서 일을 해야 하는 날이면 집안일과 육아를 다 마친 후에야 할 수 있을 것입니다. 우리 엄마들, 밖에서도 집에서도 참 힘들게 일을 할 것입니다! 맞벌이가 당연한 요즘이지만 아직도 집안일과 육아는 엄마들의 몫으로 생각하는 사회의 현상입니다. 집에서 아이만 양육하고 집안일을 할 수 있으면 좋겠지만 현실은 그렇지 못합니다. 엄마도 경쟁사회競爭社會에 나가 돈을 벌어야 아이들을 키울 수 있는 현실이다 보니 엄마는 항상 아이에게 미안하고 왠지 모를 죄책감罪責感 같은 게 항상 있을 것입니다! 24시간 아이와 함께하지 못하여 미안하고 집에 있는 엄마들과는 달리 충분한 사랑을 주지 못한 것 같아 미안하고 아이를 봐줄 사람이 없어 어른들에게 맡겼다면 주말에만 아이를 봐야 하는 현실에 죄책감까지 들 것입니다. 경제적인 부분 때문에 일을 시작하기도 했지만, 아이에게 멋진 엄마가 되기 위해서나 내 꿈을 실현하기 위해서 시작한 일이 도리어 아이에게 미안하고 당당하지 못한다면 일을 하는 동안 엄마의 마음이 얼마나 힘들고 불편하겠습니까? 그런데 문제는 엄마가 이런 마음을 갖고 있다는 걸 아이도 그대로 느낀다는 것입니다. 아이에게 미안해하면 할수록 아이는 엄마에게 더 매달리고 그러면 엄마는 더 미안해하는 마음이 반복이다 보면 결국엔 자신의 미래를 아이를 위해 접고 일을 그만두기도 하고 아이가 좀 큰 이후로 미루기도 할 것입니다. 그래서 여자들은 엄마가 된 사이 경력단절이 생기게 되고 나중엔 그 경력을 살리지도 못하고 다른 일을 찾아야 하는 경우가 번번히 생기는 것입니다.

"1차 서류전형 합격 문자를 받고 눈물이 나네요. 아이를 키워놓고 다시 일하려고 40군데쯤 이력서 넣었는데 학습지 회사 말고 처음 받은 합격 통보예요. 하루 2~3시간 단순 알바조차도 아무 연락이 없어 제 무능에 많이 좌절했어요. 아줌마는 노동시장에서조차 기회가 없네요."

점점 살기 어려운 이때 자존감으로 직장을 그만두는 문제에 대하여 통계청 조사에 따르면 "경력단절經歷斷絕 여성(경단녀)"은 2014년 4월 197만 7,000명인데 이 중 30대가 109만 5,000명으로 가장 많다는 것입니다. 30대 기혼여성의 36.7%가 경단녀라는 것입니다. 통계자료에 의하면 경력 단절의 이유는 결혼(41.6%), 육아(31.7%), 임신과 출산(22.0%), 자녀교육(4.7%) 순으로 나타났습니다. 자녀 양육과 일 사이에서 균형 잡기가 어려운 워킹맘Working mom: 일하는 엄마들은 조직이 기회를 주지 않거나 따를 만한 롤 모델이 없을 경우 그만 두는 것입니다. 경력 단절 후엔 이전 수준으로 재취업하는 것은 어렵고 그보다 낮은 수준으로 취업했다가 자신의 수준에 맞지 않은 임금과 위상에 한계를 느끼고 다시 경단녀가 되는 경우가 있는 것입니다. 실제로 82쿡cook에는 대한민국 인터넷 커뮤니티(요리를 비롯한 집안일에 관한 정보를 공유할 수 있는 곳)에는 눈높이를 낮춰 재취업에 성공했다 보수가 적고 비전이 없거나 원만하지 못한 인간관계 때문에 힘들다고 호소하는 글이 많다는 것입니다.

"집안 호령을 하다가 재취업해 젊은 상사에게 지적받으니 못 참겠어요."라든지 "월급이 초라해요. 고용주는 월급 때문에 아줌마 채용한 거니 올려 줄 생각이 없는 듯해요! 신입사원들은 우리보다 월급도 많고 직급도 높게 들어오네요." 여성의 취업에는 대다수가 찬성을 하면서도 여성이 결혼이나 출산과 무관하게 일하는 것이 좋다는 견해見解는 소수에 그치고 있는 것입니다. 결국 경력 단절로 기업의 먹잇감이prey 되고! 피해자가victim 된 엄마들은 삶의 의미가 없으면 번식(출산出産)에 관심을 가질 필요성이 없을 것입니다. 지금 같은 저성장低成長 시대에 접어들며 평생직장의 개념은 사라졌고 승진과 누락은 다반사茶飯事가 됐습니다. 회사가 직원을 키워주기 힘들다보니 일률적인 경력에도career path 균열이 일고 있는 것입니다. 그래서 경단녀 문제는 우리 사회가 함께 노력해야 극복할 수 있는 구조적構造的인 문제입니다. 이러한 일들의 극복엔 정신과학의 방법인 이해理解를 해주어야 합니다. 그러함에도, 특히 20대 청년 실업이 심각한 요즘에는 "왜 살림하던 아줌마들까지 취업에 끼어드느냐"는 적대적인 시선도 넘어야 할 산입니다.

경력 단절로 인한 아줌마들의 눈물은 어떤 땐 헝클어진 마음을 빗질 해줄 것입니다. 허약한 마음을 강하게 해주는 건 엄마라는 자리이기 때문입니다. 일을 하게 되면 아이들은 똑같이 자신을 사랑하는 엄마의 달라진 모습을 이해하고 적응을 하게 될 것입니다. 동물 중 유일하게 태어난 후 1년이 지나서야 겨우 걷는 인간은 처음에는 자신의 물리적 생존을 위해서 본능적으로 엄마를 찾는 애착행동을 하는 것입니다. 이때 유어幼語(아이의 말)의 필요를 민감하게 알아 잘 살펴주고 감정을 잘 알아 공감해줬던 엄마의 아이들은 "안정형 애착"이 됐고 그렇지 않을 경우에는"불안정형 애착"이 됐다는 것입니다. 그리고 이러한 애착은 유아기에만 나타나지 않고 성격처럼 고정돼 일생을 통해 대인관계對人關係의 규칙으로 작동을 한다는 것입니다. 안정형 애착은 엄마와 함께하는 것을 즐기고 성인이 되어서도 지속적으로 안정된 관계를 유지한다는 것입니다. 성인이 된 안정형 애착의 가장 중요한 능력은 과거 자신의 부모가 양육했던 기억을 비교적 정확하게 회상한다는 것입니다. 이때 회상의 내용은 긍정적인 것뿐만 아니라 부정적인 것도 포함된다는 것입니다. 안정형 애착은 쉽게 말해 부모의 장점과 단점 모두를 잘 기억한다는 것입니다. 연구를 한 사람들은 안정 애착의 이러한 회상의 능력을 "메타인지Meta Cognition: 자신의 인지능력에 대해 알고 이를 조절할 수 있는 능력" 혹은 "정신화 능력"이라는 것입니다.

이러한 유연성과 정확한 판단력에 영향에 미치는 것으로 안정형 애착이 된다는 것은 자기의 삶의 방향을 잘 잡고 가족과 주위 사람들과 잘 어울려 살게 된다는 것입니다. 이와는 달리 불안정형 애착은 유아기를 비롯한 초기 양육시기 동안 경험에 의해 애착의 문제를 겪게 된다는 것입니다. 불안정형 애착은 크게 회피형·양가형·혼란형 등으로 구분할 수 있습니다. 회피형 애착은 엄마와의 관계에서 지속적이고 명확한 거부를 당한 결과 엄마에게 의존하고 싶은 자기의 마음을 억압하게 되는데 이는 엄마를 의지했다가 좌절되는 상처로부터 자기를 지키기 위해서 나온 결과라는 것입니다. 양가형 애착은 엄마의 애착을 예상할 수 없으므로 어떻게든 엄마를 자기 곁에 두려고 필사적으로 노력을 한다는 것입니다. 과거를 정확하게 볼 수 있다는 것은 그만큼 마음이 편안하다는 것입니다.

지금 잠시만 눈을 감고 고통스러운 기억을 떠올려 보십시오. 아마 떠올리기도 싫고 떠올려도 그 내용이 정확하지 못할 것입니다. 잊고 싶기 때문일 것입니다. 따라서 불안정不安定 애착의 삶은 과거와 단절되어 있고 파편화되어 있으며, 무엇보다 현재의 부모를 보는 시각이 과거의 부정적 경험의 지배를 받고 있는 것입니다. 그렇다면 애착 유형은 변하지 않는 것일까요? 일련의 연구를 통해 밝혀진 바에 따르면 누군가 과거의 경험을 공감적으로 들어주게 되면 메타인지Meta Cognition: 자신의 인지적 활동에서 생각하는 것 능력이 향상되면서 애착 유형이 안정형으로 바뀐다는 것입니다. 따라서 자신의 이야기를 판단하지 않고 들어줄 사람이 있을 때 애착에서의 상처가 치유되고 현재의 부모와 깊은 소통을 시도할 수 있게 된다는 것입니다. 아이들을 함께 키우고 서로 돌보는 관점에서 돌보는 부모들의 문화 등등.

그런데 따라가지 못하는 공부 상처로 인해 무기력한 아이들과 각종 심리질환을 앓고 있는 아이들이 매년 증가하고 있습니다. 이와는 반대로 요즘 직장과 육와 고민에 30대 여성의 수면장애가 급증하고 있다는 것입니다. 무슨 말이냐? 하면 불면증과 코골이 같은 "수면장애"를 겪는 여성이 최근 빠르게 늘고 있다는 것입니다. 30대의 경우 남녀 모두 직장과 육아로 정신적과 육체적인 부담이 커서 수면의 질이 떨어지게 만든다는 것입니다. 특히 여성은 어린아이에 대한 육아 부담이 남성보다 상대적으로 커 안정적인 수면을 취하기가 어렵다는 것입니다. 잠을 못 이루어 간식을 먹으면 아이도 깨어나 같이 먹어서 두 부모가 직업을 가진 아이들이 비만이 많다는 조사 결과입니다. 그래서 교우 간에 따돌림을 받고 있다는 것입니다.

외모에 대한 것이 아이가 가진 중요한 고민거리는 아니지만 아이는 비만 된 자신을 보고 비웃고laugh at 조롱할까봐jeer 부끄러운embarrassed 마음으로 주변 사람들에게서 사랑받고 수용을 받지 못하고 있음을 자각하게 하는 증상이 있다는 것입니다. 보모들은 자신들의 문제로 인해 아이가 필요로 할 때 곁에서 적절한 돌봄을 해주지 못하고 있는 것입니다. 이로 인해 생긴 불안한 마음과 사랑을 이해받지 못한 스트레스가 아이들의 몸에 직접적으로 표현되는 것입니다. 자해에서부터 비만 된 몸을 예쁘게 가꾸려는 조바심에 공격적인 외모 꾸미기로 인한 약물중독 등 다양한 비전으로 나타나고 있다는 것입니다. 외모는 우리의 사회적 지위를 결정하는 주요 자본이기도 합니다. 사람들이 우리를 평가하는 기준은 오로지 우리의 외모입니다. 인간은 우선 시각적 존재이기 때문입니다. 아름다운 외모(미모美貌)는 사람들에게 호감을 유발하여, 어디서나 좋은 대우를 받습니다. 평범한 외모는 마치 투명 인간처럼 무관심의 대상이며 못생긴 외모는 근거 없이 조롱의 대상이 되곤 합니다. 그런데 이런 외모는 우리 스스로가 결정한 것이 아닙니다. 우리 인생사 중에서 외모만큼 불평등하고 불공정하고 악의적으로 비민주적인 요소도 없습니다. 가난한 집 출신의 아이는 자신의 노력으로 부자가 될 수 있지만 태어날 때부터 결정된 외모는 그 무엇으로도 바꿀 수 없습니다. "정의란 무엇인가?"를 놓고 흥분하는 사람들도 타인의 못생긴 외모에 대해서는 아무런 죄의식 없이 마음 놓고 조롱을 하기도 합니다. 외모에 대한 가치부여는 원초적原初的인 인간의 본능인 듯합니다.

희랍 신화를 소재로 했건, 성서를 소재로 했건 르네상스 시대의 회화는 모두 아름다운 얼굴의 여성과 날렵한 몸매의 남성들로 가득 차 있습니다. 아름다운 용모는 불멸성과 신성의 이미지였으며 사람들은 아름다운 용모에서 심리적인 안정감을 느낍니다. 기사도騎士道 소설에서 현대 소설에 이르기까지 모든 소설의 여주인공들도 아름답고 매혹적이기는 마찬가지입니다. 못생긴 여자와의 사랑은 그 자체로 코미디이고 형용모순입니다. 오늘날 소설의 퇴조는 이와 같은 반자연성에도 한 원인일 수도 있습니다. 장자莊子/도덕경道德經 저자도 외모를 가장 높은 덕으로 쳤습니다. 세 가지 덕德 중 하나만 있어도 족히 왕이 되는데 그중의 으뜸은 외모라고 했습니다. 하덕下德은 용맹하여 대중을 끌어 모아 병사를 일으키는 능력이고 중덕中德은 천지 만물을 두루 다 아는 것이며 마지막 가장 높은 덕인 상덕上德은 키가 크고 용모가 아름다워 어른 아이 귀천 없이 모든 사람이 바라보고 즐거워하는 외모라는 것입니다. 장자의 잡편雜編 도척편盜跖編에 상재된 이야기입니다. 비록 우화적인 글이라 해도, 문文과 무武의 능력보다 외모를 더 높이 놓았다는 것은 당대 사회의 한 단면이 반영된 것이어서 흥미로운 일입니다.

전통사회에서는 마을 사람들하고만 자신의 외모를 비교했습니다. 그러나 오늘날의 TV화면에는 전국에서 가장 잘생긴 남자와 가장 예쁜 여자들만 등장합니다! 국내만이 아닙니다. 전 세계 수십억 명 인구 중에서 선택된 최상의 미모들이 흰 셔츠 하나만 턱 걸쳐도 그렇게 아름다울 수 있는 몸매로 그냥 아무렇지도 않은 듯 무심하게 돌아다니고 있습니다. 우리는 매일같이 우리의 평범平凡한 외모를 거의 불가능한 미모들과 비교하며 살고 있는 것입니다.

그 누가 이런 상태에서 마음 편히 살 수 있겠습니까? 거의 정신분열시대라는 것입니다. 그러나 경제적 자본과 달리 외모의 공화국에서는 소유는 있으되 축적은 없습니다. 미는 축적되지 않습니다. 시간과 함께 점차 소멸하면서 마지막의 절대적 평등을 지향합니다. 누군가에게는 쉰 살 혹은 예순 살에 찾아온다는 차이만 있을 뿐, 결국 시간은 모든 사람을 평등하게 만들어 주는 것입니다. 외모 공화국에서는 아무도 자신의 외모에 만족하지 못하는 것입니다. 미의 기준이 계량화에 획일화되었기 때문입니다.

그렇다면 방법은? 우리는 우선 타인의 외모에서 조롱보다는 존중을 불쾌보다는 매력을 찾으려 노력해야 합니다. 그것만이 우리 시대의 집단 외모히 스테리를 치유해 줄 방법일 것입니다. 자신의 몸매와 외모에 스트레스를 받고 있는 아이의 마음을 돌본다는 것은 마음 자체만을 이야기 하는 것은 아닙니다. 정서적으로 안정된 아이들은 자기 몸도 관심을 가지고 잘 돌본다는 것입니다. 저 부모가 아이에게 한 가지는 지켜야 할 일이 있습니다. 절대로 아이에게 욕을 하지 말아야 합니다. 비난과 욕은 아이의 몸을 흉하게 살찌우고 자해의 자국을 흉하게 남게 하는 행위입니다. 건강에 좋은 음식을 제때 잘 챙겨 먹을 수 있도록 해주고 아이가 아플 때 충분히 보살피는 것도 중요합니다. 너무나 당연한 일인 것 같지만 소홀해지기 쉬운 것 가운데 하나입니다. 포근한 품에서 사랑과 위로받는 경험을 할 수 있다면 그만큼 자신의 몸과 마음을 인정하고 사랑할 수 있게 자랄 것입니다. 방황하는 아이와 함께 하다 보면 모든 개입이 적절하고 훌륭한 것은 아닙니다. 중간 중간 잘못이나 실수를 할 수는 있을 것입니다. 그래도 괜찮습니다. 중요한 것은 지속적持續的인 관심과 끈기로 아이를 포기하지 않는 것이 중요합니다. 누구 한 사람이 이 일을 다 해낼 수는 없기 때문에 아이와 관계된 주변 사람과 함께 관여하고 마음을 써줘야 합니다. 그렇게 하면서 어느 시점에 아이가 돌아올 곳이 되어주는 것이 필요합니다. 이런저런 이유로 학교를 떠나는 아이들(학교 밖 아이들)이 2015년 5월 방송 특집에서 28만 명이라는 것입니다.

우리 아이들(학생)의 힘든 처지를 말할 때 자주 나오는 얘기가 "학생 자살률 세계 1위"라는 충격적인 수식어修飾語가 되었습니다. 지도층 인사는 물론이고 언론도 심심치 않게 거론합니다. 여기에 학생들의 행복지수가 세계 최하위라는 통계까지 더해지면 한숨 소리는 높아만 갑니다. 매년 120여 명이 넘는 학생이 자살을 하고 있다는 것입니다. 자살을 택한 동기 중에는 학업 스트레스 말고 가정불화 등의 다른 이유도 있습니다.

우리나라가 엄청나게 빠른 속도로 경제성장을 이루었다고 자주 거론을 하지만 사실 그게 어떤 의미인지 요즘의 젊은이들은 감感/wsm: 느낌이 잘 안 잡힐 것입니다. 최근 200년간의 세계 경제발전에 대한 연구한 결과를 보면 우리나라가 경제성장이 진정 세계 최고 수준임을 확인할 수 있습니다. 19세기 초에 우리와 비슷한 상태에 있던 나라들은 현재 1인당 국내총생산GDP이 6,000달러 정도에 도달했다는데, 2014년도 세계은행 통계에는 앙골라와 도미니카공화국이 그런 나라들입니다. 거의 3만 달러 수준에 이른 우리나라는 세계사적인 예외에 속한다는 것입니다. 전 세계인이 상상할 수도 없는 엄청난 성장을 이룬 결과 우리는 "행복합니까?" 묻는다면 대다수가 "아니요"라고 대답을 할 것입니다! 작금의 대한민국은 여러 가지 심각深刻한 문제에 직면하고 있습니다.

앞서 말했듯 자살률이 세계 3위라는 불명예를 차지했습니다. 2015년도 세계 143개국 국민을 상대로 행복지수를 조사한 결과 대상 143개국 중 118위라는 최하위권이라는 것입니다. 우리나라와 비슷한 등수의 나라들로는 팔레스타인·가봉·아르메니아가 있는데, 모두 전쟁이나 내전 상태에 있는 나라들입니다. 대한민국은 세계 최고 수준의 경제성장을 이루고도 행복하지 않은 나라가 되었을까? 우리나라는 정말로 "경제성장 기적을 이룬 나라이고 기쁨을 잃은 나라"가 된 것일까? 하는 의문이 갈 것입니다. 심지어 청년 세대 중에는 대한민국을 헬hell: 지옥인 조선이라고 칭하는 젊은이들이 있다는 것입니다. 쉽게 말해 우리나라가 불지옥이라는 것입니다. 악에 받쳐 스스로를 비난하고 어떻게든 이 나라를 떠나는 게 상책이라는 식으로 이야기하는 것은 올바른 말이 아닙니다. 이러한 세태를 어떻게 보아야 할까요? 대학생이 넘쳐나는 교육도 대기업에 들어가야 대접받는 우리 사회적 분위기도 기성세대가 만든 것입니다. 사회 곳곳에 쌓아올린 기득권의 벽을 허물지 않으면 청년들이 비집고 들어갈 공간은 매우 협소할 수밖에 없는 것입니다. 그 공간이란 것도 결국 금 수저의 몫일뿐이고 거기에 내 자리는 없다는 흙 수저들의 절망이 새어나오고 있는 것이 대한민국의 현실입니다. 이러한 상황에서 우리 사회는 복합적인 의미의 내전內戰상태에 빠진 듯합니다! 남과 북의 대치 상황에서 제기되는 긴장이 중요한 요인일 테지만, 그보다는 우리 사회 내부에서 비롯된 갈등葛藤이 더 큰 요인일 것입니다. 계층 간·지역 간·세대 간 골이 치유가 힘들 정도로 크게 벌어진 원인이기도 합니다. 폭발 직전 상태에서 살아가는 우리는 어쩌면 중세신학에서 말하는 영혼靈魂과 육체肉體가 서로 싸우는 상태가 아닐까! 싶습니다. 물질적으로 추구하는 것과 마음의 행복 사이에 괴리乖離가 너무 크기 때문입니다. 결국엔eventually 엄청나게 빠른 성장이 그만큼의 큰 대가를 치르게 한 것으로 볼 수밖에 없는 것입니다.

한편으론 빠른 발전 자체가 심각한 문제를 야기했지만 그런 문제를 풀려는 노력이 부족한 탓입니다. 지금 성장을 멈추자는 뜻이 아닙니다. 다만 이제는 현명한 발전의 길을 모색하고 무엇보다 사회 갈등을 완화緩和하는 방법을 적극적으로 찾아야 할 일입니다. 가보지 않은 길을 가야만 하는 우리나라 입시 지옥은 그 길을 이끌 인재들을 키우고 있나! 죽이고 있나! 아예 씨를 말리고 있나! 곰곰이 생각을 해볼 시점이 지났습니다. 1등부터 몇 백등까지 대학 간판이 철저하게 서열화 되어버린 나라에서 한 계단이라도 남보다 더 위로 올라가려고 발버둥치는 사람들이 세계 최악의 입시 터널에서 구원을 기다리듯 발을 구르고 있는 것을 만든 사회제도(사회 계약: social contract)는 우리기성 세대가 해결할 문제입니다. 이러한 입시지옥이 인재 발굴과 육성의 불가피한 과정이었던 시절도 있었습니다.

그러나 이른바 수월성 교육은 노벨상 근처에도 근접하지 못한 채 의사면 허증과 변호사 면허증용 등 "사"자 인재들만 양산하고 있게 된 것입니다.

이러한 현상을 없애려면, 우선 교육에서 큰 노력을 기울여야하고 청소년들을 한 줄로 세우기의 지옥에서 해방시키고 우리 사회에서 행복한 삶을 살 수 있는 다양한 방법을 가르쳐 주어야 합니다. 다른 한편으론 일부 정치가들이나 지식인들이 우리 사회의 갈등을 부풀려서 자신의 정치적·정신적인 수단으로 삼는 형태부터 중단했으면 좋겠습니다.

20대의 청년이 도전과 모험을 하지 않는다면 젊은이라 할 수 없습니다. 많은 청년이 기존의 익숙한 길로 가려고 합니다. 그러나 언뜻 보기에 훤해 보이는 길이 앞날까지 보장하진 않습니다. 오히려 발이 묶여 오도 가도 못하고 아까운 젊음을 낭비할 수 있습니다. 반면에 남들이 가지 않는 길은 거칠고 험할 수 있지만 그래서 나만의 길로 개척하여 더 큰 성취를 얻을 수도 있을 것이며 우리 사회 공동체 일원으로 살아갈 수 있는 구성원으로 값진 삶을 영위榮衛할 것입니다. 인간은 정신적으로 영적으로 자신의 두 발로 걸을 때서야 비로소 인간이 됩니다. 인간人間을 한문자 그대로 풀이하면 "사람과 사람 사이"라는 뜻입니다. 인간은 홀로 살아갈 수 없으며 다른 사람과의 관계 속에서만 그 삶을 영위할 수 있다는 뜻입니다. 원래 인간이라는 말은 인생세간人生世間의 준말입니다. 인생세간은 사람이 사는 세상을 뜻하는 말입니다. 즉, 인간이란 사람과 사람 사이의 관계 맺기를 통해 형성되는 세상에서 살아가는 존재인 것이라는 내용입니다. 사람과 사람 사이의 관계 맺기는 사회를 형성하고 사회의 구성원들은 자연스럽게 공동체를 꾸리게 되었습니다. 인간은 공동체와 상호관계 속에서 삶을 영위하며 공동의 의식과 가치들을 만들어 나가는 것입니다. 특히 청소년은 자신이 속한 공동체의 의식과 가치를 받아들이며 성장을 합니다. 이 점은 매우 시사하는 바가 큽니다. 청소년의 성장이 개인의 문제가 아니라 공동체 차원의 문제임을 보여주기 때문입니다. "신전 문"이란 의미를 가진 '샤아르는(구속사 성지: 예루살렘의 남쪽 문인 분문/Dung Gate)' "저 높은 신전 문 위에서 신전 안으로 들어가려는 자신을 관조하다"라는 의미를 지닌다는 뜻입니다. 우리가 생각하는 행위가 아니라 내 자신이 어디쯤 왔는지 그 삶의 여정에서 어디쯤 왔는지 그 길을 왜 가야하는지 자신만의 여정을 위해 힘찬 발걸음을 한 발 한 발 내딛기 위함입니다.

우리는 불안하지만 거룩한 경계에서 자신이 성취해야 할 카르마karma: 불교; 전세에 지은 소행 때문에 현세에서 받는 응보應報를 찾는 것입니다. 누구에게나 자신의 마음을 가만히 들여다보면 누구도 가본 적이 없고 대신 갈 수 없어 두렵지만 반드시 시도해야 하는 그 무엇이 바로 자신의 길입니다. 자신이 감행한 길이 자신에게 유익한 길인지도 모릅니다. 그렇다면 좋은 길이 될 수도 있는 것입니다. 우리는 얼마나 성공한 사람들이 간 길을 흠모欽慕하고 추종을 합니까? 내 마음속에 숨겨져 있는 나만의 신념, 이것이 나의 보물이자 나의 천재성이라면 만일 내가 이 보물을 발견한다면 많은 사람들의 박수를 받을 것입니다. 그들이 감동하는 이유는 그들 자신 안에 숨겨진 그들만의 보물을 찾아 나설 수 있는 용기를 주기 때문입니다. 가장 심오한 나의 생각이 많은 사람들의 공감을 얻어낼 수 있는 가장 보편적이고 우주적이며 영적인 생각이기 때문입니다. 자신의 마음에 숨겨져 있는 보물과 같은 생각을 고고학자처럼 발굴한 사람들이 석가이고 예수이며 공자라고 할 수 있습니다. 우리는 심연에서 자신의 모습을 보여주는 이 천재적인 섬광閃光을 감지하고 응시할 수 있어야 합니다. 자신만의 생각들을 정리한 자들이 셰익스피어이며 모차르트이고 아인슈타인입니다. 이 천재들이 다른 사람이 만들어 놓은 밤하늘의 별들을 찬양하고 그 내용을 암기하지는 않았을 것입니다. 이들은 모두 자신의 심연에 숨겨진 이야기를 용기 있게 표현한 예술가들입니다. 그들처럼 그런 숭고한 섬광을 발견하지만 무시해버리기도 합니다. 결국 우리는 모두 타인들만이 가졌다고 여겨지는 행복이란 신기루蜃氣樓를 바라볼 뿐입니다. 천재들은 바로 자신의 심연에서 발견된 자신의 모습을 그대로 수용해 자신만의 방식으로 행동에 옮긴 사람입니다. 그 모습이 남들과 비교하면 보잘 것 없고 숨기고 싶은 것이라 할지라도 있는 자포자기desperate 하지 말고 그대로 수용하면 그것이 오히려 내 자신의 별을 발견하게 되는 발판이 되는 것입니다.

그러려면 훌륭한 지도자들의 생애를 엿볼 수 있는 전기를 즐겨 읽어야 합니다. 그들로부터 지혜를 구하기 때문입니다. 우리 사회가 나아갈 방향을 제시하는 책들을 찾아 읽기를 바랍니다. 책속에 길이 있습니다. 사전을 보면 "책을 넣어 두는 책장冊欌"과 "책을 이루고 있는 낱낱의 장인 책장冊張"이 있는 것을 찾을 수 있습니다. 우리는 책장冊欌과 책장冊張 사이에서 자기 생각과 의지를 키워나간다고 할 수 있습니다. 무엇이나 혼자서 이루어지는 것은 없는 것입니다. 비어 있는 종이 위에 글들이 모여서 책장冊張이 되고 이 책장冊張들이 모인 책들이 모여서 책장冊欌이 된 것입니다. 어려서부터 그림책에서 시작하여 다양한 책으로 이어지는 생각의 공간 이러한 공간에서 느끼는 자유의 힘은 그 무엇보다도 강렬하고 매력적일 것입니다. 책속에서 만나는 다양한 현자賢者들의 이야기를 듣는 것 또한 무엇보다도 중요합니다. 이는 현자들의 지혜를 통하여 나의 삶을 깨우쳐주기 때문입니다. 책 속에서의 지혜는 나의 삶과 남의 삶을 서로 인정하는 삶으로 살라는 것입니다. 나의 자유를 위해 타인의 자유를 인정하는 것이 중요하다는 것입니다. 사람은 저 잘난 맛에 사는 것이니 남의 잘난 것도 인정해야 하며 나도 잘 살려니와 남도 잘 살아야겠다는 것이 민주주의 하나의 근본이념입니다.

작금의 청년실업이 고착화되면 노동생산성이 악화되고 경재성장 잠재력이 떨어져 큰 문제를 야기할 수 있습니다. 잠재성장률이 낮아지면 저성장 국면에 빠질 수 있고, 창출되는 일자리 수가 줄어들게 되면 다시 고용사정이 악화되는 악순환에 빠질 수 있는 것입니다. 또 청년실업을 계속 방치한 경우 사화와 경제적 비난이 눈덩이처럼 불어날 수 있고 사회체제에 대한 반항세력이 되어 정치 불안을 고조시킬 우려도 있는 것입니다. 이러한 사회적 세태로 인하여 젊은이들의 최대 고민인 사회진입 비용이 눈덩이처럼 불어나고 있는데도 정치권에선 해결책을 찾지 않고 있습니다. 최선의 민주정치는 분명한 사회적 지지 기반을 가진 정당이며 그리고 그 정당이 자신을 대표하는 사회계층의 지루한 일bore의 이해관계와 요구를 반영하는 이념과 정책을 바탕으로 경쟁하는 구도입니다.

우리는 지난 반세기 동안 경제성장과 민주화를 이루고 이제 투명사회로 향하고 있습니다. 이 같은 뼈를 깎는 아픔을 견뎌야하고 이런 일은 정치인을 비롯하여 우리 사회 지도층의 인사와 재벌들의 사회공헌이 늘어나야 이룰 수 있을 것입니다. 또한 우리는 과거 경제성장에서 이룬 성과를 투명성과 공정성에서도 힘써야 합니다. 이러한 일들은 오늘을 사는 우리에게 부여된 막중한 책무입니다. 그래야만 살 만한 대한민국을 우리 후손에게 물려주는 것입니다. 우리나라는 1987년 민주화운동을 통해 선거로 정당 간 정권교체 등 절차적 민주주의는 어느 정도 결실을 맺었지만 다른 한편으로 정당운영 행태는 보수정당들만의 체제로 귀결되고 있습니다. 후자로 인해 한국정당은 다양한 사회서 이해관계를 대변하고 있지 못하고 다른 한편으론 기득이익의 안정적 유지만을 보장하는 기능을 하고 있는 것입니다. 이런 현실은 소외계층을 대변하는 합리적合理的 진보정당진입의 현실적 벽이 필연적必然的으로 혹은 구조적構造的으로 높아질 수밖에 없는 것입니다. 그래서 자기 패거리의 수장이나 다음 공천권에 눈이 멀어 작금의 우리 사회의 갖가지 걸림돌을 제거하지도 못하고 서로 간에 잘잘못이나 따지며 하세월하고 있는 것입니다. 삼성 "이건희" 회장은 기업은 이류이고 관료조직은 삼류이며 정치는 사류라고 비판한 적이 있습니다. 그런 말이 나온 지 벌써 20여 년이 지났지만 우리나라의 정치가 나아졌다는 징후는 어디에도 보이지 않는다는 것입니다. 지지하는 국민에게 일시적 승리감을 주는 작은 정치가 아니라 국민에게 새로운 세상을 선물하는 큰 정치를 해야 합니다. 우리는 불행하게도unfortunately 청년들의 높은 사회진입 비용(취업비용, 결혼비용, 출산·육아비용, 중산층 진입비용)에 대해 심각하게 고뇌해야 하고 해결 우선순위 중 최상에 두어야 합니다. 삶이란 항상all the time 모순과 혼돈 그 자체이며 누구에게나 마찬가지라는 깨달음 앞에는 누구도 큰소리치기 어렵습니다. 우리나라의 미래세대를 위한 정치사회적 생산자들이기 때문입니다. 큰 틀에서 사회구성원들의 이해와 양보가 있어야 이루어질 일입니다. 삶의 의미를 찾고 행복을 추구하는 개인적 삶의 주체뿐만 아니라 사회적 생산자로서 위치를 적정 연령에 빨리 자리를 잡게 해야 합니다. 대학 졸업자들의 취업이 IMF 때보다 더 힘든 대한민국 현실에 우리나라 부모들의 마음은 씁쓸할 것입니다!

대학의 미래가 어떻게 될 것인가에 관해 "피터 드러커Peter Drucker"는 1997년 "캠퍼스는 유물이 될 것이다. 대학은 살아남지 못한다. 그 변화는, 중세 인쇄술에 비견될 정도로 거대하다"고 예견을 했습니다. 예견豫見은 실현되어 가고 있습니다. 대학은 캠퍼스가 있어야 하며 학생은 강의실에서 교수에게 배워야 한다는 관념이 점점사라지고 있는 것입니다. 뉴욕대 등 미국 유수의 대학들이 온라인 학위 과정을 개설했습니다. 현재 온라인으로 제공되는 수준 높은 무크MOOC: Massive Open Online Course 강좌가 1만 개가 넘는다는 것입니다. 우리나라 대학들, 아니 교수들이 이런 변화를 모르지는 않을 것입니다. 그런데 모른 체하고 있다는 것입니다. 교수들은 툭하면 "대학이 취업사관학교냐? 고시원이냐?"하고 묻는다는 것입니다. 물론 대학의 본질本質은 연구와 교육이지만 그렇다고 세상과 고립된 갈라파고스(죽기 전에 꼭 가봐야 할 세계여행지; 갈라파고스 제도는 남아메리카로부터 1,000km 떨어진 적도 주위의 태평양의 19개 화산섬과 주변 암초로 이루어진 섬 무리)가 아닙니다. 사회적 수요에 부응하며 변화를 선도해야 합니다. 그 사명이 한 때는 민주주의 지킴이 역할이었습니다만 지금 대학에 대한 사회의 요구는 자격 있는 직업인을 길러내라는 것입니다. 대학이 취업준비기관은 아니지만 많은 학생과 학부모는 그렇게 생각하지 않고 있다는 것입니다.

대학을 지식의 상아탑이라고 하는 것부터가 낡은 개념입니다. 지금처럼 지식의 유효기간이 짧고 인터넷을 통하여 언제든 필요한 정보를 얻을 수 있는 세상에서 코끼리 어금니로 만든 탑이라니. 대학은 요즘 구조조정의 쓰나미tsunami 속에 있습니다. 저출산 때문에 2013년도에 63만 명이던 고교

졸업자는 2023학년도엔 40만 명으로 급감을 한다는 것입니다. 2018학년도엔 대학 입학 정원이 고졸자보다 많아진다는 조사입니다. 교육 당국은 현재 56만 명인 대학 입학 정원을 2023학년도까지 단계적으로 16만 명을 감축하겠다고 선언을 했습니다. 대학을 5등급A~E으로 평가해 하위 D~E 등급 대학의 구조개혁을 강제하겠다는 복안이라는 것입니다.

평가 기준에 대한 논란은 접어둔 일부 대학에서 취업률이 낮은 학과를 통폐합하는 과정에서 벌어지고 있는 분쟁은, 예상됐던 지루한boring 부작용이 일어나고 있는 것입니다. 다만 방법이 문제일 뿐! 방향까지 문제를 삼을 수는 없을 것입니다. 특별히particularly 기초 학문과 예체능은 물론 보호를 해야 할 것입니다. 그렇다고 그것이 변화를 막는 방패防牌로 쓰여선 안 될 것입니다. 어떻게 하면 살아남을 것인가는 변화에 대처하는 대학들의 움직임을 종합하면 확연하게 몇 가지 키워드가 감지될 것입니다. 선택과 집중·학문 복합·실무형 커리큘럼을 도입·취업활동 강화·지역사회와 연계·기업 및 선후배와의 네트워크 구축·교내외 청년 창업 장려 등이 있습니다. 글로벌을 지향하거나 틈새시장을 특화하는 곳도 있을 것입니다. 어떤 흐름이든 수요자 중심의 사고와 비즈니스 마인드를 중시해야 할 것입니다.

일각에서는 취업률을 높이려는 노력passion: 열정을 비판하기도 합니다. 연구와 교육의 전당을 취업사관학교로 전락시키고 있다는 주장을 하는 것입니다. 그렇긴 하지만 취업률이 전부는 아니니까! 무시해선 안 됩니다. 그동안 대학은 우리 사회가 필요로 하는 인재를 길러내는 데 실패로 젊은이들을 "let someone down" 실망시켰습니다. 취업률에 목을 매게 된 것은 그에 대한 반작용인 것입니다. 대학이 바뀌면 상황이 나아질까요? 또 하나 중요한 변수가 남아 있습니다. 대학을 선택하는 수험생의 입장입니다. 아직도 수험생들은 자신의 적성이나 소질보다는 점수에 맞춰 대학이나 학과를 선택하는 쪽이 많다는 것입니다. 부모가 더 그렇다는 것입니다. 그 결과, 대다수가 좌절挫折하고 실망失望한다는 것입니다. 이젠 선택의 기준이 대학이 아니라 학과 중심으로 바뀌어야 합니다. 학과보다 전공 중시이면 더 좋을 것입니다.

대학은 최근最近/recently에 융·복합 추세에 따라 학과를 통폐합해 학부로 만드는 경우가 많습니다. 그러면서 학부 안에 몇 개의 전공트랙이나 연계 전공을 만들어 기존의 복수전공이나 부전공과는 다릅니다. 합쳐서 넓게 나눠서 깊게 교육하겠다는 것입니다. 실무형實務形 인재를 기르기 위해서라는 것입니다. 수험생과 학부모도 이런 변화를 능동적으로 수용할 필요가 있는 것입니다. 여하튼 좋은 대학에 대학의 변화는 누가 선도하고 있느냐는, 총장이 당연히 변화를 독려하고 요구하고require 있을 것입니다. 일부 학과의 교수들은 감동적일 만큼 열심히 움직이고 있는데 반대의opposite 대학 행정 그룹의 일부와 상당수 교수들은 아직도 달콤한 과거에 안주하고 있다는 것입니다.

대학은 민주적 자치 정치의 본질을 구성하는 지각 있는 시민을 양성하고 필수적인 인력을 양성하는 데 핵심적인 역할을 담당하는 곳입니다. 교수가 공적인 지식인으로서 기능을 충실히 다하여야 가능합니다. 하지만 작금의 대학은 더 이상 이러한 역할을 하지 못하고 있는 것입니다. 명성名聲/지위의 추구가 지식의 추구를 훼손毁損하고 있는 것입니다. 경쟁적인 세계 경재에서 번영을 구가하는데 방관자 집단을 얼마나 빨리 줄이느냐가 대학의 존폐를 가를 게 분명할 것입니다. 대학이 죽든 살든 수험생과는 관계는 없습니다. 대학이 갑이 아니라 수험생이 갑인 시대가 오고 있기 때문입니다! 변화의 필요성을 체감하고 있는 총장은 창의적인 커리큘럼curriculum: 체계적으로 만든 교육 내용 및 학습 계획을 짜기 위해 고민하는 학과의 제자들이 고통과 성공을 자신의 것으로 생각하는 교수, 대학을 지역발전의 거점으로 사랑하는 주민들이 있는 곳이 곧 신흥新興 명문대학이 될 것입니다. 교육 당국은 이런 대학을 발굴해 파격적으로 지원을 해야 될 것입니다. 성적이 그리 좋지 않아도 입학만 하면 열과 성을 다해 가르치고 취업까지 책임지겠다는 집착obsession에는 새로운 명문대학과 명품학과들의 윤곽이 서서히 드러나고 있습니다.

이젠 수험생과 학부모가 바뀔 차례입니다. 2015년 취업을 하려는 젊은이들이 1백만 명이 넘는다는 결과가 우리 청년사회의 암울한 실상입니다. 고 김광석의 노래인 "서른 즈음에(지친 마음의 모퉁이에서 또 하루가 지나가고)"가 아니고 "마흔 즈음에"로 가사를 바꾸어야 할 처지가 되었습니다. 2015년 7월 21일부터 전국 초중고에서 인성교육진흥법이 시행되었습니다. 게다가 자랑인지 수치인지는 몰라도 세계최초라는 것입니다. 우리는 세계 최초를 좋아하는 민족인가 봅니다. 그런 것을 만들고 우쭐되는 것을 보면 말입니다. 사람으로서의 바른 품성을 기르는 인성교육을 법으로 정한 나라는 우리나라밖에 없을 것입니다. 예부터 동방예의지국東方禮義之國으로서 윤리와 도덕을 교육의 첫 번째 덕목으로 여기던 나라가 사람됨의 기준을 강제한다니 어이가 없다고들 합니다.

다른 한편으론 사실 갈수록 황폐해가는 청소년들의 인성교육人性敎育을 초중고교에 의무화하고 성적에 반영하여 입시와 연계하겠다는 것입니다. 하여 초중고교는 물론 대학까지 인성교육바람이 일고 있습니다. 어쩌다 인성교육을 법에 의존해야 할 지경에까지 왔는지 안타깝지만 이해할만 합니다. 입시 위주 등 현재의 교육 현실에서 인성교육이 절실하기는 하지만 인성을 하나의 교과목처럼 인식하고 학생들을 교육하는 게 어느 정도 실효성實效性을 거둘 수 있을지 의문이라는 소수의 의견意見도 있을 것입니다. 그간에 우리 사회에서 얼마나 인륜 문제가 심각했으면 법을 통해 이를 처방하려 했는지 우리 어른들의 밥상머리 교육을 반성도 해보아야 합니다. 인성교육은 한 장소에서 하루아침에 이루어지는 것은 아닙니다. 살면서 오랜 시간동안 다양한 장소에서 여러 상황들을 경험하면서 그곳에서 함께한 다양한 사람들과 소통을 하면서 인지하는 하는 것입니다. 우리가 정서적인 측면에서 가장 많은 영향을 받는 곳이 가정이라는 울타리 안입니다. 그리고 성장을 하면서 학교이고 사회에서 배우는 것입니다. 인성교육의 기초는 가정에서 볼 수 있는 아버지의 솔선수범率先垂範한 행동과 어머니의 사랑 등에서 가까이서 반복적으로 볼 수 있는 모습이 자녀에게 가장 좋은 교육입니다. 부모가 자녀에게 물려줄 수 있는 모습이 자녀에겐 가장 좋은 교육이 될 것입니다.

　세대를 불문하고 부모님들의 자식에 대한 사랑은 각별했습니다. 50~70년 대의 우리 부모님들은 회초리를 들고 종아리를 내리쳤고 엄하게 꾸짖으며 가슴으로 자식을 키웠습니다. 공부를 잘하기보다 사람됨을 우선해 인간됨 됨이에 교육의 초점을 두었던 것입니다. "불효자不孝子는 부모父母가 만든다" 라는 말이 있습니다. 요즘 경제가 어려워지자 늙은elderly 부모를 모시는 것을 귀찮아 여기는 가혹한harsh 현실의 자식들 행위는 자식을 왕자나 공주처럼 키운 부모에게 책임이 있습니다. 지금의 부모들은 자식들을 최고로 만드는 데 모든 노력을 기울입니다. 각종 학원을 비롯하여, 심지어 명품 옷을 사주어 아이의 기를 살려주기도 합니다. 자식이 학교에서 상을 받아오면 부모들은 기뻐하고 그렇지 못하면 자기들의 탓인 것처럼 자책을 하기도 할 것입니다. 그런데 불행하게도unfortunately 이렇게 성장한 아이들은 부모님의 기대를 충족해 드리기 어렵다는 것을 알기에 잔소리를 들어도 할 말이 없어 스스로 문을 닫거나 폭력성으로 변하는 것입니다. 위와 같은 부모의 잘못으로 인하여, 인간 본성本性의 소중한 가치인 효孝에 정신이 쇠퇴해가는 과정에서 부모를 모시기를 꺼려하는 것입니다. 부모가 자녀들에게 특별히particularly 물려줄 수 있는 가장 큰 유산은 물질적인 풍요로움보다는 정신적 행복감일 것입니다. 반대로 자녀가 부모님에게 당장 줄 수 있는 선물은 좋은 성적이라고 생각하기 쉽지만 부모가 물려준 정신적 유산을 정신적 기반삼아 최선을 다하여 타인과 소통하고 공감하며 주체적인 삶을 살아가는 능력을 배양培養해주는 것일 것입니다. 인간의 궁극적 목표인 행복을 만들어가기 위해선 인성교육이 꼭 필요한 것이고 그것은 사람과 공간에 의해 이루어지는 것입니다.

　사람들은 흔히 학교에서 선생님들만 인성교육을 하는 것으로 생각하고 있는데 이는 대단히 잘못된 생각입니다. 사실은 인성교육을 활성화 · 내실화하기 위해서는 가정과 사회에서 더 많은 역할을 해야 합니다. 그러니 부모는 물론이고 사회인 모두가 인성교육의 전달자가 되어야 합니다. 우리나라는 유교적 가정이 더 많았습니다. 지금처럼 핵가족화가 되지 않았을 땐 할아버지, 할머니에게 많은 교육을 받았습니다. 그래서 예부터 조상에게 지내는 제사는 살아있는 종손宗孫들이 조상을 만나려고 모여서 자신들이 가꾼 알곡식으로 음식을 대접하는 행위였습니다. 이 풍습은 유교사상에서 배워온 공자나 도교道敎의 노자가 지은 책에서 유래된 것입니다. 그래서 책을 읽는 것은 평생 지혜를 얻는 것이라는 선인들의 가르침이었습니다.

　서구 문명권에서도 책 읽기의 중요성은 고대부터 강조됐습니다. 고대 그리스의 "일리아드"와 "오디세이아"는 오늘날까지도 서양 인문학의 바이블입니다. 스티브잡스가 중퇴한 것으로도 유명한 미국의 리드칼리지는 신입생들에게 이 책을 의무적으로 읽게 할 정도로 호매르스의 작품은 서양인의 대표적인 "군주의 거울"이라고 했습니다. 특히 9세기 무렵에는 왕족이나 봉건封建 제후들이 그들의 자녀교육의 일환으로 인문학 고전 필독과목과 리더십과정을 만들어 "군주의 거울"이라는 독립된 문화 장르가 탄생할 정도로 독서의 중요성을 강조했습니다. 이와 같이 동서양을 막론하고 독서의 중요성을 간과하지 않고 "군주의 거울"로 까지 승화시켰던 이유는 무엇보다 올바른 인성형성과 리더십 배양으로 요약할 수 있습니다. 좋은 책 읽기를 더해 앞으로의 자신의 보다 나은 삶을 위해 생각의 폭을 넓이고 깊이를 더해 삶의 내적 가치를 키워야 합니다. 다양한 상상력을 발휘하여 문제 해결능력을 키우는 일이야 말로 독서를 통한 얻을 수 있는 중요한 지혜가 아닐까 생각합니다.

　지금은 자식을 1~2명밖에 두지 않고 귀한 자식에게 제제를 하지 않아 아이들이 제 멋대로! 자란 것이고 요즘은 다양한 미디어 발달로 인해 손가락 클릭 하나로 폭력적이고 자극적인 현상에 노출되고 있습니다. 높은 교육열로 인해 어린 시절부터 경쟁에 치여 또래들과 자유롭게 뛰놀 수 있는 기회를 상실한 것이 문제가 되었습니다. 그로 인하여 개인주의 사상이 팽배함으로써 친구들과 함께 어울려 지내기보다 나 자신이 우선되어야 한다는 이기심

利己心이 자연히 생기게 된 우리 사회입니다. 결국엔eventually 이러한 현실로 인해 일상적 범위를 벗어난 학교 폭력 문제와 청소년 비행문제를 비롯한 반인륜叛人倫 범죄가 날로 증가하고 있으며 인명경시人命輕視 풍조 및 인간 소외 현상이 만연하고 있는 것입니다. 최근 들어 교육계에서는 그간의 학교 교육이 학업 성취에만 집중하는 바람에 학생들이 이 사회에서 조화롭고 책임감 있게 사는 데 필요한 정서적 능력을 개발하는 교육과 인성교육을 소홀히 했다는 반성을 했습니다. 그 반성의 결과물인 "사회정서학습"이 조명을 받고 있습니다. 미래 우리의 사회를 이끌어나갈 어린 새싹들에게 필요하고 다양한 사회 정서적 능력을 적극 개발해 조화롭고 책임감 있는 시민으로 성장할 수 있도록 지원을 해야 합니다. 예를 들어 국어 수업과 연계하여 문학작품 속에서 일어나는 사회 갈등상황의 이야기들을 이용하여 다양한 사회정서에 맞는 이야기들을 토론하거나 예체능 수업과 연계한 다양한 방법을 이용하여 자신의 내면 상태를 상징적으로 표현하고 타인과 나누는 다양한 방법을 응용하는 것을 가르쳐야 할 것입니다. 또한 학부모 참여 교육과 공감교육을 비롯하여 지역 사화 봉사활동과 연계한 프로그램도 병행竝行하는 것도 즐거운merry 인성교육에 좋을 것입니다. 이미 세계 여러 나라에선 사회정서학습을 통해 학교 부적응으로 인하여 무단결석을 하면서 폭력성이 있는 학생을 상대로 학습을 한 결과 무단결석과 폭력성 감소와 더불어 학업 성취學業成就도 향상을 비롯해 또래 관계의 질 향상과 같은 효과를 보았다는 결과를 발표하고 있습니다.

국가와 사회와 가정의 개인 발전 척도는 정신과 행동이 정상적인 균형을 유지하고 있는가에 달려 있는 것입니다. 즉 미래의 선진 국가는 경제적 수준뿐만 아니라 도덕적으로 균형均衡 있는 세계관이 요구되며 정상적 사회 구성원들 간에 관용과 이해를 높이고 갈등구조 해소를 위한 노력이 필요한 것입니다. 그리하여 개인의 균형 있는 가치와 품성을 함께 갖춰야 합니다. 이러한 점에서 작금의 우리 사회가 겪고 있는 골 깊은 양극화兩極化의 원인은 결국 장기간에 걸친 정책불균형에 의해 심화된 측면도 있으나 근본적인 원인은 각 개인의 불균형적인 의식과 행동에서 발생하는 것으로 해결이나 또한 제도와 더불어 양극화의 문제점을 서로 간에 인식하고 대처하는 균형 있는 인간상을 구현하는 것이 무엇보다 중요합니다. 이는 준거집단 활동을 통해 균형 잡힌 국가관·세계관·봉사정신과 질서의식을 함양케 하고 개인적으로는 사회성·인성·직업관을 비롯하여 리더십을 고양하는 최고의 기회를 제공하게 되며, 이 모든 것이 학교에서 가르치는 본래적 목적인 것입니다. 그럴진대 지금의 교과학습의 충실이라는 지식전달을 위주로 하는 교육환경은 반쪽짜리 인간상을 만들어 내고 있는 듯합니다. 세계 최고라 자부하는 IT 강국인 우리나라의 아이들은 수많은 매체에서 보고 익혀서 어른을 업신여기고 부모의 말을 귀담아 듣지 않은 아이들에 의해 사회가 혼탁混濁해지고 있는 것입니다.

물은 그 정해진 모양이 따로 없어 담는 그릇의 모양이 닮고 환경조건環境條件에 따라 상태를 달리하여 세상을 순환합니다. 이 물의 흐름은 한 개인의 성장과 혹은 인류 역사의 흐름처럼 변화를 겪으면서 나아가듯 물의 흐름이 매 순간순간의 반복이듯 우리의 삶의 연속성連續成 또한 순간순간이 반복되는 것입니다. 이렇듯 우리가 매순간 다른 삶을 사는 것과 같이 한 번 흘러간 물은 다시 만날 수 없듯이 우주의 찰라 같은 인생을 살면서 흘러간 세월을 되돌릴 수는 없는 것입니다. 어려서 즐거운 기억은 사라지지만 아픈 기억은 평생 남을 것입니다. 우리는 명절이면 온 가족이 모여 음식을 장만하여 조상에 예禮를 올리고 오순도순 모여 앉아 음식을 나누는 가족의 정은 삶의 자양분이 되어 행복한 가정으로 키웠습니다.

이렇게 내려온 가족 사랑의 근간에는 예부터 전해 내려온 미풍양속美風良俗이었습니다. 오늘날 같이 첨단과학의 시대로 발전되어 모든 것이 급속하게 변해가지만 우리만이 옛 조상으로부터 물려받은 아름다운 풍습은 꼭 지켜나갔으면 합니다. 물론 시대의 흐름에 따라 형태나 방법은 변할 수 있겠지만! 기본정신만이라도 계승되도록 우리 어른들이 노력해야 합니다. 우리의 사회는 유교儒教적 뿌리와 도교道教의 정체성을 깨닫는realize 것이 평생 화두話頭가 되어 가고 있는 세상이 되었습니다. 해서, 급기야 초중고교생들의 인성 함양을 위한 법까지 만들어진 것입니다. 인성교육은 학교뿐 아니라 **"밥상머리 교육**(모든 식구가 모여 밥을 먹을 때 부모가 말하는 예의에 관한 말씀)**"** 방법의 매뉴얼을 도입해야 합니다. 예나 지금이나 인성이 문제였습니다. 특히 요즘의 청소년들의 인성이 글러먹었다는 소리가 여기저기에서 나온 지도 오래되었습니다. 인성교육진흥법 시행으로 인하여 초등학교부터 대학까지 인성교육 열풍이 일고 있습니다. 특히 대학은 기업이 요구하는 인재의 덕성이 이른바 "스펙"에서 "인성"으로 바뀌면서 인성교육에 더 열을 올리고 있다고 합니다. 각 대학들은 2016학년도 수시모집 일부 전형에서 까다로운particular "인성면접"을 신설하고 있다는 것입니다. 대학들은 일반학생부터 도입한다는 계획 아래 토의와 토론수업을 강화할 것이라 합니다. 토의와 토론수업을 통해 상대방을 배려하고 존중하는 법을 배울 수 있기 때문입니다. 모 기업체 또한, 과거처럼 스펙보다 인성에 치중해 신입사원을 뽑겠다고하니 나쁘게 볼일은 아닌 듯합니다!

그렇다 해도 관련법이 본질本質을 무시하고 각종 부작용만 양산할 것이라는 일부 반대의opposite 비판도 있습니다. 점수화된 인성교육에 관련 사교육시장에서는 들떴고, 이로 인한 백약을 무효로 만들어버리는 우리나라 사교육의 위력은 여기에서도 예외일 수는 없었습니다. 자기 자녀의 인성 성적이 왜 좋지 않느냐며 득달같이 학교로 달려가 교사에게 따지는 유치한childish 학부모가 있었고 학원에 내보내는 일이 일어난 것입니다. 인성교육진흥법이 규정하는 목적이 조금은 수상하기도 합니다. "건전하고 올바른 인성을 갖춘 국민을 육성하여 국가와 사회의 발전에 이바지"하기 위한 것이라 합니다.

교육부가 내놓은 70개의 문항의 인성평가 자기진단법自己診斷法 중에는 "태극기와 국가의 상징인 무궁화 꽃 등 우리나라를 상징하는 것을 소중히 여긴다."라는 내용도 있습니다. 좋은 내용들이긴 하지만 어딘지 국사정권시절 혁명공약 같은 느낌이 듭니다. 내가 군 생활 중 혁명공약을 무조건 외우라는 지시가 아닌 명령이 떨어졌었습니다. 아버지 박정희 독재자dictator 시절의 혁명공약과 어쩐지 그 딸의 정권시절에, 인성교육이란 명목 아래 국가에 순응하는 국민을 "육성育成"하려는 것 아니냐는 지적이 나오는 이유입니다. 이 모든 비판과 의혹들이 기우일 수도 있을 것입니다. 하지만 무엇이 오늘의 청소년들을 이렇게 만들었냐? 에 대한 근본적根本的인 성찰省察이 없이는 이 법이 효과를 제대로 발휘하리라 기대하기는 어려울 수도 있을 것입니다. 인성교육은 교육의 본질 중의 하나이거나 고리타분하긴 해도 각 학교의 수많은 교훈이 이를 잘 말해주고 있습니다.

어디 교육뿐만 아니라 "올바른 성품을 갖춘 인격체"를 양성하는 것이 학교의 존재存在 이유입니다. 도덕과 윤리倫理는 왜 배우는가. 그런데 느닷없이 교육의 근본 목적을 강제하는 법이라니 학교의 존재이유를 법에다 맡긴 꼴이 된 것입니다. 학교만의 문제가 아닙니다. 인성교육진흥법이 시행되자, 각 지역 교육청과 가정에서도 인성교육이 진행될 수 있도록 "밥상머리 교육 매뉴얼을 제작"하여 배포하였습니다. 이 또한 취지를 나무랄 순 없었지만 실효는 그리 크지 않았다는 것입니다. 지옥 같은 입시 전쟁에서 자포자기自暴自棄/desperate한 아이들에겐 부모들의 책임이 있었을 것입니다. 자녀를 위해 서슴없이 스펙마저 조작하는 부모도 많이 있습니다. 자녀에 대한 부모의 과도한 욕심이 오늘날 청소년의 인성을 황폐화荒廢化시킨 것일지도 모릅니다. 사랑한다는 미명 아래 자신들의 자존심과 욕심을 위해 자녀들을 지옥으로 내몰고 있는 부모들에게 밥상머리 교육을 기대할 수는 없을 것입니다. 인성교육이 필요로 한 것은 오히려 작금의 거친 행동의 젊은이들의 부모들일지도 모릅니다. 이런 말을 들으면 부모들은 억울해할지도 모르겠습니다! "이 모든 게 왜 우리 때문이냐?"고 몹시 싫어하고detest 반문을 하겠지만 "이 사회가 부모든 자녀든 모두가 입시 전쟁으로 내몰고 있는데 어쩔 도리가 없지 않느냐?"라는 말이 틀린 말은 아닙니다. 남을 밟고 올라서야 하는 입시제도와 현 우리 사회현실이 바뀌지 않고서는 다람쥐 쳇바퀴 돌듯 문제는 계속 이어질 것입니다. 결국 모든 문제의 책임은 이런 현실을 위해 만들었다는 법은 결국 청소년들에겐 필요한 또 다른 스펙만specification: spec 하나 추가시킨 꼴이 되었을 뿐입니다. 개개인의 인성은 저 홀로 망가지지를 않습니다. 청소년들은 더욱 그렇습니다. 이런 관점에서 인성교육진흥법은 본질을 놓치거나 애써들 외면하고 있는 것입니다. 인성의 황폐화荒廢化를 청소년 개인 탓으로 돌리고 점수화된 각자에 대한 인성교육을 통해 "개조改造"가 가능하리라는 발상입니다. 청소년들은 학교와 가정에서 사회를 보고 배운 대로 할 뿐입니다. 어른을 불경하는 버릇에 점점 깊어져thoughtful 가는 현실을 외면하는 교사와 부모가 또는 정부가 우리의 아이들을 망가뜨렸다는 결론입니다. 현시점에서 과연 먼저 사람이 되어야 할 대상은 누구입니까? 맑디맑은 우리나라 청소년의 미래를 생각한다면 누가 문제인지 생각을 해보아야 할 것입니다. 수재가 인성도 좋을 것이라는 믿음은 예전에 깨졌습니다.

그래서 다시 말해 우리가 살아갈 아름다운 삶을 살아가는데 꼭 읽어야할 것이 책이라는 것입니다. 그러한데도 어리바리한 집단인! 학교교육을 책임져야 할 교육부가 2014년 "171개의 책을 가격조종명령을 하여 교과서 값을 내려라"고 하자 출판사에서 "발행과 공급을 중단"하겠다고 하였습니다. 교과서 출판사들이 교육부의 전격적인 검정교과서(교육부 승인) 가격 인하 명령에 반발反撥하여 교과서 발행과 공급 전면중단全面中斷을 계속하기로 하여 애꿎은 학생들만 피해를 보게 됐다는 것입니다. 초등학생용 교과서 가격은 34.8%로 고교는 44.4%로 희망 가격이라고 하자 출판사 측은 즉각 반발했다는 것입니다. 사단법인 한국검인정교과서 특별대책위원회는 긴급 기자회견을 열고 "교과서 가격이 정상화될 때까지 발행과 공급을 계속 중단하고 가처분 신청과 행정소송을 비롯한 법적 대응도 진행하겠다"고 밝힌 것입니다. 제시된 교육부의 권고 가격이 원가에도 못 미친다고 주장을 하며 2014년

3월 20일부터 교과서 발행과 공급을 중단해버렸다는 것입니다. 그러자 정부는 "교과서 발행 중단에 따른 학생과 학부모의 불편이 조금이라도 있으면 안 된다"면서 "교육부는 문제 해결을 위해 노력하고 출판업계는 교과서 발행 및 공급 중단 행위를 즉각 철회해 달라"고 했습니다. 당장 학생과 학부모에게 엄청난 피해가 가는 것을 알고도, 작금에 논란이 된 갑질의 힘으로might가 격조종명령을 내린 어리바리하게 세상이 돌아감에 미숙한immature 그들에게 "우리나라 근로자 대다수가 비정규직이다. 그들의 급료는 월 평균 130만 원에도 못 미친다. 당신들은 그들보다 고액 연봉인데 다수인 그들을 위해 급료를 34.8%~4.4%를 깎자."하면 그들은 무어라할까요? 어리바리(또라이)한 교육부 산하 직원들의 인식이! 출판사가 학생들에게 책값을 비싸게 받아먹었다는 뜻에서 터무니없는 가격인하요구는, 그간에 출판사들이 날 강도 수준의 엄청난 이익을 챙겼다는 행패의 말인 것입니다. "10%를 내려달라 해도 안 먹혀들 일인데도 너무 자기들 마음대로 계산적인calculating 명령을 내린 것 같아 보인다"는 대다수의 일반인들의 시각이었습니다. 스마트폰과 인터넷으로 연결된 전자책들 때문에 서점이 매일 문을 닫는 현실에 종이책을 출판하는 회사들이 어려움을 겪고 있다는 것을 자기들도 잘 알고 있을 텐데, 수용하지 못할 무리하고 이상한strange 요구를 하여 애꿎은 학생들만 많은 피해避害를 보고 있는 것입니다.

서점영업과 직원들의 말에 따르면 "책값이 비싸다"라고 말하는 사람이 종종 있다고 합니다. 대한출판문화협회 시장조사에 따르면 2013년 국내서 출판한 도서의 평균 가격은 대략 1만 원에서 2만 원을 하는 것으로 되어 있다고 합니다. 맥주 집에서 수입맥주 한 잔 값이 1만 원 안팎이라고 합니다. 누군가에게는 맥주가 책보다 더 귀할 수도 있겠지만! 책 한 권이 수입맥주 한-두잔 값이고 고급커피 한두 잔에 불과한 현실에 우리나라 책값이 비싸다고 말하는 것은 적절치 않다는 것입니다. 독서 인구가 아프리카보다 못한 대한민국인 현실에서, 출판사들의 어려움을 외면하는turn away from 것에 대한 불만을 표출하고 있는 것입니다. 그래서 정부에서는 심각하게 생각을 하고 있다는 것입니다. 그래서 일부의 작가들은 집필을 포기하기도 합니다. 내가 등단할 당시만 하여도 원고를 보내면 다른 출판사에서 출간을 할까봐 출판사 대표가 김해까지 내려와서 계약을 했습니다. 지금은 유명작가가 아니면 "자신이 없습니다" 하면서 출판사에서는 책을 출판하지를 않습니다. 이와 같은 일은 우리나라가 유일한 현상입니다. 미국이나 일본을 비롯하여 프랑스에서는 전자책 개발 등에 대한 그들 나름의 종이책 대응책을 마련하고 있으나 우리나라 실정은 미진합니다. 기존 출판단체에서 출판 정책이나 독서 진흥 방안에도 힘을 써야하는데, 손을 놓고 있는 것은 출판 현장과 출판 산업연구원이 턱없이 부족하기 때문입니다. 이에 대응하기 위해서는 작게는 베스트셀러 성공 요인과 크게는 출판사 성장 전략의 디지털 시대의 출판 산업 대안을 연구할 때입니다. 국내 작품의 수준이 떨어져서가 아니라 국내 작품을 둘러싼 담론談論이 없기 때문이라고도 합니다. 왜? 문학작품을 읽어야 하는지와 어떻게 읽어야 하는지 등 책과 관련된 담론이 꾸준히 만들어져야 이러한 현상이 조금이라도 줄어들 것입니다. 출판계 원로 편집인의 말에 따르면 국내 출판사들의 편집인이 소진된 상태라는 것입니다. 책 편집을 가르치는 대학 등 교육기관도 극히 드물다고 합니다. 출판사에서 책 기획과 편집을 배우려면 5~10년은 걸리는데 단기성과에 치중해 편집자 육성이 안 되고 있어 그렇다는 것입니다.

나는 그동안 여러 곳에서 출판을 했는데 출판사 측에서는 팔리는 책을 집필해 달라고 했습니다. 잘 팔리지 않을 책을 무엇 하러 그 고통을 감내하며 집필 자비출간 하여 사장시키는지 모르겠다는 것입니다. 그러니까 독자가 없는 책은 책이 아니라는 뜻입니다. 소설을 제외한 모든 책들(시조·시·동시·수필·평론집·비평집 등)은 98%가 자비출판이라고 합니다. 이러한 책들은 서점 가판대에 2%도 진열이 안 된다는 것입니다. 소설과 동화책은 그런대로 팔린다고 합니다. 작품성이 없는 책은 출간되어 서점 가판대에 올려보지도 못하고 파지 장으로 가는 것이 절반이며 1주일을 못 견디고 재고 처리되는 것이 50%라고 합니다. 1주일이 되어도 한 권도 안 팔린다는 것입니다. 자비 출판이란, 출판사에서는 저자가 돈을 주니까 이익이 있어 출판을 해 주는 것입니다. 그러한 자비로 출간된 책들이 문학상을 받아 문단이 발칵 뒤집어지기도 했습니다.

선거철만 쏟아져 나오는 검증 안 된 자서전과 유치원생 그림일기도 돈을 주면 출판해줍니다. 그런 류의 책을 책이라 할 수 있겠습니까! 내가 속해 있던 김해문인협회 수필가는 자신의 책에 "글은 취미로 쓰면 된다"는 글을 상재하여 출간을 했습니다. 그러한 글을 써서 자비 출간을 하여 "내가 유명 문인입니다"하는 뜻으로 이곳저곳에 책을 내돌리는 것을 보고 기가 막혔습니다. 그러한 짓은 동인들의 모임에 있는 문인들이 하는 짓입니다. 이러한 몰상식한 말이 지속되어last 문인들의 자존심을 건드리는 짓입니다. 글을 쓰기 위해 몇 년을, 또는 신춘문예에 몇 백대 일로 당선하여 등단한 문인들의 마음을 헤아리지 않고 내뱉는 사람은 이 땅의 문인이라 할 수 없습니다. 문학인은 자존감을 갖고 글을 써야합니다. 독자가 온밤을 꼬박 새워가며 읽도록 우리 작가들은 완성도 높은 작품을 써야 할 의무가 있습니다. 그것이 곧 작가의 양심입니다. 그래야만 세월이 흐른 뒤 이 나라의 문학사 흐름에 당당히 편입될 수 있을 것입니다. 문인들의 글은 어느 시대이든 그 시대의 증언록이기 때문입니다. 작가란 덫을 놓고 무한정 기다리는 사냥꾼이나 농부가 전답에 씨앗을 뿌려놓고 발아가 잘될지 안 될지 기다리는 신세입니다. 독자의 판단의 기다림을 말하는 것입니다. 출판사에서 기획 출판을 해 주는 것은 그런대로 팔려 이익이 있기 때문입니다. 아무리 유명한 평론가나 비평가가 완성도 높은 책이라고 책 평을 하고 추천사(보증서: 완성도가 높다는)를 써주거나, 또는 각종 문화예술 단체에서 지원금을 받거나 한국문화예술위원회에서 창작지원금을 받아 출간한 책이라도 기획출판을 안 해 주는 것은 출판사 대표가 평론가나 비평가보다 훨씬 위라는 것입니다.

나는 몇 번의 문학 세미나에 참석하여 비평가나 평론가의 강의를 들었습니다. 그렇게 평론과 비평을 잘한 사람이 자기가 글을 잘 써서 돈을 왕창 벌면 될 것인데, 그들이 집필하여 출간한 책의 글을 보면 그렇고 그렇습니다! 또한 등단 처와 등단 지를 보면 구역질이 나올 정도의 저급입니다. 동인들의 모임일진데, 분기마다 조잡한 글들을 모아 책을 발간하여 이상한 peculiar 관계關契/relationship로 등단시키면서 패거리를 불려 문학단체 간부직을 차지하고 지역 문학상 심사위원이 되어 자기패거리에게 수상시켜 비난을 받기도 합니다. 지역에서 발간한 저급문예지는 수없이 많습니다. 애매모호한 글을 등단시켜 문학인 전체의 얼굴에 똥칠하는 짓을 저지르고 있습니다. 그래서 무려 10~20여 년을 문단 생활을 하면서 자신의 장르 책을 단 한 권도 집필을 못하면서 문인입네 하고 호기를 부리는 것을 보면 씁쓸합니다. 그런 자에게 문학상을 주는 문인협회가 있습니다. 그런 상을 주는 자와 받는 자 모두 똑같은 저질 무리 배들입니다. 공로상이면 이해가 갑니다. 수많은 그 협회 회원들이 나에게 "그런 자에게 상을 주는 것은 문학인 전체의 얼굴에 똥칠을 하고 있다"고 비난을 했습니다. 각설하고, 출판사 대표는 사업가입니다. 책을 출판하여 잘 팔려야만 이익을 볼 수 있는 것입니다. 자기가 망할 일을 절대로 안 한다는 것입니다. 그러니까 많이 팔린다는 것은 어떤 면으로든 좋은 일이고! 그것이 작가의 역량을 애기하는 것이며 작품의 완성도가 매우 높다는 뜻입니다. 판매 부수와 작품의 평가가 별개일 수는 있습니다. 상업성과 통속성은 경계해야 되겠지만, 어느 누가 뭐래도 작가는 대중성은 존중을 해야 됩니다. 어떻든 잘 안 팔린다는 것이 어떤 명분으로든 장점이 될 수는 없으며 작품성이라든지 예술성 때문에 대중성을 확보할 수 없다는 논리는 세울 수가 없는 것입니다. 혹시 순수작가와 대중작가라는 구분이 허용된다면 순수작가는 대중작가의 독자사회학을 필히 탐구해야 하며, 자신의 작품이 팔리지 않는 것이 순수성이나 작품성 때문이라는 어리석은 착각은 떨쳐버려야 합니다.

몇 년 전부터 고등학교 논술과목으로 신문의 사설들을 매일 옮겨 적어

오라고 했습니다. 신문사설을 이용한 시험은 하사관학교가 효시였습니다. 조선일보와 동아일보가 또 하나 유행시킨 것이 있습니다. 60년대는 모든 게 궁핍했던 시절이었습니다. 신문도 집집이 받아본 것이 아니라 한 마을에서도 돈푼깨나 있고 유식해야만 받아볼 만큼 신문이 귀해 밤이면 신문을 보기 위해 그 집 사랑방에 모여들었습니다. 집 주인은 그 자리에서 신문을 낭독하며 해설까지 해주어 자기의 유식함을 은근히 내세웠고, 나중에는 겉멋만 든 무식쟁이도 조선일보와 동아일보를 옆구리에 끼고 "나도 유식해요." 하며 동네를 설레발치고 다녔습니다.

민족지라며 기세 좋게 군사정권을 비판하다가 박정희 대통령의 미움을 받아 광고주들을 협박 내지 회유하여 광고를 못하게 한 광고탄압으로 신문사 운영의 어려움을 온 국민이 도와주어 살아난 수난受難을 당하기도 하였습니다. 정권에 이용당하지 말아야 한다는데, 군사정권의 말을 듣지 않고 당 시절에 배겨낼 신문이 과연 몇 개나 될까요? 그러나 조선일보와 동아일보는 국민과 함께 곳곳하게 버티어 오늘날 정론지正論紙로 우뚝 서 있는 것입니다. 해방 직후부터 숱하게 많았던 언론탄압 가운데 1959년에는 경향廢刊신문이 폐간되는 사건이 있었습니다. 그 사건 때문에 야당지이거나 중립적인 동아·조선·한국일보 등이 정부에 대한 비난非難을 계속했지만, 박정희 대통령 시절에는 어림도 없는 일이었습니다. 그리고 폐간된 경향신문도 4·19혁명으로 인해 복간되었습니다. 그것도 폐간된 지 1년에서 4일이 모자라는 시점에서 복간復刊된 것입니다.

나는 소설가가 된 것은 전적으로 육군부사관학교(당시 1군하사관학교) 입학시험에서 읽은 조선일보와 동아일보에 의해 소설가란 직업을 갖은 것이라고 생각을 하고 있습니다. 그때 신문 논설을 읽지를 못했다면 면접시험에 떨어졌을 것입니다! 신문으로 인하여 결국 내 인생이 180도로 바뀐 것입니다.

"강 작가! 당신은 왜 글을 쓰느냐?" 묻는 다면"이 세상의 생물은 언젠가 소멸됩니다." 그렇다면 "당신은 무엇을 남기고 갔겠느냐?" 질문이라면 "나는 어느 누구도 쓰지 않은 창작물創作物을 남겼습니다."라고 말 할 수 있는 작가가 되려고 노력하고 있습니다. 스티브 잡스가 "우리는 우주宇宙에 흔적痕迹을 남기기 위해 여기에 있다"라는 말을 했듯, 책은 독자들이 보고 싶어 하는 것보다는 독자들이 보아야 하는 내용을 상재하여야 합니다. 국민에게 풍부한 지식을 전달하는 막중한 일을 하는 출판사 대표는 사업가입니다. 완성도 낮은 책은 출판하지 않습니다. 또한 모든 작가는 베스트셀러를 원하며 작품을 집필할 것입니다. 나 역시 그러했습니다. 그랬던 나의 마음을 바꾸게 한 일이, 2012년 2월 22일 대구광역시 수성구 수성우체국 사서함 48호 1563번(수형번호) 이승환 씨께서 A4 3장의 장문의 편지를 받고 생각을 달리했습니다.

강평원 작가님! 안녕하세요?
우연한 기회에 작가님의 시집(『잃어버린 첫사랑』)을 접하게 되었고, 작가님의 시집을 세 번이나 반복해서 읽어보면서 집에 계신 어머니 생각에 눈물을 여러 번 흘렸었답니다. 사실 지금까지 살아오면서 이렇게 작가님에게 글을 남기는 것은 이번이 처음입니다. 또한 전 지금 자유의 몸이 아닌 구속된 신분의 재소자의 입장에 있는 죄인의 몸입니다. 사회에서 뜻하지 않게 실수를 하여 홀로 되신 어머니를 남겨두고 이곳 대구구치소에 수감 중인 죄인의 신분입니다. 하루에 반나절이라는 시간을 책을 보면서 보내는 저에게 작가님의 시집은 여러 번 감동을 주었습니다. 집에 계신 어머니가 생각나게 되었고, 나 자신이 무의미하게 보내었던 지난 시간들을 되돌아보게 되었고, 무책임했던 저의 지난 인생들을 반성하는 계기가 되었습니다. 그리고 이곳에 있는 아는 형과 동생들에게 작가님의 시집을 한 번씩 읽어보라고 추천을 하고 있습니다. 저에게는 아주 많은 감동을 준 책이었거든요. 어머니도 제가 감명 깊게 읽은 책이 있다고 하니 많이 기뻐하시더라고요. 그래서 앞으로 "강평원" 작가님의 책을 두고 한 번 읽어 보려고 합니다. 앞으로 인생에 있어서 저에겐 많은 조언이 될 것 같아서요. 참! 저를 소개도 하지 않았네요. 전 대구에 사는 37살의 총각인 건장한 남자입니다. 인생에서 한 번의 실수로 넘어져 지금 다시 일어나기 위해서 저 자신의 지난 삶을 많이 반성하고 있는 중입니다. 그러던 중 이곳에서 지인을 통해서 작가님의 시집을 접하게 되었고, 많은 감동도 받았고, 많은 뉘우침도 느꼈습니다. 하략

위의 편지를 받고 A4 13장에 책을 읽으면 좋다는 것과 실수로 인하여 죄를 짓고 있는 그가 세상 밖으로 나와서 살아가는 데 도움이 될 글을 써서 보냈습니다. 그리고 보내온 편지를 소중하게 보관하고 있습니다. 그가 읽고 감동을 받은 시는 2006년 7월 출간된 『잃어버린 첫사랑』 시집 71쪽에서 93쪽에 상재되어 있는 "쓸쓸한 고향 길"이란 시입니다. 시 한편이 무려 21쪽에 이르는 장시입니다. 이 시詩는 KBS 제1라디오 수원대학교 철학과 이주향 교수가 진행하는 "책 마을 산책" 프로에서 명절날 고향이 그립고 부모님을 생각나게 하는 내용의 책으로 선정되어 구정 설날 특집으로 30분간 방송을 했던 "늘어가는 고향"에 상재되었던 시로 첫 시집인 『잃어버린 첫사랑』에 상재를 했던 것입니다. 이 시는 미국 샌프란시스코 교민방송에서 낭독 방송을 했고 국군의 방송 김이연 소설가가 진행하는 "문화가 산책" 프로에서 1시간 방송을 했으며 마산 MBC에서 3일간 방송 때도 다루었습니다. 부산 비전스에서 방송용 녹음테이프를 제작하였는데 시 낭독시간만 27분입니다. 시 한 편을 죄인이 읽고 뉘우침에 작가인 내가 감명을 받은 것입니다.

이 편지를 받은 뒤 집필을 끝낸 "길" 원고 본문에 들어갈 사진과 삽화를 스캔을 하지 못하여 부탁할 곳을 찾고 있던 중, 2014년 7월 8일 서울 금천구 금천우체국 사서함 165~1238 최선규 씨께서 등기우편 편지봉투엔.

삶을 저축하는 방법
"책은 돈입니다. 돈이 없으면 주린 배를 채울 수 없듯이 책이 없으면 마음의 허기를 달랠 수 없습니다. 책은 사람입니다. 그 안에 우정과 사랑과 큰 희망이 있습니다. 따뜻한 가르침과 밝은 웃음, 그리고 뜨거운 눈물이 있으며 인생의 진로를 바꿔줄 훌륭한 조언자가 거기에 있습니다. 책을 읽는 것 그것은 삶을 저축하는 일입니다."

글이 써 있었고, 봉투 안엔 5장의 편지지에 아래와 같은 글을 써서 보내온 것입니다.

강평원 작가님께!

안녕하십니까?

저는 한순간의 화를 참지 못하고 어리석은 생각과 행동으로 소중한 것들을 잃어버리고 서울남부교도소에서 부끄러운 삶을 살아가고 있는 최선규입니다. 제가 이렇게 편지를 보내서 많이 놀라셨지요?

죄송합니다. 제가 드리고 싶은 말씀이 있어서 실례를 하게 되었습니다.

힘들고 어려운 수용생활이지만 책 읽기를 좋아하고 글쓰기도 좋아했기에 적은 돈이지만 아껴서 책을 구입해 보고 있답니다. 사실은 저는 가족이 없기에 외부에서 영치금을 넣어주지 않거든요. 에휴! 죄송하네요. 도움을 청하려고 이 글을 쓰는 것이 아닙니다. 오해마시길. 얼마 전 신문에 난 작가님의 책 광고를 보았습니다. "지독한 그리움이다" 이곳에서는 신문이나 잡지 등에 난 광고를 보고 신간서적들을 구입해 봅니다. 한 번 구입하면 반품도 안 됩니다. 책 내용도 볼 수 없고 그냥 광고 면에 난 글들을 보고 구입을 하지요. 작가님의 책은 제가 참 좋아하는 주제를 가지고 글을 쓰셨기에 꼭 보고 싶었답니다. "기다림", "그리움", "외로움".

참 많은 부분이 좋았으며 눈시울이 젖었답니다. 그런데 한 가지 실망했답니다. 2014년 신간이 아니고 2011년에 나왔던 책이었기에 많이 속상하고 분했습니다. "10년 10개월"을 이곳에서 살면서 수많은 책들을 빌려도 보고 얻어서도 보고 사서도 보았는데ㅠ.ㅠ 지난 4월에는 "해냄"출판사에서 발행한 "이외수" 작가 책을 구입해 보게 됐는데 보너스 북을 한 권 더 준다고 광고가 되었지요. 그것을 믿고 구입했는데 이곳으로는 보너스 책을 보내지 않았지요. 속았다 생각했고 실망도 컸었지요. 그러나 이번에는 2011년에 인쇄된 책을 신간처럼 광고해서 또 한 번 속았네요. 지금 이 편지가 작가님의 주소로 제대로 갈 수 있을지도 의문이 들지만 보내봅니다. 다음부터는 신문에 책 광고를 하실 때는 예전에 인쇄한 것을 새롭게 해서 출간한 것이라고 "명확"하게 인쇄하여 내시길 바랍니다. 언제나 강평원 작가님의 가정에 행복과 평화가 영원하시길 기원해 드리면서 이만 두서없는 글 맺을까 합니다.

2014년 7월 6일
서울남부교도소에서 최선규 드림

위와 같은 내용과 함께 두 편의 시의 평을 부탁드린다면서 등기 편지를
보내와서 아래와 같은 답장을 보냈습니다.

건강하십니까?
보내준 글 잘 읽었습니다. 인간은 신神이 아니기에 살다보면 누구나 실수를
하기 마련입니다. 크나큰 실수건 작은 실수건 차이는 엇비슷합니다. 실수를
하고 뉘우치고 계신다면, 선규 씨의 앞으로의 삶에는 걸림돌이 없으리라 생각
이 듭니다! 『지독한 그리움이다』 시집을 구입하여 보셨다니 감사합니다. 기다
리는 가족이 없는데도 기다림·그리움·외로움의 단어에 매료된 것을 보니
천성적으로 착했던 것 같습니다! 이 시집은 지적한데로 2011년 2월에 출간
되어 서울신문에 가로 20센티미터 세로 17센티미터 크기의 컬러와 흑백으로
월 6~9회씩 2014년 6월 23일자(저자에게 들어 온 신문)까지 3년 4개월을 넘게 광고를
출판사에서 계속하고 있습니다. 광고에 대해 많은 오해를 하셨던 것 같습니
다. 이 시집은 출간 후 3개월 만에 국립중앙도서관 보존서고에 들어갔으며
제가 살고 있는 김해도서관에도 보존서고에 들어갔습니다. 극히 드문 일이라
고 합니다. 또한 이 시집이 나오기 전 후 7년간에 시집에선 베스트셀러가
없었는데 베스트셀러가 되었습니다. 시집 "작가의 말"을 다시 한 번 읽어 보시
면 이해가 가시겠지만! 국내 대다수 시집은 저자가 자비출간을 하고 있습니다
만, 저는 그러한 작가가 아니고 프로 작가입니다. 내 돈을 주고서 책을 출간하
고 내 돈을 들여서 신문에 광고를 하는 작가가 아닙니다. 3년을 넘게 시집을
광고하는 것은 우리나라 출판 사상 처음 있는 일이라고 합니다. 3년을 넘게
광고를 하느라 아마 수억의 광고비를 출판사에서 썼을 것이고 그에 따른 수입
도 있겠지요! 그리고 저와 같은 프로 작가에겐 책 출간에 따른 계약서에 저자
보존용으로(출판사마다 다르지만!) 10~30권을 줍니다. 그래서 저자에게 책을 받고
싶어 하지만 어렵습니다. 이해가 됐으리라 생각합니다. 각설하고, 보내준 글
을 읽어보니 문장력이 있습니다. 글을 쓸 때는 사물의 관찰력과, 가슴 깊이
내재된 아름다운 문장을 끄집어내어 동력이 약해지는 부분에 끼워주면 글의
동력이 살아납니다. 시는 세상의 거친 언어를 융화시키고 응축시켜 아름다운
말을 만들기에 수없이 다듬어야 합니다. 조금 더 문장을 다듬는 노력과 "문자
표" 사용을 잘 하여 글을 쓴다면 등단을 쉽게 할 수 있을 것 같습니다! 글씨체를
보니 여성적인 글씨체입니다. 아름답습니다. 그리고 오탈자가 거의 없습니다.

출판사에 취직하여 편집 일을 하셔도 되겠습니다. 부산 엄궁동에 소재하고 있는 동산유지 회사 금고털이범인 백동호씨는 8년 6개월을 수감생활을 하면서 무려 3,000여 권의 책을 읽어 출소 후 "실미도"를 집필하여 영화가 되었고 베스트셀러 작가 대열에 합류했습니다. 그는 책 서문에 "문교부혜택을 전혀 받지 못했다"고 하였습니다. 그 말뜻은 초등학교도 다니지 못했다는 말입니다. 그러한데도 등단하지도 않고 소설가가 되었습니다. 해마다 봄이면 신춘문예에 수백 대 일로 등단을 하여서 5년이 넘어도 소설집 한 권을 집필하여 출간 못한 사람이 절반이 넘습니다. 책을 집필하여 기획 출간이 그렇게 어렵다는 것입니다. 부산의 유명한 대학 문창과 교수는 등단하려고 5년 동안 응모하여 등단을 했다는 대서특필한 기사를 보았습니다. 그래서 소설가를 작은 신神이라고 합니다. 선규 씨가 편지 봉투에 쓴 "삶을 저축하는 방법"에 함축된 내용과 같은 뜻입니다. 책을 많이 읽으면 좋은 일이 생긴다는 의미이지요. 지난해에도 대구 수성구에서 수감생활을 하고 있는 사람에게서 『잃어버린 첫사랑』이란 시집을 읽고 장문의 독후감 편지를 보내왔습니다.

두 분 다 내 글을 읽고 수행 생활에 조금이라도 도움이 됐다니 작가로서 감사한 일입니다. 올 7월 말 쯤 『보고픈 얼굴하나』란 제목의 제3시집이 출간되어 나옵니다. 이 시집과 『북파공작원 상·하 권』을 권합니다. 저는 북파공작원 중 제일 악질부대인 테러부대 팀장으로 2번 북파되었던 사람입니다.

그 과정을 책을 집필하여 지금도 베스트셀러가 되어 있습니다. 2013년 KBS 1TV에서 특집 방송한 "정전 60주년 특집 다큐멘터리 4부작 DMZ"에 출연하였습니다. 7월 27일 9시 40분에 방영한 제1편 "금지된 땅"과 28일에 방영한 제2편 "끝나지 않은 전쟁"에 출연을 하였습니다. 1편은 휴전선에 고엽제를 뿌린 사건의 증언이고 2편은 북파공작원을 했던 사건의 증언이었습니다. 또한 2002년 국방부 홍보영화 3부작 "휴전선은 말한다." 1부에 남파공작원 김신조와 1부에 같이 출연하여 증언했습니다. 이 프로는 국군이면 다 보았을 것입니다! 서울 MBC 라디오 초대석에서 숭실대학 국문학 박사인 장원재 교수와 30분간 방송을 했습니다. 북파공작원 책을 읽어보면 아시겠지만 상상도 하기 어려운 일들을 했습니다. 현재 군경공상 국가유공자입니다. 다시 한 번 말하지만 구간을 신간처럼 광고를 하였던 것이 아니고 출간 후 출판사에서 꾸준히 광고를 하고 있으니 오해를 마시기 바랍니다. 곧 중단할 것으로 알고 있습니다. 무더워지는 날씨에 건강에 유의하시고 남은 형기를 잘 마치시기를 빕니다.

편지와 함께 2012년에 출간하여 스테디셀러Steady seller가 된『묻지마 관광』소설집 한 권을 등기우편으로 보냈습니다. 간혹 독자들에게서 편지가 오지만 대다수 전화나 메일로 독후감을 보내옵니다. 위의 두 분의 편지는 잘 보관할 것이며 앞으로 시간이 허락한다면, 지식에 관한 책을 집필하겠지만 감동을 주는 글도 쓰려고 합니다. 그간에 내가 집필 출간한 책을 읽은 수많은 독자님께 감사하지만 죄를 짓고 수형생활을 하고 있는 분들이 돈을 주고 책을 구입하여 책을 읽고 감동하여 편지를 보내온 것이 더 기쁩니다. 3년을 넘게 광고한『지독한 그리움이다』시집은 2014년 6월 24일로 광고를 끝낸 신문이 나에게로 보내 왔습니다.

위에 열거한 두 명의 수형자는 교도소에서 인성을 배우고 우리 사회에 나올 것입니다. 우리는 늘 "돈이 최고"거나 "이겨 남보다 크게 성공해야 한다"는 공공연히 폭력적이고 경쟁적인 환경에 노출되어 있다면, 단지 수업시간에 조금 더 인성에 대해 배우는 것으로 변화를 기대하기는 어려울 것입니다. 새롭게 만들어진 복잡한complicated 인성교육에서 무엇보다 공생할 수 있는 마음과 지혜를 다시 찾아줄 수 있어야 합니다. 책임·정직·소통·배려와 같은 가치들을 실천할 수 있는 공감능력과 소통능력을 키우겠다는 최초의 목적에 맞게 해야 합니다. 단순히 보여주기 식의 성과주의 교육이 아니라 장기적이고 방향성 있는 교육으로서 무엇이 더 필요하고 어떤 접근법이 좋을지 진지하게 고민하고 답을 찾아야 합니다. 대학이 대화가 실종된 이후로 줄곧ever since 일방적인 지시와 명령만 난무하는 병영체제로 변했다는 것입니다. 수많은 박용성舶用誌과 노건일老健逸의 뒤틀린 리더십이 우리 시대 대학을 죽이고 있는 것입니다. 한 사회의 미래로 가는 출구를 막으려면 대학의 숨통을 틀어막으면 됩니다.

세상이 아무리 헝클어져도 대학의 이성과 지성이 살아 있어 이를 꾸짖을 수 있다면, 그 사회의 미래는 어둡지 않을 것입니다. 그러나 교수들은 논문편수를 채우는 기계가 되었고 학생들은 취업을 위한 스펙에 목을 매는 작금의 대학은 진리도 지식도 가치도 생산할 수 없는 식물이 되고만 것입니다. 대학서 세상을 향한 목소리가 사라진 지 오래입니다. 시장의 논리로 가득 찬 대학에서 철학이 죽고 문학이 죽고 역사가 죽고 있습니다. 생동하는 아카데미즘academism은 자유로운 소통을 보장하는 리더십이어야 하는데도, 대학교의 총장이나 이사장의 일그러진 리더십이 대학을 죽이면 그 비극은 대학에만 머물지 않을 것입니다. 대학들의 침묵沈黙은 우리 사회 공동체의 미래를 향한 문을 닫는 거나 마찬가지입니다. 우리와는 달리 미국은 학부중심대학(리버럴아츠칼리지) 같이 글쓰기를 포함한 인문교육을 강화하는 대학도 있을 수 있고, 직업교육을 잘하는 대학도 있을 수 있습니다. 어째서 우리나라 대학은 모두 "창의적 인성을 갖춘 인재"를 양성한다고 하는지 모르겠습니다. 몇 개 대학은 훌륭한 직업인을 배출하겠다고 해도 상관없지 않을까요! 이들 가운데서 학생이 어떤 대학을 선택하는지 보면 대학의 매래가 보일 것입니다.

2015년 2월 통계청 발표에 따르면 청년 실업률이 외환위기 후 15년 7개월 만에 최고 수준을 기록했다는 것입니다. 그로 인하여 민달팽이(껍질이 없는: 집이 없어 1평 반 원룸에 들어 사는 젊은이인 1인 가구)가 140만 명이라는 통계조사가 나왔습니다. 청년들의 실업문제는 비단 어제 오늘의 일이 아닙니다. 외환위기 이후 정권마다 청년 실업을 해결하기 위한 대책을 내놓았지만 실효성實效性은 없었습니다. 이러한 측면에서 고용노동부가 추진 중인 일과 학습 병행제는 노동시장의 공급과 수요 간에 간극을 줄이고 청년 실업 문제를 일정부분 해소하는 데 기여할 것이라는 것입니다. 1970년~1980년 대학 진학률이 20% 내외이던 때의 정책 수단과 시책을 서비스업에 근로자의 60%가 종사하는 현재에도 지속되고 있는 것입니다.

대한민국의 현 대학진학률이 70%가 넘어 졸업 후 50%는 자기 전공과 능력에 못 미치는 일자리에서 일을 하다가 적성에 맞지 않아 그만 두고 마는 것입니다. 수능시험 등의 치열한 경쟁을 거쳐서 4년간 전공을 공부했지만, 지금 이 순간에도 재벌은 마법을witchcraft 하듯 합법合法과 불법不法의 경계를 넘나들며 경영권을 자녀에게 물려주고 대학도 교회도 그 어떤 조직도 그것을 흉내 내기에 바쁘며 힘 있는 사람과 글 쓰는 사람은 글로 권력의 민낯을 적절하게 포장하여 선전하는 일에 몰두합니다. 생활고生活苦에 허덕이는 젊은 학원 강사가 겨우 받은 월급으로 원룸 주인에게 집세를 내면 그 원룸 주인은 그 돈으로 고등학생 아들의 학원비를 낸다는 슬픈 우스개를 상재한 신문을 어디에선가 읽었습니다. 그렇게 경제는 돌고 도는 중에도 권력의지와 추한 현실을 오도하는 말들은 허공虛空을 맴돕니다. 그저 헛된 표상이니다 잊으라 하기에는 먹고 사는 일은 너무나 거룩하지만 그 어떤 가치도 뒤로 하고 쫓으라 하기에는 그것이 결국 먹고 사는 기초를 허물어뜨린다는 사실을 잊는 것입니다.

요즘 직업을 갖지 못한 젊은이들은 명절 때면 다 모이는데, 가족을 피해 도망가는 청춘이 되어버렸다는 것입니다. 급증하는 버그아웃족族/일시 이탈 자: bug~ out가 박근혜 정부의 4대국정기조의 하나인 창조경제創造經濟의 산실인 창조경제혁신센터 직원 10명 중 7명이 정규직이 아니고 계약직이라는 것입니다. 미래창조과학부의 2015년 8월 말 기준 센터 출범과 함께 채용된 신규 직원(센터 장은 제외) 125명 중 84명(87.2%)이 "2년 근무 조건" 계약직원이라는 것입니다. 이 가운데 광주 7명·경남 8명·강원 7명·세종시 5명·울산 7명·인천 5명의 인력 전원이 계약직이라는 것입니다. 이러한 폐단을 지적을 하자 능력과 성실성이 검증되면 추후 정규직으로 전환하게 될 것이라는 데 두고 지켜보아야 할 것입니다. 정규직으로 전환해달라고 비정규직 노동자들의 시위가 일고 있는 데도, 그러한 일로 직장에서 해고되거나 그만두는 것입니다. 또한 어렵게 직장에 들어간 후 스트레스는 어느 정도 각오해야 합니다. 치열한 경쟁이 동반되는 글로벌 시대에 만만한 일자리를 구하긴 여간 힘이 드는 게 아닙니다. 우리 막내딸은 외국어 대학을 나왔지만 전공에 맞는 일자리 찾기가 어려움을 알고 간호대학에 들어가 졸업하고 바로 병원에 취직을 하여 지금은 수간호사가 되었고 결혼하여 우리 아파트 같은 동옆 라인에 살고 있습니다. 문제는 자기의 전공을 찾기가 쉽지 않습니다. 나도 생산 공장을 20여 년을 운영했지만 화물차 기사가 대학을 나온 젊은이였습니다. 2년여를 근무하다가 적성에 맞는 직장을 찾아갔습니다. 놀지를 말고 일단 일을 찾아 열심히 하다가 자리가 나오면 옮기면 되는 것입니다. 적성을 고려하지 않고 무조건 대기업이나 연봉 높은 곳을 선호하는 모습을 상상imagination해보면 어른인 나로서는 미안하고 안타깝습니다. 물론 좋은 직장의 기준은 자신이 선택選擇하는 것이지 남들의 시선과 연봉이 결정하는 것이 아니라는 것을 염두에 두고 찾으면 성공한 직업이 될 수 있는 것입니다.

젊은이들에게 묻고 싶습니다. 자신이 진정 무엇을 원하고 잘하는지 고민을 해 보는 것은 어떨는지를. 2015년 3월에서 7월까지 서울 마포 대교에서 자살시도하려고 한 사람이 140명이었는데 그 중 30대 이하가 104명이었다는 것입니다. 이유는 취업과 결혼 고민인 20대가 40%인 최다라는 것입니다. 자신의 처지를 끊임없이constantly 고민하다가 일을 저지른다는 것입니다. 자신의 꿈은 알지만 남은 모른다는 것을 직시해야 합니다. 작금의 대다수의 청년실업자는 자신이 뭘 해야 할지를 모른 채 대기업을 찾으며 연봉만을 쫓아다니면서 그곳에 들어가기 위해 스펙만 쌓고 있는 것입니다. 사실 중소기업은 대기업에 관계를 맺기 위해 경력직을 더 많이 채용을 합니다. 이러한 문제를 간파하고 청년들의 실업을 해결하기 위해선 기업과 노동조합을 비롯한 정부는 이제 서로 간에 긴밀한 협조를 하여 청년실업을 줄여야 합니다. 개발과 성장의 과실을 향유했던 기성세대의 이기심이 우리의 젊은이들을 상실의 세대로 몰고 있는 것은 아닌지 깊이 생각을 해보아야 합니다.

1987년 일본 리쿠르트는 사회인 아르바이트를a part-time job: 학생이나 직장인 등이 돈을 벌기 위해 학업이나 본업 이외에 하는 일 지칭하는 자발적 소외인의 의미로 프리터fritter란 자유free와 아르바이트family mart를 합성한 신조어로 1987년 일본에서 처음 사용·용어를 사용하기 시작을 하였습니다. 하지만 일본의 장기 경제침체는 비자발적 프리터족을 양산하면서 장기간의 실업과 시간제

파견 등 재택노동자의 통칭적인 용어로 사용되었습니다. 한시적 근로자로 분류되는 아르바이트 족이 2015년 200만 명을 넘어 급격한 증가 양상을 보이고 있는 것은 일본의 예에서 나타나듯 장기경제침체의 신호를 보내고 있는 것이 아닌지 걱정스런 눈으로 보고 있습니다. 저출산과 초고령화 시대 속에서 20~30대의 고용률이 50대보다 낮은 작금의 우리나라 현실이 전 세계적으로도 유례類例가 없는 이러한 지표를 보면서 원대했던 꿈을 마음대로 꾸지 못하는 젊은 세대들의 그 회색빛 미래를 이제 우리 모두가 고민해야 할 시점이 아닌가 하는 생각입니다.

우리 젊은이들이 행복하지 않다면 우리 사회의 미래는 결코 행복하지 않을 것입니다. 젊은이는 우리나라 미래입니다. 미래의 행복을 위해 투자는 노동시장에 대한 근본적인 개혁에서 출발을 해야 할 것입니다. 이유는 일자리는 곧 복지이기 때문입니다. 노동시장의 유연성 확보와 구조개혁을 통한 대기업과 중소기업이 정규직과 비정규직 사이의 임금격차를 줄이고 낡은 법과 제도와 관행의 개선을 국민적 합의로 이끌어내야 할 것입니다. 20~30대의 삼포(출산·결혼·취업 넘어 오포.)를 미래의 꿈과 희망마저 포기를 하는 세대라는 니트족이Not in Education, Employment or Training; NEET: 교육이나 훈련을 받지 않고 일도 하지 않으며 구직활동도 하지 않은 15~34세의 젊은 사람을 일컫는 말임 프리터free족을 아르바이터arbeiter족이 잠식하고 있다는 현실의 심각성은 국가의 미래가 암울하다는 방증傍證이 아닐 수 없습니다. 신체적으로나 정신적으로 한창 힘이 넘치는 시기인 청년들이 제대로 된 일자리를 찾지 못하고 아르바이트나 비정규직으로 전전하는 청년들이 넘쳐나고 적은 수입에 부모들에게 손을 벌리기 미안하여 제 앞가림만이라도 해야 하는 젊은이가 어떻게 결혼하여 출산을 꿈꿀 수 있겠는가! 결혼하지 않은 현상은 우리나라에만 국한된 것이 아닙니다.

일본에서도 최근 20여 년 동안 "결혼 못한 남녀" 현상이 급속히 퍼지고 있다는 것입니다. 일본 총무성은 매년 생애 미혼 율을 조사해서 발표하는데

1980년 4%였던 생애미혼남성 비율이 2010년 20%를 처음 돌파했다는 것입니다. 여기서 말하는 "생애 미혼 율"이란 45~50세 사람들 중 태어나서 한 번도 결혼을 해본 적이 없는 사람의 비율을 뜻합니다. 여성은 1980년 3%에서 2010년 10.6%로 서서히 높아진 데 비해 결혼을 안 하는 남성은 급속도로 늘어난 것입니다. 우리나라 보건사회 연구원에 따르면 우리나라 생애 미혼율은 아직 5%라고 합니다. 이 때문에 일본에서는 최근 몇 년 새 초식계草食系와 절식계絶食系라는 신조어를 넘어 승려계僧侶系라는 말이 돌고 있다는 것입니다. 연애나 이성 관계에 서툰(초식草食) 남성이 이제는 사귀고자 하는 의지 자체가 없는(절식絶食) 단계를 지나 결국 승려(중僧) 단계로 돌입했다는 자조 섞인 표현인 것입니다. 우리나라에선 여성은 남성이 청혼해 오기를 기다린다고 가정을 하고 있는 현상입니다. 남성은 마음에 드는 여성에게 청혼을 하고 청혼 받은 여성은 남성의 수준을 관찰한 후 그 수준이 자신이 생각한 유보가치(자신이 허용할 수 있는 마지노선)보다 낮으면 거절을 한다는 것입니다. 요즘처럼 젊은 남자들이 구직도 어렵고 사회생활에 뛰어드는 시기도 점점 늦어지면 여성의 기준에 맞는 남자는 갈수록 찾기가 어렵게 되어 버린 세상이라는 것입니다. 여자는 청혼을 기다리는 입장이고 남성은 프러포즈propose를 못 하게 되는 상황이 우리 사회 전반에 걸쳐 일어나고 있는 현실에 정부의 고민이라는 것입니다.

군대에 서로 먼저 가려고 지원자가 밀려있다는 언론보도입니다. 우리 세대가 20~30대 청년들의 암울한 현실을 캥거루 침낭처럼 마냥 부모가 보듬고 미래로 갈 수 없다는 것을 사회 구성인 모두가 공감共感해야 합니다. 청년은 우리나라의 미래입니다. 청년들이 실업으로 고통을 받는다면 우리나라 미래도 불행해질 수밖에 없습니다. 또한 어렵게 결혼을 했지만 소득도 작고 또는 실업자가 되어 돈이 없어 삶이 고달픈 부부 간에 다툼으로 이혼율이 급격하게 늘고 있다는 것입니다. 인류가 탄생 이래 결혼과 함께 이혼은 지속되어 왔습니다. 그러나 오늘날 사회 문제가 될 정도로 잦아진 이혼은 각자의 책임을 되돌아보아야 할 것입니다. 빨리빨리 문화가 이혼도 속전속결로 이루어지는 건 아닌지 순간의 화가 치밀어서 무심코 내뱉은 독살스런bitter 감정적인 말이 상대의 가슴을 후벼 파고 서로의 관계를 훼손하는 것은 아닌지, 주어진 행복도 선물 같은 사람도 내가 나 자신을 스스로 통제를 하고 관리하며 상대를 소중히 다루지 못한다면 그것으로 끝나는 것입니다. 또는 나 아닌 다른 사람을 좋아한다는 불륜 의심을 품게 되면 아무리 결백潔白/innocent한 주장을 펼쳐도 한 번 뒤틀린 감정을 삭이지 못하여 결국 이혼하는 사람들의 공통점은 자신의 책임을 모두 상대에게 손가락질을 하며 자신이 피해자다victim라고 주장한다는 것입니다. 그게 어쩌면 맞을지도 모르겠습니다만 그렇다면 이제 자신들에게 남은 것은 무엇입니까? 옳고 그름이 무슨 소용이 있겠습니까! 인생의 후반부엔 반드시 동반자同伴者가 필요한 시기에 내발로 차버리는 인간은 참으로 어리석은 것입니다. 이혼한 자식들의 고통을 바라보는, 결혼 업계 관계자는 "우리나라에서 결혼은 아직도 집안 대 집안의 결속이라는 측면이 강해 결혼marriage 당사자들이 부모의 재력에 의존해 결혼하는 경우가 더 많다"는 것입니다. "반면 미국이나 유럽 같은 경우 신혼부부의 능력에 맞게 집은 월세로 구하기도 하고 가전제품이나 가구도 결혼 전 쓰던 것을 쓰면서 경제적으로 독립된 결혼을 한다"고 지적을 하고 있습니다. 그러나 우리나라 대다수의 사람의 인식은 그렇지를 않아 금전적인 문제로 인한 빈곤을 이기지 못하고 그러한 문제를 빌미삼아 이혼을 하는 가정이 기하급수적으로 늘어나고 있는 것입니다.

부모들은 세상에서 가장 듣기 싫은 소리는 자식이 아프다는 소리입니다. 부모를 실망시킨let someone down 우리의 자식들이 고통을 받고 있습니다. 대다수의 사람은 부러움을 욕망하지만 삶에 공격적인aggressive 상대방처럼 될 수 없다는 것을 아는 괴로운 감정이 있습니다. 요즘 학생들은 공부와 스펙 쌓기에 항상 바쁘지만 뭔가 저돌적으로 몰입沒入해본 경험이 없고! 많은 사람을 알지만 친밀한 관계를 맺지 못한다는 것입니다. 어느 소심小心/timid한 학생의 말마따나 "난 항상 공부하기에 바빴고 내가 관심 있는 사람도 또한 바빴기 때문이다" 그러면서도 뒤쳐져서는 안 된다는 압박감壓迫感을 심하게 느꼈을 것입니다. 평범한 사람의 잘못은 주변 몇 사람을 괴롭게 하는 데 그칠 뿐이지만 성공한 엘리트의 악덕惡德은 많은 사람에게 부정적 영향을 미치게 하는 것입니다. "부러우면 지는 거다" 성공을 위해 누가 더 더러워질 수 있는가를 경쟁하는 시대에 남과 비교하고 비교당하는 폐허廢墟 속에서 모두가 자신만의 좋은 삶을 추구합니다. 선망에envy 담긴 시기나 열등감劣等感이 없는 것입니다. 타인他人도 삶이 있고 자신의 삶이 있으나 "나는 과거의 내가 아니고 싶다"라며 실천을 합니다. "사람들이 칭찬의 말을 하지 않고 가장 많이 하는 반대의opposite 말은 무엇일까요?" - "저 인간은 죽어도 안 변해!", "인간은 누구나 변해!"라고 합니다. 사람은 변하기도 하고 안 변하기도 합니다. 부셔져버린 꿈shattered dreams 변화도 바람직한 방향과 그렇지 않은 방향이 있습니다. 대체로 "인간은 안 변한다"는 확신確信이 더 많을 것입니다! 인간은 변하지 않는다. 자기가 변하지 않을 뿐입니다. 아니? 이런 인간일수록 쉽게 변합니다. 문제는 무엇을 위해 변해 가는가 입니다. 권력인가 아름다움인가. 지혜로운 사람들은 후자를 추구합니다. 권력은 타인의 시선이고 아름다움은 자기 충족적이기 때문입니다.

인간이 우수하다고 해서 고귀한 것은 아닙니다. 남들과 다른 것은 중요하지 않습니다. "털어서 먼지 안 나는 사람은 없다"라는 우리나라 속담이 있습니다. 미국에는 "완벽한 사람은 없다Nobody Perfect"는 말이 있고 성경에는 "의인은 없나니, 하나도 없다"고 했습니다. 그리스 신화에 야누스Janus가 나옵니다. 문을 지키는 문지기 신으로서 문의 앞과 뒤를 볼 수 있도록 두 개의 얼굴을 가진 신입니다. 인간의 양면성을 말할 때 야누스가 인용되기도 합니다. 즉 인간은 누구나 두 개의 얼굴을 가지고 있다는 것입니다. 누구에게나 결점缺點이 있다는 뜻이기도 합니다. 이것이 인간의 본능입니다. 링컨대통령도 지금까지도 미국국민들이 가장 존경하고 있는 대통령입니다만 그럼에도 당시대엔 링컨의 정치적 결점에 분개한 사람이 그를 암살했습니다. 또한 미국 역사에서 가장 위대한 영적거인靈的巨人이었던 조나단 에드워즈Jonathan Edwards; 1703~1758는 목회하던 교회에서 투표에 의해 해임되었습니다. 역사와 인간의 아이러니입니다. 남녀를 불문하고 사람들이 두세 사람만 모여도 남의 이야기가 나오기 십상입니다. 대부분 좋은 얘기보다 남을 헐뜯는 쪽의 얘기들입니다. 좋은 쪽의 얘기를 할 때보다는 좋지 않은 험담險談을 할 때 대부분의 사람들은 힘이 더 들어가고 더 열심히 얘기를 합니다. 자신의 마음 안에 얼마나 많은 허물과 죄악罪惡이 담겨져 있는지를 모르는 것입니다. 거짓된 자기 허상을 모르고 사는 것입니다. 자기 실제의 모습은 정직하게 못 보는 것에서입니다. 이러한 나르시시즘Narcissism은 자기만을 사랑의 대상으로 삼아 그것에 도취하는 것입니다. 그리스 신화에 나오는 미소년美少年이 물에 비친 자기 모습을 사랑하여 그리워하다가 물에 빠져 죽어 수선화水仙花가 되었다는 신화에 나오는 나르시스는 자기도취형이나 자부심이 강한 사람을 나르시시트Narcissist라고 부릅니다. 남의 이목을 무시해서도 안 되지만 두려워해서도 안 되는 것이 인생을 사는 것입니다. 과거의 자신과 다른 사람이 되어야 합니다. 자기 변화와 더 나은 사람이 되고 싶은 마음, 사람이 꽃보다 예쁠 때는 이때뿐입니다. 이것이 흔히 말하는 삶의 의미고 고통의 반대가 행복이 아니라 권태倦怠인 이유입니다. 위에서 열거한 다양한 모순을 배제하고 행복한 권리를 누릴 수 있는 현 시대에 우리의 청소년들의 마음은 암울할 것입니다. 최고의 학교가 반드시 최고의 교육을 시켰다고 볼 수 없습니다. 학생들과 학부모들은 명문대만 좇을 궁리를 하지 말고 실질적으로 무언가를 배울 곳을 찾아 선택을 해야 합니다. 당신이 가는 곳이 당신의 미래가 아닙니다Where Yon Go is N toll Be. 물질적 성공만 놓고 보더라도 어느 대학을 나왔는가 하는 문제와는 크게 상관이 없는 것입니다. 무엇보다 자신의 지성·성실함·창의력 등의 유연성이 깊은 관계에 있는 것입니다. 그런 자질은 명문대를 나왔다 해서 반드시 길러지는 게 아닙니다.

이렇게 한 번 해보십시오. 자녀와의 대화(토론討論)가 논술이 될 수 있습니다. 아직 진로를 결정하지 못한 중학생이라면 특정 주제에 대해 다양한 미디어를 활용해 사고를 심화시키는 활동이 더 적합합니다. 자신에 대해 보다 더 잘 이해하고 토론과 토의를 통해 사고의 폭과 깊이를 확장擴張하며 그 결과를 글로 써보는 단계를 통해 자연스러운 토론과 논술 교육으로 이어지게 하는 것입니다. 그 자체로 진로를 탐색하고 발견하는 과정으로 이어질 것입니다. 2015년 정치와 우리 사회를 크게 흔들어버린 성완종 경남기업 회장도 초등학교 출신입니다. 공부에 대한 압박감이 그 어느 나라보다 많은 곳이 대한민국이라는 것입니다. 편한 삶이 과연 좋은 대학을 나와야만 부자가 된다는 뜻인가요. 인생에서 중요한 것이 그것만은 아닐 것입니다. 프랜시스 베이컨은 "돈은 최선의 종이요. 최악의 주인이다"라고 했습니다. 돈은 좋은 사람에게는 좋은 것을 가져오게 하고 나쁜 사람에게는 나쁜 것을 가져오게 합니다. 돈 자체가 인간성을 결정하지 않는다는 것입니다. 근대 소설이라는 평가를 받고 있는 돈키호테의 저자(소설가이자 시인이며 극작가인 미켈데세르반테스Miguel de Cervantes Saavedra)는 "집착執着을 버려라. 그러면 세상에서 가장 부유한 사람이 될 것이다"라고 했습니다.

돌아보면 우리 서민의 삶은 어제와 오늘이 크게 다를 바 없습니다. 뜨겁게 달군 프라이팬 위에서 맨발로 뛰는 물방울처럼 발놀림하며 일을 하지만 세상은 급하게 돌고 인심은 메말라 있어 배려와 관용은 씨말라가고 있으며 자신의 잘못보다 남의 흠집을 찾아내어 탓하고 상대방의 좋은 점을 본받지 않고 남을 헐뜯는 짓을 하는 사람들이 늘고 있다는 것입니다. 그래서 좋은 것을 좋다고 칭찬을 해주려고 해도 주변의 사람들의 눈치를 보는 것입니다. 이와 같은 각박한 세상을 살면서 우리는 어느새 진중하고 마음에 품고 있던 아름다운 삶의 터전을 너무 멀리 왔다고 느끼게 되었을 때 인생의 허무함을 알게 되는 것입니다. 인간의 행복지수를 측정하는데 물질보다는 정신적 측면이 훨씬 더 크게 작용을 할 것입니다. 독자님들께 복잡한complicated 현재의 삶이 행복하게 살아가고 있는지 묻고 싶습니다. 우리가 살아가는데 가장 중요한 행복을 만드는 요인은 보고, 듣고, 생각하는 감각의 노예가 되어서는 안 되고 아름다운 마음을 스스로 가꾸어 살아갈 수 있는 마음의 주인이 되어야 합니다. 행복의 종류는 끝없이 많아서 우리가 누리고자 하는 곳과 현실 사이에서 갈등을 합니다. 누구나 세상을 살면서 넓은 저택에mansion 살고 싶은 욕망을 가지고 있을 것입니다만 대다수의 소시민들은 소박한 만족으로 살거나 부족한 행복을 채우기 위해 아등바등 거리며 살고 있는 것입니다. 끝없는 행복의 성취成就를 위해 누구는 지금의 행복을 지키기 위해 사는 것입니다.

　이때 누군가가 나의 행복을 지정해 주고 행복의 정도도 한정해준다면 그것에 순종을 하겠습니까? 자연주의를 신봉하며 물질적 행복지수가 낮다고 할지라도 그 또한 다른 사람이 가늠하며 한정할 일이 아닙니다. 우리는 신분사회를 거치면서 사회적으로나 경제적 우위에 있는 양만이 허락한 만큼 하위에 있는 사람들의 행복을 누려야 한다는 것을 당위로 받아들인 경우가 있습니다. 이 사상의 파편이 튀어서인지 현대도 고용주는 피고용인의 삶을 재단하려 하고 교육자는 피교육자의 창의와 변화를 인정하려 하지 않고 가장은 권위로 가족들의 문화를 단번에 좌지우지해버리는 것의 원인인 약자에 대한 배려나 보호의식으로 인식하고 있다면 이런 일방의 행위는 개선되지 않을 것입니다. 행복을 줄 수 있는 권력이나 많은 재력을 가졌다고 생각하는 집단의 확신과 신념은 가끔 착각일 수 있다는 것을 염두念頭에 두어야 합니다. 고집은 처음의 생각을 고치지 않고 끝까지 밀고 나가는 것인데 처음 생각했을 때의 상황이 변화하면 결과도 실패할 수 있다는 맹점이 있는 것입니다. 신분의 시대가 아니라 지금은 개인의 능력으로 언제든지 부침浮沈/부자가 되었다가 망하는 것이 가능한 시대이기 때문에 기득권자와 위정자를 비롯하여 고용주 등은 구성원의 행복목표를 최고 치수에 두고 그들을 격려하고 지원을 해야 합니다. 내 배가 부르면 시중을 들어주는 하인의 배고픔을 모른다는 속담이 현실을 지배하는 사회가 되어서는 안 됩니다. 우리의 시대에 세대 간의 갈등과 빈부貧富 격차 해소가 필요한 문제가 대두되었지만, 돌아 가는 세상은 막막합니다.

고용주의!!! 고상한 취미의 시간이 필요하다면 피고용인도 휴식이 필요합니다. 해외에 가족과 나가는 계획도 있을 것이며 와글거리는 시원한 계곡에서라도 하루쯤은 가족과 함께 보내고 싶은 소박한 마음도 있을 것입니다. 착각의 소용돌이에서 가끔은 좌우를 돌아본다면 좋은 일들이 떠오를 것입니다. 1995년 정부는 여성의 발전과 사회적 지위 향상을 위해 "여성발전기본법"을 제정하여 시행해 오고 있습니다. 이 법안이 제정된 지 어언 20년만인 2015년, 시대적 요구에 걸맞은 법안으로 발전시키고 양성평등을 공헌하기 위한 "양성평등기본법"으로 개정을 하고 매년 7월 1일부터 7월 7일을 "여성주간"에서 "양성평등주간"으로 명칭을 변경해 양성평등兩性平等에 대한 홍보와 정책 시행에 들어갔습니다. 양성평등이란? 사회적·문화적으로 한 성이 다른 성을 차별하거나 억압하지 않고 남자와 여성 간에 성 차이를 인정해 불평등으로부터 야기되는 차별과 인권침해가 없게 함이 근본 목적입니다. 또한 세계화 시대에 걸맞은 양성평등의 실현으로 여성도 남성과 같이 능력을 개발함으로써 국가 경쟁력을 높이는 계기를 마련하고자 함에 양성평등법 제정의 의의가 있는 것입니다. 그러나 불행하게도unfortunately 여성과 관련된 대표적인 범죄인 가정의 폭력 등이 우리 사회의 양성평등에 대한 인식은 아직도 그 법의 목적과 취지에는 상당 부분에 미치지 못 하고 있는 것이 안타까울 뿐입니다. 부부 간의 싸움에서 육체적 차이에 따른 우월적優越跡 위치에서의 폭력행위는 서로 간에 견해 차이에 대한 이해와 배려의 부족에 대한 무시가 원인인 된 범죄의 결과에서 나타나고 있으며 결과적으로 양성 평등 문화의 인식 부족이 원인으로 지적인 결과입니다.

최근 우리 사회에 된장녀·김치녀·아몰랑 등 여성 혐오 표현이 늘고 있습니다. 이에 대해 어떤 학자는 가부장제가 흔들리는 과정에서 남성들의 권위가 약화되는 것에 대한 불안감의 표출에서 기인됐다는 것입니다. 다른 학자는 생존경쟁에 불안을 느낀 일부 젊은 남성들의 피해의식에서 나온 불편한 심기에서 나온 말이라는 것입니다. 남자들이 군대생활에 고생을 하고 있는 동안 여자들은 스펙을 쌓고 있기에 터져 나온 불만의 소리라는 것입니다. 하지만 대다수의 여성은 남성보다 신체적으로 약자입니다. 간단히 말하면 simply put 여성은 사회적으로 약자이며 보호의 대상입니다. 우리 사회에서 여성을 대상으로 한 범죄는 점점 증가하고 있으며 그 수법이 갈수록 악랄해지고 있습니다. 혼자 사는 여성만을 대상으로 한 강도사건·여자친구를 잔인하게 살해하고 장롱 속에 숨겨두었던 서울 송파구 장롱사건·21범인 전과자가 강도짓을 하다가 말을 듣지 않아서인지! 살해하여 승용차 트렁크에 넣어두고 불 지른 사건·김해 여고생을 성 매매시키다가 말을 듣지 않는다고 살해를 한 후 시멘트로 묻어버린 사건 등등 책에 상재하기 불편한 사건들이 잊을 만하면 발생하고 있습니다. 일부에선 당한 여성의 잘못도 있다고 하지만, 그렇지만 진정 우리의 여성들이 사회적 약자이며 보호대상이기만 한 지는 되짚어 볼 필요가 있습니다.

미국의 정신의학자인 제롬 프랭크는 "모든 정신장애는 기가 죽어서 생기는 병이며 기를 살리는 것이 모든 치료 방법의 공통적인 요인"이라고 했습니다. 열등감劣等感은 자신의 마음을 좀먹게 하는 것입니다. 누구나 장점과 단점을 지니고 있습니다. 남들과 조금 다르다는 것이 비정상이 아님을 알아야 합니다. 부족한 부분은 용기courage를 내어 자신의 다른 장점으로 상쇄하면 되는 것입니다. 열등감이 지속되면 자존감自尊感이 낮아지고 매사에 자신감을 잃게 되는 것입니다. 열등감을 극복하기 위해서는 자기 자신을 사랑해야 합니다. 스스로에 대해 칭찬하고 격려하고 자기의 존재를 사랑하는 마음을 갖도록 하는 것이 열등감을 극복하는 비법이라는 것입니다. 마음의 주인이 된다는 것은 주변의 사물을 보거나 듣고 느끼는 상황에서 어떤 경우에도 집착을 하지 않기 때문에 스스로 괴로움을 만들지 않게 되는 것입니다. 마음의 주인이 되면 세상을 바로 보는 안목을 가질 수가 있는 것입니다. 불교에서는 이것을 정견正見이라고 합니다. 단지 내 눈앞에 펼쳐진 겉모습만 보는 것이 아니라 객관적 입장에서 주변의 이웃neighbors을 꿰뚫어 보는 통찰력을 가져야 합니다. 또한 마음을 제어하고 통제할 수 있는 정신력을 길러야 합니다. 선인의 말에 "감각의 주인이 되어 스스로의 마음을 가꾸어 가라"는 말씀이 있습니다. 다수의 사람들은 보고, 듣고, 느끼는 감각적 모습에 자신의 본래 모습을 잃을 때가 있을 것입니다. 눈앞에 놓인 물욕에 자신을 빼앗겨 평생 쌓아온 부와 명예를 잃어버리거나 자신의 주체할 수 없는 분노를 참지 못하는 타산적인calculating 행동은 감각의 주인이 되지 못한 결과에서 불행의 씨앗이 되는 것입니다. 각박한 삶에 찌든 현대인들은 이런저런 불만스런 세태에 분노를 스스로 제어하지 못하는 분노조절 장애가 있습니다. 이러한 현상은 자신의 마음을 참되게 가꾸지 못한 결과에서 눈앞에 보인 불경스런 일들에 참지를 못하고 감정에 휘둘려 감각의 통제統制를 잃어버렸기 때문에 발생하는 것입니다. 현대의 복잡한 삶은 스스로 자신의 마음을 잘 가꾸어 갈 때 행복을 느낄 수 있습니다만, 그러나 이러한 사회적 난관을 극복하기 위해 불행하게도unfortunately 용기를courage 내어 필요한 지성과 의지를 배워 실천에 옮기기에는 시간이 부족할 것입니다. 고통은 지금 당장 닥쳐오고 있었지만 지성과 의지를 내 몸의 일부로 만들기에는 꽤나 오랜 시간이 필요할 것입니다. 하여 책을 읽는 것은 지성과 의지를 내 몸의 일부로 만드는 고귀한 행위입니다. 물론 한없는 즐거움과 환희가 부수적으로 따라오는 것은 독서만이 갖는 놀라운 기적일 것입니다. 어느 곳도 가기 힘들고, 누구와 만나기도 힘들 때, 책임져야 할 사람들은 수수방관하며 모든 걸 국민의 탓으로 돌리는 암울하고 절망적絶望的인 시간에 우리의 벗이 될 존재는 오직 하나 책밖에 또 누가 있겠습니까? 서로 간에 서먹서먹한 감정이 들면 데이트를 신청하여ask out on a date 가까운 서점이나 도서관을 찾아 교양서적을 같이 읽어 보십시오. 이제껏 정치권의 무리들이 책을 멀리한 까닭에 무지無知하고 불의不義하며 무치無恥한 사람들에게 나라 살림을 맡긴 결과로 우리 모두 고통을 겪었습니다. 다시는 이 나라에 이러한 일이 없기를 바란다면 책을 통해 지성을 가꾸고 정의를 배우며 염치廉恥를 깨달아야 합니다. 하찮은 일 상으로부터 놀라운 과학문명이나 지고한 철학에 이르기까지 생각으로 이루어지지 않은 것이라곤 아무것도 없습니다.

그래서인지는 알 수 없지만 철학자 "데카르트"는"나는 생각한다. 그러므로 나는 존재한다"라고 했습니다. 우리는 신통하게도 생각을 골똘히 하면 신기하게도 새로운 생각이 떠오릅니다. 이것이 사색입니다. 생각을 찾는다는 말인데 따지고 보면 처음엔 무슨 영문인지 곧바로 알 수 없지만 하여간 골똘하게 찾아 구하면 생각의 의미를 알 수 있을 것입니다. 그 메커니즘 mechanism: 어떤 대상의 작동 원리나 구조: 體制을 찾기 위해 요즘 뇌 과학 연구가 한창이라는 것입니다. 일반인이 생각해도 신기하고 묘한 일입니다. 생각은 생각을 낳고 이러한 생각이 모이고 모여서 이론이 되고 다듬고 다듬어져서 이른바 철학이 되고 사상이 되는 것입니다. 많은 반론이 있겠지만 종교 또한 그와 유사한 것입니다. 그런데 자신의 생각만으로 갇혀 있으면 그 생각은 옹졸하고 편벽扁柏되기 쉽습니다. 그래서 주변의 다른 사람의 생각들을 살펴보는 것도 또한 중요합니다.

그 유력한 방법 중 하나가 독서입니다. 세상의 다양한 책을 읽는다는 것은 고금의 종縱(옛서)과 동서를 품은 횡橫(좌와 우; 동과 서)의 생각들을 접하는 것입니다. 이러한 과정을 통해서 우리는 앞서 세상을 떠난 선지자先知者들의 지혜를 만날 수 있고 동서양의 문명을 폭넓게 섭렵涉獵할 수 있는 것입니다. "책을 읽되 곰곰이 생각하지 않으면 지식은 깊어지지 않고 생각만 하고 읽지 않으면 편협偏狹해진다"는 선인들의 말을 보석처럼 기억해야 합니다. 깊어지는 우리의 힘든 삶을 끌고 갈 수 없고 편협한 지식은 세상과 함께할 수가 없는 것입니다. 다양한 선인들의 지혜가 오롯이 담겨 있는 책을 읽으면 자신의 가슴을 찐하게 하고 때로는 쿵쿵거리게 하며 자신의 안목을 활짝 열어주는 힘이 되기도 할 것입니다. 물신物神이 지배하는 작금의 혼돈의 세상에서 서점이나 도서관을 찾아서 좋은 책 하나라도 골라서 읽으면 잠시 책 읽는 재미로 자신의 삶이 윤택해질지도 모릅니다. 읽기는 단순히 문자를 해독하는 것에 그치지 않고 글의 핵심 내용과 구조를 파악한 뒤 그것을 쓰기 능력으로 확장할 수 있도록 발전해야 더 많은 지식과 지혜를 습득할 수 있는 것입니다. 달라이 라마의 행복론·카네기 행복론·법정 스님의 무소유의 행복·행복한 청소부 등등의 훌륭한fine 책들이 있습니다. 과연 그 책들의 내용처럼 이 시대 행복은 있을까요? 책을 읽고 책의 내용을 다 기억한다면 얼마나 좋겠습니까! 여기에는 받아들이기 힘든 진실眞實/a bitter pill to swallow 이 있습니다. 누구나 시간이 흐르면 자연히 잊을 수가 있는 것입니다. 에빙하우스의 망각 곡선에 따르면 게으르고lazy 생각이 무딘 사람에겐 학습한 내용은 하루가 지나면 34%, 이틀이 지나면 28%, 한 달이 지나면 21%만을 기억한다는 것입니다. 잊지 않으려면 한 시간·하루·일주일·한 달 단위로 주기적인 반복이 필요합니다. 잊을 만하면 다시 복습을 해야 합니다. 여기까지는 반복 노력을 하여 억지로 할 수 있지만, 억지 감정은 습과 들이기가 힘들 것입니다. 억지로 참고 이겨내면서 버티면 좋은 감정이 일어나지 않을 것입니다. 좋은 감정이 있어야 기억도 오랫동안 이어지는 것입니다. 나는 어린 나이에 한문공부와 학교공부를 하면서 14세에 한문 사서(논어·맹자·중용·대학)를 배웠습니다. 표지 사진을 보았듯 나의 출신학교에서 후배들에게 나의 공부법을 말해 주고 있는 장면입니다. "길거리나 또는 학습지에 어려운 영어나 한문 또는 수학(당시 셈본) 등 어려운 문맥을 집에 가서 공책에 10번 이상 필사를 하고 1주일 후 그때를 생각하고 다시 한 번 필사해둔 문맥을 읽어보고 1개월이 지난 뒤 또 보면 그 문맥은 기억 속에 각인된다"라고 강의를 해주었습니다.

우리는 보통 책을 한 번 읽고 잠시 생각했다가 잊어버리기 쉽습니다. 이런 생활의 반복이 독서의 필요성을 떨어뜨리고 회의감까지 드는 것입니다.

반복해야 할 시점에 도전과 용기와 꾸준히 이어갈 힘이 필요한 것입니다. 그 힘은 학습의 동기인 책읽기의 동기가 될 것입니다. 즐거움과 재미를 갖게 할 것이기 때문입니다. 다음은 실천과 행동의 변화입니다. 읽는 것이 현실이 될 때 자신의 더 나은 삶을 가꾸는 원천이 되는 것입니다. 알고 깨우치는 즐거움과 실천하는 재미가 꾸준함을 이어 줄 것입니다. 즐거움과 재미가 다시 동기와 성취감이 되어서 다시 실천하는 선순환(긍정적肯定的 순환循環) 구조를 만들어 줄 것입니다. 행복한 책 읽기는 즐거운 책 읽기의 반복과 실천입니다. 책 읽는 필요성과 믿음을 포기하지 않는다면 누구나 가능합니다. 아이들에게 책 "읽기"만큼이나 즐거운 감정의 경험이 필요합니다. 그래서 어려서부터 부모는 아이와 도서관에 들려서 같이 책을 읽거나 서점에 가서 책을 구입하여 편안하게 아이에게 책을 읽도록 지도하는 것이 제일 중요합니다. 아이들은 감정도 배우는 것입니다. 전이된다는 뜻입니다. 어른들도 아이와 함께 가꿀 감정이자 삶입니다. 가정과 학교와 사회로 퍼져야 할 문화이기도 합니다. 책 읽기를 스스로 즐겁게 합시다. 행동으로 옮기고, 책을 읽고 잠시 생각하는 것으로만 머물지 말아야 합니다. 아이들에게 많이 읽어라 강요만 하지 말고 하게 하는 경험과 추억거리를 만드는 게 중요합니다. 그러면 가정의 삶이 기쁨과 보람으로 이어질 것입니다.

독자님들께서 지금까지도 책 읽는 즐거움을 익히지 못했다면 이 글을 읽고 해보아도 늦지 않을 것입니다. 책 읽기는 어릴 때 시작하지만, 평생 지키며 가꾸어야 할 습관이자 우리인간이 살아가는데 더 나은 삶을 제공하는 중요한 부분입니다. 그러나 전자기기의 발전으로 작금의 세상사 돌아가는 것을 보면 "책을 많이 읽어라"는 말은 공허인 것 같아 씁쓸합니다. 그래서 행복은 없거나 있더라도 극소수의 사람에게나 아니면 없거나 희귀하기 때문에 그것을 찾기 위해 많은 사람들이 행복에 대해 목말라 하고 있을 것입니다. 세계 행복지수가 1위인 덴마크에는 행복幸福이라는 말을 거의 쓰지 않는다고 합니다. 마치 공기가 생존의 필수지만 언제든지 누구나 차별 없이 쓸 수 있는 이유와 같기 때문이라는 것일 것입니다. 그리고 그들에게는 남들과 비교하지 않는 자부심과 상대를 배려하는 겸손이라는 가치관이 널리 퍼져 있다는 것입니다. 현재 우리나라 사람들의 불행은 대부분 소유의 과다 여부를 떠나 다른 사람의 부의 비교에 의해서 결정되는 경우입니다. 남들보다 돈이 적고 사회적 위치가 낮아서 불행하다는 느낌을sensation 가지고 대다수가 살고 있는 것입니다. 물론 절대적인 빈곤에 의한 불행이 더 많은 것은 확실합니다. 그러나 "사람에게 만족의 정도를 측정하는 것은 가능할 것인가?"하는 궁극적인 의문은 쉽게 풀리지 않을 것입니다! 인간은 사회적 동물이기 때문에 못된mean 마음에 운명적으로 누군가와 비교는 필연적으로 비교를 하게 되고, 이를 통해서 사회적·문화적·정치적으로 줄 세우기가 결정되기 때문입니다. 그래서 자신이 행복해지기 위해서는 남들과 비교하지 않아도 될, 즉 자기만족(꿈)의 수준을 확실히 정해 두는 것입니다. 현재는 꿈을 이루기 위해 도전을 하는 과정이 행복하고, 미래는 그 꿈이 이뤄져서 행복하지 않을까 하는 복잡한complicated 생각을 하고 있을 것입니다. 그러한 과정 속에는 무엇보다도 배려配慮라는 개념을 반드시 새겨 둬야 합니다. 배려는 자신이 조금 적은 것을 손해 보는 것입니다. 자신을 우선순위에 관심을 attention 둔다면 상대방은 내 머릿속에 존재하지 않는다는 거만함으로 욕을 먹는 것입니다. 지금 자신에게 작은 손해는 미래에 좋은 친구와 자신으로 돌아올 것입니다. 우리가 늘 행복을 말하고 행복해지려 하지만 현실은 그렇지 못하다는 것은 행복에 너무 목을 매고 있다는 것입니다. 우리는 모두 똑같이 태어났지만we are all born the same 남의 행복을 보고 나는 다른 길을 가고 있다는 생각을 하고 있는 것입니다. 겸손과 배려 속에 누구와도 비교되지 않는 자부심을 갖는다면 행복은 우리 주변에 있는 공기와 물처럼 반드시 찾아와 함께할 것입니다.

"한국보다 교육 관련 포럼을 개최하기에 적당한 곳은 없다. 교육을 통해 어떻게 발전을 이룰 수 있는지 그 어떤 국가보다 잘 보여주기 때문이다."

2014년 노벨 평화상 수상자인 카일라시 사티아르티 씨가 2015년 5월 19일 인천 연수구 송도 컨벤시아에서 열린 "2015년 세계교육포럼World Education Forum" 개회식에서 이렇게 말하는 순간 청중석에서 박수가 터져 나왔습니다. 3회를 맞은 이날 포럼에 앞서 1회와 2회 포럼이 개발도상국에서 열렸던 것과 달리 경제협력개발기구OECD 회원국이자 교육입국敎育立國의 상징인 모델로 꼽히는 우리나라에서 개최된다는 점에서 전 세계의 주목을 받았습니다. 특히 이번 포럼에서는 교육을 통해 개발도상국에서 선진국대열에 진입한 우리나라를 집중 탐구하는 전체 회의가 별도로 진행되었습니다. 개회식에 참석한 인사들은 하나같이 한국을 일으킨 교육의 힘에 대해 강조했습니다.

반기문 유엔 사무총장은 어린 시절 전쟁의 와중에도 국제기구가 기증한 교과서로 공부해 유엔 사무총장이 될 수 있었다는 경험을 전하면서 "대한민국은 세계 최빈국에서 OECD 회원국으로 급부상한 유일한 국가다. 이를 하나의 단어로 설명하면 바로 교육의 덕"이라고 했습니다. 반 총장에 이어 연단에 선 앤서니 레이크 유니세프 총재는 "내가 기억하는 1950년대 한국은 원조를 받는 나라였다. 이제 한국은 한강의 기적으로 경제 성장成長coming-of-age을 이루고 원조하는 나라가 됐다."며 "이것은 교육의 결과다. 교육은 미래를 향한 열쇄"라고 말했습니다. 김용 세계은행 총재는 "글로벌 시대에 경쟁하려면 학생들의 학습 성과를 향상시켜야 한다."며 "여기 참석한 각국 교육부 장관들에게 한국 학교를 방문해보라."고 권했습니다. 이들의 평가처럼 우리나라는 교육을 통한 성공의 노하우를 전수할 국가로 스포트라이트spot light를 받았습니다.

옛날에는 상류층의high-class 놀이 공간이라고 우쭐대며 드나들던 곳으로 인식을 하고 지식을 구하려면 도서관으로 가고·서점으로 달려가고 또한 각 가정에 실수 없이 배달되는 신문을 구독하면 되는 것입니다. 몇 천원의 커피! 아니 몇 만 원하는 공연장 티켓을 비롯한 스포츠 관람요금 등에는 펑펑 쓰면서 자신을 삶을 윤택하게 해줄 지식이 가득한 서점이나 도서관은 가지를 않고, 아무 거리낌 없이 낭비가 심한心汗/extravagant 놀이 문화에 돈을 펑펑 쓰면서 놀이 문화에 흠뻑 젖어 있는 젊은이들이 점점 늘고 있다는 지식 인층의 반응反應/reaction입니다. 그러나 8포 시대라는 신조어가 등장한 현실 에서 그런 문화를 즐기면서 스트레스를 풀고 자신들의 고단한 삶을 재충전 하였으면 하는 바람입니다. 자연의 숙제는 번식하라는 것입니다. 대한민국 가임기 여성들이 배우자spouse 구하기가 힘들어 결혼을 미루고 결혼을 했어 도 자녀 출산을 하지 않으려는 경향이 늘고 있다는 것입니다. 청년들이 취직 을 하기 어려운 지금의 사회적 구조는 청소년들의 취업뿐만 아니라 사회 곳곳에 부차적副次的인 문제들이 발생하고 있습니다. 가장 직접적으로 영향 을 미치는 부분이 만혼풍조晩婚風操와 출산 감소입니다. 삶에 의미가 없으면 번식에 관심을 가질 필요가 없는 것입니다. 아무리 아름다운 음악도 진동이 있기 때문입니다. 이미 대학졸업장은 필수가 된 상황에서 취직을 하려면 남들보다 많은 스펙이 필요하다보니 대학원으로 진학을 하거나 다른 학위를 더 취득하는 사람들이 늘고 있는 것입니다. 또한 기업에서는 취업준비생보 다 졸업예정자를 더 선호하는 까닭에 졸업을 미루거나 군 입대를 하고 있는 것입니다. 이렇게 학업이 길어지게 되면서 결혼적령기가 늦어지고 그로 인 해 저출산까지 문제가 되고 있는 실정입니다.

그러나 사람에 따라 다르겠지만! 결혼을 하고 안하고는 애정이나 취향의 문제로 생각을 합니다. 환경호르몬 때문인지 나약한 정신력 때문인지는 몰 라도, 불임부부不姙夫婦도 나날이 늘어나는 추세입니다. 이 세상을 살아가는 데 "가족이 최고"라는 말이 어떤 집단에서는 "가족은 거추장스럽고 불행"으 로 여기기 때문인지도 모르지만! 지금처럼 낮은 출산율을 방치했다간 나라 의 경쟁력이 떨어질 수밖에 없는 노릇입니다. 나는 방송에서 명절증후군 이야기를 하면 진행하는 사람 볼 따귀를 때리고 싶습니다. 이 세상 어머니들 은 명절이면 허리춤에 감춘 비밀 금고(주머니)에 숨겨둔 비상금을 탈탈 털어 서 손자손녀의 선물이나 자식들이 자신의 날개 죽지 안에 있을 때 잘 먹었던 음식을 만들려고 돈을 씁니다. 명절 몇 날 전부터 음식을 만들어 자손들이 오기를 손꼽아 기다립니다. 그런데 며느리가 일 년에 한두 번 시댁을 찾거나 또는 부모님을 자기가 살고 있는 집으로 초대하여 음식을 장만하는데 힘들다고 명절증후군 소리를 한다는 게 말이 됩니까? 힘들게 살아왔지만 명절날 우리 어머니들은 평생을 이야기할 기회라는 것을 자식들은 알아야 합니다. 이런저런 핑계로 가족이 많으면 힘들다는 구실로, 지금의 어려운 시대적 상황에 삶의 의미가 없으면 번식에 관심을 가질 필요가 없다는 것입니다.

아무리 아름다운 음악도 진동이 있기 때문에 울림이 있는 것입니다. 정부와 지방자치단체들이 출산장려를 위해 갖가지 정책을 내놓고 있지만 그 핵심을 피해가고 있습니다. 집값도 비싸지고 교육비가 부담이라 자식 낳기를 꺼린다는 이야기는 저출산 문제의 정답도 아닙니다. 취업 문제로 결혼 적령기 젊은이 4/1이 결혼을 안 하고 살아도 된다는 의식을 가지고 있다는 조사 결과입니다. 많은 젊은이들은 이미 나의 운명은 이미 정해져 있다고 믿고already has been decided 있다며 소극적으로 결혼에marriage 가장 중요한 배우자의spouse 학벌과 재산의 많고 적음을 따져 자기의 기준에 맞지 않으면 몹시 싫어하는 detest 것입니다. 한국전쟁이 끝나고 가난하고 힘들었던 시절에도 많이들 낳았습니다. 우리 부모는 그 어렵다는 보릿고개 시절에 10남매를 낳았습니다. 작금의 형태를 보고 어른들은 "세상이 갈수록 각박해진다"고 푸념하고 있습니다. 그래서 요즘 사람들이 아이를 많이 낳지 않는다고 비난하는 것입니다. 부모세대들이 자식을 많이 낳고 힘들게 키우고 그에 대한 별다른 보상을 받지 못하는 모습을 보면서 스스로 실망한 탓이 크다는 의견들이 많은 것이 원인일 수는 있습니다. 여성들의 사회활동 보폭步幅이 길어지면서 아이들을 맡길 때가 없다는 이유도 있고, 하나만 낳아 잘 키우고 싶은 욕심도 있을 것입니다. 부부끼리 여유 있게 즐기면서 살기 위해 아이를 출산하지 않는 이들도 있을 것입니다. 그런데 아예 결혼을 포기하는 젊은이들이 점점 늘고 있다는 것이 큰 문제입니다. 가임적령기 여성들이 딩크족(결혼은 하여 살지만 아이는 갖지 않음)으로 살아가는 현실에 경제적 어려움으로 출산을 기피하는 여성이 많아지고 환경적 요인으로 인하여 불임의 숫자가 점점 증가하는 이때 정부당국에선 장기적 대책을 세워야 할 것입니다.

저출산은 노동인구 감소뿐만 아니라 또 다른 문제들을 만들고 있습니다. 옥동자처럼 공주처럼 귀하게 자란 아이들이 남에 대한 배려를 배우지 못하면서 "내가 이 세상의 중심"이라는 개인주의에 빠지고 있는 것입니다. 또한 나이가 들어도 독립적인independent 생활을 할 수가 없어 부모 곁은 벗어나지 못한 채 경제적으로 부모에게 의존하면서 살아가는 이른바 캥거루족도 기하급수적으로 늘고 있는 것입니다. 캥거루족이란 성인임에도 결혼이나 독립하지 않고 경제적·정신적으로 부모에 의존하는 젊은 세대를 일컫는 말입니다. 우리보다 앞서 젊은 세대의 결혼 기피 현상을 겪고 있는 일본에서는 부모와 함께 살던 캥거루족들이 중년이 되어서도 결혼이나 독립을 하지 않아 사회문제가 되고 있다는 것입니다. 일본 총무성의 최근 집계에 의하면 2010년 현재 일본의 35~44세의 연령대에서 6명 가운데 한 명꼴인 약 295만 명이 중년독신인 것으로 추정되고 있다는 것입니다. 우리나라 전문가들은 이런 추세라면 머지않아 우리나라도 겪을 사회적인 문제가 될 것이라고 합니다. 캥거루족이던 30대 남매가 아버지 재산을 노리고 전기충격기와 망치로 어머니가 보는 앞에 아버지를 살해하려다 실패를 했다는 뉴스가 2015년 5월 가정의 달에 경남 창원에서 벌어졌다는 것입니다. 자식이 아니라 악마惡魔/the devil와 마녀魔女/witches인 것입니다. 그런가하면 유흥비 마련을 위해 아버지가 숨겨둔 돈을 훔친 아들에 대한 이야기들도 종종 들립니다. 영국의 최고의 극작가이며 시인의 작품인 윌리엄 셰익스피어william shakespeare가 비극을 다룬 리어왕은 효孝라는 시공을 초월한 소재를 다룬 것입니다. 왕좌에서 내려오기 전 리어왕은 세 딸에게 자신을 얼마나 사랑하는지를 물었습니다. 그러자 첫째와 둘째는 "우주의 목숨보다 더 사랑을 합니다." 감언이설甘言利說을 아버지에게 환심을 사려고 했습니다. 그러나 막내딸은 "자식으로서 사랑하고 존경할 뿐"이라고 진정으로 마음속에서 일어난 부모님을 사랑한다고 했습니다. 이 대답으로 인하여 막내를 쫓아내고 자신의 왕좌를 두 딸에게 물려주었지만 두 딸에게 배신을 당하고 끝내 리어왕은 비참하게 최후를 맞는다는 이야기입니다.

효孝는 노인老을 자식子이 섬긴다는 뜻이고 교敎는 효孝와 회초리를 뜻하는 복攵(칠 복: 때리다)의 합성의 말입니다. 부모와 자식 간 인륜인 효도를 하지 않으면 매로 가르친다는 성현의 말입니다. 고려와 조선 때는 불효를 법으로 엄격하게 처벌을 했다는 기록입니다. 고려 때는 부모 공양에 소홀하면 2년의 구금 형에 처하고 부모를 구타하면 그 즉시immediately 관청으로 잡아 들여 목을 베는 참수형을 했으며 실수로 부모를 구타만 해도 귀양살이를 시키는 법을 만들었습니다. 조선은 대명률大明律에서도 비슷한 처벌 법조항이 있었다고 합니다. 유교국가의 시원지인 중국은 2012년 "노인권익보호법"을 제정하여 자식이 부모를 부양하지 않거나 오랫동안 방문하지 않을 경우 나라에서 처벌할 수 있고 분가한 근로자가 효도 휴가를 신청하면 기업은 이를 수용하도록 했다는 것입니다. 이 법이 시행되면서 주변에서 가족 불화로family estrangement 불효 자녀에 대한 고소가 부쩍 늘고 있으며 먼 고향 떠나서 먼 곳에서 일하는 자식이 수고비를 주고 고향의 부모를 대신 방문하는 서비스까지 등장을 하였다는 것입니다. 그러니까 우리나라의 조상 묘의를 대신하여 벌초를 해주는 일과 같은 비슷한 이야기입니다. 싱가포르에서도 경제력이 있는 자식이 부모를 부양하지 않으려면 부모나 국가가 고소할 수 있고 위반을 하면 벌금형이나 혹은 2년 이하의 징역에 처하는 "불효처벌법"을 만들어 시행하고 있다는 것입니다. 우리나라 현실도 부모에게 불효를 저지르는 갖가지 범죄가 기하급수적으로 일어나자 법무부와 새정치민주연합이 추진하는 "불효방지법"은 두 가지입니다. 하나는 부양 의무를 저버린 자식에게 물려준 재산을 쉽게 돌려받는 민법개정이고 다른 하나는 부모를 폭행하는 패륜아의 처벌을 강화하는 형법을 개정한다는 것입니다.

장기적인 불황으로 인하여 취업을 못하는 자식들의 삶이 팍팍해지고 그로 인하여 노인들의 빈곤 문제가 심각해지면서 효도까지 법으로 규정해야 하는 현실이 참으로 씁쓸합니다. 설혹 불효방지법이 만들어지더라도 부모를 모시는 자녀의 진심이 들어 있지 않으면 그것을 진정한 효도라고 할 수 있을까요? 작금의 각박한 우리 사회의 노인들은 병원이 집이고 숙식을 해결하기 위해 전전하는 모습을 많이 볼 수 있습니다. 건강보험 조사에 따르면 쾌적한 환경에서 살아야 함에도 불구하고 의료혜택을 제대로 받지 못하여 거처 없는 노인들이 만성질환이 있지만 병원치료가 필요 없어도 입원 진료비 급증이 주요 원인으로 장기 입원 환자가 넘쳐 진료비지급액이 계속 늘고 있기에 의료급여 관리사를 확충하는 등 대책을 마련해야 한다는 지적입니다. 내가 입원했을 때 옆자리 젊은 청년이 있었는데 식사시간이 되어도 나타나지 않고 밤이 되면 잠을 자고는 아침이 되면 병실을 나가며 자기에게 나오는 식사를 먹지 않고 반대편에 있는 간병인에게 먹어라 했다는 것입니다. 병실에는 있지 않고 밖으로 도는 것입니다. 알고 보니 자기 엄마가 보험회사 직원이었는데 아들 앞으로 6개의 보험을 들어 보험료를 받아먹기 위한 행동이었습니다. 한 마디로 말하면 나이롱환자인 것입니다. 문제는 30세도 되지 않은 젊은이가 배불뚝이 모습이었습니다. 8일간 곁에서 지켜보니 굶는 것이 아니라 밤이면 어머니를 불러내어 불고기집으로 오라는 전화를 하였습니다. 한 마디로 말하자면 우리 사회의 기생충이었습니다. 그런 현상에 국민건강 보험료는 오르고 있습니다. 이런 나이롱환자들 때문에 제대로 치료를 받지 못하여 자살을 하는 노인이 급증하고 있습니다. 이와 같은 높은 자살률은 현재의 삶이 불만족스럽다는 증거이고, 또 하나 사회 문제는 출산율은 미래의 삶이 불안하다는 표시입니다. 우리 조상들은 "개똥밭에 굴러도 이승이 낫다"던 낙천주의의 삶을 살았습니다. 경제는 세계가 놀랄 정도로 발전했지만 "이렇게 사느니 차라리 죽는 게 낫다"는 우울증에 극단적인 행동을 하는 국민이 늘고 있는 것은 우리 사회가 어느 면에선 건강하지 못하게 바뀌었다는 것입니다. 경쟁으로 인한 스트레스와 빈부의 격차로 인한 낙오자들은 품어주지 못하는 사회적 분위기가 원인이 있을 것입니다.

독자님들 잠시 읽기를 멈추시고, 자신이 어떻게 태어났습니까? 아버지와 어머니의 사랑으로 이 세상에 나왔습니다. 어머니 뱃속입니다. 그래서 세상에 제일 아름다운 이름이 어머니이고 세상에서 제일 아름다운 모습이 임산부입니다. 세상은 자신이 살아 있으므로 존재하는 것입니다. 기독교인들은 하나님과 하느님의 자식이라고 합니다만 우리 인간이 하늘에서 태어나 지구로 온 것이 아님을 말하는 것입니다. 현재의 모든 부모와 자식 간에 불미스러운 이야기는 돈이 모든 것이라는 생각을 들게 하는 사회가 이런 병폐들을 만든 것입니다. 아무리 물질 만능의 시대를 살고 있지만 돈이 가족보다 소중한 존재이지는 않습니다. 우리가 힘들고 아플 때 진정으로 안아줄 수 있는 이는 가족임을 명심해야 합니다. 가족에 대한 사랑은 우리 유전자에 각인되어 있는 원형적元型跡인 본능이라지만 그것을 잘 보전해 가꾸는 일이 결코 쉽지는 않다는 것이 문제입니다. 인간과 다른 생명체를 변별辨別하는 기준 가운데 하나는 개체의 유한성에 관한 인식과 유전자 복제를 통한 또 다른 형태의 영생을 도모한다는 점입니다. 이 때문에 부모는 자신의 피를 나누어 가진 자식이라는 존재를 위해 희생하도록 운명지어진 존재입니다. 희생은 아닐지라도 최소한 자식 세대에 해는 끼치지 말아야 하는 것이 만물의 영장인 인간이 부모로서 가져야 할 기본적인 양식입니다. 그런 관점에서 본다면 지금 발생하는 일련의 현세 중심주의는 인간의 보편적普遍的 속성과 위배되는 보기 드문 현상이 아닐 수 없는 것입니다. 어쩌면 인류의 종말은 전쟁이나 환경오염에서 기인하는 기상이변 등에서 오는 것이 아니라, 자신의 뒤를 이을 후손의 존재조차 외면한 채 오직 자신의 이익에만 몰두하는 "이기심利己心"에 의해서 일어나는 현상인 것입니다.

위와 같은 복잡다단複雜多端한 일들로 결혼을 피하거나 출산을 하지 않아 나라의 장래가 불투명하다고 걱정입니다. 한국여성정책연구원의 자료에 따르면 우리나라의 독신가구 비율은 30%라고 합니다. 이웃 일본의 35%를 곧 추격할 만큼 가파른 기세로 증가하고 있다는 것입니다. 15년 만에 찾아온 경제 불황으로 우리나라 4~5년 전만해도 젊은 세대에선 삼포세대(결혼 포기·출산 포기·취업 포기)라는 유행어가 번지고 있습니다. 어떻게 사는 것이 정답이라고 단언할 수는 없지만 결혼을 안 하든지 결혼을 해도 늦게 하려고 하고 한편으론 결혼을 했지만 자식을 낳지 않으려고 하는가 하면 자식을 낳아도 늦게 낳으려는 것이 작금의 우리나라 적령기 젊은이들입니다. 가능한 결혼·임신·출산을 적령기를 놓치지 않고 자신을 닮은 고귀한 생명이 가족의 일원으로 아름다운 세상에 건강한 구성원이 되어 자자손손 이 땅의 아들딸로 행복을 누렸으면 합니다. 자신의 분신(천륜의 끈 줄)인 자녀들을 통해서 일상의 기쁨과 행복을 찾을 수 없는 것을 나이 들어 후회를 할 것입니다. 내가 행복하지 못하면 다른 이의 위로를 통해 행복을 구할 수도 있는 것입니다. 그 일을 하는 사람이 버리려는 자식일 수 있는 것입니다. 빛이 있으면 그림자가 있고 탄생이 이미 죽음을 내재하고 있듯 인간의 삶이란 누구에게나 공통점이 있는in common 것은 기쁨과 슬픔이 있으며 긍정성肯定性과 부적성의 공존으로 이루어져 있는 것입니다. 부정성否定性이 존재하지 않는 삶은 생명력과 활기를 잃은 삶입니다. 인생에 기쁨만 있다면 인간의 의식은 균형을 잃고 정신병을 앓게 될 것입니다. 때로는 주입된 기쁨과 긍정보다도 자연스러운 슬픔과 흘린 눈물이 삶을 위로하기도 할 것입니다. "인간의 삶이란 고통의 바다에 떠도는 것"이라는 옛 성현들의 말을 되새기지 않더라도 오늘의 한국 사회를 살아가는 대다수의 사람들의 삶은 더할 나위 없이 고단합니다. 부모가 되어 자신들을 위해 사랑해 준 것을 자식들에게 더 깊은 사랑으로 보살피고 부모로서 부족하고 잘못했던 것이 있다면 더 나은 양육과 교육으로 가문을 빛낸다는 생각을 해본다면 얼마나 보람된 일이겠습니까? 그래서 모든 부모는 자식이 나보다 더 아름다운 삶을 살기를 바라면서 좋은 교육을 시키기 위해 어떠한 희생도 감수하는 것입니다. 그래서 자식들은 한 번도 알지 못했던 새로운 세계로a world he s never known 나아갈 것입니다.

한 포털 사이트에 난임難妊 부부가 한 아이를 입양하여 잘 기르다가 아이가 5세 되던 해에 부인이 임신을 하여 아이를 낳자 기르던 아이를 파양罷養하고 싶다는 글을 올렸다는 것입니다. 이 소식을 들은 네티즌들이 이를 성토하는 글이 뜨자 이에 대한 비난 댓글이 수천 건이 달렸다는 것입니다. 아이마저 필요에 의해 취하거나 버리는 상황이 되어가는 현실이 너무 암담합니다. 인면수심人面獸心의 무책임의 극치를 보여주었던 속옷 차림으로 배를 탈출한 세월호 선장의 모습이 떠오릅니다. 반려伴侶 동물에게도 그러하지 못할 것입니다.

동물이 반려라는 이름을 갖게 된 것은 1983년 오스트리아 빈에서 열린 인간과 동물의 관계에 관한 국제 심포지엄에서 가결된 것입니다. 우리나라에서는 2000년대 중후반부터 애완동물 대신 반려동물을 쓰자는 제안이 나왔습니다. 우리 집에서도 말티즈 반려동물을 키우고 있습니다. 막내딸이 키우기 위해 사왔는데 시집을 가서 신혼이고 직장에 다니기 때문에 두고 간 것입니다. 처음 나하고 대면할 때는 손수건으로 포장을 하면 쏙 감싸않을 정도로 아주 작았습니다. 처음 키워보는 애완견이고 어린 강아지라고 우유를 먹였더니 설사를 하여 병원에 가서 주사를 맞고 간신히 살렸습니다. 하루는 술 취한 사람처럼 중심을 잃고 몇 시간 동안for hours 비틀거리더니 시간이 흐를수록 입술이 새파래지면서 정신을 못 차리고 아무 곳에서나 이리 쿵 저리 쿵하고 부딪혀 또 병원에 가려고 각시와 차를 타고 막내딸이 수간호사로 있는 병원에 갔지만 안 된다고 하였습니다. 김해 시내 곳곳을 누볐지만 늦은 시간이라 가축병원은 일과가 끝나 급하여 일반 종합 대형병원에 찾아가 치료를 부탁하자 "가축은 절대로 볼 수 없다면서 가축병원도 당번 있으니 그곳으로 가라"하여 어딘지 몰라 119에 물으니 자세히 가르쳐 주어 찾아갔더니, 목에 뭔가 걸려서 숨을 쉬지를 못하는데 조금만 늦었어도 살리지 못했을 거라며 진공청소기 같은 기계를 목구멍에 넣어 흡입시켜 이물질을 꺼내 살려냈습니다. 가축병원도 당번이 있는 줄 처음 알았습니다. 애완동물을 키우는 사람이 많은 모양입니다.

이렇게 애완견 초보자를 골탕을 먹이던 해피는 하루도 사고를 안치는 날이 없었습니다. 제일 큰 골칫거리가 용변과 소변을 가리지 못한 것입니다. 용변은 하루에 한 번이면 되지만 소변은 수놈이라 영역領域 표시를 한답시고 새로 본 물건은 빼놓지 않고 다리를 들고 갈기는 것입니다. 제일 거북스러운 것은 각시가 자기보곤 엄마라 하고 날더러 아빠라고 해피에게 가르치는 것이 여간 찜찜했습니다. 내가 개 아빠라니! 그러나 아빠란 말도 시간이 흐르자 익숙해졌습니다. 6개월이 지나자 변은 베란다 깔판에서 하게 가르쳐 길들여졌으나 소변은 베란다에서도 하지만 간혹 거실과 방에서도 하는 것입니다. 침대보도 몇 번을 빨았는지 수도 헤아리지 못할 정도입니다. 이런 상황에서situation 우리는 가끔 힘든 결정을difficult decision 내려야 할 때도 있습니다. 방안에서 반려동물을 키워보기는 처음이라 무척이나 걱정이었습니다. 소변냄새 때문에 말이 아니었습니다. 할 수 없이 20만 원을 들여 중성 수술을 해주었습니다. 그러나 효과는 미미했습니다. 아주 어렸을 때 해야 하는데 너무 커서 해서 약간의 효과만 있다는 것입니다. 버리고 싶었지만 그러지 못한 것은 정이 들어서입니다. 밖에 갔다 들어오면 반가워 꼬리를 흔들며 요즘 유행하는 비보이B-boy들이 추는 춤동작을 하면서 데굴데굴 구르는 것입니다. 그 모습을 보면 미웠던 마음이 싹 사라집니다.

작고한 김대중 전 대통령 일화가 생각납니다. 치와와를 키웠다고 합니다. 털이 많이 빠지는 치와와를 이희호 여사는 별로 달갑지 않게 생각하고 키우고 있지만 학대는 하지 않았다고 합니다. 두 분 다 기독교인입니다. 어느 날 열려진 대문 사이로 집을 나가벼려 애견이 집을 나간 사실을 전화를 드렸더니 국회서 바로 집으로 달려 왔더란 것입니다. 결국은 잃어 버렸다고 하였습니다. 이렇듯 애완견을 키우다보면 가족 같습니다. 얼마나 걱정이 되었으면 국회서 황급히 달려왔을까요? 박정희 대통령도 진돗개(백구)와 스피츠(방울이)를 청와대에서 키웠다는 것입니다. 2013년 2월 25일 박근혜 대통령도 청와대로 들어 올 때 삼성동 주민들께서 선물했던 진돗개 희망이와 새롬이가 어느덧 세월이 흘러 2015년 8월에 새끼 5마리를 낳았다고 했습니다. 이름을 공모하여 평화·통일·금강·한라·백두라는 이름으로 선택했습니다. 부모님이 돌아가신 후 반려 견인 백구와 스피츠 애완견은 남매들의 유일한 친구였을 것입니다! 애완견은 잘 돌보아야take care of 합니다. 인간이란 서로를 의지하는 존재입니다.

해피가 우리 집에 오기 전에는 보신탕도 먹었는데 우리 식구가 된 뒤부턴 보신탕도 일체 먹지 않고 있습니다. 그것만이 아닙니다. 어느 날 점심을 먹으러 김해시에서 유명한 한우고기전문점으로 가다가 골목길에서 개 중탕하는 집 앞을 지나게 됐습니다. 적당히 고약한 인상을 가진 남자와 자기마음대로 못생긴 여자가 차에서 개 목덜미를 잡아 끌어내리는 것을 목격하게 됐습니다. 차에는 다섯 마리 개가 있었는데 세 마리는 누가 봐도 애완견이었고 두 마리는 늙어서 힘이 없고 바짝 마른 도사견이었습니다. 누구네 집에서 수년 동안 가족과 재산을 지켜주었을 텐데! 같이 지내다가 죽으면 곱게 묻어주지는 못할지언정 약제용으로 팔다니! 너무나 마음이 아팠습니다. 자기들의 죽음을 눈치를 챘을까! 차에서 내리지 않으려고 몸부림을 치는 것을 보고 가슴이 먹먹해왔습니다. 애완견 세 마리는 목덜미를 잡힌 채 아무 반항도 못하고 작업장으로 들어갔습니다. 갑자기 멀미 현상이 나타나더니 등에 땀이 주르르 흘러 내렸습니다. 30여 분을 꼼짝 않고 도로변 그늘에서 앉아 있다가 밥 먹기를 포기하고 결국 집으로 돌아와야 했습니다. 도저히 밥을 먹을 수가 없었습니다. 그들은 내가 가게 간판을 가자미눈이 되어 지켜보는 동안 숨을 거두었을 것입니다! 몇 날을 그 생각이 떠올라 잠을 설치기도 했습니다. 날이 갈수록 이렇게 마음이 약해지기 시작한 것입니다.

제발 아이를 키우십시오. 버린다면 아이에게는 치명적致命的/deadly인 상처로 남아 평생을 당신들을 원망하며 살아갈 것입니다. 나의 이야기와 같이 동물에게 그렇게 고통을 당하면서도 키우는 것은 생명의 중요함을 알기 때문입니다. 2015년 6월 SBS 동물농장 프로에서 늙은 어머니를 모시려고 시골로 내려온 아들의 이야기입니다. 집에 불이 나서 어머니는 불타 죽고 아들은 어머니를 구하려고 방에 뛰어 들어갔다가 어머니를 구하지 못하고 자신도 중화상을 입고 병원에 입원하고 있었습니다. 그런데 개를 키웠던 것입니다. 그 개도 할머니를 구하려 간 아버지(집주인)를 따라 갔다가 화상을 입었습니다. 그러한 줄도 모르는 개는 밤마다 전소된 집터에서 하늘을 보고 돌아가신 할머니의 부름에, 홀리듯be possessed 15일간 울자 동네 주민이 방송국에 연락을 하여 녹화한 영상입니다. 촬영 팀이 지켜보니 매일 밤 똑같은 장소에 앉아 하늘을 보고 서럽게 우는 것이었습니다. 그 밑의 불탄 잔해를 헤쳐보니 아저씨의 옷이 있는 곳이었습니다. 밤이 되었는데 주인(아버지)이 오지 않아 걱정이 되어 주인을 부르는 소리였을 것입니다! 병원에 입원해 있는 주인에게 그 영상을 보여주자 주인은 눈물을 흘렸습니다. 개도 화상을 많이 입은 상태서 밥을 굶으며 밤마다 주인을 찾은 것입니다. 우리 각시도 눈물을 흘렸고 나의 눈에도 눈물이 고였습니다. 이 개의 이름은 똘이인데 2015년 8월 30일에 똘이의 훗날 이야기가 방송되었습니다. 병원에서 치료중인데 밥을 일체 먹지 않는다는 소식에 병원에 입원해 있는 주인의 목소리를 녹음하여 들려주었는데, "똘이야 밥 먹어라."라는 주인의 목소리를 듣고 고기 음식을 주어도 먹기를 거부하던 똘이가 밥을 먹는 것입니다. 첫 방송을 본 시청자의 성금과 지역주민의 도움으로 새 보금자리를 마련해주어 행복하게 살 것이라는 내용이었습니다. 말 못하는 짐승도 가족을 찾는데 작금의 세상엔 개만도 못한 인간이 있어 좋은 본보기가 되었을 것입니다.

2014년 삼포세대란 말이 2015년 때 아닌 질병으로 인해 갈수록 생활고로 연애 · 결혼 · 출산 · 취업 · 인간관계 · 주택구입 · 꿈 · 희망 등의 "8포 세대"라는 신조어新造語가 등장을 하여 더 우울하게 세상을 만들고 있습니다. 이처럼 앞으로 20~30년간의 한국 경제활동을 책임질 젊은이들이 절망에서 빠져나오지 못하고 있습니다. 취업을 포기하고 부모에게 의존하며 살아가는 니트neet비율은 15.6%로 경제협력개발기구oecd 평균치인 8.7%로 두 배에 육박하는 수치라는 것입니다. 특히 2015년 6월 기준 우리나라 청년실업률은 10.2%로 IMF 사태 이후 최고치라는 것입니다. 이런 니트족(캥거루족)을 방치하면 우리나라 성장 동력이 저하되고 세대 간 갈등으로 사회적인 문제가 심각해질 수밖에 없습니다. 교육열이 세계 최고인 우리의 젊은이들은 어디에 내놓아도 빠지지 않은 수가지 우수한 스펙을 보유하고도 일자리를 구하지 못하여 답답해하고 있습니다. 급기야 노동 현장에 뛰어드는 젊은이들이 늘고 있다는 뉴스가 연일 톱으로 장식하고 있음을 정치권은 매일 밥그릇 싸움이나 하고 있는 것입니다. 결혼 연령을 지속적으로 끌어 올리려고 있는 이러한 상황이 확대되어서는 안 됩니다. 우리나라에서 고령출산은 각종 비용부담증가로 이어지고 있음을 간과해서는 절대로 안 됩니다.

우리 사회 구조의 변화로 결혼과 출산이 늦어질 수밖에 없는 상황을 더 이상 방치하지 말고 출산장려정책을 통해 임신과 출산이 모든 국민의 축복받는 사회를 만들어야 합니다. 여성의 교육수준이 올라가면 갈수록 출산율이 하락한다는 상식과 달리 실제로는 출산율은 하락했다가 다시 높아지는 U자 형태를 보인다는 것입니다. 실제 선진국의 출산율이 고학력 여성 중심으로 상승하고 있다는 것입니다. 이는 여성 고용과 출산율의 관계 역시 역관계를 보이다가 1990년대 이후 양陽의 상관관계로 돌아서고 있다는 것입니다. 우리나라의 출산 저조를 막기 위해 2006년부터 2014년까지 저출산 대책이라는 이름 아래 투입된 66조 원 중 80%나 되는 돈이 양성평등이나 경제활동 지원과는 별 상관없는 보육 지원 등 전체 가구를 대상으로 하는 양육비 지원에 쓰였다는 것입니다. 결혼을 했지만 출산을 하지 않고 있으며, 결혼을 하지 않은 채 살고 있는 젊은이들이 점점 더 늘고 있는 문제를 시급히 정부나 정치권에서 해결해야 할 일인데 만나면 싸움질이나 하는 국회가 더 문제입니다. 작금의 우리 사회에서 여자가 결혼을 하지 않는 것은 더 이상 별난 일이 아닙니다. 나이가 많건 적건 취업을 하건 못하건 인생을 혼자 보내는 것을 아무렇지 않게 생각하는 독신여성들이 갈수록 늘고 있는 세태이기 때문입니다. 40~50년 전 같으면 젊고 매력적인 여성들이라도 "남자 없이 잘살 수 있다"라고 당당하게 말할 수 있는 여성들이 많았을까요? 그들이 성격결함이 있는 것이 아닙니다. 단지 "결혼했다"는 이유로 자신이 그동안 쌓은지식을 제대로 쓰지 못하고 꿈을 포기할 수밖에 없는 라이프스타일life style에관심이 없을 뿐이라는 것에서 입니다. 우리나라 출산율은 경제협력개발기구OECD 국가 중 가장 낮다고 합니다. 이처럼 출산율이 바닥을 치고 있는데 여성들 대부분이 출산과 육아의 길로 들어서지 않겠다고 한다면 나라의 미래가걱정입니다. 정부에서 출산을 장려하지만 우리 사회는 혼자서 아이를 키우는여성들인 소위 "싱글맘"에 대한 시선이 차갑고 한 부모 가정에 대한 편견도여전합니다. 이러한 인식認識과 태도를 바꾸어야 합니다. 아이 수출(입양아이)이 세계최고라는 것도 이상합니다. 여성들이 남자 없이도 잘 살 수 있습니다. 그러나 우리가 이와 같은 상황을 어떻게든 바꾸지를 못한다면 우리는 장래에큰 대가를 치러야할 것입니다. 그래서 전 세계의 인류학자들의 시각이 한국을 우려의 눈으로 보고 있는 것입니다.

사실 종교적인 특성characteristic을 이유로 신부·수녀·스님(대처승 결혼하여 아기를 가짐) 등의 비非 혼자를 제외하고 "스펙Spec이 좋다"는 요즘의 일부 "골드미스 또는 골드 미스터"를 제외하고 혼자 사는 사람은 "미운 털"이 박힌 존재로 취급받아 왔습니다. 로마시대에는 홀로 사는 사람들이 많이 있었고, 나폴레옹 전쟁 후 프랑스에서는 비혼자非婚者가 "군인을 생산하지 않는 배은망덕背恩忘德한 집단으로" 장클로드 볼로뉴의 독신의 수난사로 분류되어 사회에 지탄이 되기도 했습니다. 제2차 세계대전이 끝나고 전쟁으로 젊은이들이 많이전사하고 없는 패망국敗亡國인 일본은 베이비붐의 일환으로 일본 여성의 허리에 차고 있는 기모노가 연애할 때 쓰이는 방석(깔개)으로 사용하였다는 설이있었습니다. 가임기 여성은 길거리에서 젊은 남자를 만나면 망설이지hesitate않고 깔고서 연애를 하는 풍습이 되었다는 것입니다. 그래서 한 때는 세계에서 성이 가장 문란素亂한 나라로 인식되어 왔습니다. 또한 소련(러시아)도 2차 대전으로 인하여 3,000만 명의 젊은이가 죽어서 인구 증강에 한동안 증산 정책을 힘을 썼다고 합니다.

우리나라 젊은 층이 새로운 변화를 빨리 받아들이는 SNS 사용자들은 여론을 이끌어가는 층이라는 점에서 우리나라 사회의 미래변화를 감지할 수가 있습니다. 눈에 띄는 특징은 정조관념貞操觀念, 혼전순결을 지키지 않아도 된다고 생각하는 사람은 1970년대는 12%에 불가했는데 1990년대에선 28.85%에서 2010년을 기점으로 젊은 층에선 절반이 혼전순결婚前純潔을 지키지 않아도 된다는 것입니다. 보수적인 성 관념이 해체되고 있는 셈입니다. 이와 같은 결과 뒤엔 1980년대 탈 물질주의로 가다가 외환위기IMF 직후인 1998년 이후 다시 물질주의로 돌아서면서 20대들의 돈Money에 대한 집착이 커졌던 것입니다. 지금 20대가 겪는 청년실업도 장기적으로 가치관에 영향을 미칠 수밖에 없을 것입니다. 이와 같은 현상에는 취업과 돈에 대한 열등감에서 우러나는 자연적自然的 현상이라고 생각이라는 것입니다.

심리학자 아들러Adler는 "열등감은 인간의 성장과정 중 어떤 측면에서든 누구나 느낄 수 있는 보편적이고 정상적인 것일 뿐 아니라 창조성의 원천이다"라는 명언名言/popular quotation이 있습니다. 즉, 긍정적인 측면에서 보면 열등감은 이를 극복해 나가는 과정을 통해 자신에 대한 삶의 목표를 세우는 동기가 되기도 하고 더 높은 수준으로의 발전을 이루며 자기완성을 위한 필수 요건입니다. 그런데 이때 발달시킨 행동이나 습관과 생각(감정) 등의 생활양식은 성격유형으로 나타나게 되며 이는 개인이 사회 속에서 살아가며 이루는 인간관계와 소통방식으로 작용하게 되는 것입니다. 그러나 지나친 열등감劣等感을 가지거나 극복을 위한 노력에도 불구하고 그에 대한 충분치 않은 사회적인 보상은 결국 열등감 콤플렉스complex를 낳습니다. 이는 개인에게 많은 심리적 어려움을 가져와 다양한 부적응의 형태와 정신장애 등으로 문제가 되기도 합니다.

이렇게 열등감과 질투심·경쟁심·박탈감 등을 극복하지 못하고 사로잡히게 되면 결국은 참기 힘든 콤플렉스에 빠지게 되는데, 이 콤플렉스를 은폐하기 위해 반대로 허세를 부리는 우월감優越感 콤플렉스까지 나타나기도 합니다. 열등감에 대한 부정적인 작용의 결과로 바람직하지 못한 인격형성이 이루어지는 것입니다. 이런 우월감은 열등감劣等感을 극복하려는 강한 시도로 볼 수 있는데, 자신이 타인에 비해 탁월한 능력과 자질을 가지고 있다고 생각해 자기중심적인 사고방식을 지니고서 불필요한 교만과 위세를 부리며 강압적 태도를 취하기 때문에 자기 안에 갇혀 고집스럽고 왜곡된 인격으로 고착되기도 합니다. 시기와 질투를 하며 공격이나 비난과 멸시와 조롱 등 소통에 치명적 장애물이며, 장벽이 되는 행동으로 긍정적 관계형성을 가로막는 저해요인이 되는 것입니다. 이처럼 열등감과 우월감은 마치 동전처럼 양면의 특성을 지니고 있는데, 그렇다면 사람들은 어떤 면에서 그런 느낌을 가지게 될까요? 예를 들면 외모나 성격·학력·재능·직업을 비롯한 재산 등 개인적인 특성이나 가족·부모의 재력·인맥 등과 신체적·심리적·정서적情緒的을 비롯한 사회문화적으로 다양한 원인에서 비롯되기도 합니다. 유전이나 환경상황에 따른 어느 측면에서도 가능한 일입니다. 불완전한 우리 사회 구조 속에서 수없이 변화를 거듭하며 역동적 관계를 이루고 살아가는 이 시대의 우리야말로 자신도 모르게 자리 잡은 열등감이나 우월감이 있는지 성찰해 볼 필요가 있습니다.

겉으로는 현실에 잘 적응하며 별문제 없이 지내는 것처럼 보이더라도 사실은 무기력無氣力하고 냉담하게 체념滯念한 상태로 표면적인 관계와 소통으로 살고 있을 수도 있고! 의기소침하고 우울한 상태로 문을 닫고 갇힌 채로 현실을 회피하고 있을 지도 모릅니다. 또는 차오르는 분노를 조절하지 못하고 화를 키워서 배설하듯 폭발해버리는 습관으로 인해 억압과 오만의 지배적 성격으로 타인에게 상처와 고통을 주며 살아가고 있을 수도 있습니다. 사람 속에서 함께 어울려 살다보면, 자신의 의지와는 상관없이도 어느덧

남과 비교하게 되고 때로는 비교되는 자신의 모습을 발견하기도 할 것입니다. 그러면서 필연적으로 따라오는 열등감과 우월감을 맛보게 되는 것입니다. 이러한 비교 행위는 당연하고 자연스런 일입니다. 우울증을 예방하기 위해서는 화(스트레스)를 조절하는 능력을 가져야 하며 심각한 심리적 충격을 받았을 때는 그것을 해소할 수 있는 친구나 가족의 지지도 도움이 된다는 심리학자의 말입니다. 우울감은 초기에 적절한 조치를 강구해 우울증으로의 발전을 막아야 한다는 것입니다. 치료는 항우울제에 의한 약물치료와 심리치료를 병행하는 것이 더 효과적이라고 합니다. 심리치료는 정신적인 상처도 함께 치료하며 심리적 불안과 상실감을 회복시켜서 궁극적으로 건강한 사회인으로의 복귀를 도울 것입니다. 모든 질병은 원인이 존재합니다. 그 원인을 밝혀내기 위해 의학계에서는 연구를 계속하고 있으나 아직 원인이 밝혀지지 않은 질병도 많은데 대표적인 정신병분야가 정신질환에 관련한 질병들이라는 것입니다.

요즘 우리 주변에선 약자를 무시하거나 상대방을 헐뜯는 것은 다반사茶飯事이고 어린이를 성폭행하는가 하면 "묻지 마 살인" 등 우리 사회 분위기가 거칠어진 현상을 어떻게 말할까요? 『꽃으로도 때리지 말라』는 한국의 최고여배우라고 칭하는 김혜자씨가 월드비전 친선대사로 10여 년 동안 활동하며 에티오피아를 시작으로 세계 여러 나라를 돌면서 질병과 굶주림에 고통을 받고 있는 어린이를 위해 쓴 책입니다. 그녀는 아이들을 얼마나 소중하게 생각했기에 꽃으로도 아이를 때리지 말라고 했을 까요? 그러나 우리나라 현실은 그녀의 바람처럼 되고 있지를 않습니다. 우리나라의 아동학대폭행발생건수가 2014년 처음으로 1만 건을 넘어섰다는 것입니다. 학대로 목숨을 잃는 아동도 14명이나 된다는 것입니다. 보건복지부와 중앙아동보호전문기관이 2015년 8월에 발표한 2014년 전국 아동학대 형황보고서에 따르면 2014년 발생한 아동학대 사례 1만 27건 가운데 가해자의 81.8%는 다른 사람도 아닌 부모에 의해 저질러졌다는 것입니다. 그리고 어린이집이나 유치원을 비롯한 초중고 교직원이 가해자인 사례는 539건으로 전체의 5.4%를 차지했다는 것입니다. 또한 아동학대로 사망한 아동 중 10명은 각각 친부모에게 죽임을 당했으며 양부모에겐 4명이라는 통계가 나왔다는 것입니다. "아동학대(아동복지법 제3조)란 보호자를 포함한 성인이 아동의 건강 또는 복지를 해치거나 정상적인 발달을 저해할 수 있는 신체적·정신적·성적·폭력이나 가혹행위를 하는 것과 아동의 보호자가 아동을 유기하거나 방임하는 것을 말 하는 죄"입니다. "UN-아동권리협약"은 아동을 단순히 보호대상이 아닌 권리權利의 주체로 인식하고 있습니다. 이제 우리도 자녀에 대한 소유의식所有儀式과 체벌에 대한 허용적인 문화에서 벗어나 사랑으로 껴안아야 할 때입니다. 그리고 아동전문보호기관 등을 많이 세워서 아이들이 제대로 보호받을 수 있는 인프라infra: 사회적 생산이나 경제 활동의 토대를 형성하는 기초적인 시설 구축도 시급한 과제가 되었습니다. 그와 더불어 앞으로 아동학대에 대한 사회적 인식전환認識轉換과 함께 관계기관의 적극적인 지원이 뒤따라야 할 것입니다. 그래야만이 작금의 험악한 세상에 자라나는 우리 아동들이 행복한 삶을 살아갈 수 있을 것입니다.

신약 영어성경을 읽어보면 아래의 두 개의 단어가 자주 보입니다. strengten과 encourage라는 단어입니다. 강하게 하다와 격려하다(용기를 주는 것)의 뜻이 각각 있습니다. 격려보다 장려가 더 났습니다. 장려에는 권장하고 격려한다는 뜻이기 때문입니다. 요즘처럼 장려상이 평가절하 되고 있는 경우도 별로 없는 것 같습니다. 그러나 장려에는 깊은 뜻이 함축되어 있습니다. 장려까지는 안 되어도 격려나마 잘 해줄 수 있는 사회가 되었으면 합니다. 이 말은 비용費用이 들지 않습니다. 그리스 철학자 "아리스토텔레스"는 "행복이 인생의 가장 중요한 목표다"라고 했습니다. 불행해지는 확실한 방법은 상대방과 자신을 비교하는데서 나타납니다. 자신이 남에게 피해를 주지 않는다면 내 마음대로 사는 인생을 지지해주는 문화가 아니라 그렇게 사는 사람을 이상한 사람으로 취급하는 집단주의 문화에 살고 있는 것입니다. 그래서 끊임없이 상대방과 자신을 비교하며 상대적 박탈감剝奪感에 허덕이는 것입니다.

2015년 아웃도어 브랜드 "내파"가 시장조사 전문 업체인 마크로밀엠브레인과 함께 8월 21일부터 5일간 조사한 결과 전체 조사 대상자가 생각하는 현재 마음의 온도는 영하 14도로 나타났다는 것입니다. 대학생과 취업준비생의 온도가 영하 17도로 가장 낮으며 고등학생이 16.6도, 20~32대의 직장인이 13.8도, 50대 직장인이 13.5도, 40대 직장인이 9.3도의 순으로 나타났다는 조사결과를 발표했습니다. 조사를 진행한 신창호 교수(커뮤니케이션학과)는 "한국인들의 마음속으로 생각하는 고난의 수준이 걱정 수준을 넘어 심각의 단계로 가고 있다"는 것입니다. "내파"는 고등학생 대학생과 취업준비생 포함하여 직장인 20~30대와 40대 직장인을 비롯하여 50대 직장인 등 5개 그룹 각 200명씩 총 10,000명을 대상으로 조사를 진행했는데, 0도(현재 우리 사회가 견딜 만하다의)를 기준으로 10도씩 30도까지 영하로는 걱정·심각·최악이며 영상으로는 약간 만족·대체로 만족·매우 만족 등 6단계로 나눠 체감온도를 측정을 했는데 앞으로 "마음의 온도가 높아질 것인지 대한 질문에는 더 낮아질 것이라"는 응답이 79.1%로 높아질 것이라는 응답 11.4% 비해 압도적으로 높게 나타났다는 것입니다. 지금의 흐름은 어찌 보면 기업들의 보여주기 식 채용이 빚은 난마亂魔 같습니다. 그러한 사정을 모르는 바는 아닙니다. 이런 방식으론 진짜 인재를 놓치고 고만고만한 수준의 구직자가 합격할 확률이 높아질 것입니다.

앞서 이야기했듯 한국인의 "마음의 온도"는 평균 14도라는 조사 결과이고 취업 준비생의 온도는 영하 17도라는 결과에서 최저를 기록한데에 대한 대책이 없다는 사실에 고용 절벽絶壁 앞에 선 청소년과 젊은이들에게 희망의 소식은 요원하기만 합니다! 이러한 결과는 우리의 사회는 희망이 없다는 국민의 인식에 나타난 결과라고 볼 수밖에 없는 것입니다. 국민적 불행을 나는 몰라라하고 자신들의 밥그릇 싸움만하고 있는 국회는, 희망을 잃어버린 국민을 보살피는watch over 일이 최우선이라는 것을 모르는 게 한심합니다. 언젠가 국민의 준엄한 벌審判; punishment: 선거을 받을 것입니다. 우리 국민이 아닌 지상의 인간군人間群은 모두가 행복한 삶을 영위하고 싶어 합니다. 하여 우리 국민이 변하지 않아야 행복한 것들은? 오래된 나무와 마을 숲·느릿느릿 마을 풍경·나이 지긋한 어르신들의 지혜·세월이 각인된 돌담길·사람과 사람의 오래된 관계이며! 변해야 행복한 것은? 냉전 이데올로기an ideology에 사로잡힌 남북관계·사회적인 양극화·비정규직과 비정규직 차별·획일적인 종편프로그램·과도한 국가주의와 애국주의, 정치를 하는 분들은 위와 같은 정책을 실천을 하면 절망에 빠져있는 국민이 조금이라도 희망을 가질 것입니다. 그러나 희망이 없는 사회에서 먹고 사는 데에 조금이라도 도움이 되려고 일터로 나선 요즘 대다수의 아이들의 엄마는 집에서 일하기가 참으로 힘이 든다고 합니다. 직장에 다니는 어머니는 집에 일을 가지고 안 오면 제일 좋은데 그게 쉽지 않다는 것입니다. 집에서 헌신적인 dedicated 일을 해야 하는 날이면 집안일과 아이의 보살핌을 다 마친 후에야 자기 일을 할 수 있다는 것입니다. 그러니까 엄마들은 밖에서도 집에서도 힘들게 일을 하고 있는 셈입니다. 물론 맞벌이가 당연한 요즘이지만, 아직도 집안일과 육아는 엄마들의 몫으로 생각하는 사람들이 많다는 것입니다. 집에서 아이만 양육하고 집안일을 할 수 있으면 좋겠지만 현실은 그렇지 못합니다. 엄마도 경쟁사회에 나가 돈을 벌어야 아이들을 키울 수 있는 현실이다 보니 엄마는 항상 아이에게 미안하고 왠지 모를 죄책감罪責感 같은 게 항상 있다는 것입니다. 하루 종일 아이와 함께하지 못해 미안하고! 집에 있는 엄마들과는 달리 사랑을 충분히 주고 있지 못한 것 같아 미안하고! 아이를 봐줄 사람이 없어 어른들에게 맡겼다면 주말에만 아이를 봐야 하는 현실에 죄책감까지 든다는 것입니다. 경제적인 부분 때문에 일을 시작하기도 했지만 아이에게 멋진 엄마가 되기 위해서 내 꿈을 실현하기 위해서 시작한 일이 도리어 아이에게 미안하고 당당하지 못한다면 일하는 동안 엄마의 마음이 얼마나 힘들고 불편하겠습니까?

　그런데 문제는 엄마가 이런 마음을 갖고 있다는 걸 아이도 그대로 느낀다는 것입니다. 아이에게 미안해하면 할수록 아이는 엄마에게 더 매달리고 그러면 엄마는 더 미안하고가 반복이다 보니 결국엔eventually 자신의 미래를 아이를 위해 접고 일을 그만두기도 하고 아이가 좀 큰 이후로 미루기도 한다는 것입니다. 그래서 여자들은 엄마가 된 사이 경력단절經歷斷絕이 생기게 되고 나중엔 그 경력을 살리지도 못하고 다른 일을 찾아야 하는 경우가 번번하게 생기는 것입니다. 해서 직장인을 비롯하여 경력단절여성의 전형을 늘린다는 전체 입안이 통과되었습니다. 전문대학교협의회는 직장인이나 경력단절 퇴직자와 은퇴자 대상으로 한 특별전형을 하기로 했다는 것입니다. 제2의 경력을 꿈꾸는 직장인들이 다시 공부할 기회가 늘어나게 됐습니다. 미용기술·물리치료·응급구조·안경광학·유아교육·사회복지·보건 등 관련학과가 대상이라는 것입니다. 또 고교와 대학을 비롯하여 기업 간 협약을 통해 맞춤형 학과 형태로 운영되는 유니테크Uni-Tech: 신규성장 종목·사업 등 산학협력 연계교육 특별전형을 확대시킨다는 것입니다. 취업 보장으로 일자리 걱정 없이 전문대학에 진학해 원하는 직업교육을 받을 수 있게 되는 것입니다. 입학 단계부터 산업체의 인사들의 참여를 확대하여 학생의 소질과 적성을 평가해 취업과 연계하여 선발하는 비교와 입학전형도 활성화한다는 것입니다. 만학도와 주부 등을 대상으로 진행하는 특별 전형과 특별 과정엔 시간제로 등록한 학생 등 비학위 과정을 활성화해서 전문대학이 평생 직업교육시대를 이끌 수 있도록 한다는 것입니다. 일과 학습 병행 지원을 위해 재직자 특별전형을 확대 운영하고 농어촌·저소득층·장애인 등 사회·지역 배려자 등을 대상으로 한 "고른 기회 입학정형"도 지속적으로 확대擴大시킨다는 것입니다. 이러한 결과가 아이를 다 키운 엄마들이 일을 하게 되면 아이들은 똑같이 자신을 사랑하는 엄마의 달라진 모습을 이해하고 적응을 한다는 것입니다. 어린 아이가 세상을 향해 작은 손을 내밀면 무엇을 만날까요? 호기심 많은 아이에게 세상은 온통 궁금하고 신비로운 마법으로 둘러싸인 흥미진진한 곳일 것입니다. 아이는 세상을 향해 작은 손을 쑥 내밀어 손에 닿는 모든 것에 관심을 가질 것입니다. 출근 전이나 퇴근 후 아이 바로 옆에서next to you "사랑한다" 말한 후 살며시 안아주십시오. 그 잠깐 동안에도 아이는 충분히 엄마의 사랑을 느낄 것입니다. 일하는 엄마는 죄인이 아닙니다. 아이들의 더 나은 미래를 위한 또 다른 엄마의 모습입니다. 일하는 엄마는 더 이상 죄인처럼 아이에게 미안해하지만 말고 자신이 처한 상황에서도 부족하나마 최선을 다하는 자신의 모습을 더 존중하길 바랍니다. 하지 않으면 아무것도 시작되지 않는 자발성自發性·누구보다도 나에게 솔직하고 싶다는 정직함·너와 나의 개인성을 인정한다는 공정함·나의 마음을 이해하는 만큼 시대의 마음도 이해한다는 관대함·누구나 원한다고 꿈을 이룰 수 있는 것은 아니다 라는 성실함 등을 가지고 산다면 자신의 앞날은.

사실 우리나라 학생이 하는 공부는 학문이 아닌 훈련일 것입니다. 학생들은 진리 탐구라는 학업 본질의 존재와 뜻조차 알지도 못한 채 수능문제를 푸는 기계가 되어가고 있습니다. 아이들이 훈련을 통해 얻는 것은 인간 지성의 발전이 아닙니다. 그들이 얻는 것은 권위에 복종하는 법과 억압抑壓된 분위기 속에서 주어진 할당량割當兩을 해나가는 피학적인 인내이고 자신의 개성과 가치관의 획일화입니다. 이런 사화에서 행위의 이유에 대한 성찰은 이단으로 치부되어버리며 본질적으로 생각의 주체를 고립화시키고 도태시키는 것입니다. 하지만 이런 무의미한 훈련에 꽃다운 10대 청춘을 쏟아 부어야 하는 작금의 현실이 비정상적이라고 진심으로 소리 내어 말하는 사람이 없습니다. 사회가 사람들이 문제의식問題意識을 자유롭게 표출할 수 있도록 장려하지 않더라도 허용조차하지 않는다면 문제의식은 안에서 곪아 또 다른 문제를 만들기 마련이고, 사회는 바뀌지 않습니다. 효율을 운운할 때가 아닙니다. 효율이 모든 가치 위에 군림해 지배하는 사회에서는 효율이라는 명목 아래 인간성이 극심하게extremely 침해되고 유린蹂躪되는 것입니다. 작금의 현실이 심각히 비정상적이라는 것을 기성세대들과 당사자인 청소년들에게 지각知覺시켜야 합니다. 한국 교육정상화는 다른 곳에 있는 것이 아닙니다. 소수의 교육정책입안자들이 실패할 수밖에 없는 이유는 이런 절실한 지각이 없기 때문이 아닌가 합니다.

과학철학자인 파울 파이어아벤트1924~1994년는 인식론적 무정부주의를 주장을 했습니다. 이 이론의 핵심核心 내용은 과의 발전은 합리적 이성의 검증과 과학적 방법론에 입각한 자연스러운 결과가 아닌 한 사람의 문제의식과 직관直觀에서 비롯됐다는 것입니다. 사회도 별반 다르지 않습니다. 사회는 자연스레 발전하는 것이 아닌 사람들의 문제의식과 그 지각에서부터 시작해 투쟁하고 진보하는 것이며 역사는 그렇게 흘러가는 것입니다. 서슬 퍼런 군사독제정권이 결국 무너진 것도 문제에 대한 보편적普遍的 공감이 선행되었기에 가능한 것이었던 것입니다. 이 세상엔 좋은 아픔이란 것은 없습니다. 지금 우리나라 청소년이 겪고 있는 이 아픔을 당연히 겪어야 할 성장통成長痛이라고 치부해서는 아무것도 바뀌지 않을 것입니다. 지금 당장 우리가 세상을 바꿀 수는 없더라도 이 세상이 잘못되어가고 있다는 것을 자각自覺하고 있어야 진보의 가능성이라도 생기는 것이며 그것이 대한민국 교육정상화의 시작점이자 더 나아가 한국사회의 인간성 시발점始發漸이 될 것입니다만 일부 정치인들의 갑질! 형태 때문에 취업을 못한 젊은이들의 불만 소리가 터져 나오고 있습니다. 서열(지식)을 무시하고 자식이나 친척을 대기업 직원에게 청탁을 해 일자리를 얻게 한다는 것입니다. 현재 우리 사회의 병폐는 서열序列을 중시하지 않는 풍토로 인하여 "역차 별" 정서가 혐오감으로 표출되고 있습니다. 이런 현상의 주요 배경으로 평소 주변 사람들을 남녀·연령·지위와 학력에 상관없이 나와 똑같이 존중받아야 할 사람이라 보지 않고 서열을 매기는 우리 습속習俗을 개탄慨嘆하고 있습니다. 이렇듯 서열의식이 몸에 배어 있을 때 밥그릇이나 지위와 명예를 얻기 위한 싸움에서 불리해지면 진정한 원인을 찾기보다는 그 책임을 다른 누군가에게 떠넘기고 나아가 자신의 우월한 지위를 이용하여 "갑질"을 일삼고 있는 것입니다. 최근 잇따라 터지고 있는 일부 남자들의 성추행 사건도 그런 갑질의 일종이 아닌가 싶습니다. 그렇다면 모든 사람은 평등하다는 의식은 물론이고 감수성을 어떻게 기를 수 있겠습니까? 학교에서 추상적 지식만 가르치려 하지 말고 일상의 삶을 복원해야 합니다.

우리들의 어린 시절엔 동화책이나 한문책을 읽었습니다만, 요즘은 유치원생도 스마트폰을 사용할 줄 알아 초등학교에 들어가면 대다수의 부모가 사준다는 것입니다. 부모가 모두 직업이 있는 요즘의 세태다보니 갑자기 아이에게 연락할 일이 생기거나 아이의 위치 확인 등을 위해 필요성을 느끼기 때문이라는 것입니다. 어차피 스마트폰에 노출돼 있고 남자아이들은 인터넷 게임 등으로 공감대도 형성한다고 주의에서 들어서 사주게 되었지만 막상 사주고 나니 걱정이 이만저만 아니라는 것입니다. 초등학교 고학년이 되면 대다수가 온종일 스마트폰을 끼고 산다는 것입니다. 그래서 하루에 스마트폰을 할 수 있는 시간을 서로 합의해서 정하고선 그 약속을 어기면 그 시간의 2배 동안 스마트폰을 압수하는 벌칙 제도도 해봤지만 아무소용이 없었다는 것입니다. 스마트폰을 압수하자 컴퓨터에 깔린 모바일 메신저 프로그램을 이용해 끊임없이 친구들과 메일을 주고받는 것을 보고는 어찌할지를 모르겠다는 것입니다. 남자아이는 스마트폰이나 인터넷 게임과의 전쟁, 여자아이는 카톡(스마트폰모바일 메신저 프로그램)과의 전쟁, 이란 말이 형성되어 있다는 것입니다. 학부모들이 가장 우려하는 것은 컴퓨터 게임이나 스마트폰 등 IT기기 사용시간이 갈수록 늘어나 중독 증세를 불러일으키거나 폭력물과 성인물 등 해로운 콘텐츠에 노출될 위험이 커진다는 것에 우려를 하고 있습니다. 청소년기는 정서적 성장이 크게 일어나는 시기로 정서의 변화가 크고 안정성이 떨어져 스트레스에 취약하다는 것입니다. 이러한 시기에 스트레스 해소를 위해 여가활동이 필요하지만 대부분 TV 시청과 컴퓨터 게임으로 제한돼 있습니다. 대한 소아청소년 정신의학 회는 "청소년들의 무분별하고 과도한 스마트폰 사용은 집중력集中力과 기억력記憶力을 비롯한 창의적 사고思考 능력을 떨어트린다."고 지적했습니다. 또한 "사람과 소통하기보다 스마트폰을 더 편하게 생각해 디지털격리증후군과 같은 악영향을 드러내는 경우도 있다."면서 "이러한 악영향은 자기조절능력이나 또는 통제력이 부족해질 수 있다는 조사 결과가 있다."고 밝혔습니다.

거북목증후군이나 손목터널증후군 같은 신체건강에도 악영향을 끼친다는 것입니다. 수업방해 사례도 있다는 것입니다. '지~잉~'하고 울리는 진동소리는 학교에서 쉬는 시간은 물론 수업시간에도 쉽게 들을 수 있는 소리는 어쩌다가 울린 알람이나 메시지일 수도 있지만! 그러한 진동소리가 수업 집중을 방해하고 마음을 산만하게 해 주는 것입니다. 우리나라 청소년들은 전자기기에 심하게 노출되어 정서함양이 점점 취약해가고 있다는 것입니다. 삼성그룹은 2015년 1월부터 전 계열사를 상대로 스마트폰 사용 에티켓을 강조하는 사내 캠페인을 진행을 했다는 것입니다. 회의실이나 엘리베이터 등지에서 모바일 에티켓 가드라인을 알려 사내 직원들이 숙지할 수 있도록 지시를 내렸다는 것입니다. 가드라인에는 회의 시작 전에 스마트폰 끄기·스마트폰을 책상 위에 올려놓지 않기·스마트폰 착신 신호 울림소리 최소화하기 등의 내용에 "처음에는 급한 전화가 와도 받지 못하는 것 아니냐는 우려가 있었지만 막상 시행해 보니 오히려 회의 시간이 짧아져 캠페인에 대해 전 사원이 공감하는 분위기가 생겼다"는 것입니다. 전자기기의 최첨단의 나라에선 이러한 현상이 일어나고 있는데; 아르헨티나의 도심에서 60km 떨어진 시골마을엔 인터넷이 되지 않아 컴퓨터가 없다는 것입니다. 그래서 아이들은 마차에 책을 싣고 들판으로 나가 나무그늘에서 독서를 하고 오가며 시골 어른들을 만나면 마차를 세우고 책을 읽어 준다는 것입니다. 21세기에 동화와 같은 그런 일이 있다니, 2015년 4월 18일 KBS 프로를 보고 한 번 가보고 싶은 마음이었습니다.

전문가들의 걱정은 청소년 시기에 스마트폰(휴대전화: cell phone) 사용으로 얼굴을 마주 보고 직접적인 대화 경험이 줄어드는 것을 우려한다는 것입니다. 기기를 통한 대인관계對人關係에 익숙해지면서 실제적인 대인관계를 맺을 시도를 하지 않게 될 수도 있다고 경고하고 있습니다. 올바른 사용을 위해서는, 무작정 스마트폰 중독의 심각성이나 중독 폐해에 집중하기보다 청소년 스스로 스마트폰 사용 양상과 결과를 명료하게 인식할 수 있도록 돕는 게 중요합니다. 최근에recently "디지털 원주인!"인 아이들과의 관계에서 나타나는 세대차이입니다. 어느 세대나 다양한 형태로 늘 있어왔습니다. 컴퓨터가 가정에 처음 보급되었을 때도 비슷했습니다. 부모들은 큰 마음먹고 아이들에게 새로운 경험과 다양한 세상을 만나게 해주려고 그 비싼 컴퓨터를 구입해 주었습니다. 그러나 아이들은 부모의 바람과는 달리 게임과 채팅을 비롯한 영화감상 같은, 부모의 기대와는 전혀 다른 방향으로 사용을 했습니다. 간혹! 분노에 못 이긴 부모들은 극단적極端的 결정을 하고 했습니다. 그리하여 컴퓨터 본체나 모니터를 부수는 일종의 퍼포먼스performance: 관중들에게 자신이 표현하고자 하는 관념이나 내용을 신체 그 자체를 통하여 구체적으로 보여주는 예술 행위를 시도를 하기도 했습니다. 엄마의 부탁을 받은 아빠들이 아이와 대화를 시도하다가 통하지 않아 아이들에게 컴퓨터 사용에 경각심警覺心을 일깨워준다는 명분으로 종종 시도 되었던 방법이었습니다. 그런데 문제는 컴퓨터를 부순 뒤부터 생겨났습니다. 컴퓨터가 이미 아이들 생활 속으로 들어온 상황에서 아이들에겐 컴퓨터의 빈자리는 그 어떤 허탈감보다 더 큰 것이었습니다. 부모의 행동에 겁에 질린be terrified 후 아이들은 곧바로 행동으로 옮길 것입니다. 첫 번째는 컴퓨터를 마음껏 할 수 있는 집 이외의 다른 공간을 찾아 나선 것입니다. PC방이나 맞벌이하는 부모의 친구 집을 가게 되는 것이었습니다. 두 번째는 부모가 원하는 바를 실행하고 일종의 거래를 통해 다시 컴퓨터를 사주는 것입니다. 시험에서 "몇 등 안에 들겠다 라든가 과목별 몇 점 이상을 받게 공부를 하겠다."는 식의 거래를 부모가 수락하면 거래가 성사되었습니다. 하지만 문제는 두 경우는 부모 눈앞에서만 아이들의 컴퓨터 사용을 막았지 실제로는 컴퓨터 사용량을 비교해 본다면 약속 전과는 크게 달라지지 않은 것입니다. 오히려 아까운 돈만 두 배로 써버린 결과입니다.

컴퓨터보다 간편하고 길바닥에 붙어 있는 껌 딱지 같이 자기 몸에 휴대할 수 있는 스마트폰은, 부모는 스마트폰을 부수는 게 자녀 교육을 위한 의지를 보여주는 퍼포먼스라고 여기지만! 아이들은 그렇게 느끼지를 않을 것입니다. 오히려 부모와의 관계가 더 악화되기 쉽습니다. 체벌이 많이 사라진 현시대에 이런 행동은 체벌이자 폭력이라고 아이들은 느낄 것입니다. 디지털 시대에 성장한coming-of-age 요즘의 아이들에겐 스마트폰은 신체의 일부입니다. 그런 스마트폰을 부수거나 압수를 하는 행위를 자기 몸을 다치게 한 것과 동등하게 느낄 것입니다. "설마 그러겠어!"하고 어른들은 자신이 배우고 살아온 방식대로 행동을 하는 게 소통이 이루어지지 않는 것입니다. 하지만 디지털 시대에 태어나 살고 있는 아이들은 어른들과는 경험과 사고방식思考方式이 많이 다릅니다. 부모님들에게 묻고 싶습니다. 아이들이 부모님과 대화를 하고 노는 것과 스마트폰하고 노는 것 중 아이들이 더 좋아하는 것은 무엇일까요? 부탁을 하겠습니다. 스마트폰보다 더 재미있는 부모가 되어 주십시오. 그러기 위해서는 무엇을 준비하고 노력을 해야 하는지를 고민하는 게 첫 발걸음일 것입니다. 부모들이 자녀의 탈선脫線과 방황彷徨을 막기 위해 스마트폰을 검사하는 경우가 있지만, 자녀는 부모의 감시가 심해진 이후로 자녀의 동정動靜/sympathy을 살펴본다면 줄곧ever since 점점 더 숨기려 할 것이고 이것이 또 하나의 갈등을 유발할 수 있는 것입니다. 이에 부모들의 일방적인 사용금지보다는 부모가 자녀의 스마트폰 사용을 지도하는 데 필요한 부모와 자녀 간의 연계 프로그램이 필요합니다.

2015년 8월 20일 동아일보 이지은 기자의 기사입니다. "게임을 많이 하면 머리가 나빠진다고 해 걱정이다"는 요지의 기사입니다. 강동화 서울 아산병원 신경과 교수는 스타크래프트star craft와 워크래프트warcraft와 같은 전략 전술 게임을 한 사람이 그렇지 않은 사람보다 시지각視知覺 학습 능력이 더 발달됐고, 고위 인지능력 형성에도 좋은 영향을 미쳤다는 내용의 논문을 국제 학술지 "신경과학저널journl of neuroscience"에 게재했다는 것입니다. 지각 학습은 반복적으로 훈련하면 잘하게 되는 것을 의미합니다. 따라서 시視지知각覺 학습은 계속 보면 더 잘 보게 되는 것입니다. 이 학습이 주목을 받는 이유는 무의식적無意識的으로 이뤄진다는 것입니다. 강 교수는 "미국 연수 시절 시지각 학습 능력이 매우 뛰어난 학생을 만났는데 그 학생이 중고교시절 스타크래프트 등 전략 전술 게임을 무척 즐겼다는 걸 알게 됐다"며 "이 같은 게임은 수많은 시각 정보를 실시간으로 반복해 처리해야 하기 때문에 게임 경험자가 무경험자보다 시각視覺과 지각知覺 학습 능력이 좋은 것이라는 가정을 세웠다"고 설명했다는 것입니다. 그리고 전략 전술 게임의 대표주자인 스타크래프트와 워크래프트를 1,000번 이상 했고 최근 3개월 동안 1주일 중 4시간 이상 해온 실험군實驗群 15명과 전혀 게임을 한 적이 없는 대조군對照群 16명을 대상으로 시지각 학습 능력에 대해 실험했는데 실험군과 대조군 모두 20대 후반에서 30대 초반의 남성으로 했는데, 그 결과 실험군이 대조군보다 시각을 담당하는 뒤쪽 뇌가 더 많이 활성화되는 등 뛰어난 시지각 학습 능력 보인 기능성 자기공명영상MRI: 뇌의 어느 부분이 활성화 되는지를 알아보는 장치을 통해 확인해보았고 또 뒤쪽 뇌와 구위 인지능력을 담당하는 앞쪽 뇌(전두엽)로 가는 연결도 더 탄탄하게 나타났다는 것입니다. 즉 다량의 시각 정보를 재빨리 처리하면서 앞쪽 뇌가 담당하는 의사 결정을 하는 능력인 고위 인지능력도 더 발달될 수 있다는 것입니다. 강 교수는 "전략 전술 게임은 뇌 기능 발달에 긍정적 영향을 미치는 부분이 분명히 있다"며 "다만 적절하게 자극을 주는 수준이어야지 중독이 되면 안 된다"고 강조를 했다는 것입니다. 실제로 실험군도 게임 중독자가 아니라 게임을 즐기면서 일상생활을 잘하는 사람들로 구성을 했다는 것입니다. 게임에 중독이 되면 마약에 중독된 것처럼 뇌의 인지능력과 감정 조절 능력이 크게 떨어진다는 사실은 기존 여러 실험 등을 통해 이미 밝혀진 바 있습니다. 그래서인가 빌 게이츠Bill Gates는 딸인 제니퍼 게이츠에게 하루 1시간 이상 컴퓨터 게임을 못하게 했으며 책을 읽게 하였다는 것입니다.

대한 소아청소년 정신의학회는 2014년 아동과 청소년 스마트폰 사용 관련 정신건강의학과 전문이 인식도 조사 결과를 통해 아동과 청소년 스마트폰 사용 시간제한이 필요하다고 주장을 했습니다. 이에 대한 좋은 방법은 아이들에게 책 읽는 습관習慣을 기르는 것으로 일기 쓰기를 권해 보아야 합니다. 또한 초등학교에 들어가면 매일 학교 도서관에서 책을 빌려오고 반납하는 것을 일과 중 하나를 만들면 될 것입니다. 그만큼 독서교육은 중요합니다. 이 시기는 무엇보다 혼자서 책을 읽는 습관을 길러주어야 합니다. 어렸을 때 부모가 읽어주었던 책 중 특별히 좋아하는 책이 있으면 이 시기에 혼자서 읽게 해야 합니다. 이와 함께 간단한 그림일기를 써보게 해보는 것도 좋은 방법일 것입니다. 간단한 그림과 함께 5~6줄 정도에 하루 동안 있었던 일 중 가장 기억에 남는 일 중 써보게 하는 것이 독서 습관과 함께 글쓰기 향상에 도움이 될 것입니다. 한 줄이 되었든 두 줄이 되었든 먼저 필기구를 드는 것부터 시작하게 해야 합니다. 빨리 쓰게 하려고 하지 마시고 천천히 기억을 더듬어 쓰게 하십시오. 부모는 아이들의 글쓰기를 사랑과 관심으로 돕고 격려를 해야 합니다. "격려하다pep talk: give a pep talk to"의 영어 어원에는 "심장을 주듯이" 상대에게 진심을 다해 용기를 준다는 의미가 담겨 있는 말입니다. 어머니의 따뜻한 말 한마디가 언젠가는one day 아이들의 심장心腸을 더 뛰게 만들 것입니다. 아이가 감정을 표현하는 것에 쑥스러워하고 부담스러워 한다면 주말이나 특별한 체험활동을 한 날 중심으로 일기를 쓰게 유도를 해 보는 것도 좋을 것입니다. 그렇다면 초등학교 저학년 시기에는 어떤 책을 권할까요? 간단한 설명에 따라 무언가 만들 수 있게 되는 유창성流暢成을 길러가는 시기이므로 옛날이야기나 그림이 들어 있는 동화책이 좋을 것입니다. 이 나이 때 흔히 경험하는 두려움이나 불안 같은 정서적인 면을 기술한 책이면 쉽게 공감할 수 있을 것입니다. 이야기가 전개되기까지 발단이 지나치게 길면 아이가 흥미興味를 잃어버릴 수 있으므로 첫 시작에 짧은 이야기책이 좋을 것입니다! 부모가 자녀들에게 책을 골라주는 방법과 읽어주는 방법입니다. 독서교육을 하는 이유는 아이들에게 평생도서습관을 갖게 해주기 위함입니다. 평생 독서습관이라는 것은 아이들이 자발적이고·자유롭고·지속적인 책 읽기를 하는 것입니다.

평생이라는 것은 세상을 떠날 때까지를 말하는 깃입니다. 사람은 살아가는 순간에도 완전한 상태에 이르지 못합니다. 좋은 삶을 살려고 노력하는 과정 속에 있을 뿐이라는 것입니다. 남보다 더 나은 삶을 살기 위한 공부, 그것은 독서입니다. 그러니 죽을 때까지 멈출 수 없는 것입니다. 무언가 습관이 되려면 자발적自發的이고 자유로워야 합니다. "세살 버릇이 여든까지 간다"는 우리의 속담 말이 있듯, 그렇게 되려면 재미와 유익을 경험해야 합니다. 어른들이 아이들에게 독서교육을 하는 것은 이 재미와 유익을 경험하게 해주는 일입니다. 독서를 하는 이유는 생각하는 힘을 기르기 위해서 입니다. 생각하는 힘이란 맥락을 이해하는 힘을 이야기하는 것 입니다. 그래서 책은 텍스트입니다. 우리 사회는 문맹에서 벗어난 지 오래입니다. 텍스트 읽는 능력을 기르려고 독서를 하는 것이 아니라 콘텍스트, 즉 맥락脈絡을 이해하는 힘을 기르려면 책을 읽어야 합니다. 그 사회의 구성원들이 생각하는 힘이 약하면 사회가 위험해질 수가 있습니다. 사회가 위험해지면 약자부터 고통을 받습니다. 한 사회는 약자의 경쟁력을 갖춰주는 것이 아니라 강자強者들이 약자弱者들을 보호하며 살아야 하는 것입니다. 사람은 살다보면 약자일 때도 있고 반대로 강자가 될 수도 있습니다. 항상 강자로만 사는 사람은 극히 소수입니다. 그러한 세상을 살아가는 데는 생각하는 힘, 다시 말해서 균형 잡힌 사고의 힘을 길러주고 좋은 삶을 살기 위해 적극적으로 사유할 수 있게 하는 것, 이것이 다른 것으로 대체할 수 없는 독서만이 주는 힘인 것입니다!

논어에 고지학자위기古之學者爲己 금지학자위인今之學者爲人이라는 글이 상재되어 있습니다. "옛날에는 자신을 위해 공부를 했는데! 요즘은 남을 위해 (남에게 보이기 위해) 공부를 한다"라는 뜻입니다. 노자가 집필한 도덕경에는 행불언지교行不言之敎라는 말이 상재되어 있습니다. "행동할 뿐이지 말로 가르칠 수 없다"라는 뜻입니다. 이마누엘 칸트Immanuel Kant: 200년 전에 이미 현대 과학을 꿰뚫어 본 철학자는 "나의 완전성을 추구하고 너의 행복을 증진시켜라"고 했습니다. 위대한 사상가들은 대부분 비슷한 결론에 이릅니다. 결국 부족한 내가 남을 바꾸려고 하는 것이 문제라는 것입니다. 나를 수양할 때 저절로 남에게 좋은 영향을 미치는 것이지, 의도적으로 남을 바꾸려고 할 수는 없다는 것입니다. 또한 그렇게 해서도 안 되는 것입니다. 독서는 특히 더 그렇습니다. 교사와 학부모는 독서습관이 없는데! 학생과 자녀들에게 독서 습관을 들이라고 한다면 당연히 그 말을 이해할 수 없을 것입니다. 문제는 여기에서 그치지 않습니다. 독서습관이 없는 어른들은 책의 내용도 모르면서 자녀들에게 책을 권한다는 것입니다. 책의 내용은 대부분 인류 보편적普遍的 가치가 내재되어 있습니다. 인류의 보편적 가치란 우리 모두 추구하면 개인적으로도 좋고 사회적으로도 좋은 것입니다. 자유自由·평등平等·인권人權·박해迫害·민주民主·공동체共同體·부자富者(잘산다는 것)가 진정한 행복幸福 등이 그런 것들입니다. 평등이 주체인 책을 권하면서 "일류대학 나와서 높은 사람이 되라"고 한다던지, 이율배반적二律背反的인 말과 행동을 합니다. 그러면 아이들은 세상에 대하여 신뢰信賴를 갖기 힘듭니다. 책의 유익성有益成을 신뢰하지 않든가 어른들을 신뢰하지 않을 것입니다! 아이들에겐 특히나 진실하게 말을 해야 하는데 말입니다. 요즘 인문학에 많은 관심을 가지고 있어 강의에 수천 명이 모인다고 합니다. 인문학이란? 우리가 책을 읽자고 하고 아이들에게 책 읽는 습관을 들여 주자고 할 때 말하는 이 책은 대다수가 인문서를 말하는 것입니다. 인문humanitas은 라틴어에서 나온 말입니다. 인간다움이란 뜻입니다. "착하다"라는 뜻이 아닙니다. 무엇이 인간다운 것인지를 탐구하는 것이 인문학입니다. 인문서의 상대적인 개념은 실용서입니다. 수학 정석·토익·된장 담그는 법·바느질 하는 법 이러한 책들이 살아가는 데 꼭 필요한 실용서입니다. 그러나 실용서는 우리 모두 읽을 필요는 없습니다. 각자 필요에 따라, 취미에 따라 읽으면 되는 것입니다. 요즘 인문서로 알고 있는 논어는 조선시대 때는 실용서입니다. 과거시험 교재였습니다. 지금은 논어를 스펙을 쌓기 위해 읽으면 실용서가 되는 것입니다. 인간다움을 탐구貪求하는 이유는 어떻게 사는 게 좋은지 결정하기 위해서입니다. 어느 한 순간 결정된 가치관價值觀이 인생 전체를 결정하지는 않습니다. 그러나 우리는 계속 결정하면서 살 수밖에 없습니다. 책을 읽고 사유하고 삶을 살아가고 판단하고 선택하고 결정하고 또 읽고 결정을 수정해가며 살아가는 것입니다. 아이들에게 독서 교육을 할 때 어려움을 겪는 가장 큰 이유 중 하나는? 아이들이 독서를 해서 나중엔 무슨 책을 읽게 되는 건지 어른들이 모르기 때문입니다. 독서는 수준이 있습니다. 어릴 때부터 독서의 재미를 알고 성장하면서 독서력을 높이고 나중에는 더 깊은 사유師儒의 책을 읽으면 행복할 것인가! 그렇기도 하고 그렇지 않기도 할 것입니다. 실은 굉장히 고통스러울 때도 있을 것입니다. 자신의 오류와 부족함을 발견할 때는 부끄럽기 그지없고 나만 그런 게 아니구나 싶을 때는 위안이도 되고 반성을 거쳐서 사람들과 세상에 대하는 자신의 변화를 느낄 때는 평온한 안정감을 경험할 것입니다. 생각하는 힘이 생겨서 세상에 쉽게 휘둘리지 않고 예전보다 훨씬 덜 불안해졌다는 것도 알게 될 것입니다. 결과적으로는 책이 나를 행복하게 만든 게 맞는다는 것을 인지認知할 것입니다. 행복이란 말이 사람마다 시대마다 개념 정의가 다를 것입니다. 이렇게 말해 주십시오. "책을 많이 읽으면 슬플 때 슬퍼하고 괴로울 때 괴로워하고 기쁠 땐 기뻐할 수 있는 인간다운 인간으로 살아갈 수 있다"고 해 주시면 될 것입니다.

삶의 목적은 무엇인가를 얻는 것이 아니라 자신이 누구인지를 발견하는 것입니다. 사람이라면 서로를 바라보지 않고는 살 수가 없습니다. 사람으로서 성공을 바라지 않는다면 어찌 사람이라 할 수 있겠습니까? 우리나라 교육의 가장 큰 문제점은 밑줄 긋기에서 빚어지는 철학부재입니다. 교사가 시키는 대로 밑줄만 긋다보니 아이들이 스스로 생각할 수가 없는 것입니다. 읽고 · 쓰고 · 토론하는 선진국 교육을 몰라서 하는 짓인 것입니다. 지금은 산업화 시대가 아니라 지식 정보화 시대입니다. 학교도서관이 자라나는 우리 아이들의 심장입니다. 새로운 정보들을 습득해야만 살 수 있는 평생학습 시대가 온 것입니다. 읽을(분석 하는 것) 줄 모르면 그 정보는 자신의 것이 될 수 없는 것입니다. 책 읽을 시간이 있으면 공부나 하라고 부모는 다그칠 것입니다. 독서를 하는 그 순간at that moment 아이의 내면의 지성知性intelligence 과 힘을 길러줍니다. 자신이 누구인지와 얼마나 소중한 존재인지 알고 창의력을 키워야 살아남을 수 있을 것입니다. 부모들은 공부만 강요했지 아이들을 존중할 줄 모르는 것입니다. 창의력을 심어줘야 할 교사들로부터 읽고 쓰고 토론하는 교육을 받아야하는데 부모들은 교육에 남은 생을 바치려는 듯 아이에게 공부타령만 하는 것이 아이의 스펙 쌓기 방해꾼이 되어 있는 것입니다. 어릴 때부터 아이의 독서교육을 위해서는 도서관을 자주 데리고 가야 합니다. 아이가 도서관에 들어서면 오래된 종이 냄새가 코끝은 스쳐갈 것입니다. 빽빽이 들어찬 서가書架 책들, 아이는 책을 들고 탐험이 시작될 것입니다. 책 주인(작가)들이 이야기한 사연들이 씨실과 날실로 엮여 있을 것입니다. 시간을 지키고 서 있는 곳 · 흐른 시간에 의미를 부여하는 곳 · 쓸모없음이 있음으로 변하는 곳이 도서관입니다. 도서관에 꼼짝없이 들어앉아 여러 시간을 펼쳐드는 여행을 해봐도 좋은 곳입니다. 책장을 넘기는 건 훗날의 추억이 될 것이며 누군가의 이야기 속으로 여행을 떠나는 것입니다. 부모가 아이에게 너무 몰입해서 함께 흔들리는 것보다는 곁에서 조금 떨어져 지켜보고 자신의 감정 상태를 컨트롤하는 것이 가장 중요합니다. 자녀교육 이외에 다른 영역에서도 부모가 자신의 의미를 찾고 삶의 즐거움을 구하는 것도 한 방법입니다. 자녀에게 몰두해야 자녀가 잘된다고 생각할 것이 아니라 부모 스스로 행복한 삶을 유지하는 편이 아이들에게 스트레스를 주지 않는 것입니다. 부모가 자녀를 자신과 동일시할 때 자녀에게 가장 큰 스트레스를 주는 것입니다. 아이의 성적이나 진학 결과를 부모 자신에 대한 평가로 받아들일 때 스트레스가 극대화된다는 것입니다. 이런 부모들은 자신의 감정을 있는 그대로 자녀에게 전달하는 경우가 많다는 것입니다. 그래서 시간이 지날수록, 이후로 줄곧ever since 자녀는 부모의 스트레스를 그대로 닮아가고 부모와 자녀의 사이에는 점점 더 상처가 깊어지는 것입니다. 결국 자녀는 견딜 수 없는unbearable 스트레스 대처능력은 자연히 약해질 수밖에 없는 것입니다.

예기치 못한 방향으로 분노가 표출된 후, 어처구니없는 상황에서 부모와 자식 간에 후회하지 않으려면 자녀들의 자존심을 세워주면서 재빨리 한 발 물러서서 져주는 것이 서로 간에 좋은 방법입니다. 그러한 좋은 방법을 모르고 부모와 자녀 간에 자신이 받아들여지고 인정하기를 바라면서 서로 간에 자신의 분노감정이 풀릴 때까지 자신의 입장을 설명하고 또 이해를 시키려고 한다면 스트레스는 한 없이 쌓일 것입니다. 스트레스 대처능력은 공부를 하듯 암기해서 생기지는 않습니다. 부모의 불안 상태가 지속되면 자녀 역시 공부를 이어나가기 힘이 들 것입니다. 또한 아이의 교우 앞에서 감정적인 언어를 그대로 표출하고 아이를 폭력적暴力的/violent으로 질타하면 아이는 반항심으로 부모를 신뢰하지 않을 것입니다. 부모가 자녀를 믿고 정서적인 안정감을 부여하면서 아이의 생각에 동정을sympathy 해주면 아이는 자연스럽게 공부의 동기를 찾을 것입니다. 기본적으로 부모 격려의 토대가 자신을 지켜준다고 믿기 때문에 다른 부분에서 스트레스가 생겨도 잘 이겨낼 것입니다. "친구야! 고백할 게 있어"는 중학생들이 친구와의 관계에서 생길 수 있는 고민을 친구와 새로 사귄 친구 사이에서 우정을 저울질하는 아이·여자 친구와 진한 스킨십을 원하는 아이·가난한 환경 탓에 학교에서 마음껏 친구를 사귀지 못하는 아이·당당하고 용감한 동성 친구에게 마음을 빼앗긴 아이 · 무력감에 빠져 친구들과 어울리지 못하는 아이 · 수호천사라는 빌미로 동급생에게 괴롭힘을 당하는 아이 · 학업 경쟁 때문에 심적으로 힘겨워 하는 아이 · 이렇듯 아이들이 겪는 여러 가지 고민을 하여 친구들과 적응適應을 하지 못하는 아이들이 많아지고 있다는 것입니다. 이는 한 자녀가 겪고 있는 현상에서 나온 결과라는 것입니다.

베이비 붐 세대baby boom generation: 우리나라 1955년에서 1964년경 때는 이러한 현상을 찾아보기 어려웠다는 연구 결과라는 것입니다. 어울림에 힘들어하는 교우들의 행동을 거울삼아 나 자신이 맺고 있는 친구와의 관계를 돌보게 하며 우정의 의미뿐만 아니라 친구의 존재가 중요하다는 사실을 일깨워 줘야 하는 것이 부모의 역할입니다. 그러한 친구들을 도와주면 좋은 점을 구체적으로 이야기를 해 주고 그러한 일을 한 아이를 즉시immediately 칭찬을 해 주어야 합니다. 뜻밖에unexpected 부모님께 칭찬받은 아이는 좋은 일을 했다는 사실을 자각하게 되고 다른 아이들은 이를 따라 하기 위해 노력을 하게 될 것입니다. 말이 성장하면 아이들의 마음이 성장하게 됩니다. 마음이 성장을 하면 아이들도 따라서 성장을 하게 되는 것입니다. 그러니까? 부모가 자녀에게 너무 몰입해서 함께 흔들리는 것보다는 곁에서 조금 떨어져 지켜보고 자신의 감정 상태를 컨트롤하는 것이 더 중요합니다. 자녀교육 이외에 다른 영역에서도 부모가 자신의 의미를 찾고 삶의 즐거움을 구하는 것도 한 방법입니다. 자녀에게 몰두해야 자녀가 잘된다고 생각할 것이 아니라 부모 스스로 행복한 삶을 유지하는 편이 가정을 행복하게 하는 것입니다. 꾸준히 자녀를 신뢰信賴하고 혼자 공부를 해 나갈 수 있는 습관을 길러주고 환경을 조성해 주고 자녀와의 대화 시간을 늘리고 어떤 부분에 자녀가 흥미興味를 느끼는지 어떤 방식을 좋아하는지 이해를 해야 합니다. 학년이 높아질수록 점점 숙제가 늘어나면 자녀들은 도통 자리에 앉아 있지를 못할 것입니다. 부모 역시 일하고 저녁에 와서 아이의 숙제를 봐주고 나면 진이 빠질 것입니다. 부모가 다 해줄 수도 없어 어떤 때는 화도 낼 것입니다. 그러지 말고 주변 환경을 정리해주고 텔레비전도 끄고 집안일도 잠시 미루어야합니다. 알림장을 읽어보고 해야 할 숙제와 준비물을 챙겨준 후 숙제를 확인한 뒤 적당한 거리에서 제대로 하고 있는지 바라봐 주어야 합니다.

어느 학부형의 이야기입니다. "학기 초보다 지금이 더 걱정이 많아진 것 같아요! 입학하고 한 달 정도는 등교 시간도 잘 지키고 준비물도 미리 챙기더니 요즘은 가방을 던져놓고 놀기 바쁘네요. 아침에는 공부하러 학교 가기 싫다고 떼를 쓰기도 하고요. 일단 학교는 보내야한다는 마음에 제대로 혼을 내지도 못해요. 겨우겨우 달래서 보내고 있는데 습관처럼 될까봐 걱정이에요." 초등학교 1학년 아이를 둔 학부모들은 학기 초보다 오히려 지금 걱정이라는 것입니다. "지나가면 아무것도 아니다"라는 어른들의 이야기는 먼 나라 이야기로 들린다는 것입니다.

2015년 5월 4일 전국시도교육감협의회에서는 어린이 놀이헌장 선포식 문항을 발표했습니다.

모든 어린이는 놀면서 자라고 꿈꿀 때 행복하다. 가정·학교·지역사회는 어린이의 놀 권리를 존중해야 하며 어린이에게 놀 터와 놀 시간을 충분히 제공해 주어야 한다.

어린이에게는 놀 권리가 있다. 어린이는 놀이로 행복을 누릴 권리가 있으며 놀이의 주인은 어린이다.

어린이는 차별 없이 놀이 지원을 받아야 한다. 어린이는 성별·종교·장애·빈부·인종 등에 상관없이 놀이 지원을 받아야 한다.

어린이는 놀 터와 놀 시간을 누려야 한다. 어린이는 자유롭게 놀거나 쉴 수 있도록 놀 터와 놀 시간을 충분히 누릴 수 있어야 한다.

어린이는 다양한 놀이를 경험해야 한다. 가정·학교·지역사회는 어린이 발달 단계에 맞는 풍부한 놀이 환경을 만들어 주고 다양한 놀이 경험의 기회를 제공해 주어야 한다.

가정·환경·지역사회는 놀이에 대한 가치를 존중해야 한다. 가정·학교·지역사회는 어린이의 놀이를 존중하고 가치를 인정해야 하며 안전하고 즐겁게 놀 수 있도록 배려하여야 한다.

위의 말은 어쩌면 우리가 처한 현실을 잘못 알고 있는 듯합니다. 2015년 육아 전쟁으로 인하여 신조어新調語 "기러기" 아빠란 시대가 되었습니다. 우리가 알고 있듯 10여 년 전부터 부자나 유명 연예인의 자식들의 조기유학으로 기러기 아빠라는 말이 지금의 대한민국에선 고조어舊調語로 바뀌었습니다. 1990년대 해외유학의 바람을 타고 아내와 자녀만 미국·캐나다·호주 등에 영어 공부를 시키려고 아내와 자식을 보내고 혼자 지내는 아버지를 기러기 아빠라고 불렀습니다. 작금의 또 하나 유행의 말이 있습니다. 정부부처가 충남에 있는 말도 많았던 세종시로 옮기면서 중고교생의 자녀들은 서울에 남아 공부를 해야 하고, 지방에서는 서울 강남과 목동 등 교육특구에서 학업을 해야 한다는 부모들의 마음에 아빠만 지방에서 남는 "참새"족까지 생겨나고 있는 것입니다. 여기도 저기도 기러기 가족과 주말 부부인이 참새가족이 양산되고 있어 그러한 신조어가 이상하지 않게 들리는 것입니다. 기러기 아빠라는 부부가 떨어져 사는 부부를 칭하는 말의 시작은 2000년 초부터인데 이로 인하여 2002년 국립국어원은 이를 신조어 사전에 등재를 하였습니다. 가족인 자녀가 태어남으로 인하여 가정이 완성 되었는데 기러기 가족이니 참새가족이니 유행어가 남발함이 이상하지 않는 것일까요? 왜 이처럼 가족이 뿔뿔이 흩어져 살아야 하는지는 오직 자식을 위한 부모의 자식사랑에서 나온 발로發露입니다. 또 다른 신조어인 기러기(주말부부: 참새) 가족의 탄생이란? 워킹맘들working mom: 양육이 필요한 자녀를 둔 채 사회 활동을 해야 하는 여성이 기하급수적으로 늘어나는 현상에서 자녀를 친정집에 보내어 친정 부모님이 돌보게 한 후 퇴근하여 자녀를 집으로 데려오는 일상적인 생활에 지친 엄마가 아예 친정집에 빌부터 살게 되는 바람에 자녀와 아내를 주말에나 만나는 가정이 경제 침체沈滯로 늘어나고 있어 아버지는 자연 아내와 자녀에게 소원하는 현상이 일어나는 과정이 되어 버린 것입니다. 그 과정에서 어린 자녀는 외가에서 할머니와 할아버지가 좋은 보육을 하다시피 하지만, 그분들도 자식들 키워 고생을 하였는데 늙어서나마 편히 지내려 했는데 손자·손녀를 돌본다는 게 여간 곤욕困辱이 아닐 수 없는 것입니다. 그렇다 치고 아이들의 성격이 변화하는 것입니다. 할아버지·할머니가 인성 교육을 시킨다는 명목 아래 아이들의 행동에 간섭을 하는데 이러한 일들로 인하여 아이들이 스트레스를 받아 잘못 거친 행동에 사회생활에 지친 엄마는 버릇 잡는다고 자신도 모르게 아이에게 심한 나무람과 함께 손찌검을 하는 수도 있는 것입니다. 이러한 것으로 아이들은 더 큰 스트레스를 받으면서 성장한 아이들의 마음엔 그 기억이 가슴속에 각인刻印되어 평생 동안 남는 것입니다.

많은 심리학자는 폭행하는 사람들의 마음속에는 어릴 때부터 자신이 진정으로 도움이 필요할 때 부모나 정서적으로 의미 있는 사람들에게 도움을 받지 못한 쓰라린 경험이 잠재되어 있다고 말하고 있습니다. 즉 성장과정 중에 크고 작은 좌절挫折과 불만을 경험하면 좌절과 불만은 더욱 증대되어 적개심으로 나타난다는 것입니다. 아이들은 어떨 때는 아무 이유 없이 무조건 엄마와 같이 잘 거라고 떼를 쓰기도 합니다. 딱 오늘밤만 같이 자겠다고 세련되게 아이는 협상을 시도하기도 합니다. 말을 하는 아이는 그나마 다행입니다. 말 못하는 아기는 더 딱 합니다. 어두운 방에서 자다가 깨면 집이 떠나가라는 듯 소리쳐holler 우는 것입니다. 엄마를 애타게 찾는 아기의 울음소리는, 육아 지침서의 가르침에 따라 아기가 울다 지쳐 잠들게 하려는 엄마에게 심한 죄책감罪責感을 안겨 줄 것입니다. 왜? 아기들과 어린아이들은 밤에 부모와 떨어져 혼자 자는 것을 그토록 싫어하는 것은, 엄마와 뽀뽀하기·놀이터에서 놀기·어린이날에 장난감 선물받기·싫어하는 아이는 아무리 눈 씻고 찾아봐도 없습니다. 혹시 아이는 원래부터 엄마와 함께 자게끔 자연의 선택에 의한 진화가 잘 설계해 놓은 듯합니다.

물론 전통적傳統的으로 우리나라 아이는 부모와 같이 잠을 자 왔습니다. 단칸방에서 여러 명의 자식과 함께 잤던 고전에 나오는 흥부 부부를 떠올리면 단박에 알 수 있을 것입니다. 아이를 부모와 따로 잠재우는 관습은 현대

서구 사회에 들어서 나타난 예외적인 현상이기도 합니다. 서구의 영향을 받아 우리 사회의 젊은 부부들도 이 관습을 많이 따르고 있다는 것입니다. 어쨌든 예외는 예외일 뿐입니다. 지금껏 남아 있는 수렵·채집 사회들을 포함해 90곳의 전통사회를 비교하여 조사를 했더니, 엄마와 아기가 다른 방에서 잠을 자는 경우는 단 한 곳도 없었다는 것입니다. 예컨대 아프리카의 "쿵족" 엄마는 잘 때뿐만 아니라 외출할 때도 아기를 데리고 다닙니다. 시야를 더 넓혀서 모든 고등영장류高等靈長類 종의 암컷들도 새끼와 바짝 붙어서 잠을 잔다고 합니다. 즉 인류가 진화한 수백만 년에 걸쳐 아이는 엄마와 같은 침대나 요위에서 잠을 잤습니다. 현대산업사회의 "별스러운" 양육지침은 아이가 적어도 세 살부터는 혼자서 잠자는 습관을 들여야 독립심과 자존감이 길러질 것입니다. 우는 아이가 애처로워 엄마가 방문을 열어준다면 부모에게 지나치게 의존하는 자식으로 자라게끔 길들여지는 것입니다.

어릴 때 혼자서 잤던 이들은 부모와 함께 잤던 이들보다 덜 행복해하며 다루기도 더 어렵고 자존감도 낮다는 연구 결과가 나오고 있습니다. 아이는 엄마와 함께 자게끔 선천적으로 타고난다는 말이 반드시 오늘날 모든 가정에서 아이를 따로 재우는 관습을 몰아내야한다는 뜻은 아닙니다. 진화進化의 관점은 아이를 따로 혹은 함께 재우는 결정에 따르는 비용과 편익便益을 정확히 파악하는 데 도움을 줄 것입니다. 결정은 자기에게 달렸을 뿐입니다. 건강한 사랑을 받아 보지 못한 아이들은 자신에 대한 이해도 부정적이고 타인에 대한 이해와 타인을 사랑하려는 능력도 부족하여 골칫덩어리인 troublesome 아이로 변한다는 것입니다. 그뿐만 아니라 스트레스나 문제를 해결하려는 능력도 부족하여 작은 일에도 쉽게 상처받으며 문제를 쉽게 해결하지 못하는 자신에 대해 부족감과 열등감에 사로잡힐 것입니다. 그래서 자신이 아니면 타인을 통해서라도 타인他人의 마음을 조정하고 통제하려는 경향을 보이고 좀 더 많은 것을 가지려고 하는 것입니다. 더 심각한 문제는 그러한 과정이 자기 생각대로 이루어지지 않을 경우 이성을 상실하고 공격적인aggressive 사람이 되어 버린다는 것입니다. 어린 시절 부모로부터 받은 사랑은 안정된 자존감과 연결될 것입니다. 자존감은 자신에 대한 전반적인 평가로서 자신은 사랑을 받을 만한 가치가 있는 중요한 존재이고 어떠한 성과라도 이루어 낼 유일한 사람이라고 믿는 마음으로, 우리가 살면서 부딪치는 크고 작은 모든 결정에 영향을 미치는 요인이 되는 것입니다. 하지만 부모에게 적절한 사랑을 받지 못한 아이는 자존감이 부족하여 성장 과정에서 항상 타인과 비교하고, 그 과정에서 좌절挫折하게 되면 불행하게도unfortunately 자신은 더 형편없는 존재라고 여기게 되는 것입니다. 누구나 인생을 살아가다 보면 어렵고 힘들 때가 있습니다. 그런 때마다 우리를 지탱해주는 힘은 어릴 때 젖 먹던 힘이 아니라 건강한 자존감입니다. 우리 마음 깊은 곳에 자리 잡고 있는 부모의 사랑은 한 사람을 건강하게 성장하게끔 도와주는 근본根本 바탕이 되는 것입니다. 하지만 자라면서 건강한 부모와 자식 관계를 경험하지 못할 경우 여러 가지 심리적인 증상이 발생하는 것입니다.

가정이 모인 사회라는 큰 울타리에서도 어른이 바로 서지 않고 자기의 욕심만 차리려고 하니 우리 사회에는 진정한 어른이 없다고들 합니다. 자식의 문제는 어른들이 보여 준 좋지 않은 본보기와 자식에 대한 무분별無分別한 관심과 그들에 대한 조건적 애정을 비롯한, 그리고 부모나 사회에서 인성을 갖춘 성장보다 출세를 앞세우고 있는 교육 풍토에도 그 영향이 있습니다. 이런 풍토에서 우리의 자식들은 인격人格을 갖춘 인간다운 성인으로 자라나기는 어렵습니다. 성실하고 꾸준하게 가정과 사회와 국가를 위해 봉사하는 사람이 존경을 받고 대우를 받는 풍토가 조성되어야 함에도 불구하고 우리는 돈이나 연줄을 잘 대어 출세를 하게 된 사람들을 멸시하는 것이 아니라 오히려 선망의 대상으로 삼고 있는 것입니다.

복잡한complicated 우리 사회에 정작 필요한 본보기는 명예와 재력을 일구는 법이 아니라 타인과 어울려 지내는 더불어 사는 인간이 되는 법이여야 합니다. 그러기 위해서는 자식이 해도 좋은 것과 해야 할 것을 비롯하여 해서는 안 될 것에 대한 바른 가치를 심어 줄 수 있는 성숙한 어른의 좋은 본보기가 필요합니다. 즉 국가나 사회적으로 원리·원칙을 지킬 줄 아는 성인들의 사회의 지도자가 되어 우리 자식들의 귀감이 될 수 있어야 합니다. 자식들이 설사 공부를 못한다 하더라도 부모의 본보기가 삶의 지침이 된다면 언젠가는one day 그 자식은 언제 어느 때든지 사회에서 자기 몫을 하고 살아갈 것입니다. 가정은 서로 다른 사람이 만나 소중한 생명이 탄생하는 곳이자 가르침과 배움으로 인성을 형성하여 가장 기본적인 예절을 익혀 성인으로 사회에 나가서 올바른 가치관을 실현하게 하는 곳이기도 합니다. 그러나 가정의 역할이 소홀해지고 기본적인 윤리마저 저버리는 일탈행위로 가정이 무너지고 있다는 것입니다.

우리는 모두 행복한 가정이길 원하면서 자화상自畵像을 올바르게 그리지 못하는 현실이 안타깝습니다. 사회 어느 곳곳에서나 올바른 마음을 가지고 살아가는 사람이 많다면 사회가 왜 지금과 같은 가치관 혼란으로 뒤범벅되었겠습니까? 남의 등을 치고 살아가는 것만이 조폭인 것이 아닙니다. 타인의 입장과 상관없이 자기 욕심대로 해소되지 않는다고 화를 낸다면 이러한 행동이 조폭과 다른 것이 무엇이겠습니까? 현 사회에서 일련의 폭력적인 현실의 뒷면에는 개인의 성장 과정에서 나타나는 성격적性格的과 정신적精神的 결함이 사회의 구조적 결함과 맞물려 어처구니없는 현상을 만들고 있는 것입니다. 사회의 모순은 나와 상관이 없다는 것이 아니라 우리가 모두 오늘날 사회를 이렇게 만든 주체임을 각성하고 동시에 미래 사회를 어떻게 만들 것인가를 결정하는 주체임을 분명하게 인식을 해야 합니다. 사회안전망은 엉성하고 패자부활전敗者復活戰은 잘난 사람들에게나 있습니다. 절대로 실패해서는 안 되며 무조건 잘나고 무조건 잘살아야 하는 세상이 되어 버렸습니다. 그러니 부모인들 어떻게 하겠습니까? "세상이 어떤 줄 알아? 이것 못하면 너는 끝이야"하는 "겁怯"을 주어 공부를 하게 만들고 이것저것 과외까지 시킵니다. 아이들을 살아남기 위한 전사로 만드는 것입니다. 순기능이 없는 것은 아닙니다. 성취 욕구를 자극하고 일탈을 막을 수 있습니다. 스스로의 힘이든 아니면 주변의 도움으로 그 압박을 이겨낼 수만 있다면 말입니다. 실제로 많은 아이들이 오히려 이를 동력으로 삼아 성공의 길을 가기도 합니다. 어찌 보면 그것이 성공한 한국인의 전형적 모습이자 우리가 이 만큼 잘 살게 된 배경이기도 합니다. 그러나 이런 압박壓迫에 수많은 아이들이 행복을 잃고 있습니다. 2015년 어린이를 비롯한 청소년 행복지수는 23개 주요 국가 중 19위라고 합니다. 지난해까지는 6년 연속 꼴찌입니다. 공부 스트레스와 이를 둘러싼 부모와의 갈등이 주요 원인임은 두 말할 필요도 없을 것입니다. 끝내 이러한 압박을 이겨내지 못하는 아이들도 많다는 것입니다. 안타까운 것은 방학을 사교육에 저당抵當 잡히는 부모들의 마음도 이해는 갑니다.

최근 "창조 경제"가 정치와 경제를 비롯한 교육 및 사회 전반에 화두가 되고 있습니다. 창조경제나 또는 창조산업이란 본래 영국의 경영전략가 존 홉킨스John Howkins가 주창한 개념으로 creative economy 또는 creative in-dustries라고 부릅니다. 본래 존 홉킨스가 주창한 것은 과학기술의 발전만으로는 부족합니다. "주어진 문제나 감지된 문제로부터 통찰력을 새롭고 신기하고 독창적인 산출물을 내는 능력", "새로운 관계를 지각하거나 비범한 아이디어를 산출하거나 전통적 사고 유형에서 벗어나 새로운 유형으로 사고하는 능력", "새롭고 가지 있는 것과 또는 아이디어를 만들어 내는 능력" 등으로 정의되는 창의성創意成/creativity과 스티브 잡스가 강조했던 인문학적 상상력이 함께 작용할 때 융합적 사고를 통한 창조경제도 가능할 수 있는 것입니다. 최근 10년간2001~2013 우리나라 세계 수출시장 점유율은 3%에서 정체된 반면에 중국은 3.9%에서 12.1%로 급성장을 했다는 것입니다. 또한 2000년대에서 국내 대기업이 기술혁신을 통해 글로벌 기업으로 경쟁력을 확보한 반면, 기술 집약형 창의적 벤처가 글로벌 기업으로 성장한 사례는 거의 없을 만큼 벤처기업 생태가 취약해졌다는 것입니다. 그러나 중국은 지난 10여

년간 샤오미와 화웨이 등 신생 기업이 글로벌 기업으로 급격히 성장을 했다는 것입니다. 한편 국내적으로도 청년 일자리 부족과 저출산을 비롯한 고령화 도래 등 많은 문제점이 드러나고 있습니다.

이러한 현실적인 문제를 극복하기 위해서는 창의성과 혁신으로 기술융복합技術戎服合을 경제성장의 원동력으로 삼아 역동적인 경제혁신을 이루어 시급한 문제를 풀어야 합니다. 이제 우리 청소년들이 주역이 될 미래사회에 적응하기 위해서는 다양한 준비가 필요합니다. 즉 급변해가는 사회적 상황을 전체적으로 통찰한 수 있는 역량과competency 다양한 영역의 지식을 아우를 수 있는 융합적 사고와 독창적 사고로 문제 상황에 대처해 나갈 수 있는 능력 등을 갖추어야 합니다. 미래 학자인 "pink"는 2006년 창의적 인재는 "경계를 넘나드는 사람"이라고 보아, 미래사회 인재의 6가지 요소로 "설계high concept 시대의 능력", "스토리(사실을 엮어서 문맥을 만들어)로 상대방을 움직이는 제3의 감성", "조화(조각들을 맞춰 결합하고)로 새로운 유형을 만들어 내는 경계를 넘나드는 창의성의 원천", "공감(다른 사람의 시선)으로 보고 다른 사람의 심장으로 느낄 줄 아는", "놀이(호모 루덴스의 진화 · 웃음과 유머)와 게임의 기쁨 의미(우리가 살아 있게 하는 원동력)"를 제시하였습니다.

미래사회의 인재는 다른 사람과 공감하며 조화롭게 즐길 줄 아는 삶을 영위하는 창의적인 사람, "상상력과 감성이 풍부하며 지성이intelligence 가득하여 배려심 깊은caning 뛰어난 사람"이 될 것입니다! 따라서 청소년들에게 이와 같은 상상력과 감성적의 조화로운 인성 및 창의성과 융합적 사고력을 함양하기 위한 필수적인 준비로 다양한 영역의 서적을 접하기를 권합니다. 독서reading는 오케스트라 연주 같습니다. 조화롭고 아름다운 음악을 연주하기 위해서는 어느 한 악기의 연주만 우수하다고 가능한 일이 아닙니다. 청소년들은 독서를 하면서 다양한 영역의 지식과 정보를 접하고 이를 창의적인 문제 해결을 위해 융합할 수 있는 역량을 기름으로써 미래사회에서 자신이 가진 "꿈과 끼"를 발현할 수 있을 것입니다. 그래서 독서를 즐기는 것은 권태로운 시간을 환희의 시간으로 바꾸는 일이기도 합니다. 많은 독서를 하는 것에 머물지 말고 느낌을 글로 남기는 것도 중요합니다.

한때 학교 교과서까지 전자책으로 바꾼다고 했지만 많은 학자들이 전자책보다는 종이책이 인지능력과 학습 능력이 높다고 주장을 했습니다. 액정 화면 속의 전자문자보다는 손가락의 감촉으로 넘기고 종이 냄새를 맡으며 종이책을 읽는 그 순간at that moment 사람의 지성과intelligence 감성感省을 자극 시키는 것입니다. 그러하니 전자책보다 종이책과 다양한 정보의 산실인 신문을 읽어 봐야 합니다. 또한 자판만 누르지 말고 종이에 손 글씨를 써야 합니다. 정성들여 쓴 손 글씨는 읽는 사람의 마음을 움직일 것입니다! 어쩌면 인간의 삶의 해답에는 균형에 있기도 합니다. 국민의 대다수가 지니고 다니는 스마트기기는 첨단과학이 현대인에게 준 좋은 선물이지만 무조건 많이 사용하는 것이 우리 인간모두가 누리는 문명의 화기憚機는 아닙니다. 스마트폰의 반대 기능인, 즉 아날로그적이 면을 찾아서 채울 때 일상에서 균형이 잡히고 비로소 스마트폰은 좋은 도구이자 진정한 혜택이 될 것입니다. 저도 얼마 전에 스마트폰을 사용하고 있습니다. 우리 새아기(며느리)가 구입하여 보내서 사용을 합니다. 데이터의 용량이 아주 적어 내가 작사한 대중가요인 "김해 연가"나 "김해 아리랑"을 한 번 들으면 소진되어버립니다. 글만 쓰는 나에겐 스마트폰 자판기를 현란하게 누르는 청소년들의 손가락을 신기한 듯 넋을 놓고 바라보곤 합니다. 나는 그 많은 책을 집필을 했지만 원고지가 아닌 편지지에 육필로 글을 썼는데 권당 200~300만 원의 수고비를 주고서 컴퓨터작업을 부탁했는데 2009년에 컴퓨터교육을 받고서 독수리 타법으로 집필을 하고 있어 부끄러운embarrassed 마음이 들기도 합니다. 다행히도 이메일을 볼 줄 압니다. 그러나 글을 보내는 답장을 하지 못합니다. 남에게 부탁을 하기도 합니다.

소크라테스는 글쓰기를 부정적으로 바라보았다고 합니다. 사람들이 어떤 사실을 머리로 기억하지 않고 종이에 적으려고만 한다면 그리스의 웅변술전통應譯述傳統은 무너질 것에 우려하여 한 말이라는 것입니다. 그는 "마주치는 것들을 머릿속에 저장할 필요가 없어졌을 때 인간은 비로소 복잡한 생각을 할 수 있다"는 논리에서, 작금의 현실을 보면 소크라테스의 우려와 불찰은 인터넷과 스마트폰 기기에 대한 현대인들의 태도와 맥락상 동일하다고 볼 수 있습니다. 21세기의 많은 이들이 소크라테스 식 우려를 드러내고 있다고 공감을 하는 것입니다. 이를 테면 첨단 기술이 읽고 기억하는 능력을 퇴화시킨다거나 결국에는 디지털치매를 일으켜 생각하는 뇌를 무너뜨릴 것이라는 입장에 대해 허무맹랑虛無孟浪한 주장이라는 사람도 있습니다.

전자책이 종이책을 점점 대체하고 검색이 일상화되고 스마트폰이 뜻밖의 unexpected 생활의 필수품必需品이 되면서 우리가 갖게 되는 두려움은 소크라테스의 우려와 조금도 다를 게 없다는 주장입니다. 물론 새로운 기술이 인간의 사고 패턴을 바꾼다는 것은 부정하기 어려운 사실입니다. 그러나 생각의 패턴은 더욱 좋은 쪽으로 바뀔 것입니다! 글쓰기가 인간의 사고 능력을 향상시켰듯이, 디지털 툴로 인해 우리의 인식은 더욱 확장될 것이며! 그런 차원에서dimension 인간은 지금보다 더 똑똑해질 것입니다. 컴퓨터와 스마트폰은 구식 문해력文解力/읽고 이해하는 능력을 바꾸는 것을 뛰어넘어 새로운 문해력을 만들었습니다. 여기는 동영상과 이미지를 비롯하여 데이터 등 새로운 정보들입니다. 과거에는 대기업이나 정부에서 넉넉한 기금을 받은 일부 전문가들만이 동영상이나 데이터를 활용했지만 이제는 보통사람도 일상에서 아무렇지 않게 사용하는 시대입니다.

이러한 물리적 툴은 우리의 정신적 툴까지 활짝 열어줌으로써 전에는 보이지 않았던 유형까지 정탐하는 시대가 되었습니다. 기계의 기억 능력은 아무리 시간이 흘러도 퇴화하지 않은 반면에 사람은 무언가를 요약해 보존하는 성향을 지녔고 세부적인 내용을 제대로 못합니다. 전반적인 골격은 잘 파악하지만 작은 활자에선 맥을 못 추는 게 사실입니다. 그렇지만 웹과 위키피디아wikipedia와 쉽게 교류할 수 있는 능력인 창의적 인간 정신은 위축시키기는커녕 오히려 강화시킨다는 것입니다. 애플을 창업한 스티브 잡스는 살아 생전에 "애플을 아름답게 하는 것은 인문학의"이라고 강조를 했습니다. 20년간 월트디즈니를 이끌었던 마이클 아이너스는 영문학을 전공했다고 합니다. 그는 "어떤 사업이든 인간관계가 관건인데 사는 방식을 이해함에서 문학처럼 예리한 직관을 갖게 해 주는 것은 없다"라고 말했습니다. 카네기와 록펠러 등 미국의 대부호들의 가문은 자녀들에게 인문학의 중요성을 어려서부터 심어 주었다는 것입니다. 스마트폰과 같은 기술의 발달은 인류에게 큰 축복이지만, 사람의 사고력思考力과 판단력判斷力이 점점 퇴화될 수 있다는 점에서 위기도 가져왔다고 합니다. 이런 때 스마트 시대의 위기를 나름대로 극복하고 축복을 누리려면 생각의 근육을 단련하여야 할 것입니다. 출근길에 스마트폰을 분실한다면, 생각만 해도 끔찍할 것입니다. 전화를 걸 수 없음은 물론이고 길 찾기와 은행 업무를 비롯하여 일정관리 등이 불가능해지고 SNS 친구와의 소통도 단절되어 아마도 하루 종일 안절부절 불안하고 일이 손에 잡히지 않을 것입니다!

21세기의 불확실한 기업 환경에서 "단순한 경영 서적을 뒤지는 것만으로 격변의 시대에 대처하기는 힘이 들 것이다라"는 인식에 길 없는 곳을 찾아가 지도를 만드는 사람들에게 새로운 통로通路를 열어주는 것이 바로 인문학이라는 것입니다. 인문학의 뿌리가 흔들린다고 아우성인 현실에 우리나라 중요기업에서 서서히 기지개를 켜고 있는 인문학의 붐에 따른, 인문학적 지혜가 담긴 책도 읽어야 합니다. 특히 역사책을 많이 읽어야 합니다. 역사책에는 현실을 직시하게 해 주는 선인들의 지혜가 담겨 있습니다. 그리고 읽고난 후 선인의 말에 공감한 문맥에 방법을 많이 생각하고 직접 글을 써보고 주변사람과 주제를 가지고 토론을 하는 것이 좋을 것입니다. 책을 많이 읽는 것도 중요하지만 읽어서 얻은 지식을 실천하는 것이 더 중요할 것입니다. 어릴 적부터 올바른 습관을 통해 각종 미디어를 올바로 사용하고 유해有害 환경에서 우리의 아이를 지켜야 합니다. 근래 들어 어린이집이나 유치원을 비롯하여 도서관에서 학부모를 대상으로 하는 유아기 미디어 교육을 일찌감치 시작하고 있는 것은 중독을 막기 위함입니다. 그렇다면 우리 아이들이 컴퓨터나 스마트폰을 사용할 때 어떤 방식으로 해야 할까요? 하루 사용 시간을 정해 주어야 합니다. 아이 혼자만 남겨두지 말고 관찰을 해야 합니다. 혼자 두면 아이가 기기에 깊이 빠져들 수 있기 때문입니다. 이유는 아이가 기기에 등장하는 프로그램을 바르게 이해를 하지 못하는 것이 있으면 부모가 중간에서 이해시키는 상호작용相互作用을 해줘야 합니다. 산만散漫한 아이도 컴퓨터나 스마트폰을 사용하면 조용합니다. 아이의 행동을 조용하게 하려고 기기를 자주 제공하다 보면 그로 인한 후유증은 너무 크게 될 것입니다. 그렇다면 아이의 정서적 발달에 적합한 소프트웨어는 어떤 것일까요? 개방적인 프로그램이어야 합니다. 반복적인 예·아니요!의 대답을 원하기보다는 자기스스로 표현을 격려할 수 있게 해야 합니다. 아이가 사용하기쉬운 것을 지정하고 그림메뉴가 있거나 많은 키를 사용하지 않고 혼자서 자판을 두드리며 메뉴를 이해하게 지켜보아야 합니다. 아이는 부모와의 상호작용이 되어 프로그램에 쉽게 반응하여 결정을 하고 창의적으로 숙달되어 갈 것입니다! 아이가 다른 활동을 하고 싶을 때 화면의 그림을 통해 쉽게 빠져나올 수 있는 프로그램을 선택해 주는 것도 잊지 말아야 합니다. 아이는 효과음이나 전해주는 정보 등에서 나오는 재미있는 소리를 듣기 좋아합니다. 또한 그래픽graphic: 글씨를 쓰다은 아이가 인식하기 쉬어야 합니다. 추상적이기보다는 구체적 표상을 다루는 프로그램을 추천을 해야 합니다. 프로그램의 난이도를 조절하여 아이 스스로 쉽고 어려운 단계의 조절을 하게 지적을 해야 합니다. 이렇게 부모가 함께 하였어도 우리의 아이들이 성장과정에서 각기의 성격 차에서 달라질 수고 있을 것입니다! 긍정적 정서와 부정적 정서가 인지 작용에 미치는 이러한 영향을 종합한 것이 긍정적 정서의 확장 구축이론構築異論/broad and build theory입니다만, 그 실험으로 긍정적인 정서를 유도하면 개인의 시각주의력이 확장되고 정보에 대한 알아차림이 증가할 것입니다. 긍정적인 정서는 빅픽처big picture를 보게 하고 얻은 정보를 더욱 크고 넓은 관점에서 처리하게 만들 것입니다.

긍정적인 정서는 개인의 행동 레퍼토리repertory를 다양하게 넓혀주기도 합니다. 학생들에겐 새로운 경험經驗에 대한 개방성을 증가시키고 기억의 디테일에 주의를 더 많이 기울이게 만들 것입니다. 그 정적인 정서로 인해 확장되고 구축되는 인지와 경험 지각과 정보처리 방식의 변화는 정신 작용으로서 창조적 사고 과정과 본질적으로 동일합니다. 명심보감 속에 "배우고 익히면 즐겁지 아니한가?"라는 말이 무색하게도 학업의 기쁨보다는 치열한 경쟁으로 전쟁터와 다름없이 생존과 성장을 거듭해야만 하는 상황에 처해 있는 우리 사회의 현실에서 일어나는 현상입니다. 이러한 증상들이 장기간 지속되면 학교생활 부적응으로 학업저하와 신체적 성장지연과 그로 인하여 질병 유발 요소가 되거나 정신적 발달장애發達障碍나 사회적 관계형성에도 악영향을 준다는 것입니다. "세상은 그렇게 굴러간다"라고 하겠지만! 삶은 옳고 그름이나 일의 가치를 기준으로 돌아가지를 않습니다. 인생이란 무엇인가? 그냥 사는 것이며 어쩔 수는 없는 것입니다. 인생의 목적? 의미를 추구하는 삶? 신성한 노동? 이런 가치들은 소통하기가 어렵습니다. 삶의 전쟁! 살아 있는 인간에겐 해야 할 일일뿐입니다. 삶은 지속된다는lasting 제목의 책과 영화가 많은 곳은 우연이 아닙니다. "삶에는 목적이 없다"라는 의미는 있을 수도 없을 수도 있습니다. 당연히 먹기 위해 산다. 또한 살기 위해 먹는다. "죽느냐 사느냐 이것이 문제로다"는 우울한 인간만의 영원한eternal 고민苦悶이 아닐 것입니다. 삶 자체가 의미라면 그걸로 만족하고 일상의 괴로움과 외로움으로부터 조금이나마 자유로울 수 있을지도 모릅니다. "배움에는 조건이 없다. 나는 학생일 뿐이다. 배움은 태어나면서부터 생명이 끝날 때까지 계속해야 한다"라는 말은 중국의 "왕멍"이 집필한 『나는 학생이다』에 상재되어 있는 말입니다. 어떤 조건에서도 학습을 할 수 있고 또한 역경에 처해 있을 때가 가장 배우기 좋은 상황이며 "학생"은 나의 신분이 아니고 나의 세계관이자 인생관이라고도 했습니다. 감옥에 갇힌 빠삐용도·무인도를 표류했던 로빈슨도·우리나라 김대중 전 대통령도·부산 엄궁동 동산유지 금고털이범이었던 소설가 백동호도 어려운 환경과 또는 견딜 수 없는unbearable 감옥생활을 하면서 책을 읽고 유명인이 되었습니다.

이러한 것을 보더라도 역경의 사회 속의 다양한 삶을 영위하는 현대인이야말로 배우기를 두려워말고 마음을 열고 배워야 합니다. 자신이 읽은 한 권의 책속에 아름다운 문장들이 내 몸에 새겨지고, 나를 휘감아 올라가면서 나도 함께 자라나는 장면은 책은 때로 나를 미소 짓게 하며 눈물짓게 하고 내 가슴을 덥게 하기도 하며 내 머리를 서늘하게도 합니다. 한 장 한 장 넘길 때마다 내가 읽는 글귀가 마음에 새겨지고 마지막 장을 덮으면 나는 책을 읽기 전과는 다른 사람이 되어야겠다는 생각이 들것입니다. 책은 이렇게 자신을 성장시키는 것입니다. 인간의 삶은 끊임없이 변화하는 역동적力動的인 환경 속에서 생존과 성장을 거듭해가는 과정입니다. 인간은 출생하면서부터, 뱃속 태아 때부터 무의식 또는 의식적으로 학습은 하고 있다는 것입니다. 아이가 태어나 말을 배우고 사물을 인식할 때부터 아이가 하찮은 사물에 감동을 느끼게 하고 잘 보이지 않은 것에 관심을 갖고 사고의 폭을 유도하기 위해서는 학부모와 교사의 노력이 필요합니다. 연관된 주제의 자료들을 찾아 제시하면서, 밥하랴 빨래하랴 집안일로 언제나 바쁜 엄마는 아기가 책을 읽어달라는 부탁에도 "잠시만 기다려"하고 식사준비를 하고 있었습니다. 그런데 갑자기 조용하여 뒤를 돌아보니 아기는 책 속의 아기를 똑같이 따라하고 있더라는 것입니다. 그러니까? 아이에게 좋은 그림책을 주었기 때문에 아기의 시선을 붙잡을 수 있었던 것입니다. 아이들이 다음 이야기를 이을 수 있도록 끊임없이 아이들의 질문을 이끌어내는 교육이야말로 자라는 아이의 뇌 기억에 활력이 될 것입니다. 아이가 정상적으로 모국어를 배울 수 있게 되려면 5세를 지나기 이전에 양질의 말 자료를 충분히 접하게 해야 합니다. 이러한 말 자료(그림책)에 자주 접하는 경험이 없는 아이는 어떠한 이유로든 박탈되면 언어발달이 지장을 받습니다. 아이들에게 부모가 권장하고 싶은 좋은 책과 서로 친해질 수 있도록 내용을 설명을 해주어 흥미를 가질 때까지 절대로 부모가 서두르지 않아야 합니다. 같이 책을 읽으려면 부모가 먼저 할 일은 아이들과 친구가 되어야 합니다. 『칭찬은 고래도 춤추게 한다』라는 책이 출간되어 베스트셀러가 되었습니다. 아이들의 훈육에도 칭찬만한 것이 없을 것입니다. 아이는 태어나 처음 대면하는 부모와의 건강한 애착 형성을 통하여 긍정적인 관계를 배워나가게 되고 이로 인하여 다른 사람들과 관계형성을 하는 데 기초가 되는 것입니다. 긍정적인 경험에 가장 중요한 것으로는 바로 칭찬을 들 수 있습니다. 아이들에게 참고 기다리는 습관을 가르쳐야 합니다. 딸기를 그릇에 담아 3명의 아이들 앞에 놓고 먹지 않고 엄마가 잠시 후 돌아올 때까지 기다리면 "더 준다"라는 말을 한 후 아이들의 반응을 지켜보니 세 아이 중 두 아이는 딸기를 "먹어 버린" 것입니다. 한 아이만 딸기를 먹지 않고 기다렸고, 엄마는 약속대로 그 아이에게 딸기를 더 준 것입니다. 이것을 심리 용어로 "지연만족遲延滿足"이라고 합니다. 이렇게 해서 아이들이 참고 기다린 후에는 칭찬이 있고 보상이 따른다는 만족감을 알게 하는 것입니다. 유아기에는 만족지연능력이 증가한다고 합니다.

여기에는 자신의 정서를 통제하는 능력이 작용한다고 합니다. 이러한 정서조절과 정서표현의 실질적 체험을 통해서 "정서지능"이 높아진다는 것입니다. 정서지능과 영리함cleverness: 知性; intelligence을 높이기 위해시는 구체적이고 실제적인 체험이 아이들의 생활 속에서 이뤄져야 할 것입니다. 가족들이 표정과 감정을 읽는 연습이 필요하고 화와 질투를 비롯한 충동 등의 감정을 어떻게 처리해야 하는 것도 가르쳐야 합니다. 그래서 아이들에게 동화책을 읽어주고 책속의 인물을 통해 감정을 표현하는 방법 등을 배울 수 있게 해야 합니다. 앞서 이야기에 문제점은, 참고 기다린 한 아이에게 딸기를 더 준다고 약속을 지키느라 엄마가 딸기를 먹지 않고 남겨둔 아이의 그릇을 들고 주방으로 가버리자 순간 아이는 울음을 크게 터뜨리며 당황한 것입니다.

아이에게서 딸기 그릇을 가져갈 것이 아니라 주방에 남아있는 여분의 딸기가 담긴 그릇을 주방에서 가져와 참고 기다린 아이에게 더 담아줬어야 아이의 기다림의 기억은 더 큰 교육의 효과가 있는 것입니다. 칭찬을 할 때는 구체적으로 정확하게 짚어줘야 더 큰 효과가 있었을 것입니다. 아이에게 참는 교육이 됐는지! 울음을 터뜨린 아이에게 원치 않는 상처로 기억이 됐는지는 알 수는 없습니다! 계속해서 일관성 있게 이뤄진다면 행동주의심리학이론에서 주장하는 학습이 이뤄져 좋은 습관과 성품이 형성될 것입니다.

　칭찬할 때 경계해야 할 것은 과도한 칭찬이나 무분별한 칭찬입니다. 이것은 아이들로 하여금 오히려 치열하게 경쟁해 더 빨리, 나만을 위해 쟁취하며 살아가는 아이로 변하게 할 수도 있는 것입니다. 또한 반대의opposite 행동에도 반복해서 칭찬을 하는 것도 삼가해야 하며 인격이나 성격과 능력에 대한 칭찬은 효과적이지 않습니다. "착한 우리 자식 착하구나!", "마음이 천사구나!", "참으로 훌륭하구나!" 등은 좋은 칭찬이라 할 수 있습니다. "부모가 하지 말라"는 약속을 지켰을 때 칭찬을 하는 게 좋은 것입니다. 칭찬은 잘했을 때에 하는 것이며 결과가 좋지 않았을 때에도 한다는 차이가 있습니다. "열심히 애썼는데 안타깝구나!" 등의 표현으로 마음을 알아주고 공감해줄 때에 아이에게 칭찬 못지않은 힘이 될 수 있을 것입니다. 자신이 잘하는 것은 아이들을 웃게 만드는 것이 중요합니다. 아이들은 한 번 웃으면 무장해제가 됩니다. 아이들에게 더 가까이 가려면 재미있는 말 걸기와 눈을 마주치며 먼저 "안녕" 인사를 하거 손을 잡거나 머릴 쓰다듬거나 어깨를 어루만져 주는 친밀감親密感을 조성해야 합니다. 아이가 엄마의 말을 너무 듣지 않을 아이에게 눈물을 보이는 것도 하나의 교육이 될 것입니다. 단 아이가 겁에 질리게be terrified 큰 소리로 울면 역효과가 날 것입니다. 볼을 타로 내리는 엄마의 눈물을 본 그 순간at that moment, 뜻밖의unexpected 엄마의 눈물은 아이의 헝클어진 마음을 빗질해 줄 것입니다. 허약한 마음을 강하게 해주는 건 엄마라는 자리입니다. 그러한 일들의 끝에 어느 날 아이는 책을 들고 읽기에 길들여 질 것입니다.

우리는 생을 다할 때까지 학생의 신분이라고 생각을 해야 합니다. 인간은 만물을 관장하는 신이 아니며 또한 진리를 깨달았다는 부처도 아닌 인간입니다. 작금의 우리 사회의 현상을 보면, 고달픈! 삶과 학업에 지친 우리 청소년들의 유일한 스트레스해소용이 바로 스마트폰일 것입니다. 그래서인가! 하루는 부산을 가려고 김해 경전철에 올랐습니다. 그런데 많은 승객으로 인하여 경로석에도 학생들이 모두 차지하고 있었습니다. 앉아 있는 승객 대다수가 귀에 이어폰을 끼고서 스마트폰을 들여다보고 있어서 아무도 자리를 비켜주려는 승객은 없더군요. 다행히도 몇 정거장을 지나서 반대편에 자리가 비어서 앉을 수가 있었습니다. 백색 줄로 이어진 이어폰을 끼고 스마트폰 자판을 눌러 문자보내기에 열중하느라고 보이지도 않고 들리지도 않았을 것입니다. 두루마리나 원고지에 나름의 사연을 적어 마음을 전하는 문자가 아니라 거의 완벽에 가까운 지능을 가진 손 안의 컴퓨터! 스마트폰으로 일상의 대화나 전하고 싶은 소식을 조용히 자판기를 눌러 보내는 새로운 문자시대의 광경을 보니 나 같은 독수리 타법은 구닥다리 표본이 되어버렸습니다.

20여 년 전만 하더라도 대중교통을 이용하면 옆자리에 앉아 있는 사람의 삶의 이야기도 꽤 많이 알 수 있었고 현재의 광속光速으로! 달린다는 KTX 고속열차를 타도 큰소리로 주고받는 개인의 사생활도 엿들을 수 있었습니다. 그러하던 시절이 자취를 감추고 세상이 갑자기 조용해진 듯합니다. 원인은 스마트폰이 기하급수적으로 늘어난 뒤 대다수 사람들이 통화보다 문자를 많이 사용한 탓입니다. 음성을 들으며 통화를 하는 사람이 늙은이들뿐인 결과입니다. 비밀을 이야기할 땐 문자가 좋은 것입니다. 알 수 없는 묘한 미소·문자판을 누를 때 눈 깜빡임·무표정한 얼굴·코 흘림으로 훌쩍거림 등의 표정으로 앞 편 8개의 좌석엔 노인 한사람만 빼고 모두가 스마트폰에 열중이었습니다. 최근 청소년의 스마트폰 사용이 늘면서 소음성 난청이 증가하고 있다는 것입니다.

그것만이 아닙니다. 어려서 스마트폰을 많이 접한 아이들의 언어 발달을 늦춘다는 연구결과가 발표되었습니다. 집안일을 하는 어머니가 아이의 시선과 설레발치는 아이를 잠시 행동을 자제시키거나 시선을 돌리려고 아이에게 스마트폰 화면을 보게 하여 그러한 결과라는 것입니다. 또한 건강보험공단 발표 자료에 따르면 소음성난청으로 진단받은 환자 중 30대 이하가 전체의 38%를 차지하는 것으로 나타났다는 것입니다. 60대 이상이 차지하는 17%인 것에 비해 2배 이상 많은 것입니다. 이전에는 주로 노인이 난청難聽을 앓았지만 지금은 젊은 층이 난청으로 어려움을 겪고 있는 것입니다. 특히 10대 환자들이 최근 5년 사이에 30% 가까이 증가했다는데 심각성이 있는 것입니다. 이러한 소음성난청騷音聲難聽 증가는 이어폰을 이용해 큰 소리를 장시간 반복적으로 듣는 것이 한 원인이라는 것입니다. 소음성난청은 귀로 들리는 소리의 강도와 작용시간에 영향을 받을 것입니다. 학생들이 음악을 즐겨 듣는 버스와 지하철을 비롯한 인파가 많은 장소에서 발생하는 소음은 60~80데시벨 수준인데 반해 음악을 잘 듣기 위해선 80데시벨 이상으로 볼륨을 올리고 이어폰으로 들으면 공기의 저항을 거의 받지 않은 큰 소리가 직접 고막에 충격衝擊을 준다는 것입니다. 80데시벨은 지하철이 승강장으로 들어올 때 나는 소리나 진공청소기의 소음 정도와 같다는 것입니다. 이러한 것이 귀에서 이명耳鳴(귀 울림) 소리가 나게 되는데 이명은 주로 귀에서 음파音波를 전기 신호로 바꾸는 달팽이관에 이상이 생겨 나타나는 현상이라고 합니다. 따라서 이명은 대부분 소음성 난청으로 귀가 상하는 신호소리라는 것입니다. 이명은 날씨가 추우면 더 심해지고, 날씨가 추우면 외부 활동을 줄이고 집 안에서 생활하는 시간이 늘어 실내에서 주로 활동하기에 이명을 크게 느끼며 밤에는 더욱 큰소리로 들려 잠들기가 쉽지 않은 것입니다. 일교차가 크면 중이염 등 귀에 염증질환이 늘기 때문이라는 것입니다.

앞서서 스마트폰 검색에 열중하고 있는 그들을 바라보니 걱정이 앞서더군요. 그들의 눈과 귀는 주변의 사물事物과 덜컹이며 달리는 차 소리도 들리지 않을 것입니다! "여러분? 딱 1분만 눈을 감고 귀를 막아보세요? 주변사람들의 대화나 차의 엔진소리와 가속되어 달리며 차가 허공을 가르는 바람소리가 들리나요? 그렇다면 눈을 감은 상태에선 무엇이 보이나요? 아마 빛줄기들이streaks of light 눈꺼풀eyelids 앞을 지나며 점점 줄어들어 없어지는dwindling 것이 보일 것입니다! 전혀 들을 수도, 볼 수도 없는 삶은 과연 어떨까요? 암흑暗黑과 침묵沈默 속에서 산책散策을 하고 있는 것입니다." 이렇게 나는 스마트폰에 열중인 그들에게 강의를 하고 싶은 생각에 잠겨 있는데, "워~매! 무슨일이다냐? 시방" 인신공격人身攻擊은 아니지만 나와 정면에 앉아서 스마트폰에 열중이던 멀리고! 자기마음대로 못생긴 여학생이 갑자기 "에취"하고 재채기를 하여, 내 앞으로 엄청나게 많은 더럽고 냄새scent나는 파편이 날라왔습니다. 그렇게 해 놓고도 미안해한 얼굴이 아니고 스마트폰을 들여다보느라고 옥수수공장문을 열고(누런 이빨을 드러내 놓고; 입을 벌리고) 희죽거리며 종착역인 부산 사상역까지, 파편을 피하려고 날쌔게 움직이지scamper 못한 늙은이는 그 이튿날 병원으로 달려갔습니다. 두 손으로 스마트폰 자판을 누르느라고 갑자기 나온 제체기를 하면서 입을 막지 못한 것 때문에 늙은 내가 기억에 남을 만한memorable 큰 봉변(감기)을 당했습니다.

독자님들이라면 어떡하겠습니까? 이들의 모습을 보면 시각視覺/deaf청각聽覺/blind장애인, 장애인들의disabled people 모습입니다! 아마도 대다수大多數의 청소년과 젊은이들은 집에서도 그럴 것입니다! 스마트폰이 나온 뒤 나쁜 범죄에 노출된 위에서 언급했던 청소년들이 많아지고 있는 현실에 걱정입니다. 2015년 3월말 30대 남성이 가출 여중생을 살해한 사건이 발생했습니다. 이들 만남의 시작은 스마트폰 랜덤채팅real dam ching 앱app: 어플리케이션; Application이 었습니다. 스마트폰이 보급된 이후로 700개가 넘는 랜덤채팅앱이 등장했고 대부분의 앱은 개인정보 인증절차를 거치지 않으며 채팅의 대화내용도 저장기간도 1개월이 채 안 된다는 것입니다. 이런 약점을 악용해 가출 청소년들의 성매매에 이용되고 있다는 것입니다. 이용 건수가 2008년 850건에서 2013년 3,700여건으로 5년 만에 4배가 넘게 증가할 정도로 문제가 심각하다는 것입니다. 그러나 채팅앱의 등록은 해당 앱스토어 자체 심사 통과만 요구할 뿐 별다른 국내법상 신고나 허가도 필요치 않고 랜덤채팅이라는 서비스 유형 때문에 방송통신위원회는 청소년불가 결정을 할 대상도 아니라는 것입니다. 이러한 여러 취약점 랜덤채팅앱이 청소년 성매매의 온상으로 만들고 있는 것입니다. 익명채팅의 청소년 성범죄 문제는 과거 PC 인터넷 메신저들이 유행할 때부터 제기된 오래된 사회 문제이지만 현재까지 같은 문제가 반복된다는 것은 아직 개선돼야 할 부분이 많다는 것입니다. 랜덤채팅앱 개발자를 위한 가이드라인을 제시하여 앱의 실질적인 유형 분석을 통한 규제방안 등 문제점이 있는 부분을 수정하고 보완하여 성범죄뿐만 아니라 많은 범죄에 노출된 우리 청소년들을 보호할 수 있는 제도를 하루 빨리 마련해야 될 것입니다.

위와 같은 좋지 않은 범죄의 온상이 되고 있는 결과에도 요즘은 사람들이 스마트폰을 눈에 달고 사는 것 같습니다. 심지어 식사자리나 술자리에서도 스마트폰만 들여다보는 모습을 종종 봅니다. 스마트폰이 없으면 불안해서 어쩔 줄 몰라 하기도 합니다. 이러한 현상懸象을 보고 스마트 병이라 할까요? 차를 타거나 길을 걸을 때도 · 또는 연인과 산책을 하면서도 · 오랜만에 할아버지, 할머니가 오거나 부모 형제의 일가친척이 와도 · 스마트폰에 눈이 가 있는 손 안에 든 반사된reflected 스마트폰 화면에 예의범절禮儀凡節을 모른 채, 자판을 누르거나 화면을 보며 입은 있으나 모든 대화는 스마트 폰으로 이루어지는 것입니다. 결국 곁에 있어야할 소중한 사람이 자기 곁에 있지만 서서히little by little 너무 먼 관계가 되어 가는 것입니다. 이 때문에 바야흐로 스마트폰이 없이는 못 사는 포노 사피엔스Phono Sapiens 시대가 도래한 것이 아니냐 하는 분석도 나옵니다. 2014년 국가 수준 학업성취도 평가 결과를 보면 중고교 기초학력 미달 비율이 전년도에 비해 높아졌고 도시와 농촌 간에 학력 격차도 심해졌다고 합니다. 초등학교 때의 학력 부진이 중고교로 이어졌을 가능성이 커졌다는 것입니다. 바로 스마트폰이 원인입니다.

우리나라 운전자 10명 중 9명은 운전 중 휴대전화 문자를 보내거나 받는 문자를 확인한다는 조사 결과가 나왔습니다. 운전이나 보행 중 스마트폰 사용이 많은 반면 주거지 도로 운전을 할 때 안전운전 위반율은 높아 교통사고 위험은 커지는 것으로 나타났다는 것입니다. 전국 성인 남녀 1,000명을 대상으로 조사한 결과 2015년 국민 교통안전 의식 조사 결과를 보면 전체 응답자의 90% 이상이 운전 중 문자를 보내거나 확인을 한다고 답을 했다는 것입니다. 그나마 다행으로 운전 중 문자를 보내거나 확인하는 경우(복수응답)는 신호대기 때가 가장 많았다고 했습니다. 스마트폰이 우리의 실생활에 어느 정도 스며들었는지를 알 수 있는 통계자료입니다.

이토록 삶에 분주한 나날들을 살아가면서 책 한 권 들기 어렵다 여겨질지도 모릅니다. 그렇다 해도 잠깐, 생각을 해 보십시오. 내 머리와 가슴이 같이 만져질 수 있는 체험은 쉽게 할 수 없을 것입니다. 오늘 책 한 권 끼고 출근하여 업무 중 잠시 쉬면서 스마트폰 화면을 물리치고defeat 대신 손끝에 침을 발라 책장을 넘겨보십시오.

최근 미국의 국민들의 스마트폰 관련 조사에 의하면, 디지털 중독中毒에 빠져 있는 미국인들 대다수가 하루에 110번 이상을 들여다본다는 것입니다. 스마트폰을 안보면 77%가 불안하다는 답을 했다는 것입니다. 그래서 우리나라에선 그러한 것을 방지하기 위해서 "디지털 디톡스(해독작용: detox)" 캠핑이 이루어지고 있지만 미미할 뿐이라는 것입니다.

우리 정부도 3~59세의 스마트폰 이용자 1만 8,500명을 조사했는데 청소년 31%가 중독위험군이라는 것입니다. 특히 맞벌이 가정의 여중생들이 스마트폰에 중독될 가능성이 가장 높은 것으로 나타났다는 것입니다. 또 개인용 컴퓨터PC를 이용한 인터넷 중독은 줄어들고 있는 반면에 스마트폰이나 태블릿PC을 이용하는 스마트폰 중독은 갈수록 크게 증가했다는 조사결과라는 것입니다. 미래창조과학부와 한국정보화진흥원은 2014년 인터넷과 스마트폰 중독 실태조사 결과를 발표했는데, 3세 이상에서 59세 이하의 인터넷과 스마트폰 이용자 1만 8,500명을 대상으로 가구 방문과 대인 면접조사 결과에 따르면 전체 스마트폰 이용자 중 중독위험군中毒危險群 비율은 14.2%로 전년보다 2.4% 높아져 첫 조사가 시작된 2011년(8.4%)과 비교하면 5.8%가 늘었다는 것입니다. 스마트폰중독위험군은 스마트폰 과다 사용으로 인한 금단증상과 일상생활 장애로 가상세계假想世界를 지향하는 등의 증상이 나타나는 경우를 말하는 것입니다. 청소년 중독위험군 비율이 29.2%로 2013년보다 30.7% 늘어난 것입니다. 2011년 후 3년 연속 증가되고 있는 것입니다. 성인(11.3%)보다 2.6배가 많은 수치인 것입니다. 성별로는 여학생 중독위험군이 29.9%로 남학생(28.6%)보다 1.3%가 높은 것입니다. 학령별로는 중학생이 33%, 초등학생이 26.7%이나 고등학생이 27.7%보다 높았으며, 고위험군도 가장 많은 것으로 나타났다는 것입니다. 가정 형태로는 맞벌이 가정 청소년 (30%)이 스마트 중독 위험이 상대적으로 취약하다는 조사 결과라는 것입니다.

스마트폰 중독위험군이 증가하는 반면에 국내 전체 인터넷 이용자 가운데 중독위험군은 6.9%로 전년의 7%보다 0.1포인트 감소를 했는데 첫 정부 조사가 시작된 2004년 14.6%였던 인터넷 중독위험군 비율이 10년 만에 절반 수준으로 줄어든 것입니다. 이러한 결과는 PC보다는 스마트폰이나 태블릿 PC을 많이 사용하는 현상인 것입니다. 스마트폰 중독 위험군은 스마트폰과 다사용으로 인한 금단과 내성을 지니고 있으며 이로 인해 복잡한complicated 일상생활장애가 유발된 상태라는 것입니다. 조사에서 중학생 84.6%, 고등학생 92%가 스마트폰을 사용하고 있다는 것입니다. 특히 공통점이 있는in common 것은 위험군에 속하는 청소년들 중 절반 이상(53.4%)은 "스마트폰사용이 공부에 지장을 준다"고 했으며 "스마트폰 사용에 많은 시간을 보내는 것이 습관화됐다"는 청소년도 51.6%가 "스마트폰을 그만해야지 생각하면서도 계속 하고 있다"는 것이고 49.6%가 "스마트폰이 없으면 불안하다"고 답했다는 것입니다. 만 3~9세 어린이 중 과반(52%)이 스마트폰을 사용하는 등 스마트폰에 과다하게 노출되었다는 것입니다. 아이들의 하루 평균 스마트폰 이용시간은 1시간 21분으로 조사가 됐는데 하루 2시간 이상씩 스마트폰을 쓰는 어린이 비율도 63.6%나 됐다는 것입니다. 스마트폰을 쓰는 어린이를 둔 부모의 33.6%는 "아이가 스마트폰을 과다사용한다"고 걱정을 하고 있다는 것입니다. 특히 부모 중 절반(50.1%)은 스마트폰사용으로 인해 자녀와 갈등을 겪고 있다는 것입니다.

전문연구원의 조언은 "아이가 하는 게임을 파악한 뒤 내가 먼저 장단점長短點을 설명해주고 대화를 시작하니 아이가 나중에는 자연스럽게 스스로 게임을 통제하기 시작했다"고 경험을 말했습니다. 만약 자녀의 게임 시간을 줄이고 싶다면 그 시간에 무엇을 할지도 생각을 해야 합니다. 가령 하루에 3시간씩 게임시간을 1시간으로 줄인 뒤에는 나머지 2시간 동안 책을 읽게 해야 할지 아니면 다른 야외활동을 할지 계획을 세워야 할 것입니다. 부모가 일방적으로 복잡한complicated 계획을 짜서 무엇을 하라고 명령을 하기보다는 자녀가 하고 싶은 것을 묻고 함께 계획을 짜서 스스로 지키도록 유도를 해야 좋은 결과를 얻을 것입니다. 영유아 시기부터 부모가 아이에게 많은 단어를 들려주고 상호작용相互作用을 적극적으로 하는 것이 아이의 언어 발달에 유리할 것입니다. 아이에게 책도 많이 읽어주면 상호작용에 많은 도움이 될 것입니다. 상호작용을 활발하게 하려면 일방적으로 책을 읽어주는 것보다는 아이의 관심사에 맞춰 책을 매개로 대화를 하는 게 중요합니다. 보모가 아이에게 들려주는 단어 수가 많을수록 부모와 아이의 상호작용 횟수가 많아질 것입니다. 부모와 자녀의 관계는 일방적으로 지시하거나 관리를 하는 "매니지먼트"가 아닌 인격적으로 지지하고 조언하는"멘토링"의 마음가짐을 가져야 합니다. "믿는다. 확신한다. 인정한다." 세 가지의 멘토링mentoring: 풍부한 경험과 지혜를 겸비한 신뢰할 수 있는 사람이 1:1로 지도와 조언하는 것 마음가짐이 중요합니다. 우리 사회는 또 다른 문제로 고민거리가 생겼습니다. 휴대전화가 없는 상황을 견디지 못하는 사람을 노모포비아Monophobia: 고독공포증;

외로움과 외로워하거나 혼자 있는 것을 두려워하는 것, 때문에 잠을 자면서도 스마트폰에 대한 강박强迫 때문에 문자메시지를 확인하고 일어나서는 기억을 못하는 "몽유 문자병", 실제로는 아무런 알림이 없는데 스마트폰 진동을 느끼는 "유령 지동 증후군" 등의 새로운 신조어가 그 예입니다.

요즘 들어 신경정신과를 찾는 사람이 늘고 있다고 합니다. 이들은 인지 혹은 기억의 저하·의기소침·환각·망상 등을 호소한다는 것입니다. 사회의 문제가 될 것입니다. 기술은 보통 우리를 더 똑똑하고 더 생산적으로 만들어준다고 생각됐지만 공감共感을 높이거나 더 현명하게 해준다고 생각되진 않습니다. 그러나 사람에 대한 기술 관심은 높아지고 있는 실정입니다. 인터넷 기술은 기본적으로 공감을 확장할 수 있는 기능이 담겨 있습니다. 멀리 떨어진 네팔에서 터진 지진의 참사에도 사람들이 마치 옆집에서 일어난 일처럼 받아들이고 빠르게 의견을 나눌 수 있는 것은 인터넷 덕분입니다. 이러한 기술의 장점을 잘 살리기 위한 노력이 최근엔 더 활발해지는 추세입니다. 그러나 이러한 기술의 발달 뒷면에는 나쁜 결과도 만만치 않습니다. 그것은 성인의 게임중독을 비롯한 청소년들의 음란淫亂물 노출 등 사회적인 문제에 중독되어가는 게 문제입니다. 최근 영국에선 스마트폰 중독자인 최하위 성적 학생과 최상위 학생들의 스마트폰을 교무실에 보관을 하고 5개월 후 시험을 보았는데, 하위 그룹의 성적은 27%가 올랐지만 상위 그룹은 변동이 없었다는 것입니다. 그러니까? 상위그룹은 스마트폰이 있어도 절제하는 능력이 있었다는 결과라는 것입니다. 더비대학교 스마트폰 중독연구에 참여한 자히르 후세인 박사는 "스마트폰은 중독을 일으키는 존재로 담배나 알코올보다 문제가 있다"고 했습니다. 실제로 우리 주변에서 횡단보도를 건너며 좌우를 살피기보다는 이어폰을 귀에 꽂고 고개 숙여 스마트폰에 집중하는 학생들과 커피숍에 마주앉아 스마트폰을 보며 대화하는 연인들을 비롯하여 가족 외식자리에서 SNS에 열중하는 자녀들을 흔히 찾아볼 수 있습니다. 스마트폰 중독으로 인한 가장 큰 폐해는 사람들의 생각이 사라지고 있다는 것입니다. 손만 대면 쏟아지는 정보의 홍수 속에 사고의 폭이 좁아지고 옳고 그름의 주체적인 판단력判斷力을 잃고 있는 것입니다. 조용한 사색과 명상인 종이책 독서와 신문읽기는 스마트폰앱을 이용할 정보검색으로 바뀌었고 정보 검색능력이 풍부한 지식에 대체되고 있는 것입니다.

실제 2013년 한국 성인의 연평균독서량은 9.2권으로 OECD 국가 중 최하위권이고 성인 1,000명 중 312명이 1년 동안 단 한 권의 책도 읽지 않고 있다는 것입니다. 편지·책읽기·암산·손 글씨 등 아날로그 감각을 통한 인문학적 소양의 회복이 시급합니다. 아날로그 감성을 회복하기 위해서는 디지털 기기와 관련 없는 취미활동을 갖는 것이 중요합니다. 산과 들로 자연으로의 여행으로 풍부한 감성을 되찾고 독서 등의 생각을 깊게 할 수 있는 인문학적 활동을 통해 사고를 확대해야 합니다. 스마트한 바보의 세상을 아날로그 감성으로 되찾아야 합니다. 그러나 스마트폰은 세월이 흐를수록 더 많은 문제를 야기시킬 것입니다. 이처럼 일찍부터 미디어에 노출되는 아이들을 위해, 정부는 인터넷과 스마트폰 중독 위험에 선제대응하기 위한 인터넷 중독 예방 및 해소 추진 계획을 내놨지만, 스마트폰 과다 사용을 예방하는 스마트 미디어 청정학교 14곳을 지정해 운영할 계획이라는 것입니다. 광역시도 중심의 지역 인터넷 중독 고위험군 청소년을 대상으로 합숙을 통하여 인터넷 중독을 치유하는 국립 청소년인터넷드림마을도 연간 6회를 운영하고 향후 13회로 확대·운영하기로 하였으며 중학생을 상대로 33% 6시간 이상의 치료에 50만 원을 지원하겠다는 것입니다. 이러한 현상을 방치키 위해 프랑스에서는 초등학교에서부터 신문을 보는 시간이 있다고 합니다.

다행히도 우리나라 몇 곳의 실업고등학교에서도 "통찰과 성찰이 경영에 도움이 된다"는 취지 아래 신문을 읽는 시간을 마련했는데, 신문은 통합교과서 일부라며 "시사적인 사건에 흥미를 느낀다"는 학생들의 반응이라는 것입니다. 활자活字 속에서 또 다른 자아自我를 만나는 것입니다. 신문읽기 멘토 mentor: 조언하는 사람들의 말을 따르니 "집중력이 생기고 스마트폰을 보는 시간이 짧아 졌다"는 평입니다. 책과 신문을 읽으면 느린 뇌가 창조創造의 공간을 만든다는 것입니다. 포털 사이트에서 몇 초면 지구의 반대편 소식을 알 수 있는 지금의 세상, 포털 사이트를 보면 금방 알 수 있는 중요한 내용이 먼저 뜹니다. 그러나 지면紙面은 내가 보지 않는 면을 볼 수가 있습니다. 빠른 속도로 지나치는 미인보다 천천히 마주보며 걸었던 미인의 얼굴이 기억 속에 각인되어 있을 것입니다. 스마트폰 자아시간 하면 정신적으로나 몸 건강에 좋지 않다는 것을 다 알고 있는 건 사실이라는 것을 다 알고 있을 것입니다. 알고는 있지만 없으면 허전하고, 먹는 음식에 뭔가 빠진 느낌을 주는 화학조미료 같이! 우리 생활에서 스마트폰도 그런 존재가 되어 버린 것입니다.

최근에recently 한 고등학교에서 스마트폰이 없는 학생이 몇 명이나 있을까를 조사했는데 2학년 36명 전원이 스마트폰을 가지고 있었다는 것입니다. 학생들에게 스마트폰 없이 일주일을 견딜 수 있는지를 물어보니 대답은 전원이 "못 한다"라고 대답을 하였다는 것입니다. 이처럼 스마트폰은 우리의 생활 속 깊게 자리 잡고 있는 것입니다. 그러나 스마트폰을 가지고 있는 모든 사람들은 스마트폰을 좋아는 하지만 스마트폰의 중독자라고 생각을 하지 않을 것입니다! 나도 모르게 점점 다가오는 스마트폰 중독성의 심각성深刻成을 모르고 있을 것입니다. 현재 국가에서는 스마트폰의 중독 현상이 심각해지고 있는데! 어떠한 명확한 대책을 세우지 않고 있습니다. 스마트폰으로 인한 사고도 자주 일어납니다. 귀에 이어폰을 끼고 스마트폰을 하면서 길을 가다가 듣지도 사물을 보지 못하여 사고를 당하는 경우가 빈번히 일어납니다. 일상생활에서 주변 사물에 대한 주의를 기울이지 않는 학생들이 너무 많습니다. 한밤 중 길거리에서도 쳐다보고·화장실에서 보고·밥 먹을 때도 봅니다. "외식하러 온 한 가족이 식탁에 앉자마자 거의 동시에 모두가 머리를 숙이고 스마트폰을 쳐다보더라."는 목격담은 우스갯소리가 아닙니다. 책읽기와 신문읽기 문화는 큰 변화를 겪어 왔습니다. 1945년 해방 당시 전체

국민의 50% 이상은 문맹자였습니다. 70년의 세월이 흐른 지금 문맹자文盲者는 거의 없습니다. 그런데 교육열이라면 세계 1등이고 고교졸업자 80%가 대학을 가는 우리나라가 경제협력개발기구OECD 국가 중에서 "실질 문맹률"이 가장 높은 나라라는 것입니다. 경제발전과 민주주의가 지식문화와 맺는 관계에는 경제발전과 민주주의는 거대한 "인간 개발"과 지식 발달사의 동력이었습니다. 일본인들이 남기고간 자료로 근근이 시작했던 국립중앙도서관에서는 이제 1,000만 종의 책이 보관되어 있으며 오늘날 한국 젊은이들은 유사 이래 최고의 학력과 창의적인 우수한 두뇌를 가지고 있습니다. 즉 독서의 현대사는 전문지식과 상식을 비롯하여 교양의 역사입니다.

그런데 독서는 정치였습니다. 검열 때문이었습니다. 대한제국 · 조선총독부 · 미군정 · 박정희 · 전두환 · 군부독재는 광범위하고도 공공연한 금서 지정과 가위질을 했습니다. 문제는 검열체제의 습속習俗과 두려움이 우리 가슴속 깊이 내면화하기도 했다는 것입니다. 독서문화는 자주 "운동"을 포함하기도 했습니다. 반면 독서운동도 벌어졌지만, 다른 한편에서는 민족해방과 민중해방을 꿈꾼 사람들이 독서로써 운동했던 것입니다. 종교계에서는 자발적인"저항적 책읽기"의 공간이 되기도 했습니다. 예컨대 4.19 전후(사상계)의 고교생과 대학생을 비롯한 일반 독자들, 그리고 1970~1990년대 서울 · 광주 · 부산 등의 독서회 회원들은 거리에서 가장 열심히 싸워 이 나라 민주주의를 업그레이드시킨 주인공들입니다. 우리나라의 독서 역사는 "지적 격차의 사회사"에 결부된 것입니다. 우리나라에선 학력과 학벌을 향한 경쟁은 늘 치열했습니다. 지배계급은 학력과 학벌의 격차를 유지하거나 더 크게 하기 위해 헌신적인dedicated 노력을 했습니다. 반대로 가난하거나 평범한 사람들도 스스로나 자녀를 위해 분골쇄신粉骨碎身하며 교육의 기회를 조금이라도 더 얻고자 노력을 했습니다. 독서는 누구에게도 결코 쉽지 않은 지적知的 활동이지만, 단지 엘리트계급의 것만 아니라 전체 국민의 것이기도 했습니다. 독서는 해방기에나 현대화가 급속히 전개된 1970~1990년대에나 일하는 사람들을 "노동계급"으로 형성하는 데 기여를 하였던 것입니다. 해방 후 70년간의 독서문화는 이 땅의 현대 민주주의와 깊고도 내밀內密한 관계를 맺어 왔던 것입니다.

독서문화는 일상의 정치요! 문화정치였습니다. 또한 독서는 대중의 성장과 대중성 변화의 한 지표인 것입니다. 베스트셀러라는 존재가 그 대표적인 물적 증거입니다. 베스트셀러로 사회사와 문화사를 보는 일의 장단점長短點이 있습니다. 흔히 베스트셀러가 시대나 사회상을 반영한다는 것이 틀린 말은 아닙니다. 그러나 그 반영하는 거울은 여기저기 깨지고 올록볼록 왜곡되고! 성마르거나 "제정신이 아닌 것"도 있습니다. 베스트셀러는 순식간에 큰돈을 만드는 것이기 때문에 잡다한 것들이 거기에 개입하여 억지로 조작한 대중의 반응을 포함하는 것입니다. 베스트셀러란 따라서 작가와 출판사가 함께 설치한 텍스트 내와 외부의 이런저런 상술을 포함한 시대의 쏠림 현상과 출판자본주의의 상태를 적극적으로 반영한 것도 있습니다. 그러니 독서는 경제현상이기도 합니다. 우리는 책 읽기뿐 아니라 "책 안 읽기"에 대해서도 생각을 해보면 사람이 책을 읽는 이유는 수십가지쯤 되지만 책을 안 읽거나 못 읽는 이유도 수백 가지는 됩니다. 출판사들은 "책이 팔리지 않아 죽을 지경"이라든가 우리나라 국민이 "책 안 읽는 국민"이라는 말을 늘 들어 왔습니다. 실제로 바빠서 · 책 살 돈이 없어서 · 뭘 읽어야 될지 몰라서 등의 유치誘致/childish한 변명을 하면서 책을 안 읽어 왔습니다. 2000년대 이후 영상문화와 인터넷이 급격하게 발달하면서 독서시장과 신문구독이 더욱 위축되고 있는 것입니다. 돌아보면 지난 10년간 우리 사회의 정치와 인권 수준은 퇴보와 퇴행退行의 상황에 놓여 있는 것입니다. 혹 우리나라 독서문화도 이에 발맞추어! 퇴행하고 있는 건 아닌지 모르겠습니다. 독자층의 재형성과 분화를 포함한 "현대의 책읽기"가 점진적 쇠퇴衰退의 길로 가며 다른 어떤 문화로 대체되는지를 살펴보아야 합니다.

디지털기기가 발전 · 확산되면서 신문을 읽는 학생의 비율이 갈수록 떨어지고 있는 것이 안타깝습니다. 나는 김해도서관에 자주 들립니다. 어떤 때는 자료실에 하루 종일 있어도 중앙 신문은 간혹 읽는 학생을 보는데 지방신문은 아애 거들떠보지도 않습니다. 이 글을 읽는 독자님들은 새로운 소식이 가득한 신문을 천천히 읽으면 많은 지식을 가슴속에 각인시켜 언젠가는 삶에 지침으로서 요긴하게 활용할 날이 있을 것입니다. 좋은 문장이 있는 곳을 천천히 느리게 읽으면, 신문도 그렇지만 책을 읽는 방법도 느리게 읽기입니다. 책속의 내용이 공감이라면 나(자신自身)와 같은 감성이 들 것입니다. 그렇다면 작가와 독자의 대화가 되어 들숨과 날숨을 같이 하는 것이나 다를 바 없습니다. 읽기는 삶의 복잡한complicated 일들로 지친 우리 일상에서 휴식이 되는 것입니다. 책과 신문을 읽다보면 나의 생각이 비슷한 사람들이 전 세계 곳곳에 있고, 과거에도 있었다는 것을 깨닫게 됩니다. 몇 해 전 경제협력개발기구OECD 회원국 성인의 문서해독능력을 조사한 비교에서 우리나라가 꼴찌로 드러났다는 것입니다. 쉬운 문자 체계와 높은 교육열과 의무체계 덕분에 누구나 편리한 문자생활을 누리고 있을 것이라는 짐작과 달리 한국은 선진국 중 실질문맹률實質文盲率이 가장 높은 것입니다. 취업서류와 봉급명세서를 비롯하여 약품복용법 등의 일상문서를 제대로 해독할 수 없는 성인이 많다는 것입니다. 특히 대학을 졸업한 고학력자들의 문서해독능력이 조사대상 22개국 중 꼴찌로 나왔다는 것입니다. 누구나 정보를 손쉽게 접근할 수 있는 디지털 세상에선 형편이 달라지지 않은 것이 큰 문제입니다. 학생들이 자신의 특성과 장점을 인식해서 자기에게 알맞은 시간에 최적의 방법으로 자신의 소질을 계발해 나가도록 도와주는 것이 21세기의 포스트모더니즘postmodernism의 교육방법입니다.

교육은 한두 사람만의 독선적 잣대로 모든 학생들을 한두 가지 논리로 집중 주입시켜야 한다는 절대적 가치이론에 따라 행하는 정책은 이젠 통하지 않는 디지털 시대임을 알아야 합니다. 앨빈 토플러가 일찍 말한 대로, 오늘날은 정보의 힘과 역할이 커지는 지식정보화사회입니다. 방대한 규모의 지식 생산은 정보의 유효기간도 단축시키는 효과를 가져왔습니다. 전통 사회에서 노인의 지위가 지금보다 높았던 현상에는 상대적으로 많은 경험과 지식을 지녔던 것도 시대적인 배경이었던 것입니다. 세상을 살다보면 젊음이 부러울 때가 있습니다. 무모한 듯 보이는 도전과 패기는 세상에 부러울 것이 없어 보입니다. 젊음과 참신성을 비롯한 혁신성은 듣기만 해도 힘이 솟는 것입니다. 하지만 때로는 이 무모함無謀涵이 큰 화를 불러 올 수 있기에 우리 어른들은 늘 "젊은이의 패기와 도전정신과 함께 경륜과 경험이 뒷받침되어야만 최고의 걸작품이 만들어진다."고 경험담을 아이들에게 들려주었습니다. 한비자韓非子/중국의 춘추전국시대: 기원전 770~221 법치주의 사상가의 세림상권에 노마지지가용야老馬之智可用也라는 글이 상재되어 있습니다. 뜻을 풀어보면, 구죽국을 침략하려 나섰던 제나라 군사들이 폭풍우가 몰아치는 stormy 깊은 산중에서 길을 잃자 제상이었던 관중이 늙은 말을 앞세워 길을 찾을 수 있었다는 것입니다. 지혜로운 전략가인 관중이 늙은 말의 경험을 빌려 위기에 빠진 군사들을 살렸다는 문장의 뜻은 오랜 경험의 쓰임이 그토록 중요하기도 하다는 것입니다.

오늘날 사회는 정년퇴직 등 이런저런 갖가지 복잡한complicated 이유로 어른들의 경험과 경륜은 갈수록 사라지고 그들이 습득하고 있는 무수한 능력이 묻히는 우리 사회적 손실을 겪고 있습니다. 물론 지금의 첨단시대에 젊은이들의 참신성과 혁신성이 더 필요하지만 어른들의 경험經驗과 경륜徑輪이 합쳐져야만 위기의 순간에 잘 활용하면 슬기롭게 극복할 수도 있는 것입니다. 위기의 순간에도 당황하지 않고 침착하게 대응할 수 있는 것은 오랜 경험과 경륜에서 우러나옴을 깨달아야 합니다. 항상 젊음을 자랑하지 말고 늙음을 무시하지 않는 겸손한 마음으로 모두 최선을 다해서 배우는 것이 지금과 같은 디지털 세상에서는 선인들의 지혜와 합친 실질문맹이 더 중요합니다. 학교라는 제도교육을 마친 뒤에 새로운 지식과 정보에 대한 학습을 게을리 한 결과가 선진국 최악의 실질문맹률로 이어진 것입니다. 그 이유는 최고의 사상체계思想體系를 가졌다는 동아시아 문명이 19세기 서구 제국주의에 처참하게 무너진 이유가 무엇인가요? 중국이나 우리나라가 문명에 섭취해 다른 문명을 수용하지 않은 오만傲慢을 저지른 공통점이 있기in common 때문입니다. 4대문명발상지인 페르시아의 역사로 가진 이란과 이라크나 고대 이집트를 비롯한 그리스로마 문화에 유교 유적 등이 있는 요르단과 달리 아랍에미리트는 석유가 나기 전에는 사람이 거의 살지를 않았던 사막의 불모지였습니다. 문화의 깊이가 부족할 수밖에 없는데 포스트 오일시대를 준비하여 장기적인 문화프로젝트로 지속가능발전의 가열을 박차게 추진하고 있습니다. 태양의 폭력적인 무인도 불모지가 세계적 문화브랜드의 재창출을 목표로 아름다운 건축물과 콘텐츠를 이루어 거대한 예술 공간으로 만들어지고 있는 것입니다. "아라비안나이트" 이야기가 실현되는 듯이 환상적인 아라비아 반도의 두 도시의 현상이 인간의 상상력은 감동感動의 장소로 변하고 있는 것입니다. 두바이가 추진하고 있는 리모델링에 관여하는 어느 CEO 말은 우리나라 기업오너들에게 좋은 교훈이 되길 바라는 것은 어리석은 말일까요!

그곳의 CEO는 "고급스럽고 창조적인 것을 좋아한다"는 것입니다. "크기도 중요하지만 내용물이 더 중요하다"는 말이 우리나라 기업인들이 감동으로 받아들이면 비용이 문제가 되지 않을 것입니다. 세금포탈과 불법자금으로 감옥을 드나드는 우리나라 현실의 다수의 기업인들을 보면 꿈같은 이야기입니다. "문화허브"로 구축하는 사디야트 아일랜드Saadiyat Island: 행복의 섬 프로젝트는 현재진행을 계속하고 있다는 것입니다. 우리는 오일도 없고 자원도 풍부하지 않은 나라여서 오직 첨단의 기기인 디지털 사회는 학교에서 배운 지식의 유효기간을 더 단축시키고 제도교육의 의존도를 낮추어 어느 누구도 모방할 수 없는 첨단사회기반을 조성할 수밖에 없는 것입니다. 지식이 빠르게 낡아버리기 때문입니다. 명문대 졸업장보다 새롭게 확인된 중요 정보를 빠르게 따라잡고 학습에 필요한 용도로 활용할 줄 아는 능력이 갈수록 중요해지는 세상이 되어버린 것입니다.

　오늘날 정보사회에서 각광받는 미국의 정보기술창업자들이 중도에 학위를 포기하고 창업에 뛰어든 배경이기도 합니다. 단순한 지식을 습득하는 것보다 변화하는 지식에 어떻게 적응해야 할까를 배우는 게 더 중요한 세상입니다. 아무리 빛나는 졸업장(명문대 졸업장)을 갖고 있다 해도 디지털 세상에서는 계속 학습하지 않으면 이내 낡은 지식과 권위에 의존하는 구세대가되는 것입니다. 그렇게 되지 않게 위해서는 투자의 귀재 워린 버핏Warren Edward Buffett의 말처럼 수많은 지식이 내재되어 있는 책을 읽고 또 읽어야 하는 것입니다. 그렇게 책을 권하는 세상에서 작금의 우리나라 학생들의 사이에선 "책따"가 유행되고 있다고 합니다. 어느 여학생의 말입니다. "왜 너는 책을 읽니? 책을 펼치면 친구들의 목소리가 귀에 맴돕니다. 처음에는 내가 예민한가! 라고 생각도 했지요. 어쨌든 교실에서 책을 읽기가 꺼려집니다. 스트레스를 받을 것 같아서요! 단지 독서를 좋아할 뿐인데, 중학교 때는 교실에서 책을 읽는 친구가 1~2명은 있었는데, 고등학교 올라오니 쉬는 시간에 교과서와 참고서 외의 책을 읽는 학생들이 아예 사라졌어요. 그래서 친구들이 책을 보는 저를 바라보곤 신기하게 여기고 간혹은 비아냥거립니다."란 서울 모 고등학교에 다니는 학생의 말입니다. "아이들이 책을 읽지 않는다."라는 지적은 하루 이틀 된 문제가 아닙니다. 책따란 책을 읽는 친구를 따돌림 한다는 말의 뜻입니다. 그러한 일들로 인해 최근에는 책을 읽는 친구들을 무시하거나 비아냥거리며 따돌림 하는 분위기까지 생겼다는 우려의 목소리가 학교 현장에서 나오고 있다는 것입니다. 세계 최고의 교육의 나라라는 말이 부끄러운embarrassed 일이 되어 버렸습니다. 과거 휴대용 게임기인 닌텐도를 할 줄 모르면 따돌림을 받아 "닌텐도 왕따(닌따)"라는 말이 학생들 사이에서 유행한 것처럼 독서를 하는 친구를 책따(따돌림)시키는 모습이 생겼다는 현실에 걱정이 아닐 수 없습니다. 우리나라 속담엔 "한 마디 말이 천 냥 빚을 갚는다."는 말이 있습니다. 사람과 사람 사이에 말이라는 것이 얼마나 중요한지를 알려주는 선인들의 말입니다. 속담처럼 잘만하면 천 냥 빚도 갚을 수 있는 게 말인데, 우리들은 이 말을 너무 못해 빚만 늘려가는 것 같습니다. 대다수가 이런 경험이 한 번쯤은 있었을 것입니다. 하려고 했던 말은 이런 말이 아니었는데 잘못 뱉은 말 때문에 후회를 해 본적들이 있을 것입니다! 이 말이라는 것이 어찌나 무서운지 한 번 쏟으면 다시 주워 담을 수도 없어 말馬보다도 빨라 잠깐만 지나면 여기저기로 퍼져나가는 것입니다. 그렇기 때문에 말을 꺼내기 전에 많은 생각을 한 뒤 해야 합니다. 아! 다르고 어! 다른 게 말이라는 것처럼 같은 말이라도 상대가 누군지 어떤 상황인지를 파악을 하고 어떻게 표현하느냐에 따라 그 말을 받아들이는 의미가 달라지고 기분이 달라지는 것입니다.

예를 들자면 부탁을 할 때 "이것 좀 해줘라"보다는 "이것 좀 해주면 안 될까?"라고 했을 때 무언가를 해주고 싶을 것입니다! 또한 말을 할 때는 상대 방을 배려하고 존중하는 마음을 가져야 합니다. 대화를 할 때 상대방에 배려 없이 말을 하게 되면 결국 대화는 틀어지고 서로 간에 화가 날 수밖에 없는 것입니다. 살다 보면 이런 말을 특히 가까운 사람들에게 자주 할 수 있습니다. 하인下人/servant에게 말하듯 "야! 말하지 않는다고 그걸 모르냐? 너랑 나랑 함께한 세월이 얼마인데"이런 말을 하는 사람은 정말 말로 표현해야 할 일을 태도나 행동과 분위기를 통해 자기주장을 하는 것입니다. 감정을 주체 하지 못하고break down 화난 표시를 하기 위해 문을 큰 소리가 나게 닫는다든 지 불만이 있다는 표현을 위해 평소와 다르게 말을 한 마디도 하지 않을 수도 있습니다.

의사소통의 기본을 놓치는 경우가 허다하다고 봐야 합니다. 사실 아무리 긴 시간을 함께 보냈다 하더라도 말을 하지 않았는데 상대방의 마음을 알아 채는 일은 대단히 어려운 일입니다. 의사소통에 오류誤謬를 가져오는 일이 태반입니다. 특히 말을 하지 않고 남에게 도움을 청할 수는 없는 것입니다. 내가 다른 사람에게 도움을 받으려면 말로 요청해야 하는 것입니다. 내가 아무 말 않고 있으면 다른 사람에게 도움을 절대로 받을 수 없는 것입니다. 또 다른 사람에게 도움을 청해서 원하는 것을 얻을 수 있지만 그것은 상대방의 마음먹기에 달린 것이지 그 사람이 꼭 해줘야 하는 의무가 없는 것이기 때문입니다. 그래서 다른 사람이 내 마음을 먼저 알고 배려해주기를 기대해서는 안 되는 것입니다. 말을 하지 않으면 내 생각은 남에게 전해지지 않는 것입니다. 분명한 언어를 선택選擇해 그 뜻을 되도록 정확하게 전달을 하여야 합니다. 주장을 하는 일도 만찬가지 입니다. 주장主將하고 싶은 것이 있으면 솔직하게 말해야 됩니다. 자기주장이 분명한 사람이라는 다소 고집이 센 사람이라는 판단만 감수하면 다른 문제는 없습니다. 문제는 말로 하지 않고 태도나 행동과 분위기를 통해 자신의 생각을 이해시키려는 경우, 상대방이 자신의 생각을 모르거나 잘못 받아드리는 일이 생겨 따돌림 당하는 사람 outcast이 되는 것입니다. 그런 경우 결국은 화를 내고 자신의 생각을 설득하려고 공격적이 되거나 일단 자신의 주장을 거두지만 속으로는 못된mean 앙심怏心을 품을 수도 있는 것입니다. 말하기 전에 상대방의 마음을 먼저 헤아려주는 동정은sympathy 센스감각이 뛰어난 일이라고 생각하는 사람들도 있습니다. 그래서 주장하지 않아도 알아줘야 하고 부탁하지 않아도 뭔가를 해주기 바라는지 알아야 괜찮은 사람이라고 판단을 하기도 합니다. 그런 사람들을 흔히 배려配慮를 잘하는 사람이라고 부르는 것입니다. 배려하기는 정말 어렵습니다. 잘 되면 괜찮지만 안 될 경우는 불화를 불러오기 때문입니다. 배려는 사람 사이에 위와 아래가 있는 관계關契 구도를 만들기도 합니다. 상대방을 스스로는 아무것도 못하는 사람으로 보거나 부탁조차 못하는 사람으로 오인을 할 수도 있는 것입니다. 또 상대방의 삶을 참견하는 것처럼 보일 수도 있는 것입니다. 상대가 부탁하지 않았는데 끼어드는 일이기 때문입니다. 우리 사회가 온통 자신 외에는 배려를 못해서 문제가 많다고 합니다. 나 아닌 사람을 배려하자고 합니다만, 이런 현상은 뒤집어 보면 내가 아닌 상대방이 먼저 나를 배려해 주기를 바라는 것입니다. 나 말고 네가 먼저 나를 배려해

달라는 것입니다. 그렇지만 배려는 선택사항이지 의무나 책임이 아닙니다. 배려는 손을 내민다 해서 나올 수 없는 일인 것입니다. 원하는 일이 있으면 그냥 당당하게 말로 요구하고 주장할 일은 겸손한 표현으로 주장을 하며 살아야 자존심도 서고 시간도 줄이고 서로 간에 오해도 줄일 수 있는 것입니다.

　책의 힘이란 세상을 더 멀리, 더 높이, 더 많이 볼 수 있습니다. 독서는 다양한 상상력과 잠재적인 창의력을 키워주고 지금 내가 살고 있고, 알고 있는 것보다 더 넓은 세상을 만나게 해주며 나를 반성하고 타인他人을 돌아볼 수 있는 가슴 따뜻한 사회를 만들어 더불어 살아가는 행복한 세상을 열어줍니다. 또한 다양한 책을 읽는 그 순간at that moment 독서습관이 길러지며·언어이력의 향상으로 공부가 쉬워지며·글쓰기 능력이 향상되어 서술형평가에 강해지며·자기 표현력이 길러져서 토론討論이 즐거워져 자존감自尊感이 형성되어 자기주도 학습 능력이 향상되는 것입니다. 가치 있는 인생, 그중에서도 가치 있는 청춘을 여는 것, 그것은 지금까지 어떠했는지가 아닙니다. 지금부터 어떻게 살 것인가 입니다. 힘차고 적극적인 이 일념에 달려 있습니다. 그곳(도서관)에 승리의 길이 있을 것입니다. 독서에도 열정과 끈기와 목표가 있어야 합니다. 뭔가 결핍되어 있거나 어렵게 살며 책을 읽어야 하겠다는 간절함 같은 게 있어야 열정이 나오는 것입니다. 열정이 없다면 책을 제대로 읽을 수 없습니다. 책도 대충 읽으면 아무 소용이 없습니다. 끈기와 인내가 필요합니다. 일상에서 "너! 밥 먹었니?"라는 인사의 말은 우리네 통상적인 인사의 말입니다. 그러나 "너! 책 읽었니?"라는 말은 상당히 부담되는 말로 사람들이 싫어하는 말입니다. 그렇다면 어떻게 책을 좋아하고 일상에서 밥 먹듯이 할 수 있을까요? 모든 일에는 노력이 동반돼야 좋은 결과가 나타납니다. 독서도 그런 까닭으로 몸과 마음속에 가득 찬 잡념을 버린 후 가벼운 light-hearted 마음으로부터 이끌림이 책 읽기 첫 번째 수련이 될 것입니다. 수련이 끝나면 오랜 세월이 흘러도 좋은 것들은 자신의 문화로 성장하고 행복한 나를 만들 것입니다. 다양한 책을 읽어서 자신이 미래의 삶을 윤택하게 하려고 노력하는, 힘든 학업에 끊임없이constantly 도전하는데 좋은 밑거름이 될 것입니다. 그 향상向上하는 마음에 청년의 혼이 있을 것입니다.

경주 양동마을 옥산서원 입구에 역락문亦樂門이라는 현판이 걸려 있습니다. 뜻을 풀이하면 즐거움으로 들어가라는 내용입니다. 이 글은 논어책의 학이편 1장에서 차용한 것으로 그 첫 문장이 학이시습지學而時習之하면 불역열호不亦說乎이니라는 글이 상재되어 있습니다. "배우고 또한 그것을 때때로 익히면 기쁘지 않겠는가."라는 배움에서 즐거움을 얻는다는 글입니다. 서양에서도 지식을 배우는 것이 즐거움이라고 여겼습니다. 인간의 본성을 회복하는 르네상스 시대에 공부는 놀이였고 그것도 귀족들이 아주 즐기는 놀이 중 하나였다고 합니다. 그렇다면 현재의 우리나라 학생들은 배움의 설렘이나 기쁨을 가지고 학교 문을 들어갈까요? 아마도 대다수가 그렇지 않을 것입니다! 공부를 지긋지긋해하고 어쩔 수 없이 해야 하는 중노동重勞動 혹은 고통으로 여기고 있을 것입니다.

문인들은 정치 검열檢閱을 연상시키는 순수문학의 조항보다 국가경쟁력 기여라는 부분에 더 많은 우려를 했습니다. 문학의 역할을 계량화된 수치로 평가하는 시장 주의적 관점이라는 것입니다. 인간의 행동은 시간과 장소와 그리고 그 상대가 누군가에 따라 다양한 형태로 나타납니다. 밖으로 나타난 행위들을 보면 대다수의 사람들은 강한 자에게는 약한 모습으로 약한 사람에게는 강한 사람으로 행동을 하면서 뜻밖의unexpected 이익이 되는 곳에는 비굴하게 처신하는 경우를 종종 보게 됩니다. 또한 오랜 기간 동안 친한 관계로 지낸 온 사람이라면 더욱 자신의 소신과 생각을 당당하게 이야기를 못합니다. 장유유서長幼有序의 사회 문화는 타인과의 관계를 어렵게 하는 경향이 없지는 않습니다. 내면에 잠재돼 있는 인간의 가장 기본적인 권력욕·명예욕·지배욕 등은 혼자 있을 때는 잠재돼 있다가 상호관계를 통해 나타나게 되는 것입니다. 인간의 행복과 불행은 어디에서 오는가? 그것은 시대의 유혹과 개인의 분수를 넘어 탐하는 욕심에서 생기는 것입니다. 좋은 인간관계는 우리가 살아가면서 꼭 풀어야 하는 숙제이자 고민거리이지만 한편으로는 정답을 찾을 수가 없습니다. 사람에 따라서 이해를 하고 받아들이는 태도가 다 다르니 그 방법에 대하여 뭐라고 이야기하는 것이 참으로 어렵습니다.

예를 들어 어떤 사실에 대해 다른 사람에게 전할 때 똑같은 사안이라도 전하는 사람에 따라 다르고 듣는 사람에 따라 다르다는 것입니다. 듣는 사람이 그 사실과 가치를 정확하게 파악하지 못하면 전하는 사람의 의도에 따라 잘못된 결론을 내리는 실수를 범할 수 있는 것입니다. 사실fact과 가치價値/value는 다른 것입니다. 사실은 변하지 않는 기본이고 가치는 그 사실을 받아들이는 사람의 경험과 지식의 차이에서 오는 변화된 결과입니다. 이렇다 보니 똑같은 사안이라도 가치부여에 따른 결론에 도달할 수 있는 것입니다. 유혹과 탐욕이 개입되면 사실은 어디로 가고 없고 본인의 이해관계에 따라 전하고 싶은 내용을 전하게 되고 갈등이 유발되는 것입니다. 올바른 가치판단의 기준을 어디에서 찾아야 할까요? 조선 후기 실학의 대가인 다산 정약용 선생은 유배생활 18년 동안 많은 저술활동도 했지만 특히 큰아들 학연에게 편지를 보내서 각별한 마음을 전했습니다. 그 중심내용은 세상의 유혹을 좇기보다는 옳은 길로 가라고 가르친 것입니다. "이 세상엔 두 가지 기준이 있으니 하나는 옳고 그름, 즉 시비是非를 따지는 일이고, 다른 하나는 이로움과 해로움·이해利害를 따지는 기준이다" 편지에서 정약용은 이러한 두 가지의 기준을 가지고 훈육을 한 것입니다. 의사결정의 방법을 풀어보면 첫째, 옳은 것을 지켜서 이익을 얻는 것이 가장 첫째 등급이고, 둘째, 등급엔 옳은 것을 지켜서 해로움을 당하는 것이며 또한 나쁜 것을 좇아서 해로움을 당하는 것이라고 가르친 것입니다. 결론적으로 잠시 이익을 위해서 옳지 못한 일을 따르는 것은 결국 해로움을 당하는 것과 같다는 것입니다. 따라서 당장은 힘들어 보이지만 옳은 길을 향해 한결같은 마음을 가지고 꾸준히 노력하는 것이 언젠가는one day 이익을 얻는 교훈을 준다는 것입니다. 옳음은 멀리 있는 것이 아니라 정직함과 상식에 입각한 수단과 방법의 정당함

속에 있다는 것입니다. 주변에 나쁜 일들이 발생하는 것은 자신에게 있는 것입니다.

그러니까? 주변에 나쁜 일들이 발생하는 것은 나의 가치와 목적에 따른 행동의 결과로 다시 되돌려 받는 것입니다. 세상의 유혹을 물리치고 사회적 사랑으로 이 세상을 이끌어갈 의인 한 사람이 필요한 시대입니다. 모두가 의인이 될 수는 없지만 정의正義를 완성시키고자 하는 각오로 나 자신부터가 의인으로 거듭난다면 다산 선생의 가르침을 실천으로 옮길 수 있을 것입니다. 지금의 세상에 이기적인 유혹과 정의롭지 못한 탐욕으로 부끄러운 embarrassed 삶을 살고 있지는 않은지 반성할 일입니다. 지금이 군사정권 독재 시절입니까? 이인호라는 서양사를 전공한 원로 역사학자가 박근혜 정부 취임 후 청와대에 초청을 받아 대통령 옆자리에 앉아서 "국민 통합을 위해선 국사 교과서를 국정으로 가야 한다."고 건의를 했다는 보도를 보았습니다. 이는 이명박 정권이 들어서고 갑자기 좌편향 교과서 내용을 바로 잡고 또한 근대화와 산업화의 논리를 펴자면서 국사교과서 개편작업에 나섰는데, 저자들의 반발과 야당의 반대에도 결국 백년대계라는 교육의 지침이라고 큰소리를 쳤던 정책에 다수의 출판사들에서 발간된 국사 교과서 내용을 이리 뜯어고치고 저리 뜯어고치는 바람에, 보수단체에선 골칫덩어리인troublesome 종북 從北을 문제 삼았던 부분을 삭제를 하면서 누더기로 만들었던 것입니다. 그래서 교학사에서 발간한 교과서라는 사생아가 태어났던 것입니다. 말만 가지고 싸우는 정치권이 역사를 펙트로 연구한 학계를 이길 수 있다. 원로사학자들까지 반기를 들고 있다. 그러니까 독재의 산물인 유신의 딸, 앞이니까! 의중을 잘 이해를 하고 아양을 떨며 아첨阿諂하는 발언일 것입니다. 그는 이어 친일파親日派 청산의 지령이 모스크바에 내려져 국내에서 친일파 청산 운동이 일어났다고 했습니다. 고대부터 "역사는 승리자에 의해 쓰여 진다 history is written by the victors."는 유명한 말이famous quote 있듯 지금도 통치자 이념에 맞게 쓰려는 사학자들이 있는 것입니다. 사실상 북풍의 원조는 이승만 정권 때 김창룡이란 자가 꾸민 정치적 사건에서 시작되었습니다. 전국대학교수들도 잇단 대를 선언을 하고 있다. 김창룡金昌龍/1920~1956은 1월 30일 반경남도에서 출생 일제강점기 시절 일본군 부사관으로 태평양전쟁에 참천했고 해방 후 1948년 육군 대위로 승진하여 육군본부 정보국 정보장교로 임명되어 좌익으로 활동하는 사람들을 색출하고 검거하는데 앞장섰습니다. 당시 이승만 정권은 6.25 전쟁이 발발하자 전국 각 지역에 있는 보도연맹에 가입한 사람을 죽이라는 명령에 의하여 수만 여 명이 죽임을 당하는 민간 학살사건의 비극적trgic 죽임에 책임이 있는 대통령이 아니라 살인자입니다. 역학학계 집필거부 저항 확산으로 안하여 전국 2,000여 명의 교수가 시국선원을 저항에도 불구하고 시행을 하겠다는 고집을 부리고 있다는 것이다. 다들 아시다시피 현 정권의 한국사 국정화 시도 때문에 당장 먹고 사는데 온 나라가 시끄럽습니다. 경제 추락과 결혼도 못하고 따뜻한 보금자리가 없어 캥거루족을 하고 있는 젊은이들이 기하급수적으로 넘쳐나고 이 시대에 국정화교과서를 만들겠다는 허무 명량한 발상은 누가 만든 것인지 모르겠습니다. 요동치는 국제 정세에 대한 대처도 "역사교과서 국정"보다 정책 우선순위 보다 더 급한 것이 어디에 있습니까? 참으로 신기합니다. 민생을 챙기고 그렇게 부르짖는 여당이나 정권 스스로 논란거리를 만들어 민생이 뒷전이 되도록 "국정교과서"를 밀어 붙이는 박근혜 대통령 자신도 2015년 1월 "새누리당" 전신인 "한나라당" 대표로 했던 연두기자회견에서 우리 역에 관한 일은 국민과 역사에 관한 "역사적 권한 일은 국가와 역사학자의 판단이라고 생각한다. 어떠한 경우든지 역사에 판단한 일은 역사학자의 판단이라고 생각한다. 어떤 경우든지 역사에 관해서 정권이 재당하려고 해서는 안 된다." 역사를 다루겠다는 정부가 역사를 재단을 해서는 안 되는 것입니다. 작금의 역사를 다르겠다는 것은 정부가 정권이입에 맞게 하겠다는 의심을 받게 되고 정권이 바뀔 때마다 역사를 새로 써야 한다는 일이 반복이 되는 것입니다.

역사를 다루겠다는 것은 정부가 정권의 입맛에 맞게 하겠다는 의심을 받게 되고 정권이 바뀔 때마다 역사를 새로 써야 한다는 얘기가 된다는 사학계 원로드의 푸념입니다. 이제 와서 자신이 애기다 되어 가고 있다는 서글픈 자화상이 되었다는 불만들입니다. 이제 와서 자신이 했던 말조차 뒤엎고 있으니 안타깝다고 했습니다. 그렇다면 왜? 자신의 신조 같은 말까지도 부정해 가며 애타게 매달릴까 생각을 해볼 시간이 되었습니다. 그렇다면 왜? 자신의 말까지도 부정을 해 가면서 "역사 교과서 국정화"에 저렇게 애타게 매달리까? 를 생각해보니 배가 고플 때는 먹고 사는 게 최우선입니다. 그러다가 먹고살만하면 권력이 자연히 쥐어지고 권력 끝엔 가지고 싶어지는 것입니다. 돈이 있으면 유력자들이 찾아들자고 돈이 그 사람의 권위를 높이며 유력자들이 사귀고 싶어 뇌물을 갖다 바치면 뒷배로 새웁니다. 이제 권력마저 가지게 되면 그것도 모자라면 집권력을 향해 달려듭니다. 이제 권력을 갖게 되며 일단 부모, 형제, 가족의 위상을 위해 초라했던 선조들의 묘 봉분 제거를 거액의 돈을 들여 명예욕에 의한 자신의 좋은 가문으로 만들기 학벌을 위하여 거액에 족보 세탁을 시작합니다. 돈으로 학벌도 학위를 사기도 합니다. 이러한 일은 그저 돈푼 꽤나 있다는 보통사람 들이 행하는 행위입니다. 나라를 쥐고 흔들만한 권력이 있는 사람이라면 어떻게 하겠습니까? 우리가 목격하고 있는 것처럼 역사 가문자체를 세탁하려 듭니다. 소심하게 족보나 학벌이나 고치는 정도가 아니라 과거와 현재와 미래를 자신의 입맛에 맞게 재구성하려고 하는 요즘의 정치인을 도덕적으로 아주 자격이 없는 정치인입니다. 온 나라를 혼란의 구렁텅이로 몰아넣는 국사교과서 국정화 추진의 "진원지"인 박근혜 대통령이 드디어 입을 열었습니다. 박 대통령은 2015년 10월 13일 미국방문을 위해 출국하기 직전에 소집한 청와대 수석비서관회의에서 국정화 문제에 대해 처음으로 언급했습니다. 하지만 그 발언은 온통 적반하장 자가당착으로 가득 차 있는 말이라는 것입니다. 특유의 유체이탈 화법도 어김없이 등장했습니다. 다수의 여론의 반대를 무릅쓰고 국정화를 강행하는 것이 박 대통령의 집착과 아집 때문임을 세상이 아는데도 박 대통령은 모든 것이 교육부의 결정인양 딴청을 부린 것입니다. 박 대통령 발언의 핵심 단어들은 하나 같이 박 대통령 자신에게 고스란히 돌려줘야 할 내용들입니다. 우선 박 대통령은 국정화 문제로 "불필요한 국론분열"이 일어나서는 안 되며 "국민통합의 계기"가 돼야 한다고 말했습니다. 하지만 평지풍파를 일으켜 국론을 갈기갈기 찢고 나라를 분열과 혼란으로 밀어 넣은 사람은 바로 박 대통령 자신임을 알아야 합니다. 특히 박 대통령이 "지금 나라와 국민경제가 어렵다"며 정치권의 협조를 당부한 대목에서는 더욱 말문이 막히는 것입니다. 정권의 무능으로 민생이 파탄 난 상태에서 해결해야 할 국정 과제가 산적해 있는데도 엉뚱한 일에 국력을 낭비하고 있는 장본인은 박 대통령 자신임을 알아야 합니다. 정국의 극한대치 상황을 스스로 자초해놓고 화합이니 협조니 하는 말을 하고 있으니 기가 막힐 뿐입니다. "대한민국에 확고한 역사관과 자긍심을 심어주는 노력" 운운하는 발언도 실소를 자아냅니다.

지금 대다수 국민은 자긍심을 느끼기는커녕 대한민국이 세계에서도 몇 안 되는 독재자가 통치하면서 후진국가 수준으로 추락하는 것에 국민은 심한 모멸감과 수치심을 느끼고 있습니다. "자라나는 세대들을 위해서"라는 강변도 마찬가지입니다. 자라나는 세대에겐 필요한 것은 개방적과 다원적인 가치관을 심어주고 과거의 역사를 있는 그대로 배우게 하는 것이지 국가가 정해준 틀에 억지로 밀어 넣어야 하는 일이 되어서는 결코 아닌 것입니다. 박 대통령의 발언 중 "국정화를 하지 않으면 문화적으로나 역사적으로 다른 나라의 지배를 받을 수도 있다"는 말은 너무나 뚱딴지같은 말은 아예 비판할 기력조차 없습니다. 권력자가 독단과 아집에 사로 잡혀 역사의 시곗바늘을 거꾸로 돌리는 것이 어떤 결과로 이어지는지는 역사가 생생히 말해주고 있습니다. 영국의 작가 올더스 헉슬리는 "인간이 역사로부터 교훈을 얻지 못한다는 것이 역사의 가장 중요한 교훈"이라고 말했는데 박 대통령의 아둔한 모습을 보며 이런 냉소적인 경구가 새삼 가슴을 치는 대한민국의 역사교과서 국정화 논란은 보수 정치권의 합작이 아닌가! 일부 보수 신문도 역사는 역사적으로나 시대의 흐름을 보아서도 맞지 않다는 것입니다. 야당에서는 아버지는 쿠데타 딸은 역사 쿠데타라고 하고 있으며 국민은 왜? 이 시점에서 교과서를 가지고 난리를 치느냐? 잘못이 있으면 역사학자들이 모여서 결론을 내면 되는 일이다. 대다수 국민은 찬성을 한다고 합니다. 정부와 청와대는 한국사 교과서 국정화 관련 반대 여론을 유념해야 합니다. 국정화가 현실화할 경우 학계를 비롯하여 교육계를 넘어 일반국민으로 확산될 게 분명해 보입니다. 우리 사회에 또 하나의 갈등과 분열의 불씨를 던지는 셈이 될 것이 분명합니다. 역사 교과서 문제가 이념논쟁으로 번지는 것이 안타깝다고 해서 국정화로 해결하려 하는 것은 올바른 방향이 아니라는 것입니다.

1949년 11월 보도연맹원 포섭 기간 중 김태선金泰善 서울시 경찰국장이 아래와 같이 표명했다.

전향 전에 악질 행위자였다면 반드시 가입해야 한다. 이유는 공산당에 가입하여 반국가적 살인 방화를 감행한 자들은 전향을 하였다고 일률적으로 신용할 수 없으니, 전향 후 재출발하여 언동으로나 실천으로 자기가 확실히 충실한 국민이 되었다는 것을 일반 사회나 국가에 알려야 할 것이며 이 기회를 가지려면 보도연맹에 가입해야 한다.

조선일보 1948년 11월 22일자 보도 내용

위와 같은 이승만의 명령으로 인하여 보도연맹에 가입한 사람들은 대부분 무학자나 주인 대신 머슴이 가입을 하였고 각 마을마다 이장에게 숫자를 할당을 하여 일가친척이 도장을 찍었으며 또한 이장에게 도장을 맡긴 사람은 자신도 모르게 이름이 올라가 죄도 없는데 현장에서 종결짓고 무참히 죽임을 당했던 것입니다.

이승만이나 박정희 전 대통령의 죄상을 덮으려고 김무성과 같은 뉴라이트교과서를 지원하는 정치인을 비롯하여, 초대 대통령이었던 이승만을 "민족의 태양"이라고 추켜올리는 유영익 국사편찬위원장과 교학사 교과서 집필자들이 한편이 되어 그러한 주장에 동조를 하기도 했습니다. 결국 누더기 책이 된 것입니다. 이 과정에서 대통령의 눈치를 살피던 담당부서인 교육부 장관이 "역사는 한 가지로 가르쳐야 한다"고 말하면서 국정화 작업을 진행했던 것입니다. 이럴 경우 무엇보다도 역사에 대한 해석과 상상력이 획일화劃一化되고 다양한 가치관이 하나로만 치달아 창의성이 마비될 것입니다. 또한 수험생들은 하나의 교과서만 익숙하게 외우는 일이 벌어질 것입니다. 이럴 경우 독재와 유신이 근대화라는 이름이 사라지고 민족과 민주주의를 찾으려고 벌인 운동에 수많은 희생이 따랐던 역사의 무덤으로 파묻힐 위험성이 있는 것입니다.

보수학자인 유영익 국사편찬위원회 위원장이 임기 19개월을 남기고 사표를 냈습니다. 그는 "이승만은 안창호에 버금가는 인물"이라며 이승만 재평가 론을 주도한 보수 성향의 학자로 꼽히는 인물입니다. 엄연히 따지고 보면 이승만·박정희·전두환·노태우로 연이어 내려온 폭력暴力/violent적인 4대 정권은 총구 끝에서 나온 정권입니다. 그들이 정권을 잡을 때와 통치를 할 당시 수많은 국민이 희생되었습니다. 유명 인사라고celebrity 평한 이승만은 국민의 저항에 의해 미국으로 도망을 쳤고, 박정희 대통령은 총구에서 정권을 잡아 국가와 국민을 위해 헌신적인dedicated 정치를 하였지만! 사악한evil 독재자인dictator 박정희는 아이러니하게도 부하의 총에 의해 죽임을 당했으며, 전두환과 노태우는 정치에서 물러난 뒤 5.18 광주 민주화 운동 때 저지른 시민 학살사건으로 인하여 감옥생활을 하였습니다. 유영익에게 묻고 싶습니다. 자신의 가족이 이승만이 저지른 보도연맹 사건에 연류되어 희생당했다면 그따위, 무리들이 이승만이 안창호 버금가는 인물이라고 나불거릴 것인가? 그 나라의 모든 역사는 어느 시대를 막론하고 승자勝者의 편에서 곡필曲筆되었지만, 현 시대에서 어림없는 일입니다. 만약에 내가 위에서 열거한 살인범들에게서 훈장이나 표창장을 받았다면 모두 망치로 부셨거나 불태웠을 것입니다. 전과자이고 살인마에게 받은 것이니까요.

"작가는 옛날로 비교하자면 선비다. 절개가 굳은 선비들에게 이렇게 집필하라 저렇게 집필하라는 구체적인specific 방안을 제시하는 나라가 지구상에 어디에 있나?"라는 문인들의 질문에 문화부 김 과장은 "도서관에서는 해외 인기 번역서나 베스트셀러를 요구하고 있다. 세종도서 사업이 지속 가능하기 위해서는 보급도서의 이용률이 높아야 할 것"이라고 말하자. 문인들은 "한국문학에 대한 모욕적侮辱的인 문학정책이라며 시장과 타협한 문학이란 낯익은 세계와 불화하지 않은 채 지금, 이곳에 안주함으로써 근원적根源的 성찰은 소멸하고 더 나은 세계를 향한 꿈꾸기를 원천적으로 봉쇄封鎖를 하는 짓이다'라고 반박을 했습니다. 도서관 관계자와 문화부에서는 문학도서의 이용률이 왜 낮아졌는지에 대한 성찰省察을 하지 않은 데서 나온 결과 입니다.

"나무에 물을 한두 번 주고 마는 것은 아예 물을 안 주는 곳보다 못합니다. 교육부의 야심찬 계획 아래 진행된 학교도서관 활성화 사업이란 마른 가뭄에 단비와 같은 기회로 이제 막 싹을 틔우고 뿌리가 땅속으로 뻗어나가려는 학교 도서관이 결국 잎이 무성한 나무로 성장하지 못한 채 이대로 성장을 멈추어야만 합니까? 제발 튼튼하고 늘 푸른 나무로 성장할 수 있도록, 그리고 그 나무 아래에서 자라게 될 또 다른 수많은 꽃과 새싹들을 생각하여 잡초를 뽑아주시기를 간절히 원합니다."

위의 글은 학교도서관 예산이 삭감되었다는 소식을 듣고 자신의 블로그에 올린 글입니다. 학교에서는 다양多樣한 책을 읽는 독서습관이 길러지게 해야 하며 그로 인하여 언어 이해력의 향상으로 공부가 쉬워지는 것입니다. 또한 글쓰기능력이 향상이 되어 서술형평가敍述形評價가 강해지집니다. 자기 표현력이 길러져서 토론이 즐거워집니다. 자존감이 향상되어 자기주도 학습 능력이 향상될 것입니다. 요즘 고등학교 재학생들의 고민은 학생부 종합 전형으로 학업 성적에다 스펙까지 쌓아야 하는 이중 부담에 허덕이고 있습니다. 학생부 종합전형은 학교에서의 생활 기록부와 자기소개서를 비롯한 면접 등과 합한 평가를 받는 대학입시 전형방법입니다.

이와 같은 전형은 학교 내에서 활동한 비교의 활동과 창의적 체험활동을 포함을 하기 때문에 스펙을 쌓기 위해서는 동아리 외에도 자기 계발활동과 자율적 활동을 비롯하여 진로 활동 등 교내의 활동도 해야 하는 고충에 시달리고 있다는 것입니다. 이미 고통을 받고 있는 아이에게an afflicted child 학업에 몰두하는 것만으로도 힘든 학생들에겐 큰 부담이라는 볼멘소리를 귀담지 않는 교육부의 미숙한immature 형태에 우리 학생들은 지쳐가고 있습니다. 이처럼 학생부 종합 전형에 관심을 기울이는 이유는 대학들이 이 방법으로 선발하는 인원이 확대시킨 결과라는 것입니다. 기존의 공부하기도 벅찬데, 스펙을 쌓기 위한 활동이 공부하는 시간을 빼앗을 뿐만 아니라 진로 및 학과 선택에 혼란을 주어 스트레스가 쌓인다고 합니다. 선생님들이 왜 못되게 구는지를why her teachers are mean 이해할 수 없는 그러한 힘든 과정을 거쳐서 대학을 나오면 취직이 안 되어서 절망의 늪으로 빠지고 있는 현실이 암울합니다. 지혜와 사고의 폭을 넓혀주는 다양한 책은 읽을 시간이 없다는 것입니다. 이런 저런 복잡한complicated 정책추진의 불만 소리에, 박근혜 정부가 들어서고 다소 편차는 있지만 이러한 암울暗鬱한 과정에 전국 각 급 학교 도서구입 예산의 40% 정도가 삭감되었습니다. 허기야 입시 경쟁에 시달리고 있는 고등학교에선 절대 필요 없는 다양한 책값이 2014년 11월 21일부터 새로운 도서정가제가 적용되어 납품가가 오르게 되었으니 책 구입 예산이 사실상 절반가량 줄었다고 볼 수 있습니다. 전대미문前代未聞의 글로벌 금융위기 직후 출범한 이명박 정부는 일제고사라는 시대착오적 정책을 도입하기는 했어도 2009년 초 경기 진작을 위해 사회간접자본soc 예산을 전방위로투입하면서 전국의 초·중·고교에서도 1,000만 원 내외의 도서구입비를 지원했습니다. 그것도 상반기 중에 집행하라고 압박도 했습니다. 그러한 정책이 당시에 위기에 빠진 출판시장에서도 가뭄의 단비 역할을 했지만, 그 효과가 그뿐일까요? 지금 국내 소비시장이 얼어붙어 거의 모든 제조업은 폭풍우가 몰아치는stormy 듯 최악最惡의 상황에 처해있습니다. 그에 따라 출판시장도 매출감소로 엄청난 위기를 겪고 있습니다.

　그런데 책의 공급 수요마저 이렇게 반 토막이 날 것으로 보여 엄청난 파국이 예상된다는 뉴스입니다. 그럴 경우 우선 출판사와 온라인서점의 갈등이 벌어질 것입니다. 매출 감소로 견디기 어려워진 출판사들은 책의 정가를 내리는 대신 서점으로의 출고가를 인상하는 유치한childish 방식으로 독자를 설득할 것으로 보입니다. 이를 거부할 온라인서점의 명분이 없어 보입니다. 2014년 한 학습참고서 회사를 인수한 국내 최대의 온라인서점인 예스24는 자사의 총판들에 63%에 책을 공급하겠다면서 공공기관 납품을 종용했다는 것입니다. 이러한 일로 오프라인서점들의 존립存立을 위태롭게 하는 일일 뿐만 아니라 그렇지 않아도 책의 다양성을 기대하던 출판계 종사자와 독자들을 분노하게 만드는 일이기도 합니다. 아마도! 책값의 70% 이상 가격으로 온라인서점에 책을 공급하겠다는 출판사들이 점차 늘어날 것이라는 것입니다. 그것만으로는 출판사가 살아남을 수 없을 것이라는 것입니다. 책의 출간 종류(종수種類)부터 줄일 것입니다. 이미 한 유명 출판사는 아동출판물의 출간 종수를 4분의 1 수준으로 줄이면서 직원들을 대거 감원을 했다는 것입니다. 위기의 청년시대이고 세대 간의 갈등을 빚어내는, 요즘 유명 출판사일수록 구조조정이 심각한 수준으로 진행되어 일인 출판사가 기하급수적으로 늘어나고 있다고 합니다. 이런 일이 늘어나 글을 써서 먹고 사는 저자나 집필자들에게 불똥이 튈 것입니다! 이와 비례하여 창조경제나 문화융성은 꿈도 꾸지 못하게 될 것입니다. 또한 유통·디자인·인쇄·제책·지업사 등 출판 협력업체들의 어려움은 더욱 가중될 것입니다. 출판은 모든 콘텐츠 상업의 근본입니다. 이런 파장은 다른 문화산업으로 이어질 것입니다. 이미"인문계 출신의 9할이 논다"해서 인구론이 회자되고 있지만 곧 99%가 노는 세상이 될 정도로 젊은이들의 일자리는 더욱 심각하게 줄어들 것이라 걱정입니다.

21세기는 문화의 세기라고 세계는 말하고 있습니다. 21세기가 요구하는 방식은 창조와 혁신과 융합입니다. 정답만 요구하는 지금의 교육은 더 이상 유효하지 않은 시대라는 것입니다. 대부분의 영역에서 인간의 두뇌는 속도와 효율의 측면에서 컴퓨터 알고리즘algorithm에 뒤지는 것으로 판명이 났습니다. 그래서 그동안 잘나가는 직업을 가졌던 중산층들이 급격하게 붕괴하고 있는 것입니다. 따라서 인간이 이런 어려움을 극복하려면 많은 지식들과 정보들을 섞고 묶어 새로운 의미를 찾아내고 그것을 바탕으로 새로운 가치를 찾아내야 합니다. 그러나 불행하게도unfortunately 이와 같은 암울한 현실을 희망의 세상으로 이끌어갈 우리 아이들이 해야 할 영역으로 남아있습니다. 이런 일을 극대화하여 컴퓨터 알고리즘의 한계를 채우는 것이 미래 가치를 만들어낼 것입니다. 간단히 말하면simply put 그것이 바로 융합의 가치이고 힘입니다. 그런 힘은 어떻게 해야 키워질까요? 우리 아이들이 다양한 책을 함께 읽으며 토론하는 과정에서 저절로 키워질 것입니다. 그래서 다양한 신간 서적이 구비된 학교도서관은 평등교육의 요체라 할 수 있습니다. 그런데 국가재정이 어렵다고 도서구입비부터 대폭 삭감했다는 소식이 암울합니다. 이러한 발상은 집안 살림이 어렵다고 해서 자식의 교육을 포기하는 것이나 마찬가지입니다. 책이 밥보다 소중하다고 말할 수는 없지만 밥만큼은 소중할 것입니다. 박근혜 정부가 정말로 국가의 미래를 생각한다면 이명박 정부가 했던 것처럼 전국의 학교에 1,000만 원 이상의 도서구입 지원을 해야 합니다. 그 일은 아이들을 튼튼하고 늘 푸른 나무로 성장할 수 있게 할 것이며 이 나라 창조경제가 점차 빛을 발하는 시발점이 될 것이라고 장담을 하겠습니다. 우리가 꿈꾸는 세상을 만나고 만들 수 있는 곳이 바로 도서관이라는 것을 인식할 때입니다. 한나라의 과거를 보려면 박물관으로 가고, 그 나라의 미래를 보려면 도서관으로 가보라는 말이 있습니다. 이 말은 고대(오래된:

ancient) 때부터 내려 온 선인들의 교훈입니다. 그만큼 그 나라의 밝은 미래를 위해서 도서관이 무엇보다도 중요합니다. 책을 읽는 것이 무엇보다도 중요하지만 책의 내용을 토론하고 상대방에게 이해를 시키는 과정도 무척 중요합니다. 책은 또 다른 세상인 것입니다. 시간과 돈이 없어 갈 수 없었던 여행지를 자신에겐 아직 먼 미래의 일이듯이, 배우지 않으면 그럴 것입니다.

책을 읽으면 누군가에겐 삶을 상상도 할 수 없었던 기발한 상상을 만나며 더 큰 꿈을, 더 큰 미래를 키워나갈 수 있는 터전이 될 것입니다. 그래서 한 권의 책은 누군가의 삶의 방향을 송두리 채 바꿔버리기도 합니다. 그만큼 책이란 단순히 읽는 것이 아닌 자신의 인생을 살아가는 데 꼭 필요하기도 합니다. 청소년 때 읽고 기억한 아름다운 문장을 인용하여 여인에게 연애편지를 썼던 추억들을memories 중년에middle-aged 관한 책 내용에 삽입을 하였더니 유치한childish, 쑥스러운embarrassed 시나 소설의 소재일부가 되기도 하기도 합니다! 책을 집필하는 대다수의 예술가는 견딜 수 없는unbearable 가난한 삶을 살 것을 뻔히 알면서도 세상의 보편적普遍的인 성공과 다른 길을 사는 사람들입니다. 박근혜 대통령은 유진룡 문화체육부 장관 임명을 구상하면서 문화예술인들을 안고 가자는, 부탁을 하였는데 그런 구상과 발언이 거꾸로 돌아가는 지금의 현실이 암울暗鬱합니다. 정부가 제대로 된 문화 지원책을 만들기 위해서는 예술가에 대해 공부하고 이해를 하는 직원을 두어야 할 것이며 교육을 시켜야 합니다. 정치인은 언제나 자기 자신과 일치해서 생각하라는 것jederzcitmit sich selbst einstimmig derken입니다. 국가가 예술을 지원하는 것은 "베풂"이 아니라 "당위"입니다. 문학을 이처럼 왜소하게 만들고 예술 향유를 상업적 차원으로 획일화시킨 것이 바로 국가입니다. 모국어공동체의 구성원들로부터 영혼을 삭제하며 처세와 성공을 부추겼고, 자라나는 우리의 청소년들에겐 경쟁을 강조하여 마침내 벼랑 끝으로 내몰았으며, 개발과 성장을 위해서라면 모든 가치를 기꺼이 폄하하게 만든 것이 대한민국 현실입니다. 박근혜 정부가 들어서고 매월 마지막 수요일을 "문화가 있는 날"로 정했습니다. 모든 공연이나 예술에 관해 50% 할인이라는 것입니다. 대통령 임기가 다 끝나는 후에도 문화가 있는 날이 유지될 것인지 묻는 질문에 응답자의 67.4%는 "유지되지 않을 것"이라고 했다는 조사 결과입니다. 그 이유는 "알맹이 없는 전시행정", "소비자가 아닌 공급자 위주의 정책", "새 정부가 앞전 정부의 정책을 이어받지 않으려 하기 때문" 등의 이유 때문이라는 것입니다. 하지만 문화가 있는 날이 필요하다고 보느냐는 질문엔 응답자의 76.7%는 "필요하다"고 답을 했다는 것입니다.

전문가들은 21세기 선진 국가들의 초超 부가가치는 문화에서 발생發生할 것이라고 예견像見하고 있습니다. 양질의 고품격 문화를 생산하고 향유할 줄 아는 능력이 곧 국가경쟁력으로 직결될 것이기 때문입니다. 문학인들은 스포츠 경기(체육)에 지원을 해주는 자금의 10분의 1만 지원을 해주어도 활성화될 것이라고 합니다. 우리는 한국전쟁으로 인하여 피폐疲弊해진 국가를 재건하기 위하여 농경산업農耕産業에서 산업사회로 국가 정책을 꾸준히 추진하여 100년이 되어도 회생할 수 없다는 어느 한국전참전 장교의 말이 무색할 정도로 고도성장을 하여 60여 년 만에 이젠 국민소득 4만 달러라는 목표로 항진해 가는 2015년, 대한민국 사회에서 문화와 예술은 삶의 질質뿐 아니라 국가 경쟁력競爭力과 직결된 문제라는 인식을 공유할 때입니다. 오늘날 우리가 장소 개념과 상관없이 문화예술적인 작품을 향유하면서 시공을 초월超越한 미적 가치 운운하는 것도 이러한 특정 공간, 즉 장소로부터의 해방 덕분입니다. 하지만 자율성自律性을 이야기하며 20세기에 예술가들이 누렸던 모더니즘modernism의 짧은 추억으로 남을 것입니다. 모더니스트들이 얘기했던 자율성 이념은 이미 자본 권력에 의해 잠식당했기 때문입니다. 더군다나 모더니즘에 대한 전면적 반성을 전제로 예술의 공공성을 모색하는 시대이니만큼 장소로 부터 이탈한 예술의 자율성이란 꿈같은 얘기가 아닐 수 없는 현상들이 일어나고 있습니다. 예술의 일방주의와 행정주의로 실종된 missing 독주는 사회적 시공간에서는 환영歡迎을 받지를 못합니다. 예술가의 자율성이나 행정의 권위주위는 국민사회의 공공성으로 인한 복잡한complicated 대결 국면을 맞으면 후퇴할 수밖에 없다는 것이 우리가 겪어온 역사 속의 진리였습니다. 예술과 행정, 그리고 국민 사이의 의견이 엇갈릴 때 어느 것이 공공의 이해에 부합하느냐를 유치한childish 잣대로 판단하는 것이야말로 공공예술의 참된 윤리라는 것을 모른다는 것이 암담할 뿐입니다.

국민들의 삶을 풍요豊饒롭게 하고 창의력을 기르기 위해선 문화와 종합예술을 제쳐놓고 상상할 수 없기 때문입니다. 그러한 주도적인 역할에는 꼭 책이 있어야 하고 수많은 작가들이 탄생하여 양질의 작품을 내 놓아야 여러 면에서in manyways 이루어질 수 있는 산업입니다. 절망의 끝 위기에 기회도 온다는 말이 있기는 합니다만, 책 읽기는 시간과 공간의 제약을 넘어 인간을 알 수 있는 거의 유일한 방법으로 인간으로서의 자기한계를 확장시키는 일입니다. 2015년 우리나라 아동 문학인이 이탈리아 "볼로냐 아동도서전 라가치상"을 수상했다는 뉴스나 우리나라 책이 외국 베스트셀러 상위권에 진입했고 한국 문학이 저명 문학상 수상했다는 소식이 있었습니다. 이야말로 현 정부의 4대 국정기조의 하나인 "문화융성"의 결실이기 때문입니다. 이제 한류는 케이팝K-pop과 케이드라마K-drama를 넘어 케이북K-book인, 즉 출판 한류로 확산되고 있다는 것입니다. 케이북이 중요한 이유는 문화콘텐츠의 출발점으로서 책이 주는 예술적인 산업적인 효과와 부가가치 창출 성과가 작지 않기 때문입니다. 앞서 말했듯 모든 문화 예술은 문학(작가·작사·시나리오·극본)에서 출발하기 때문입니다. 우리 문인들은 진정한 강함과real strength 진정한 용기涌起/real courage는 이기지 못할 것을 알면서도 싸우는 과정에서 없어진다고 믿습니다. 세상엔 여러 종류의 사람들이different kinds of folks 있습니다. 우리들처럼 보통인 사람들과normal folks 우리문인들과 다른 사람을 말합니다. 또는 바보 같은 사람들과 가난한 사람들을 비롯한 부자인 사람들 외엔 사악한 사람들이 있습니다. 우리는 이 세상에 모두 똑같이 태어났지만 we are all born same 단지 서로가 다른 길을 가고 있는 것입니다. 문인들이 피를 찍어 쓰듯 창작한 작품은, 출판 한류는 한국의 브랜드 가치를 높이는 효자가 될 수 있습니다. 정부는 해외 출판시장에서 부가가치를 창출하고자 지원을 아끼지 않고 있다는 뉴스에 희망이 갑니다만 온·오프라인 수출 상담 서비스와 컨설팅과 국내외 출판정보를 제공하고 해외도서전에도 수출 전문가 파견을 통한 수출 대행 서비스를 해주어야 효과가 있을 것입니다.

2013년 11월 30일 3시에 KBS에서 방영한 특집다큐 "한 그릇 공양에서 나를 찾는다." 내용을 보면서 글을 쓴다는 게 얼마나 스트레스를 받는가를 실감할 수 있었습니다. 우리의 직업 가운데서 10가지 등분으로 나뉘어 평균 수명을 조사하여 방송을 한 것인데, 종교인이 가장 긴 70세인 1위이고, 작가가 맨 마지막인 57세라는 것입니다. 과연 조사대로 종교인이 장수를 한다는 말에 공감이 갑니까? 천지여아동근天地與我同根 만물여아일체萬物與我一體/하늘과 땅이 나와 더불어 한 뿌리이고라는 말이 있습니다. 만물이 나와 더불어 한 몸이라는 글귀입이다. 과연 그렇게 장수한다는 종교 때문에 인류는 때로 국가와 민족·이념과 종교·피부와 언어 등 다양한 이유인 "다르다"라는 구실을 내세워 서로를 배척하였습니다. 그 결과 참혹한 일들을 벌여왔습니다. 지금도 현재행의 갈등이 지구촌 곳곳에서 벌어지고 있습니다. 지금의 대다수의 종교의 분쟁으로 인하여 전 세계가 골머리를 앓고 있습니다. 선지자(무함마드의 후계자: 이들은 무함마드를 선지자로 여기고 하루 다섯 번 사우디아라비아 메카를 향해 엎드려 기도하는 똑같은 무슬림이지만 서로를 원수로 여기며 전쟁을 거듭하고 있습니다.) 칼리프 선출 방식 이견異見서 출발하여 수니파와 시아파간에 1400년째 분쟁으로 인하여 2015년 이슬람의 극단주의자들이 벌이고 있는 전쟁으로 리비아 난민이 300여만 명에 이르고 서방 탈출을 위해 배를 타고 탈출하려다 침몰이 되어 천여 명이 죽었으며 쿠르드족 3,000만 명을 노예로 삼고 있습니다. 프란치스코의 교황과 전 세계 목회자들은 무엇을 하고 있는지 모르겠습니다. 교황은 지중해를 가를 수 없는가요? 모세의 기적이 이루어지지 않아 수천 명의 난민을 배를 타고 오다 배가 태풍에 휩쓸리거나 아니면 기관고장과 외적인 사고로 침몰하여 죽어 갔습니다. 2015년 9월에는 지중해에서 3살 어린이 시체가 떠올랐다는 뉴스가 온 세계의 언론을 비롯한 방송뉴스를 장식했습니다.

이와 같이 종교인들이 저지르고 있는 참혹한 현상을 뉴스를 보아 알 것입니다. 우리나라에서도 세월호 침몰로 304명이 희생되어 1년을 넘게 나라 전체가 혼란에 빠지기도 했습니다. 모세의 기적처럼 지금의 성직자들은 못합니까? 지중해바다를 갈라 유럽으로 갈 수 있게 길을 열면 될 것 아닙니까? 그도 아니면 노아의 방주처럼 배를 만들어 침몰하지 않게, 성경에서 배웠을 것입니다. 모두가 거짓말이라는 것입니다. 나도 알고 있는데, 성직자들에게 묻겠습니다. 모세의 이집트 탈출 이야기는 픽션이 아닙니까?

내가 부탁하고 싶은 말은 성경만 읽지 말고 다양한 책을 읽어 보면 엉터리 같은 공상소설이라는 것을 알게 될 것입니다. 다시 한 번 말해서 성경과 성직자의 꼬임의 말과 협박과 공포의 말들을 기록한 공상 소설입니다. 예언자 무함마드가 말한 기록을 믿고 그곳을 보려고 사우디를 포함한 국내외서 모인 이슬람교도가 200만 여명에 이른다는 사우디 당국의 발표인데 메카의 카바 신전 가운데에 있는 성석에 입을 맞춘 뒤 주의를 반시계 방향으로 7바퀴 도는 행사를 마치고 미나로 자리를 옮긴 순례자들이 텐트를 치고 기도를 하면서 하룻밤을 보냈는데 그곳에 16만여 개의 텐트가 운집했다는 것입니다. 이와 같은 현상은 종교인들은 이 세상에서 악마의 힘the devil s power이 점점 커지고 있다는 것을 믿는 결과인 것입니다. 이와 동시에 성직자들은 악마가 신에 대한 신도들의 믿음을 시험한다testing their fair in god고 여겨 인간이 가진 모든 것은 신에게 봉헌해야 한다고should be devoted to god 거짓 설교를 하고 있어 많은 돈을 들여 자기들은 천국에 갈 것이라는 헛된 망상에 모여들고 있는 것입니다. 내가 주장하고 싶은 말은 악마와 사탄을 빨리 죽이면 될 것이고 아담과 이브처럼 인간을 전부 흙으로 만들지 또한 예수는 남의 마누라와 빠구리(간통)하여 만들고 자식을 죽음에서 구하지도 못하였는데 수십억의 인간을 구하겠다는 말들은 전부 거짓말이라는 것입니다. 하늘을 믿는 종교인에게 묻겠습니다. 당신들은 아버지와 어머니와의 섹스로 태어나지 않고 하나님이 부인에게 정액을 보냈거나 직접 섹스를 하여 임신을 시켜 출생했습니까? 흑인 목사가 같은 종족인 흑인 여인과 결혼을 하여 아이가 출생 했는데 백인 아이가 출생했다면 하느님이 자기 부인과 섹스를 하여 출생했다고 인정을 하겠습니까? 아니면 백인끼리 결혼을 하여 아이를 출산 했는데 흑인 아이가 출생했다면 하느님이 지상으로 내려와 자기 부인과 몰래 간통을 하여 임신한 아이가 출생했다고 인정을acknowledge 하겠습니까? 세월이 흘렀습니다만 우리나라에서도 언론의 관심을publicity 받으며 잘나갔던 모 연예인이 제주도 남자와 결혼을 하여 제주도에 살면서 임신을 하여 흑인아기를 출산 했는데 소문에 의하면 모 나라 흑인 대통령의 기쁨조로 참석을 하여, "거짓말이다. 진실이다" 엇갈린 반응이었지만 독자들의 상상에 맡기겠습니다. 아이는 그 나라로 보내졌다는 것으로 끝내겠습니다. 지금 중동지역에서 벌어지고 있는 종교 간의 다툼은 다양한 책을 읽지 않은데서 일어나고 있는 것입니다. 평생 동안 오직 성경(코란)하나만 읽은 종교인들의 행패에 벌어지고 있는 살육현장에 전 세계인이 공분을 하고 있습니다. 종교religion의 태동은 인간이 영원히 살고 싶다는 염원念願 때문에 예부터 죽은 이를 추모追慕하여 제단祭壇을 쌓고 하늘에다 제사를 지내며 절대자를 찾으면서부터입니다. 그러다가 자연적으로 생긴 게 토테미즘totemicsm: 혈연관계과 샤머니즘shemanisml: 병든 사람을 고치고 저세상과 의사를 소통을 하는 능력을 지녔다고 믿어지는 샤먼(shaman)을 중심으로 하는 원시 종교이라는 원시적인 신앙이 태동되었습니다. 대자연의 모든 것엔 생명체인 정령精靈이 있다고 믿는 토테미즘은 우리나라에도 없지 않아, 특정한 사물은 터부시(금기禁忌)하는 것은 우리 주변에서 얼마든지 볼 수 있는가 하면! 샤머니즘의 잔재인 점술행위占術行爲는 지금까지도 사라지기커녕 마치 민속예술처럼 공공연히 우리 주변 가까이에서 행하여지고 있습니다. 그러한 원시적인 신앙이 오늘날과 같은 여러 가지로 모양새를 제대로 갖춘 대중종교大衆宗敎로 발전하여 온 것입니다. 우리나라도 순수 종교가 있었습니다. 바로 대종교大倧敎가 있었습니다. 대종교는 단군 사상을 기초로 한 순수 우리나라 고유의 민족 종교의 하나입니다. 1909년에 나철羅喆이 오기호吳基鎬 등과 함께 고려시대 때 몽고 침략 이후 700년간 단절되었던 국조 단군을 모시는 단군의 교문敎門을 열고 1년 뒤에 이름을 개칭한 것입니다. 종倧이란 상고신인上古神人 혹은 한배님이란 뜻으로 한인·한웅·한검·혼연일체되어 있는 존재를 일컫는 말입니다. 1914년 5월 백두산 북쪽 산 밑에 있는 청파호靑坡湖 근처로 총본사를 이전하고 만주를 무대로 교세확장에 주력하여 30만 명의 교인을 확보하기도 했습니다. 그 후로 교세를 확장하여 1920년 10월에 대부분의 대종교인으로 조직된 독립군은 배포종사白圃宗師 서일徐一의 지휘 아래 김좌진金佐鎭, 나중소羅仲昭, 이범석李範奭 등의 통솔을 받아 화룡현의 그 유명한 청산리전투靑山里戰鬪에서 큰 전과를 올렸던 것입니다. 미군정 때는 유교·불교·천도교·기독교 등과 5대 종단으로 활동도 하였습니다. 신라 대전 기록에는 대종의 이치는 셋과 하나大倧之里三一而己일 뿐이라고 하였습니다. 이 종교는 삼일신사상三一神思想에 근거하고 있습니다. 또한 한얼과 환웅과 환검神者·桓因·桓雄·桓儉也이라 하듯이 환인·환웅·한검의 삼신은 곧 일신의 삼위라는 뜻입니다. 즉 나누면 셋이요 합하면 하나이니 셋과 하나로써 한얼자리가 정해진다는 교리입니다.

우리는 단군檀君과 단군壇君을 혼동하고 있습니다. 환국의 환인桓因은 제7세대인 3301년, 신시神市 배달국의 환웅桓雄 천왕은 18세대 때인 1565년 고조선의 단군單軍의 통치기간이 47세대가 2096년을 유지했다는 기록입니다. 그러나 삼국유사三國遺事에서는 단군의 재위기간이 1500년이며 수명은 1908년이라 기록하고 있습니다. 이승휴의 재왕운기에도 단군의 재위의 년 수가(통치기간이) 1048년이라는 기록입니다. 그렇기 때문에 단군만 하더라도 2096년을 존재할 수 없기에 진실로 존재했던 우리나라 역사가 아니라 신화神話라는 것입니다. 단군의 처음세기는 제단단자壇 성씨를 사용한 단군으로서 높은 제단을 만들어 하늘에 제사를 지내는 제사장의 통치가 끝난 단壇씨 가문의 통치기간이 1908년이라는 뜻인데 어리바리한 사학자는 단군의 나이로 착각을 한 것입니다. 삼국유사 저자는 보각국사라고 자칭하는 일연─然이란 중인데 본명은 김견명金見明입니다. 삼국유사는 정사正史가 아니고 야사野史(소설)입니다. 어찌 사람이 1908년을 산다고 거짓말을 합니까? 종교인은 세상에서 제일 거짓말을 잘해야 번창할 수 있기에 그러한 헛소리를 하는 것입니다. 내가 번역한 아래 글을 읽으면 알 수 있을 것입니다.

유일능일호 동혈이거 상기우신웅 원화위인 시신유령 애일주 산이매왕 이배식
有一能一虎 同穴而居. 常祈于神雄. 願化爲人. 時神遺靈 艾一主. 蒜二枚曰. 爾輩食

지 불견일광백일 편득인형형 웅호득이식지기삼칠일 웅득여신 호불능기 이불득
之. 不見日光百日. 便得人亨形. 熊虎得而食之忌三七日. 熊得女身. 虎不能忌. 而不得

신 웅여자무여위혼 고매어단수하 주원유잉 웅내가이혼지 잉생자 호왈단군왕검
身. 熊女者無與爲婚. 古每於壇樹下. 呪願有孕. 雄乃假而婚之. 孕生子. 號曰壇君王儉.

본문을 해설해 보면 한 마리의 곰과 한 마리의 호랑이가 같은 굴에서 살았습니다. 이때 한 마리의 곰은 황제黃帝 부족의 여자이며 한 마리의 호랑이는 남자를 뜻합니다. 즉, 황제의 부족 이름은 곰을 상징했고, 신농씨의 부족 이름은 호랑이를 상징했습니다. 다시 말해 황제 부족의 여자와 신농씨의 부족 총각이 같은 굴이지만 따로 따로 들어가 살았다는 뜻입니다. 굴속에서 살면서 항상 신웅神雄은 제일가는 도통자의 신에게 기도했습니다. 사람이 되어 달라고 빌었습니다. 짐승인 곰과 호랑이가 사람이 되어 달라고 빈 것이 아니라 어리석은 사람이 선통禪通을 하여 지혜로운 사람이 되게 해달라고 빌었습니다. 이때 신령스러운 쑥 한 심지와 마늘 20매를 서로 나누어 먹으면서 1백일 동안 햇빛을 보지 않고 밤낮으로 참된 깨달음을 얻는 사람이 되어 달라고 빌라는 것이었습니다. 황제 부족의 처녀인 웅녀雄女/곰을 믿는 부족 국가의 여인와 신농씨 부족의 총각인 호남虎男/숫놈 호랑이: 호랑이를 믿는 부족 국가의

남자이 서로 쑥과 마늘을 나누어 먹었지만 21일은 다른 음식을 먹지 아니했습니다. 1백 일이 되자 황제 부족의 처녀는 깨달음을 얻은 여자의 몸이 되었지만, 호랑이 부족의 총각은 깨달음을 얻지 못해 선통을 한 사람이 되지 못했습니다. 웅녀熊女는 상대가 없어 결혼을 할 수 없었습니다. 하는 수 없이 단군檀君이 하늘에 제사지내는 나무 아래에서 아이를 갖게 해달라고 주문을 외우며 빌었습니다. 그리하여 어쩔 수 없이 임시로 가짜 결혼을 하여 아들을 낳았는데 그의 호칭呼稱을 단군왕검檀君王儉이라 했다고 적고 있습니다. 본문에서 웅녀가 임시로 혼인을 했다는 것은 선통을 하지 못한 남자와 근친상간을 뜻하고 있습니다. 장차 남자가 군신君臣의 자손이므로 깨달음을 얻을 수 있을 것으로 믿고 부득이 근친상간의 결혼을 했음을 의미한다는 뜻입니다. 이상과 같이 본다면 부도지符都誌와 구약성서舊約聖書를 비롯한 삼국유사三國遺事의 기록이 일치하고 있음을 볼 수 있습니다. 또한 중국사전사화中國史前史話 역시 같은 기록을 하고 있는 것을 보면 인류의 발상 당시에는 근친상간의 맥락에서 자손이 번성했음을 엿볼 수 있습니다. 특히 사서史書에서는 연대가 확실하지 않지만 인류 최초의 발상지는 이전원伊甸園이었음을 확실히 하고 있다는 점입니다. 따라서 하늘의 빛에 의해 사람이 만들어졌다는 것은 기炁, 즉 물과 빛과 소리에 의해 인류가 최초로 이전원에서 발생되었음을 잘 나타내고 있습니다. 그러기에 이전원伊甸園을 인류의 낙원樂園이라 했고 에덴동산이라고 불리었던 것으로 볼 수 있습니다. 천산과 곤륜산은 세계의 지붕이라고 해도 과언이 아닙니다. 왜냐하면 인류는 곤륜산과 천산을 무대로 활동해 왔습니다. 상고시대에 인간이 최초로 생겨나 활동한 곳이 천산과 곤륜산 일대이기 때문입니다. 지금으로 보면 도저히 살 수 없는 사막沙漠과 험악한 곤륜산인 것 같지만 수십만 년 후부터 만년 전후로는 강과 숲이 무성했던 옥토지대였음을 지질학자들은 밝히고 있습니다. 고고학자들이 사막 한가운데서 고대 성터와 집터가 있었다는 증거를 찾아 텔레비전에 방송한 예도 있었습니다. 지금도 중국 신강성新疆省 사막지대에 고대 나무가 있었던 흔적들이 있는 것으로 보아서, 상고시대에는 나무와 숲이 무성하여 사람들이 살 수 있는 조건을 갖추었던 것으로 보인다는 것입니다. 반고盤古/BC 8937년 때에는 많은 묘족苗族들이 천산과 곤륜산을 무대로 활동해 왔습니다. 특히 천산과 곤륜산에는 산해경山海經/한국 상고사 회장 이중재: 역주에도 나타나 있듯이 기암절벽과 수목 등이 많았고 각종 약초 등이 있는 것으로 기록되어 있습니다. 대황서경大荒西經에는 감화甘華인 감꽃과 흰 버들나무를 비롯한 감돌배나무와 흰 나무 그리고 삼추三騅라는 오추마와 선괴璇瑰라는 옥돌인 불구슬과 아름다운 옥돌 등이 많다고 되어 기록되어있습니다.

또한 낭간琅玕이라는 옥돌과 백단白丹과 청단靑丹과 수은과 유황이 섞인 단사丹沙도 많이 산출된다는 것입니다. 그리고 은과 철이 생산되고 온갖 짐승들이 있는 자연의 보고라고 되어 있습니다. 뿐만 아니라 천산과 곤륜산을 무대로 기원전 8937년 전 인류의 발상지였던 이곳은 위도 80도를 기준하여 서쪽은 요서遼西였고 동쪽은 요동遼東으로서 동이족東夷族들의 조상이었던 묘족苗族의 활동무대였음을 역사가 말해주고 있습니다. 특히 천산天山/천지연天地淵에는 아름다운 거대한 연못이 있어 주周 나라 때 목왕穆王/BC 962~947의 서왕모西王母가 만나 시문詩文을 화답한 곳이라는 것입니다. 천산천지연天山天地淵, 일명 요지瑤池라 하여 아름다운 옥과 같은 못이라고 칭하고 있습니다. 천산의 천지 주변으로 희귀한 동물들이 많아 지금은 관광객이 끊이지 않는 곳입니다. 고대 서왕모西王母가 지배하고 노닐던 천지天地는 백두산의 천지보다 크다고 할 수 있으며 주변의 경관이 아름다워 여름에는 피서지로서 유명하다고합니다. 천산 천지의 주변의 산은 해발 5,455m의 박격달博格達의 봉우리가 있어 춘하추동 흰 눈이 쌓여 있어 천산을 일명 백산白山이라고 했던 것입니다. 천산과 곤륜산은 상고시대上古時代 때 동이족同異族의 조상이었던 묘족苗族들이 주름잡고 삶의 터전을 일구었던 고향이었다는 것입니다. 돈황敦煌이 불교佛敎의 발상지發祥地입니다. 돈황은 위도 95도와 경도 40도가 십자로 교차된 지점입니다 이곳은 인류가 최초로 불을 밝힌 곳이라 해서 돈황燉煌/귀갑 지지르는 「불 돈」, 「빛날 황」이라 이름 지어진 곳입니다. 돈황은 감숙성甘肅省 서북부에 위치하고 있으며 청해성靑海省의 북부이자 신강성新疆省의 동쪽에 위치해 있습니다. 돈황에서 동남으로 약 4km 지점에는 한의民族 조상이었던 환인천황桓因天皇/BC 8937이 신시神市를 정하기 위해 올랐던 삼위산三危山이 있습니다. 또한 삼위산 남쪽으로 약 4km에는 불상이 새겨져 있어 구부러진 곳으로 해발 평균 1천 미터가 넘는 고원지대高原地帶입니다. 돈황는 막고굴莫高窟이 있습니다. 돈황은 황토黃土와 모래와 그리고 용암이 흘러내려 활처燁煌의 돈燉의 글자는 불성할 '돈'자입니다. 그리고 황煌의 글자는 불빛휘황할 '황'자입니다. 인류 최초로 불빛을 일군 곳이라는 뜻에서 돈황이라 이름이 지어졌습니다. 천지가 혼돈한 시대일 때 환인천황桓因天皇은 풍백風伯, 운사雲師, 우사雨師인 삼정승을 거느리고 삼위산태백三危山太伯에 올라전 세계를 다스리기 위해 내려다보았다고 했습니다. 그리고 돈황燉煌에 신시神市인, 즉 신의 도시인 인류 최초의 신도시를 정하기 위해 천부삼인天符三印을 가지고 3천명의 무리와 함께 도읍을 정한, 인류 역사상 최초의 신도시인 정통국正統國을 세웠다는 기록입니다. 이와 같은 사서史書는 삼국유사三國遺事 제왕운기帝王韻紀 규원사화揆圓史話 환단고기桓檀古記 그리고 신시개천경神市開天經 신교총활神敎叢活 신단실기神壇實記에 기록되어 있습니다. 반고환인씨盤古桓仁氏는 돈황에 신시神市인 새로운 신神의 도시를 건설하게 된것입니다. 신시의 도시가 정통국正統國으로서 인류의 시조始祖이자 역사의 시조로서 국가를 상원갑자년上元甲子年 음력 10월 3일에 처음으로 출발하게 되었다는 기록입니다. 그 후 5년 뒤인 무진년戊辰年에 정식으로 국가의 틀을 갖추고 돈황敦煌에서 인류의 기원起源틍을 이룩하게 되었던 것입니다. 그리하여 환인천황은 아홉 번의 깨달음으로 불교의 성지聖地를 만드는 작업에 들어가게 된 것입니다. 이때 백성들을 가르치기 위해 360가지의 인간의 모든 생활상에 대한 기구 등을 창안했다는 것입니다. 다시 말해 밥하는 법·농사짓는 법·집을 짓는 법·뽕나무를 심는 법·삼을 심는 법을 가르치고, 옷감을 짜기 위해 베틀과 물레를 만드는 법·밭을 일구기 위해 쇠스랑과 쟁기를 만드는 기술과 모시(의복을 만드는 식물)를 심고 누에를 치는 법을 가르쳤다고 역사의 기록입니다. 특히 불을 발견하고 밤에 등잔불 같은 것을 만들어 켜는 법 등 인간이 편리하게 살 수 있도록 하였다는 기록이 있습니다. 반왕盤王, 즉 반고환인盤古桓㤼은 이외에도 인간이 잘 살 수 있게 하기 위해서 이화세계理化世界를 사상적으로 정립했으며 인간이 인간답게 더불어 잘 살아가기 위해 홍익인간弘益人間의 정신을 구현시킨 위대한 대성인大聖人이었던 것입니다. 우리 국조 단군왕검은 건국이념을 홍익인간Maximum Serviee To Humaity 이념의 바탕으로 건국하였습니다. 홍익인간이란 "널리 인간을 이롭게 하라"는 의미로 직역되지만 흔히는 인본주의 → 인간존중 → 복지 → 민주주의 → 사랑 → 박애 → 봉사 → 공동체정신 → 인류애 같은 인류사회가 염원하는 "보편적"인 생각을 열거해 놓은 것입니다.

이와 같은 기록은 산해경山海經/산해경은 중국의 역사 경전이라고도 함 속에 나타나 있고 한국 상고사학회장 이중재 역저와 이화여대 정재서 교수 역저에 해내북경海內北經의 주석에서 반왕서盤王書 삼국유사三國遺事와 구약성서舊約聖書에도 잘 나타나 있습니다. 반고환인은 돈황을 무대로 신시神市의 새로운 도시를 만들어 전 세계의 우매한 사람들을 깨우치고, 따라서 인간답게 살게 하기 위해 도통道通하는 것을 업業으로 삼는 사회제도를 만들겠다는 원대한 꿈을 실현시키고자 했던 것입니다. 그러기 위해서는 몸소 자신의 득도得道가 필요했던 것입니다. 그리하여 대자연 사상이었던 천天·인人·지地의 삼원일체三源一體를 주창하였고 따라서 음양오행陰陽五行의 대자연사상大自然思想을 통해 아홉 번이라는 인류 최초로 도통道通을 몸소 실천했던 것입니다. 역대신선통감歷代神仙通鑑과 유학수지幼學須知 그리고 제왕운기帝王韻紀와 사요취선史要聚選의 기록에 있는 것처럼, 혼돈한 시대에 광명을 비추는 반고환인盤固桓㤼의 출현으로 인류의 바른 삶을 구가한 곳이 바로 돈황敦煌이었습니다. 해동역사海東繹史의 저자 한치윤韓致奫은 반고환인씨 때 법화경과 모든 경전經典이 바위와 동굴에 글자로 새겨져 있었다고 적고 있습니다. 만약 한 사람의 현인賢人이라도 있었으면 모든 경전을 적어 기록을 남겨 두었더라면 없어지지 않았을 것이라는 안타까운 심정을 토로한 글귀가 세기이世紀二 단군조선檀君朝鮮편에 실려 있습니다. 그러니까 대종교는 단檀/박달나무 단군을 섬기는 종교인데 수입된 종교들 때문에 잊혀져가고 있는 것입니다. 엄연히 따지고 보면 단壇/제단 단: 흙으로 제단을 만들어 제사를 지낸군이 제사장이 되어 그 대물림으로 하늘에 제사를 지낸 군왕의 제위 기간인데 어리바리한 일연이 지은 삼국유사는 단檀/1908년군이 혼자서 통치를 했다는 것입니다. 유교적인 역사를 불교적으로 하였던 것입니다. 이러한 종교가 수가지로 변질되었고 조선조에 이르러 수입종교가 들어와 세력을 확장하기 위해 중동에서 요즘 참수斬首를 하거나 산체로 불태워 죽이고 또는 자살폭탄으로 연일 악행을 저질러 세계를 공포로 몰아넣고 있는 이슬람교(회교 또는 회회교)를 모하멧 Mdhammed이 창시한 것으로서 현재 세계적 70억 인구 중 10억으로 세계인구의 4/1이며 가톨릭과 거의 맞먹는 신도수를 가진 거대한 종교입니다. 코란에 기록된 기본교리인 육신六信은.

(1) 알라(하나님) 외엔 다른 신神을 둘 수 없다.
(2) 알라와 인간 사이엔 천사天使라는 중개자仲介者가 있다.
(3) 코란(Koran)은 알라의 마지막 계시啓示이다.
(4) 여섯 명의 중요 예언자『알라·아담·아브라함·모세·예수·모하멧』에서도 모하멧이 가장 위대한 마지막 예언자다.
(5) 세말世末(세상종말)에 나팔이 울리고 모든 사람이 알라의 심판審判을 받게 된다.
(6) 인간의 구원救援은 모두 예정되어 있다. 그리고 신도들이 지킬 오행五行으론.
① 알라 외엔 다른 신이 없고 "모하멧은 알라의 예언자豫言者"라는 기

본신조本信條를 날마다 고백한다.

② 매일 다섯 번씩 메카를 향하여 예배禮拜를 한다.

③ 구빈세救貧稅(돈)를 내야 한다.

④ 라마단 달엔 30일 동안 금식禁食을 한다.

⑤ 일생에 적어도 한 번은 메카에 순례巡禮를 해야 한다.

　위와 같은 이슬람의 율법律法으로 인하여 자기들이 믿는 신(하나님)을 믿지 않으면 죽어야 한다는 억지주장을 하면서 매일 폭력을 자행하고 또는 자기들의 교리를 비난한 글을 쓴 집필자를 암살을 하고 있습니다. 위의율법의 뜻은 돈과 결부되어 있습니다. 수니파와 시아파로 쪼개진 건 632년(추정) 이슬람 공동채 지도자였던 선지자 무함마드가 후계자를 정하지 않은 채 숨을 거두면서 부터라는 것(우리나라 통일교 문선명이 죽을 때 자식에게 재산을 분배를 하지 않고 죽음으로써 자식 간에 재산 권리 재판이 벌어진 것처럼)입니다. 이슬람 공동체는 스스로 후계자를 정해야 했는데, 무함마드의 혈육을 후계자로 해야 한다는 시아파 공동체 합의를 통해 적임자를 뽑아야 한다는 수니파로 의견이 갈려서 오랜 세월 동안 서로 간에 전쟁을 하고 있는 것입니다. 그러니까 1400년 전의 원한에서 두 종파는 원수가 되었던 것입니다. 수니파가 85%이고 시아파가 15%인데 서로 간에 암살과 테러를 하고 있는 것입니다.

　암살자를 의미하는 영어assassin: 어새신의 어원은 페르시아에서 유래한 아랍어hashshashih: hashishin라고 합니다. 이 말의 뜻은 농축대마인 해시시Hashish: 대마초를 농축한 물체로 대마초보다 환각성이 강함를 하는 사람들이란 뜻입니다. 11세기 이슬람시아파의 한 분파인 니자르 이스마일 파에서 결성한 비밀 암살단을 가리키는 말로 환각 상태에서 암살을 저질러 공포의 대상이 됐다고 합니다. 하지만 실제로 이들이 마약중독자였는지는 논란이 많은 상태입니다. 십자군 전쟁 과정에서 암살단의 이름은 유럽에 유입되었고 마침내 17세기 초 윌리엄 셰익스피어의 "맥베스"에 암살暗殺/assassination이라는 어휘가 서구 문학에서 쓰인 첫 사례로 기록되기도 했습니다. 셰익스피어에 의해 "시민권"을 획득한 이 단어는 이때부터 널리 확산되었습니다. 어휘의 역사와 별개로 암살은 인류가 권력투쟁을 시작한 이래로 존재하여 지금도 이루어지고 있습니다. 특히 절대 권력자들은 정적政敵을 제거하는데 이를 "애용"했습니다. 박정희 독재시절 잘 보이려는 무리들이 야당인 정적 김대중을 죽이려고 납치하고kidnap 교통사고 위장을 하는 등 두 번을 저질렀지만 실패를 했습니다. 심야나 후미진 곳에서 남들 모르게 저지르는 게 대부분이지만, 이슬람국가 무장단체에서 경고를 하고 저지르기도 합니다. 이 종교를 믿는 사람들이 이 세상에서 가장 악질입니다.

그들은 이 시간에도 세계도처에서 너 죽이고 나 죽는다는 테러를 자행하고 있습니다. "신은 오직 하나님(유일신唯一神) 하나다"라는 그들의 주장은, 이슬람의 세계에서는 오직 한 길인 "알라"의 길로 통한다는 것입니다. "피에 젖은" 경계선에서 전 세계로 확산 되고 있는 가운데 IS 극단주의자들은 수명의 서방 인질과 일본인 2명을 참수를 하였으며 무려 21명의 이집트 콥트교인(이집트 내 기독교 분파)들을 바닷가에서 참수를 하여 바닷물이 피로 물든 영상을 공개를 하고 포로로 잡힌 요르단 비행조종사를 산체로 화형식을(불태워) 하여 죽이는 현장을 인터넷에 올렸습니다. 철장 안에서 불에 타면서 괴로워 afflicted 몸부림치면서 죽어가는 장면을 공개하여 폭력적인violent 그들의 만행에 전 세계인과 같은 이슬람권에서도 맹렬하게ferocious 비난을 쏟아 내게 하였습니다. 우리나라 김해에서 들고양이를 먹이를 넣어둔 가두리 틀로 잡아 철장 안에 7~8마리를 넣어 뜨거운 물이 끓는 가마솥에 2분여를 넣어 죽인 후 털을 뽑고 건강 보신원에 팔았다는 뉴스를 대대적으로 하여 국민을 경악케 했습니다. 구속되어 죄를 받을 것입니다. 이를 본받았는지! 반 무슬림(이슬람) 혐오주의와의 대결에서 이슬람 국가 악의 집단이라는 못된mean IS 극단주의 수니파 무장조직이 상상을 초월한 갖가지 잔인한 방법을 동원해 살해하는 동영상이 또 공개를 했습니다. 이들은 종종 참수하는 동영상이나 사진을 유포하여 공포를 조성해 왔지만 이번에 내놓은 동영상은 잔인성 면에서 가장 충격적이라고 할 수 있는 영상인데 이 모습이 김해시에 고양이를 죽일 때 상용했던 방법이어서, 일마들이 우리나라 방송뉴스를 보았나 생각이 듭니다. IS와 연계된 소셜네트워크SNS 계정을 통해 2015년 5월 23일(현지시간) 유포되기 시작한 동영상엔 붉은색 죄수복을 입은 남자 4명이 갇힌 철장이 크레인에 매달려 서서히 수영장에 잠기는 장면이었습니다. 철창엔 카메라가 설치돼 물속으로 잠겨 수중에서 익사하는 모습이 촬영된 영상이었습니다. 또 승용차에 사람들을 가득 밀어 넣은 뒤 멀리서 대전차 로켓포RPG를 쏴 불에 태워 죽이는 장면과 붉은색 죄수복의 남자 7명을 나란히 무릎을 꿇리고 목에 폭발물이 들어 있는 줄을 차례로 엮은 뒤 폭파시켜 죽이는 장면도 공개를 했습니다. 그들의 잔혹성은 끝이 없습니다.

그것만이 아닙니다. 터키에선 짧은 미니스커트를 입은 여성을 집단으로 성폭행을 하여 죽였다는 것입니다. 반 이슬람정서에 반하는 짓을 했다는 것입니다. 2015년 6월 인도 북부비하르 주의 한 거리에서 맑은 대낮에 한 소녀와 청년이 누군가에 의해 무수한 폭행을 당해 사망한 끔찍한 사건이 영국 BBC방송 방송이 되었습니다. 당시 거리에는 많은 사람들이 그 폭행 장면을 지켜보고 있었지만, 아무도 말리거나 경찰에 신고하지 않았다는 것입니다. 뭇매를 맞아 죽은 희생자는 36세의 유부남과 그를 사랑에 홀린 16세의 여자 아이인데 여자의 친척들로부터 가문의 명예살인을honor killing 당했다는 것입니다. 인도 대법원은 2011년 명예살인을 법으로 금하고 있지만 그들의 시민사회서는 아직도 공공하게 자행되고 있다는 것입니다. 명예살인은 자기 가족이나 부족 공동체의 가문의 명예를 더럽게 했다는 이유로 그 구성원을 살해하는 행위를 말하는 것입니다.

명예名譽를 지키기 위해서라면 살인도 정당화할 수 있다는 명분 아래 자행되고 있는 것입니다. 그 종류는 간통을 저지른 여성이나 혼전 성관계를 가진 여성을 남자 구성원이 살해하는 경우가 빈번히 일어나고 있다는 것입니다. 더 잔혹한 일은 어머니가 딸을 명예살인 살인을 한다는데 더 잔인합니다. 2015년 초에 터키의 40대 여성이 17세 딸이 임신한 사실을 알고 총을 쏴 살해한 사건이 대표적인 예일 것입니다. 이러한 죄악은 인류의 문명적 가치를 완전히 무시하는 행위입니다. IS는 "문명의 충돌"이 아닌 문명의 모독이자 문명의 파괴자들인 것입니다. 이슬람 극단주의 1%가 벌이는 광기의 테러를 문명의 충돌로 분석하는 것은 문명에 대한 오욕입니다. 문명은 연장 회장에서 록 음악을 듣고 카페에서 와인을 마시며 담소하는 곳입니다. 이슬람 극단주의 테러리스트들은 파리에서 문명의 상징인 카페 레스토랑 연주회장과 축구장을 공격했습니다. 그들의 "빛의 도시"를 "매춘과 악의 수도"라고 규정을 하고 저지른 사건입니다. 공연장에 모인 록 밴드 팬들을 이교도라는 이유 살해를 한 것입니다. IS는 문명의 현상이 아니라 자살과 살인을 숭배하는 광신도 집단인 것입니다. 다수의 선량한 이슬람을 증오해서는 안 될 일이지만 IS는 테러는 타 종교를 배척하는 이슬람 근본주의에 뿌리를 둔 것임이 분명합니다. 중동에서 발원한 이슬람교는 기독교와 유교는 다른 신을 인정하지 않은 유일신唯一神/하나님 사상을 바탕으로 하고 있습니다. 세계에서 처음으로 전지전능한 창조주인 유일신의 개념을 만들어낸 것은 유대인이었습니다. 이에 유대인들은 유일신 여호와가 그들을 구원해 줄 것이라는 선민選民 사상을 갖고 절망적 상황에서도 희망을 버리지 않고 살아가는 집단입니다. 상업의 중심지였던 메카(사우디아라비아 도시)에 살던 무함마드(마호메트)는 그곳에 들르던 크리스천이나 유대교인들로부터 유일신 개념을 배웠다는 것입니다. 선지자(무함마드)를 인정하지 않은 자들을 죽이는 것은 죄가 아니고 알라와 선지자를 위해 싸우다 죽은 용감한 전사는 천국에 간다는 가르침은 꾸란(이슬람경전) 경전에 기록돼 있습니다. 이슬람의 전사들은 한손엔 꾸란을 들고 다른 손에는 칼을 들고 팔레스타인과 페르시아를 정복하고 이집트와 북아프리카를 비롯 종국에는 스페인까지 점령을 했던 것입니다.

무함마드 사후 100년만인 732년에 벌어진 프랑스의 투르 전투에서 이슬람이 승리했더라면 유럽은 그때 이슬람의 영토가 됐을 것입니다. 척박한 열사熱沙의 땅에서 이슬람이 이교도를 정복하던 시기에 채록採錄된 꾸란을 문자 그대로 가르치는 근본주의 이맘들(이슬람교 성직자)은 가난과 실업으로 방황하는 이슬람 청년들에게 분노와 복수의 이념을 불어 넣고 있는 것입니다. 종교는 진공관 속에서 배양되지는 않습니다. 경전은 같지만 해석과 실천은 문화적·인종적·정치적·국가적 등의 시각에 따라 달라지는 것입니다. 파키스탄과 말레이시아의 이슬람문화는 다른 것에서 볼 수 있듯 중동에서도 수니파와 시아파가 확연히 갈라짐을 보면 알 수 있습니다. IS는 후세인의 몰락과 함께 이라크에서 시아파에 밀려난 수니파 세력이 주종을 이루고 있습니다. 근본주의는 시아파에도 있고 수니파에도 있습니다. 2015년 말 미국 캘리포니아 샌버너디노에서 복면을 쓰고 교육장에서 총기를 난사 하였던 두 부부이고 딸까지 출산하여 6개월 된 아이를 키우고 있는 말리크는 가정 밖에서 항상 얼굴을 가리고 눈만 내놓는 니깝을 쓰고 대학교에서 남학생들과 어울리지 않고 운전도 하지 않는 독실한 이슬람교도였다는 것입니다. IS는 말리크 같은 이슬람 근본주의 신앙을 지닌 젊은 남녀들에게 이교도를 죽이고 천국에 가라고 교육을 시키고 있습니다. 꾸란을 제멋대로 해석을 하고 이교도 청년 여성을 강간해도 죄가 아니라고 가르치고 있다는 다소 충격적인 행동을 하고 있습니다. 중동 및 인도의 이슬람권에서 수많은 사건이 자행되고 있으며 이탈리아 등 유럽에도 이런 관습이 아직도 남아 있다는 것입니다. 불륜여성에 대한 살인뿐만 아니라 원수에 대한 복수도 명예살인의 범주에 포함시키는 곳도 있다는 것입니다. 대표적인 곳이 기독교 국가인 유럽의 알바니아가 그 나쁜 예입니다. 알바니아 관습법인 '카눈'에는 "모욕은 피로 피는 피로서 죄 값을 치른다."는 원칙이 있다는 것입니다. 이 때문에 한 가문이 몰살하거나 가문끼리 피의 복수가 되풀이되는 일들이 많다는 것입니다. 1990년 공산정권이 무너진 후 정부가 부패하면서 15세기 관습법인 카눈이 실정법행세를 하고 있다는 것입니다. 이러한 나쁜 관습 때문에 그동안 1만 명이 넘는 사람들이 목숨을 잃었는가 하면 숨어 지내는 가족도 수천 가구에 이른다는 뉴스입니다. 유엔 인권위원회는 전 세계적으로 연간 5,000명가량이 명예 살인으로 희생되는 것으로 추산하고 있다는 것입니다. 두바이에서는 물에 빠져 살려달라고 외치는 딸을 구조하려는 인명구조원을 저지해 딸을 숨지게 해버린 비정한 아버지가 경찰에 체포되었다는 뉴스입니다. 이 아버지는 낯선 남자(구조요원)가 자기 딸의 몸에 손을 대는 불명예를 당하느니 차라리 죽게 내버려두겠다며 그렇게 했다니 목불인견目不忍見이 따로 없습니다. 그는 명예살인이라고 주장하나 자식을 죽인 패륜범죄일 따름입니다.

파키스탄에서도 충격적인 "명예 살인"이 일어났습니다. 영국 일간 데일리 메일은 2015년 "동부 펀자브 주의 한 마을에서 부모가 반대한 결혼을 강행한 17세 딸을 가족들이 흉기로 목을 베어 숨지게 한 사건이 발생했다"고 보도를 했습니다. 현지 경찰에 따르면 17세 여성인 무아피아 후세인은 부모의 반대를 무릅쓰고 열네 살 연상인 31세 남성과 결혼을 한 게 발단이 된 것입니다. 이 여성 부모는 "하찮은 부족 출신 남성과 결혼을 허락할 수 없다"며 반대를 했는데 딸은 남편과 결혼을 부모 몰래하고 남편과 집을 나가 버리자 이에 그녀의 어머니는 "모든 것을 용서하고 결혼을 축복해주겠다"는 거짓말로 꼬여 남편과 함께 집에 찾아오라고 부탁하자 이 말을 곧이 곧대로 믿고 두 사람이 부모 집에 오자마자 가족들은 즉시 두 사람을 밧줄로 묶은 뒤 곧바로 그녀의 아버지가 직접 흉기로 두 사람의 목을 베어 숨지게 했다는 것입니다. 경찰에 체포된 악질인 부모는 "딸의 결혼이 가족의 명예를 실추시켰다"고 말을 했다는 것입니다. 파키스탄에서는 부모가 반대하는 결혼을 한 여성을 가족들이 살해하는 이른바 "명예 살인"이 자주발생하고 있다는 것입니다. 2015년 5월에는 임신 3개월째였던 25세 여성을 가족들이 구덩이를 파고 그 속에 밀어 넣고 돌을 던져 살해하는 장면이 TV에서 그 모습을 보여 주었습니다. 파키스탄 인권위원회에 따르면 명예살인이 년 평균 869여 명이 일어나고 있다는 것입니다. 문제는 파키스탄 정부는 지금까지 명예살인을 뿌리

뽑기 위한 어떤 대책도 마련하지 못하고 있다는 것입니다. 이 때문에 2015년 5월 파키스탄 경찰들은 여성을 살해하는 장면을 끝까지 목격하기도 했지만 이를 가로막지 않아 국제 인권단체들로부터 비난을 받았다는 것입니다. 왜 경찰이 필요한지도 모르는 정치권의 문제도 있지만 자식을 죽이는 부모들의 악질 마음을 자유민주의 국가에선 이해를 할 수 없는 일이 지금도 벌어지고 있는 것입니다. 이러한 악질들의 일들은 종교에서 비롯된 것입니다. 인류 문명사는 인간의 존엄성에 대한 지각과 궤를 같이 하고 있습니다. 명예를 위해 인간의 존엄성을 짓밟는 곳을 문명사회라고 할 수는 없습니다. 이러한 종교인의 관습 때문에 불행不幸/unfortunately하게도 터키에서는 하루 평균 5명의 여성이 살해를 당하고 있어 1천여 명의 변호사가 그러한 짓을 하는 자에게 엄한 벌을 내리라는 시위를 하고 있는 뉴스가 보도되었습니다. 모하메드가 받아 적었다는 코란을 절대적으로 믿고선 지구상의 신은 오직 "알라 뿐이다"라는 것에서 저질러지고 있는 일들입니다. 하나님의 아들 예수를 믿는 자는 없어져야 한다는 그들의 그릇된 생각에서라는 것입니다. 이들이 전세계에서 발행되는 수십억 권의 다양한 책 읽기를 금하는 것은, 서로 간에 권력을 쥐려고 하는 짓입니다. 지금도 콩고의 내전으로 수많은 난민이 생겨났고 누가 적인지 아군인지를 모르는 7세 이상 3만여 명 어린아이에게 총을 들게 하여 방패삼아 전쟁을 치루면서 여자아이들에게 성폭행을 자행하고 있다는 것입니다. 어린 나이에 아이를 낳는 고통이 이곳에선 이제 곧 꽃피울 나이에 반군에게 시달림을 받고 있는 것입니다. 다섯 자녀가 반군에게 엄마가 성폭행하는 장면을 보았다는 뉴스를 보았습니다. 이곳에선 반군에게 40여만 명의 여성들이 성폭행을 당하고 있어 콩고 땅에선 눈물이라는 것은 여자들일 것입니다! 우리에게는 일상의 생활이 이곳에서 고통의 날일 것입니다. 이런 참혹한 장면을 뉴스를 보면 사진으로 보아왔던 같은 민족 간에 6.25(한국전쟁) 때 벌어졌던 장면이 떠오를 것입니다. 2015년 대한민국의 정치판을 보면, 좌파니 우파니 이념전쟁을 치루고 있는 것 같아 보입니다. 이러한 정치판이 제2의 한국전쟁이 일어나지 않는다고 어느 누가 장담을 하겠습니까? 악마의 3대인 젊은 북한의 김정은은 전쟁을 준비하고 있는 것을 알고 있는 우리국민의 걱정은 아랑곳 하지 않고 밥그릇 싸움을 하고 있으니 말입니다. 정치인에게 묻겠습니다. 북한이 핵폭탄을 개발하고 전쟁 물자 생산에 열을 올리고 있는데 그들이 미국·일본·중국·러시아 등과 싸우려고 그 짓을 하고 있습니까? 바로 당면한 우리와 싸우려는 것입니다. 2015년 휴전선 목함 지뢰 사건으로 인하여 그동안 하지 않았던 대북방송을 하자. 잘못을 인정했던 것은 북한군이나 주민이 자유 대한민국의 발전상의 방송을 듣고 이에 동조 하여 2만 여명의 북한 주민이 북한을 탈출하여 남한으로 내려와 잘살고 있다는 것을 알까봐서 지뢰 매설을 시인을 했듯, 종교 국가에선 책과 신문을 반입 못하게 하는 것입니다. 북한 정권도 똑같은 짓을 하고 있는 것입니다. TV나 라디오 청취를 허락하지를 않고 신문을 비롯한 다양한 책을 반입을 못하게 하고 있는 것입니다. 이러한 것을 어기면 총살이나 감옥행이니 죽음을 무릅쓰고 많은 사람이 제3국을 통하여 우리나라에 입국하여 새로운 삶을 영위하고 있는 것입니다. 부연 설명을 하자면 북한은 철저한 종교국가입니다. 꼭 김일성 일가를 믿는 세계에 하나밖에 사회주의 종교 집단이라는 것입니다. 2014년 6월 29일이 이슬람의 최대 성월인 라마단이 시작된 날이었습니다. IS 지도부는 이날을 자기들의 국가로 탄생된 날로 공표를 했습니다. 라마단은 이슬람 종교가 시작된 것입니다. 이슬람 사도(첫 성직자인) 무함마드가 610년 알라로부터 첫 계시를 받은 달인 것입니다. 그러니까 이슬람 종교가 시작되었다는 뜻입니다. IS는 이런 종교적 상징을 정치적으로 이용을 했습니다. 무함마드가 이슬람을 시작한 것처럼 자신들도 21세기에 진정한 이슬람국가를 건설하겠다고 주장을 하고 있는 것입니다. 그러나 IS는 극단적인 방식으로 자기들의 종교를 정치적으로 이용하는 테러조직입니다. 시아파인 이라크와 시리아 중앙정부에 반하는 수니파국가를 세우겠다는 악질과격 무장단체인 것입니다. 이러한 너 죽이고 나도 죽는다는 테러 전문가들을 공중폭격이나 톨레랑스(관용慣用) 같은 멋진? 말로는 광신도 집단과 싸워 이길 수 없습니다. 최근 사우디아라비아와 예멘과 쿠웨이트의 시아파 사원을 공격하고 있는 이유도 여기에 있는 것입니다. 정치적 목적을 위해 수니파와 시아파 간 갈등을 조장하고 있는 것입니다. 우리나라로 말하면 통일교나 대한장로 예수교나 하느님교회나 하나님교회 등등의 각기의 종파인 기독교가 서로가 정통교회라고 감언이설甘言利說하는 것과 같은 이유입니다. 다행히도 우리나라에선 종파 간에 싸움은 없습니다. 불교 역시 각기의 파가있습니다. 세력 확보를 위해 포교활동布敎活動을 하고 있는 것입니다. 이러한 세력 확보를 위해 IS도 전 세계에 동시다발적인 테러를 감행하여 자신들의 존재감을 확산시키고 수니파 무슬림이 아닌 소수 종파와 민족을 말살하려 하고 있는 것입니다. 자신들의 통치방식에 거부하는 모든 사람을 제거하고 있는 것입니다. 최근에는 라마단 단식을 지키지 않았다고 10대 소년 두 명을 교수형에 처하기도 했다는 뉴스입니다. IS는 또 기존의 알카에 다와 차별성을 갖는 극단주의 세력입니다. 국가를 선언한 세계 최초의 과격 악질 집단의 이슬람주의 골칫덩어리인troublesome 세력이 되었습니다. 주권국가의 탄압과 국제사회의 감시 아래 은밀히 활동하던 알카에다 등의 기존 조직들과는 차원이 다른 행동을 보여주고 있는 것입니다. 이라크와 시리아 중앙정부가 통제권을 상실한 지역에서 IS는 "칼라파 국가" 영향력 범위를 확대하고, 전사훈련을 시킨 정예요원인 테러를 전문으로 하는 세력을 전 세계로 파견을 하여 인류 문화유산을 파괴를destruction 하고 불을 질러 공포를 조성하고 있는 것입니다. 저도 군 생활 중, 우리나라가 최초로 만든 비밀조직인 테러만 전문으로 하는 부대 팀장이어서 잘 알지만 너 죽이고 나 죽는다는 철저한 이념으로 교육을 받았기에 이 세상에서 제일 무서운 집단입니다. 알카에다를 포함해 다른 어떤 테러조직들이 과거에 달성한 적이 없던 수준의 "해방구"를 가진 것입니다. 이 해방구로 전 세계과격주의 이슬람세력이 집결하고 있는 현재 상황에 세계는 걱정을 하고 있는 것입니다. 집결한 곳에서 훈련을 받은 테러 세력들이 언제든지any time 세계 곳곳으로 향할 것이기 때문입니다. IS는 이제 중동뿐만 아니라 국제사회에 위협이 되고 있습니다. 미국주도 연합군의 공습만으로는 IS 제거가 쉽지 않음을 우리는 익히 알고 있기에 걱정이라는 것입니다. 아랍 및 이슬람국가가 주도하는 지상 작전도 필요한 상황이 되었다고 하는데 얼마나 죄 없는 사람이 희생이 되어야 해결할 수 있을지는 아무도 모를 것입니다. 2015년 6월 18일이 라마단이 시작되었습니다. 1448번째 단식을 하는 달입니다. 이슬람은 태음력을 사용하기 때문에 1년이 354일입니다. 태양력에 비해서 11일이 적은 것입니다. 따라서 이슬람력의 9번째 달인 2015년 라마단의 첫날은 2014년보다 11일이 빨라진 것입니다. 이때부터 알라의 은총에 보답하기 위해 무슬림들은 한 달간에 걸쳐 단식을 하여 아낀 음식과 돈을 어려운 사람들을 초청해서 만찬을 갖는 의식입니다. 매일 저녁 친지와 어려운 사람들을 초청해 만찬을 갖는 라마단의 성스런 달인 동시에 나눔과 축제의 기간이라는 것입니다. 인사말도 라마단 카림karim입니다. 카림이란 용어는 "평화롭고 자비로움"을 의미하는 말입니다. 1448년의 평화와 자비의 전통이 고작 1년이 된 현 시대에 IS의 폭력으로 깨져버린 것입니다. "원수라도 동등하게"란 코란(꾸란: 이슬람 경전)의 한 구절을 무시한 채 이 세상에서 제일 무서운 테러 집단이 되어 세계 도처에서 잔인한 폭력적인violent 행위를 하는 바람에 세계경찰이라고 하는 미국도 9.11 테러를 당해 무고한 수천의 민간인이 억울한 죽음을 당했습니다. 이슬람 경전에 "이슬람을 억압하고 훼손하는 자들에 대해 처형을 하거나 십자가형에 처하거나 손발을 절단하는 처벌을 하라"고 되어 있어 그 짓을 저지르고 있다는 것입니다. 화형식을 한 이유는 무슬림이 이슬람 경전인 꾸란 다음으로 중요시하는 하디스(무함마드의 언행록)에 "오직 알라(신神: 하나님)만이 불로 심판할 수 있다"라는 구절이 있기에 조종사를 산채로 심판을 하였다고 주장을 하고 있습니다. 하디스를 집필한 작가의 잘못으로 이러한 살상이 벌어지고 있는 것입니다. 자기들이 하나님이 아닌데, 온건파 이슬람 문화권에서도 채찍질·투석형·신체일부 절단형 같은 중세적인 형벌제도로 관대한 벌을 적용하고 있다는 것입니다. 이들의 테러리즘terrorism이 문제입니다. 미국과 인도는 이슬람 국가Islamic State와 중동지역에서 알카에다Al-Qaeda 문제에 부닥쳐 고민을 하고 있다는 것입니다. 수년전 부산 김선일 씨도 중동에 포교활동을 하려갔다가 이슬람교도들에게 붙잡혀 공개된 장소에서 톱으로 목을 절단하는(참수형斬首刑) 죽임을 당하는 반인륜적인 사건이 벌어졌습니다. 그래서 기독의 발상지이며 예수의 탄생지인 이스라엘은 죽음의 땅이 되었고 중동의 화약고가 되어버렸습니다. 지금도 이슬람교도들에게 끝없는 테러에 시달리고 있습니다. 예부터 예루살렘은 무슬림에 도전을 받고, 로마군에 시달리다가 결국 로마에 점령당하여 멸망滅亡의 길로 들었으나 그들의 끈질긴 민족성 때문에 살아남았습니다. 한마디로 전쟁과 갈등葛藤의 역사를 않고 살아온 민족입니다! 그리스도교는 인생의 궁극적인 목적과 인간의 죽음에 대한 의문을, 하느님이 자신의 외아들 예수 그리스도를 통하여 인간에게 직접 가르쳐 주었다고 설교를 하고 있습니다. 인류의 역사상 종교인간의 전쟁과 폭력으로 35억여 명의 사람이 죽었다고 합니다. 그렇다면 하느님과 이슬람에서 주장하는 하나님은 없는 것입니다. 전쟁戰爭/싸움과 다툼의 역사는 인간이 지구상에 탄생한 후 생겨났습니다. 작게는 개인 간에 죽임을 당하거나 죽여도 그것이 바로 전쟁입니다. 인간이 늘어나면서 후로 씨족 간에, 종교 간에, 부족 간에, 나라 간에 지금도 꾸준히 벌어지고 있는 것입니다. 지금 세계 도처에서 벌어지고 있는 기도교적인 테러를 저지르고 있는 "헤즈볼라", "알카에다", "IRCC-이란혁명수비대" 급진 이슬람주의 무장 세력인 "이라크 레반트", "이슬람 국가ISIL: 이슬람 극단주의 단체 보코하람" 등이 한낮에 길거리에서 신은 유일신唯―神인 하나님인데 하나님 아들 예수를 신으로 믿는 사람들을, 칼로 생선을 토막 하듯이 목을 잘라 죽이고 있는 행위가 이를 반증하는 것입니다. 1941년 8월 24일 영국의 윈스턴 처칠 총리가 BBC 생방송 연설에서 나치독일의 만행을 규탄했습니다. 그는 나치의 민간인 대량 학살을 두고

"우리는 이름 없는 범죄에a crime without a name 직면해있다"고 표현을 했습니다. "이처럼 조직적이고 잔혹한 살육은 없었습니다. 이것은 시작에 불과하고." 독일의 살인특무부대가 빨치산 소탕을 명목으로 소련 땅에서 자행한 민간인 학살을 지칭한 말입니다. 나치독일의 만행은 홀로코스트, 600만 명의 죽은 유대인이 한 줌의 재로 변할 때까지 한 치의 오차도 없이 일사불란하게 이어졌습니다. 군대 간 전쟁이었기war against peo: ples 때문입니다. 1944년 폴란드 출신의 유대인 법학자 라파엘 렘킨은 "이름 없는 전쟁"에 "제노사이드genocide"란 이름을 붙였습니다. 제노사이드란? 종족을 뜻하는 고대 그리스어genos와 살인의 라틴어cide를 결합시킨 말입니다. 제노사이드는 반드시 한 집단의 "즉각적인 파괴"만을 뜻하는 개념이 아니었습니다. 어떤 집단에 wjsaufdf 의해 자행되는 다양한 행위를 지칭한 말입니다. 2015년 4월엔 이슬람 극단주의 무장단체 일원 4명이 케냐의 한 대학 기숙사에 들어가 이슬람 옷을 입지 않은 학생을 가려내서 150여 명을 총으로 쏴 죽이는 사건을 저질렀습니다. 범인들 4명도 사살되었습니다만 이 모든 것이 종교적인 아랍문명권과 세속의 유럽문명권의 충돌로 일어나는 것입니다. IS의 폭력적인 근원根源은 여성에게 공부를 못하게 막고 있는 그들의 교리에 의해서입니다. 앞서 이야기했듯 서방 세계의 다양한 책과 신문들을 아예 반입을 못하게 하고 있는 것입니다. 이슬람 수니파 극단주의 무장단체 "이슬람국가IS" 대원들이 이라크에서 납치한 야지디족族 여성들을 무참하게 성폭행을 하여 임신시켰으며 9세 어린 소녀도 포함된 것으로 알려져 충격을 주었습니다. 이 9세 소녀는 최소 10명의 IS 대원으로부터 번갈아가며 성폭행을 당한 것으로 드러난 것입니다. 2015년 4월 12일 캐나다 일간지 토론토스타지에 따르면 8개월간 IS에 억류됐다가 최근 풀려난 야지디족 여성과 어린이 중 상당수가 성적인 학대로 임신을 했으며 이 중 최연소는 9세라는 것입니다. 네덜란드 헤이그 국제 대테러 센터는 IS에 가담한 서구 여성이 550여 명에 이르는 것으로 추산을 했습니다. 서구사회의 불관용不關用에 지친 무슬림 출신 유럽 여성들은 IS

선전에 현혹돼 강제 결혼을 하거나 성노예로 전락이 된 것입니다. 현지 구호대원인 유시프 다오우드 씨는 토론토스타지와 인터뷰에서 "선봉에서 뛰는 전투대원들과 자살폭탄을 앞둔 대원들이 어린 소녀들을 포상으로 받아 성적인 학대를 저질렀다"며 "임신한 9세 소녀는 정신적 충격에서 헤어 나오지 못하고 있다"고 말했습니다. 소녀는 너무 어린 나이에 임신해 제왕절개 수술을 하더라도 위험 부담이 큰 것으로 알려졌습니다. 쿠르드 구호단체는 곧 소녀를 데리고 독일로 건너가 치료방안을 논의할 계획이라는 것입니다. 악질들인 IS는 2014년 8월 이라크 북부 산자르 일대를 장악하면서 이곳에 살고 있던 소수민족인 야지디족 남성을 대량 학살하고 여성과 어린이 수천 명을 납치하여 그런 짓을 한 것입니다. 이슬람 무장단체들은 조로아스터, 주술신앙呪術信仰 등이 복합된 신앙을 믿는 야지디족을 종교적 변절자로 여긴 결과로 벌인 사건입니다. 그들은 비난이 일자, 어린이 40명을 포함한 216명을 이라크 히메라 지역에서 석방을 하여 지금까지 500여 명이 풀려났지만 400여 명이 넘는 여성과 어린이 들이 여전히 성노예로 학대를 받고 있다는 뉴스입니다. 일련의 악질적인 그들이 행한 약자에게 가한 행동이 하나님이 시킨 일일까요? 2015년 IS 지상의 악의 화신인 그들은 3,000여 명을 잔혹하게 살해를 했습니다. 지상에 있는 모든 사람들이 서로를 진정으로 사랑한다면 어떤 삶을 살게 될 것인지 그들은 상상할 수 있을까요? 성경 구절인 "너희 이웃을 사랑하라"는 말을 인식하고 있다면 누구도 자기와 국적이나 인종이나 피부색이 다르다고 해서 편견偏見을 갖는 일은 없을 것입니다. 자기들이 믿는 신을 믿지 않는다 해서 야만적이 행동을 하고 있습니다. 그것만이 아닙니다. 이러한 행위들 외에 이슬람 문화권에선 여성들에게 그들의 전통의상이라는 부르카(완전한 온몸 가림), 니캅(온몸 가림과 눈만 보임), 아바야(온몸 가림과 머리가림), 히잡(머리카락만 가림) 등으로 여성 탄압彈壓을 하고 있으며 정당한 교육을 받지 못하게 하고 오직 코란만 읽게 하여, 그들은 자유세계에서 통용되고 있는 수백만 가지의 내용이 상재되어 있는 인문학적 책을 읽을 기회가 없어 투명한translucent 자유세계의 이상을 모르기 때문입니다.

우리나라 각 종교의 지배층은 있지만 지도층은 없습니다. 바람직하지 않은 권위주의가 난무합니다. 한국종교계에서 나타나는 권위주의를 어떻게 봐야할까요? 가톨릭에서 권위주의는 교회 권위주의와 성직자 권위주의의 두 가지 모습으로 나타납니다. 루터의 개혁운동에 대응하기 위해 열린 트리엔트 공의회1545~1563는 7성사를 제정하면서 7성사를 온전히 집행할 자격을 갖춘 계급은 오직 성직자라고 선언을 했습니다. 그때부터 성직자는 교회의 주인이고 신자는 구경꾼으로 자리를 잡은 것입니다. 가톨릭은 제2차 바티칸 공의회1962~1965에 와서야 다른 교회도 하느님이 원하는 교회에 포함될 수 있다고 했고 개신교회의 신학적 가치도 인정됐습니다. 교회는 조직 자체가 목적이 아니라 인류 구원에 봉사하는 도구라는 뜻으로 교회 지상주의는 이론적 근거를 잃게 된 것입니다. 교회는 하느님 백성이라고 선언되면서 평신도의 중요성을 인정해주고 주교가 있는 곳에 교회가 있다는 말로 바뀌었습니다. 그러나 평신도에 의해 시작된 한국 가톨릭교회는 파리외방전교회 신부들이 교회 주도권을 쥐면서 보수적 성직자 교회로 탈바꿈 되어버린 것입니다. 가톨릭과 개신교 모두 전근대적 권위를 가진 것입니다. 가톨릭은 유럽의 근대국가가 만들어지는 시점에서 초국가적 실체로 역할을 했고 개신교는 유럽의 민족국가가 등장하면서 국가가관과 같은 성격을 보였던 것입니다. 두 종교가 전근대적 국가 체제와 친화적으로 발전한 모델이기에 그 안의 권위가 전근대적 모습을 가진 것은 당연한 것이던 것입니다. 개신교는 급격한 산업화 과정에서 세워지고 성장해 창업자적 권위주의權威主義 성격을 지니게 된 것입니다. 주로 대형 교회에서 카리스마적 권위를 보이는데 이는 베버(독일 신부: 1911년에 한국에 옴)가 말한 합리적 권위와는 거리가 멉니다. 반면 교황은 탁월한 공감능력을 보이면서 사람들이 권위를 인정하게 됐고 공감적 권위가 소통능력의 중요한 측면이라는 것을 보여주고 있습니다. 그럼에도 가톨릭교회의 소통능력에는 제한이 있습니다. 복장이나 예배당의 공간 구조 같은 제도적 장치로 권위를 드러내는 것을 말합니다. 성직자와 신도의 공간이 명확히 구분되고 전통을 독점하는 권한도 성직자가 가졌습니다. 프란치스코 교황 같은 지도자는 그런 권위를 보충하는 측면이 있습니다. 포도주도수를 정하는 데에도 주교의 합의가 필요한데 평신도는 그 논의 과정에 참여할 수 없다는 것입니다. 가톨릭에는 착한 임금이라는 모델이 있습니다. 선한 사람이 모든 권력을 쥐는 것인데 이것이 현대에 와서 부닥치고 있는 것입니다. 종교 정보가 소통되는 통로가 다양해지면서 옛날처럼 추기경이다 주교다라고해서 권위를 요구하는 것이 무리입니다. 그런 점에서 한국 천주교에는 지배층支配層은 있어도 지도층은 없는 것입니다. 불교의 권위주의를 보면 원래 불교에는 성직자 개념이 없었는데 근대 서양 종교를 보면서 잘못을 배웠습니다.

서양종교를 배우면서 성직자라는 말이 생겼고 서양 종교의 방식으로 출가자가 권위로 등장하게 된 것입니다. 내가 어렸을 땐 중이라고 했으며 시주를 받으러 오면 반말(하대)을 했습니다. 지금은 스님이라고 존칭을 쓰고 있는 것입니다. 불교의 권위는 경전에서 나타나는 체험과 깨달음에서 나옵니다. 그러나 현실은 고통 속에 있는데 출가자들이 그 것은 아무것도 아니고 무성한 것이라고 하여 권위주의가 생긴 것입니다. 현실을 외면하고 현실 갈등에 개입하지 않으려는 권위주의인 것입니다. 종교의 권위주의는 실천에서 오는 것입니다. 중생의 도움은 우산을 씌워주는 것이 아니라 함께 비를 맞는 것입니다. 종교인들이 그동안에는 사회봉사 차원에서 우산을 씌워줬다면, 같은 종교인이 아닐지라도hilarious 무서운 이야기도 서로가 종교적 교리를 light-hearted 이해를 서간에 발합니다. 가벼운 평한 마음으로 줄 수 이제 함께 비를 맞아야 하는 게 도리일 것입니다. 어려울 때 옆에 있어주는 게 도움이 되기 때문입니다. 우리 사회에서 종교적 권위가 작동하지 않는 게 진짜 문제인 것입니다. 불교의 경우도 각 종단 지도자들이 종단협의회에 그저 모여 있을 뿐입니다. 불교 · 가톨릭 · 개신교만 봐도 신자들이 존경尊敬할 만한 지도자가 없는 게 현실입니다. 예수가 권위를 얻은 과정은 공감과 저항을 비롯한 희생의 3단계였다고 기록되어 있습니다. 사람들의 아픔에 공감을 했고 잘못된 체제에 저항을 했으며 그 다음 희생을 한 것입니다. 종교에서 권위가 사라진 것은 이러한 종교인이 없기 때문입니다. 불교는 타인의 고통에 공감하는 능력이 어떤 종교보다 뛰어나지만, 역사적 과정에서 그것이 저항과 희생으로 이어진 경험이 없었습니다. 출가자들의 역할은 문명비판의 교사이고 그를 압축적으로 보여주는 게 공감이며 저항이고 희생인 것입니다. 다시 말해 대안 문명으로서 저항을 실천하는 것입니다. 종교의 제도를 넘어서는 고민을 해야 할 때입니다. 사회적 소통과 수평적관계水平的關係가 중요한데 성직자들은 항상 높은 곳에서 말하고 듣고 신자들이 말할 수 있는 때를 죄를 고백할 때뿐입니다.

2015년 6월 대한민국은 초토화되고 있는 듯 했습니다. 열사의 나라 중동에 낙타가 더워서 메리야스(메르스; mres: 중동호흡기 증후군)를 입고 다녔는데, 그 옷을 우리나라 관광객이 입고(감염되어) 오는 바람에, 중동에서 출발한 바이러스가 극동의 대한민국에 안착을 해서 온 나라가 뒤흔들렸습니다. 그리고 그 후유증은 이 땅에 뿌리내리고 살아갈 힘없고 나약한 사람들에게 집중되었습니다. 더군다나 정치사회적 구조가 취약해 우리 사회가 난관에 부딪히면 하루하루 살아가는 서민들이 고통을 받았습니다. 정부와 보건복지부 관계자들은 술을 과음한 미친개 꼬리에 불붙은 것처럼 이리 뛰고 저리 뛸 때, 2015년 6월 9일 동아일보 A28면에 가로 34cm 세로 17cm 컬러광고에 하늘과 땅이 인간세계에 보내는 긴급 경고 메시지, 괴질병 해결책!!!이란 제목의 이상한strange 광고가 상재된 것입니다. 『예언과 대재앙』 책인데 괴질병·우환·질병·불면증·우울증·자살·신병·빙의·가위눌림·가정불화·사업실패·사기배신·사건사고·고소고발 등의 원인은 무엇인가? 에 대하여 해답이 있다는 뜻의 책의 광고입니다. 유불선 통합 자미국이라는 처음 들어본 괴짜의kooky 종교라는 것입니다. 위의 광고가 나온 2일 후인

11일 동아일보 A24면에 같은 크기의 지면에 "'메르스' 이제 곧 끝날 것입니다.'라는 광고문항을 보면 기도 치료법은 신神의 치료법입니다. 신의 치료로서 낫지 않을 병은 없습니다. 대통령님과 전 국민들과 모든 종교 성직자님들이 다 같은 한마음으로 "메르스" 퇴치에 대한 염원이 이미 기도화祈禱化된 상태이기 때문에 메르스는 곧 끝날 것입니다. 기도치료학 "메르스 기도치료 내용 방법 제시"라는 광고에 "약도 없고 치료 방법도 없고 가족 간에도 격리되고 병원에서는 병 옮긴다고 문 닫아버리고 학원과 학교도 못가고 군대도 입영이 연기되고 마을 전체가 격리 통제되고, 이제 우리는 신神에게 의지하는 기도 치료 밖에는 다른 방법이 없습니다. 이 책에는 신종임플루・사스・독감・비염・메르스 등 각종 바이러스로 감염되는 모든 감기증상 예방과 치료 방법이 저자의 40년간 직접 기도 치료 체험을 바탕으로 제시되어 있습니다."라는 광고 문항입니다. 간단히 말하면simply put 자기가 신이라는 것입니다. 이 책 저자는 참으로 고약한 인간입니다. 기도로 치료를 한다는 것은 꼬래 성직자 이것 같습니다. 이자의 말대로 된다면 지구상의 의사와 제약사는 필요가 없습니다. 광고에 사진까지 올린 뻔뻔한 짓을 그만 두고 불쌍한 환자들을 서울 여의도 광장에 모아서 기도를 하고 치료 방법을 알려주면 얼마나 칭송하겠습니까? 책값을 받으려고 입금 온라인 번호를 광고에 알릴 필요가 없고 세계의 최고의 부자가 될 것인데. 수천 명이 격리되고 많은 사람이 죽어가고 이로 인하여 경제가 바닥을 치고 있어 서민들이 힘들어지고 있는데 치사하게 책값 24,300원을 받으려고, 동아일보의 광고가 그만한 크기로 1호에 최소 1천만 원에서 최고 2천만 원 정도될 것인데! 지금의 시대에도 성직자를 비롯하여 신자라는 놈들이 거짓말을 하고 있으니 웃기는 것이 아닙니까? 솔직히 말해서 내가 동아일보 사장이라면 이런 광고는 싫지 않겠습니다. 다양한 책을 많이 읽어 라는 이 책의 내용이 어색해졌습니다. 설혹 이런 엉터리 책을 읽어 잘못된 내용이라는 것을 깨우쳤다면 좋은 책을 읽은 것입니다.

지금의 리더십을 근원적으로 반대하는 측면에서 적극적으로 실험하지 않으면 사회와 소통을 할 수 없을 것입니다. 그럴 진데, 요즘 대형 종교단체의 성직자들의 교리에 어긋나는 호화스런 삶의 모습들이 언론에 크게 보도되고 있습니다. 물론 이성을 가진 인간이라면 넓은 집에서 살고 싶어 할 것입니다. 대 저택이나 커다란 평수 아파트에 살고 싶어 하는 것이 이 세상 모든 사람들의 생리인데, 굳이 하늘에 많은 사람을 데리고 가려고 신도를 모으는 것은 돈에 결부되어 있는 것입니다. 내 말은 그렇게 수고로움을 하지 말고 자기들끼리 넓은 하늘에서 편히 살라는 것입니다. 성직자들의 거짓은 말로 표현하기 어렵습니다. 어리석은 것은 믿고 따르는 종교인들입니다. 천지 창조 때 아담과 이브를 만들 때처럼 흙으로 만들지 왜! 남의 마누라에게 임신을 시켜 아들인 예수를 출산케 하는 것은 우리나라의 법으론 간통죄에 해당됩니다. 2015년 2월 26일자로 위헌이라는 결정에 폐지되었습니다만, 형사상이지만 민사상으론 더 큰 법이 제정될 것이라고 합니다. 경찰청 국회 안정행정위원회소속 새누리당 강기윤 위원에게 제출한 국정감사 자료에 따르면 2008년부터 2013년 상반기까지 5년 6개월 동안 강간 및 강제추행 범죄로 검거된 자료를 직업별로 나눠보면 종교인이 가장 많다는 보도입니다.

하느님 닮아서인가요? 아니면 성경책bible에 쓰여 있는 건가! 사이비 종교 정명석 목사가 여자신도들과 성행위와 성추행사건은 해외서도 이루어져 나라망신을 시키기도 했습니다. "못생긴 여자들은 사탄詐誕이 싫어하니 미인 여자만 신도로 모집하라"고 하여 그들과 한방에서 섹스를 하는 기이한 mysterious 사건은 자기가 신이라고 압박을pressure 하여 자매와 함께 그룹 섹스를 하였다는 것입니다. 사詐/속일 사: 말을 꾸미다탄이란 글자이고 탄誕/태어날 탄: 거짓으로 남을 현혹케 하다이란 글자란 뜻의 글자인데 일마는 사탄이란 어원도 모르면서 그따위 말로 신도를 현혹시키는 것에 속아 성관계를 가진 여성들이 성경책만 읽어서 세상 물정을 모르는 무식한 집단이어서 그러한 짓을 하여 나라를 크게 망신시킨 것입니다. 이 미친 자는 하느님이 미인은 좋아한다고 하였는데, 물론 거기에는 눈에 띄게 잘생겨야하고strikingly handsome 무엇보다 한 번 쳐다보기만 해도just by a look 성욕이 날 수 있는 신도를 모으라고 한 뒤 자매가 같이 성행위를 하였다는 것은 나의 상식으론 종교를 믿는 신자 대부분 미쳤다는 생각입니다. 이렇듯 무식한 이단異端 교주들은 거짓말로 돈을 끌어 모으고 나면 문란한 성행위를 하기도 하였습니다.

2015년 우리나라 명문대학을 나온 한 성직자인 목사라는 놈이 교인들에게 영어교육 학습을 시킨다면서 여학생을 모집하여 교육 중 한 자매를 성폭행을 하였으며 다른 2명의 학생을 성추행하는 사건이 벌어 졌습니다. 정명석 목사를 닮은 놈이 나왔습니다. 2016년 13세 딸을 5시간 동안 때려죽인 사건입니다. 그 애비는 신학대학을 나와 교수를 하며 경기도 부천 모 교회 목사로 있는 자인데 딸의 시신을 11개월 동안 방치하였다는 것입니다. 동물학대도animal cruelty 그렇게 못할 것입니다. 이유는 기도하면 살아날 것이라는 교리를 믿어서 그랬다는 것입니다. 독자님 혹시 이 글을 읽는 성직자나 신도들에게 사기꾼(소설가 남의 이야기를 부풀려 동력을 살려서 집필하여 붙은 별명)이 목사가 자기 딸도 11개월 동안 살리지 못했는데, 종교는 무조건 거짓말입니다. 다만 성경·코란·불경 등의 내용은 참으로 좋은 말입니다. 노동을 하지 않고 입(설교)으로 먹고 사는 성직자의 말도 이해를 합니다. 다만 너무 지나치면 위와 같은 일들이 벌어져 좋은 성직자도 같은 급으로 욕을 먹습니다. 세상의 남자들은 황제皇帝 망상妄想을 가지고 있습니다. 지위가 높아지고 또한 돈을 많이 가지게 되면 못된 마음을 가지게 되는 것입니다. 여하튼 언론에 성직자와 신도들의 비리 보도는 끝나지 않고 계속 이어지고 있습니다. 이곳까지 읽은 독자님들 지루했을 것입니다. 그래서 재미있는 이야기를 해보겠습니다. 실제로 우리나라에서 몇 십 년 전 충청도에서 있었던 이상한strange 사건입니다. 한 마을에서 살고 있는 유부녀와 유부남이 간통죄로 고발을 당하여 경찰서에서 조서를 받는 과정에서 "영하 12도가 되는 추운날씨에 마을 앞 방천 둑에서 옷을 홀랑 벗고 연애하는데 춥지도 않습디까?" 경찰

물음에 "흥분이 되고 열이 올라 추운 줄 모르겠데유" 여자의 대답에 "남편이 있는데 그 짓을 하면 됩니까?"하고 나무라자 "이웃집에 사는 아저씨인데 한 번 달라고 하는 데 안줄 수가 없어서 주었구만유." 그 소리를 듣고 경찰이 껄껄 웃자 간통한 남자가 "성경에 네 이웃을 사랑하라는 말이 있는데 이웃집 여자를 사랑한 게 잘못이냐? 자기들은 성경에 기록이 되어 있어서 그렇게 했다"는 것입니다. 법원에서 재판을 받을 때 또 그런 소리를 하는 친구를 보고, 법원에 따라간 친구가 "정말로 성경에 그러한 내용이 있느냐?"는 질문에 "사법고시 보려고 일생동안 법전 책만 보았지 성경책을 읽었겠느냐?"하더라는 것입니다. 성직자와 신도들은 오직 성경책에 이승보다 더 나은 세상이 천상에 있다고 하며 교회에 나오기를 권합니다. 그들은 오직 성경책만 읽고 있기 때문입니다. 나는 그 말을 이해를 못합니다. 사랑한다는 게 무엇인지 모른데서 발생한 사건입니다. 사랑하지 않으면 생각도, 주의도 기울여 볼 수 없을 것입니다. 도무지 어떤 문제를 사려 깊게 따져 볼 수도 없기 때문입니다. 사려思慮 깊다는 게 무슨 뜻일까요? 예를 들어 아이들의 놀이터에 돌멩이가 하나 있다고 합시다. 그러한 것을 보고 누가 치워라 하지 않아도 의식이 있는 사람은 치워버릴 것입니다. 아이들을 생각해서입니다. 자기의 자식이 없어도 말입니다. 이런 순수함이 진정한 아이들의 사랑입니다. 종교의 큰 교리는 사랑입니다. 그 사랑은 권력관계, 즉 힘의 관계가 되어버린 지 오래입니다. 사랑은 정치적 관계이고 정치적 의제라는 것입니다. 다시 말해 인권 민주주의 문제라는 것입니다. 나쁜? 사랑을 하는 사람은 윤리의식倫理儀式이 낮고 인권의식이 없는 사람입니다. 사랑은 곧 지원 혹은 매력의 교환을 의미합니다. 무조건적으로 눈이 먼다는 건 신화입니다. 아시다시피 우리가 생각하는 낭만적이고 배타적 일대일 사랑은 자본주의 시대 산물입니다. 사랑은 곧 "자원 혹은 매력의 교환"을 의미하는 말입니다. 무조건적으로 눈이 먼다는 건 신화입니다. 아시다시피! 우리가 생각하는 낭만적, 배타적 일대일 사랑은 자본주의 시대의 산물입니다. 생긴 지 200여 년 밖에 안됐습니다. 개인이란 개념이 생기면서 연애라는 개념도 생긴 것입니다. 사랑은 자연현상이 아니라 복잡한complicated 사회문화적 현상이라는 것입니다. 문제는 자원과 매력이 성별 화되어 있다는 것입니다. 이 때문에 많은 남성과 여성이 고통을 받고 있습니다. 보통 남성의 매력은 돈과 지식이고 여성의 매력魅力은 외모라고 여겨지는 것입니다. 그래서 못생긴 여자와 돈 없는 남자는 괴로워합니다. 그만큼 사랑의 성립 자체가 사회적 행위라는 것입니다. 우리가 사회적 규범으로부터 자유로울 수는 없지만 그 자체를 당연시하지는 말아야 합니다. 사랑할 때 태도는 늘 고귀합니다.

그런데 사랑을 받을 때는 어떻습니까? 특히 내가 사랑하지 않은데 상대방이 나를 사랑할 때 태도가 중요합니다. "네가 감히 나를 사랑하느냐?"며 불쾌해하는 사람도 있을 것입니다. 하지만 반대의 사례도 있을 것입니다. "나는 당신을 존중한다. 하지만 내가 당신에게 도움이 되지 않는다"면서 구체적 이유를 열거한 다음에 "당신이 나를 좋아하는 게 당연하다고 생각하지 않는다. 너무나 감사하다고 생각한다"고 말하는 사람도 있을 것입니다. 사랑받을 때 당연하다고 생각하는 사람이 더 많을 것입니다. 그 사랑이 당연하다고 생각하기 때문에 잃었을 때 고통이 더 크게 오는 것입니다. 당연하다고 생각하지 않으면 고통이 크지 않을 것입니다. 사랑받는 사람 모두가 그 사랑이 당연하다고 생각하지 않은 사회, 사랑하는 사람의 마음을 감사하고 존중하는 사회가 되어야 합니다. 사랑받는 것을 당연시하지 않는 게 중요합니다. 사랑받을 때 도취되지 않고 사랑받지 못했을 때도 자존감을 잃지 않는 인간이 가장 성숙한 사람입니다. 상처 없는 사랑이 있지는 않을 것입니다! 문제는 상처로 계속 가지고 갈 것이냐? 아니면 성숙의 자원으로 삼을 것이냐? 입니다. 사랑의 상처 때문에 망가지거나 괴로워하는 경우를 주변에서 많이 보아 왔을 것입니다. 그래도 상대가 좋은 사람이었다면, 그 정도면 헤어져도 대성공일 것입니다. 자기 모욕만으로 끝나지 않아도 성공한 사랑일 것입니다. 특히 여성에게 이성애는 동일시 감정이 강하기 때문에 상대가 괜찮았다면 상처가 덜 할 것입니다. 그런데 거지같은 남자였다면 정말 나쁜 사람이었다면 상처가 깊을 것입니다. 저런 인간을 사랑하다니, 수치심羞恥心이 남을 것이고 실연이 추억이냐? 악몽이냐? 그게 나한테만 달린 문제가 아니므로 행운을 빌면 상처가 나을 것입니다. 그러니까? 사랑하는 걸 보고 그 사람의 모든 걸 평가할 수 있다고 해도 과언이 아니라고 생각합니다. 특히 헤어질 때의 태도를 보고 판단을 해야 합니다. 우리 인생에는 여러 종류의 헤어짐이 있습니다. 직장을 그만 둘 때도 헤어짐이 있는 것이고 친구 간에 계를 하다가 마음에 들지 않으면 헤어지는 것이고, 헤어진 후 두서너 시간 후 자신의 태도를 보고 자신을 판단할 수 있을 것입니다. 과연 옳은가, 진리를 인식하게 되면 그 진리는 1,900여 년 전에 성서에도 기록돼 있습니다. 그렇기 때문에 사도 바울은 이렇게 쓸 수 있었습니다. 믿음 · 소망(희망) · 사랑, 이 세 가지는 항상 있을 것인데 그중에 가장 큰 것이 사랑이라고.『성서 고린도 전 13:13』

하늘 길 · 땅 길 · 바다 길 모두가 정해져 있습니다. 남이 간다고 따라가는 길은 내 길이 아닙니다. 내가 가는 길이 따로 정해지지 않다고 남이 가는 길인 저승길을 가지 않듯이 종교의 길도 남이 가자고 하여 따라나서면 저승길이나 다름없는 것입니다. 그 길은 한 번 가면 영원히 오지를 못하는 길입니다. 남이야 뒷간(재래식 화장실)에서 낚시질을 하건 말건 내 분수에 맞는 처신을 해야 합니다. 어느 분야에서든 초고속 성장보다는 천천히 안전하게 성장해야 탈이 붙지 않습니다. 매사를 서둘지 말아야 합니다. 지팡이가 굽으면 그림자도 굽어보이고 할일을 소홀히 할 때 마음의 병이 찾아 듭니다. 짐승인소는 아무리 등짐이 무거워도 드러눕지를 않습니다. 한 가지 일을 반복하고 또 반복하며, 죽을 각오로 반복하면 그 분야에 달인이 될 것입니다. 달인이 되면 살길이 열릴 것입니다. 새도 움직여야 날 수 있습니다. 아무리 재능이 많아도 노력을 해야 능력발휘를 할 수 있습니다. 고인 물은 썩기 마련입니다. 그러나 흐르는 물은 바위에 부딪치기도 하고 위험한 낭떠러지서는 거침없이 뛰어 내려 넓은 바다로 갑니다. 험한 길을 달려와 망망대해서 편히 쉴 줄 알았는데 폭풍우와 거센 파도에 시달리기도 합니다. 인간이 세상을 사는데 흐르는 물처럼 그런 풍파도 겪고 사는 것입니다. 물은 필요 없이 흐르지 않은 다는 뜻입니다. 남의 더운밥이 내 식은 밥만 못하고 남의 돈 천 냥이 내 돈 한 푼만 못합니다. 올바른 노력과 자립정신으로 성공을 하여 감격을 하면 남들도 보고 움직여 성공을 하여 감격하는 것입니다. 남 흉보기 전에 먼저 자기 잘못이 있었다면 즉시immediately 뉘우치고 고치는 사람이 되어야 합니다. 성게처럼 겉 보다는 알맹이가 훨씬 중요 합니다. 성실성은 천하의 바른 길입니다. 바르게살기 위해 바르게 생각하고 항상 자신의 언행과 행동에 대한 준엄한 자기반성을 해보아야 합니다. 그래서 자기회복으로 주체적主體的 자각自覺과 결단을 감행해 나가야합니다. 서로가 진실된 마음으로 소통하면 막힘없는 흐름의 장場이 형성될 것입니다. 거짓된 마음으로 막연한 환상 속을 헤매면 견디기 힘든 삶을 살게 되는 것입니다. 똑똑하더라도 만인을 스승삼아 모든 일을 한 가지씩 배워나가는 것도 좋은 일입니다. 욕망과 감정의 노예가 되어 남을 이기는 자는 강자가 아닙니다. 자기분수를 알고 현실에 만족하며 자신의 이기심을 이기는 자가 진정한 강자입니다.

인생의 불행과 비극悲劇은 자기 자신을 모르는데서 시작되기도 합니다. "네가 나를 모르는데 난들 너를 알겠느냐?"라는 대중노래 가사가 있습니다. 그렇습니다. 우리는 서로 잘 알지 못합니다. 안다고 하지만 사실은 모르고 있기도 하며 알려고 하기는커녕 자기 자신에 대해서도 잘 알지 못하는 경우도 많습니다. 그렇게 자신뿐 아니라 타인에 대해 잘 이해하지 못하면 서로 간에 관계와 소통에는 많은 오해와 장벽이 생길 수밖에 없는 것입니다. 즉, 원만한 인간관계와 효과적인 의사소통을 위해서는 자신의 이해와 타인의 이해로 상호작용을 증진시켜 나가야 합니다. 자신에 대한 진정한 이해와 있는 그대로의 긍정적 수용하는 자세는 나아가 타인에 대해 이해의 폭을 넓히고 보다 관대한 태도형성을 위한 매우 중요한 출발점입니다. 이를 미국의 심리학자 조셉과 하리는 "조하리의 창"에서 "마음의 문을 여는 창"이라고 했습니다. 네 개의 창은 자신이나 타인이 "나"에 대해서 어느 정도 알거나 혹은 모르는지에 따라 창의 크기가 구별되는데 자기주장형과 신중형도 있지만, 개방형과 고립형이 대표적입니다. 개방형은 자신도 알고 타인도 아는 "나"로서 이 창문이 클수록 서로 공감대형성과 상호작용이 활발히 이뤄지므로 관계와 소통이 증진되게 되는 것입니다. 하지만 반대로 자신도 모르고 타인도 모르는 "나"인 미지의 창문은 넓을수록 타인과의 공감과 소통에 어려움을 겪어 대인관계에 소극적인 고립형孤立形이 되는 것입니다.

　이런 경우는 그대로 두면 점점 더 소통을 회피하거나 운둔하게 됩니다. 그러므로 이와 같은 미지의 창을 줄이고 개방된 창을 크게 하려는 노력이 필요 합니다. 종종 우리는 예상 밖의 일로unlikely 자신의 행동과 매우 비슷한 사람을 비판하고 분노를rage 느낍니다. 이는 자신에 대해 돌아보지 못해 부족한 자기이해로 나타나는 현상이거나 또는 자신에 대해 알면서도 부정적인 측면을 인정하지 않거나 감춰두고 행동하기 때문입니다. 그렇게 낮은 자아존중감은 우울증 등의 심리적 장애를 가져오며 또한 자기부정은 곧 타인부정으로 이어지기도 합니다. 그렇다면 타인에 대한 한 대寒慈/hospitality와 우대의 자기이해는 어떤 방법으로 가능할까요? 먼저 "있는 그대로의 자신에 대한 이해"가 중요합니다. 긍정적인 눈으로 자신의 감정과 사고판단 등의 심리적 특성 등을 인식하고 그에 대한 욕구나 능력적 특성 등을 인식하고 그에 대한 욕구나 능력을 비롯한 행동양식에 대해 왜곡 없이 객관적으로 바라봐야 합니다. 그리고 이렇게 이해한 자기에 대해서 알리는 자기개방은 생각만으로 그쳐서는 안 되며 꾸준히 실천하는 노력이 필요합니다. 그 방법은 자신의 생각과 감정 또는 어떤 구체적 사실이나 자신의 소망을 말하는 것이 좋고 상대방의 이해를 돕기 위해서는 언어적과 비언어적인, 다양한 표현과 함께 오감을 통해 감성적으로 전달하려는 적극적인 자세가 효과적입니다. 이렇게 자기이해를 통한 자기개방은 타인의 반응, 즉 피드백feedback: 어떤 행위의 결과가 최초의 목적에 부합되는 것인가를 확인하고 그 정보를 행위의 원천이 되는 것에 되돌려 보내어 적절한 상태가 되도록 수정을 가하는 일을 통해 타인이해까지 가능해 집니다. 물론 타인도 진정한 자기이해가 이뤄져 있으면 서로의 관계와 소통이 더 효율적이겠지만 "꼭 그렇지 않는다"해도 괜찮습니다.

왜냐하면 이미 자기개념과 자아존중감이 올바로 형성돼 있기 때문에 타인에 대해서도 있는 그대로를 긍정적으로 바라볼 수 있고 배려와 수용의 자세를 가지게 되므로 관계를 망치거나 소통을 가로막는 곤란한 상황을 만들지 않기 때문입니다. 우리는 매 순간 어떤 장소 어떤 상황 어떤 관계로 타인과 마주하게 됩니다. 그리고 그 만남이 의미 있게 이어져 보다 더 가치 있는 삶으로 발전하기를 원한다면 먼저 자기이해부터 다시 시작해봐야 합니다. 그리고 이런 탐색을 통한 자기 이해는 타인이해의 폭을 증가시켜 보다 관대해질 수 있으므로 매끄러운 관계형성을 위한 윤활유처럼 수월하게 작용할 뿐만 아니라 한 걸음 더 다가서는 소통을 위한 단단한 지팡이처럼 큰 힘이 돼 줄 것입니다. 버킷 리스트Bucket List를 작성해 보라고 하면 대다수의 사람들은, 세계여행·진정한 사랑을 나누는 것·가족과 함께 좋은 시간을 보내는 것·자기 마음대로 한 번 살아보는 것·정말로 하고 싶은 것을 해보는 것 등일 것입니다! 그런데 안타까운 것은 대다수의 사람은 지금 할 수 있는 것도 현재 상황에 대한 핑계와 미래에 대한 불안으로 인해 시도조차도 하지 않고 시간을 보내고 있을 것입니다! 더 안타까운 것은 죽기 전에 해보고 싶은 것을 정말로 죽기 직전의 시간까지 자꾸만 미루면서 살아가고 있다는 것입니다.

독자님 아름다운 삶을 살면서 늙어 가면 얼마나 좋을 까요! 에세이스트 마이클 폴리에 의하면 고독과solitude 정적stillness 그리고 침묵沈黙/silence에 친숙해지라고 권하고 있습니다. 즉 "3S" 속에서 부귀공명富貴功名 오욕칠정에서 벗어나 "나는 누구이며 어떻게 늙어갈 것인가"를 "절실하게 묻고 구체적으로 생각한切問而近思 사람들은 다릅니다. 무엇이 자신의 참 모습인지 무엇이 성숙成熟 미美인지를 찾을 수 있기 때문입니다. 결국은 처연하리만큼 노추老醜

(늙어서 추한 모습)를 드러낼 것이냐는 오직 자신에게 달려 있는 것입니다. 하긴 아무나 아름답게 늙어 가지는 않을 것입니다! 자기가 없는 세상이 무슨 의미가 있을까요! 인간의 유구한 역사와 찬란한 미래가 자기 자신이 없는 상황에서 어떤 가치가 있을까요? 공자는 세상의 중심은 자신이라고 했으며 석가는 자신의 실존을 직시하라고 했고 예수는 자신을 사랑하라 했습니다. 세상을 위해 존재하는 자신과 자신을 위해 실존하는 세상에 대한 인식의 차이와 간극은 실로 엄청난 것입니다. 행복을 위해 일 년에 단 하루라도 자신을 찾아 떠나는 시간의 여행이 필요함을 알고 사셔야 합니다. 미래의 준비만큼이나 현재의 누림도 중요합니다. 자신의 감정을 솔직하게 반응하고 내면적 필요에 충실해야 합니다. 날마다 삶의 현주소를 점검하므로 죽기 전에 행복을 누리는 것이 진정한 지혜입니다. 버킷리스트보다 더 중요한 것이 프리스트/Priest: 성직자입니다. 현실적 요구에 밀려 잃어버린 자신을 찾는 것이 행복의 첫걸음입니다. 모든 인생은 단 한 번의 삶을 사는 것입니다. 그러므로 자신의 행복과 실존을 잃어버리지 말아야 합니다.

2014년 세월호 사건의 주범인 유병언 교주가 그렇게 나쁜 짓을 신도들에게서 수백억을 갈취하여 그의 가족은 호화롭게 살고 있음을 알고도 그를 구하기 위해 수천 명이 인해장막人海帳幕을 치는 것을 우리는 보았습니다. 신도들은 수십 년 동안 오직 성경책만 읽었지 다른 장르의 책을 읽어보지를 않았기에 그러한 사건이 터지는 것입니다. 나는 유병언을 하나님이 구해줄 줄 알았는데, 야산에서 혼자 죽음을 맞이하였습니다. 신도들의 생각은 신神이란 곧 죽음의 존재라는 데서 벌어지고 있는 일들입니다. 내가 하는 말은 이 세상에서 최고의 영업사원은 최고의 거짓말쟁이처럼, 대다수 성직자는 최고의 거짓말쟁이들과 공통점이 있는in common 것입니다. 간단히 말하면 simply put 노동을 해서 번 돈으로 먹고 사는 것이 아니라 입으로 먹고 사는 그들은 헌금(연보)을 많이 걷어 들이기 위해선 신도가 많아야 됩니다. 그렇게 하려면 회유와 공갈 협박天堂: 천당과 地獄: 지옥을 신도들에게 주입을 시키는 것입니다. 서울 용산구 세계일보신문사 안에 있는 출판사에서 책을 출간하게 되었는데, 출판사 사무실 앞에 자그마한 사무실에서 원고를 편집하는 사람이 있어 원고 내용을 묻자 "통일교 교주 문선명이가 곳곳의 통일교에서 설교한 모든 설교 내용을 책으로 만든다."고 하였습니다. 아마도! 성경책과 코란도 그렇게 하여 세상에 나왔을 것입니다. 그분은 매일 출근하여 그러한 작업을 하고 있었습니다.

문선명이 누구입니까? 세금을 내지 않으려고 6번이나 감옥생활을 하였던 사람입니다. 그가 모은 돈이 4조 5천억 원이 넘는다고 합니다. 독자님들 잠시 동안for a time 읽기를 중단하고 생각을 해 보십시오. 얼마나 많은 신도들에게 거짓말을 하였겠습니까? 내말은 그가 천당에 갔는지, 그 돈은 천국으로 가져가지 못하고 재산에 관한 유언遺言/will을 남기지 않아서 불행하게도unfortunately 자식 간에 재산 소유권 다툼으로 법적 판단을 기다린다는 뉴스를 보았습니다. 300만 여 명의 신도들이 각 장르의 다양한 책을 읽었다면 그렇게 속아 넘어가지 않았을 것입니다. 어느 종교나 다 같은 짓을 하고 있습니다. 세상은 신화의 시대에서 예술(철학哲學)의 시대로 넘어 온지 오래입니다. 신에 대한 믿음에서 지혜의 시대로 왔습니다. 다시 말하면 믿음의 세계에서 생각의 시대로 온 것입니다. 문선명의 어록을 읽어보지는 않았습니다만 아마 무함마드의 말을 기록했다는 코란과 같을 것입니다!

2014년 김해시에 있는 연지공원에서 벤치에 앉아 상념에 잠겨 있는데 예쁜 아가씨와 자기 마음대로 못생긴 아가씨가 곁에 앉자 말을 걸어 왔습니다. 결론은 "하나님을 믿어라"는 것입니다. 그래서 이 책에 상재되어 있듯 종교에 관한 요점을 말해주고 귀찮아서 28,000평의 넓은 공원 산책로를 돌아 그 자리에 왔는데 "할아버지! 이 성경책에 무엇이 잘못되었는지 한 번 읽어보고 잘못된 부분을 집필하고 있는 책에 상재를 하십시오."하면서 성경책을 주고 떠나는 것입니다. "필요치 않느냐"하였더니 "초등학교부터 교회를 다녔는데 할아버지에게 교육을 받고나니 성경책의 허구라는 말에 교회는 그만

두겠습니다."란 말을 남기고 자리를 떠났습니다. 나이는 물어보지 않았지만 대략 짐작컨대 25세는 넘어 보였습니다. 책 표지는 "비전 성경VISION BIBLE"이란 제목에 작은 글씨로 "개역 개정판: 해설 찬송가"란 소제목이 쓰여 있었습니다. 가지색 고급 가죽 표지에 자크를 열고 닫는 고급으로 만든 책이었습니다. 약 80%는 성경이고 나머지는 20%는 찬송가가 상재되어 있었습니다. 그래도 빨리 내 말을 이해를 하여 다행이다 싶었습니다. 요즘 성직자들의 비리에 신도들이 교회를 떠나버려 어렵다는 것입니다. 그래서 길거리나 공원에 가면 기독교 성직자와 신도들이 이동식 길 다방300원 믹스커피을 차려 놓고 커피를 주면서 교회에 나오기를 귀찮게 권하는 것입니다.

그래도 불교는 신도가 많아서인지! 그런 짓을 하지는 않습니다만, 2005년 대한불교조계종은 상징 문장CI을 발표했습니다. 불佛·법法·승僧을 상징하는 점 3개를 둘러싼 현상입니다. 지금은 조계종의 모든 문서와 중들이 착용하는 가사袈裟에 이 문양이 새겨져 있습니다. 당시 종교계로서는 이례적이자 선진적인 CI 발표였습니다. 그러나 그들의 속내를 곰곰이 들여다보면 그런 이유가 전부는 아니었습니다. 난립한 군소群小 종단들이 저마다 조계종이란 이름을 쓰고 있어 대한불교조계종과 구분이 잘 되지 않기에 이 때문에 CI를 만들면서 종단이름, 즉 상표권商標權에 대한 단속을 하기 위함이었습니다. 현재 사단법인 한국불교종단협의회에 소속된 불교 종단은 모두 29개이며   대한불교조계종·대한불교천태종·한국불교태고종·대한불교관음종 등이 있습니다. 대개의 불교 종단의 작명은 대한불교 ○○입니다. 보통은 앞의 대한불교 혹은 한국불교를 빼고 조계종과 태고종 등으로 쓰다 보니 일반인은 무엇이 정통 불교인지를 헷갈리게CONFUSE 하여 모르는 것입니다. 종단협회에 등록된 종단이 29개이지만 불교 신자도 모르는 것입니다. 최근最近/recently에 자그마한 절간 1개로도 ○○종宗/우두머리 종단을 붙이는 종단이 있기 때문이라는 것이 불교계의 반응입니다.

"개신교도 마찬가지다."라는 것입니다. 흔히 개신교계에선 장·감·성이라는 장로교·감리교·성결교 단이 전체 교회의 대부분을 차지하고 있습니다. 하지만 여기서도 분류하기 시작하면 끝이 없습니다. 장로교는 대한예수교장로회를 합동·통합하여 두 교단이 장자長子 교단으로 불리고 한국기독교장로회(기장)라고 하지만 대한예수교장로회 고신총회(고신) 등도 장로교 교단입니다. 성결교 역시 크게 기독교성결교단(기성)과 예수교성결교단(예성)으로 나뉜 것입니다. 개신교인이 아닌 경우 혹은 개신교인의 경우에도 각 교단 이름의 예수교와 기독교·대한과 한국이 어떻게 다른 뜻으로 쓰이는지도 잘 모른다는 것입니다. 대한大韓이 기독교 혹은 예수교 앞에 붙기도 하고 뒤에 붙기도 하여서 헛갈린다는 것입니다. 또한 일상 언어생활에서는 비슷한 뜻으로 쓰이는 합동과 통합이 어떻게 구분되는지 일반인들로서는 알쏭달쏭하기 때문입니다. 이렇게 비슷비슷해 보이는 교단들이 많은 것은 뿌리가 대개는 같기 때문입니다. 그러나 한국 개신교 130년 역사를 지나면서 이런 저런 이유로 교단이 나뉘어 모르는 사람이 보기엔 암호! 수준으로 이름이 어려워진 것입니다. 그래서 작금의 개신교의 인사들도 "한국 개신교단이 몇 개인지는 하나도 모르실 것"이라는 푸념이 나오고 있다는 것입니다. 이와 같은 현상은 불교나 개신교를 비롯하여 청치인 등 사회의 모든 단체들에서도 자기가 우두머리가 되고 싶어서 벌어진 현상입니다. 2015년 우리나라 새정치 민주당에서 세 명의 정치인이 각기의 자기 당을 창당하겠다고 탈퇴를 했습니다. 자기의 설자리가 마땅치 않고 새로운 당을 만들어 우두머리가 되겠다는 것은, 대다수의 성직자들의 특성characteristic과 행동을 답습하고 있는 것입니다. 다행히 불교는 하나님을 믿는 종교인들보다는 악행을 많이 저지르지도 않고 포교 활동도 많이 하지를 않습니다. 그렇지만, 요즘 불교계에선 돈 때문에 구설수에 오르내리고 있습니다. 물론 성직자도 신이 아닌 사람이기에 먹고 살아야 합니다.

그러나 너무 탐욕에 두 눈이 어두워 문제가 발생하고 있습니다. 절에 가면 곳곳에 어김없이 불전함이 있습니다. 죽은 뒤 다시 사람으로 태어나 현세

보다 더 나은 삶을 바라는 불자의 신분으로 부처가 내려다보고 있는데 시줏돈을 안 넣을 불자는 없을 것입니다! 저 옛날 고다마 싯다르타가 인간의 생로병사生老病死에서 깨달음을 얻고자, 탁발구걸을 하며 살다가 죽을 땐 흙으로 빚은 그릇 하나와 시체를 덮을 걸레처럼 헤어진 옷 한 벌이었다고 합니다. 세상의 모든 종교도 하나의 사업체입니다. 그러하니 불법적인 일들이 끝없이 일어나자 비난의 목소리가 하늘을 찌릅니다. 성직자는 어쩔 수 없이 거짓말을 하거나 편법을 사용합니다. 이승을 떠난 어느 중이 평소 자주했던 말이 새삼스럽게 떠오릅니다. "무소유無所有", 무소유란 아무것도 갖지 말란 뜻이 아니고 "가질 것은 갖되 불필요한 것은 버려라"는 아주 평범한 말입니다. 빈손으로 태어나 빈손으로 간다는 공수래공수거空手來空手去는 숙명宿命이요 진리眞理라는 것을 아마도 모르는 사람이 없을 것입니다. 그러한데도 올바른 사회의 도덕적지표道德的指標가 되어야 할 중들은 만행萬行을 해야 할진데, 작금의 중들의 처신을 보면 기가 찹니다. 예전의 중들은 대다수가 돈과 권력의 명예보다는 도道와 진리에 관심이 많았고, 이 때문에 가진 것을 모두 버리고 속세를 떠나온 사람들이었습니다. 과욕過慾은 사심邪心을 낳고 사심은 무리를 낳으며 무리는 근심을 낳게 되고 근심은 불행을 낳는다. 반면 과욕寡慾/적은 욕심은 청심淸心을 낳고 청심은 순리를 낳으며 순리는 즐거움을 낳고 즐거움은 행복을 가져오는 것이 세상살이의 이치입니다. 그래서 적은 욕심은 맑은 마음의 근원이 되고 근심을 버리는 것은 즐거운 성품의 바탕이 된다 하였습니다. 사람은 너무 지나치게 과정을 소홀히 하고 결과에 집착하면 진정한 삶의 과정이 인생의 행복에 얼마나 중요하게 영향을 끼치는지 깨닫지 못하고 있다는 것입니다.

공자는 자장子張이라는 제자가 "세상을 가장 어질게 살 수 있는 방법에 대하여 어떻게 살아야 합니까" 묻자 이렇게 대답했습니다. "사람은 언제 어디에서나 공恭·관寬·신信·민敏·혜惠라는 이 다섯 가지만 착실하게 행하고 살면 가장 훌륭한 인생을 살 수 있다"라고 했습니다. 풀이 하면 공경을 하면 남이 나를 업신여기지 않게 되고·관용을 베풀어 너그럽게 처신하면 여러 사람이 나를 따르게 되어 많은 사람을 얻게 되며·믿음이 있으면 남이 나에게 많은 일을 맡기게 되니 사회적으로 유용한 사람이 되며·민첩하게 활동하면 많은 일을 이루게 되어서 성공할 수 있고·은혜를 베풀면 사람들이 나의 뜻을 따라주니 많은 사람들을 부릴 수 있어 세상을 살아가는데 어려운 일이 없을 것이며·존경받는 인생을 살아갈 수 있다는 말입니다. 부정하게 얻은 결과는 화를 불러오지만 어질게 살아가는 착실한 과정은 복된 결과를 가져온다는 뜻이고·지나친 욕심은 행복을 앗아가고 파멸을 부른다는 뜻입니다. 그런데 조물주(하느님·하나님)는 아담과 이브를 만들기만 했지 어떻게 살면 인간답게 살 수 있다는 말은 해주지 않았을까요? 공자는 인간들을 깨우침을 가르치려고 노력을 했는데 말입니다. 오늘날 같은 놀라운 과학 문명이나 지고한 철학에 이르기까지 생각으로 이루어지지 않은 것이라는 것은 아무것도 없습니다. 그래서인지 알 수 없지만 철학자 데카르트는 "나는 생각한다. 그러므로 나는 존재한다"고 말했습니다. 곰곰이 생각을 해보면 새로운 생각이 날 것입니다. 생각을 찾는다는 말인데 무슨 영문인지 알 수는 없지만 하여간에 골똘하게 찾아 구하면 엉뚱하게도 새로운 생각을 찾을 수 있기도 할 것입니다. 그 메커니즘을 찾기 위해 요즘 신경과 전문의mechanism: 틀에 박힌 생각 또는 기계적인 처리; 어떤 사물의 구조나 또는 그것의 작용 원리들은 뇌과학 연구에 힘을 쏟고 있다는 것입니다. 일반인이 생각하면 정말로 신기하고 묘妙한 일이하고 할 것입니다. 생각은 생각을 낳고 이런 생각이 모이고 모여서 이론이 되고 다듬고 다듬어져서 이른바 철학이 되고 인문학이 되며 사상이 된다는 것입니다. 이 일부에선 반론反論도 있겠지만 모든 종교 또한 유사하다는 것입니다. 그러니 내 생각만으로 갇혀 있으면 생각은 옹졸하고 편벽偏僻되기 쉽습니다. 그래서 다른 사람들의 생각들을 살펴보는 것이 또한 중요하다는 것입니다. 그 유익한 방법은 바로 독서입니다. 다양한 많은 경전과 명상록을 비롯한 사상서와 생활에 인접한 갖가지 경험 기록의 기술서와 실화 소설이 전해주는 교훈을 이르기까지 감동을 주는 순수 문학을 읽으면 고금의 종縱과 동서를 품는 횡橫의 생각들을 접하는 것입니다. 이런 과정을 통해서 우리는 앞서 가신 선지자들의 생각을 만날 수 있으며 동서양의 고전의 문명과 새로운 사고방식을 폭넓게 섭렵할 수 있는 것입니다. 이러한 교훈을 머릿속에 각인시키기 위해 읽되 생각하기 않으면 앎은 깊어지지 않고 편협해지는 것입니다. 그러므로 생각이 깊은thoughtful 옛 성현들의 말처럼 좋은 가르침이 보석처럼 기억을 하면서 살아야 합니다. 깊어지지 않은 지식은 우리 삶을 끌고 갈 수 없으며 편협한 지식은 세상과 함께 할 수 없기 때문입니다. 그러기에 우리는 살면서 권태로움을 느끼는 것입니다. 사색을 하고 독서하는 중에 권태로워지면 명상을 해보는 것도 하나의 방법일 될 것입니다. 칸트는 평생을 산책하면서 사색하고 독서하며 때때로 명상을 했다고 합니다. 다양한 책을 읽으면 내가 생각하지 못했던 문장에 자신의 가슴을 때리기도 하고 찐하게 할 것이며 때로는 쿵쿵거리게도 할 것이고 깜깜한 안목을 활짝 열어주기도 할 것입니다. 물신物神이 지배한다는 성직자들의 말이 마음에 와 닿는 작금의 혼돈의 세상에 자주 서점이나 도서관을 찾아가서 좋은 책을 골라 읽는 재미로 자신의 삶이 조금이라도 윤택해질 것입니다.

옛날엔 불가佛家에선 "중 벼슬은 닭 벼슬만도 못하다"고 했습니다. 중에게 주지 등을 맡으라고 하면 "수행修行에 방해가 된다"며 거절하는 바람에 사찰마다 애를 먹었다고 하는데 최근에recently 불교계의 살림이 넉넉해지면서 사정이 옛날과는 많이 달라졌고! 이제는 작은 직책이 웬만한 중이면 꼭 거쳐야 하는 경력처럼 됐다는 것입니다. 원장 스님·부장 스님·실장 스님·국장 스님·종회의장 스님·종회의원 스님 등의 호칭이 너무나 세속적이지 않습니까? 위는 중앙이고, 지방에서는 주지 스님·총무 스님·재무 스님·교무 스님· 관장 스님 등입니다. 만인에게 존경스러운admirable 모델이 되어 만인의 칭송稱頌을 받아야할 중이 되어야 함에도 불구하고 불교계의 말썽이 끊이지 않는 것은 이처럼 벼슬하는 중들이 많아진 풍토와도 무관하지 않습니다.

탐욕에 어두워 사회곳곳에서 만행萬行이 아닌 만행漫行/부도덕을 저지르고 있습니다. 불교의 만행이란 중들이 10년 동안 경전經典을 읽어 세상의 이치理致를 깨닫고 10년을 참선參禪해 내면의 깨달음을 얻고 나서 10년간 세상에 나아가 여러 곳을 두루 돌아다니면서 온갖 수행修行을 한다는 의미입니다. 주는 사람의 기쁨이고 받는 사람의 행복이었던 "탁발걸식修行"이란 말이 무의미無意味해진지 이미 오래 전 입니다. 밤이나 낮이나 불경을 매일 읽을 텐데! 불경 14다라니·진언에, 십악참회라는 글귀가 있습니다. 살생으로 지은 죄업·도둑질로 지은 죄업·사음으로 지은 죄업·거짓말로 지은 죄업·꾸민 말로 지은 죄업·이간질로 지은 죄업·악한말로 지은 죄업·탐욕으로 지은 죄업·성냄으로 지은 죄업·어리석어 지은 죄업을 참회懺悔를 하라는 것이고 그런 짓을 하지 말라는 것입니다. 과연 지금의 대다수 중들은, 신문광고에 달마도를 가지면·부적을 가지면·금도금으로 그림 돼지 그림을 가지면·황금 문장의 도장을 가지면·반야심경이 새겨진 팔찌를 가지면·사주 관상을 보면 운명이 바뀐다는 중놈이 있는가 하면 "세상이 바뀌면 운명도 바뀌어야 한다."라는 신문컬러광고가 있었습니다. 소원성취와 만사형통이 이루어진다는 신비의 황금 "복 돼지"를 그린다는 것입니다. 이 괴짜kooky의 주인공은 대구시 수성구에 있는 송곡사 중인데 붓끝이 움직여 그려지는 바로 대구 팔공산 정상에 있는 갓 바위에서 "현몽해"주는 부처의 원력으로 그리고 있다는 것입니다. 사주·생년·월일·태어난 시간을 알려주면 중의 대가리 속에 입력되어 혼이 담긴 한 점 한 점 작품이 사주에 따라 작품이 그려진다는 것입니다. 중놈의 말을 독자 여러분 믿습니까?

잠깐 나의 경험담을 말하겠습니다. 우리 아들이 고등학교 2학년이 되자 우리 각시가 어느 날 공장에서 가까운 절에다 200만 원을 시주를 하겠다는 것입니다. 이유를 묻자 "아들이 원하는 대학에 들어갈 수 있게 공양을 한다."는 것입니다. 절을 짓는데 용머리 형태로 만든 대들보가 200만 원이라는 것입니다. 그렇게 하게 허락을 하였습니다. 3학년이 되자 "김해시에 있는 절에 부처의 옷을 입히는데 우리가 하자"는 것입니다. 무슨 소린 줄 몰랐는데 "불상에 덧칠한 금색 페인트가 벗겨졌는데 금가루를 칠하는 작업을 하는데 500만 원이 들어간다"는 것입니다. 아들을 위하는 것이고 각시가 하자는데 돈을 지불했습니다. 그것으로 끝나면 좋으련만 일요일이면 대구 팔공산 갓 바위에 가서 돌부처에게 108배 절을 하는 기도를 하려 다녔습니다. 맨몸으로도 오르기 어려운 가파른 길을 쌀을 가지고 가는 것입니다. 그렇게 주일마다 1년을 부산 강서구 강동동에서 다녔습니다. "원하는 학교에 갔느냐고요?" 불행히도unfortunately 못가고 경기도 일산에 있는 기숙학원에서 1년 재수를 했습니다. 대학 1년 때 군복무를 끝내고 졸업 후 서울 모 방송국에 취직이 되었지만 2년 근무 후 적성에 안 맞는다면서 그만 두었습니다. 나는 어려서 기독교인이었는데, 지금 세계적으로 말썽인 IS처럼 너 죽이고 나 죽는다는 테러부대훈련 5개월을 끝내고 북파공작원 팀장이 되어 북으로 넘어가서 테러를 가하기 위해 휴전선 경계선상에서 환송식이 열렸는데 교회선 목사 불교에선 법사가 와서 사람 많이 죽이고 무사히 귀환하라는 기도를 해 주었습니다. 그 후로 나는 절대로 종교를 믿지 않습니다. 독자님들께서는 귀신을 부리는 무당을 비롯하여 점쟁이 말의 믿습니까? 예수가 죽은 지 삼일 만에 부활하여 하늘로 갔다는 걸 믿습니까? 그렇다면 그들에게 부탁을 하여 힘들어 하지 말고 위에서 열거한 사람들에게 운명을 보아 또는 귀신을 시키거나 점을 봐서 로또복권을 매주 구입하여 일등당첨을 하면 지금의 고생을 면하고 편히 살 텐데! 어리석은 사람이 그렇게 많다는 것입니다.

2015년 유엔의 조사에 의하면 세계인구 25%가 정규교육을 못 받고 있다는 것입니다. 그 중 20%가 종교인이라는 것입니다. 태어나서 죽도록 종교에 관한 책을 읽어 순종적인obedient 성직자로 변한다는 것입니다. 대다수 성직자는 종교에 관한 책 이외는 읽지를 못하게 하고 있는 것입니다. 특히 이슬람에서는 서방세계의 신문이나 책을 읽으면 죽임을 당하는 것입니다. 군주론에 "누구도 믿을 수 없다지만 믿는 척할 뿐이다"라는 말이 있습니다. 요즘 종교인들도 "성직자의 말을 믿지 않지만 믿는 척 한다"는 것입니다. 최근에 recently 여론조사들을 보면 종교가 사회를 걱정하는 게 아니라 오히려 사회가 종교를 꾸짖고scold 걱정하는 것으로 나타나고 있는 것입니다. 종교와 성직자들의 책임과 역할에 대한 비판이 일고 있다는 방증입니다. 우리 사회가 종교를 걱정하게 된 것은 종교인들이 오만傲慢에 빠졌기 때문입니다. 더불어 사는 것을 망각하고 언행일치가 되지 않으니까! 종교가 사회적 지탄의 대상이 되는 것입니다. 너나없이 종교인들은 자신의 허물을 먼저 들여다봐야 합니다. 한때 바른 소리 잘하기로 유명했던 성직자가 어느 날 자신을 들여다보니 남에게 바른 소리할 만큼 청정한가 싶기도 했다는 것입니다. 그럼에도 수좌들이 수행정진하고 있다는 건 올곧은 종교인은 더러는 있어 다행이기도 합니다. 종교나 국가도 돈 앞에선 단번에 힘을 잃습니다. 그래서 지금의 세상엔 돈의 힘이 국가를 지탱해주고 개인의 삶도 풍족하게 해 주는 것입니다.

요즘엔 종단 내 밥그릇 싸움은 더 교묘巧妙하고 음습淫習해졌다는 것입니다. 조계종에서는 4년마다 치러지는 총무원장 선거를 중심으로 본사주지와 종회의원 선거 등의 맘에 두고 있는in mind 자리다툼을 둘러싼 추문이 끊이지 않고 해외원정 도박·성 매수·성추행 등의 악행惡行이 꼬리를 물고 일어나고 있습니다. 종단의 자성과 쇄신을 미룰 수 없다고 불자들은 말하고 있습니다. 2015년 2월에 발표된 한국갤럽Gallup Korea의 성직자에 대한 여론조사 결과는 충격적입니다. 2014년 기준의 여론조사에서 "우리 주변에 품위가 없거나 자격이 없는 성직자가 얼마나 많다고 생각하느냐"라는 질문에 전체 응답자의 87%가 "매우 많다"라고 답을 했다는 것입니다. 반면 "별로 없다"는 12%, "전혀 없다"가 1%고 답한 이는 13%에 그쳐 10명 중 9명은 성직자의 자격 또는 자질 문제를 심각하게 바라보고 있습니다. 종교를 가진 응답자들의 답변에도 큰 차이는 없었다는 것입니다. 불교인은 88%이고 개신교는 85%이며 가톨릭 신자는 89%가 품위나 자격이 없는 성직자가 많다고 답을 했다고 합니다. 우리 사회의 종교인에 대한 싸늘한 시선을 보면 암울합니다.

종교인들만 모르고 있는 모양입니다! 종교인은 절대가치를 추구하기 위하여 자신의 세속적 삶을 희생하면서 이웃을 사랑하고 봉사하면서 사명을 띠고on a mission 살아야 하는데, 지금의 중들은 구도의 길은 너무 힘들어 고급대형승용차를 타거나 아니면 손전화로 신도를 모으거나 시줏돈을 요구하는 세상이 되었습니다. 나는 예총 회원 외는 님이란 말을 잘 쓰지를 않습니다. 의사와 간호사에겐 필히 씁니다. 3번의 죽을 고비에서 그분들이 살려주었습니다. 다만 중들에게도 우리 사회의 도덕적 귀감이 되는 중에겐 존경심尊敬心·respect 으로 스님이라고 정중하게 말하고 인사를 합니다.

"조계종 고위 스님 16명 상습도박" 제목 기사가 2013년 7월 9일 조선일보 A.14면에 실린 내용입니다.

조계종 고위 스님들이 국내외에서 상습적으로 거액의 도박을 했다는 주장이 나왔다. 경북 포항 오어사 전 주지 장주 스님은 8일 포항시청 브리핑룸에서 기자회견을 열고 "조계종 고위급 스님 16명이 지난 몇 년간 전국을 돌며 한판에 최소 300만 원에서 1,000만 원의 판돈을 걸고 상습적으로 카드 도박을 했다"며 승려 16명의 전현직과 실명, 도박 정황 등을 공개했다. 장주 스님은 "나도 함께 도박을 한 파계승이다. 국내는 물론 마카오, 라스베이거스 등 해외까지 나가 도박을 했다"고도 했다. 이에 대해 조계종은 "일방적인 음해성 허위 주장이며, 총무원장 선거를 앞두고 종단을 음해해 개인적인 이득을 취하려는 무모한 행동"이라며 "종단 안팎에선 장주 스님이 오어사 주지에 연임되지 못한 불만 때문에 이런 주장을 한다는 말이 있다"고 반박했다. 스님은 이날 기자회견에 앞서 대구지검 포항지청을 방문해 도박 장소와 관련자 등을 적은 '자수서自首書'를 제출했다.

누군가는 거짓말을 하고 있는 것입니다. 주지자리를 놓고 도박을 했으면, "골 아픈 중들아! 만약에 돈을 딴다면 천만 다행히다." 일부 타락한 중들은 카지노를 드나들면서 도박을 하고 있습니다. 그러나 카지노도 하나의 사업체입니다. 어리바리한자들이 돈을 따가게 할 사업을 하지 않는다는 것을 모르는 자들만이 드나들어 패가망신을 하게 게임기를 설치 해둔 곳입니다. 그래서 업業의 굴레인 습관習慣이 무섭다는 것입니다. 돈이 편안한 삶과 comfortable life 영원한 행복을eternity happiness 보장할까요? 21세기에 가장 잘 팔리는 것은? 두려움입니다. 그러니 불교에선 "시주 많이 하고" 기독교에선 "헌금 많이 하라. 좋은 자리가 보장될 것이다. 그러면 두려움은 자연 없어질 것이다."라는 종교계의 한결같은 구호입니다! 성직자도 나이가 들면 인생이 무無·허虛·공空임을 깨닫게 될 것입니다. 이런 과정을 그림이나 글로 표현 할 수도 있을 것입니다. 마음이 진정되었다면 또다시 자신에게 집중하여 그 장면을 응시하여 감정이 풀렸다면 상대의 처지가 보이고 다른 측면을 조망할 수 있는 힘이 부분적으로partially 생길 것입니다. 기억을 재구성하고 재해석할 수 있게 되는 것입니다. 일련의 과정을 통해 나는 무엇을 느꼈는 가? 삶에 대한 어떤 관점을 깨닫게 되었는가? 이런 과정을 통해 깨달음을 얻었다면 그것은 삶에 대한 지혜이며 통찰력이라 할 수 있습니다. 그렇다면 상상만으로 기억을 흘려보낼 수 있을까요?하는 의심이 생길 것입니다. 우리 뇌는 때로 상상 속에서 경험한 것도 현실처럼 인지認知를 한다는 것입니다. 예를 들어 꿈에서 낭만적인 사랑을 했다면 잠에서 깨어나도 달콤함이 그대 로 느껴짐을 경험을 해보았을 것입니다. 괴한에게 쫓기다가 겁에 질려 깨었 을 때 등줄기에 느껴지는 한기와 뻐근함을 어떻게 설명할 수 있을까요? 상 상을 통해 감정 버리기 작업을 한다면 꿈과 동일한 효과를 얻을 수 있습니 다. 타임머신을 타고 과거로 돌아가 그것을 재현할 수 없다면 상상을 통해 그것을 변형하고 풀어내면 되는 것입니다. 무엇을 따지거나 책임을 추궁하 는 것보다 더 효과적이며 후환後患을 남기지 않는 것입니다. 현실에서 상대 를 만나 맺힌 마음을 풀고 싶다 해도 이 작업을 먼저 마치고 가벼워진 상태 에서 담백하게 만나야 합니다. 감정의 분노rage가 사라지고 표정과 말투가 부드러워지고 표현하고 싶었던 말을 편안하게 할 수 있을 것입니다. 감정의 원인이나 자극은 외부에 있을지라도 감정을 일으키거나 그것을 부여잡고 수선을 피운 것은 자신임을 남을 탓하거나 미워하기 전에 감정이 일어나고 확대, 재생산되는 과정을 알아차리는 게 현명합니다. 감정이 살아 있다는 증거이며 나를 성찰할 수 있는 확실한 재료임을 상기해야 하는 것입니다. 의심疑心이라는 주제는 개인의 성장에서 중요한 의미를 가지는 것입니다. 기억은 프레임frame에 갇힌 사진처럼 선택의 결과이기에 객관적으로 검토할 필요가 있는 것입니다. 사진 구도를 잡고 피사체에 프레임을 갖다 대는 순간 나머지는 배제하겠다는 의도를 명백히 드러내는 것처럼 개인의 기억 역시 자신의 감각感覺을 통해 느낀 것이며 따라서 상황이나 맥락을 전부 수용하지는 못하는 것입니다. 그렇다면 나는 기억을 통해 무엇을 잡았을까요? 그것은 나에게 어떤 방식으로든 자극이 되는 것입니다. 즉 현실에 어떤 목적성을 가지고 여러 면에서in manyways 무의식적으로 어느 한 부분을 낚아챈 것입니다. 똑같은 상황에 있던 사람들이 같은 방식으로 기억하거나 해석을 하지는 않을 것입니다. 개인의 기억이나 인지 구조에 따라 선택은 반드시 일어나는 것입니다. 마치 역사적 사실을 추려내고 자신의 관점에서 서술하는 것과 다르지 않는 것입니다. 내 입맛에 맞는 것만 추리고 보관하는 과정이 기억에도 동일하게 적용되는 것입니다. 그래서 기억에 물음? 표를 던지고 작업을 해야 합니다. 프레임에 갇힌 피사체에서 벗어나 상황과 맥락이 드러나는 서사를 읽을 수 있어야 하는 것입니다. 전체를 조망할 수는 없지만 적어도 그런 노력을 해야 합니다. 그 과정에서 언젠가는one day 싱싱한 대어를 낚을 수도 있으며 새로운 구도를 통해 피사체의 색다른 아름다움을 만나기도 할 것입니다. 삶의 목적은 무엇인가를 얻는 것이 아니라 자신이 누구인지를 발견하는 것입니다. 억울하거나 슬프거나 두려웠던 기억들이 자신에게 어떤 이득을 주는가? 자신을 약자의 위치에 두면서 타인의 연민과 관심을 끌어올 수 있으며 일정 부분 면책조건을 만들어 내야 합니다. 자신을 희생자 위치에 놓음으로써 상대는 자연스럽게 가해자로 만든 다음 견딜 수 없는 unbearable 아픔을 내세워 상대를 곤란하게 만들어서는 안 되는 것입니다. 아픈 약자를 자극했다는 죄책감이나 수치심을 자극하여 상대방을 괴롭히고 건강한 관계 형성을 차단하는 결과를 초래한 것이기 때문입니다. 아프기 때문에 많은 부분이 용서되거나 허용되지는 않습니다. 아픔은 충분히 공감하고 나눌 수 있지만 그것이 행위의 정당성을 주지는 않는다는 것입니다. 때로는 전문가의 도움을 통해서 자신을 돌봐야 합니다. 그런 경우라도 조금 더 솔직하게 자신과 직면하여 아픔을 극복하고 좀 더 넓은 세상으로 나가야 합니다. 개인차원의 "아프다" 소리를 지를 것이지, 그것을 딛고 행복할 권리를 찾을 것인지 그것은 개인의 선택일 뿐입니다. 사람은 누구나 행복하기를 원합니다. 행복의 기준은 달라도 여유로운 마음이 행복의 지름길리라고 생각을 할 것입니다. 여유로운 마음이 행복의 지름길이고 여유를 모르는 사람은 남을 배려하는 마음이 그만큼 적기 때문입니다. 아픔으로 숨어버리거나 그것을 변명거리로 삼을수록 퇴행退行의 늪은 깊어만 갈 것입니다. 아프고 강렬한 기억 속에서 조우하는 것은 큰 용기가 필요할 것입니다. 강하게 믿고 있던 것에 균열이 생기는 순간 "나"라는 존재도 해체될 것 같은 두려움에 휩싸이기 때문입니다. 잔인하지만 아픈 기억 속에서 내가 얻고 있는 이득을 점검하고 그것에 솔직할 때 기억은 변형되고 고통에서 벗어날 수 있을 것입니다.

얼마 전에 중僧들의 표본으로 살고서 세상을 떠난 이성철李性澈은 선불교 전통을 대표하는 수행승이며 수필가인 그가 생전에 자주한 말을 기록한 어록에는 "산은 산이고 물은 물이로다"란 말로 세간에 화제가 되었습니다. 이 말은 지금으로부터 약 700여 년 전 중국에서 쓰인 금강경오가해金剛經五家解에 수록된 글입니다. 이 책은 금강경을 다섯 고승이 해설한 문집인데, 그 중 한 사람인 야冶父: 아비 부보라는 중의 시구詩句인 산시산 수시수 불재하처山是山 水是水 佛在 何處라는 글구契具입니다. "산은 산이고 물은 물인데 부처는 어디 계신단 말인가?"라는 시의 앞부분을 성철 중僧이 인용하여 윤색潤色을 한 것입니다. 불자들이 무슨 뜻이냐고 물어 보았지만Make a secret of one s aim

자기의 목적을 비밀로 한 채A TO SECRET: Secret처럼 답을 하지 않았습니다. 그 중이 죽자 각 언론 매체에서 특집으로 다루었습니다. 또한 글 가방이 큰 사람들이 해석을 그럴싸하게 내놓기도 했습니다. 일반인도 해답을 찾으려고 머리를 많이들 굴렸을 것입니다! 답은 간단합니다. "산은 산이고 물은 물이다"라는 것입니다. 정신이 올바른 사람이 말하는 것처럼! 이 평범한 말은 세상의 중들에게 거짓말을 不아니 불·欺속일 기·自스스로 자·心마음 심하지 말라는 뜻입니다. 삼제수가 들었으니 시주를 많이 하고 기도를 하란다거나 중국서 대량 복사한 부적을 장당 100원에 밀수입하여 장당 500만 원에 팔면서 지갑에 넣고 다니거나 집 출입 문 지방에 붙이면 운수대통 한다는 거짓 꾀임과 공양을 많이 하면 죄가 면제되어 사후死後에 윤회輪廻/다른 사물이 아닌 인간으로 환생 때 좋은 몸으로 태어난다는 등등 거짓말로 신도를 모으는 탐욕貪慾을 부리지 말라는 것입니다. 중 생활을 하면서 겪어 보니 모두가 거짓말인걸 알아버린 것입니다. 평범한 진리인데도 그 난리법석을 떨었으니, 참으로 웃기는 일이 아닌가요? "산은 산이니까 산이라고 말하고 물은 물이니까 물이라고 말하라"는 아주 쉽고 아무나 할 수 있는 보편적인 말인데도 다른 중들보다 그 중은 불경의 내용을 철저하게 잘 지켜 수행을 하였기에 승가僧家/佛家의 어른으로 인지된 것 때문에 일어난 해프닝입니다. 어린 아이를 산으로 또는 물가로 데려가 물으면 똑같은 말을 할 것입니다. 그따위 말로 인하여 언론과 종단에서 무슨 큰 뜻이나 있는 것처럼 설레발을 치고 야단법석을 떨었습니다. 일부 어리바리한 놈들! 중들의 현명한wise 어른이신 그분의 말을 잘 들어야 착한 중이 스님이라는 존칭尊稱을 듣게 될 터인데! 수많은 답들을 만들어 냈습니다. 한마디로 거짓말을 하지 말고 보이는 대로 말을 하라는 것입니다. "성직자들의 설교"에는 꼭 협박의 말이 들어 있습니다. 신도들에게 상처를 주는 과도한 구업口業을 주지 말아야 하는데, 공갈 협박은 특허나 같고 폄하貶下와 폄훼貶毁를 하기도 합니다. 불경만 읽지를 말고 다양한 책을 읽어야 수도를 하는데 도움이 되는 것입니다. 시줏돈이나 헌금을 많이 하라는 뜻에서 하는 거짓말을 하고 있는 것입니다. 불가의 천수경千手經을 보면 앞부분에 정구업진언淨口業眞言이 나옵니다. 이 뜻은 이제까지 자기가 지은 구업(거짓말)을 정화해 주는 주문呪을 경전 앞부분에 배치하였다는 것은 어리바리한 중들은 모르고 있습니다. 그래서 사람들에겐 눈은 마음의 창문窓門이라 했습니다.

중도사상을 체계화로 잘 알려진 성철 스님이 합천 해인사에 있을 때 생긴 일화입니다. 하루는 신임 경찰서장이 인사차 경남 합천 해인사에 들렀는데 성철이란 중이 "절에서 담배를 피우지 말라"고 요구를require 하니 경찰서장이 왈! "금연하지 말라는 푯말도 없으니 한 대만 피우겠다"고 고집을 부리고 피우자 성철 중이 갑자기 자리에서 벌떡 일어나 서장 얼굴에 침을 탁 뱉으며 일침을 가했는데 "얼굴에 침을 뱉지 말라고 써 있지 않으니 뱉어도 되지 않느냐!"라고 말을 했다는 것입니다. 둘 다 똑같은 무리, 지어낸 말일 것입니다!

우리나라에서는 2015년 우리나라 어느 암자에서 중이 7년 동안 자기가 데리고 있던 여자아이를 성폭행을 하였다는 것입니다. 집을 나왔거나 고아인 아이들 20여 명을 절에서 보살피고 있다는 것을 알고 각 사회단체서서 금전적 지원을 많이 해주었는데 일마가 잘 먹어서인지! 성욕을 주체하지 못하고 어린 여자아이를 장기간 그 짓을 했다는 뉴스를 보았습니다. 6년형 벌을 받고 감옥에서 수도! 아니 죄를 받고 있을 것입니다. 이와는 반대로 군사 통치로 세계에서 제일 가난한 불교국가인 미얀마의 한 사찰의 불탑엔 다이아몬드를 비롯한 8,000여 개의 보석이 박혀 있으며 54톤의 금으로 만들어졌습니다. 중들의 말대로라면 부처는 천상에서 편히 살고 있어 재물을 탐하지 않았을 것입니다. 사랑은 받는 기쁨보다 주는 기쁨이 두 배이기 때문이지요. 대다수 세상의 성직자들은 그러한 것을 알면서도 자기이득sief; interest 때문에 행동으로 옮기지 않는 것이 더 큰 죄를 범하고 있는 것입니다. 가난에 찌든 중생에게 나누어주면 되련만 재물에 눈이 어두운 중들이 못된 짓만 일삼아하기에 애꿎은 국민이 가난에 시달리고 완치가 어려운 무서운 질병이 창궐하여 삶의 자체가 고달파진 것입니다. 세계에서 몇 안 되는 빈국貧國인 네팔과 미얀마 지역의 중들이 예부터 여자가 결혼을 하면 첫날밤 신부는 중들과 배관(섹스: 여자 성기 구멍을 뚫는 일) 공사를 하도록 불법不法으로 불법佛法을 만들어 실행하는 바람에, 어떤 날은 수 곳에서 밤낮으로 배관 공사를 하여 중놈들의 공구(성기)가 오염되어 에이즈란 무서운 병이 세계에서 제일 많은 나라가 되었습니다. 그곳의 아이들은 자신의 의지意志와는 상관없이 에이즈 병에 걸린다는 것입니다. 중놈들이 입으로 거짓말을 하여 돈을 모으고 살기가 편해지자 하루 종일 염불만으로 지루해서 생각해 낸 것이 섹스였던 것입니다. 처먹고 할 일이 없어 생각을 한 것은, 윤회는 없고 섹스를 해야만 인간이 탄생하는 것을 알고 있다는 증거입니다. 참으로 악질들입니다. 그래서 2015년 대지진으로 고통을 받고 있다고 가톨릭 성직자들의 설교문을 제공했습니다. 그러한 악행을 하는 불교를 믿는 신자들이 어리석기는 합니다만, 가난에 찌든 중생에게 나누어주면 되련만 재물에 눈이 어두운 중들이 못된 짓만 일삼아하기에 애꿎은 국민이 가난에 시달리고 완치가 어려운 무서운 질병이 창궐하여 삶의 자체가 고달파진 것입니다.

불교국가라고 자칭하고 있는 인도에서 여성이 결혼 지참금으로 1,300만 원을 신랑 측에 주고 "세상 사람들에게 재물을 모으려고 욕심을 내지 말라"는 말이 600여 년 전의 나옹선사의 선시禪詩가 현대사회에서도 회자되고 있습니다. 나옹선사는 어떤 사람입니까? 고려 공민왕 때 고승이며 경상북도 영덕에서 출생하여 스무 살 때 친구가 갑자기 죽자 "사람은 죽으면 어디로 가는가?"라는 의문을 갖게 되어 절로 들어가 수도 중 24세가 되어 원나라 연경(지금의 북경)으로 건너가 승려 지공선사의 가르침을 받고 공민왕 7년 (1358)에 귀국을 했습니다. 불교계에서는 불심이 많은 사람은 윤회輪回/죽어서 다른 사람의 몸으로 출생의 즉 3생인 전생·현생·내생 수레바퀴에서 벗어난 후, 다시는 태어나서 번뇌하지 않는 것이 최고의 경지라고 말하고 있습니다. 그 "과"는 인과응보因果應報의 과果와 같은 글입니다. 정말로 인과응보가 있다면 왜? 악한 사람이 잘 먹고 잘살다가 죽고 착한 사람이 험하게 살다가는 겁니까? 참으로 사람을 고통스럽게 하는 의문일 것입니다. 이러한 일을 단번에 해소시키는 일을 하는 곳이 내세來世나 천국이라고 합니다. 부처와 하느님의 장부에는 우리의 삶이 빠짐없이 적힌다고 의협을 합니다. 하지만 그 결과는 머나먼 나중의 일인지 아무도 모르는 일, 공수래공수거空手來空手去는 석가모니가 창시한 불교에서 유래된 말입니다. 석가모니는 공수래공수거라는 말을 무색하게 만들 정도로 중생을 교화하는 등 불후의 업적을 남기고 열반에 들었습니다. 분명 하늘로부터 특별한 사명을 부여받고 태어난 자신의 모든 에너지를 쏟아 인류를 위해 영원히 흩어지지 않은 의미와 가치를 남기고 떠났다고 중들은 말하고 있습니다.

군사정권과 싸움으로 수년을 가택연금과 감옥을 드나든 "미얀마 아웅산 수치 여사"는 "자선을 베푸는 것보다 사랑을 하라"하였답니다. 사랑은 받는 기쁨보다 주는 기쁨이 두 배이기 때문이지요. 대다수 세상의 성직자들은 그러한 것을 알면서도 행동으로 옮기지 않는 것이 더 큰 죄를 범하고 있는 것입니다. 불교국가라고 자칭하고 있는 인도에서 여성이 결혼 지참금으로 1,300만 원을 신랑 측에 주어야 한다는 법이 있다는 것입니다. 우리나라에서 몇 억을 주기도 하는데, 우리나라 결혼하는데 드는 예식장비용 정도인데 하겠지만 인도의 보통 여성이 8년도 벌어야 되는 돈이라는 것입니다. 이 돈을 못 마련하고 적게 돈을 지참하여 어렵게 혼사가 이뤄진 훗날 이 일로 다툼의 불씨가 되어 년 8,200여 명이 남편이나 남편 가족에게 맞아 죽는다는 것입니다. 이러한 일은 불자들의 생각의 방식과denkungsart 관련이 있다는 것입니다.

생각의 방식을 바꾸지 않고서는 생각을 통하지 않고서는 다른 사람과 함께 살아갈 수 있는 능력을 어디서도 찾을 수 없다고 보는 관점이 이러한 사태에서 드러나는 것입니다. 불교에선 동안거冬安居가 있는데, 동안거란 산스크리트어로 원어는 바르시카varsika; 바르사; 산스크리트어: varsa~팔리어; vassa란 즉 비雨에서 만들어진 말입니다. 인도에서는 4월 16일 또는 5월 16일부터 3개월간(90일)은 우기여서, 불교인이 외출할 때 자신도 모르게 초목이나 벌레를 밟아 죽여 불교에서 금지된 살상을 범하게 되고 또한 행걸行乞에도 적합지 않아 그 기간에 동굴이나 사원에 들어앉아 좌선수학에 전념을 하라는 것입니다. 미물도 밟혀 죽을까봐 그럴진대 살을 맞대고 평생 살아야 할 부인을 지참금持參金 때문에 살인을 하는 것은 불교 역시 악질 집단을 양성하는 것입니다. 우리나라에서는 "세상 사람들에게 재물을 모으려고 욕심을 내지 말라"는 말이 600여 년 전의 나옹선사의 선시禪詩가 현대사회에서도 회자되고 있습니다. 나옹선사는 어떤 사람입니까? 고려 공민왕 때 고승이며 경상북도 영덕에서 출생하여 스무 살 때 친구가 갑자기 죽자 "사람은 죽으면 어디로 가는가?"라는 의문을 갖게 되어 절로 들어가 수도 중 24세가 되어 원나라 연경(지금의 북경)으로 건너가 인도 승려 지공선사의 가르침을 받고 공민왕 7년(1358)에 귀국을 했습니다. 앞서 이야기 했듯 불교계에서는 불심이 많은 사람은 윤회輪回/죽어서 다른 사람의 몸으로 출생의 즉 3생인 전생·현생·내생 수레바퀴에서 벗어난 후, 다시는 태어나서 번뇌하지 않는 것이 최고의 경지라고 말하고 있습니다. 그 "과"는 인과응보因果應報의 과果와 같은 글입니다. 정말로 인과응보가 있다면 왜? 악한 사람이 잘 먹고 잘살다가 죽고 착한 사람이 험하게 살다가는 겁니까? 참으로 사람을 고통스럽게 하는 의문일 것입니다. 이러한 일을 단번에 해소시키는 일을 하는 곳이 종교 성직자나 기독교 성직자들은 내세來世나 천국이라고 합니다. 부처와 하느님의 장부에는 우리의 삶이 빠짐없이 적힌다고 의협을 합니다. 하지만 그 결과는 머나먼 나중의 일인지 아무도 모르는 일.

공수래공수거空手來空手去는 석가모니가 창시한 불교에서 유래된 말입니다. 석가모니는 공수래공수거라는 말을 무색하게 만들 정도로 중생을 교화하는 등 불후의 업적을 남기고 열반에 들었습니다. 분명 하늘로부터 특별한 사명을 부여받고 태어난 자신의 모든 에너지를 쏟아 인류를 위해 영원히 흩어지지 않은 의미와 가치를 남기고 떠났다고 중들은 말하고 있습니다. 얼마 전 사우디 국왕이 20년간 집권을 끝으로 죽었습니다. 사우디 총리직과 사법부와 행정 등 삼권을 손에 쥐고 이슬람 성직까지 겸비한 힘의 중심에 있었던 그도 결국 폐렴 하나 이기지 못하고 흐르는 세월 앞에 손을 들고 한 줌의 흙으로 돌아갔습니다. 왕실은 왕의 유언대로 사우디 수도 리야드에 조성되어 있는 공동묘지에 묘비도 없이 시신을 안장하고 관도 없이 흰 천으로 시체를 감싼 후 매장을 하고 뗏장을 입힌 봉분을 하지 않고 흙바닥에 얕게 자갈을 깔아 간신히 무덤이라는 것만 알아볼 수 있게 만들었다는 것입니다. 여러 국영기업을 소유해서 자산이 170억 달러(약 18조 4천억 원)에 달하는 압둘라 국왕의 마지막이 이처럼 소박한 것은 사우디 지배이념인 수니파 이슬람 근본주의(하비즘)와 지침을 따른 결과라고 뉴스위크의 보도입니다. 오하비즘 교리는 사치스러운 장례 행사를 우상 숭배에 가까운 죄악으로 간주해 국왕이 서거를 해도 공식적인 애도 기간을 두거나 추모 집회를 여는 일이 없도록 하는 교리에 위해서라는 뜻에서 사망 즉시immediately 장례를 치렀다는 것입니다. 인간은 죽음 앞에서는 모두가 평등합니다. 살아오면서 향유했던 부와 명예를 비롯한 권력도 죽음 앞에서는 그러한 것을 누리지 못한 평등인과 똑같이 인생사는 공수래공수거입니다. 2015년 5월 15일 서울 광화문에서 전례 없는 규모의 대법회를 열었습니다. "한반도 통일과 세계평화를 위한 기원대회"란 대회명을 제기하기는 했지만 이 법회의 핵심은 간화선看話禪이라는 한국 불교의 수행법을 알린다는 "세계 간화선 무차대회"였습니다. 2014년 8월 가톨릭시복식에 이어 불교마저 종단 내적인 행사를 광화문광장으로 끌고 나온 것입니다. 2015년 8월에 개신교도 광화문광장에서 더 큰 인원을 동원하여 행사를 하였습니다. 광화문이 중요 종교의 세력 과시장이 된 셈입니다. 2015년 8월 9일 기독교에선 서울시청 앞 관장에서 하나 된 교회, 민족을 가슴에 품고! 하나 된 대한민국, 한반도의 통일로란 광복 70년 한국교회 평화통일기도회를 약 70만 명이 운집하여 열었습니다. 이러한 기도회는 2010년 같은 장소에서 8·15 대성회를 열었습니다. 그러나 그때도 이번에도 우리나라가 통일이 되도록 그 수많은 성직자와 종교인이 빌었지만 하나님인지 하느님인지 답이 없습니다. 가관인 것은 "올해로 우리 민족은 하나님의 은총으로 일제로부터 해방된 지 70년을 맞이했다. 저 대한민국을 신생국자들 중에 모범적으로 경제발전과 민주화를 이루어 세계의 귀감이 되게 해 주신 하나님께 감사드린다. 그러나 70년 전 오늘은 민족이 해방의 노래를 부르자마자 우리강토가 분단되어 통한의 눈물을 흘려야 했던 날이기도 했다. 한국교회가 하나 되어 부끄러운 모습을 회개하고 민족의 죄악과 슬픔을 가슴에 품고 눈물로 하나님께 부르짖어 기도하면 하나님께서는 역사의 새로운 장을 여실 것으로 믿는다."라는 역사소설historical fiction 같은 기도회의 설명문입니다. 독자여러분이 이러한 기도를 했으면 종교인이 말하는 "아버지인 하나님이 있다"면 자식들을 보호하는protection 차원에서 소원을 들어주어야 하는 것이 할 텐데, "경제발전과 민주화를 이룩하게 했다"는 뻔뻔스런 거짓말을 하고 있는 것입니다. 경제발전은 우리국민이 피와 땀으로 이룩하였고 민주화는 다수의 국민이 목숨을 바쳐 나라를 지키고 이룬 결과입니다. 참으로 어리석은 인간들이 종교인입니다. 그렇게 공공연히 거짓말을 하는 것이 종교인들의 고약한 인간성입니다. 하나님이 있다면 예시당초 일본에게 지배를 받지 않도록 해야 하는 것이 하느님이 해야 할 일인데 그 일을 하지 않았으니 일본이 우리 국민들에게 행했던 짓보다 더 악질이고 조선시대 영조 왕보다 더 악질입니다. 사도세자가 아버지에게 죽임을 당한 것은, 아버지가 국가를 태평성대하게 하려면 공부를 열심히 하라는 압력을 하여 세자는 어려서 국사國師들에게 매일 공부를 배우게 되었습니다. 지금의 시대로 말하자면 개인교수입니다. 어린 아들을 강압적으로 공부와 왕의로서 갖추어야 할 도리를 비롯한 예의를 배워야 한다며 구두시험을 자신이 직접 하여 잘못 답이 나오면 심한 꾸중을 하였습니다. 어린 왕자는 마음대로 놀고 싶은데 아버지가 너무 엄하게 하였고 또한 어머니가 후궁이어서 제대로 대접을 못 받는 등등의 복합적인 요소로 정신적인 스트레스를 받아 커가면서 반항적인 행동을 하여 아버지에게 미움을 사게 되어 결국에는 아버지를 죽이려다 실패暴棄/포기를 한 후 이러한 사실을 알게 된 자신의 어머니가 아들을 살리려고 남편에게 고해바친 것으로 인하여 화가 난 영조는 아들을 세자자리를 박달시키고 쌀뒤주에 가둬 세손(손자)과 며느리가 보는 앞에서 자신이 직접 뒤주 뚜껑에 못질을 하여 8일 만에 사망을 하게 한 사람입니다. 이를 지켜본 아들인 세손을 아버지가 할아버지에게 죽임을 당한 것은 공부를 하지 않아서 그렇게 된 것을 알고 열심히 공부를 하여 영조의 뒤를 이은 정조 왕이 되었습니다. 그러한 무서운 악행을 저지른 영조는 조선의 왕 중 재임기간이 52년이며 82세로 죽었습니다. 아들을 죽인 영조는 유교적인 시대 풍습을 너무 과신하는 바람에 세계 역사상 가장 나쁜 아버지가 되었는데도 장수를 했다는 게 아이러니합니다.

빗대어 말하자면? 지구촌에서 매일 테러를 가하여 수많은 인명을 살상하고 있는데도 지구상의 인간은 모두가 하나님 아들이라는데 하나님은 방관(傍觀)을 하고 있다는 것입니다. 하나님 교회가 갑자기 우리나라에서도 많이 늘고 있는 것은 심각한 일이 아닐 수 없습니다. 우리나라 애국가에는 "하느님이 보호하사"라는 일부가사인데, 분단을 넘어 새날을 주소서 기도문을 김정은이 들으면 "엿 먹어라"할 것입니다! 종교 간의 분쟁으로 35억여 명이 죽었고 지금도 진행 중이라는 것을 모르는 것을 보니 신문을 구독하지 않는 것인지 나로서는 종교인들의 심보를 알 수가 없습니다. 이러한 거짓말로 전 국민의 상징적 장소가 교통마저 통제된 채 공공 행사가 아닌 종단 행사의 독차지가 되는 것은 부적절한 것입니다. 그런데 종교지도자들의 욕심과 종교를 이용하려는 정권의 입맛이 맞아떨어져 이런 일이 반복되고 있는 것입니다. 정부는 가톨릭 시복식에 8억 원을 지원했다는 것입니다. 불교계는 광화문 행사를 위해 32억을 쓴 것으로 알려졌습니다. 대부분 비용은 조계종 종정 진제 중이 방장으로 있는 대구에 있는 동화사 말사들에서 부담을 했다고 합니다. 이 법회를 추진한 진제 중의 원맨쇼 같은 행사에 수만 명의 인력이 동원됐지만, 국민적 공감을 불러올 메시지도, 간화선의 장점도 전하지 못했다는 것입니다. 2012년 중들의 도박 파문 뒤 조계종이 펼쳐온 자성과 쇄신운동 취지에도 어긋나는 행사가 아닐 수 없습니다. 전통에만 얽매여 근대화와 현대화하지 못한 종단을 개혁하려던 종단이 다시 구시대로 돌아간 느낌을 보여준 것입니다. 조계종은 2014년 법인 법을 제정해 딴살림을 하던 대각회 등의 종단 등록을 이끌어내는 등 개혁을 시작했습니다만 법인법 제정은 사찰의 소유권을 종단으로 이전하는 것은 아니지만 함부로 매각하지 못하게 하는 등에 필요한 조치였습니다. 조계종이 "100인 대중공사"를 통해 의견을 모아 예산 30억 원을 사찰에 대한 재정공개를 7월부터 시행하기로 한 것도 종단 신뢰성 회복을 위해 잘한 일입니다만 종단 차원에서 세월호 유족과 노동자 등에 대한 관심을 높인 것도 달라진 점입니다. 그러나 종립대학인 동국대 총장에 논문표절 의혹을 받아왔던 보광이란 중을 앉히면서 자승 총무원장이 다시 자성과 쇄신을 저버렸다는 비난을 받고 있는 것입니다. 그러한 모임에 수십억을 사용하는데 노동을 하지 않고 세금도 내지 않고 염불로 하세월하는 중들이, "1994년 대한불교조계종 사태 당시 멸빈滅擯/승적의 영구박탈 징계를 받았던 전 총무원장이었던 의현 중이 승적을 회복할 것으로 보여 관심을 모으고 있다"는 동아일보 2015년 6월 19일 문화면에 김갑식 기자의 글입니다. 조계종 내부에서 사법부 기능을 담당하는 재심호계원은 18일 한국불교역사문화기념관에서 제96차 심판부를 열고 의현 중이 제기한 재심 신청을 받아들여 공권정지 3년으로 감형하는 판결을 내렸다는 것입니다. 1994년 종단의 사태는 두 차례 총무원장을 연임한 의현 중이 3선 연임을 시도하려다 불법을 둘러싼 갈등으로 촉발되었던 사건입니다. 이때의 사태는 연임 지지자와 반대 세력이 맞서 극심한 폭력 사태 끝에 의현 중이 사퇴하여서 일단락됐습니다.

　조계종에 따르면 재심호계원은 의현 중이 지난날의 과오에 대해 참회하고

20년 이상 환속하지 않고 중의 신분으로 살아온 점, 현재 80세가 넘은 고령으로 본인이 마지막을 종단 소속 중으로 돌아오기를 간절히 바라고 있는 점 등을 참작해 공권정지 3년을 확정된 날부터 3년이 지나면 조계종 중으로 사면 복권된다는 교리에 의해서라는 것입니다. 의현 중은 이날 심리에 참석해 재심호계 위원들에게 지난날의 과오를 눈물로 참회하며 마지막 삶을 종단 중으로 살 수 있는 기회를 달라고 호소를 했다는 것입니다. 성직자든 국가의 최고 통치자든 억만금을 가진 부자든 하루의 삶이 고달픈 거지도 죽으면 아무 소용이 없는 것입니다. 그러한데도 일부의 성직자의 금전욕심과 종단의 지위의 욕심은 끝이 없습니다. 죽으면 한 푼도 못 가져갑니다. 나눔을 외면하면 행복의 조건을 재산과 명예에만 그 가치를 두기 때문입니다. 설령 성공적인 삶을 살기 위해 부의 욕망으로 확대는 어렵습니다. 금전이 많이 모았다고 하더라도 만족을 모르면 불행의 변수로 작용할 수 있습니다. 그러므로 돈과 권력 이외에도 행복의 요소들이 보다 다양하다는 것을 알아야 불행하지 않을 것입니다. 사람이 사람일 수 있는 것은 자제自制와 배려의 능력이 있기 때문입니다. 서로가 앞서겠다고 다투는 경쟁의 결과는 서로 간에 자멸을 초래할 가능성이 있는 것입니다. 그러므로 사람다운 삶을 이루려면 반목과 투쟁에서 깨어나 보다 기본적인 사고思考 위에 서야합니다. 우주적 질서와 삶의 순리는 우리들의 마음속에 있는 것인데 무슨 거창한 곳에서 찾으려고 하니까 문제가 항상 생기는 것입니다. 내 마음을 채워주지 않는 뭔가를 마음속에서 내려 놔야 편해지는 것입니다. 그것을 내려놓지 못해서 번뇌를 하는 것입니다. 헛된 욕심을 비워내면 세상은 밝은 빛이 자신을 맞아줄 것입니다. 그러한 지혜를 배우면 길이 있고 길이 있기에 상호 교환으로 자신의 삶이 넉넉해질 것입니다. 우주 공간에는 수많은 생명체가 있습니다. 태胎/난 생명도 있고에서 알卵/태어남에서 나온 생명도 있습니다. 또 물에서 태어난 생명도 있으며, 태의 변화로 난 생명도 있습니다. 게다가 우리 눈에 보이는 생명뿐만 아니라 보이지 않는 생명까지 합친다면 헤아릴 수 없이 많은 생명들이 우주에 존재하는 것입니다. 인간의 몸을 받아 이 세상에 태어나기가 어렵다는 말입니다. 生생의 글자를 파자破字를 하면 牛소우 글자에 一한일을 더하면 牛+一=生의 글자입니다. 소가 통나무 다리를 건너는 것처럼 어렵게 태어나는 것입니다. 그러니 인간으로 태어난 것 자체가 축복이자 행운인 것입니다. 우주의 찰라 같은 인생을 사는 것이 억울하여 별의 별짓을 해보았지만, 그 해답은 지구상의 생물生物은 언젠가는 모두가 죽는다는 것입니다. 2,200여 년 전 진나라의 첫 번째 황제인 진시황은 6개 나라를 정복하여 중국을 통일하고 영원한 부귀를 누리려고 살아생전 불로초不老草를 구해 영원불멸永遠不滅/살려 하려고 했으나 그 역시 한줌의 흙으로 돌아갔습니다. 죽음을 직감한 진시황은 죽은 뒤에도 지상의 권력을 유지하려 수천 개의 병사 인형들이 지키는 76m 높이의 무덤을 만들었습니다. 지구상의 그 유명한 성직자와 신도들 모두 죽었습니다. 부활과 윤회는 없었습니다. 인류가 생기고 수백억의 종교인들이 죽었는데, 그들의 꿈이 이루어지고 있을까요? 허리만 낮추면 소중한 것을 놓치지 않을 텐데! 깊어지는 지구상의 인종 간에 갈라진 종교와 또한 이념 갈등과 대립에는 생활은 편리해졌는데 사람이 행복해 하지 않은 것은 자신을 내려놓는 법을 모르기 때문입니다. 명언을popular quotation 한 마디 해야겠습니다. "자비는 마음이 아니라 실천이다."라고.

기독교에선 계율戒律로 돈벌이가 정해져 있습니다. 그 한 예로 성경엔 "안식일安息日을 기억하여 거룩히 지키라"는 계명이 있고 찬송가 뒷면에 한 번 더 크게 강조되어 있습니다. 당시엔 마땅히 "토요 안식일 예배" 드리는 것이 충절의 믿음이었습니다. 그런데 왜 모든 기성교회 모두가 성경책에도 없는 일요일에 예배를 보고 있을까요? 이러한 일은 일천 오백년간 베일에 숨겨진 공공연한 비밀이 있습니다. 그 불가사의한 사건을 밝혀 보면, 주후 132년 로마제국에 대한 유대인들의 애국적 반란이 3년간에 걸쳐 크게 일어났습니다. 이를 무력武力으로 진압하는 과정에서 9백여 개의 마을이 초토화되었고 무려 2백여만 명의 사람이 죽었습니다. 곧이어 로마의 황제 하드리안은 그

보복조치로 모세오경인 할례의식과 안식일 예배 등을 금지시키면서 이를 어기면 사형에 처한다는 칙령勅令까지 반포했습니다. 더 가혹한 박해가 유대 인뿐만 아니라 예수가 죽은 이후 생겨난 파벌派閥이 서로 다른 기독교인들에 게도 불어 닥쳤는데, 그들도 안식일을 지킨다는 이유에서였습니다. 이에 겁을 먹은 일부 기독교인들이 토요일에 예배를 하지 않고 태양신을 섬기던 로마인들을 따라 일요일에 예배를 보기 시작했습니다. 겉으로는 유대인들 과의 차별성을 표방했지만 사실은 핍박逼迫을 피해보려는 아첨阿諂이었습니 다. 드디어 자칭 기독교인으로 개종改宗을 선언한 콘스탄틴 로마황제의 토요 일 예배말살 계획이 주후 321년 봄에 성공하게 되었습니다. 이른바 일요일 공휴일화에 따른 강제로 휴업령까지 선포를 하였던 것입니다. 이러한 강력 한 법령法令으로 인하여 기독교 사상 최초의 계명이 바뀌게 되어버린 것입니 다. 그리고 4년 후 태양의 날인 일요일을 부활절復活節로 성수聖守하라는 니 케아 종교회의를 거쳐서, 364년 라오디게아 종교회의에서 마침내 토요일 대 신 일요일을 거룩한 날로 성별하자는 악법惡法이 제정되었으니, 이것이 오늘 날 "주일 대예배"의 뿌리가 되었던 것입니다. 이러한 일로 기독교인들에겐 곤란한 처지에 직면하게 됐으며 다른 한편으론 오해誤解를 사거나 욕을 먹기 도 했습니다. 6일간 힘들게 일을 하여 일요일에 편히 쉬려고 하는데! 너희들 번 돈 일부를 헌금하라는 것입니다. 그것이 십일조十一租라는 법을 만들어 돈을 거두어 들였던 것입니다. 그러니까! 신도들은 벌어드린 재산(소득)의 10분의 1을 신神에게 바쳤던 고대 유대교의 관습에 유래한 것입니다.

구약성서에는 "땅에서 나는 것은 곡식이든 과일이든 그것의 10분의 1은 주主의 것이니 주께 바쳐야 하는 일이 거룩한 것이다. 또한 소나 양도 10분 의 1은 주의 것이다."『레위기 27장 30~32절』 "저는 주主께서 주신 것 가운데 열의 하나를 주께 드리겠습니다."『창세기 28장 22절』 등의 십일조와 관련 된 부분입니다. 예수가 바리새파 사람들에게 "당신들은 박하와 운향과 온갖 채소들의 십일조는 꼬박꼬박 바치면서 정작 정의와 하나님께 대한 사랑에 대해서는 태만하기 이를 데 없소! 그처럼 십일조도 마땅히 바쳐야 하지만, 그보다 더욱 정의와 하나님께 대한 사랑을 힘써 행해야 하오."『누가복음 11장 42절』이라고 말한 신약성서의 부분도 그리스도교인 역시 십일조를 지켜야 한다는 근거로 인용된 것입니다. 십일조보다 더 중요한 건 정의正義와 사랑임을 강조 한『누가 11장 42절』것인데 하늘에서도 신이 인간이 먹는 음식을 먹습니까? 일부 신도들(믿음이 적은)은 무척이나 불편했을 것입니다! 예배당에 가면 그저 입만 벌리면 돈 이야기입니다. 돈이 없으면 교회도 지탱하지 못합니다. 지금도 어떤 교회선 10%를 헌금하라고 합니다. 하늘이 국세청도 아니고! 그러자니 열심히 일하고 돈 내러가느라고 남의 길흉사를 찾아볼 엄두를 못내는 것입니다. 우리나라 부가가치세의 10%도 여기에서 시작된 것이 아닌가! 하는 생각이 듭니다.

"주여! 연보(헌근捐補)함에 떨어지는 백 원짜리 동전소리는 흡사 지옥으로 떨어지는 악마의 동전소리 같사옵니다." 연보가 끝난 뒤에 목사가 울음 섞인 목소리로 이렇게 기도 했던 것이다. 평소에도 목구멍에서 억지로 만들어 낸 가성假性처럼 들린다고 교인들이 간혹 흉을 보던 그 목소리였다. 그런데 기도소리에 울음기가 섞이자, 그것이 더욱 이상하게 지어낸 가성의 목소리로 들리는 것이다. "당신은 부자가 천국에 들기는 낙타가 바늘구멍에 들어가는 것 보다 더 어렵다고 하셨습니다. 그런데 지금은 가난한 자들이 천국에 들기는 낙타가 바늘구멍에 들어가는 것보다 더 어렵습니다. 일주일 내내 일해도 백 원짜리 동전 하나밖에 준비하지 못하는 저희들의 가난을 긍휼히 여기소서."

위의 글은 김신운 소설가의『율치 연대기』장편소설 176쪽 글을 윤색潤色한 글입니다. 시골교회의 어려운 재정사정을 빗댄 내용입니다. "오늘 연보가 얼마나 걷어졌느냐?" 신도들의 물음에 장로는 "1만 2천원입니다."라고 대답하자. "오늘 21명이 출석했는데 평균 500원씩 연보하였는데 목사가 기분 나쁜 소리를 왜 하느냐?" 교회재정을 담당하는 장로에게 시골 노인들이 따지자, "주당 1만 2천원인데 한 달에 4주일이니 4만 8천원을 가지고 어떻게 교회를 운영하느냐?" 장로가 신도들을 나무라는 줄거리입니다. 목사의 기도 소리가 듣는 신도들의 생각에 따라 공감 또는 위협 주술呪術/기도로 들렸을 것입니다! 그래서 장로에게 따지려고 시비를 건 것입니다. 신도들이 연보(헌 금)를 적게 바쳐서 교회를 꾸려가기가 어렵다는 것과 신도들이 목사의 이상 한strange 기도문을 소리를 듣고 생각을 해보니 연보를 적게 하면 천국으로 들지 못한다는 협박조로 기도를 한 것입니다. 목사도 먹고살아야 하고 교회 의 운영비를 비롯하여 소소하게 들어가는 잡비가 많을 것입니다! 그러자니 신도를 속이고 또는 공포심恐怖心을 주는 설교를 하여 수년 또는 수십 년 동안 살아온 것입니다. 노동을 하여 삶을 살아온 것이 아니라 남(신도)을 속 여 받은 헌금으로 살아 왔다는 것입니다. 헌금을 많이 거두려면 거짓말과 협박脅迫의 말을 많이 해야 교회가 지탱될 것이기 때문에 몇 년 또는 수십 년을 거짓말을 하여 신도를 모았으니, 인류의 성공비결은 거짓말에 있다고 하였습니다. 약한 인간은 위험한 환경에서 살아남기 위해서입니다. 하긴 중 국 춘추전국 시대에 공자도 거짓말로 인하여 도적우두머리로부터 혼줄 났다 는 이야기가 있습니다. 그 도적이 비록 도적떼의 수장에 지나지 않았지만 나름의 금도를 정한 오덕盜跖支五德/도적으로 살아가지만 5가지 덕을 쌓아야한다는 뜻을 지키며 살아간다는 것입니다. 수사관은 매일같이 거짓말에 부대끼는 건 고사하고 도적떼보다도 더 지나친 거짓말로 범죄자는 변명을 한다는 것 입니다. 김해시 중부경찰서에서 근무를 하는 허 형사는 김해시민 52만 여명 의 말은 못 믿어도 강선생님! 말은 믿는다고 하였습니다. 선비는 작가는 거 짓말을 하면 안 되는 것입니다. 단 소설은 픽션(거짓)이기에 어쩔 수 없지만, 히틀러 선전에 앞장을 섰던 괴벨스가 "사람들은 처음에는 거짓말을 부정하 지만 두 번 말하면 의심하고 세 번째는 믿게 된다"고 했습니다. 그러나 그러 한 말은 대중의 속성에 지나지 않을 뿐 잠시 감출 수 있을지는 몰라도 결국 사실은 들통 나는 게 세상의 이치입니다. 어른들은 "혀 밑에는 날 선 도끼가 있다"며 특히 말조심을 강조했는데도 성직자와 일부 사람들은 어김없이 거짓말은 합니다. 거짓말로 남을 속이는 게 능력이라면 작은 혀에 자신의 운명을 맡기는 것도 과연 능력입니까? 2015년 어느 회사 경리직원에게 미국에서 살고 있는 교포라고 속인 뒤 결혼하여 미국에서 살자고 꼬드긴 후 신앙심을 악용하여 하나님의 계시라면서 돈을 갈취하였는데 그 여성은 무려 회사 돈을 59억을 빼돌려 주었다는 것입니다. 그 여자는 평생 성경을 책을 많이 읽었을 것입니다. 둘 다 교도소에서 고생을 많이 할 것입니다.

우리나라에는 불교 · 천주교 · 기독교 · 유교 · 원불교 · 천도교 · 민족종교 등 7대 종교가 있으나 다행히도 종교인간에 큰 다툼은 없습니다. 그 이유는 세계에서 최고의 교육열 때문이라는 것입니다. 유대교 · 기독교 · 이슬람교 등의 믿음과 분쟁의 역사는 한 뿌리에서 갈라진 세 종교를 통해 인류의 mankind 문명과 civilization 세계의 역사의 흐름을 통찰할 수 있는 것입니다. 우리나라 종교의 대다수가 수입종교입니다. 유병언 사건(세월호) 이후 국내 7대 종단 협의체인 한국종교인평화회의를 중심으로 최근 "인간답게 살기 운동"을 펼치고 있습니다. 성직자뿐만 아니라 평신도 대표들의 결의도 determination 이어지고 있다는 것입니다. 흥미로운 표현도 있습니다. "아침에 식사를 하면서 우리 신부님들과 '인간답게 살기'라는 말이 도대체 뭐냐는 얘기냐? 꼴값이란 말이 너무 비하돼 쓰지 못하는 것 아니냐? 하지만 자기 분수, 자기 꼴에 대해 제대로 값을 하는 게 '종교인답게 살기'의 정확한 뜻 아니냐?" 천주교 서울대구교 평신도사도직단체협의회의 신도답게 살기 운동 선포식에서 나온 조규만 주교의 해석이라는 것입니다. 조 주교의 말처럼 꼴값의 사전적 의미는 "얼굴값"을 속되게 이르는 말입니다. 오죽하면 인간답게 살기 운동까지 벌어질까 하는 생각을 해 봅니다. 요즘 종교인들만큼 엇갈리는 평가를 받고 있는 경우도 드뭅니다. 신뢰도나 평판이 나빠지고 있다고는 하지만 특정 공동체에선 이들은 아직도 성직자는 절대적인 권위와 존경스러운 admirable 대상인 것입니다. 작은 나뭇가지를 전체로 보는 우를 범할 필요는 없겠지만요. 하지만 많은 권한과 힘이 주어져 있지만 사회적으로 볼 때 보통 사람들의 기준에도 못 미치는 도덕성과 행태로 물의를 빚는 이들이 대다수라는 것입니다. 성직자들은 신앙적인 영역에선 평신도를 이끌어 갈 수 있지만 "완전체"는 아닙니다. 역설적으로 이들이 바로 서기 위해서는 평신도들의 도움과 비판이 필요합니다. 특히 성직자에게 지나치게 많은 권위를 부여하는 우리 풍토에서는 눈높이의 대화가 빠져서는 안 됩니다. 그래야 조 주교의 표현을 빌리면 제대로 꼴값을 하는 성직자들을 만날 수 있을 것입니다.

요즘은 교회성장 지상주의! 대형체육관 집회를 비롯한 큰 성당 신축 등이 갑자기 비난과 의심의 대상이 되어 버렸습니다. 교회가 자정능력을 상실하여 서로 간에 법정에 고소하는 것을 당연시하는 형국으로 변해버린 것입니다. 교회 내분이 발생하여 법원 소환장이 발부되고, 압류집행 명령이 즉시 immediately 내려지고 헌금 사용의 불투명不透明으로 구설수에 오르내리기도 합니다. 이와 같은 일련의 사건 뒤엔 일부 대형교회 목회자들이 중세기 신성로마제국의 지역 영주들처럼 권력욕과 명예욕에 도취되어 교회의 공공성과 신성성을 유린하고 사유화하는 과정에서 벌어지는 것입니다. 다원사회 안에서 관용·대화·평화가 아닌 독선·배타 등의 공격의 논조로 신도들을 세뇌洗腦를 시키는 것입니다. 시대표적 분별능력을 상실한 상징적 사건이 서울지하철 봉은사역의 명칭에 반대하는 목회자들의 집단행동이었습니다. 우리 사회의 통철하고 절박한 상황에서 목회자들의 할 일이 고작 그런 일이라는 겁니까? 시대표적 분별의 일이란 무엇인가요? 가치 혼란 시기에 인간다운 삶이 무엇인지 "세속 한복판에서 초월 경험"이 무엇인지 증언하는 일입니다. 우주공간에서 찰나를 사는 티끌 같은 인간 생명이 왜 존엄하고 사람은 왜 죽음보다 더 강한지 삶의 언어로 새롭게 들려주는 일입니다. 공생과 지속가능성의 가치를 공유하여 더불어 사람답게 살고 싶어 하는 착한 마음을 지녔지만 무력감에 주눅 든 수많은 우리 사회의 고독한 개인들을 격려하고 연대하도록 돕는 일입니다. 그러나 오늘의 기독교가 사회를 치유할 능력이 있다고 국민은 보지 않습니다. 돈의 위력이 우상이 된 시대에 "탐욕은 우상 숭배이다"라고 갈파한 초대교회의 청빈淸貧의 영성을 되찾기를 바라는 것입니다. 성경이나 코란을 비롯하여 불경도 따지고 보면 공상소설입니다. 어느누구도 천당이나 지옥이나 용궁을 갔다 온 사람이 없기 때문입니다. 종교책은 모두가 세계적인 베스트셀러이기는 합니다만, 예수와 교황을 비롯한석가도 죽은 뒤 이 세상으로 오지도 않았고 세계 도처에서 악한 일을 저지르고 있는 신도들이 있는데도 벌을 주지 않고 있습니다. 성경도 처음엔 짧게집필되었습니다. 그 후 여러 집필 작가에 의해 새로운 거짓말을 추가하여개정판이 나오게 되었습니다. 구약성서와 신약성서가 조금씩 다르듯이 말입니다. 모든 종교서적이 그러한 형태로 변형되는 것입니다. 이러한 책들은나와 같은 소설가가 쓴 것이나 다름없습니다. 소설가를 사기꾼이라고 하기도 하고 작은 신神이라고도 합니다. 전자는 소설을 쓰다가 동력이 약해지면주변에 있었던 일과 남이 행했던 일들을 동력이 약해진(재미가 없어 지루해지는곳) 부분에 자기 상상력을 더 보태서 끼우는 것입니다. 그래서 정치인들이엉뚱한 말을 하면 그 말을 한 동료에게 "소설 쓰고 있네"라고 하는 것입니다.거짓말이라는 뜻입니다. 후자는 많은 지식이 있다는 뜻에서 귀신이라는 작은 신이라는 것입니다. 공상소설이나 진배없는 종교서적만을 평생 동안 읽은 성직자와 신도들은 책 내용을 맹신하게 되어 버리는 것입니다. 어떤 종교는 미치광이처럼 보입니다. 부모님 제사도 지내는 것도 죄악시하여 거부하는 것입니다. 이러한 일들로 인해서 유교시대에선 목숨을 잃기도 했습니다.

우리나라도 종교적 핍박의 시대가 있어 중동의 IS처럼 참수형斬首刑을 가하는 시대가 있었습니다. 정조 15년(1791년) 전라도 진산군(지금은 충남 금산군진산면)의 한 가난한 양반 집에서 일어난 "해괴한" 사건으로 온 나라가 충격에 휩싸였지요. 윤지충이란 양반 집 아들이 어머니가 죽었는데도 효건孝巾만쓰고 상복喪服도 입지 않고 조문弔問도 받지 않았습니다. 또한 신주神主는불태우고 제사祭祀도 지내지 않았습니다. 당 시대에선 누가 봐도 명백한 천주교天主敎와 유교儒敎와의 정면충돌이었습니다. 그러한 일로 윤치충은 참수형을 당해 한국 천주교 사상 최초의 순교자가 됐습니다. 그는 체포된 후 관아의 심문에 다음과 같이 대답을 하였답니다. "사람이 죽으면 육신은 흙으로 돌아가고 영혼은 천국으로 가든지 아니면 지옥으로 갑니다. 죽은 사람은 집에 남을 수 없고 또 남아 있어야 할 영혼도 없습니다. 위패들은 아버지도 어머니도 아닙니다. 그저 나무토막에 불과합니다. 제가 어떻게 그것들을 부모처럼 여겨서 받들 수 있겠습니까?"라는 말에 당시에 선교사宣教師도 들어오지 않던 시절 자생自生! 천주교인으로서의 놀라울 뿐이었습니다. 1874년 첫 한국 천주교회 사史를 집필한 프랑스 신부 "샤를 달레"는 제사금지祭祀禁止에 대해 "조선 국민 모든 계층의 눈을 찌른 것"이라고 탄식을 했다고 합니다. 그리하여 교황청은 1939년에 이르러 제사를 허용했습니다. 당시대에는 대다수가 유교를 믿는 조선사회에서 제사를 거부하여 참수형을 당한 윤치중은 훗날 천주교 성인으로 추대되었습니다. 가톨릭에서 순교했거나 덕행이 뛰어났던 인물을 사후에 신앙의 모범으로 삼아 공경하도록 특별지위에 추대하는, 시복시성諡福諡聖이 된 것입니다. 시복시성은 가톨릭에 익숙지 않은 사람에겐 낯선 용어이지요. 한자漢字를 그대로 풀자면 "복자福/Blessed와 성인聖人/Saint 칭호를 올린다諡"라고 직역할 수 있습니다. 한국 최초의 신부였던 김대건(안대리아)이고 다산 정약용의 조카였던 정하상(성 바오로)이 대표적인 인물입니다. 한국 가톨릭은 격동의 시대를 열어줄 새로운 빛을 찾던 이 시대 가톨릭 교리는 세상을 바꾸는 혁명보다 무서운 새로운 사상이었습니다. 실제로 윤치중(바오로: 복자)은 신주를 불사르고 어머니가 죽자 어머니의 유언대로 유교식 장례식을 쓰지 않고 조문을 받지도 않았으며 로마 가톨릭식의 장례를 치룬 것입니다. 당시의 국가의 근간이 되는 유교식 관혼상제冠婚喪祭의 나라에서 이런 짓을 한다는 것은 목숨을 거는 것이며 국가 체제 자체를 전복하려는 것이라 해도 과언이 아니었습니다. 결국 윤치충은 이 일로 사형을 당했습니다. 소수의 죽음이 정당화될 수도 있다고 당시의 지식층에서 있었지만 그 말은 당하지 않은 자의 변명입니다. 그 후 가톨릭은 근 100여

년간 박해를 받으며 1만여 명의 죽음을 당했습니다. 스스로 의도하지 않았더라도 한국천주교의 시작은 혁명보다 무서운 세상을 뒤엎는 혁명적인 사건이었습니다. 그런데 지금의 한국가톨릭의 모습을 보면 갈 길 잃은 세상의 사람들에게 새로운 길을 보여 주지 못하고 있다는 느낌이듭니다. 가톨릭 성자와 성도들이 스스로도 길을 찾지 못하고 헤매고 있는 것입니다. 성경에 예수는 "나는 길이요. 진리요. 생명이다. 나를 통하지 않고서는 아무도 아버지께 갈 수 없다"라고 상재되어있습니다. 『요한: 14-6』

윤치중이 참수형斬首刑을 당하였던 것처럼 죄인을 고통 없이 죽이는 사형대를 사용하던 때가 1792년 4월 25일 첫 번째 희생자를 낸 단두대斷頭臺 Guillotine는 프랑스 혁명 당시 수많은 사람을 처형하면서 그 이름이 세상에 알려졌습니다. 단두대는 글자 그대로 목을 단박에 자르는 도구인데, 혁명 때 매일 같이 노천에서 사형이 집행되고 있었습니다. 당시는 단두대가 사용되기 전이었다고 합니다. 그러한 도구가 나오기 전엔 형리(망나니)가 사형수를 묶어 놓고 낫으로 목을 베었는데, 간혹 실수로 단번에 베지 못하여 처참한 광경이 벌어지자, 이 광경을 지켜본 파리대학교 "기요틴" 해부학과수가 '죄수의 사회적인 신분이나 위치에 상관없이 같은 종류의 위법 행위는 같은 형벌로 처벌하여야 한다'는 생각에 의해 국민회의에 죄수의 고통을 덜어주는 기계를 사용하자는 제안을 했는데, 이것이 바로 단두대입니다. 단두대가 사용 되면서 1873년엔 무려 26,000명의 사람이 처형됐으며 그 후 루이 16세와 왕비 마리 아투아네트와 로베스 피에르가 단두대에 죽었습니다. 이 기계의 설계자는 프랑스외과 학회회원이었던 "앙트완 루이"가 만들었다고 합니다. 이 기계는 14세기 아일랜드에서 사용되었고 15세기엔 이탈리아 등에서 사용되었다고 합니다. 단두대를 개인적으로 가장 많이 사용한 자는 히틀러라고 합니다. 무려 16,000명이나 처형을 했다는 기록입니다. 우리나라도 조선시대 때 서남터 사형장에서 망나니가 칼로 목을 잘라서 사형을 집행하였는데, 술을 먹고 춤을 추면서 하느라 단번에 자르지 못하여 참혹한 광경이 벌어지곤 했다는 것입니다. 돈을 받고 사형집행을 하는 일이 직업이지만, 사람의 목숨을 끊어버리는데 말짱한 정신으로 하겠습니까? 그래서 실수를 하여 단번에 죽이지 못하니 당하는 사람은 얼마나 큰 고통이겠습니까! 그래서 돈 많은 사람들은 서남터 사형장에서 망나니에게 뒷돈을 주어 "단칼에 잘라 고통 없이 죽여 달라"는 부탁을 했다는 아이러니한 이야기가 전해져 내려 왔던 것입니다. "동지에게는 술라보다 더 좋은 일을 한 사람은 없고 적에게는 술라보다 더 나쁜 일을 한 사람도 없다" 로마 정치를 이야기할 때 빠뜨릴 수 없는 루키우스술라(기원전 138~179년)가 생전에 써 두었다는 묘비 글입니다. 술라는 뛰어난 재능과 술수를 가진 장군이자 정치가였는데 반대파에 대한 무자비한 숙청과 공포정치를 실시한 인물로 유명합니다. 로마 최초의 종신 독재관이 된 술라는 살생부殺生簿/proscript를 만들어 반대파에 대한 대대적인 숙청을 단행했습니다. 술라의 살생부에는 80명의 원로원의원 등 민중파 인사 4,700명의 이름이 올라 있었다는 것입니다. 지금의 북한 김정은이 하는 짓을 보아 루키우스슬라의 전기傳記를 본 모양입이다. 로마 공화정부의 후기는 민중파가 권력을 잡으면 원로원파를 제거하고 원로원파가 정권을 잡으면 민중파를 죽이는 피의 숙청으로 점철되었던 것입니다. 우리나라 역사에서 살생부 하면 계유정난이 있습니다. 계유정난은 1453년(단종 1년) 수양대군이 황보인과 김종서 등 단종의 핵심 보좌 세력인 원로대신 수십 명을 제거(살해)하고 왕위를 찬탈한 사건이 있었습니다. 계유정난에서 수양대군 책사 한명희가 조정 대신 중 죽일 자와 살릴 자의 이름을 가려 기록한 목록이 살생부입니다. 이때 죽임을 당한 대신들의 직계가족도 16세 이상은 모두 교형에 처해졌습니다. 수양대군의 피의 숙청은 드라마에서보다 더 잔인했을 것입니다. 숙청은 반대파나 정적을 정치적으로 제거하는 정치행위의 일종입니다. 숙청은 20세기 들어 형성된 다양한 전체주의가 정적을 체계적으로 제거한 일을 말하는 것입니다. 정치적 제거 방법은 죽이는 방법 외에도 제명 추방 구금 등 여러 가지 방법이 있었습니다. 정적이나 반대파를 살해하는 숙청을 흔히 피의 숙청이라고 부릅니다. 대표적인 피의 숙청은 스탈린 치하의 소련과 중국의 마오쩌둥 시대와 폴포트 정권 치하의 캄보디아에서 자행됐습니다. 미국 대통령 국가안보담당 보좌관 출신인 브렌진스키에 의하면 이들의 숙청에서는 수천만 명이 실제로 살해당하거나 정치적 죽임을 당했다는 것입니다. 한 민족인 북한 김일성 · 김정일 · 김정은 삼대가문이 통치를 이어오고 있는 현실에 김정은이 정적에 대한 피의 숙청을 대대적으로 하고 있다는 것입니다. 2015년 박근혜 대통령 은 "통일은 대박"이라고 했습니다만 김정은이 웃고 있을 것입니다. 북한은 세계 유일한 사회주의 종교 국가입니다.

"왜냐고요?"

2015년 8월에 휴전선 비무장지대에 목 함 지뢰를 매설하여 순찰 중인 우 리 측 병사 2명이 다리가 절단되는 큰 부상을 입었습니다. 그 문제대하여 남북 대표가 판문점에서 북측 대표에게 사과를 받았는데, 회담을 끝내고 북의 대표는 북한 방송에 나와 북한 주민에게 사과가 아니라고 했습니다. 이렇게 거짓말을 하여 북한 주민을 속이는 것입니다. 성직자 보다 더 거짓말 로 신자(북한 주민: 인민)를 속이는 것입니다. 이는 온 세계의 책이나 언론이나 방송 등을 차단하고 있기 때문입니다. 김정은은 자기 정책에 반대를 하는 고위급 인사에게도 가족들이 보는 앞에서 대공화기를 사용했다는 뉴스를 들으니 아연실색할 따름입니다. 우리나라도 이승만 · 박정희 · 전두환 · 노 태우 등이 정권유지와 정권을 잡기 위해 국민을 많이 죽였습니다. 우주에서 가장 나쁜 이는 하느님입니다. 앞서 이야기했듯 자기를 신으로 모시기 위해 무려 종교 간에 다툼으로 35억 명의 자신의 자식(종교인의 말은 모두가 하느님 자손)이 죽었고 지금도 죽임을 당하고 있는데 구경만하고 있으니, 독자 여러 분이 아는 사람 중 가장 무섭고 사악한 사람the most evil or scariest person을 떠올 려 보세요. 아마도 히틀러 같은 독재자일 수도 있고a dictator like hitler 아주 부끄러운 일을 저지른 유명한 인사일a celebrity that has done something shameful 수도 있을 것입니다. 또한 북한 김가 3대 정권이라고 생각도 할 것입니다.

지금 세계 도처에서 벌어지고 있는 기도교적인 테러단체인 "헤즈볼라", "알카에다", "IRCC이란혁명수비대" 급진 이슬람주의 무장 세력인 "이라크 레반트", "이슬람 국가SIL: 이슬람 극단주의 단체 보코하람" 등 한낮에 길거리에서 신은 유일신唯一神인 하나님인데 하나님 아들 예수를 신으로 믿는 사람들을, 칼로 생선을 토막 하듯이 목을 잘라 죽이고 있습니다. 수많은 테러집단이 "너 죽이고 나 죽는다"란 사상교육을 받고 행하는 짓이 매일 일어나고 있는 것입니다. 옛날이나 현시대나 인간이 하는 짓은 똑같이 답습踏襲을 하고 있는 것입니다. 고통스럽게 죽은 사람은 하느님 아들이라는 예수는 십자가를 짊어지고 가선 그 십자가에 두 손과 두 발에 못을 밖아 땡볕이 내려쬐는 들판에 세워두어 죽게 하였으니, 그 고통은 상상이 안 갑니다. 아들을 죽이는데도 그의 아버지인 하느님과 어머니인 마리아는 하늘에서 그 광경을 내려다보고 있었을 것인데, 내가 북파공작원 테러부대 특수 교육을 받은 때 저격수狙擊手/sniper 중 최고의 명사수였습니다. 저격수란 단 한방에 적을 사살해야 합니다. 저격은 결국 원 쇼트 원 킬을One Shot One Kill: 한방에 한 사람을 죽임 위한 것이지 총알을 흩뿌리는 일이 아니기에 팀원대다수가 명사수들이다. 한 목표물에 두 번 쏘는 일이 있어서는 안 되는 것입니다. 정밀한 저격으로 한 인간의 생명을 단박에 끊어 버리는 행위를 한다면 단연 볼트액션 방식의 소총M.14: 소음 · 소염 · 조준경 · 장착된 총이 최적의 선택이기 때문입니다. 플로링배럴을 채용할 수 있는 볼트액션이어야 한 치의 흔들림 없는 사격을 기대할 수 있기 때문입니다. 물론 수동 장전이란 것이 가져다주는 단점도 없는 것이 아니지만 저격은 One Shot One Kill을 위한 것이지 결국 총알을 흩뿌리는 일이 아니기 때문입니다. 단 한발에 명중을 시켜서 죽임을 다하는 사람에게 고통을 주어서는 안 되는 것입니다. 저격수는 죽임을 당한 자에게 최소한의 예의입니다. 종교인들은 하느님 말(하늘의 목소리: Voices Heavens)이 더 가깝게 듣거나 나쁜 일들을 고해바치려면 지상에서 하늘과 제일 가까운 약 8,840m인 에베레스트 산 꼭대기에 교회를 지어야 될 것입니다. 그런데 2015

년 "에베레스트" 실화를 바탕으로 한 영화를 보았는데 정상에 오르기도 힘이 든다는 것을 알았습니다. 교회는커녕 하늘 신에게 부탁하긴 힘들 것입니다. 종교적으로 같은 부류가 아니라고 분쟁으로 인한 생명경시生命輕視는 세계 도처에서 일어나고 있습니다. 예수의 죽음에서부터, 예부터 지상의 모든 국가에서는 종교적 다툼으로 인하여 타 종교에 대하여 핍박逼迫이 있었고 지금도 세계도처에서 단 하루도 빠지지 않고 테러가 일어나 종교적인 갈등으로 하루 평균 45명이 희생되고 있다는 것입니다. 왜? 포용을 말하는 종교가 더 배타적排他的임에 문제가 있습니다.

석가모니불(고타마: Gotama)인 붓다 역시 소유의 욕망을 끊는 곳에 도道가 있다고 했습니다. 그런 것들은 붓다의 사후死後 그의 사상이며 이마 기성 종교화해 기득권자의 질서 속에서 평입 되었고 조직과 제도화 과정에서 대중을 포섭하기 위해 다시 섞여 들어온 이질적 요소에 편승 되어 있으며 방편方便이라는 편리한 이름으로 붓다의 진실된 주主된 국면을 변화시켜 결과적으로 그의 사상을 상당부분 곡절왜곡시킨 점을 부정할 수만은 없는 겁입니다. 다시 한 번 말하거니와 붓다는 삶이 이러하다거나 죽음을 이러하다거나 하고 고정된 명제로서 설면한 것이 없습니다. 석각과 붓다 생전에 아사세왕이 켜놓은 1만 개의 큰 등은 하룻밤 만에 다 꺼졌으나 가난한 여인 난타가 밝힌 1개의 등은 더욱 빛났다는 "빈자일등"이란 이야기가 있습니다. 평생을 청빈의 탁발승으로 산 천주교성인 프란치스코는 성자 중의 성자로 불리고 있습니다. 현 교황 프란치스코도 "교회 안에 영리성이 들어오는 순간 추해진다"며 가난한 이를 위한 가난교회를 강조해 세계인의 존경과 사랑을 받고 있습니다. 불교계에는 기한飢寒에 발도심發道心이라는 격언이 있습니다. 춥고 배고파야 도를 닦는 마음이 일어난다는 뜻입니다. 해방 후 한국불교를 이끌었던 청담 스님은 제자들에게 "흐르는 개울물도 아껴 쓰라"고 가르쳤다는 것입니다. 쓰레기통에 버려진 콩나물을 보면 불호령을 치셨다고 합니다. 당시 중들의 살림살이와 정신은 청빈하였다는 것입니다. 법정 스님하면 지금도 바로 무소유無所有가 생각날 것입니다. 김수환 추기경과 한경직 목사도 평생 가난하고 소외된 사람들의 손을 잡았습니다. 그랬던 종교가 이젠 가난에서 멀어지고 있다는 지적은 슬픈 일입니다. 사실 돈이 붓다와 예수를 대신하는 시대라는 지적이 나온 게 어제오늘의 일은 아닙니다만 종교의 세속화와 성장주의에서 비롯된 성직자들의 일탈행위를 열거하려면 끝이 없습니다. 이제 한국의 종교들이 좀 더 낮아지고 가난해졌으면 하는 바램입니다. 어느 대형 교회목사들의 연봉이 5~6억이라는 것입니다. 사실상, 예수나 붓다(석가)는 현시대로 말하자면? 가출 청소년이었을 것입니다. 거지·거렁뱅이·동냥치·걸뱅이·양아치·조직 깡패·노숙자들이라는 것입니다. 2015년 9월 25일 오전에 교황은 유엔에서 특별연설을 마치자 미국 9·11일 테러 현장인 그라운드제로를 방문하였다고 합니다. 그는 이어 오후엔 맨해튼의 "가장 낮은 곳"으로 불리는 북부 할렘 지역의 가톨릭 학교Our Lady Queen of Angels School를 방문해 초등학교 3~4학년 학생 24명과 즐거운 한때를 보냈다는 보도입니다. 교황청의 관계자는 "이 일정은 가톨릭 학교에서 공부하며 꿈을 키우는 빈민층과 이민자들의 자녀들을 격려하고 그들을 위해 기도하기 위해 특별히 마련된 것"이라고 설명을 했다는 것입니다. 이어 교황은 워싱턴에서 뉴욕으로 출발하기 전인 24일 오전엔 워싱턴에 있는 성 패트릭 성당의 노숙인 쉼터를 방문하여 400여 명이 모인 자리에서 "하느님 아들(예수)도 이 세상에 올 때 '집 없는 노숙자'여서 지붕도 없는 말구유(말이 거처하는 곳)에서 삶을 시작하신 것"이라고 말을 했습니다. 이어 교황은 "세상에는(여러분이 집이 없는 것처럼) 부당한 상황이 많지만 우리는 하느님이 늘 우리와 함께 고통스러워하시고 우리를 결코 버리지 않으신다는 걸 안다"고 설교를 했다는 것입니다. 그러면서 "믿음과 기도의 힘"을 강조했다는 것입니다. "다 함께 기도하는 건 얼마나 좋은 일입니까. 기도 안에서는 부자도 가만한 사람도 따로 없습니다. 형제애만 있을 뿐입니다. 여러분! 저를 위해 기도하는 것도 잊지 말아주세요"라는 말을 하자, 더블라지오 뉴욕시장은 24일 "우리지역의 교황의 방문으로 교황의 정신을 받들어 노숙 인들에게 더 나은 서비스를 제공하기 위한 노력을 더욱 확대할 것"이라고 밝혔다는 것입니다. 내가 그 자리에 있었다면 "당신이 지구상의 가톨릭의 제왕위의 황제인데 인간을 공평하게 살게 해달라고 부탁을 하면 될 일인데 무엇 하려고 비싼 돈을 드리고 당신을 해칠까 경계를 하느라 많은 돈을 들여 수많은 경찰과 비밀요원이 수고스러운 일까지 하게 만드는 것이 잘못이다"하고 하겠습니다. 이 책을 읽고 계신 독자님 잠시 읽기를 멈추시고 제가 한 말을 곰곰이 생각을 해 보십시오. 자기가 세계를 돌아다니면서 쓰고 있는 비행기운임만 하여도 워싱턴 성 패트릭 성당의 400여 명의 노숙 인들의 쉼터를 만들 수 있을 것인데, 이러한 소식에 뉴욕타임스 NYT 등은 이날 교황의 강론이 "성직자들뿐만 아니라 자본주의적 효율성效率成과 물질적 안락만을 성공의 기준으로 삼는 세상 사람들에게 겸허하게 살아갈 것을live humbly 주문한 것"이라고 해석을 하면 될 것입니다.

교황은 이날 영적인 삶의 두 기둥으로 감사하는 마음과gratitude 노력하는 태도를hard work 제시를 한 것입니다만, 앞서 내가 말했고 교황이 말했듯 예수나 석가도 가출 청소년이었을 것이고 패거리가 불어나자, 이들도 각기의 패거리 조직으로 변했을 것입니다. 종교도 수 십 가지로 변합니다. 우리네 세상엔 자기가 속한 단체에서 크지를 못하면 온갖 수단을 써서 그 자리를 탐냅니다. 수십 아니 수백 가지의 단체의 우두머리가 되려고 합니다. 내가 살고 있는 김해시는 53만 여명의 시민이 살고 있는데 360여 개의 단체가 있다는 것입니다. 그 들 단체에 지원금을 산정하는데 골머리를 앓고 있다는 것입니다. 정치인들을 보시면 알 수 있는 것입니다. 크지를 못하거나 좋은 자리를 차지하지 못하면 탈탈 털고 나와서 대우가 좋은! 당으로 이적을 하듯, 종교도 마찬가지입니다. 내가 살고 있는 지역의 교회 이름을 보면 수십 가지입니다. 그들도 대형 종교에서 뛰쳐나와서 다른 이름의 교회를 설립하는 것입니다. 그리고 세력을 불리기 위해 만든 하느님 · 하나님 · 민족 · 남북 · 대한 예수 등등의 수많은 교회를 설립합니다. 신도모집 광고를 보거나 성직자의 말에는 타 교회를 비방을 하는 것입니다. 하만이라는 바사 왕의 신하는 모르드개가 하나님에 대한 믿음 때문에 자기에게 절을 하지 않자 모르드개를 미워했습니다. 그래서 하만은 모르드개뿐만 아니라 유대인들까지 몰살시키려는 계획을 세웠습니다. 그러나 하나님은 오히려 하만에게 비참한 최후를 맞게 하셨습니다. 「에 7:1~10」 우리는 누군가 자신의 마음에 들지 않으면 쉽게 그를 비방하곤 합니다. 그러나 하나님께서는 비방하는 것이 매우 나쁜 죄악임을 경고하셨습니다. 「레 19:16」 신약에서는 남을 비방하는 것을 성숙하지 못한 신자의 태도로 지적하며 「고후 12:20」 신자들에게는 결코 용납될 수 없는 것으로 규정하고 있습니다. 「약 4:11~12」 하나님께서 타인에 대한 비방을 금하시는 이유는 "비방 받는 대상이 커다란 상처를 받게 될 뿐만 아니라 비방함으로 인해 공동체의 조화가 깨어지기 때문이다." 라고 성경에 자세히 기록되어 있는데도 타종교를 비방誹謗을 하는 것을 수도 없이 들었습니다. 성경을 자세히 읽어보지 못한 성직자나 신도들이 있다는 것입니다. 다들 먹고 살기위해 비방을 하고 자기들의 교회에 나오라고 협박이나 위협을 했을 것이며! 천당이니 지옥이니 다른 사람의 몸으로 이 세상에 다시 돌아온다는 온갖 거짓말을 하여 주린 배를 채웠을 것입니다. 먹을 것이 없으니 천국이니 윤회니 거짓말을 할 수 밖에 없는 것입니다. 앞서 이야기 했지만 성직자들은 이 세상에서 제일 거짓말은 잘해야 큰 종교단체 우두머리가 되는 것입니다. 2015년 8월 72세인 종교인이 1,000원 짜리인 건빵을 구입하여 포장지를 바꾼 뒤 자기가 다니는 같은 또래 노인 신도들에게 작게는 30만 원에서 60만 원을 받아 폭리를 취해 3여 년 동안 3억 5,000여 만 원을 편취 했다는 KBS 뉴스를 보았습니다. 만병통치약이라고 속였으며 심지어 불임을 낳게 해 준다는 거짓말을 했다는 것입니다. 요즘 불임 여성이나 남성이 많아 손자나 손녀를 보기 위해 속아서 천 원짜리 일반 건빵을 구입을 한 것입니다. 얼마나 거짓말을 잘하여 그 많은 동료 신도들이 속였을까요? 지금도 네팔이나 미얀마에서 중들이 매일 아침 보시(동냥: 구걸)하러 다니는 것을 뉴스에서 보았을 것입니다. 위와 아래 글에 불편한 진실에? 혹시나 이글을 읽은 종교인이 길거리에서 나를 본다면, 부부싸움 중 남편에게 얻어 맞고 친정집으로 피신해 있는 마누라를 찾으려고 온 사위 놈을 바라보는 장인 영감 눈보다 더 험악한 눈초리로 나를 바라보겠죠? 우리 어머니 살아생전 "남이 나를 바라 볼 때 고운 눈으로 바라보는 사람이 되어라"했는데.

나는 만신萬神 교인입니다. 천지간에 종교를 믿는다는 뜻입니다. 부연 설명을 하자면 종교를 누구보다 이해를 한다는 말입니다. 윤회나 천당과 지옥 또는 부활과 같은 거짓말만 빼면 종교서적은 좋은 말들로 채워져 있습니다. 세상의 종교는 다 이유가 있습니다. 그 끝에는 먹고 살기 위함입니다. 성직자도 먹지 않으면 죽습니다. 살기위해서 먹어야합니다. 그런데 육체적인 노동이나 구술적(선)인 생(교수 등의)이나 일을 해야 하는데 배운 것은 오직 종교적 서적을 읽어서 책 내용을 들어줄 수 있는 사람들을 모아야 하는 것입니다. 그래서 유치한childish 거짓말을 할 수밖에 없는 것입니다. 제발 인문학 서적이나 고전을 비롯하여 매일 매일 전 세계에서 쏟아지는 새로운 뉴스와 세상에서 존경받는 사람들이 올린 그들을 검토하여 지면을 밝게 하는 신문을 많이 읽어야 세상에 대한 깨우침을 알게 될 것입니다. 누구는 이순신 장군·누구는 세종대왕 또는 종교인을 비록한 일반인 등은 자기가 믿는 신을 존경한다고 합니다. 저는 의사와 간호사를 제일 좋아 합니다. 죽을 고비를 세 번을 겪었는데, 의사와 간호사가 살려주었습니다. 북파공작원 교육 중 내가 이해를 못할 정도로 하느님을 믿는 부하가 이었습니다. 시간만 나면 성경을 읽었습니다. 북파공작원 훈련 때 앞서 경계병의 실수로 지뢰 폭발이 일어나서 대원중에 제일 가벼운 부상을 당했는데도 중상자에게 달려가는 의생(간호사) 병에게 총을 겨누며 자기를 먼저 치료해달라고 했습니다. 나는 그 부하가 하느님을 부를 줄 알았는데, 하느님을 일체 부르지 않고 어머니와 위생병을 불렀습니다. 하느님이 치료를 해주지 못할 것이라는 것을 알고 하는 행동이었습니다. 음식 탐냄도·자식의 사랑도·종교의 신념도·너무 편향적으로 불균형不均衡을 이루면 탈이 납니다. 간혹 올바른 성직자나 신도들이 있기는 합니다만 너무 극소수여서 종교인들의 대한 비난이 일고 있는 것입니다! 종교는 사랑입니다. 어머니의 사랑을 말하는 것입니다.

위의 글을 쓰면서 KBS 방송내용을 한 꼭지를 상재 합니다. 방송내용은, 패륜悖倫과 미담美談은 내가 자주 들어 온 익숙한familiar 질문質問인 이야기들입니다. 병원 장례식장 냉동시체보관실에 5개월째 누워있는 어머니를 3남매가 찾아가지 않고 부위금賻儀金만 챙겨 도망을 쳤다는 뉴스였습니다. 참으로 험악한 세상입니다. 경찰서에 나타난 자식들이 시체인도 포기각서를 썼기에 시청에서 화장을 하여 납골당에 보관을 한다는 것입니다. 참으로 고약한 자식들인 것입니다. 인성교육이 잘못 된 사례입니다. 이와는 반대로, 도회지에서 살다가 시부모님이 아파서 시골로 내려와 농사일을 하면서 무려 20년을 병수발을 하면서 살았던 며느리의 이야기입니다. 시아버지를 먼저 저 세상으로 보내고 몇 년을 시어머니를 간호하였는데, 죽음에 다다른 시어머니가 어느 날 며느리에게 "아가야! 너에게 소원이 하나 있다"하여 "어머니 무엇이든 들어줄 테니 말씀하세요."하자. 시어머니는 며느리에게 "너를 엄마라고 부르고 싶다"하여 "그렇게 부르세요."했다는 것입니다. 어머니들이 자식들에게 베풀었던 것처럼 지극한 사랑의 마음이 아니었다면 20여 년 간의 시부모 병간호를 진정성眞正性/authenticity으로 할 수가 없다는 것입니다. 더군다나 친정어머니가 아닌 시어머니를, 며느리가 자신의 자식을 사랑하는 것처럼 하였기에 그렇게 시부모를 지극정성으로 간호를 할 수 있었을 겁입니다. 작금의 불효막심한 자식들이 늘어나고 있음에 새정치민주연합의 민병두 의원이 진기한quaint "불효자방지법"을 발의한 것입니다. 부모의 재산을 증여받은 자식들이 부모를 봉양하지 않을 땐 이를 환수할 수 있도록 하는 내용의 민법개정안과 자녀가 부모를 폭행하는 존속폭행에 대해서는 친고죄와 반反 의사불벌 죄를 적용하지 않는다는 내용의 형법개정안으로 구성 했다는 것입니다. 개정안을 찬성하는 사람들은 이 법이 빈곤과 학대를 막고 최소한의 자식 된 도리를 다하도록 강제하는 수단이 될 수 있다는 것이고 일부에서는 효도를 법으로 강제하는 것은 옳지 못하다는 우려의 목소리도 있다는 것입니다. 요즘의 젊은이 들은 적성에 맞지 않은 억지로 했던 취업 직종에 맞지 않아 자신이 하던 일을 집어 던지고throwdown your work 모험과 새로운 경험을adventure and new experiences 쌓기 위해서 집어치우고 나와 자신이 추구했던 직업을 찾아 취업을 하려고 노력을 하지만 사회가 각박해지고 직장을 구하지 못하고 살기가 어려워지자! 자식들이 캥거루족이 된 국내 가정에서 많은 문제가 일어나고 있습니다. 또한 생활고로 이혼율이 나날이 증가해 서구 수준을 능가하고 있다는 것입니다. 그 과정에서 재산을 둘러싸고 가족 간에 다툼은 물론 살인사건까지 벌어지는 것을 우리는 "내일 아니다"라고 관망해서는 안 될 일입니다.

이런 점을 매우 심각하게 받아들여야 할 일입니다. 더 이상 가정을 지키려는 노력을 게을리 하면 안 될 것입니다. 가정을 지키는 출발점은 부모와 자녀가 한마음이 되는 것입니다. 이런 의미에서 본다면 불효자방지법을 들고 바람직한 발상일 수 있습니다. 그러나 석연치 않은 점도 있습니다. 굳이 법으로 자녀들이 부모를 효도하게 할 수 있다면 그것보다 더 쉽고 더 좋은 법이 어디에 있겠습니까? 그렇게 쉽고 좋은 것은 없을 것입니다! 다만 문제는 법으로만 모든 문제를 해결하려다 보면 겉으로는 해결되는 것처럼 보이다가 속에서 곪아버릴 수고 있을 것입니다. 만약에 속에서 곪아버리면 고질화固質化 돼 훗날엔 훨씬 더 큰 아픔으로 다가 올 수고 있을 것이기 때문입니다. 그러므로 문제가 생겼을 때 법으로 성급하게 해결하려고 할 문제는 아닐 것입니다. 부모가 자식에게 증여한 재산을 미끼로 효도를 강요할수록 만든 법이 효도하고 싶은 자녀들의 순수한 마음이 사라질 지도 모릅니다. 순수順受한 마음이 없이 재산 때문에 효도하는 것이 진짜 효도일까요? 그러한 일들은 돈으로 효도를 팔고 사는 것입니다! 그런 효도는 하는 자식이나 부모도 행복하지 않을 것입니다. 무엇보다도 중요한 것은 효도하는 것 자체가 행복하다는 것을 깨닫게 하는 것이 중요합니다. 이 세상에 부모와 자식이 한마음이 되는 것보다 더 행복한 것은 없습니다. 오늘날 사람들은 돈이 행복이라는 큰 착각錯覺에 점점 빠져 돈의 노예로 변해가고 있다는 것이 우리 사회의 크나큰 문제가 대두 되에 불행함을 느끼는 것입니다. 이런 점을 감안해 이 법이 발의 된다면 불효자방지법은 모두를 불행하게 만드는 법이 될 수도 있을 지도 몰라 우려된다는 시각도 만만치 않다는 것입니다. 내막내 딸이 간호사로 첫 직장이 도립 노인 요양병원에 간호사로 일을 하였습니다. 집에서도 가까워서 잘 다니더니 갑자기 직장을 그만 두겠다는 것입니다. 이유를 물어보니 "자식들이 병원에 입원시켜 놓고 어쩌다 병문안을 와서 왜 좋은 주사를 놓아 주느냐고 질책을 한다"는 것입니다. 부연 설명하자면 빨리 죽게 주사를 놓지 말라는 것입니다. 또 다른 사연은 할아버지가 머리 밑 베게 속에 통장을 넣어두고 손자에게 돈을 찾아와 사용하고 손자에게 용돈을 듬뿍 준다는 것입니다. 도저히 인간들의 도리를 저버리는 것을 볼 수 없어 그만두고 종합 병원으로 옮겨 수간호사로 일하고 있습니다. 행여 독자님들 중에 어려움이 있더라도 이 글을 읽고 교훈이 되었으면 좋겠습니다.

　인도에선 돈을 주어야 한다는 법이 있다는 것입니다. 우리나라에서 몇 억을 주기도 하는데, 우리나라 결혼하는데 드는 예식장비용 정도인데 하겠지만 인도의 보통 여성이 8년도 벌어야 되는 돈이라는 것입니다. 이 돈을 못 마련하고 적게 돈을 지참하여 어렵게 혼사가 이루진 후 이 일로 다툼의 불씨가 되어 년 8,200여 명이 남편이나 남편 가족에게 맞아 죽는다는 것입니다. 불교에선 동안거冬安居가 있는데, 동안거란 산스크리트어로 원어는 바르시카varsika; 바르사: 산스크리트어: varsa~팔리어; vassa 즉 비雨에서 만들어진 말입니다. 인도에서는 4월16일 또는 5월 16일부터 3개월(90일)간은 우기여서, 불교인이 외출할 때 자신도 모르게 초목이나 벌레를 밟아 죽여 불교에서 금지된 살상을 범하게 되고 또한 행걸行乞에도 적합지 않아 그 기간에 동굴이나 사원에 들어앉아 좌선수학에 전념을 하라는 것입니다. 미물도 밟혀 죽을까봐 그럴 진데 살을 맞대고 평생 살아야할 부인을 지참금 때문에 살인을 하는 것은 불교역시 악질 집단을 양성하는 것입니다.

이 중요 종교의 세력 과시장이 된 셈입니다. 2015년 8월 9일 기독교에선 서울시청 앞 관장에서 하나 된 교회, 민족을 가슴에 품고! 하나 된 대한민국, 한반도의 통일로란 광복 70년 한국교회 평화통일기도회를 약 70만 명이 운집하여 열었습니다. 이러한 기도회는 2010년 같은 장소에서 8·15 대성회를 열었습니다. 그러나 그때도 이번에도 우리나라가 통일이 되도록 그 수많은 성직자와 종교인이 빌었지만 하나님인지 하느님인지 답이 없습니다. 과관인 것은 "올해로 우리 민족은 하나님의 은총으로 일제로부터 해방된 지 70년을 맞이했다. 먼저 대한민국을 신생국자들 중에 모범적으로 경제발전과 민주화를 이루어 세계의 귀감이 되게 해 주신 하나님께 감사드린다. 그러나 70년 전 오늘은 민족이 해방의 노래를 부르자마자 우리강토가 분단되어 통한의 눈물을 흘려야 했던 날이기도 했다. 한국교회가 하나 되어 부끄러운 모습을 회개하고 민족의 죄악과 슬픔을 가슴에 품고 눈물로 하나님께 부르짖어 기도하면 하나님께서는 역사의 새로운 장을 여실 것으로 믿는다."라는 역사소설historical fiction 같은 기도회의 설명문입니다. 독자여러분 이러한 기도를 했으면 종교인이 말하는 "아버지인 하나님이 있다"면 자식들을 보호하는protection 차원에서 소원을 들어주어야 하는 것이 할 텐데, 1966년 논산훈련소에서 보았던 일입니다. 두 명의 훈련병이 총을 들지 않는다는 것입니다. 이유는 종교적인 이유에서 총을 들고 훈련을 못하겠다고 조교의 말을 듣지 않아 얻어터지고 과목 훈련이 끝날 때까지 별을 받는 것입니다. 이름하여 "여호와증인"이라는 종교인이었습니다. 논산훈련소 조교들의 입은 시골 공동우물터 앞 미나리 밭보다도 더 더럽다고 합니다. 팔도의 험악한 욕은 다 알고 있기에 구타를 비롯하여 상상할 수 없는 기압을 주고 욕을 합니다. 결국은 총을 들 수밖에 없는 것입니다. 그렇지 않으면 남한산성(육군 교도소)에 가서 옥살이하고 다시 훈련을 받아야 하는 것입니다. 결국은 총을 들을 수밖에 없는 것입니다. 이들이 하는 행동은 종교적인 병역 거부인가! 양심적인 병역거부인가! 끝없는endless 논쟁이 지금도 일고 있습니다.

헌법재판소에서는 "양심적 병역거부"자에 대하여 세 번째로 위헌법률 심판이 진행하여 2015년 8월 27일 대법원 2부(주심 조희대 대법관)는 병역법 위반 혐으로 기소된 안 모 씨(21세)의 상고심에서 징역 1년 6개월을 선고한 원심을 확정 했습니다. "양심적 병역거부"는 "평화주의나 비폭력주의를 표방하는 종교적 교리나 또는 다른 개인적 신념에 따라 집총執銃이나 병역을 거부하는 행위"로 풀이 되지만 일반인들은 얼핏 "군대 가지 않겠다는 병역거부가 어떻게 양심적인가"라고 의문을 품습니다. 한때 가수로서 유명을 떨던 유승준이란 놈이 "군대를 가겠다"고 하였습니다. 제미교포인데도, 차일피일 입영을 피하던 그놈이 39세가 되어서 "군에 가겠다"는 엉뚱한 소리를 했습니다. 그 나이면 군에 가기는커녕 공익군무도 못합니다. 결국 국내서 활동을 못하고 미국으로 돌아가야 했습니다. 국내 여론이 악화되었기 때문입니다. 그는 2015년 SN에 "내가 그리웠냐?"는 글을 올려 또 한 번 여론의 몰매를 맞았습니다. 지금도 대접을 받고 있는 그룹에서 이탈하여 미국으로 이민을 가서 국적을 취득한 가수는 잊을 만하면 신곡을 만들어 국내에 들어와 콘센트를 열어 완창 돈을 벌고 미국으로 돌아갑니다. 그런 놈을 좋아하는 우리국민이 많이 있다니 참으로 씁쓸합니다. 2015년 고위공직자의 아들들이 26명이 국적을 버렸고 이들 중 18명이 외국국적으로 병역 면제를 받았다는 것입니다. 또한 일반인이나 기업의 자식들이 년 국적피신으로 1만여 명이며 최근 5년 동안 1만 6천여 명이 넘는다는 조사입니다. 문제는 그들이 한국에서 혜택을 알게 모르게 받고 있다는 것입니다. 그래서 많은 법조인들도 적절하지 않다고 비판批判을 하고 있는 것입니다.

여호와증인들은 국내에 거주하고 있으면서 남과 북의 대치상황에서 총을 들지 않겠다면 자기들은 전쟁터에 나가지 않고 기도를 하여 상대방 적이 패하라고 기도를 하면 자기들이 믿는 신이 그렇게 해줄까요? 북한에 가서 그런 짓을 하다면, 여호와증인이란 종교는 1872년 미국 펜실베이니아주 알레게니 Allegheny에서 러셀Russel.C.T.을 중심으로 창립된 기독교계 신종교로 1879년에 알레게니에서 태어난 러셀은 20세 때에 속해있던 교회에서 이탈하여 자기와 뜻을 같이하는 성경 연구를 시작 했습니다. 그래서 미국에서는 "종교적 신념에 따라 병역거부兵役拒否/objection to military serviceby religious belief"라는 용어로 사용됐습니다. 미국은 통일된 국가이고 우리는 남북대치 상황이고 전쟁이 끝난 것도 아니며 휴전休戰 상태입니다. 멀쩡한 이를 뽑고는 입영을 연기하다가 발각된 연예인이 있는가하면 무릎관절수술 등 수많은 불법을 저질러 병역기피를 하려는 짓은 우리나라에서 어림없는 일입니다. 아마도 수많은 젊은이들이 "여호와증인" 교회로 몰려들 것입니다! 이 종교 교주는 1879년에 "아침의 여명이라The Herald ofthc Morning"는 잡지를 간행하기 시작했는데 이 책이 뒤에 "파수대라The Watchtower"는 책명으로 바뀌었습니다. 신념체계는 "구약성서"와 "신약성서"에 바탕을 두며 대체적으로 근본주의 신앙의 성격을 떠나 몇 가지 독특한 점을 지니고 있습니다. 우선 예수를 유일신 여호와의 아들로 보면서도 여호와와 동급은 아니라고 주장을 합니다. 예수가 육체를 취하였을 때 그는 단지 인간일 뿐이라는 것입니다. 그러나 예수는 여호와의 피조물被造物 중 최초와 최고의 존재라는 특별한 위치를 점하기 때문에 인간들은 예수를 통해서만 여호와에 기도드릴 수 있다고 본다는 것입니다. 그리고 예수의 죽음은 십자가가 아니라 말뚝a stake에서 행해졌다고 믿으며 천년왕국 도래의 임박했다는 설을 매우 강조하기 때문에 도래시기가 1918년이라고 주장했다가 최근에는 1975년이라고 했는데 아무 일 없이 자났으니, 이 종교도 사이비 종교인 것입니다. 아마겟돈Harmagedon이라는 선과 악의 거대한 전쟁으로 인류 역사의 종말이 시작된다는 임박한 종말관은 소수의 선민의식을 강조하여 단지 14만 4,000명만이 정신적 자식으로서 다시 태어날 것이며 그리스도와 더불어 천국에 들어갈 것이라는 허무맹랑한 거짓말을 짓거리고 있으면서 가까운 장래에 역사의 종말 때까지는 사탄이 지배하는 세 독사에 대하여 관여하지 말 것이 요청되어 국가에 대한 충성이나 국기에 대한 경례를 하지 말라는 것입니다. 우리나라에는 1912년 홀리스트 선교사가 내한하여 문서전도를 시작하면서 활동이 전개되어 1914년에는 만국성서연구회萬國聖書硏究會의 이름으로 우체국 사서함을 통하여 문서전도로 활동을 하였고 1915 메킨리가 내한하여 홀리스트와 교대를 하여 명맥을 지금까지 이어오고 있는데 1997년 당시 자체집계에 따르면 신자들 수는 총 83,700명인데 그중 침례 받은 교인은 79,319명에 총 회중이 1,509개소이며 장로가 5,992명에 봉사의 종은 6,775명이 활동하고 있었다는 것입니다. 국기에 경례도 하지 말고 충성도 하지 않으려면 일찍 천당으로 가면 될 것인데 국방의무도 하지 않겠다는 것은 대한민국에서 태어나지 말았어야 합니다. 2015년 8월 7일 발표한 세법 개정안에서 기획재정부는 소득세법상 기타소득에 "종교 소득" 항목을 신설해 소득세 과세 대상임을 명확하게 하기로 했지만 종교인의 과세 법제화가 국회통과 미지수라고 합니다. 우리나라의 성직자만 해도 약 3만 6,000명이라는데 신도들은 얼마나 많겠습니까? 법을 통과시키지 못하는 것은 정치인들이 표를 의식해 통과를 못시키고 있는 것입니다.

옛날엔 글을 쓰는 사람을 선비라 했습니다. 그런데, 많은 상처를 받았습니다. 어떤 이는 오프라 윈프리를 상처받은 치유자로 예를 들었습니다. 오프라 윈프리는 어릴 적 힘들었던 경험이 남의 힘든 경험과 상처를 온전히 수용하고 공감할 수 있는 힘이 됐다는 것입니다. 그녀가 오랫동안 많은 사람에게 위안慰安을 주고 희망을 갖게 했던 것은 자기가 겪은 고통을 솔직하게 남에게 먼저 드러내면서 상처받은 사람들과 함께 울고 서로 상처를 어루만졌기 때문에 아름답게 성장을coming-of-age 하였던 것입니다. 누군가에게서 힘든 사생활을 털어 놨을 때 상대방에게 어떤 위로의 말을 해 주면 힘을 얻을까를 고민해 본적들이 있었을 것입니다. 다짜고짜 훈계나 정답보다는 "나도 네 입장이라면 그렇겠다. 많이 힘들겠다!"하고 공감을 해 주는 것이 좋을 것입니다. 아이들에게도 마찬 가지입니다. 어린이집이나 놀이방에 아이들을 맡겨야 될 때 아이들은 부모를 떠나 불안감不安感을 느낀다는데 통상적으로 부모들은 "친구들과 놀이하면서 놀면 괜찮아"라고 달래며 억지로 웃음을 짓지만 아이는 뜻밖의unexpected 헤어진다는 부모의 말에 공감共感하지 않는다는 것입니다. 심리학자들이 이런 상황을 두 집단으로 나눠 실험을 하였는데, 한 집단은 아이를 달래고 헤어지면서 "괜찮아 우리아기 잘 놀 수 있지? 이따가 보자"고 했는데 오히려 겁에 질려be terrified 아이가 울고불고 난리를 치더라는 것입니다. 반면에 다른 한 집단은 "우리 아가야! 힘들지? 엄마가 없어서 어떡하지?" 하며 실제로 슬픈 표정을 지으며 아이의 마음을 공감했을 때 울다가 진정하는 속도가 빨랐고 아이가 되레 엄마를 안아줬다는 결과를 보았다는 것입니다. 이러한 실험 결과에서 보듯이 엄마가 아이의 감정을 공유共有했을 때 아이도 소심한timid 아이도 부모의 마음을 헤아릴 수 있었던 것입니다. 영혼 없는 괜찮아는 아이를 외롭게 하며 심리적 부재 감을 느끼게 할 수 있다는 것입니다. 전문가들은 아이의 감정을 있는 그대로 느끼는 거울과 같은 부모가 되라고 권하고 있습니다. 거울 같은 부모가 되기 위해서는 아이의 순진한 가슴속으로 들어가 아이의 입장이 되어 문제를 짚어내어 공감할 수 있어야 합니다. 눈높이에 맞춰 아이를 대할 때에도 아이의 관점에서 이해하려고 시도를 해야 합니다. 하지만 여전히 아이의 생각에만 머물 뿐 아이의 감정 깊이까지는 이해를 하지 못할 수도 있을 것입니다.

한발 더 나아가 아이의 가슴높이 까지 맞추는 것은 부모가 아이의 감정을 최우선으로 생각하고 그 느낌을 공감하려고 하는 것이라고 연세대학교 권수영 교수의 조언입니다. 예를 들어 아이가 늦게 자려고 하면 "너 TV 보려고 안자는 거지?"가 아니라 TV를 끄고 아이와 함께 방에 들어가야 하는 것입니다. 아이가 "아빠! 무서워"라고 하면 "아빠도 무서워"라고 말할 때 아이는 자신과 함께 있는 아빠를 보며 불안한 마음을 공감할 수 있는 것입니다. 공감할 줄 알게 될 때 아이는 언젠가는one day 친구들과 자연스럽게 어울리면서 함께 노는 방법을 터득하게 되는 것입니다. 나만을 위해 살아가는 우리 아이가 아니라 세상을 더불어 살아가는 우리 아이로 자라면서 우리 자녀들은 더 많은 능력을 발휘하고 더 많은 삶의 행복을 느끼고 또한 불행한 이웃을 동정을sympathy 하며 살아가게 되는 것입니다. 자녀교육은 무엇을 가르칠지가 아니라 아이(동심: dong sim)의 마음을 어떻게 헤아릴지를 고민하는 것에서 시작을 해야 합니다. 공감육아는 부드러운 말투로 감정을 읽어주는 말을 아이에게 많이 하는 것이며 부모인 자신이나 아나나 부족하고 한계가 많은 존재임을 인정하는 마음에서 나오는 것입니다. 작금의 사회에서 글로벌 인재에게 필요한 세 가지를 창의성·전문성·인성을 말하는 것입니다. 그 중에서도 가장 중요한 인성人性/humanity of god이라는 것입니다. 인성이 바탕이 돼야 창의성과 전문성을 꽃피울 수 있는 것입니다.

인간은 누구나 인정받기를 바라고 서로 간에 좋은 관계를 쌓아나가기를 원합니다. 인성을 갖춘 아이는 남에게 해가 되지 않으며 쉽게 좋은 관계를 맺을 수 있기 때문에 성공적인 삶을 사는데 수월할 것입니다. 현시대 우리의 자녀가 어떤 사람으로 성장하길 바라고 있습니까? 아주 어릴 때부터 스마트폰 같은 전자기기에 빼앗기고 있는 아이들을 어떻게 지도를 해야 바르게 자랄 수 있을까를 심사숙고해야 합니다. 인성의 수많은 덕목들이 있고 이를 어떻게 실천해야 하는지에 대한 인성교육의 중요성은 어느 때보다 강조되고 있습니다. 학습에 의한 인성의 훈련도 필요하지만 생활 속에서 어른들이 좋은 성품을 보일 때 아이들은 그 뒷모습을 보고 배우기 때문입니다. 인생은 모두 자신의 선택이라 하지만 그런 말이 아프게 들리는 사람도 있는 것입니다. 20여 년을 같이한 김해문인협회 일부 회원들의 질시적인 행동에 토악질이 나오려 했습니다. 앞서 출판한 『길』이란 책에 자세하게 상재를 하였습니다만 김해문인협회와 경남문인협회 활동을 잠정 중단을 했습니다. 도저히 이 땅의 문인으로서 견딜 수 없는unbearable 자존심 때문에 잠정 휴무 회원이 되었습니다.

아래 글은 동아일보 2014년 4월 15일 A2면 김윤종 기자와 이재명 기자의 기사 전문입니다.

오바마처럼. 책 읽어주는 朴대통령?
출판계 "독서장려 나서달라" 요청
靑 "초등생 책읽어주기 행사 검토"

　　대통령이 어린이들에게 직접 책을 읽어주는 모습을 국내에서도 보게 될까.
14일 청와대와 문화체육관광부에 따르면 박근혜 대통령은 초등학교를 방문해
아이들에게 책을 읽어주는 행사를 유력하게 검토하고 있다. 해외에서는 대통령
이 아이들에 둘러싸여 책을 읽어주는 모습을 자주 볼 수 있지만 국내에서는
극히 이례적인 일이다. 이 같은 행사가 기획된 것은 독서 율에 대한 위기의식
때문이다. 한국출판인회는 지난달 초 "사람들이 너무 책을 읽지 않는다. 독서
장려를 위해 박 대통령이 직접 나서서 아이들에게 책을 읽어주는 자리를 마련해
달라"고 청와대에 요청했다. 지난해 11월 문체부가 국민독서행태를 분석한 결과
성인 연간 독서 율은 1994년(86.8%)에 비해 18% 떨어진 68.8%로 나타났다. 국민
10명 중 3명은 1년 동안 책을 한 권도 읽지 않는다는 의미다. 문화융성과 창조경
제를 국정 기조로 삼은 박근혜 정부가 간과하기 어려운 면이다. 청와대 관계자
는 "대통령의 초등학생들 책 읽어주기 행사는 결정만 남은 상태"라며 "외부
일정인 만큼 보안을 위해 행사 당일에 자세한 사항이 공개될 것"이라고 밝혔다.
출판계 관계자는 "지난해 박 대통령이 휴가동안 읽을 책이 공개되면서 독서
붐이 일었다"며 "박 대통령이 읽어줄 동화책童畵冊은 베스트셀러가 될 것"이라고
반겼다. 미국에서는 버락 오바마 대통령이 2011년 10월 텍사스 내 한 어린이
실험학교에서 그림동화를 읽어주는 모습을 통해 대중적 친밀도를 높였다. 한편
박 대통령은 14일 특성화교인 서울 성동공업고를 찾아 학생들의 실습교육을
참관하고 교사, 학부모와 함께 간담회를 열었다. 박 대통령은 "학교(학벌)와 상관
없이 같은 대우를 받을 수 있는 사회가 되도록 우리가 밀어붙여서 그렇게 되도
록 하겠다"고 강조했다. 이 자리에서 서남수 교육부 장관이 교사 연수 확대와
관련해 "프로그램을 개발하는 대로 추진하겠다"고 밝히자 박 대통령은 "현장은
하루가 급한데 다 개발될 때까지 기다리면 한이 없다. 개발된 것부터 빨리 시행
하라"고 지시했다.

　　우리나라가 1964년부터 참전했던 월남(베트남)전에 참전하여 5,000여 명의
전사자를 냈던 나라의 위대한 "호찌민" 혁명가를 길러낸 것은 책이라는 것입
니다. 19세기 중반 프랑스가 기독교 신도들을 보호한다는 명목으로 베트남

을 침공하여 식민지 인도차이나를 세울 무렵 호찌민의 아버지는 가난하지만 의식 있는 지식인이었습니다. 그는 힘든 삶 속에도 식민지 관료가 되기 싫어 아내의 죽음을 핑계 대기도 했습니다. 아버지의 이러한 의식과 삶의 자세는 아들 호찌민에게도 그대로 이어졌습니다.

어린 호찌민은 아버지의 지도로 사서삼경四書三經/사서四書: 논어論語, 맹자孟子, 중용中庸, 대학大學·삼경三經: 시경詩經, 서경書座, 주역周易 같은 유학 경전을 읽었습니다. 그 무렵 아버지의 친구가 가르치는 지역 학교에 나가 공부도 하였지만 독립운동을 위해 스승이 학교 문을 닫자 다시 아버지에게 돌아와 독서를 계속했다는 것입니다. 호찌민의 아버지는 아들에게 무작정 과거를 치러 공직에 나가려 하지 말고 유학 경전의 속뜻을 이해하고 사람들을 이롭게 할 방법을 찾도록 하라고 가르쳤다는 것입니다. 하지만 당시 호찌민은 경전보다는 삼국지나 서유기 같은 소설책 읽기에 몰입 했다는 것입니다. 아버지의 도움으로 지식에 눈을 뜨기 시작한 호찌민은 대부분의 책이 역사를 다루고 있다는 것을 깨닫고 베트남의 역사를 이해하기 위해 성도省都인 빈까지 걸어가 책을 구해 읽었다는 것입니다. 당시 호찌민은 서점에서 베트남 역사서를 탐독하고는 중요한 구절들을 암기한 뒤 친구들에게 들려주는 것을 좋아 했다고 합니다. 이렇게 호찌민은 스스로 조국에 대한 역사적 소명의식을 키워나갔습니다. 그의 나이 15세에 집필하여 출간된 『월남망국사』 같은 책이 그의 그러한 의식을 견고히 하는데 큰 역할을 한 것입니다. 1911년 호찌민은 21세에 여객선의 주방 보조 등으로 취직하여 영국과 러시아 등을 오갔으며. 무모할 정도로 윌슨 미국 대통령이 민족자결주의를 선언하자 그에게 편지를 썼고 베트남 독립을 요구하는 청원서를 들고 연합국 지도자들을 직접 찾아가기도 했습니다. 이런 과정에서 호찌민은 당시 선진국이었던 영국과 프랑스에도 가난한 삶을 사는 노동자가 존재하고 깨어있는 지식인이 있음을 발견했습니다. 이러한 깨달음이 그를 차츰 사회주의 운동에 빠져들게 하였던 것입니다. 호찌민은 이러한 이십대를 보내면서도 한편으로는 어릴 적부터 습관이 된 독서를 왕성하게 이어 나갔다고 합니다. 그가 이 무렵 탐독한 책들은 볼테르의 「인간론」 몽테스키외의 「법의 정신」 루소의 「민약론」 등을 읽고 그의 사상 체계를 수립한 것입니다. 그는 이러한 책들을 읽고 얻은 교훈으로 그가 평생에 걸쳐 실천할 사상을 형성하였다는 것입니다. 호찌민은 파리에서 매일 같이 종일 일해야 해야work all day every day 하는 노동자 생활을 하면서 오전에는 노동으로 생활비를 벌었고 오후에는 파리 국립도서관과 소르본대학 도서관을 즐겨 찾았다고 합니다. 그곳에서 그는 루쉰·톨스토이·찰스 디킨스·빅토르 위고 등의 작품을 탐독을 했다고 합니다. 그중에서 특히 좋아하는 작가는 톨스토이였다고 합니다. 하지만 당시 호찌민이 주경야독晝耕夜讀을 통해 읽은 책 중에 가장 많은 영향을 끼친 책은 마르크스의 「자본론」이었다고 합니다. 호찌민이 파리의 도서관을 떠돌며 그곳에서 독서를 통해 형성한 사상은 서서히 세상을 향해 표출되기 시작을 했다고 합니다. 그가 프랑스에서 처음 발표한 글은 1919년에 공산당 기관지인 『위마니테』에 실린 강대국을 비판한 「원주민 문제」라는 글이었습니다. 이어 두 번째로 집필한 『인도차이나와 조선』이었습니다. 그는 이 글에서 조선이 일본의 억압에서 풀려나려면 사회주의로 대항해야 한다고 우리나라 독립에 대한 대안을 제시하기도 했습니다. 그는 후에도 시詩를 비롯하여 소설과 희곡 등을 쓰기도 했습니다. 그가 지닌 이와 같은 다양한 집필력執筆力은 바로 경계가 없는 그의 당양한 독서 편력에서부터 나오는 힘이었습니다. 그는 스스로 말했듯이 그가 가장 좋아하는 작가인 톨스토이에게서 배운 단순하고 직접적인 글쓰기를 통해 책속에서 세상과 소통하는 길을 찾았던 것입니다. 책을 좋아하며 세상에 대한 관심을 키워가던 호찌민이 베트남의 독립을 위해 혁명가의 길로 뛰어든 계기를 마련해준 것도 단 한권의 책이었던 것입니다. 바로 1920년 레닌의 「민족과 식민지 문제에 대한 테제」를 읽고 난 뒤부터였다는 것입니다. 어쩌면 그가 우리나라가 일제로부터 독립하기 위해서는 사회주의가 필요하다고 했던 것처럼. 그가 베트남 독립에 사회주의가 필요했기 때문에 불가피하게! 그걸 선택한 것이 아닌가 싶습니다. 이러한 사실로 그가 얼마나 다양多樣한 책읽기로 그의 인격을 함양하였는지 알 수 있을 것입니다. 1945년 9월 2일 베트남사회주의혁명당을 이끄는 호찌민1890~1969년은 전 국민을 향해 독립선언문을 낭독하며 프랑스에 대항하여 혁명의 신호탄을 쏘아올린 호찌민은 8년간의 항불 투쟁을 전개하여 1954년 유명한 "디엔 비엔프 전투"에서 승리를 거뒀으나 강대국이 주도하는 제네바 회의에서 북위 17도 선을 경계로 베트남은 우리와 같은 남북분단 상태가 되어버렸습니다. 호찌민은 이에 좌절하지 않고 북부 베트남민주공화국을 빠르게 사회주의 국가로 탈바꿈을 하였습니다. 이 무렵부터 호찌민은 국가원수였고 베트남 국민은 그를 "호 아저씨"라 부르며 존경과 사랑을 했습니다. 그러나 조국통일을 위해서 다시 17도선 남쪽 월남을 지원하는 세계 최강대국 미국과 전쟁을 치러야 했습니다. 그러나 호찌민은 대미항전이 치열하던 1969년 9월 2일 아침에 79세를 일기로 베트남의 통일을 보지 못한 채 눈을 감았습니다. 그는 일생동안 지속될 소중한 기억을 만드는 것이 얼마나 중요한지도how important it is to make memories that will last a lifetime 수많은 책을 통해 얻은 지식이라는 것을 잘 알고 있었을 것입니다. 이렇게 훌륭한 정치가이자 전략가이며 사상가이자 휴머니스트였던 호찌민을 길러낸 힘의 원천은 책이었습니다. 그가 사회주의 노선을 선택하지 않았더라면. 호찌민이 사서삼경을 읽었듯 나도 사서를 12세에 배워 14세에 배움을 끝냈습니다. 그래서 역사소설歷史小說/historical fiction을 집필하는데 큰 도움이 되었습니다.

최근의 조사결과를 보면 도시생활자 성인 100명 중 82명은 전혀 책을 보지 않는다고 합니다. 나는 그보다 훨씬 낮을 것으로 생각하고 있습니다. 국민 1인당 월간 독서량은 0.8권이라는 통계조사인데. 조사한 160개국에서 맨 끝이니 말해서 무엇 하겠습니까? 이것이 문화적으로 어느 수준인가는 굳이 외국과 비교比較할 수 없다고 봅니다. 2014년 우리국민이 책을 사는데 쓰는 비용이 갈수록 줄어드는 것으로 나타났습니다. 2014년 통계청에 따르면 전국의 2인 이상가구의 오락과 문화에 지출 비는 월 평균 14만 6,814원으로 전년보다

5.6% 늘어났다고 합니다. 이는 2003년 관련 통계가 만들어지기 시작한 이후 최대수치라는 것입니다. 또한 2005년부터 10년 연속 증가하는 추세라고 합니다. 오락·연극·운동경기 관람·여행 등의 여가나 취미생활에 쓰이는 비용을 말하는 것입니다. 반면에 지난해 가구당 월평균 서적 구입비는 1만 8,154원으로 전년보다 2.9% 감소했다는 것입니다. 문화체육관광부가 교보문고에 의뢰해 조사한 평균정가가 2013년 말 1만 8,648원이었고 2014년 말에는 1만 9,456원이었다는 것이었다는 점을 고려하면 각 가구가 한 달에 책 한권도 사지 않았다는 셈이 되는 것입니다. 가구의 월평균 서적 구입비는 2003년 2만 6,346원을 기록한 이후 들쭉날쭉한 수치를 보이다가 2011년부터 계속 감소하는 추세라는 것입니다. 출판계에서는 컴퓨터나 스마트폰 보급 등의 영향으로 독서량이 줄어든 원인과 전자책활용이 늘면서 서적 구입비가 줄어든 것으로 보고 있습니다. 도서관이 많이 생겨난 이유도 있을 것입니다만! 아프리카 사람들보다 독서량이 적기 때문입니다. 걱정입니다. 남을 탓하기 좋아하는 사람들은 이유를 만들어 내고 있습니다. 신문이 소설보다 더 재미있기 때문이라는 견해라든가 TV를 비롯하여 게임 비디오 등이 만연해 있는 것도 책을 읽는. 장애물障碍物/obstacle의 한 원인으로 지적을 하고 있습니다. 그러면서 "내용이 나쁜 책도 있다"고 항변抗辯을 합니다. 그렇습니다. 분명 내용이 나쁜 책도 있습니다. 그러나 그러한 책을 읽고 나쁘다는 내용이 있다는 것을 알고 깨우쳤다면 당신은 이미 좋은 책을 읽었다는 것입니다. 그래서 책을 읽으면 좋은 것이고 선인의 지혜知慧를 이어받는 것과 같은 것입니다.

나는 집필하면서 고민하는 것은 국어를 모른다는 사실을 깨달았습니다. 이 땅에 태어나 살아오면서 지금껏 쓴 말과 글을 다 깨우치지 못했다는 게 자괴감이 들기도 했습니다. 탈고한 원고를 고치고 또 고치면서 내 얕은 모국어 실력에 한탄도 했습니다. 모국어는 문필가들에 의해 갈고 닦이고 있기 때문입니다. 그 임무를 가장 충실히 해야 할 내가 이 땅의 작가라니 한없이 부끄러웠습니다. 급변急變하는 세상에 우리나라도 다민족多民族 국가가 되어

수많은 외래어가 범람하고 있는데. 컴퓨터에 매달려있는 국민의 국어능력
이 단군 이래 최저 수준이라고 합니다. 이명박 정부가 들어 설 당시 초등학
교에서도 영어 수업 치중하라는 말에 "우리나라말로 공부를 해도 힘들어
죽겠는데. 영어로 공부하라는 이명박 할아버지 때문에 스트레스 받아 죽겠
다"하면서 거실에다 책가방을 내 팽개치는 열 살 딸아이의 볼멘소리를 귓등
으로 들어서는 안 되겠다는 어느 학부모 이야기가 우스갯소리가 아님을 알
아야합니다. 영어 열풍熱風에 의해서인가! 요즘 TV속 오락프로를 보면 어눌
한 영어로 노래를 부르는 수많은 가수들을 보면 채널을 "확" 바꾸어 버립니
다. 이런 광경을 접할 때 마다 모국어를 지키는 사명감(의무義務: 해야 할 일 ·
urge)이 더 커집니다. 그들에게 글짓기나 받아쓰기 시험을 치르면 몇 명이나
합격할지 궁금하기도 합니다. 국내로 이주한 외국인이 수년을 살아도 한국
말을 하면 어눌합니다. 외국인이 자국의 노래를 하는 국내가수의 노래를
들으면 내가 느끼는 감정과 똑같을 것입니다! 물론 세계화시대에 영어도
꼭 필요합니다. 그러나 국민 절대다수絶對多數가 필요치 않을 것입니다! 국어
國語는 우리의 정체성停滯誠입니다. 잠시 읽기를 멈추고 글자가 없다면. 이
세상에서 어떻게 소통할 수 있겠는가를 생각해 보십시오. 문자文字는 소통疏
通/뜻이 서로 통하여 오해가 없음의 뜻입니다. 천지간에 사물의 이름을 지을 수가
없어 마냥 "거시기"라고만 말할 수 없는 것입니다. 참으로 암담暗澹할 것입니
다! 내가하고 있는 소설을 집필할 때는 원색적原色的인 언어를 사용하고 시詩
를 집필할 땐 거친 말들을 융화融和시키고 응축凝縮시켜 써야하는 고충苦衷도
만만치 않습니다. 주지 해 온 바와 같이 시는 시인이 지은 언어의 집. 즉
시가 들어가 사는 집입니다. 사물들이 제공하는 유무상의 언어 자료를 이용
해서 어떤 미적 주제 의식을 표현한 집입니다. 따라서 시적 언어들의 유기적
기능들에 의해 한 편의 시는 다양한 세계를 반영합니다. 시인의 인생관 · 시
대의식 세계관 · 윤리관 또는 미학관이 그 시인의 인식까지 다성적 언표와
언어가 들어 있습니다. 그래서 시는 그 사람이요 거울이라고 말하기도 합니

다. 따라서 시에 대한 시인들의 매우 진지한 시정신과 그에 걸 맞는 시적 역량을 요구하는 것입니다. 그래서 글을 쓴다는 게 나에겐 남아있는 생을 지탱해주는 하나의 근원(힘: might)이기도 합니다.

> "꽃을 든 남자보다 책과 신문을 든 남자가 더 매력적입니다."
> "왜? 일까요?"
> "그것은 지식이 풍부할 것이기 때문입니다. 지식이 풍부하다는 것은 앞으로의 삶이 풍요로울 것이기 때문입니다!"
> "책은 꿈꾸는 걸 가르쳐 주는 진짜 선생입니다."라고 말한 『바슈나르』의 말을 곱씹으며 책을 읽기를 바랍니다.

소설 집필은 무척이나 어렵습니다. 시인이 10권의 책을 집필하고 소설을 써보려 했으나 못했고 유명 대학 문창과 교수도 단편소설(21쪽)로 등단하는데 5년 만에 등단했다는 신문특집기사를 보았습니다. 그러나 나처럼 어려서 이야기를 많이 들으면 쉽게 쓸 수 있습니다. 어려서 부터 어머니에게 아래와 같은 이야기를 수 없이 들은 것이 기억충전 돼 있어서 소설가가 되는데 많은 도움이 되어서 소설 집필하는데 동력動力이 되었습니다. 1948년 내가 출생할 당시는 보릿고개가 있던 시절입니다. 나는 허약 체질로 태어났습니다. 자주 병치레를 하여 잠을 못 이루곤 하였는데. 어머니는 자신의 가슴이 아들의 침대寢臺/crib가 되게 한 후 재미있는 이야기를 해 주었습니다. 밤늦도록 이야기를 듣고 잠이 들었습니다. 아마! 그때부터 나는 기억을 충전시키는 능력能力이 탁월하게 발달 되었을 것입니다. 그래서 소설가가 되는데 많은 도움이 되었을 것입니다. 어려서 부터 신문은 내손에 장난감이나 같았습니다. 아래 글은 지금으로부터 60년 전 내 나이 7세 때 어머니에게 들은 이야기 2꼭지를 윤색潤色하여 상재한 글입니다. 당시에 이러한 동화책이 나오지는 않았을 것 같으나! 어머니가 보았을 리 없을 것이고 나 역시 본적이 없습니다만. 혹여 나왔다면 표절이라고 할까봐서 입니다. 아무튼 간에 어린이들에게 동화책을 많이 읽어 주시길 바랍니다. 어려서 기억은 오랫동안 남아있기 때문입니다.

어머니 이야기

옛날 옛적에 체 장수 살고 있었는데. 많은 체를 등짐지고 방방곳곳을 마을을 찾아 체를 팔면서 돌아다녔다. 하루는 민가가 드믄 산골에 있는 마을에서 장사를 하다가. 다른 마을로 이동 중 날이 저물어서 산중에서 하룻밤을 보낼 처지가 되었다. 장사를 하다보면 간혹 있는 일이었다. 당시엔 차도 없고 길도 불편한 시절이기 때문이다. 하룻밤을 산에서 지낼 수밖에 없는 처지가 된 것이다. 더 어두어지기전에 거쳐할 적당한곳을 찾던 중 커다란 돌 밑에 움푹 페인 곳이 있어 하룻밤을 지내기엔 안성맞춤이었다.

뭇 생명이 몸 불리기를 중단하는 늦은 가을이어서 밤이 되자 온몸에 한기가 들었다. 웅크리고 앉아 하룻밤을 지세기는 쌀쌀한 날씨에 힘든 일이어서 주변에 있는 나뭇가지를 많이 모아 부싯돌로 불을 지펴서 자그마한 모닥불을 만들었다. 따스한 불 때문에 견딜 수 가 있을 것 같았다. 느긋이 앉아 불을 지피며 내일 장사를 고민하는데. 부스럭 거리는 소리가 들리는 가 싶더니 앞쪽에서 시퍼런 불빛 두개가 다가오고 있었다. 거리가 점점 더 좁혀지자 씩씩거리는 숨소리가 가깝게 들리는가 싶었는데, 세상에 이런 일이. 덩치가 커다란 수놈 호랑이가 다가오는 것이 아닌가.

아이쿠! 난 죽었구나하고 체 장수는 눈을 감았다. 한참이 지나도 별다른 상황이 벌어지지 않아 살며시 눈을 뜨니 호랑이가 앞에 앉아 강렬한compelling 눈빛으로 노려보고 있는 것이 아닌가. 호랑이가 불이 무서워 체 장수에게 달려들지 못하는 것이다. 체 장수는 불이 꺼지지 않게 나뭇가지를 불더미 속으로 계속 던졌다. 시간이 흐르자 준비했던 나뭇가지가 떨어져간다. 하는 수 없어 쳇바퀴를 부셔서 불을 지폈다. 목숨이 달린 문제여서 돈이 되는 체를 불태울 수밖에 없는 일 아닌가. 앞에 앉아 있는 호랑이는 불이 커지면 체 장수를 잡아먹으려고 시뻘건 혀를 내밀어 입 주위를 할 트면서 기회를 노리며 앉아 있는 상황이고.

날이 밝아지면 사람통행이 많은 지역이니 살수 있다는 생각에 체 장수는 빨리 날이 밝아지기를 학수고대鶴首苦待 바라지만 시간은 더디게 흘러만 가는 것 같아 심장이 다 타들어가는 느낌이다. 시간은 흘러 어느새 그 많은 쳇바퀴도 다 태워버렸다. 하는 수 없어 바지와 저고리마저 벗어 태웠고 팬티

만 남기고 속옷까지 던지고 난 뒤 "이젠 난 죽었구나"하고 포기 하는 순간도. 하늘이 도왔는가! 호랑이도 먹이를 앞에 놓고 불이 꺼지기를 기다리다 지쳐 꾸벅꾸벅 졸던 호랑이가 이내 잠이 들었다. 도망칠 기회를 노리던 체 장수는 '때는 이때다'하고 팬티바람으로 마을을 향해 삼십육계 줄행랑을 쳤다.

옛날이야기는 줄행랑치는 것으로 끝나지만 어머니의 이야기는 계속 되었다.하필 새벽이 되어 닭들이 날이 밝아 온다고 우는 것이다. 그 소리에 잠을 깬 호랑이가 눈꺼풀eyelids 부비고 눈을 떠보니 앞에 맛있어보이던 먹이가 없어 진 것을 알고 자리에서 벌떡 일어나 두리번거리고 찾아보니 저 멀리 거의 알몸으로 도망치는 체 장수가 보였다. 호랑이가 화가 잔뜩 나서 큰소리로 울부짖으며 먹이를 향해 쏜살같이 달리기 시작 했다. 체 장수와 호랑이 달리기 경주가 벌어진 것이다. 체 장수는 호랑에게 잡히지 않고 살기위해 달리고! 호랑이는 체 장수를 잡아먹고 살기위해서 달린 것이다. 거의 호랑이 와의 거리가 점점 좁혀지는 순간. 마을이 보였다. 체 장수는 이젠 살았다하고 고환이 떨어질 것 같은 속도로 달리던 체 장수는 초가집에 다다르자. 텃밭에 커다란 감나무가 있어 지체 없이 강인함(힘: strength)으로 나무를 타고 꼭지까지 단숨에 올라갔다.

어머니의 이야기는 여기서도 끝이 나지 않고 이어졌다.

조금 늦게 도착한 호랑이가 높은 감나무를 보고 멈칫하다가 사냥감prey을 향해 이내 용을 쓰며 오르기 시작하는 것이 아닌가. 체 장수는 기겁을 하고 고함을 대질러 구해달라고 소리를 쳤지만 소리가 나지 않고 목쉰 소리만 입안에서 맴돌았다. 바동거리며 오르는 호랑이를 보고 생 오줌이 나와 그대로 방뇨放尿를 해버렸다. 갑자기 위에서 따뜻한 물이 내리자 체 장수를 잡으려고 달리는 바람에 목이 말랐던 호랑이는 그 소변을 마시고 힘을 내여 더 빨리 나무를 오르고 있었다. 목숨이 경각에 다다른 체 장수는 "하느님! 날 살려 주시려면 튼튼한 동아줄을 내려주시고 그러지 않으시려면 썩은 동아줄을 내려주세요." 간절히desperately 빌자, 하늘에서 동아줄이 내려왔는데. 체

장수는 그 동아줄을 타고 하늘로 올라갔다. 어머니의 이야기는 계속되었다.

필사적으로desperately 감나무 꼭대기 까지 오르던 호랑이가 하늘로 오르는 체 장수를 보고 허탈해 하다가 방금 전 체 장수가 했던 것처럼 기도를 했다. "하느님! 나에게 먹이를 먹을 수 있게 해 주시려면 썩은 동아줄을 내려주시고 그러지 않으시려면 튼튼한 새 동아줄을 내려주세요."

하느님은 체 장수와 호랑이 소원을 들어 주었다. 썩은 동아줄을 타고 오르던 호랑이는 중간 쯤 오르다가 줄이 끊어져 떨어졌는데. 하필 감나무에 옥수수 대를 모아 크게 묶어서 세워 두었는데 그곳으로 떨어져 온 몸이 찔려 죽었다는 것이다.

> ※ 옥수수를 수확할 때 고개 숙인 옥수수 목을 낫으로 대각으로 내려쳐 자르기 때문에 끝이 창처럼 날카롭습니다. 호랑이 피가 묻어서 옥수수 표피는 빨강색이라는 것입니다. 이 이야기를 들은 뒤부턴 나는 성인이 될 때까지 옥수수로 만든 음식은 절대로 먹지 않았습니다.

태어날 때부터 몸이 허약한 나는 잠을 일찍 자지를 못하여. 어머니의 이야기를 밤늦도록 들으면서 잠을 이루곤 하였습니다. 무서운 이야기를 들을 때면 어린동생을 어머니 품에서 밀쳐내고선 그 자리를 차지하고 어머니 손을 꼭 잡고 잠들곤 하였습니다. 당시에 이러한 이야기를 담은 동화책이 있었는지! 아니면 구전으로 내려 왔던 이야기인지 나는 모릅니다. 그러한 동화책이 나왔다면 표절 논란이 있을까봐서입니다. 이 이야기는 체 장수가 빌었던 소원을 호랑이가 반대로 하는 바람에 자신이 죽은 것입니다. 누가 말을 하면 "허투루 듣지 말고 귀담아 들어라"는 어머니의 교훈 이야기입니다.

고려장 이야기

옛날엔 부모가 늙으면 깊은 산속에 버리는 고려장高麗葬이란 아주 나쁜 풍습이 고구려 때 있었습니다. 어느 산골에 효성이 지극한 아들은 당시의 풍습대로 거동이 불편한 어머니를 지게에 지고서 버릴 곳으로 가는데.

어머니는 가는 도중 "애야! 쉬었다가자."하면서 자꾸 쉬어가라고 하였다. 어머니가 무거운 자기를 지게에 지고 가는데 힘들까봐! 그러나 했는데. 쉴 때마다 지게에서 잠시 내려와서 가슴속에 품고 있던 은장도(옛 여인들이 정절을 지키기 위해 몸에 지닌 작은 칼: 성폭행을 당할 위기가 닥쳤거나 당했을 때 자결을 하였음)로 하얀 치맛자락을 잘라서 나뭇가지에 매달았다. 어머니를 버릴 곳에 거의 다 달아서 궁금하여 어머니에게 "무엇 때문에 그러하느냐?"고 묻자 어머니는 "네가 나를 버리고 집으로 돌아갈 때 어두워 길을 잊으면 이 표식을 보고 집으로 잘 찾아가게 하기 위하여서다"란 말을 듣고 아들은 많이 깨우치고 어머니를 데리고 집으로 돌아가려고 발길을 돌렸습니다.

어머니를 버릴 장소엔 배곯은 호랑이가 기다리고 있었는데. 먹을 것을 버리지 않고 돌아가자. 달려와 길을 막고 화가 나서 불타는 듯한fiery 눈을 크게 뜬 채 "왜? 버리지 않고 가느냐?"며 으르렁 거리며 연유를 물었습니다.

아들은 갑자기 나타난 호랑이가 무서워 벌벌 떨면서도 용기courage 내어 아들은 어머니의 얘기를 들려주었습니다. 배곯은 호랑이는 아들의 사연을 듣고 어머니의 자식 사랑에 감복하여 길을 비껴준 뒤 아들 곁을 따라 집에까지 바래다주면서 어머님을 잘 모시라는 인사를 하고 떠났다는 설화입니다.

"효도는 짐승도 감동시킨다."는 아름다운 이야기입니다. 어머니 어린 시절에 이러한 동화책이 나와 있었는지는 나로서는 알 수 없지만, 형제 중 호기심이 많은 나에겐 곧잘 이러한 이야기를 해주었습니다. 효의 근본을 알면 말 못하는 짐승도 감동을 받는다는 이야기입니다.

우리나라의 현주소

김구선생님은 대한민국은 문화의 나라로 만들어야 한다고 했습니다. 한 가지 답답한 것은 신문 기사에 미담으로 자주 등장하는 전 재산 장학금 기증자들의 마음을 이해 할 수 없어요. 죽어라 뼈 빠지게 벌어서 좋은데 써보지 못하고 제일 나쁜 곳에 쓴단 말입니다. 큰 돈 뭉치 장학금은 대학에다 기부합니다. 그것이 나쁜가? 이 세상에 나쁜 짓 많이 하고 사기 잘 치는 자가 누구입니까? 대다수가 많이 배운 사람들입니다. 내가 복지신문 기자로 있을 때 장애인 사무국장이 한 말이다. 그러니까 어쩌면 자기 죽는 줄 모르고 먹이를 주어 호랑이를 키운 것이나 같아요. 한마디로 말해서 우리 사회에 도덕이 몸에 베인 사람이 얼마 없다는 것이지요. 있어도 귀찮아서 구경만 하는 것이지요!

우리는 단군의 자손 배달의 민족입니다. 우리 국조 단군왕검은 건국이념을 홍익인간Maximum Serviee To Humaity 이념의 바탕으로 건국하였네. 홍익인간이란 "널리 인간을 이롭게 하라"는 의미로 직역되지만 흔히는 인본주의-인간존중-복지-민주주의-사랑-박애-봉사-공동체정신-인류애 같은 인류사회가 염원하는 "보편적"인 생각을 열거해 놓은 것입니다. 왜 우리는 배달의 자손인가? 이 말은 우리의 정체성正體性을 말하는 것입니다. 정체성은 한국인의 본바탕이 무엇이냐고 묻는 경우와 같은 뜻입니다. 여기서 본바탕은 뿌리로 주로 한국인의 정신적 근본과 기준이 무엇인가를 말하는 것입니다. 말하자면 정신적 현주소가 아니라 정신적 뿌리를 묻는 것이 정체성입니다. 너도 배달의 자손이고 나도 한민족 배달인 이라고 할 때 나하고 너 사이에 공통점이라는 것이 곧 한민족韓民族 배달의 자손이라는 것을 말하는 것입니다. 너하고 내가 한민족이므로 너하고 나는 곧 우리라는 뜻입니다. 서로 정신적으로 근본이 같으며 기준이 같다는 공감대共感帶 안에서 사는 곳을 일러 고향故鄕이니 조국祖國이니 같은 민족이니 하면서 너와 나는 우리가 되어 공동운명체로서 이 땅에서 산다는 진정성眞正性/authenticity 도우면서 살아간다는 뜻이고. 이 땅은 한국으로 우리나라이며 우리 서로 동고동락同苦同樂하면서 우리 후손들까지 연결해 가는 한민족간의 고리라 할 수 있지. 홍익인간弘益人間이란 주지하다시피 넓을 홍洪자 더할 익益자로 널리 두루 두루 더 이롭게 한다는 말이네. 허지만 우리 사회 구석구석에는 님비NIMBY: Not In My Back Yard 현상이 만연하게 퍼져 있습니다.

　그것이 어느 나라 간에 사회적 병폐입니다. 내 주변 사람에겐 좋은 일만 생기고 남에겐 나쁜 일이 생겨도 나하곤 상관없다. 내 호주머니에서 돈 꺼내 초상칠 일 없다. 라고 생각하는 것입니다. 이 세상엔 세가지류 인간이 살고 있다네! 첫째, 거미 같은 인간이지 거미는 움침 한곳에 줄을 쳐놓고 숨어 있다가 먹이가 줄에 걸려들면 잡아먹지 인간도 약한 자를 등쳐먹는 자가 거미 같고 둘째, 개미 같은 인간이지 개미는 열심히 일을 하지만 자기만 알지 남을 모르지 돈을 많이 갖은자들이 세금이나 포탈하고 나쁜 짓을 하고 다니지 대다수의 부자들의 돈이란 남을 괴롭히고 번 돈이지 정당하게 일했다면 그렇게 많은 돈을 모을 수는 없지! 셋째, 꿀벌 같은 인간이지 꿀벌은 이 꽃에서 저 꽃으로 날아다니면서 열매를 맺게 도와주고 꿀을 모와 주인에게 이익을 남게 하여 서로 상생하며 살아가지 우리주변에도 열심히 일하여 번 돈을 사회단체나 불우이웃을 돌보기도 하지 무릇 사람을 꿀벌 같은 사람이 많아야 할 것입니다.

그렇다면 인간의 모임체인 사회Society는 처음 어떻게 만들어 졌느냐입니다. 사람들이 처음 만났을 때 무엇을 연결고리로 해서 서로 어울리고 서로 뭉치게 되었을까요? 이의 설명에는 유물론자와 유심론자간에 큰 차이가 있습니다. 유물론자는 "생산 활동"이 사람들을 조직화시켜서 사회를 만들었다고 말하고 유심론자는 공유가치가 사람들이 '사람은 천하없어도 먹지 않고는 못산다. 먹으려면 일을 해야 한다. 먹을 것만 생산하는 게 아니라 입을 것도 주거할 것도 다함께 생산해야 한다.' 이것이 곧 생산 활동이다. 사람은 혼자서 생산 활동을 하기보다는 여럿이 모여서 공동체로 하여 생산하는 것이 훨씬 효과적으로 많이 생산할 수 있다. 혼자서 일을 하면 능률이 뒤떨어지지만! 다섯이나 여섯 명이 모여서 단체로 한다면 10명 몫이나 20여 명이 일하는 효과가 있어 그만큼 생산을 많이 할 수 있는 것이다. 이렇게 모여서 하는 생산 활동이 조직화되어서 조직사회라는 것을 만들어냈다고 유물론자들의 생각입니다. 그러나 유심론자들은 사람이 모여서 일하는 데는 그 이전에 먼저 충족되어야 하는 것이 있다고 보고 있는 것입니다. 기독교에선 창조론創論論/creationism을 이야기 합니다. 이 용어는 세 가지 의미를 지녔습니다. 첫째, 가장 추상적인 의미로 이신론적 혹은 유신론적 신앙을 지칭하는데 하나님이 자연세계 모두를 창조하셨고 자연세계는 스스로 발생되지 않았다고 믿는 것이 기독교입니다. 둘째, 바티칸vatican이 오늘날도 여전히 지지하는 고대의 기독교 신앙을 지칭하는데 하나님이 각 사람의 영혼을 출생이나 수정 시에 새롭게 창조하신다고 믿고 있습니다. 셋째, 자연의 선택은 생명의 기원이나 새로운 종의 기원을 설명할 수 있다는 주장을 부인하면서 다윈주의 진화론을 부정하는 사상을 지금도 믿고 있다는 것입니다.

이해가 잘 안 갈 것입니다! 인간은 동물과 달리 감정이 있고 마음이 있고 의지가 있습니다. 이성이 있다는 뜻입니다. "즉" 깨달음이 있는 것입니다. 사람은 감정이 먼저 통하고 마음이 먼저 맞고 의지가 먼저 합쳐져야만 같이 일할 수 있는 존재지. 아무리 생산 활동이 긴요해도 감정 마음 의지가 서로 어긋나면 일시적으로 같이 일할 수 있을 뿐 끝내 헤어지고 말 것입니다. 따라서 사람이 일시적으로 같이 모여서 생산 활동을 펴는 데는 "반드시" 이 감정과 마음과 뜻이 하나가 되는 "공유가치"의 형성이 선행되어야하고 그렇게 해서 사회도 비로소 만들어졌다고 생각하고 있습니다. 유물론자가 맞느냐 유심론자가 맞느냐는 닭이 먼저냐 달걀이 먼저냐의 논쟁처럼 무의미한 말입니다.

하지만 주목할 것은 유심론자들이 말하는 공유가치입니다. 공유가치는 그 사회 내에 함께 사는 대다수 사람들이 함께 가지고 있는 가치인데. 가치는 선과 악의 불의의 미추美醜에 대한 사람들의 믿음이지. 우리가 흔히 말하는 "38선 이남은 선善 38선 북쪽은 악惡"이라는 말처럼 사람들이 가지는 가치는 보편성도 크지만 지역과 인종의 차이에 따른 특수성도 많이 부분적으로 partially 가지고 있습니다. 설혹 그렇다 해도 함께 모여 사는 자기들끼리는 가치가 대개 하나로 일치되는 공유가치라는 것입니다. 이 공유가치는 어느 사회 없이 도덕성을 띄고 있고 해야 할 일과해서는 안 될 일이 엄격히 구분되어 있는 것입니다. 그래서 인간 사회는 본질적으로 "도덕사회道德社會"여야 합니다. 어떠한 인간사회이든 도덕성道德性을 지향해야만 성립될 수 있고 도덕성을 증대해가야만 유지 될 수 있는 것입니다. 도덕이 무너지면 극단의 경우 소돔과 고모라 성처럼 되는 것이 인간사회가 되는 것입니다. 그런데 이같이 중요한 도덕성이 어느 사회 없이 사람들이 바라는 수준만큼 높지 않은 것이 인간 사회 특징 아닙니까? 어느 시대 어느 사회 없이 부서지고 있다고 늘 개탄하는 것이 이 도덕성이지요! 그래서 어느 사회 없이 이를 증대시키려 끊임없이 노력하지만 말입니다.

현 우리 정치는 보수 진영인 우파에선 정제되지 않은 대다수 국민들의 요구가 그대로 반영되는 것은 문제라고 하고 있습니다. 민주화를 공산당처럼 인민민주주의 혁명으로 오인한 좌파세력이 이 사회를 이념갈등으로 몰아넣고 있다고 볼멘소리를 하고 있습니다, 1990년 대 말부터 2000년대 초중반까지 우리나라에서 사회 문제가 된 "기러기 가족"도 삶은 녹녹치 않았습니다. 미국워싱턴포스터는 기러기가 먼 거리를 여행하며 먹이를 구해오듯 자녀교육을 위해 부부가 헤어져 산다. 고 그 유래까지 천절 하게 설명해 비정상적인 조기유학 열풍이 많은 부작용을 동반하고 있다는 지적을 했습니다. 단칸방에서 홀아비 생활을 하면서소득의 대부분을 송금해야 하는 가장은 펭귄아빠로 불렸다. 캐나다에 유학중인 아들이 학업에 몰두하지 않는다고 수백 대의 회초리질을 한 아버지가 현지에서 유죄판결을 받는가 하면 외로움을 견디지 못한 기러기 아빠가 스스로 목숨을 끊는 이러한 비극적인 잇따랐다는 보도를 접하고 이는 우리의 현실이 암울합니다. 외국인들은 우리나라에서 일하고 싶어 불법채류를 하기위해 몰려들고 북한 주민들의 수많은 인원이 들어오고 있는데. 막 정치에 힘써야할 우리 정치인은 당골래 무당도 아니고 필리버스터(무제한無制限 토론討論: filibuster) 대회를 열어 가릴 급한 국정을 잡도 있습니다. 저도 몇 년 전에 비례 당선권 안에 주겠다고 입당을 하라 했으나 포기를 했습니다. 우리 각시가 60이 넘어 초선의원을 하여 무슨일을 하겠냐? 강력하게 반대를 하여 추천을 하겠다는 단체에 정식사과를 했습니다. 몇 일전 산악대장 엄홍길 대장 말이 또다시 가슴에 울림을 주더군요! 공천에서 탈락됐다고 눈물을 찔끔 거리는 것을 보니, 정치인들이란! 그동안 좌파세력이 대한민국의 건국이념을 근본적으로 부정하는 등 정체성이 크게 훼손했고! 포퓰리즘populism: 대중 영합주의에 발흥했다는 비판을 하하고 있습니다. 지금 이 어느 시대인데 그런 치졸한 말이 나오는지 모르겠습니다. 국민을 허세비로 알아도 분수가 있지, 현 정부는 종교 문제를 비롯하여 좌파니 우파니 이념 논쟁이 한창입니다. 시대가 어느 때인데 그런 시시콜콜한 이야기가 국회서 여 야 간 시비 거리로 삼고 있습니다. 종교나 국가나 정치집단이나 심지어 노숙인 집단도 우두머리 자리를 놓고 싸우고 있습니다. 사회 어느 곳에서도 자기의 이익이 우선이고 자기가 우선권을 가져야 한다는 것입니다.

이 세상의 생물은 언젠가 소멸 됩니다. 나라는 정신이 없습니다. 북한의 철부지 김정은 때문에 세계경찰이라는 미국도 어찌 하지 못하고 있습니다. 앞서 출간한 책 서문에 말했듯 저의 어리석은 판단도 국민을 괴롭히고 있습니다. 일마가 젊은 놈이 사람 죽이는 무기개발에 수조원의 돈을 투자하고 있습니다. 또한 정부고위급인사들에게 테러를 하겠다고 어름 장을 놓고 있습니다. 그래서 정부는 테러방지법을 통과 시켜달라는데 야당은 "국민의 목숨"을 외면한 채 필리버스터filibuster: 의사방해연설하면서 정쟁政爭을 하고 있습니다. 그 지랄하지 말고 안면생체인식顔面生體認識 미사일을 만들어 김정은 사진을 미사일 머리에 장착하여 발사하면 살아있는 생면체인 김정은을 끝까지 찾아 죽이는 미사일을 개발한다면 다시는 서울 불바다소리는 하지 않을 것입니다. 무인자동차에 드론에 이르기까지 달나라에도 가는 세상에 세계 최고의 전자기술을 가진 대한민국에선 가능한 일입니다. 북한이 세계의 지탄을 받고 수많은 제재를 받아도 핵폭탄을 만드는 이유는. 『프란시스코 피사로가 이끄는 기병과 200명이 총으로 무장한 스페인 원정대가 8만 명이 넘는 잉카 제국 군대를 이기고 제국을 멸망시켰습니다. 인구도 압도적으로 많았고 또한 찬란한 문명을 자랑했던 잉카제국이 단 200명의 스페인 군대에 멸망한 이유를 흔히들 스페인들이 잉카제국 수도인 쿠스코로 쳐들어가면서 각지에 퍼진 천연두와 흑사병 같은 질병에 의해서 멸망했다고 하지만, 그렇다면 스페인 군은 천연두와 흑사병에 면역이 있었다는 것인데 그 병들은 그 후에 인류에게 정복된 병입니다. 잉카제국의 폐망은 스페인 군의 압도적인 화력과 잔인한 살상에 항복하여다는 것입니다. 창과 화살로는 총과 상대하기 어렵습니다.』 위와 같은 세계전사世界戰死를 알고 있는 김정은이 핵무장을 안 할 수 없는 것입니다. 우리나라는 북한보다 경제는 몇 십 배나 우위이고 일반 화력도 몇 배나 강합니다. 그러나 핵폭탄 몇 방이면 대한민국은.

우리의 경제는 끝없이 추락하고 사회는 더욱 어렵습니다. 이어한 원인을 제공한 사람들은 1940년대에서 1970년대에 태어난 흔히 말하는 꼰대들에 의해서 입니다. 한국전쟁으로 세계에서 인도다음으로 가난하고 피폐한 나라에서 경제성장이 급속도로 발전되자 노조가 생기고. 수많은 불법파업으로 국내서 생산이 어려워지자 해외로 나간 업체가 얼마입니까? 나간 업체도 60% 이상은 실패를 했습니다. 나의 친구도 중국으로 회사를 이전하였는데 처음에 사업이 잘되더라는 것입니다. 북경대 출신이 몇 명 왔는데 일을 열정적으로 배우고 잔업을 자처하더라는 것입니다. 이들의 기술이 완숙될 무렵 사흘이 멀다않고 정전이 일어나고 단수가 되더라는 것입니다. 이 회사 제품은 비닐과 opp 필름을 생산하는 업종인데 정전이거나 단수가 되면 기계 안에 있는 필름 재료가 굳어버리는 것입니다. 굳어버린 필름 재료를 해체하기 위해 기계를 분리하여 정상 가동하면 2~3후 그러한 사태가 발생되어 제품을 원하는 날 자에 납품을 하지 못해 결국 거래처가 끊어지는 사태에 부도를 내고 몸만 빠져 나왔다는 것입니다. 마산 자유수출 단지도 노조 데모 때문에 철수를 했습니다. 하루는 납품업체에 가니 포클레인으로 기계를 부수고 있었습니다. 중고 기계만 산산이 부수는 것입니다. 이유를 묻자 철수를 한다는 것입니다. 우리가 사용하지 못 하도록 새 기계는 일본으로 가져가고.

나는 언젠가 개성공단도 그렇게 될 줄 알았습니다. 귀족노조만 살고, 우리나라 미래인 놀고 있는 젊은이 들이 1백 2십만 명이라는데 또한 9포니 캥거루족이니 하는 유행어에는 우리 꼰대들의 잘못도 있고 얼빵한 정치인도 책임이 있습니다. 정말로 걱정입니다. 그래서인가 입에 담지 못한 인륜범죄도 많아지고 있습니다. 이곳까지 정독을 해주신 독자님들에게 감사의 말을 드립니다. 책 곳곳에 책을 많이 읽어 라고 백여 곳 이상 강조를 했지만. 신문도 꼭 많이 읽으시길 바랍니다. 작고하신 현대그룹 정주영 회장님의 말씀이 자주 떠오릅니다. 박정희 대통령의 질문에 "국민학교를 나왔지만 신문대학을 나왔고 지금도 다니고 있다"라는 우리나라 최고의 그룹을 움직이는 지혜는 매일매일 세상곳곳의 새로운 소식전하는 아마도 신문을 많이 읽고……

컴퓨터를 끄면서

영국의 역사가이고 철학을 확립한 아놀드 토인비Arnold Toynbee는 이 지구가 멸망을 하여 다른 별로 정착하려 인류가 지구를 떠나려면 대한민국 효도孝道 문화를 꼭 가져가야 할 문화라고 했습니다. 토인비가 주창했던 우리의 풍습이 점점 식어가는 요즘의 사회 현상을 보면 핵가족으로 인하여 우리의 아름다운 교육인 밥상머리 교육이 쇠퇴衰退해 가면서 인성교육人性教育 마음의 바탕이나 사람의 됨됨이 등의 성품을 함양시키기 위한 교육 이루어지지 않는다는 것입니다. 세계에서 전자기기電子機器 = an electronic equipment 발달이 최고라는 우리나라의 현실이라고 변명하기엔 참으로 씁쓸합니다. 요즘 청소년을 비롯하여 젊은 층은 스마트폰에 중독되어 있습니다. 비단 이 계층 뿐 아니라 국민 대다수가 그렇습니다. 이로 인하여 나날이 정신이 피폐疲斃해져가고 있습니다. 국민여러분 잠시라도 스마트폰을 밀쳐두고 책이나 신문을 펼쳐보는 시간을 가져보면 어떨까요? 세종대왕님은 식사 중에도 책을 펴놓고 식사를 했다는 겁니다. 우리의 선조는 자식의 책 읽는 소리가 제일 듣기 좋다고 했습니다. 이와는 반대로. 자식들에게 물러 줄 최고最高의 선물은 책 읽는 부모의 모습일 것입니다! 일본은 노벨상을 받은 사람이 25명이라는데 그들 모두가 "책을 많이 읽는다."라고 했습니다. 국내 최고 발행부수인 "선일보" 양상훈 논설 주간은 신문에 "책을 제일 적게 읽는 한국인의 노벨문학상은 희망이다"라고 했습니다. 깨달음은 늘 늦게 찾아오는 것입니다. 행여 "뱁새는 황새를 따라갈 필요가 없다"고 말하는 사람도 있을 겁니다!

그러나 우리의 민족이 일본인보다 뒤떨어진 민족이라고 말하는 사람은 없을 겁니다. 24시간 중 단 30분이라도 책을 읽으면 살아가는데 좋은 도움이 있을 수 있을 것입니다. 거칠어진 심성心性을 정화시키는 씨앗이 될 것입니다! 아래의 글 중……. 부분적으로 본문에 상재 된 내용의 일부를 문맥에 맞추기 위해 상재를 합니다. 중요부분은 두 번 읽었다고 생각하시고 읽어주시길 바랍니다. 나는 책을 읽다가 중요 문맥이 있으면 반복하여 읽습니다. 그렇게 하면 절대 잊어먹지를 않습니다. 한 나라가 탄생하려면. 영토領土 · 국민國民 · 주권主權 등이 성립 된 후라야만 국가가 형성되는 것입니다. 이에 따라 민중이 창궐하여야하고 국가의 언어가 있어야하며 교육에 필요한 책이 있어야합니다. 우리는 단군檀君의 자손 배달의 민족입니다. 우리 국조國祖 단군왕검은 건국이념을 홍익인간弘益人間 = Maximum Serviee To Humaity 이념理念의 바탕으로 건국하였습니다. 홍익인간이란 뜻을 살펴보면 "널리 인간을 이롭게 하라"는 의미로 직역되지만……. 흔히는 인본주의 · 인간존중 · 복지 · 민주주의 · 사랑 · 박애 · 봉사 · 공동체정신 · 인류애 같은 인류사회가 염원하는. 보편적普遍的인 생각을 열거해 놓은 것입니다. "왜? 우리는 배달의 자손인가?" 이런 질문은 곧 우리의 정체성正體性을 묻는 것입니다. 정체성은 사람의 본바탕을 말하는 것입니다. 그러므로 한국인의 본바탕이 무엇이냐고 묻는 경우와 같습니다. 여기서 본바탕은 뿌리로 주로 한국인의 정신적 근본根本과 기준이 무엇인가입니다. 말하자면 정신적 현주소가 아니라 정신적 뿌리를 묻는 것이 정체성입니다. 예의범절이 투철한 우리는. 너도 배달의 자손이고 나도 한민족 배달인 이라고 할 때 나하고 너 사이에 공통점이라는 것이 곧 한민족 배달의 자손이라는 것입니다. 너하고 내가 똑같은 민족이므로 너하고 나는 곧 우리가 되는 셈이지요. 서로 정신적으로 근본이 같으며 기준이 같다는 공감대共感帶 안에서 사는 곳을 일러 고향이니 조국이니 같은 민족이니 하면서 너와 나는 우리가 되어 공동운명체로서 이 땅에서 살고 있는 것입니다. 이 땅은 한국으로 우리나라이며 우리 서로 동고동락同苦同樂

하면서 우리 후손들까지 연결해가는 한민족간의 고리라 할 수 있습니다. 홍익이란 주지하다시피 넓을 홍弘 이로울 익益으로 널리 두루 두루 이롭게 한다는 말입니다. 지구상에 유인원 중 이러한 연결고리를 하고 있는 인간의 모임체인 사회Society는 처음 어떻게 만들어졌을까요? 사람들이 처음 만났을 때 무엇을 연결고리로 해서 서로 어울리고 서로 뭉치게 되었을까? 라는 이의 설명에는 유물론唯物論자와 유심론唯心論자간에 큰 차이가 있습니다.

유물론자는, "생산 활동生産活動이 사람들을 조직화시켜서 사회를 만다"고 말하고 유심론자는 "공유가치共有價値가 사람들을 결속시켜서 사회를 만들었다"고 말합니다. 유물론자들은 "사람은 천하없어도 먹지 않고는 못산다. 먹으려면 일을 해야 한다. 먹을 것만 생산하는 게 아니라 입을 것도 주거할 것도 다함께 생산해야한다. 이것이 곧 생산 활동이다"라는 겁니다. "사람은 혼자서 생산 활동을 하기보다는 여럿이 모여서 공동체로 하여 생산하는 것이 훨씬 효과적으로 많이 생산할 수 있다"라는 것이지요. "혼자서 일을하면 능률이 뒤떨어지지만……. 다섯이나 여섯 명이 모여서 단체로 한다면 20명 몫이나 50여명이 일하는 효과가 있어 그만큼 생산을 많이 할 수 있다며 이렇게 모여서하는 생산 활동이 조직화되어서 조직사회라는 것을 만들어냈다""라고 유물론자들의 말입니다.

그러나 유심론자들은……. "사람이 모여서 일하는 데는 그 이전에 먼저 충족되어야 하는 것이 있다"라고 보는 겁니다. "인간은 동물과 달리 감정感情이 있고 마음이 있고 의지가 있다"는 겁니다. 다시 말 해 이성이 있다는 뜻입니다. 인간은 동물과 달리……. 즉 깨달음이 있는 것이 있다는 것입니다. "사람은 감정이 먼저 통하고 마음이 먼저 맞고 의지가 먼저 합쳐져야만 같이 일할 수 있는 존재다"라는 겁니다. 아무리 생산 활동이 긴요해도 감정과 마음의 의지가 서로 어긋나면 일시적一時的으로 같이 일할 수 있을 뿐 끝내는 헤어지고 마는 겁니다. 따라서 "사람들이 일시적으로 같이 모여서 생산 활동을 펴는 데는 반드시 이 감정과 마음과 뜻이 하나가 되는 공유가치의 형성이 선행되어야하고 그렇게 해서 사회도 비로소 만들어졌다"라고 생각을 했던 것입니다.

유물론자가 맞느냐? 유심론자가 맞느냐? 는 닭이 먼저냐? 달걀이 먼저냐? 논쟁論爭처럼 무의미합니다. 두 집단의 생각의 방식엔 언제나 자기 자신과 일치해서 생각하라는 것이지만……. 하지만 주목할 것은 유심론자들이 말하는 공유가치라는 것입니다. 공유가치는 그 사회 내에 함께 사는 대다수 사람들이 함께 가지고 있는 가치를 말하는 것입니다. 가치는 선善 악惡과 불의의 미추美醜에 대한 사람들의 믿음입니다. 우리가 흔히 말하는 "38선 이남은 선善 38선 북쪽은 악惡이라는" 말처럼. 사람들이 가지는 가치는 보편성도 크지만 지역과 인종의 차이에 따른 특수성도 많이 갖고 있습니다. 설혹 그렇다 해도 함께 모여 사는 자기들끼리는 가치가 대개 하나로 일치되는 공유가치라는 것이 있습니다. 이 공유가치는 어느 사회 없이 도덕성을 띄고 있습니다. 해야 할 일과해서는 안 될 일이 엄격히 구분되어 있다는 것입니다. 그래서 인간 사회는 본질적으로 도덕사회道德社會라는 것입니다. 어떠한 인간사회이든. 도덕성道德性을 지향해야만 성립될 수 있고 도덕성을 증대해 가야만 유지 될 수 있는 것입니다. 도덕이 무너지면 극단의 경우 소돔과 고모라 성처럼 되는 것이 인간사회입니다. 그런데 이같이 중요한 도덕성이 어느 사회 없이 사람들이 바라는 수준만큼 높지 않은 것이 인간 사회 특징特徵 = feature입니다. 어느 시대나 어느 사회도 부서지고 있다고 늘 개탄慨歎하는 것이 이 도덕성이라는 겁니다. 그래서 어느 사회 없이 이를 증대시키려 끊임없이 노력하고 있는 것입니다. 그러나 작금의 우리사회 구석구석엔 님비NIMBY : Not Inmy Back Yard 현상이 만연하고 있는 것입니다. 도덕이 점점 더 붕괴崩壞되고 있는 안타까운 이 사회에서 자괴감自愧感이 들기도 할 것입니다. 작금의 정치판을 보면 모든 국민은 자괴감이 들것입니다. 자기 이익利益 : 자신들의 이득 = seif ; interest 만 추구하려는 이기심 때문에 사회 전체가 병들어 있다는 뜻이기도 합니다. 이 모든 현상은 책과 신문을 멀리한 원인도 있습니다. 이 글을 읽는 일부 젊은이와 청소년들은 책을 읽든 스마트폰을 보든 무슨 차이가 있느냐고 할지 모르겠습니다. 하지만 우리 뇌는 게임 등을 할 때보다 책과 신문을 읽을 때 아주 활발하게 작동한다는 것이 과학적으로 증명 되었으며 정신신경과 의사들도 책 읽기를 권유를 하고 있습니다. 섹스피어는 "절박한 자를 유혹하지 말라"라고 말했지만.

다행이도 전국 곳곳에서 책읽기 운동을 벌이고 있습니다. 그간에 학생들에게 독서 시간을 주지 않은 잘못된 교육부와 학교의 책임도 큽니다! 지도층부터 서민까지 국민 대다수가 책 읽기를 싫어하니 사회 각 분야마다 앞날이 불투명하고 국운융성과 문화융성을 기대하기 어렵고 반면에 사회적 비용 social cost도 늘어날 것입니다. 책과 신문을 읽는다 해서 집중력이 저절로 생겨나지 않습니다. 나의 지식으로 간직하려면. 자신만의 훈련이 필요합니다. 책을 읽을 때 **집중력**인데 집중력集中力은 저절로 생겨나는 것이 아니라? 자신만의 훈련이 필요하다는 겁니다. 책을 읽을 땐 좋은 내용을 누군가에 말해 주고 싶다거나 자신이 꼭 기억을 해서 삶의 일부에 보탬이 될 문맥이라면 밑줄을 긁어 보면서 읽으면. 줄을 긁는 그 순간에 그 문맥文脈이 자신의 것이 되는 것입니다. 나라의 말을 존중하는 것은 나라말을 배우는 겁니다. 쇼생크 탈출 등 수많은 작품을 집필한 소설가a famous author이자 연설가a spokeswoman인 미국인 스티브 킹은 "눈알이 빠지도록 읽고 손끝에 피가 나도록 글을 써라" 그러니까? 자신과 세상의 소통은 책이라는 겁니다. 사랑의 주제든 철학이든 상식이든 이러든 저러든 아무튼 책을 펼치는 순간 상재된 문장과 교류는 자신만의 지식이 되는 것입니다. 문맹文盲에서 탈출脫出 = escape하게 되는 것입니다. 그 지식知識이 자신을 증명proves herself해 내는 소통疏通 = 뜻이 서로 통하여 오해가 없음 테두리가 되고 울림이 될 것입니다. 우리 인류mankind는 책에 의해 발전을 해 왔습니다. 어려서부터 즐겨 읽고 많이 읽어야 지식과 지혜를 터득할 수 있는 것입니다. 책을 가까이하는 습관을 어려서 부터 길들여야 합니다. 책이 너무 비싸서 못 산다는 사람도 있을 겁니다. 그러나 1~2만원에 구입하는 책들의 탄생誕生 과정을 알면 오히려 너무 헐값이라는 생각도 들것입니다. 예를 들자면, 소설가는 한 권의 책을 쓰기 위해 몇 년 혹은 10년 이상 매일 고통스러운 글쓰기를 하고 있습니다. 피를 찍어서 글을 쓰고 있다고 보면 될 것입니다. 부산 동아대학교 국어국문과 교수는 단편소설 1편을 집필하여 문단에 등단하는데 5년을 걸렸다는 신문기사를 보았습니다. 단편이라면 21여 페이지 정도의 분량입니다. 그렇게 힘들여 등단을 하여 소설가가 되었다는 것입니다. 2016년 조선일보 신춘문예 소설부문 응시자가 720여 명이라는 겁니다. 그중에서 1명만 소설가로 등단하는 것입니다. 대학교수이며 소설가인 선배는 "소설을 집필 한다는 것이 암보다 더 큰 고통이다"라고 하였습니다. 그 소리를 듣고 병상을 찾아간 기자는 "그런 고통을 참으면서 책을 집필한 이유가 무엇입니까"를 묻자 "그러한 고통을 참고 집필한 원고가 책으로 출판되어 서점가판대에 가득 진열되어 있는 것을 보면 일순간에 그 고통이 사라진다"라고 답을 하더라는 것입니다. 작가란 덫을 놓고 무한정 기다리는 사냥꾼이나 농부가 전답에 씨앗을 뿌려놓고 발아가 잘될지 안 될지 기다리는 것입니다. 독자님들의 판단을 기다린다는 겁니다. 그 어려운 관문을 뚫고 등단하였다 해서 완성도 높은 작품을 집필하여 베스트셀러 작가가 되긴 더더욱 어렵기 때문입니다. 작가는 집필하고 싶은 강렬한compelling 충동이 있어야 완성도 높은 책을 집필할 수 있습니다. KBS TV에서 특집방송을 한 인간 수명에 관한 내용인데. 인간 수명 10단계 중 종교인의 평균 수명이 1위인 70세이고 소설작가가 제일 낮은 57세라는 것입니다. 그러한데도 책을 집필하는 작가들의 노고를 알아주시길 바랍니다. 이러한 것을 알면 책값이 너무 비싸다고 하지를 마시기 바랍니다. 구입할 수 없다면 지역 도서관에 가면 될 것입니다. 책을 읽으면 정신건강正身健康 = mental health에도 좋은 것입니다. 책을 많이 읽으면 생각의 방식方式 = Denkungsartrhksf과 관련이 되는 겁니다. 생각의 방식을 바꾸지 않고서는……. 생각을 통하지 않고서는 다른 사람과 함께 살아갈 수 있는 능력을 어디서도 찾을 수 없다고 봅니다! 그러한 현상이 축적蓄積되면 자신이 무감 각한 로봇souless automatons 같은 사람이 되는 겁니다. 다양한 책을 읽으면 분명 자신이 걸어가야 할 희망의 길이 있을 겁니다. 흐르는 빗물은 길이 없으면 돌아가고 낭떠러지 절벽에서 멈춤 없이 떨어져서 드넓은 바다로 갑니다. 가는 길이 즐거우면 목적지는 그리 중요하지 않습니다. 즐거운 마음으로 책을 읽읍시다. 개그맨 최용만은 책을 많이 읽어. 그 지식의 바탕으로 인문학 강사가 되어 전국 각 지역에서 초청을 받아 강의를 하느라 본 직업인 연예활동을 중단하고서 강의를 하는 명사가 되었다고 합니다. 작금에 하루 1백 50여 만 부라는 국내 최고의 부수를 발행하는 조선일보는 책읽기 캠페인을 벌이고 있으며, 전국 각 지역 도서관 소식을 큰 지면에 상재하고 있습니다. 그리고 매일 영어·한자·과학·수학 등을 컬러 화면으로 상재를 하고 있습니다. 그 내용을 매일 공책에 기록을 하여 숙지하면 한권의 교양서적이 될 것이며! 읽기를 반복하면 엄청난 지식을 습득할 보약이 될 것입니다! 또한 월 15000원의 신문 값이 하나도 부담스럽지 않을 것입니다. 정말 국가의 미래를 위해 좋은 일을 하고 있습니다. 부산시 연제구에 있는 이사벨 중학교 학생들은 드림열차라는 독서 동아리를 만들어 지하철 객차 안에서 책읽기를 하고 있습니다. 자기 마음대로 잘생긴 여학생은 "소심한 마음이라 책을 읽기 전엔 발표를 못했는데 여러 가지 책을 읽고 지식이 축적되어 이젠 당당하게 발표를 할 수 있게 되었다."는 것입니다. 독서 동아리 활동을 하는 학생들은 어린이 집에 가서 아이들의 눈높이 책을 읽어 주어 예상 밖의 unlikely 호응을 받고 있다는 것입니다. 그래서인가 부산 ~ 김해 경전철 객차 일부는 차벽과 객차 안을 도서관처럼 꾸며 운행을 하고 있습니다. 경남 교육청에서도 박종훈 교육감의 정책으로 책읽기 캠페인을 벌이고 있습니다. 내가 자주 가는 김해도서관엔 조금만 늦게 가면 앉을 자리가 없습니다. 크게 중축을 했지만. 휴게실에서 커피를 마시며 잠시 머리를 식히려 해도 앉을 자리가 없어 서서 마시기도 합니다. 왜냐? 독서실을 비롯하여 학습실과 때로는 자료실까지 자리를 차지하고 공부를 하거나 독서를 하기 때문입니다. 그들의 모습을 보면 나도 모르게 미소가. 그 많은 인원을 수발하느라 힘쓰는 도서관 직원들의 노고도 생각하면서 이용했으면 하는 바람도 있습니다. 반면에 이용자가 학습실이나 자료실 비롯하여 독서실에 자리가 없어 이용하는데! 음식 냄새가 나고 약간의 소란 한데도 공부를 하겠다는 그들에게 싸늘한 눈총을 주어서는 안 될 것입니다. 이용자들 모두가 같은 입장이니까요! 이렇든 저렇든 아무튼 간에 벽에 기대서서 마시는 커피가 참 맛이 있습니다. 갈 때마다 서서 커피를 먹었으면 좋겠습니다. 책에 매달린 아름다운 모습에 대한민국 미래의 희망이 보이기 때문입니다. 그 모습을 보고 나는 피를 찍어 내는 고통을 감내하며 오늘도 독자님들에게 하나의 자그마한 지식을 전달하기 위해 열심히 자판기를 두드리고 있습니다. 나는 집필을 하면서 고민하는 것은 국어를 잘 모른다는 사실을 깨달았습니다. 이 땅에 태어나 살아오면서 지금껏 쓴 말과 글을 다 깨우치지 못했다는 게 자괴감이 들기도 했습니다. 탈고한 원고를 고치고 또 고치면서 내 모국어 실력에 한탄도 했습니다. 모국어는 문필가들에 의해 갈고 닦이고 있기 때문입니다. 그 임무를 가장 충실히 - 사명을 띠고 = on a mission 해야 할 내가 이 땅의 작가로서 한없이 부끄러웠습니다. 급변하는 세상 속에 우리도 다민족 국가가 되어가고 있는 마당에 수많은 외래어가 범람하고 있습니다. 컴퓨터와 스마트폰에 매달려있는 우리국민의 국어능력이 단군 이래 최저수준이라고 합니다. 작가들의 출신지에도 많은 영향을 끼칩니다. 나는 청소년 시기를 전남에서 성장을 하였고 서울과 대구를 거처 경남 지역에서 살고 있기 때문에 대화체에선 사투리가 섞이기 마련입니다. 출판사 편집부에서 많은 교정을 하지만……. 한계가 있습니다. 박경리 선생의 대하소설 토지도 마지막 출판사는 권당 100여 곳을 교정하였다고 하였습니다. 지금까지 베스트셀러가 되어있는 북파공작원 상·하권은 대화체는 팔도 사투리가 상재되어있어 교정 작업이 어려워 출판 계약이 취소가 되기도 했습니다. 대학을 갓 졸업한 편집부 교정 직원이 교정을 했는데 교정된 원고를 보니 원고 장당 수 곳이 빨간색이 되어있는 상태였습니다. 계약을 파기하고 다른 출판사에 계약을 하였는데. 그곳에는 "단 한 곳도 고치지 않고 출판을 하였다"는 내용의 광고문항으로 중앙지에 가로 36센티미터 세로 190센티미터로 중앙지 다섯 곳 신문에 칼라와 흑백 광고를 10여 개월을 하였습니다. 이 책이 앞서 도서출판 "학고방"에서 출간한 실화 다큐멘터리 장편소설 "살인 이유"와 수필집 "길"에도 상재를 했습니다만. 이 책 문맥 몇 곳에 인터넷과 신문을 비롯한 도서관 소식지에서 좋은 글을 부분적partially으로 발췌하여 이 책 문맥에 맞게 윤색倫色을 하여 상재를 하였습니다. 평론집이나 비평집과 독후감이 아니기에 윤색 부분에 글쓴이의 이름을 상재를 못했습니다. 전문을 상재 할 땐 글의 출처를 밝히지만. 일부를 사용 할 땐 그러지 못함을 이해를 하시기 바랍니다. 5% 정도를 상재를 하겠다고 했으나 약 3%로 정도로 윤색을 하여 상재를 하였습니다. 2016년도 초에 출간을 하기로 하였으나 예상 밖의unlikely 일로 1년이 늦어졌습니다. 출판사에 먼저 들어온 원고들이 많아 늦어진 것입니다. "도서출판 학고방"에서 출간된 책 4권 중 1권이 베스트셀러가 되었고 3권이 베스트셀러 전 단계인 베스트라고 교보문고 인터넷 사이트에 올라있는 것을 본 출판사 두 곳의 대표가. 자체 인쇄소와 3개의 출판사를 운영하는 국내 상위그룹 출판사 대표는 "이 책 원고가 아직 계약서를 작성하지 않았다면 가지러 자신이 김해에 내려오겠다"는 연락이 왔으나 극구 말렸습니다. 아직 한 번도 학고방 출판사에 가보지도 못했습니다. 그 이유는 저는 북파공작원 - 박정희 대통령의 특별지시에 의해 만들어진 국내 단 하나밖에 없었던 테러부대 팀장으로 2번 북파됨 - 임무 수행 중 얻은 질병으로 인하여 공상군경 국가유공자 6급 2항의 급수를 받은 사람입니다. 몸이 불편하여 4명의 전문 의사들에게 치료를 계속 받고 있는데 담당 의사들은 집필을 중단하고 1년 쉬라고 합니다. 의사들의 권유로 1년 정도 쉬려고 합니다. 다시 좋은 작품으로 독자님들과 만나도록 노력하겠습니다. 끝으로 이 책 본문에 종교적인 비판이 있는데. KBS 1TV에서 방송 내용은? 요즘 종교인들이 많이 떠난다는 특집 방송을 보았습니다. 국민 56%로가 무교인 이라는 겁니다. 모 종교의 신도들이 300만 여명이 떠났다는 것입니다. 우리 사회에 도덕적 지표가 될 소수의 올바른 성직자도 있습니다. 그러나 대다수의 성직자들이 교리에 어긋나는 현실에 종교를 믿지 않은 현상이 기하급수적으로 일어나는 것입니다. 혹여 종교인이나 성직자가 이 책을 읽고 불편한 점이 있다면 작가가 바라보는 세태를 상재한 것으로 이해를 바랍니다.

책 많이 읽는 도시 김해시 김해도서관에서 저자 강평원

참고문헌

『동아일보』『경남도민일보』『조선일보』『경남일보』『경남신문』『부산일보』『국재신문』『한겨레』『경향신문』『도서관 소식지』『김해도서관 문헌정보자료』『한국 상고사와(고대사~현대사)』『그간에 저자가 집필 출간한 모든 자료집』『사진과 이솝이야기 그림은 경원 고등학교 3학년 전현서 학생에게 특별 부탁을 하여 완성한 그림』

꽃을 든 남자보다 책과 신문을 든 남자가 더 매력적이다

초판 인쇄 2017년 2월 15일
초판 발행 2017년 2월 22일

지 음 ㅣ 강평원
펴 낸 이 ㅣ 하운근
편 집 ㅣ 조연순
표 지 ㅣ 명지현
펴 낸 곳 ㅣ 學古房

주 소 ㅣ 경기도 고양시 덕양구 통일로 140 삼송테크노밸리 A동 B224
전 화 ㅣ (02)353-9908 편집부(02)356-9903
팩 스 ㅣ (02)6959-8234
홈페이지 ㅣ http://hakgobang.co.kr/
전자우편 ㅣ hakgobang@naver.com, hakgobang@chol.com
등록번호 ㅣ 제311-1994-000001호

ISBN   978-89-6071-648-3 03800

값 : 20,000원

이 도서의 국립중앙도서관 출판시도서목록(CIP)은 서지정보유통지원시스템 홈페이지(http://seoji.
nl.go.kr)와 국가자료공동목록시스템(http://www.nl.go.kr/kolisnet)에서 이용하실 수 있습니다.
(CIP제어번호: CIP2017004041)

■ 파본은 교환해 드립니다.